岁月与人生

张帆 著

团结出版社

图书在版编目（ＣＩＰ）数据

岁月与人生 / 张帆著 . -- 北京：团结出版社，
2022.7

ISBN 978-7-5126-9361-6

Ⅰ . ①岁… Ⅱ . ①张… Ⅲ . ①新闻 – 作品集 – 中国 –
当代 Ⅳ . ① I253

中国版本图书馆 CIP 数据核字 (2022) 第 045972 号

出　版：团结出版社

　　　　（北京市东城区东皇城根南街 84 号　邮编：100006）

电　话：（010）65228880　65244790（出版社）

　　　　（010）65238766　85113874　65133603（发行部）

　　　　（010）65133603（邮购）

网　址：http://www.tjpress.com

E-mail：zb65244790@vip.163.com

　　　　tjcbsfxb@163.com（发行部邮购）

经　销：全国新华书店

印　装：三河市东方印刷有限公司

开　本：170mm×240mm　　16 开

印　张：37

字　数：556 千字

版　次：2022 年 7 月　第 1 版

印　次：2022 年 7 月　第 1 次印刷

书　号：978-7-5126-9361-6

定　价：98.00 元

作者近照

序言一：对历史的深情回望

瞿祖赓

　　这本集子的作者，是我在工人日报社的老同事、多年的至交。他从中国工人出版社社长兼总编辑位置上退休后，依然勤于耙梳，把从业期间发表的新闻作品摘要整理，加上拣拾起散落在采访本与记忆中的珍珠新写的文章结集出版，打电话嘱我写几句话作"序"。乍一听我就犯了难，毕竟自己是八秩有二的老朽，早已没有多少发挥的空间，就认真地"迂回"建议："你的朋友圈里部级以上领导不少，找他们出面写才好。"不料他一口回绝："我可不想拉大旗作虎皮，所以找您，全因咱俩有缘相遇，志同道合，并肩战斗，您最了解我啊！"那一瞬，我感受到了一种真诚与信任，脑海里有关我们"结缘"的记忆纷至沓来。

　　那是1980年12月20日上午，当时已经40岁的我，奉调重返新闻工作队伍，在工人日报社办完手续后，到北京市总工会大院内的记者站报到。刚推开虚掩的门，听得里面应答："您来了，欢迎欢迎！"话音未落，就见一位国字脸小伙快步迎来，笑容灿烂，朗朗表示："站长介绍过您了！我叫张帆，比您早来两个多月……"接着，仪式感很强地自我介绍：三十岁，中专毕业，先在工厂里当装配钳工、车工，后提拔至车间、厂工会任干事、业校教员；又上调到北京市机械工业局……他的岗位多变，但一直追求着自己的新闻梦，有目标，也有眼光；有精神，也有追求。他经常到北京大学中文系、人民大学哲学系旁听著名教授、讲师的授课，呈现志不移、道不变的坚定。眼下，他正在报考中国人民大学新闻学院。说着说着，他张罗着要带我也去报名……就这短暂的"见面礼"，让我实打实地感受到他从心底散发出的热情洋溢、积极向上、乐于助人、敢于担当的情真意切，凸显那旺盛的生命力和属于青春的生动性，套用现在的时髦用语来说，就是经典的"斜杠青年"，即拥有多重职业和身份还执着地追求新鲜生活的人。这样一个眼里有光心中有爱胸膛里有家国情怀的人，见一面就不会忘记，让我凭空生出了水光山色，立马十分滋润与温暖。从此，我们相见恨晚，一见如故，在成就共享、经验共鉴、难题共克、困扰共解中，既分工合作，又守望相助，直到一年后我被调回报社当编辑。

尽管不在一个办公室了，但我们的交集不减反增，他采写我编发，免不了当面推敲，反复拿捏，甚至争论不休，大多是我充当"挑刺者"甚至"杀手"。当然，他有好稿重头稿，也少不了我来配发评论文章……我们相互鉴赏、彼此懂得。在那个充满期盼、尽情畅想的年代，张帆因为喜欢而生热爱，因为热爱而刻苦钻研，挂在他嘴边的话，便是："越干越掂出记者证的分量。"那就是时代召唤什么，记者就关心什么。他为此认真学习中央有关精神，围绕党和国家的中心任务，努力上接"天线"；扑下身子与一线职工和工会干部融在一起，面对面了解情况，心贴心倾听呼声，确保下接"地气"，成为一位擅于发现苗头，注意倾向，把报道写在"风起萍末"的记者。他执着追求，沉浸在白纸黑字、青灯黄卷中乐而忘返，把抓好新闻当成事业和理想，入行十余年即撰写出各类题材的新闻报道八百余篇、几十万字，其中有十多篇获得全国和行业的奖项，在工人日报的记者队伍里名列前茅。

他靠自己的拼搏赢得了报社内外的充分肯定，一路"扬帆破浪"，相继出任北京记者站站长、记者部副主任、编委、秘书长。1985年8月，他报名参加中央直属机关赴皖讲师团任联络员。1993年6月，他受中央组织部委派到香港大公报任社长助理、新华社香港分社《中国市场》杂志副总编辑，参与促进香港"平稳过渡、回归祖国"的工作。2003年1月起，他进入中国工人出版社任副社长、副总编辑；2005年挂帅一把手，带领全社职工，在全总领导鼎力支持下首创"职工书屋"，成为全总服务全国职工的著名文化品牌……

难得的是，几度转身，多方磨砺，不论从事何种工作，境遇、状态怎样，他在做好本职工作的同时，总是坚守初心，逐梦而行，孜孜以求，与时代同频共振，不断记录一线的精彩，从而做到行走山河，经历丰富，履痕处处，墨迹多多，体现时与势的淬炼。

时光荏苒，多少往事都已随碌碌生活而消逝，但这些片断竟然鲜活如初。如此，终拗不过他的坚持，我有点心动了，尽管忐忑，还是要来书稿看看。本以为一眼望过去还是熟悉的平展展那块地，等到真正"走"进去，才发现里面山花烂漫、风情万种甚至有不少宝藏，以至穿越时空，风起云涌，终于跳出固有的认知，感悟起"昨天的新闻，今日之历史"。渐渐读出作者出集的情怀后，就借题又与他交流几次，终于有些小兴奋，涌起一些想法。

收进本集的作品，视野开阔，题材广泛，内容丰富，既有深入"三工"（工会组织、工矿企业、职工群众）的调研脚印，又有情牵民生亮点、难点、堵点、痛点，直面矛盾的深度采访；还有对社会精英、知名人士的励志探秘，把那个年月的宏大词语具象化，看得见、摸得着。其中，有第一次实行全国人大代表和人大常委会委员的"差额选举"、第一次出现外国和港澳记者可以旁听小组讨论等"四个第一"的"两会"报道；有1997年参与香港回归祖国仪式的亲历记实；有采访西藏自治区党委书记热地怎样从牧民儿子到中央委员的精彩写照；有对西安市大众浴池女修脚工于素梅当选党的十二大主席团成员的幸福记录；还有创造"亚洲第一、世界第三"奇迹烟草企业——云南红塔集团的中国烟草大王褚时健；还有独家记录时代人物，辣笔评论五洲风云的《记者马玲》，肩负社会重任、议论国家大事的《政协委员庞鸿》，更有《文坛商海亦英豪》的精英人物凌锋；还有北京开关厂工会主席马丽华琐事难事件件都操心，解决职工急难愁盼的生动见证……

可贵的是，这些报道绝大多数是以通讯形式出现的，彰显作者的聪明才智与采写水平。他深知读者有天生的故事情结，因此主动挑战，下大功夫挖掘提炼，努力让新闻作品向故事化方向发展。他笔下的事件都置身于党和国家的大格局下，透过沉浸式的记录、场景式的追问、内心风景的外化，把吃改革饭、走开放路、打创新牌的历程写得有矛盾、有人物，情节曲折，个性鲜明，看点满满。更重要的是，他写事重在写人，着墨的人设并非什么"高大全"的"神"，都是凡胎肉体，而且也没从天而降的英雄，只有挺身而出的普通人，以平民的视角去刻画他们的喜怒哀乐，靠人性化的细节去升华他们的崇高精神。即使是他十分敬重的原北京市委常委、常务副市长张百发，在他的笔下首先是一位可敬可爱的"师傅""全国劳动模范"，血肉丰满、情感鲜活、细节生动，抓住燃点、戳中泪点，引发读者的共情共鸣，彰显人性背后的光辉，较好地映照了一个时代、一种精神（详见《好人好官张百发》）。他写的通讯《徐柏龄的飞行世界》，描述为改变"领导人出国远程访问，租用外国飞机"的被动局面，全国劳动模范徐柏龄率领机组下定决心，敢当先锋，挑战未知，克服千难万险飞出去，从六十年代初期担任周总理、陈毅副总理去非洲亚洲十四国访问专机驾驶任务，到1979年1月送邓小平副总理率领政府代表团首访美国，成功开辟和不断发展新中国国际航线的光辉历程，系统诠释了一条解放思想、深化改革之路，一条面向世界、扩大开放之路，一条打破常规、创新突破之路。在他的《阳春三月的民主之风》中，借人大代表、政协委员和职工群众的切身感受，描述"两会"上活跃、沸腾的民主气氛，即使是尖锐的批评意见也被"两会"尊重与采纳，生动展现"全过程人民民主"的大气象，让人读出民主也是有获得感的……正因为如此，当年他那些充满生活烟火气的"家长里短"通讯《继母》《小院无处不飞花》和《婆婆·媳妇·姑爷》，由于小故事透视大时代，小细节揭示大趋势，具有很强的画面感染力与视觉冲击力，让人泪目，让人感悟，问世不久后两篇即被中央电视台拍摄成大型专题片和电影故事片，成为大众绵长的精神记忆。

有道是一个时代有一个时代的精神，一代人有一代人的使命与担当，纵向叠加便是一个国家的历史，横向交织便是一个国家的国运。把这样一个个典型人物与典型事件在本书汇聚，表面上看似"过去式"，但实质上因为这是新中国历史长河的一个里程碑，很有年代意义。加之深情述说平凡的感动，传达必胜的信念，充盈着满满的正能量，让人读出忠诚，读出忘我，如同拐个弯邂逅熟人，一群有贡献、有作为的人又站在我们面前，可以触摸到他们源于情怀的志气、充满自信的骨气和富有能力的底气，让人有一睹为快的愉悦感，掩卷低吟的思辨性，开卷有益的获得感，完全能感受到一股积极向上、敢于担当的力量。有效活化这些"历史碎片"，也是一种记忆唤醒，可以成为独特的历史档案，作为一个时代发展的某种见证和某种标识，是真实可靠的注脚。

不忘初心，方得始终，回望历史，启发当下，那一串串熟悉的姓名，那一个个鲜活的形象，在眼前挥之不去，历久弥新，正是这本集子的价值所在。致敬那一段沧桑岁月，为的是更加坚定不移地跟党走，特别是党和国家对新时代的新闻报道寄予了厚望，那就是要讲好中国故事、中国共产党故事、中国人民故事。我们亟需像张帆那样用家国情怀去观照寻常的个体命运，用平常的真实语言和行动去诠释高尚的精神，用心写好大背景下的小叙事，让读者爱看爱听，产生共情共鸣，充分发挥鼓舞人、激励人的作用。让我们在新时代新起点上再出发，进一步贯彻落实习近平同志关于要继承和发扬党的优良传统，关于新闻工作要提高"脚力、眼力、脑力、笔力"的精神，去书写新时代的华彩人生，担当新的重大使命，奋力记录新的历史。

凡是过往，皆为序章，抚今追昔，感慨系之，这是在下读《岁月与人生》的粗浅认知，为集子点赞，向老友致意，求各方指正。

是为序。

作者：瞿祖赓

工人日报社原社长、总编辑、高级编辑

2021年8月于北京

序言二：张帆印象

庞　洋

我在中国工人出版社工作近三十年，曾与四届社长配合工作，其中，共事时间最长的社长是张帆。

张帆2003年1月从香港《大公报》调来我社任副社长、副总编辑，之前，他曾任《工人日报》社分党组成员、编委、秘书长，多年在新闻单位从事领导工作。上任之初，张帆即参与领导了中华全国总工会和中国摄影家协会联合举办，由我们社具体承办的全国劳模形象工程："中国劳模——时代领跑者"大型摄影展览筹办工作。当时举办这种大型活动有许多限制，需要各级部门层层审批，而要闯过这些审批的关口，不是一般能量能办到的。张帆当仁不让承担了重任，他在新闻单位耕耘多年，见多识广，社会资源丰厚，经过多次周折，克服重重困难，最终拿下了举办活动的关键许可证。同时，作为主要负责人之一，他夜以继日工作，制定方案，筹集资金，落实展览场地，疏通各方关系，率领有关人员克服"非典"疫情造成的种种不便，保证了这项大型活动的顺利实施。同年9月，"中国劳模——时代领跑者"大型摄影展览在国家博物馆如期举行，从中央领导到各级劳模及各界群众前来参观，媒体给予了广泛报道和赞誉。劳模影展获得巨大成功，在全国引起极大反响。通过举办这次活动，也对张帆有了认识：神通广大，有胆有识，热情有理性，豪气有策略。

2005年，张帆出任中国工人出版社社长、总编辑，成为出版社的掌舵人。一社之长，掌握着出版社的命运，当时，出版业正在转制变革的过程中，从整体上都面临着巨大的挑战，各出版社都在承受着改革的阵痛。工人出版社作为一个具有悠久历史的老社，有其传统文化背景和底蕴，也积累了自身的问题和矛盾，要想谋求新的发展，并不是件容易的事。如何找准方向推进改革创新，如何顺应市场经济规律做出特色品牌，如何在激烈的市场竞争中占有一席之地，这是张帆需要思考解决的问题。

张帆是个勇往直前的人。他很明白，出版社不是升官发财之地，不是归隐赋闲之处，而是竞技者的舞台，创造者的天地。这里需要激情与梦想，需要坚韧的执着与进取的智慧。从出任社长第一天，他就在跑步前行。出版社急需取得效益，他没有时间懈怠。他的目标是：多出好书，广开渠道，扩大市场份额，取得社会效益和经济效益，实现可持续发展。

他带领社委会走访十多家先进出版社，汲取同行经验，结合工人出版社实际，十易其稿，历时四个多月，形成适合社情的《中国工人出版社深化改革方案》，全面改革人事制度和分配制度，理顺生产关系，调动了全社员工的积极性。为建立适合图书市场规律和工会特点的运行机制，他对出版社的经营管理和编辑业务进行大幅调整，成立图书选题审核委员会，针对长期形成的图书品种多而不强、全而不精的局面，大刀阔斧调整出书结构，控制平庸选题，压缩图书类别和合作出书，根据自身特点和市场需要规划确定出版方向，从选题源头把关，重点扶持具有市场销售潜质的优质图书，推进图书结构向系列化、品牌化、规模化发展。他成立装帧设计审核小组，修订图书质量检查标准，严格审核图书内容、装帧、编校质量，整体提升出版社图书品质。他坚持工人出版社的办社宗旨：为职工群众服务，为工矿企业服务，为工会中心工作服务，成立"工会图书出版领导小组"，针对企业职工和工会干群需求，大力推动"工字号"图书出版，形成工运理论、企业培训、工会热点、职工读物四大板块，打造了出版社"工字号"图书品牌基础。2007年，出版社两套图书获得首届中国政府图书奖提名奖；2007年，出版社入列全国出版行业良好出版社。

在经营管理上，他坚持整体化经营，一方面抓好以部、室为单位的二级管理、二级核算，精打细算降低成本；一方面扩大发行渠道，以品牌图书带动，重点宣传，重点打造，在拓宽市场发行渠道的基础上，着力发掘工会系统的发行潜力，依靠工会组织和企业，将工人社的影响深入到基层，深入到职工群众之中。在不断地努力下，工人出版社逐渐走出困境，生产经营双效业绩稳步提升，呈现出实力壮大、活力增强的良好态势。

张帆思维活跃，不循规蹈矩，出版社要发展，要做大做强，必须有新思路新突破。2006年，他敏锐抓住国家繁荣文化发展大政策的有利时机，带领社委会与河南省安阳市内黄县总工会合作，启动了"职工书屋"项目。这是一项颇具眼光和视野的决策，然而要实现它，不仅仅需要勇气和魄力，更需要责任担当和脚踏实地百折不挠的努力。从确定思路、探索可行性路径，到深入调研、规划运筹、争取各方重视支持、建立配送中心等等，各项工作在探索中一步步艰难推进。在此期间，张帆熬了多少夜，花了多少心思，跑了多少路，着了多少急，无法说清。2006年11月3日，首家工会"职工书屋"落成。2007年5月9日，全总召开书记处会议，专题研究"职工书屋"建设。2008年1月，"职工书屋"作为全国总工会一项重要文化工程，在全国推广。如今，"职工书屋"从无到有、从小到大、由少及多、星罗棋布，已经建成工会职工书屋示范点一万多家，各类"职工书屋"十多万家，服务职工群众超过八千万人。"职工书屋"传递着知识的力量，成为职工群众名副其实的精神家园。"职工书屋"的建设，不仅给工人出版社提供了广阔的发展空间，更拓展成为全国总工会主导的一项职工文化普惠工程、民生工程和民心工程，产生了广泛的社会影响。作为"职工书屋"项目的重要创办人，张帆说："'职工书屋'是创意好，是出版社的员工优秀，最重要的是全总领导的高度重视和鼎力支持。"他由衷希望"职工书屋"在不断创新中发展丰富，进一步扩大覆盖面，为全国广大职工提供更多优秀的精神文化读物，成为诚挚服务与联系职工，更具时代特色的文化平台。

张帆在任五年，出版社稳步进入良性发展。在工人出版社这个舞台上，张帆竭尽全力，有担当有作为，他的贡献记录在出版社建设的历史中，也留在出版社职工的口碑中。

其实，一社之长，尽职尽责努力工作是本分，在其位谋其政，历任出版社社长都想做好，也有一定建树，张帆则是更投入、更有拼劲和胆识的一位。在出版社这样知识分子聚集的地方，让人敬重的不是职位高低，而是一个人的人品，讲究的不仅仅是个人能力，还有修养和情怀。张帆能得到大家认可，除了业绩，主要还在于他的胸襟和为人做事的真诚。

在我看来，张帆最大的特性是坦荡磊落。与他相处，不用担心他暗藏什么心机，不用担心被算计，也不用担心他会利用职权打击报复。新闻记者出身的他，永远保留着内心的一份简洁。他有想法不会藏着掖着，对人的尊重发自内心。如果他对你的工作不满意，也会当面谈话，提出要求。每当遇到困难，压力增大，张帆不会冷眼旁观，而是鼓励打气给予实际支持。正因如此，在和张帆共事的几年中，可以心无旁骛工作，有事情集体商议，有问题共同面对，有困难一起克服，这种工作环境和人事关系实在很难得，不能不说张帆作为一把手起的作用至关重要。

张帆不谄上不欺下，遇到问题，他会主动承担责任，遇到难办的事，他会亲自出马从不推诿。有一些话我从来没有说过，借此机会也表达一下。作为他的副手，我一直从事业务工作，不善于也不喜欢与上级领导部门打交道。张帆深谙我这种不合时宜的弱点。他说，你抓好出书这一块，外面的事情我来办！几年中，张帆把难题留给自己，包揽了一切与上级部门打交道的事情，从未勉强我去攻关克难，对此，我深深感念在心。然而，出版社要发展，建立良好的外部环境是必要的，没有上级的重视支持，没有行业主管部门的政策绿灯，出版社会举步维艰。张帆把与有关部门的沟通协调作为自己责无旁贷的责任，拿出新闻记者勇于闯关的劲头，跑全总机关，跑出版总署。他带着工人出版社的图书，让人们认识了解了工人社这个文化单位。张帆做事风格鲜明，始终保持记者本色，充满激情，无所畏惧，他的敬业实干主动作为也成为一张名片给人留下深刻印象。

有时候，真的很感佩张帆为出版社的奋不顾身，为"职工书屋"，他曾经据理力争与上级主管部门的领导红了脸；为出版社书号和老同志评职称问题，他多次到新闻出版总署，甚至守在会议室门口坚持等待负责人会议结束反映诉求。有一段时间，出版社的处境非常困难，有几本书受到总署约谈，张帆一次次跑有关部门，受训诫作检讨，刚开始是被传唤，后来就变为主动上门。张帆把出版社的图书摆在了所有与出版社有关部门主管人员的案头。渐渐地，由陌生到熟悉，张帆与行业主管部门的许多人成了朋友。不知不觉中，出版社去办事效率提高了许多，也时常能得到一些善意的帮助和有益的提醒。张帆几乎凭一己之力扭转了出版社的不利局面，当问到他使用了什么"秘籍"，张帆笑着说，领导也是人，咱又不是为自己，真心做事，哪能看不出来！

记得有一次，有位老干部向全总反映出版社上门强行推销图书的问题，主管领导批示要求调查。经过核实，确认是书商盗印出版社图书并假冒出版社名义的推销行为。查清情况后，出版社向全总做出汇报并备案全国扫黄打非办；然而，在向反映问题的老干部回馈时遇到了困难，由于他已退休多年，一时无法查到他的联络方式，谁知这位老同志是个急脾气，他的第二封信又到了全总，指责出版社不认识错误。主管领导急了，直接将电话打到出版社追责。张帆此时的表现依然是大将风度，他大包大揽承担了责任，一边检讨，一边登门向老同志道歉取得谅解。平息此事后，张帆说，还是那句话，领导也是人，知道我们不容易；老同志也不想为难我们，要的是我们的态度，我们重视了，他们就满意了。

那时候，困难与发展同行。张帆硬是以他的勇敢无惧、坚定执着和充沛的理想主义激情，带出了一个生机勃勃的出版社。典型的是2008年"5·12"汶川大地震，出版社的凝聚力战斗力得到充分体现。全社上下迅速反应，齐心协力，短短一周时间，赶出三本支援灾区抗震救灾鼓舞士气的图书，并冒着余震送往灾区。想起那时办公楼灯光彻夜通明，家国情怀、使命感责任感萦绕在每个人的心头，大家忘我投入，一幕幕场景，直到今天仍令人怀念和感动。

对农民工这一弱势群体的研究关注，也是张帆时期的工作亮点。农民工是中国工业化、现代化进程中产生的特殊群体，为城市的建设和发展做出了重要贡献，而他们自身却是城市中相当脆弱的一部分，关注这一群体，是文明社会的责任。工人出版社，能为这个群体做些什么？基于这一思考，《农民工维权论》以及一批探讨维护职工权益的图书相继推出，值得一提的是《农民工有困难找工会》丛书的出版。当时，全总提出了"工会是职工娘家人、农民工有困难找工会"的口号，经过调研论证，我们决定组织出版包括城市生活、就业指导、权益维护、素质提升、工会知识五个分册的《农民工有困难找工会》丛书，针对农民工最关心、最需要解决的问题，以通俗生动、简明实用的形式表现出来。对这套丛书，张帆的重视是空前的，从策划到后期的宣传推广，张帆不遗余力亲自上阵，他给全国各省市三十多位工会主席写信推荐，并带领发行部跑北京、奔山西、赴上海、下广东，创造了发行三十余万册的好成绩。当中国政府出版奖活动开展时，他坚定地将这套农民工视角的图书送评，也正是由于书中所体现的对农民工群体的深切关注，这套浅显的小书竟战胜了诸多出版社推送的大部头著作，与我社另一套弘扬劳模精神的艺术图书《时代领跑者》共同获得了首届"中国政府出版奖"提名奖。

张帆主政时期，出版社有种热气腾腾的景象，大型活动频繁，新书发布会不断，队伍得到锻炼和成长。工作之外，职工摄影比赛、文化讲座时常举办，还有三八妇女节"时装走秀"等，丰富而有吸引力，出版社在实力和影响力增强的同时，也日益形成浓浓的人文氛围，这些，与张帆的支持提倡不无关系。张帆是锐意进取之人，也是热情诚恳的性情中人，他喜欢和大家打成一片，探讨工作策划选题，国事家事天下事、生活学习家庭经历无所不谈，谁有困难找到他，他尽力帮助，决不推托。图书订货会上，发现年轻编辑没有像样的领带，他拿来自己从香港带回的真丝领带送过去。一位老编辑的孩子要出国留学，开学日期临近却未办下护照，他找到自己在相关部门的老朋友采取加急处理的方式，帮助该编辑解了燃眉之急。这样的事情，张帆做的不是一件两件，他常常设身处地为人着想，不经意间办下让人感激的事。与张帆相处，会受到他生动个性的感染，他的乐观豪爽给人传递着积极的力量，也传递着真诚和温度。

2009年，张帆退休。但他一直活跃在不同的工作岗位，至今仍然担任着中国企业文化促进会副会长职务，继续为企业文化事业奉献着自己的光和热。他还是中国报告文学研究会副会长，全总老干部党支部副书记，北京市侨星合唱团的成员，常常看到他参加不同活动的身影，总是精神抖擞，神采奕奕。他退而不休，工作生活忙碌充实。

三个月前，张帆发来书稿《岁月与人生》，这是他做记者以来撰写的采访、通讯、纪实文集，收录93篇文章，记录了他的所见、所闻、所思、所悟。在这些文章中，张帆把眼光和笔触深入到现实社会中的各类人物，企业工会主席、居民院里的大妈、浴池修脚女工、优秀飞行专家、文坛商海传奇人物、政协委员、优秀记者、平民市长都是他采写的对象。他关注的事件，从菜篮子的变化、奖金风波到两会热点、香港回归，既有琐细小事，又有宏大主题。有些文章是他早期的作品，但今天读来依然能感受到鲜明的时代刻印，保存有我们这代人熟悉而亲切的记忆。张帆曾是《工人日报》记者，所以他关注劳模、基层工会干部、企业家，倾听、感知、寻找发现他们身上的新闻点。1993—1997年，张帆任香港《大公报》社委、社长助理、高级记者，在这期间，他以新闻人的视角洞察世情，撰写杂谈随笔，反映香港社会的世相百态。这本文集是一个新闻人的足迹，用观察思考，记录时代社会的发展变化，书写芸芸众生的人生故事。作为一个新闻观察者，张帆走近一个个人物，发掘时代浪潮中的新闻事件，通过文字反映社会和生活，留下思考和历史。我想，这正是此部文集的价值。

张帆文如其人，充满激情和积极的能量。细细读过《岁月与人生》，深感张帆任工人出版社社长时的作为并非无源之水，而是其来有自。他带着资深记者的丰富阅历、敏锐观察和深入思考走入出版业，为工人出版社的蜕变和跃升提供了新鲜视角，并身体力行，带领出版社走上了健康发展之路。图书出版工作是张帆新闻工作的延伸和扩展，是他服务社会的崭新方式，也是人生道路上的又一次试炼。张帆出色地完成了新闻与出版两种工作，从某种意义上说，报纸与图书也成就了张帆，他的生命因此而更加质地密实、明亮和多彩多姿。

　　承蒙张帆信任，嘱我为文集作序，这里仅写出我认识的张帆及《岁月与人生》读后的感想，权且作为序言。

作者：庞　洋

中国工人出版社原副社长、副总编辑、编审

2021年8月19日

目　录

时代风云

人间百态

沉思感悟

赴泰远航

香港纪事

时代风云

　　我们的时代，是英雄辈出、激情燃烧的时代。共和国的各条战线、各个行业、各个岗位，不断涌现出一批忠于祖国、忠于人民，胸怀壮志的"草根"人士、志士仁人。他们运用自己的聪明才智，发挥脚踏实地的苦干精神，演绎出一个个闻名遐迩的精彩故事，书写了一篇篇为人民建立功勋、营造福祉的动人篇章。

徐柏龄的飞行世界

一架中国民航波音747SP巨型客机，从北京首都机场腾空而起，飞上蓝天。

这是中美航空协定签字后，中国民航途经上海、旧金山飞往纽约的第一次航班。

时间：1981年1月7日中午。

这次航班的领队是徐柏龄——安全飞行一万多小时的优秀飞行专家，民航北京管理局局长，全国劳动模范。

徐柏龄

这次航班的机长是尹淦庭——全国民航安全飞行模范，民航北京管理局第一飞行总队队长。

徐柏龄曾经担任过这个总队的总队长，非常熟悉他的继任。由"老搭档"担任首航美国的机长，他心里是十分踏实的。这时，他安稳地坐在客舱里，透过椭圆形的玻璃窗，在万米高空，在一千公里的时速中，观看窗外的云海。这云海不像是夏日经常见到的那种乌黑翻腾的惊涛骇浪，而是乳白色的，轻柔的，像仙女铺开的被褥，静静地，慢慢地飘向远方。随着飞机的前进，那云层越来越淡，变成团团洁白而柔软的云朵……

走向世界的飞行

六十年代初期，由于我们对国外的航线、机场、气候、地理条件不熟悉，飞行经验不足，有关资料很少，我国领导人出国访问，特别是远程飞行，大都租用外国飞机。

这，对于将祖国的荣誉看得如同自己生命一样宝贵的飞行员来说，简直是奇耻大辱，谁能不愧？！

1965年，周总理、陈毅副总理将去亚洲、非洲十四国访问。消息传来，徐柏龄不能自已。他和机组的同志们怀着一颗颗赤诚的心，请求担任专机驾驶任务，允许他们首航非洲。

周总理毅然批准了要求，亲切地鼓励道："我带你们远航，只有飞出去，才能打开局面！"这句话，不仅是从一个伟大政治家的眼光出发的，也包括一个民航实业家的深谋远虑。

飞行人员听了，个个欣喜若狂，徐柏龄更是激动不已。为了在瞬息万变的复杂飞行环境中掌握主动权，徐柏龄和机组的同志进行了试航，认真仔细察看地形，作了标向记录，掌握第一手资料。

然而，即便如此，在飞向非洲的途中，仍然遇到了不少意外的情况。

飞机航行到伊拉克首都巴格达机场时，正是黄昏时分，刚要着陆，忽然地面停电，机场顿时灰蒙蒙一片。光线差，跑道生，机舱内的乘客不免为驾驶员们捏了一把汗。这时，周总理发话了："我们的飞行员是有经验的，大家请放心，把安全带系好。"这一句似乎平常的话，在非常时刻起到了特殊的效用。机组同志沉着地操纵飞机，在苍茫的暮霭中安全降落。巴格达机场的管理人员几分钟前还在惊慌失措，此刻，见专机平稳地停在机坪

民航总局政治部主任苏林向刘少奇主席介绍说："他叫徐柏龄，是中国民航的优秀飞行员。"

上，欢呼着跑上前来，有的鼓掌，有的举手致敬……

飞机抵达苏丹机场上空时，遇到赤道风袭击，发生了强烈的颠簸。周总理在机舱里镇定自若，同大家风趣地说笑，劝周围的同志不要紧张。总理的沉着又一次深深地感染了大家。徐柏龄将油门加大到飞机起飞马力，尽力减少飞机的转弯坡度。在机组同志的通力协作下，飞机灵活地避开风头，化险为夷。

从坦桑尼亚回国时，苏丹突然发生政变，不得通过。尼雷尔总统找当时的埃塞俄比亚皇帝商量，借路而过。想不到，那次临时借路通行，却促进了后来的中埃建交。这当然是后话。当专机在埃塞俄比亚机场上空时，偏遇电闪雷鸣、风雨交加的恶劣气候，飞行员机警地抓住时机，安全着陆。

专机飞越国境线，翱翔在帕米尔高原上空时，周总理兴致勃勃地打起拍子，指挥大家唱起了《红梅赞》："红岩上，红梅开，千里冰霜脚下踩；三九严寒何所惧，一片丹心向阳开，向阳开……"

当专机回到北京，在首都机场停稳后，周总理亲切地握住飞行员的手："我们的首航飞行不是成功了吗？"随即，兴奋地同机组同志合影留念。

从此后，周总理多次出国访问，都坐我们自己的飞机。徐柏龄经常执行驾驶总理专机的任务。

二十多年来，除了执行正常的任务外，徐柏龄自己也难精确说出他执行过多少次专机飞行任务；从接送我们党和国家领导人出国访问，到接送外国国家元首到我国来访；从送我国的文艺、体育团体出国演出、比赛，到向友好国家运送象征友谊的使者熊猫……有时候，夸父追日似地跟着太阳飞，由于时差的原因，将手表不断往后拨；有时候，迎着太阳飞，将手表奔前拨；有时候，一天之内从夏天飞回冬季，或者从冬天飞回夏季。

徐柏龄的青少年时代，是在风景秀丽的浙江温州度过的。十七岁那年，他放下砍柴刀，在乐清县参加了浙南游击队。后来，党把他从温州军分区调到空军东北航校学习。这位只有高小文化程度的战士，以顽强的毅力，拼搏的精神，攻克复杂的飞行技术和航空理论，带着优异成绩飞上蓝天，成为我国第一批自己培养的民航飞行员。

他先后驾驶过十七种客机，经停和飞越过八十五个国家和地区，遇到过许多恶劣的气候，复杂的地理环境。他总是铭记着周总理对中国民航的指示："保证安全第一，改善服务工作，争取飞行正常"，安全飞行的航程相当于绕地球赤道二百多圈，而且还在不断延伸……

叩开华盛顿大门的飞行

1979年1月28日，中国人民的传统节日——春节。徐柏龄作为领队，驾驶着波音707专机，送邓小平副总理率领的政府代表团首次访问美利坚合众国。

由于某种原因，两国人民的友谊史中断了三十年。现在，重新在太平洋上架起了友谊的桥梁。邓小平副总理作为中国人民的友好使者，第一次访问美国，将为增进中美两国人民的友谊，稳定世界局势做出重大贡献。这无疑具有划时代的意义。徐柏龄和机组同志为能够担负这项光荣任务，感到喜出望外。

专机的飞行航线是北京—上海—安克雷季—华盛顿，总距离一万四千三百四十三公里，计划飞行十六个小时。

1979年2月8日，邓小平同志访美归来，与徐柏龄（前左一）等机组同志
合影于飞机客舱

好事多磨——偏偏遇到了十分恶劣的天气：上海大雾，能见度只有三百至五百米；安克雷季夜间下中雪；华盛顿刮大风。

最伤脑筋的是上海的大雾。邓小平副总理上飞机后，请求"开车"，但塔台不同意，因上海虹桥机场能见度只有一百米。徐柏龄离座报告了邓小平副总理。

邓小平副总理说："天气这么冷，这么多的老人来送行，他们怎么受得了啊？"

徐柏龄建议："那就先'开车'滑出去，让欢送的人先回去。您看，行吗？"

邓副总理说："那很好嘛！"

于是，徐柏龄请求塔台同意"开车"将飞机滑出，在跑道上转了一圈。当欢送的人们走了之后，飞机又滑回了原处。

上海的大雾愈来愈浓。发动机关车后，徐柏龄再次向邓小平副总理报告："张廷发司令员亲自在空军指挥所里指挥。上海大雾能见度只有一百至二百米，一时走不了，请您下机休息一下，行吗？"

邓小平副总理有些着急："人家计划都安排好了。走不了，那怎么办？"

"我们研究一下，采取措施，争取尽快起飞。"徐柏龄回答。

首长下飞机后，徐柏龄也下了飞机。此刻，他心急如焚，值班室里，空军刘世昌副政委，王定烈参谋长，民航总局沈图局长，王静敏政委，民航北京管理局吕正哲局长，孙树峰政委等，心情都很不平静，纷纷提出了各种各样的措施。

最后确定：加油直飞东京。上海天气好，则降于上海；上海天气不好，则丢下美国领航人员（因为两名美国领航人员，先一天到达上海）直飞东京。

徐柏龄按照研究的方案第二次开车起飞。

银燕越过济南后，接到上海发来的天气形势预报：逐渐转好，能见度由二百米转到八百米，一千一百米。徐柏龄止不住向驾驶舱内的四位同伴，兴奋地翘起了大拇指，决定在虹桥机场降落。

但是，"天有不测风云"。飞机进入"上海走廊"时，天气又变坏了，能见度只有八百米。飞机穿云到三边，地面塔台报告：天气继续恶化。

面对这复杂天气，徐柏龄鼓励机组人员说："全神贯注，认真操作，主动配合！"但是，地面盲降受干扰指示不稳。虽然着陆雷达指挥很主动、准确，但飞机接近跑道头时，偏左约有一个跑道。机长陆洪明同志右压杆约二十度角修正到跑道上。由于回杆不够及时，飞机惯性大，偏到了跑道右边。陆洪明企图向左修正落地。但是，有些勉强。机组同志异口同声高喊："复飞！"徐柏龄立即表示："同意！"飞机加大油门，升入空中。

此刻，有的同志建议直飞东京。徐柏龄想，专机临时改降东京，保安措施准备得如何？两个美国领航员丢在上海。飞机夜航到安克雷季空军基地，我们都没有去过，万一遇复杂天气又改降另一空军基地，怎么办？徐柏龄果断决定，亲自上左座作一次试降。若不成功，再去东京。飞机穿云到第三边，徐柏龄与陆洪明机长调换了位置。在机组同志的密切配合和帮助下，徐柏龄小心翼翼，终于将专机安全平稳地降落在上海虹桥机场。这时，实际能见度只有五百至六百米。

专机加油后，邓副总理登机。这时，能见度再次变坏，只有二百米！这种坏天气，真让人伤透了脑筋。徐柏龄考虑到机组的技术状况，安全起飞是有把握的。本着对党，对祖国人民负责的精神，毅然决定亲自驾驶，按时起飞。飞机进入跑道后，借助于跑道灯的照射，实际能见度约有三百米。徐柏龄严格将飞机对准跑道中心线，保持方向，安全地起飞了。

人们作过统计，航空事故往往发生在起飞后三分钟和着陆前八分钟。国际航空界称此为"危险的十一分钟"。在如此复杂的天气情况下安全起降，受到了代表团成员和美国领航人员的高度赞扬。

从上海起飞后，徐柏龄和机组人员想方设法采取多种措施，力图把在北京延误的时间赶回来，以保证邓副总理按预定计划到达华盛顿。遗憾的是，高空顺风不大，后一段还遇到了逆风，加之安克雷季下雪，飞机除雪又耽误了时间，结果晚一小时三十分钟到达华盛顿安德鲁斯空军基地。

美国副总统蒙代尔、国务卿万斯等亲临机场迎接邓小平副总理。据说，副总统亲自去机场迎接一位外国副总理，这在美国礼仪上是少见的，反映了美国政府对邓小平副总理的来访很重视。

翌日上午，天气晴朗。卡特总统在白宫草坪上举行正式欢迎仪式，徐柏龄和机组同志应邀出席。

对面记者台上，各国的文字、电视、电影记者，肩扛摄影机，胸挂照相机，人挨人，人挤人，堆成了一座人造山头。他们聚精会神地等待卡特总统和邓小平副总理的到来，争抢第一个镜头。

当邓小平副总理在卡特总统陪同下来到检阅台时，全场响起了热烈的掌声。乐队奏起了两国国歌。接着，卡特总统致欢迎词，表达了美国人民对中国人民的友好情感；邓小平致答词，感谢卡特总统的热烈欢迎，回顾了两国人民的友谊史，阐述了我国政府的政策，决心为增进两国人民的友谊做出贡献。

正当人们欢欣鼓舞之时，少数反对派趁机捣乱。有两名美国极左派混在记者群里，当卡特总统致欢迎词时跳出来反华，被美国保安人员拖走了；距草坪南面五百米处，有一群"台独分子"和美国极左派搞游行示威。尽管他们喊破嗓子，费尽心机，但无损于中美两国人民的友谊。

2月4日下午，参观波音飞机制造厂。这是邓小平副总理访美以来最紧张的一天，根据获得情报显示，反动分子预谋在邓小平副总理参观时行刺。这不仅使我国代表团担心，美国政府和保安人员也十分紧张。他们采取了多种安全措施，并且严密部署了大量保安人员。

本来，徐柏龄和机组人员早就盼望参观波音747飞机的客舱设备。但是，此刻都坚守在专机上——这是飞行员的阵地。只要邓副总理访问成功，徐柏龄和机组人员随时准备付出一切。

正是凭借这种对党、对祖国、对人民的高度责任心，正是凭借这样高超的驾驶技术和团结一致的过硬作风，徐柏龄和他的同伴们一次次出色地完成了伟大祖国赋予的神圣使命。

震惊世界的绝密飞行

那是1971年6月27日深夜，整个首都沉浸在一派安谧、温馨之中。然而，人民大会堂北大厅的东侧厅内却灯火通明。

当徐柏龄随着民航局领导走进会客厅时，仪表整洁、目光炯炯的周总理已等候在那里。

总理亲切地同每个同志握手并热情地招呼大家入座。从他那镇定自若的神态上，丝毫看不出一次震惊世界的秘密行动正在进行。

待众人坐定后，总理款款说道："今晚请你们来，是要交给你们一项特别绝密的任务。美国总统尼克松要派他的特使——国家安全事务助理基辛格秘密访华，经由巴基斯坦的首都拉瓦尔品第到北京，使用巴基斯坦的波音707飞机，由你们派飞行人员去领航。任务很重要，要先试航，把航线记熟。要确保飞行安全。"

说到这里，总理停顿片刻，看了大家一眼："这次任务要绝对保密。巴基斯坦政府对我国很友好，叶海亚总统提出，为了绝对保密起见，要求我们派一架专机把领航人员送过去。"

事关重大。民航局领导当即根据总理的指示，决定派民航北京管理局第一飞行总队总队长徐柏龄带队，率领一名领航员和一名随机报务员同机前往。

一阵剧烈的心跳。徐柏龄真为自己能担当这样光荣而艰巨的任务感到荣幸，他激动又紧张。

总理似乎看出了他的心思。临行，又一次耐心叮嘱："要小心谨慎，不可大意。要把有关情况及时向我报告……"

7月3日，伊尔18型专机把徐柏龄和领航员刘志义、随机报务员王今亮三人秘密送到了巴基斯坦首都——拉瓦尔品第。

飞机降落后，滑向戒备森严的军用停机坪。巴方已经做好准备，未经任何检查手续，便在恰克拉拉基地司令陪同下，乘坐我驻巴大使的卧车直达我国大使馆。

为了不使外界引起猜疑，这架专机立即起飞返回北京。到达驻巴使馆后，徐柏龄即刻将顺利抵达巴基斯坦的情况向国内做了报告。

7月4日，我领航小组同巴方飞行员在我大使馆晤面，周密地研究了试航计划。徐柏龄详细地向巴航飞行员介绍了飞行航线，导航设备和机场情况。

徐柏龄

7月6日，巴航派出一架波音707飞机，由巴航飞行员驾驶试航北京。在徐柏龄等人的领航下，飞机安全地在南苑军用机场降落。这时，根据总理的安排，我国外交部代表章文晋、王海容、唐闻生、唐龙彬四人已在机场等候。飞机加油后，和领航小组一道乘飞机返回拉瓦尔品第，顺利地完成了试航任务。

7月7日晚，在金碧辉煌的总统府，叶海亚总统设宴招待执行此项任务的中国朋友。巴基斯坦出席作陪的，有陆军参谋长、国务秘书、外交秘书、安全委员会主席等军政要员。

叶海亚总统十分健谈，待人热情友好，对周总理派来几位执行特别使命的人员更是亲切。宴会上，叶海亚总统高度赞扬了毛泽东主席、周恩来总理，为发展中美关系所表现出政治家和外交家的伟大胸怀和气魄。

当叶海亚总统得知，徐柏龄曾为周恩来总理多次飞过专机时，风趣地说："倘若周总理访问欧洲途经巴基斯坦，我们一定热情邀请他来巴基斯坦访问。他若不来，我就命令所有歼击机起飞拦截。你就告诉周总理，'伊斯兰堡人民想念他！'然后，把飞机降落在伊斯兰堡。"

叶海亚总统的一席话，使徐柏龄和周围的同志深为感动。敬爱的周总理，不仅中国人民爱戴他，世界人民也十分崇敬他。

7月9日清晨，天蒙蒙亮，徐柏龄领航小组和章文晋等同志一起，先于基辛格特使登上巴航波音707专机。半小时后，基辛格特使和后驻中国大使、博学多才的"笔杆子"温斯顿·洛德先生一行六人，在巴基斯坦外交秘书陪同下登上专机。

据说，基辛格一行人从宾馆到机场一路顺利，不巧的是，这时伦敦《每日电讯报》驻巴基斯坦的特约记者贝格正好在机场。他一眼就认出了基辛格，不禁大吃一惊，忙问机场负责人，而那位负责人无意中泄露了天机。

贝格喜出望外，扭头就走。他当即向伦敦的报社发了一条急电——

"美国总统的国家安全事务特别助理基辛格博士一行人已于7月9日凌晨四时乘坐一架巴基斯坦国际航空公司的波音707飞机飞往中国。"

但是，伦敦的值班编辑和负责人不敢相信这是事实，以为贝格记者喝醉了酒，随手把这份震惊世界的新闻电稿扔进废纸篓。

二十多年啦！中美隔绝，不相往来。在这样秘密而又特殊的环境中见面，握手。起初，彼此都有些拘谨。基辛格特使不愧为有丰富经验的外交家，以幽默诙谐的语言冲淡了拘谨的气氛："我这次去中国很秘密，谁都不知道。早上起床，我连警卫员都没有告诉。一会儿，他找不到主人会急坏的，以为被人绑架走了！不过不要紧，巴基斯坦人会告诉他，说我到总统府去了。上午，报纸要登载我有胃病要休息的消息，谁都不会想到我到中国去了。"他的话引起了一阵笑声，客舱里的气氛顿时轻松了。

当飞机进入中国领空后，基辛格特使靠近飞机舷窗，观赏我国美丽的河山。

飞行中，徐柏龄将飞机的位置通过专门的保密渠道及时报告北京。专机于当天北京时间十二时十五分，在北京南苑机场降落。叶剑英、黄华等前来迎接。

周恩来总理在北京同基辛格特使进行了三天秘密会谈。7月16日新华社发表了如下公告："周恩来总理和尼克松总统的国家安全事务助理基辛格博士于1971年7月9日至11日在北京进行会谈。获悉尼克松总统表示希望访问中华人民共和国，周恩来总理代表中华人民共和国政府，邀请尼克松总统于1972年5月以前的适当时候访问中国。尼克松总统愉快地接受了邀请。中美两国领导人的会晤，是为了谋求两国关系的正常化，并就双方关心的问题交换意见。"

公告发表，震惊世界。中美两国从此打开了友谊之门，把长时期的冷战引向和平，给中美两国人民乃至世界人民带来了福音。这是毛泽东主席、周恩来总理和尼克松总统为世界人民做出的重要贡献。

同基辛格会晤之后，周总理曾对工作人员说："中美建交通航后，我要乘坐中国民航的首航班机到美国去，把中国人民的友谊带给美国人民！"

然而，周总理为中国人民呕心沥血，过早地离去了……

经过十六个半小时、一万六千多公里的飞行，当机身上喷有周总理书写的"中国民航"的首航班机，在纽约肯尼迪国际机场降落时，受到了各界朋友的热烈欢迎。途经旧金山市，女市长黛安·法因斯在盛大的欢迎仪式上发表了热情洋溢的讲话，并且将镶有欢迎词的精制镜框，赠给率队驾驶三十二年来第一架中国民航波音747SP客机降落美国的徐柏龄。

鲜花，彩旗，欢迎的人群，望着眼前的热烈场面，想起周总理生前的愿望，徐柏龄的眼睛湿润了……

令人难忘的飞行

采访徐柏龄，是在他"功成名就"，担任中国国际航空公司总裁之后。

飞行员出身的总裁，真是"三句话不离本行"。一见面。他告诉我的，却是发生在他三十六年飞行生涯中第一次，也是唯一的一次意外。

那是1966年，徐柏龄驾驶"伊尔18"飞机，准备送周总理去武汉。头一天就做了飞行检查，起飞前又试飞一次，情况正常。没料到，总理上了飞机，一只螺旋桨却不转啦！徐柏龄又耐心地发动了几次，发动机仍不运转。

徐柏龄只得离开驾驶室，红着脸向周总理报告了情况。知道总理还没顾上吃早饭，就请他先在机舱里用餐，等候机组人员检修飞机。

十分钟过去了，故障没有找到；二十分钟过去了，总理吃罢饭，故障还没有排除。总理很理解徐柏龄的心情，安慰道："不要紧张嘛！"就与同行的同志下了飞机，沿着跑道散起步来。

又过了一阵工夫，才查明是一个很小的继电器坏了。这时，起飞时间已延误了一个多小时。

1988年3月，徐柏龄担任中国国际航空公司首任总裁

到达目的地，临下飞机，总理像往常一样，到驾驶舱同徐柏龄和机组人员一一握手，同时叮嘱道："你们要好好检查飞机，总结一下经验，今后要避免发生这样的故障。"

就在这一次，从武汉飞往大连途中，周总理在飞机上给机组人员讲了亲身经历的一件事：1946年重庆谈判时，周总理乘坐一架美国的"C—47"型飞机从重庆返回延安，驾驶飞机的是美国飞行员。飞越秦岭时，飞机外面结冰，高度陡然下降。眼看飞不过秦岭。但美国飞行员却硬是不返航，打开舱门往下扔邮袋和货物，以减轻飞机的重量。结果，飞机擦着三千多米高的山峰而过，险些相撞。讲到这里，总理对机组同志说："你们飞行员中确有冒险家，拿安全当儿戏，这不好。飞行员是要胆大心细，但不能冒险。"

意外的故障，给了徐柏龄终身的教益。

1969年至1977年，徐柏龄任民航北京管理局一总队第二任总队长达八年之久。这期间，他时时铭记周总理的教诲，积极开展业务学习和飞行训练，培养飞行队伍严谨的作风和严格的纪律。

一位"好心人"走进徐柏龄的办公室："老徐，现在从上到下都兴'突出政治'，你这么个抓法，不对头啊？"

"怎么不对头？"徐柏龄起身反问："难道脱离飞行、脱离业务的'空头政治'才对头吗？！"

"这可是'林总'的指示！你这样下去，恐怕是要犯错误的！"

1987年9月，万里同志同徐柏龄交谈

"谢谢你的好意！我知道，不抓飞行，不学技术，掉了飞机，那才是对党、对人民的犯罪呢！"徐柏龄现出少有的激动。

来人悻悻而去。徐柏龄依然如故；每周六天，四天半时间安排飞行人员学业务，搞训练，严格要求，一丝不苟。

徐柏龄的行动，得到了周总理的肯定。

就这样，总队对飞行员的教育逐步形成了良好的传统，老航线当新航线飞；简单情况当作复杂情况飞；班机当作专机飞。严格的训练，严格的要求，严格按操作规程和科学态度办事。"一切从严"成为第一飞行总队安全飞行的灵魂。

对别人严格管理，对自己严格要求。这就是徐柏龄的思想作风。

一次，徐柏龄率队到日本东京飞"模拟机"。其中，有一个从舱门四五米高的滑梯下滑的动作。当教官得知，这就是中国民航北京管理局第一飞行总队长、鼎鼎大名的徐柏龄时，说什么也不让他做："先生，久仰您的大名！这个动作您就不必做了！"

徐不解其意："那为什么呢？"

"您是老飞行员，又是长官，更何况您的年龄……所以，您不必做这种初级动作啦！"

徐柏龄亲切地对教官说："谢谢您的好意。在您面前，我们都是学生。课程规定的动作，谁也不能特殊。您说，对吗？"说罢，一丝不苟地完成了这个动作。

没想到，徐柏龄的一番话、一个动作，竟使这位日本教官非常感动！他不由得竖起两只手的拇指："中国人，了不起！"

总队长身先士卒，飞行员们一个接一个严肃认真地完成着每一个动作。

1987年与王锡爵同志合影于慕田峪长城

最后，人人都取得了优秀的成绩。

如今，徐柏龄曾经为之付出心血的这支飞行队伍，技术精湛，训练有素，已经飞遍五大洲，在世界一百多个国家和地区的二百多个机场起降，创造了连续安全飞行六十六年的光辉纪录。

1977年，徐柏龄任民航北京管理局副局长。两年后，出任局长，开始从一个飞行专家走上企业家的道路。

他以企业家的胸怀和飞行指挥员的气魄，大张旗鼓地调整了各级领导班子，建立健全了一系列必要的规章制度，下力整顿了干部队伍的思想作风和工作作风，一改过去领导班子"软、懒、散"的状况，代之以团结一致、朝气蓬勃的局面。

他以企业家的胸怀和飞行指挥员的气魄，坚持改革开放，分别以贷款购买、租赁经营等形式，更新机型，努力实现"波音系列化"，使全局拥有三十五架先进的中程和远程大型客机，从而为企业创造高效益奠定了基础。

他以企业家的胸怀和飞行指挥员的气魄，锐意改革，勇于开拓，精心设计并着力实施了驻国外办事处组织客、货源，候机楼服务承包，以及机务维修"计划外承包"等一揽子改革方案，极大地调动、发挥了广大职工的积极性和主人翁责任感。

他以企业家的胸怀和飞行指挥员的气魄，大胆决策，使北京航空食品公司成为我国第一家与

1988年7月1日，中国国际航空公司召开成立大会，徐柏龄（右）陪同田纪云同志步入会场

外资合作的企业。过去，它每日平均仅生产一千四百份空中配餐，且质次、价高、卫生差；如今，日平均生产七千四百份，多时可达一万多份，且色、香、味、型、量都达严格的高标准要求。它不仅供应中式配餐，而且供应使二十多家外国航空公司满意的标准俄式、法式、意大利式及日本式的配餐。

他以企业家的胸怀和飞行指挥员的气魄，不断加强经营管理工作，自下而上地建立了全面质量管理组织，对职工广泛进行全面质量管理和优质服务的教育，从而彻底扭转了民航北京管理局长期亏损的局面，使该局一跃成为年赢利五亿多元的国家重点企业，荣获了"全国工业交通商业系统经济效益先进单位"的称号。

一次，北京市大雾笼罩，二十六个航班的两千七百多名中外旅客被困在首都机场。面对这历史上少有的情况，民航全体值班人员紧急动员，一面不厌其烦地解答旅客上万次重复询问，一面在短短三个小时内联系了十余家饭店、招待所，安置好上千名旅客的食宿，并将其他在市内有住处的旅客送回城里，一切是那样紧张、镇定、热烈、有序……

1988年3月，民航北京管理局改革管理体制，实行政企分开，分别成立华北管理局、北京首都国际机场和中国国际航空公司。

徐柏龄出任中国国际航空公司首任总裁。他感到自己的肩上沉甸甸的：这是一个依法自主经营、自负盈亏、独立核算的全民所有制企业，是我国最大的国家航空运输骨干企业，注册资本有十一亿元人民币！

7月1日晚，人民大会堂北大厅内洋溢着节日的气氛。上千名中外来宾身着礼服，前来祝贺中国国际航空公司的正式诞生。

邓小平同志欣然命笔，为该公司题写名称。

李鹏总理在日理万机中，兴奋挥笔："祝贺中国国际航空公司成立！"田纪云副总理，陈慕华、荣毅仁副委员长，邹家华国务委员，北京市委书记李锡铭等各位领导同志，都兴致勃勃地光临祝贺。

摩肩接踵的外国航空公司的董事长和总裁们，竞相送来了花篮、友谊，自然也送来了必不可少的——竞争。

肩负重任、容光焕发的徐柏龄总裁激动地致辞："民用航空是国民经济发展中的一个重要部门，四化建设和改革形势对民航提出了更高的要求，党和国家期待着民航的迅速发展和壮大。作为中国国际航空公司第一代创业者，我们对此引以为荣并深感肩负重大的责任。"

"中国国际航空公司全体员工决心艰苦创业、继往开来，坚持'安全第一，旅客至上'的方针，让我们的飞机飞遍五大洲，为国家开放搞活，发展经济，为国际间友好往来架起一座又一座的空中桥梁！"

作者与徐柏龄合影于中国国际航空公司成立大会

蒙古族英雄甘珠尔·扎布

谁能够立一块界碑，决然把人分成两种：特殊和普通的呢？假使能够，他心灵的浩特①该是横亘于碑界两端的——那么普通，又那么特殊。直到此刻，人们随暮春的风，把淡碧色的消息带给他的梦乡时，他还在用熟睡中安详加坚毅的表情示意这一点。

这是1984年4月的一天，围在熟睡者身旁的人们，用眼睛重重地唤着"甘珠尔""甘珠尔·扎布！"唯恐出一点声音，惊醒了这位枕着碧色之城的春意甜睡的蒙古族老人。然而，这位佩戴着数枚勋章和一枚象征飞翔的中国民航航徽的老人，却在每个人的目光里不约而同地站起来。瘦矮却挺直的身后，一道道足印平常然而深刻……

生　命

手术刀划开了他的胸部。医生惊呆了，无法驱赶的死神，牢牢地抓着他生命的脉络……

假如，一个人在不幸之中行进，下一个更大的不幸到来时，他仍旧一如既往地行进。除了顽强的意志，他还需要什么呢？信念！对未来，对事业坚定的信念！把这信念和意志铸成一条破冰的航舰。乘着它，就会走向光明的彼岸。

他，就是铸造这航舰的人。

---

① 浩特，蒙古语 Hoton，原意为水草旁的"聚集地""定居点"。"浩特"是非固定、经常搬迁的。到了近代，人们又赋予了"浩特"新的内涵，即"固定的城堡"，也就是"城市"的意思。

1968年夏，民航锡林浩特航站小小的停机坪上，伊尔14飞机的螺旋桨飞转着旋向蓝天。这个航站的政委甘珠尔坐在机舱的沙发上，掩饰不住内心的喜悦。他极目茫茫的锡林郭勒大草原，笑着笑着，泪花在他的眼中打着转。

飞机在呼和浩特白塔机场降落后，他找到在呼市上学的大女儿桂芝。

"快陪爸去买双新鞋。"这是久未见面的父亲对女儿说的第一句话。桂芝惊讶地望着变得年轻的父亲，心中莫名其妙："他怎么了，我从未见过他这样高兴！"桂芝打从记事起，只送过爸爸走上各种路途，没听说他要买双鞋。

看到女儿迷惑的眼色，甘珠尔掩饰不住内心的喜悦："傻孩子，我要去北京了，要去见毛主席了。全自治区蒙古族代表就两三个，你爸爸得到了这崇高的荣誉。"

小桂芝跳起来了。她兴奋地拉着爸爸的手跑进了呼和浩特城徽——那匹白色骏马塑像下的一个商店。一个又一个，他们跑遍了全城几乎所有的大小商店，也没能买到合适的布鞋。甘珠尔还是把一双不太合适的布鞋珍重地搂在胸前，告别了女儿。

几天后，在桂芝想象父亲正在毛主席身边的时刻，甘珠尔又意外地出现在女儿面前。

"您没有去北京？"女儿又一次迷惑了！

"没有。"甘珠尔第一次让女儿看见了痛苦的眼神，眼神中第一次表示不幸！

"为什么？"女儿盯着父亲脚上的新鞋。

"有人在航站贴了大字报，说我是'内人党'，我是来进学习班的。"

泪水从桂芝的眼中涌出来，她茫然了。这时，甘珠尔却露出了笑容："哭什么，你爸爸没有错！要坚信我们的党。"父亲的背影在桂芝的瞳孔中消失了。那缓慢又坚定的步履，使她记起了1948年父亲的脚步。那年，母亲领着她挤在锡林郭勒的一个喇嘛庙前，从由乌兰浩特打胜仗后过路的大军中，寻找爸爸的踪影。突然，她的手被妈妈攥得紧紧。一个打着绑腿、膝头用粗针脚缝着白补丁的男人骑着枣红马在她们面前停住。他敏捷地跳下马，向她们走来。妈妈什么也不说，只把桂芝的手握得愈发紧了！待那人蹲下来，妈妈才哽咽着让她快喊爸爸！桂芝用手拨弄着父亲胸襟上几枚闪光的牌牌，好奇地问："这是什么？"父亲笑而不答，向母亲点点头："我赶队伍去了！"他的步子迈得又大又快，轻松有力，当父亲跃上马背的瞬间，桂芝看见母亲自豪地笑了。母亲曾指着当时的《内蒙古自治报》告诉她："这是你爸爸的名字，这是他立的战功。"小桂芝不解地问："爸爸是什么样的人呀，怎么去纸上待着……"母亲甜甜地笑了，半晌才轻声说："为了过上好日子，他想当英雄。"

"英雄？"桂芝脑海中头一次装进这个词是重叠着父亲那雄健敏捷的脚步的。可此时，二十年过去了，当"内人党"这个词和父亲的脚步再次印进她的脑海时，她多少感到那步子有些沉重和苍老！

"爸爸，你还能有那矫健的步伐吗？"她望着父亲远去的背影，心在期待！

1971年，甘珠尔从呼和浩特的"学习班"来到太原，参加武宿机场的扩建劳动。他带着未被澄清的问题、忍辱负重，渴望有一天，能还他本来面目，重返工作岗位。但次年八月的一天，他却躺在了空军总医院肿瘤科手术台上。他绝没想到自己在不久前的一次普通体检中，被划进"危险区"，更没想到那可怕的字眼"癌"会出现在他的躯体中。当他在武宿机场的跑道上得到体检通知后，只是不屑地一笑。他这个"内人党"嫌疑犯虽是迈着沉缓的步履走出锡林郭勒，可他自信自己的身体仍像骑手那般结实。尽管X光几次证明严重的癌症正吞噬着他的肺叶、他的肌体乃至他的生命，可他还是以平静的面孔躺在手术台上，期待着医生最后宣布：你的身体没问题。然后，他就可以再站起来，泰然地走回机场，走回锡林郭勒，走回他的岗位。他多想看飞机留给草原的那缕淡白色弧线呵！

无影灯下，手术刀终于划开了他的胸腔，医生惊呆了。癌细胞已紧贴着动脉管大面积扩散。无法驱赶的死神卧在甘珠尔的胸腔，牢牢地抓住他生命的脉络。"死亡，死亡，死亡……"医生的脑子旋转着这两个字眼，未作任何切除，又悄悄地缝合了刀口。

"手术做好了，你的病切除了！"当甘珠尔用眼睛寻问手术结果时，持"至多能活一年两年"想法的医生这样回答他。甘珠尔微笑了，他如愿了！他似乎又看见了飞机机翼上"中国民航"那熟悉的大字，看见了机翼前旋转的螺旋桨，那螺旋桨旋着他一腔深情。

"但是，你必须配合我们作进一步化疗。这是一种非常困难的治疗。"医生把化疗引起副作用的严重性告诉了甘珠尔。他怀疑这五十多岁的老头儿能否接受。甘珠尔轻松地点点头，"什么时候开始？"

十几天后，甘珠尔开始进行化疗，服用肺癌化疗药物。很快，严重的无力、恶心、呕吐时时向他袭来。为了吃一片药，要用十几分钟的时间，咽下去，又不由自主地吐出来，再咽下去，再吐出来，当药片第三次从胃里返吐到嘴里时，他再没别的办法了，只要张开嘴，他再不用这样的煎熬。也就在这时，那旋转着的飞机螺旋桨声从遥远的内蒙古"传来"，他于是有了力量。合上眼睛，紧紧地闭上嘴，咬着牙，用尽全身的力量压制着小小的药片。额头满是汗水，脸憋得又红又紫，那有着海浪一样返冲力的药片终于折服了，药物反应时间过去了，甘珠尔像战场上胜利的士兵一样，露出了微笑。

和甘珠尔同住一个病房的人都知道，他是他们之中病情最严重寿命最短的人，唯有甘珠尔似乎什么都不知道，他用自己的情绪影响着那些沮丧的病号，还偶尔给大家说个笑话，哼一支歌儿。让歌声飞荡在充满"死亡"的病房。有天中午，甘珠尔为吃下二两米饭，艰难地熬了两个小时。前来看望他的老伴看到他费力地咽下一粒粒米饭，难过地掉转头，悄悄地抹去了眼角的老泪。他本该吃特殊饭的，可这倔老头就是不肯，偏要和同屋人吃一样饭菜；他本该静养在床，可他却好似向病魔逞能一样，打扫卫生，拖洗楼道。难道他真的不知道自己早已和死神系在一起了吗？

"老甘"，一位患腮腺癌的山东小战士，眼睛里充满忧伤地望着他说，"您何必呢？为这点饭遭那么大罪，还能活几天？算啦！"可怜的绝望的小战士说出了老伴埋得最深的话，她惊慌地望着丈夫。她希望这接踵而至的二次不幸永不被他知道。甘珠尔像是听到世上最平淡的话,不仅没有惊讶,反而对妻子微微一笑:"我早知道了,你们瞒不过我。"他轻轻地走到小战士身边,端起饭碗,举到小战士嘴边:"你才是给自己找罪呢!来,咱们一起赶掉你的悲观绝望吧。只要活一天,就要活得像个人呀!"小战士流着眼泪咽下了老头儿递过来的一勺勺米饭。

一个多月后,由于甘珠尔顽强地配合医疗,他竟神奇地恢复了体力,制止了癌细胞的扩散,要出院了。临出病房门,那位小战士抱着他的腿哭着不让走。护士们同样以恋恋不舍的目光送别他,像送走一个得力的工作者,一个朝夕相处的战友。"我准定还会来的,但可不愿很快来。"甘珠尔和护士们握手告别,一语双关。护士深知话中之意,无言以答,只有含泪点头。

甘珠尔带病回到内蒙古区局,担任了后勤支部书记。很快,他听说锡林浩特航站不正之风严重,群众思想不稳定,便坚决要求回到锡站,区局领导再三劝阻,无奈拗不过他的倔劲,又恰逢要放松"内人党"问题追查政策的开始,便送他重归锡林浩特。从此,他又回到了心爱草原的小小航空港,回到了浇灌着他心血的地方,如同他头一次去那里一样。

创 业

一架勒勒车在锡林郭勒草原上嘎吱嘎吱地走着,他赶着老牛,拉着几桶水,几片牛粪,还有创业者的心……

当你去耕耘一片未被开垦的处女地时,你只要相信,你心血和你理想的种子能使荒芜变作绿洲,相信她的花果会放出芬芳,你的辛劳也就会变作无限的欣慰,就会有苦尽甘来乐在其中之感。

甘珠尔有过这种欣慰,也有过这种欢乐!

那是1958年春天,为方便少数民族地区的交通,让游牧在茫茫草原上的人民和内地各民族人民彼此有进一步的交往,国家决定在锡林郭勒草原建立民用航空站。当时任锡盟运输局党委书记的甘珠尔意外地接受了筹建航站的工作。从领导几百人的大单位来到只有十几个人的航站，似乎有些屈尊，但航站政委的任命一下，甘珠尔还未等到免去运输局党委书记的职务，就在一个大清早四点多钟骑自行车来到了航站所在地。他的自行车在针叶草和沙土组合的原野上留下了第一道辙迹。以后，这辙迹渐渐成了一条通天小路。

头一次到航站，他看到了什么呢？两间土坯房子的候机室，一间干打垒办公室，一个简陋的二十平方米集体宿舍，一个砖头垒起来的塔台，还有一堆堆渣土。客机坪是土的，跑道是土的，周围空荡荡，茫茫然，只有远处的喇嘛庙偶尔隐约传来几声钟鸣，更增加了这里的萧瑟凄凉。

他又看到了什么呢？一个人伫立在刚刚生出嫩黄色的草地上，悄然地笑了，笑得那么自信、乐观、恬然。噢，在他的视线中，飞机飞来了，落在了他脚下寂寞了无数年的土地上。穿着马靴、蒙古袍的牧民踏上了登天的舷梯。一种新生活的喜悦紧紧地拥抱着他的想象。他之所以笑，不仅仅因为这想象，他坚信这是不久的未来，他要为这未来耕耘、播种。

于是，他弯腰拣来一块牛粪，在办公室的小土炉里燃起了航站第一缕火光。水呢，他想烧点水喝，可是没有，周围两三里之内没有水，没有井，他只好暂时放弃了。

接着，十几位同志相继来到航站。他和大家商量了权宜之计。买来一辆勒勒车，一头老牛，赶制了盛水的木桶。这样，一架勒勒车便在锡林郭勒草原上嘎吱嘎吱地响起来，他和大家轮流赶着老牛，或在启明星下，或于暮色中去三里外的小农场拉来几桶水，拣几块牛粪。那车子缓慢地走着，创业者的心在车上歌唱草原和天空的路。

得种树，得盖房，得打井。而最最重要的是要使大家团结起来，勤俭建站，艰苦创业。保证开航后各方面的安全，还要使航站形成良好的风气，还要改善大家的物质生活、文化生活。

甘珠尔一米六〇的瘦小躯体内酝酿着这许多要做的事。从何开始呢？他带头动手了。一镢头下去，只能长半尺高野草的沙地上出现了一个小小的坑穴。那唯一的运输工具勒勒车拉来了水和钻天杨的小苗苗。植树，在这里简直不可思议。可甘珠尔非但要植，而且还要横看成行，竖看成垄。土地不好嘛，就从别处拉来泥土，连吃水都困难的航站，居然为棵棵小树苗喂饱了饮料。

"这老甘头太倔了，太认真了！"大家说，"他认真到近乎顽固的程度。"从此，甘珠尔被同志们亲切地称为"老甘头"，可不是嘛，沙地竟比不上老甘头顽固的认真，树成活了。绿化，为航站从锡林郭勒盟领来了第一张奖状。

"老甘头觉睡得可真少。他哪来的那么大精神头，晚上十一二点睡，早晨四五点起，一点小事都逃不过他的眼睛。"年轻的机务员邰文才有些迷惑地琢磨着他，"他怎么天天早上搞卫生？航站的这块地都让他扫薄了！"

真的，他就是这样一个人。航站没地方住时，他每天回到在盟里的家中住宿，天没亮就从老伴身边悄悄地爬起来，为孩子们点旺炉火，烧上水。然后，穿戴整齐，轻轻拉开门，骑车向航站奔去。到站后，他又怕惊扰职工们的梦，就蹑手蹑脚地把航站所有地方检查一遍后，拿起扫帚，先把厕所卫生搞完，再搞全站的卫生，推走一堆堆灰渣土，扫去一层层枯叶杂草。天天如此，难怪人们风趣地说他扫薄了航站的地。有天早上，一个蒙古族小职工还躺在被窝里，就被老甘头喊起来，他脸上严肃的表情可真吓人，出了什么了不起的大事？小家伙心里忐忑不安。"办公室的门，你昨晚锁了没有？"老甘头生气地问。小家伙一下子放了心："当然锁上了。"老甘头更火了："你还不说实话，咱们瞧瞧去。"政委拉着小兵来到办公室门口。小家伙看着锁明明挂在门上锁得好好的，不服气地说。"我清楚地记得锁好了。"边说边上前一摸，啊，那锁没锁实，还缺一按，轻轻一拉就开了。好一个认真的老头儿，这点事都被他检查出来了。小家伙服气地低下了头。此后，航站所有人不管干什么事都不敢粗心大意了，渐渐地形成了一个风气，一种习惯。卫生、工作制度和工作秩序又为航站领来了第二、第三张奖状。

同时，他和大家一起抓紧时间学习业务，熟悉民航情况。为开航作积极的准备。同年十月一日，蓝色的天空和绿色的草地都显得宁静而庄严，锡林浩特航站二十几名同志的心情却是庄严而不宁静。他们正在各自的岗位上翘首以待。当国庆九周年的欢庆声在天安门广场响起的时候，一架运五飞机的隆隆声遥遥传来了。北京—呼和浩特—锡林浩特的第一次航班划开了蔚蓝的天空，鲜红的国旗和展翅的中国民航航徽为草原带来了最新的消息和最新的生活。

此时的甘珠尔站在塔台上仰望天空，注目那愈来愈大的飞机，禁不住热泪盈眶地向机上的五星红旗庄重地行了一个军礼。他也曾这样目光集中地注视过天空掠过的飞机，不同的是，现在是主人的目光，而那时的目光却是愤怒得要喷出火焰……

1947年，解放战争辽沈战役。我军开始了东北夏季攻势。在法库西部，内蒙古骑兵一师梯队行军到一个红沙地村庄。四架P51型敌机跟踪而至，向部队进行疯狂的俯冲扫射。甘珠尔架起了九二式机枪。移动着瞄向快速掠过的敌机。当时部队因怕暴露目标，一般不对空开枪。从小就想当英雄的甘珠尔，经过党的教育，已不像过去那样单纯，也不像过去那样有严重的个人英雄主义思想了。当他最初被征丁到日伪军中时，他一心想为受难的蒙古族而战，想当个蒙古族人民称颂的勇士，但军内外的现实使他清醒了，伪军队只能让蒙古族人灾难愈加深重。他串通了数人，杀死了日本军官，参加了中国人民解放军。在共产党领导下，他进一步认识到只有全中国人民都挺起身来，只有整个中国从灾难之中挣脱，蒙古族人民才能真正抬起民族的头颅。（在后来的自传中，他如实地写下了这一思想变化）所以，当敌机飞行在他的准星内时，他没有贸然扣动扳机，而是恳切地向首长提出了请求。"你有把握吗？"尽管甘珠尔是出色的射手，团首长还是这样问他。这时，敌机已飞出了他的准星，第一次机会失去了。他深知倘不成功，将会给隐蔽的队伍带来巨大损失，但又深信狂妄得飞得极低的敌人逃不过他的子弹。他坚定地回答"有！""那么打吧！"首长同意了。甘珠尔的准星又一次对准了快速飞行的敌机，一串子弹射出，打中了！一架深灰色P51型飞机拉着长长的烟雾坠毁在地。其他三架急忙逃走，此后几个月，居然未敢再来。

那时候，《内蒙古自治报》以他的战绩为题向全国，甚至全世界宣布，甘珠尔用九二式机枪开创了中国战争史上地对空射击的第一个先例。庆功会上，他从内蒙古军区司令员乌兰夫手中接过特等功臣的勋章时，激动庄重地向八一军旗行了一个军礼。

一样的标准，一样的姿势。整整十年后，他再次行的这个军礼可没有像当初那样被成千上万的人注目，那时军中皆知，报上风靡一时的"特等功臣"，这时却是默默的，心甘情愿的普通劳动者。

正式开航后，甘珠尔更闲不住了，他想的问题越来越多。1961年，他带领大家为航站打了第一眼机井。1962年，他和大家一起用一个星期的业余时间盖了一百二十平方米的职工俱乐部。小小的航站因此有了会议室、阅览室、文艺活动室。

"真没想到这么严厉的老甘头，还会变着法儿做思想政治工作。"这是俱乐部盖好后，有人对甘珠尔又一个新的认识。的确，他做人的思想工作，是变着法儿的。他既不和你作长时间的谈话，也不给你讲这样那样的大道理，也不是开会读报念文章，让你表决心写汇报。他总是不大吭声地带头做各种工作，首先替别人着急，潜移默化地改造人的意识。站上有个老光棍，无家无业，快五十岁了还没娶上妻子。他本人对这事早已心灰意冷。一天晚上，老甘头忽然意外地来到他的宿舍："刘刚，找你有点事儿。"光棍汉慢腾腾地问："啥事？""给你找个媳妇同意不？"老甘头坐在刘刚身边，把自己跑了很久才找到一个合适对象的经过告诉了早该当爷爷的刘刚，刘刚怎么也不相信会有这等事，他拍拍自己的脑袋，不是做梦，何况又是老甘头亲口告诉他的，他深信甘头儿说话从来是算数的，不会有假。"要是你没意见，咱们就准备办喜事吧！"甘珠尔没说更多的话，光棍汉也只是简单地点了点头。一个多月后，航站举行了建站后第一个婚礼。那一天，甘珠尔带头，全站每人出一元钱，为刘刚买来了锅、碗、瓢、盆、炕席等。刘刚头一次当众哭了起来："没有共产党，我就不会有家庭；没有甘政委，我现在就成不了家。"就在这个家成立的时候，老甘头却被自己的孩子们称为陌生人了！他早已住在航站集体宿舍的大通铺上，一年难得回几次家。连出差在外，想的也是航站这个大家庭。有一次，大家看到甘珠尔从北京出差回来，背个大包，好奇地打开一看，是精美的碗、碟。"老甘头可想到自己的家了！"有人想到。谁知甘珠尔又像以前一样让人把东西送进了餐厅，说是站上用来接待旅客用的。

"政委都这样做，我们还有什么可说的！"全站的同志对甘珠尔又敬服又亲热，大家虽然从不同地方、不同民族来到这个荒凉又寂寞的地方，可没人有怨气。站里的工作样样都是民航内外的先进单位，几十个奖状挂都没地方挂。

又有谁能想到，这样一个老头，竟被一张大字报送进了"学习班"，莫须有的罪名使甘珠尔失去了在民航站工作、劳动的权利，被迫离开了他心爱的草原，离开了他苦心经营起来的大家庭。

甘珠尔走后，不正之风和那个混乱的岁月一起搅乱了锡林浩特航站。正常的生活和工作仿佛失去了一种和谐，一种平衡。人们深深地惦念着老甘头，希望有一天，他会突然像以前那样出现在航站的土跑道上。可是，五年多过去了，他还没有回来，大家只知道他得了癌，快要死了，他是不会再来了。

1975年5月，呼和浩特来的飞机落地后，推舷梯的同志愣住了，真的是他吗？老甘头回来了！他瘦了，他老了，他是临死要回来看我们一眼吗？甘珠尔在区局政委吕锦岚陪送下，走下舷梯，那步伐，那眼神分明是十几年前的甘珠尔，五十年代来这里的老同志放心了："他不是过路的，他是来守业的。"吕锦岚代表区局党委证实了他们的猜度，甘珠尔重又当起了锡林浩特航站的政委。

守　业

追悼会上，他的老伴意外地发现来了那么多大人物，这些人足可以形成一个偌大的关系网。然而，怎么没听他说过？

古人说，守业难于创业。创业，要付出劳动、汗水，以至于生命。守业，除此之外，还须付出什么呢？也就是难于创业的是什么呢？

他有过这种思虑。有过这不定义的难。

面对锡林浩特航站的现状，该从何处入手呢？他自有他的办法。这回，他可不只被称为扫薄航站地的人。"老甘头才不怕邪门歪道，他自己从来不搞，别人也别想在他面前搞。他可敢反邪门歪道啦！"和他一起共事多年的气象预报员说的一点不错。甘珠尔历来光明磊落，两袖清风，反起邪门歪道来自然十分硬气。

为整顿秩序，清晨，他就开始亲自拎上大喇叭，站在塔台上向机坪里乱哄哄的人群不停地喊话，宣传民航有关规定，劝告他们自动离开。讲道理起的作用不大，他真想骂几句，可他还是忍耐着走到人群中，推也把他们推到铁丝网外边。挨打吗？才不怕，他老甘头至今走起路来，还带有明显的军人风度，他知道怎么防卫。那铁丝做的网拦不住你们，老甘头意志铸成的网却可以做到。一连半个月，人渐渐少了。可是，甘珠尔沙哑的嗓音怎么越来越小，越来越小？难道他不想再喊了，那个中午，骄阳如火，他站在塔台上喊了两个小后，终于没声音了。拿喇叭的胳膊还在举着，典型的蒙古族人的脸上却掠过一阵阴影。他的声带彻底坏了，再不能像正常人那样尽情地放开喉咙说话了。而且，他知道像他这把年纪这个病体也许再也无法恢复了。此时，他多么希望贤惠的老伴为他做上一碗可口的汤饭，润一润干裂的喉管。但只有他一人，老伴在很远的白塔机场。他匆匆回到办公室，从自己床下的小纸盒里拿出两个鸡蛋走向食堂。炊事员习惯地从他手中接过鸡蛋后，才端出一碗鸡蛋汤。老甘头若是不拿鸡蛋来，炊事员是不敢端汤来的。他怎么也忘不了甘头儿重返锡站后的头一顿饭是怎样吃的。

"怎么我的饭和大家的不一样？"老甘头指着碗问。

"你的牙都快掉光了，身体又不好，吕政委特意交代过让我们为您做软一点、好一点的饭。"炊事员说了实话。

"不行！不能这样，让我和大家吃一样的。"老甘头儿从口袋里摸出两个鸡蛋，"以后蒸饭时替我把这个蒸成汤就行了。"

炊事员深知老政委的脾气，红着脸点点头。

吃过饭，甘珠尔独自到室外试图着自对自说话。尽管他用尽全身力气，那往日洪亮坚定的声音还是听不到。

失落了，他又失落了人生一种美好的东西。然而，他为何又像得到一件珍贵的东西一样微笑呢？铁丝网围起的机场草坪、分明的沙土跑道又如以前那样平静了。没有混乱，没有嘈杂，再不用担心影响飞行安全啦。失去的，他又变换种形式得到了，为什么不高兴呢？

再也喊不出声了，可他还得抓紧时间干别的事。他知道自己的时间不多了。

1975年5月，严重的捎买带风伴随着混乱的年月，也刮到了锡林浩特航站，影响着正常的工作秩序和规章制度的贯彻。航班到站，民航内、外有些人就通过各种关系，随便拿来行李牌，自己系在装满牛、羊肉的大包小包上，不办任何手续，只是皮笑肉不笑地点点头，就送上飞机。重返航站担任政委的甘珠尔被眼前的景象惊呆了："飞机超载出事故怎么办？怎么没人制止这种行为？！"工作人员劝他："睁只眼闭只眼吧！何必惹那些大小人物不高兴呢？"

支委会上，甘珠尔将耳闻目睹的情况向大家作了介绍。其实，不说谁也明白，这几年就是这样过来的。都是老熟人，"关系户"，怎么好意思得罪，又怎么得罪得起？在老政委的主持下，支委会制定了"七不"：不许捎买带，违者批评直至处分；不许利用工作之便谋私利……并且规定，支部成员带头履行。

甘珠尔知道，纠正一种坏习气，绝非一纸公文即能奏效，必须从每一件具体事抓起。从此，每次飞机到站，他都站在一边，当心观察装卸货物的人。一天，负责商务的女服务员信手从柜台上拿一个行李牌，动作利索地挂在一个装着六十斤牛肉的大包上。大模大样地正要往飞机上扛。因为这个站没有搬运工，货物全靠大家装卸。班机飞走了，甘珠尔找到这位服务员。原来，这包牛肉是地方某粮站的同志托她捎给在呼市的某位领导同志的。食堂管理员也走过来讲情说："如果不给捎，得罪了人家，我们可就吃不上照顾关系的细粮啦！"因为航站地处内蒙古中部草原，粮食定量中粗粮占百分之七十五，细粮占百分之二十五。甘政委沉思片刻，坚决地对他们说："那我们就按国家规定的政策办嘛！怎么可以不顾国家利益，搞这种交易呢？"那个服务员脸红了，心悦诚服地接受了甘珠尔同志的批评。

又有一次，站上的副政委给在呼市的家里捎了一桶油。老政委发现后，气呼呼地拎起油桶，推开他办公室的门："不许捎买带是支委会定的，你怎么可以带头违犯呢？我们当领导的，如果自己行得不正，纠正职工时怎么会有说服力……"第二天，这位副政委在全体职工会上诚恳地作了自我批评，并表示愿意接受罚款。从此，航站严重的捎买带风被制止了。可从不同地方传来的责骂又传进了甘珠尔的耳朵："都是他妈的老不死的甘头儿，搞得我们吃不上又好又便宜的肉啦！""这老家伙该死不死，穷管什么闲事？！"

呵，甘珠尔，听到这种话，难道不伤心吗？要果真老不死，该有多好，他可以做更多的事。但他的确活不了多久了！晚上，他想起辽沈战役东北秋季攻势时，他率领机枪连参加辽西大虎山战役的情景。敌众我寡，眼看敌人就要冲上来了，一旦阵地失守，将给大部队带来无可估量的损失。恰在这时，敌人的一发炮弹落在阵地上，六位战友牺牲了。敌人愈加疯狂地冲向阵地。甘珠尔猛然推开压在机枪上的战友尸体，冒着炮火，无畏地向敌群狠狠射击。敌人的第七次进攻失败了。战斗结束后，他的连被命名为"英勇善战连"，他本人也荣立了大功。战斗英雄的勋章在掌声中挂上了他的军衣。如今，在烈士们以死换来的和平岁月，他同样用生命换取的成果得到的为什么会有这些无情的责骂呢？守业，或者发展事业，就必须不要荣誉还要损坏名誉吗？他思来想去，一手扶膺，一手提笔写道："人只有一生一死，要生得有意义，死得有价值。共产主义者不怕死，活要活得坚强，死要死得光明磊落，我们要在各种斗争中考验自己。"

不少人说，群众的"后门"好关，领导干部的歪风难治。甘珠尔却认为，心底无私天地宽，谁搞歪的邪的都不允许。

1974年，他担任区局后勤党支部书记时，发现电工材料仓库管理混乱，有些干部、工人抄拿国家的门锁、日光灯管、变压器等回家私用。甘珠尔向局长作了汇报，并要求进行清理、登记，但因清单中有两位副局长的名字，局长很犹豫。甘珠尔却坚持按账扣款。这时，机关有人好心劝他："别把事情做绝，伤了和气！"有人甚至骂骂咧咧："这老甘头，乱管闲事！"流言蜚语传到了家里，老伴求他："你收兵吧！何必管得这么认真，叫人家骂街呢？"甘珠尔平静地回答："你跟我这么多年了，还不了解我的脾气？战争年代死都不怕，如今挨几句骂又算得了什么呢？"在甘珠尔的坚持下，账目清单分送到各办公室，两位副局长也被扣了款。

1978年甘珠尔调任内蒙古区局副政委、党委常委、纪律检查委员会副书记。1983年春天，一位副局长的儿子复员，经这位副局长活动将儿子安排到了呼和浩特市外事部门当了司机。对方的条件是，安排地方上的两个干部子女进民航。甘珠尔知道后，在局党委常委会上对其进行了尖锐批评："要争取党风的根本好转，靠的是每个党员的具体实践。特别是我们当领导干部的，更不能嘴上说一套，行动上干的是另一套！"争论激烈地进行了两三个小时，在政委、党委书记吕锦岚同志的支持下，甘珠尔同志又一次顶住了为子女走后门的不正之风。

1982年，一位局领导调到外省民航局工作，搬家时的家具装了三四架次试航飞机。有的同志向甘珠尔反映：这位局领导连公家的皮椅子都搬走了。甘珠尔感到脸在发烧，心在流血："整党整风已在全国范围迅速展开，可总有些人只图个人的私利，而置党的威望于不顾！把党的优良传统不知丢到哪里去了！"党委会上，甘珠尔激动地提出这件事。有人为之辩解说："皮椅子是按规定配给局领导同志的。"甘珠尔和党委书记吕锦岚当即批驳说："不对！就是配给的，也只能在办公室里用，怎么可以搬回家里去呢！"最后，会议决定：追回椅子。否则，按五十元一把作价索扣钱款。通知发出一周后，皮椅子又"飞"回内蒙古白塔机场。

反对别人搞不正之风，自己更是严格按党章和准则办事。1982年8月，甘珠尔的老上级、老战友——内蒙军区一位负责同志给甘珠尔写封信，要求他协助将其孙子安排进民航工作。甘珠尔立即回信，拒绝了他的要求。

甘珠尔回到锡站两年后，这里的一切又像当初那样井然有序。他把充满爱的心血倾注在草原航站的各项建设上，仍觉得不够。几年后的一次锡林郭勒那达慕大会上，他无意间为这种牺牲作了注释。那一次，甘珠尔以湿润的眼睛注视着匹匹奔驰的骏马，不禁跃跃欲试，手痒痒得来回搓。真想像当年在"红马师"一样跃上马背，勇猛地飞奔起来呀！但他只能挂着杖，以眼光去接触马、骑手和热烈的比赛场面。"我太爱祖国的草原，太爱锡林郭勒和这里的人们啦！"他和一位同志走下小山丘，深情地说："我离休后，最好还让我回到大草原！"

甘珠尔有三个儿子。在孩子面前，他既是一位严父，更是一位以身作则的老同志。

老大安卫东，1971年初中毕业，甘珠尔动员他响应党的号召，到农村插队落户。孩子种菜、种麦、掏粪，样样干得很出色。1975年6月，光荣地参加了中国共产党，被公社推荐到内蒙古师范学院艺术系美术专业。全市推荐上来几十人，而美术专业只能录取两个。当时，甘珠尔的老战友正在内蒙古大学当党委书记，儿子苦苦哀求父亲给讲句话。一连三次，都遭到甘珠尔的严词拒绝。他说："我不能开这个口，你凭本事去考吧！"

二儿子安锡林，1975年初中毕业，甘珠尔动员他到条件更艰苦的锡林郭勒盟去插队。1978年，甘珠尔调任民航内蒙古区局副政委。孩子几次求父亲托熟人将他调回呼市。甘珠尔说："爸爸在那里打过仗，许多叔叔、伯伯的鲜血都流在那里。你在那里工作，有什么不好！"1982年6月，锡林再次到呼市找父亲，并且请父亲的一位老同事出面说情。甘珠尔生气地让他立刻回去。儿子买好了返回锡盟的飞机票，但是甘珠尔为帮助一位急需回锡盟的病人，要儿子让出机票搭乘送病人的汽车进城再购下班机票，就在搭乘途中，儿子遇难身亡。办丧事时，甘珠尔含着眼泪叮嘱全家："不要向组织提任何条件……"

三儿子青林，1981年高中毕业后一直在家待业。孩子想到部队当两年兵，然后回呼市安排工作。青林找到父亲，换了甘珠尔一顿批评。一位老战友找到甘珠尔说："让孩子当兵吧，'过渡'一下，会有好工作的。"甘珠尔拒绝了："以后听组织安排吧。"直到1984年1月，甘珠尔因肺癌细胞扩散，生命垂危，上级党组织才出面安排了小青林的工作。

甘珠尔从1957年转业到地方担任锡林郭勒盟运输公司党委书记以来，一家六口，一直在二十平方米的破旧平房里住了十二年。1969年，在白塔机场安家后也一直住平房。1978年升任区局副政委，许多干部搬进了楼房，甘一家仍挤在两间半平房里。冬天孩子们看到患病的父亲披着大衣在零下二十多度的屋内打哆嗦，都劝他申请一套新楼房。论资历，论住房困难情况，他都有充足的理由。但甘珠尔没有向领导申请，却苦口婆心地给孩子们做工作。1980年夏天，领导要分给甘两套两居室的新楼房，他想："群众住房都这么困难，我怎么好意思享这个福要两套房呢？"孩子们生气了。他们知道父亲是解放战争中的特等功臣，曾用机枪击落敌人的飞机，受到乌兰夫司令员的接见和授勋，就冲父亲嚷嚷："你看人家，有好几处住房。你参加革命比他们早，又立过大功，为什么还要住这样的破平房？！"甘珠尔动气了："共产党闹革命，难道就像存钱一样，把自己放进银行等着吃利息吗……"孩子们见父亲火了，再也不提房子的事情了。直到1981年4月，在区局领导干部中，甘珠尔最后一个搬进了楼房。

1983年，甘珠尔退居二线，仍有一事念念不忘，这就是整党问题。他渴望能亲眼看见整党的开始，看见党风变得更加纯洁良好。同年，他再次来到北京空军总医院作身体检查。医生看到他以如此饱满的精神谈到整党，又一次惊讶了。甘珠尔在他所患的病例中，是活得最长的一个人。医生知道这是由于一种强大的精神力量在支撑着他，却不明白哪来的力量。看看他的笔记就知道了："疾病可以缩短我为人民服务的时间，但剥夺不了我为人民服务的权利。一个共产党员要把毕生的精力，整个生命献给共产主义事业。共产党员要从人民的利益出发，生为人民而生，死为人民而死，作到生命不息，战斗不止。"一点不错，他以一个共产党员的名义，用他失去了平衡的生命，在新事业的建设中孜孜战斗着。

　　这一次，他的癌细胞已遍及全身，胸部以下渐渐麻木起来。他诚恳乐观地对医生说："我知道我很快就要死了，这次是向你们告别的。可我会放心地死了。"从北京回呼市后，他住进了253医院。在病榻上，他仍读书看报，时时关心着区局工作。他看到一个年轻的小兵从窗口过，就喊进来，要和人家掰手腕。年轻人故意让给了他，他竟高兴地用气流从坏声带中叫道："我赢了，我还有力量，我还能参加整党，我还有希望继续工作。"他甚至想站起来重复这话，发僵的身体像千斤重石拖住了他，他再也站不起来了。这以后，他经常处于昏迷状态。1984年3月，民航北京管理局党委派人去看他，问他有什么要求，可以尽量满足他。他激动地哭了，跟他生活了几十年的妻子还是第一次看见他流泪。"北京的菠菜正在上市，要是方便，给我买点来。"他只这样说。

　　4月5日晚，区局书记安利宝及其他领导听说他的生命垂危，匆忙赶到医院。甘珠尔从昏迷中醒来的第一句话是："你们进城干什么来了？""我们来开会，顺便看看你！"安利宝知道如果让他知道专程来看他，他定要生气，便找了个借口。甘珠尔笑了笑，艰难地询问了区局近期工作，并用力告诉安利宝："一定要搞好整党，'文革'中整人的、道德品质坏的不坚持原则的人一定不要进各级班子。"看到安利宝点头答应后，他又催道："不早了，你们快回去吧！"

　　翌日晨四点多，甘珠尔对守在身边的老伴说："我死后，不要向组织提任何要求，要管好孩子，让他们走好路。"过一会儿，他突然想起了什么，又对老伴说："局里给捎了几次菠菜，你记着吧，要把钱送去。"一生喜爱整洁，作风严谨的甘珠尔扣上领扣，拉展内衣袖口，掸掸外衣，将双臂平放在胸前，闭上了眼睛。老伴以为他睡着了，直到伸手为他拉被子，才知道自己触到的已是一具遗体，知道他永远不会再醒了！

　　追悼会那天，闻讯而来的人挤满了白塔机场礼堂。他的老伴意外地发现，来了那么多自治区、军区的大人物。这些人足可以在内蒙古，以至更多的地方构成一个偌大的关系网。然而，怎么没听他说过？参加追悼会的民航职工听到悼词后，各自在心里增加了一份对死者的敬仰。因为他们刚知道老甘头不仅是和平岁月勇于守业的人，在战火纷飞的岁月，他还是个无畏的创业者。不同的是，过去，他有荣誉有勋章，有更多的赞美和称颂（尽管他不以此炫耀自己）。而今天，他是无名的，是忍辱负重的，是默默地进行着某种意义上比战场上更艰难的事业，甚至还要蒙受诬陷、挨骂的痛苦。这不比战场上勇往直前，痛快地杀敌更难吗？

不幸的消息传到京城，昔日的内蒙古军区司令、今朝的共和国副主席乌兰夫奋力挥笔：“向模范共产党员甘珠尔同志学习！”

甘珠尔·扎布——犹如大藏经一样流传万代。

锡林郭勒——像镜子一样透明的河。

蒙语的意译是这样的。而甘珠尔的精神，在我们既守业又创业的时代不正如他的名字一样应该“甘珠尔·扎布”吗？尽管人死了，心还在活着。他的坦荡襟怀、磊落心胸不正如“锡林郭勒”吗？尽管流走了，却留下了绿色！

走进他心之浩特的人们，深记得这座浩特中闪耀的“甘珠尔·扎布”和流动的“锡林郭勒”！

赵从钊和他的"科学公园"

当武汉电子技术服务公司像一颗璀璨的电子明星，腾飞在武汉三镇上空的时候，它的经理赵从钊也成了引人注目的新闻人物。他大胆开拓，锐意改革，先后与国内外经济部门和金融、科技、工商业合资经营组建了九个经济实体。这个仅有二百七十人的单位，1984年的固定资产比前年创建时增长了一百倍，年利润已达六百五十万元。人均年产值十万元，人均上缴利润两万五千元。

赵从钊和他的助手们，坚持唱"正气歌"，急国家所需，帮兄弟企业所难，一心一意振兴武汉、湖北乃至全国的电子事业，表现出共产党人的远大胸怀和崇高气节……

"窗　口"

现年四十四岁的赵从钊，是新中国培养的第一代电子技术人才。

1980年5月，任武汉市电子工业局研究所工程师、技术科长的赵从钊，随市经济考察团访日。当看到日本一家电脑控制的大型钢铁企业的职工，在优美、清洁的环境中生产和生活的时候，他的眼前立即浮现出自己国家的炼钢厂烟囱吐"彩云"到处是灰尘的景象，他的心里感到沉甸甸的……

回国的第二天，一份加速发展武汉地区电子工业规划报告，送到电子工业局研究所。

电子局研究所作出决定：将所修理部交给赵从钊作电子"基地"；市长亲自批给七万元经费。

栽好梧桐，引来凤凰。1983年5月，赵从钊以企业家的胆略，吸引香港北海拓展有限公司的投资，成立了湖北第一家与港商合资的企业——"武汉电子技术服务公司"。

这样，赵从钊期望已久的具有生产、贸易、教育、科研相结合——世界经济学家称之为"科学公园"的实业集团，就成为武汉地区瞭望国际电子技术发展动态的"窗口"。

效　率

同年夏末，历史上罕见的特大洪峰便来叩击"窗口"的窗棂：

一天上午十点多钟，长江流域规划办公室的两位客人闯进了赵从钊的办公室。他们带来了一个坏消息：长江上游将出现历史上罕见的特大洪峰，刚建成的葛洲坝第一期工程面临严峻的考验。为确保大坝的安全，急需进口两台"回声测试仪"，以监视长江水情，便于采取应急措施。

赵从钊的心立即被这一险情揪住：葛洲坝是我国在万里长江上自行设计和建设的第一大坝，是党和国家造福于子孙后代的象征，在国际上也有重大影响。万一出了事，后果不堪设想。他马上答道："保证大坝的安全，是我们的共同责任。"说罢，立即让工作人员用电传将查询、购买"回声测试仪"的要求，传到香港北海拓展有限公司。

下午，赵从钊放心不下，又亲自挂通了香港合资者的长途电话。这时，工作人员提醒他："赵经理，明天您去广州的车票买好了。"赵答："请退掉。推迟几天，等把眼前这件要事办妥再去。""错过机会，十几万元买卖会落空的。"工作人员不无担忧。"不会的。我们用飞机、长途电话追回失去的时间嘛！"赵从钊胸有成竹。

第二天下午，香港回电告知：联邦德国威德公司生产的"回声测试仪"水平较高。赵从钊立即答复："请先购货，后补订货合同！"

二十多天后，"长办"便取到了两台"回声测试仪"。如按一般程序，起码要两三个月。此刻，特大洪峰尚未"光临"葛洲坝。

当赵从钊从报纸电台中得知，葛洲坝经住了洪峰的考验，"回声测试仪"在抗洪中发挥了效用时，心里有说不出的喜悦。

效　益

经营自然是要赚钱的。但赵从钊牢牢把住企业的经营方向：坚持为人民服务，热情扶持兄弟单位发展电子工业。

1984年7月的一天，赵从钊接到武汉水利电力学院一位素不相识的副教授的来信，信中说："我们正在进行一项电子计算机的重要科研项目试验攻关，急需五十多种电子元器件。联系了几个单位，都因品种多、数量少、不赚钱而告吹。我们想请您帮忙。"信的末尾还附有元器件的名称、规格和所需数目表。

业务员从老赵手里接过信，看到采购件最多不过十几个，最少的才三五个，不禁皱起了眉："这个买卖，太影响效益了！"老赵耐心开导说："眼下，我们自己是没得到多大好处。但是，一旦他们研制成功了，对国家就是个大贡献。要讲效益，那才是大效益呢！同志，快去办吧……"

赵从钊对公司未来充满憧憬

赵从钊工作照

业务员在公司销售部找到了七八种,又拿着信来找赵从钊。老赵立即挂通了正在深圳出差的副经理邓良海的长途电话,要邓在深圳协助购买。邓跑遍了深圳几十家国营、集体和个人经营的电器行、店,仍差六七种没买到。赵从钊下令:"从国外进口!一定要设法解决!"终于,全部满足了水利电力学院的要求。而电子技术服务公司,只根据所代购物件的千分之五,收了几元钱手续费。

在两年时间里,赵从钊领导的"科学公园"先后义务为全国一百六十多所大专院校、四百二十多个科研单位和三百七十多家工矿企业邮赠了五百多种、两万四千多份电子技术资料,并且提供了一百多次国内外先进电子技术和产品的咨询、介绍、推广和服务。

宗 旨

赵从钊把精力放在普及和推广电子技术上,因此,他的"科学公园"组建不久,便与湖北省进口公司、荷兰飞利浦公司联合举办了飞利浦电子仪器技术交流会；1984年，又同武汉科技服务公司、香港辉兄弟公司举办了国外微型电子计算机技术交流会。为此，赵从钊派出十一名工作人员为交流会服务，并且出资提供场地，请飞利浦电子专家讲授世界先进电子仪器——"逻辑分析仪"的技术原理，使省内外的电子技术人员大开眼界，就连中国科学院研究生院的教授，也特地从北京赶来参加呢！

赵从钊管了大人还想管孩子。1984年3月，一位副经理拿出一份计划。赵从钊看后，不禁喜上眉梢："太好了！我早有此意。真是不谋而合。"随即送到引进办公室，却把工作人员吓了一跳——花六万元租武汉市青少年宫，用十万元购买国外儿童电子智能玩具，办个大展览会！

"做买卖讲赚钱。这种买卖只出不进，划不来。"工作人员找到赵从钊。

"我们可不能两眼光盯着钱。"赵从钊耐心开导，"为人民服务，振兴祖国电子事业是我们的宗旨。要看到，现在的儿童，就是未来电子工业的主人。如果能让孩子们从小树立学电子、爱科学的良好风尚，就是我们公司一个大胜利！"

赵从钊与同事们研究方案

赵从钊坚决地行使了经理职权。

"五一"前夕，展览如期在市青少年宫举行。一千两百多件电动、声控、光控、遥控的电子玩具，向前来参观的孩子和家长展现了一个奇妙的世界：这里有会唱歌、会说话的洋娃娃；有会翻筋斗的小狗；还有进退自如的小火车、小汽车和能自动起落、平稳飞行的小飞机……

展览不仅吸引了本市的群众，北京、天津、上海、广州、福建等十多个省市也派来几百名代表。展出一个月，观众达十万之众。上海、北京的一些单位，立即提出与赵从钊合办玩具厂。1984年11月6日，电子工业部计算机工业局正式下文，将"儿童智能玩具中心"设在武汉，由武汉电子技术服务公司负责组建"华中智能电子玩具开发中心"。目前，赵从钊所领导的"科学公园"，已经在自己的实验工厂批量地生产出"圣诞老人"等电子玩具并投放市场，很快引起了国内外有关人士的关注。

权　力

在事业上，赵从钊是个大胆开拓、锐意改革的勇士；在金钱与物质面前，他又是一名严于律己、克己奉公的党员。他常用这样的话告诫自己、勉励别人："一个人在工作上、信息上，要'敏感'；但在房子、'票子'和荣誉面前，万万不能敏感。"

1984年10月，上级规定，经营好、效益高的企业可以有百分之二十五的人向上浮动一级工资。经主管局批准，赵从钊与党总支书记和两名副经理分别晋升了一级工资。后来，他感到干部升级面过大，决定四位领导统统将升级指标让给工人。劳资部门的同志说："你们早来晚走，每天都工作十二小时以上，怎么不可以升？再说，也是经过领导批准的嘛！"赵从钊认真地说："我们四人都是党员，要吃苦在前，享受在后。凡涉及到个人利益的事情，应该先让给群众。"

在赵从钊的带动下，全公司的同志都自觉养成一种遵章守纪、廉洁奉公

赵从钊与助手们交流工作

的好风气。他们在金钱、物质引诱面前毫不动心，表现了高尚的道德品质和思想觉悟。

1985年2月上旬，公司经过电子工业部批准，从深圳购进两千台红外遥控的索尼彩色电视机，价格比较便宜。赵从钊与几名副经理商定：本公司领导干部一律不买，全部送到商业部门和公司所属门市部投放市场。

这时，有两个单位的业务干部找到赵从钊："赵经理，用一吨优质钢材指标换一台彩电，怎么样？"

"不行。"老赵回答。

"彩电可以加价，钢材可以压价。行吗？"来人不死心。"我们是社会主义企业，不能这样做买卖，搞交易。"老赵坚决地回答。

"你们不是正在筹建'信息中心'大楼吗？钢材缺不缺？"来人仍不罢休。

是的，电子技术服务公司正在筹建二十八层高、两万九千多平方米的"电子信息中心"大楼，赵从钊和他的助手们也在为钢材、水泥、木材指标四处奔波。但是，能像眼前这样用党性原则、国家政策做交易吗？赵从钊坚定地回绝说："我们是缺钢材，但是违反党纪国法的事情，一点儿也不能干！"

来人只好悻悻离去。

3月10日，我们来到赵从钊家中采访。这是一个极普通的家庭：全家老少三代共住两间二十六平方米的楼房。老妈妈六十多岁，两个孩子，女儿十七岁，儿子九岁。房间里整洁、朴素，没有什么新奇的"洋货"。我们问老赵："您掌管那么多紧俏'洋货'，自己不能买点吗？""不。"老赵摆了摆手，"党给我的权力是为人民工作的，哪能用来谋私呢！"

老赵告诉我们，元旦前夕，省里的一位老红军来他家做客，惊讶地说："啊呀，真没想到你这个大经理的家，连普通工人都不如！"

耳闻目睹，不由得使我们肃然起敬。我们想起了方志敏烈士《清贫》中讲的一段话："在这长期的奋斗中，我一向是过着朴素的生活，从没有奢侈过。经手的款项，总在数百万元，但为革命而筹集的金钱，是一点一滴的用之于革命事业。"

"矜持不苟，舍己为公，却是每个共产党员具备的美德。"我们面前的赵从钊，不正是这样的共产党员吗……

赵从钊在办公室

"雪花"那个飘

1984年9月19日，北京市经委授予北京电冰箱厂厂长郑文昌"优秀厂长"的光荣称号。

首都中山公园音乐厅内，掌声，笑声，伴随着摄像机"哒哒哒"的响声交织在一起，气氛异常活跃。当市经委领导同志将"优秀厂长"的证书和奖状递给郑文昌时，全场又一次响起热烈的掌声。

郑文昌是当之无愧的。上任两年，电冰箱产量翻了一番：1981年三万台，1982年四万台，1983年六万台；产品质量：1982年和1983年连续在全国同行业评比中夺魁，并且被轻工业部评为优质产品；利润：三年来平均每年递增百分之四十二，上缴国家金额相当于建设现有规模的四个电冰箱厂。难怪国家经委在1984年7月授予北京电冰箱厂"经济效益先进单位称号"。

胆 识

北京电冰箱厂过去的十年，冰箱的产量以每年百分之十的速度增长着。

但是，这种速度与国民经济飞跃发展的形势和广大群众的迫切要求相比显得太慢了。北京市经委下决心调整电冰箱厂的领导班子，把1955年毕业于长春机械制造学校的工程师郑文昌，从机械局所属的轴承公司，调到北京电冰箱厂任厂长。

1982年9月10日，刚刚到任二十二天的郑文昌在职工代表会上亮着嗓子说："过去的十年，我们厂取得了很大的成绩。但是，还不够！"台下顿时传来喊喊喳喳的议论声。稍停片刻，他继续说道："我们的目标是，在1981年三万台的基础上，到1983年产量翻一番；1985年再翻一番；1990年翻三番达到二十万台！"

人们惊呆了，看着这位"不知深浅"的厂长。他前额宽阔，脸膛红润，双目炯炯有神。

代表们报以热烈的掌声。但也有人摇头："每年增长百分之十就够劲了。两年翻一番，谈何容易啊？！""嗨！看看新厂长有啥高招吧！"

郑文昌的第一招，是起用肯干、会干、能干的能人。经过观察，他相中了四十一岁的生产科长王立元。这时，有人在老郑耳边吹风："此人曾公开表示过对你不信任哪！"老郑微微一笑："王立元懂生产，会管理，敢于负责，能指挥生产。至于他对我个人怎么看，我不在乎！"不久，王立元被任命为生产副厂长。

老郑的眼光没有错。王立元上任不久，便果断地处理了几个主要生产车间的问题，使生产计划逐月完成。1983年初有几台冰箱发生了"冻堵"现象。王立元当即宣布：扣除厂长党委书记和自己当月的全部奖金；迅速组织力量，将包装好的五百五十二台冰箱全部拆箱，一一检测，并建议重新审定有关工艺文件。郑文昌外出开会回厂后，采纳了王立元的意见，加强对职工的工艺教育，制定新的检验标准，当年5月份，冰箱冻堵率即由年初的百分之三点五，下降到千分之四点二以下。

老郑的第二招——整顿。他用三个多月的时间对全厂的技术、质量、物资管理和经济核算、销售服务等十二项基础工作进行了全面整顿，建立和健全了从厂长到工人的经济责任制，实行了浮动工资、岗位津贴和职务津贴等制度。表现突出的工人，每月浮动工资最高达五十多元，极少数人因缺勤、完不成定额而被"破天荒"地扣发了部分工资。奖惩分明极大地调动了职工的积极性。冰箱车间总装组原来日产量为一百五十台，下线一次合格率平均完成百分之六十五，出勤率只有百分之九十。实行浮动工资后，日产量增到二百二十多台，下线一次合格率提高到百分之八十五以上，出勤率达到百分之九十九。原来有些散漫的工人也振奋起来了。大家都密切地注视着老郑的"第二招"。

同许多企业一样，北京电冰箱厂也存在着职工的小子女入托难、大子女就业难以及住房拥挤、伙食不好、职工洗不上澡等问题。以前，职代会也曾几次讨论过这些问题，但却因有的干部作风拖拉，不了了之。老郑决心一改这种风气。这天，他找到行政科和有关车间负责人：

"为了孩子，请你们把靠近托儿所的那几间平房腾出来……"

"有困难哪！厂长。"那位负责人摊开双手，"那么多东西，您叫我往哪儿搬？"他像以往一样强调困难。

老郑严肃起来："我早调查过了，可以搬。给你三天时间！"三天后，四间平房腾出，刷净、喷白，一下收进了十六位小朋友。就这样，在不到两年时间里，职工用上了新浴池，近百名职工喜迁新居，一百多名职工子女解决了就业问题。食堂搞起经济承包后，职工们经常可以吃到"晋风刀削面"，自制的各种糕点和小菜。

生活和福利问题解决了，生产也来了劲头。1982年冰箱产量四万台，比1981年增长百分之三十三；1983年六万台，又比1982年增长百分之五十，完全实现了老郑发表"就职演说"时的目标。

引　进

1981年，北京电冰箱厂曾作出决定：不引进国外技术和设备，以免背债当"杨白劳"。结果这个厂在引进问题上落后了兄弟厂三年。

郑文昌没有急于发表见解，而是组织了调查组，过黄河，下江南，闯关东，分赴二十多个省市的七十多个单位进行市场调查。调查组带回两个信息：一是产品供不应求，二是厂家竞争激烈。本厂冰箱产量达到三万台用了二十五年，而引进国外技术和设备的广州电冰箱厂仅用三年。因此，本厂产品在市场上的占有率下降了百分之六十……

郑文昌在全厂大会上给职工们算了一笔账；当年贷款六百万元，次年即可上十万台电冰箱，创利润一千八百万元，自留六百万元，一年就可以还清全部贷款，绝不会当什么"杨白劳"……老郑这么一算，职工们全笑了。

厂里原有的旧发泡机在使用中经常出故障，急需更新。国外一家公司介绍一种发泡机，开价四十五万美元。平时雷厉风行的郑文昌，此刻倒表现出少有的迟缓。他遵循的原则是："货比三家。"1983年5月，北京国际塑料展览会上有一台意大利制造、具有八十年代世界先进水平的聚氨脂高压发泡机。郑文昌闻讯赶去，围着这台机器转了好几圈。他了解国际市场上高压发泡机的生产、价格情况，掌握有关外贸程序。在上级有关部门的支持下，只用了四万五千美元就买下了这台设备！机器运回工厂，郑文昌和他的助手们立即组织会战，仅一周时间即投入了生产。在每天四百台冰箱箱体流水生产中，发泡质量始终处于最佳状态。

1983年10月，郑文昌代表工厂正式与意大利依瑞公司签订了技术合作协议。1984年11月意大利依瑞公司的电冰箱"门体生产线""箱体生产线"和"真空成型机"等设备，源源不断地运进了工厂，使这个厂的冰箱品种、质量和数量都产生了新的突破。仅冰箱的产量，就把原计划到1990年实现的目标提前了五年完成！

胸 怀

群众对电冰箱的需求量越来越大。在这种情况下，北京市经委和二轻局决定：将电冰箱作为北京市的"拳头"产品，迅速组建电冰箱总厂，任命郑文昌为总厂厂长。

1982年12月，老郑宣布："为了加速发展电冰箱生产，我们要实行零部件扩散，将二轻机厂、唱针厂等五个单位作为我们厂的分厂。"老郑语音未落，有的干部当场表示怀疑："这几个厂管理基础工作差，零件质量能保证吗？"不少工人也担心："好不容易拿到手的奖金，会不会被平分掉。"这些同志的担忧不无道理。仅以"压缩机"为例，它是电冰箱的心脏部件，加工制作需要机械、化工和流体力学等综合性技术，搞不好会造成冰箱噪音大、耗电高。再说，每台"压缩机"的利润就是二十元，让给别人干，不等于每年给人家送几百万元利润、几万元奖金吗?

郑文昌有企业家的胸怀。在职工代表大会上,他耐心地向代表们阐述自己的主张:"我们不能包打天下,什么都自己干。因为产品产量是受总装面积限制的。我们可以在这个院子里搞到五万、十万台电冰箱,但是二十万、四十万怎么行呢?如今,我们仓库面积小,有些设备没地方安装。然而,有些厂放着好厂房、好设备却没活干。只有走联合、专业化的道路,才可以解决这两个矛盾……"

为了避免有的分厂吃总厂的"大锅饭",郑文昌鼓励他们自立自强。他采取了"统一规划、独立核算、一帮二传"的策略:电冰箱厂压缩机车间从主任到工人都带上了压缩机分厂的"徒弟"。第一个月,"徒弟们"按电冰箱厂职工的百分之七十的定额考核;第二个月,即按电冰箱厂的正常定额考核。一段时间后,老郑又为压缩机厂派去了技术人员,帮助他们提高技术水平和管理水平。如今,压缩机的质量已达到了轻工部要求的标准。

郑文昌具有一个企业家应有的战略眼光。1982年筹建总厂时,他的眼睛就已瞄上了大专院校和科研单位。他在全厂选调了十几名精兵强将充实了技术部门,把科研成果尽快运用于冰箱生产。1983年,在清华大学的大力协助下,仅用了两个月时间就将微型计算机首次用于冰箱测试线作冰箱温度数据处理,提高了冰箱降温测试的标准性,为判断电冰箱的故障提供了可靠的依据。

当工人们穿着挺阔的厂服,唱着"冰一样的纯洁、电一般的激情"的厂歌,纵情游览"避暑山庄"的秀丽景色时,郑文昌又在思考新的联合方案了。他告诉我们:距市区四十多里的北京轧延厂,又将成为生产电冰箱的一个分厂。"轧延厂?是不是那个欠债一百七十多万元,仅利息每月就要支付上万元的企业?""正是。"老郑微笑着说:"但是,这个厂有上百亩的面积,厂房、交通、能源条件都不错。最重要的,是这个厂的领导班子和职工的精神面貌好。可惜当前的产品不对路。只要好好整顿一下,将成为我们二○○○年为国家贡献一百万台冰箱的战略后方!"

远 见

"干今年，看明年，想后年。"这是郑文昌管理企业、指挥生产的指导思想。

来厂后不久，他便发现生产过程中存在着不少问题：技术副厂长与总工程师责任不清；技术开发与生产制造常常因为人力、设备、时间"撞车"；企业发展和新产品试制没有专门科室和专职人员负责，因而进展缓慢……

1983年9月，一个改革方案在厂务会上通过了。方案将全厂二厂八个科室、六个车间，一所学校划归五个部管理：由总工程师主管"企业发展部"，负责企业的长远发展规划，以及技术上的"外引""内联"工作；由技术副厂长主管"技术开发部"，负责科研、新技术、新产品开发和职工教育培训工作；由生产副厂长主管"生产制造部"，负责产品从投入到产出全过程管理；由经营副厂长主管"经营服务部"，负责产品销售和技术服务；由行政副厂长主管"生活服务部"，负责基建和生活后勤工作。厂长直接指挥劳动、计划、企管和财务科，并负责联系、请教"咨询办公室"。

改革方案仅仅是雏形，实施的时间不长；但"小荷已露尖尖角"了：

领导者的责任分清了，一改过去"都管都不管"的状态，厂内呈现"干部争先进，工人奔一流"的气象。

当年生产与次年生产准备以及两年以后企业发展工作均有专职部门负责。

老产品十项改进、九项质量保证的技术措施已经实施，全面质量管理体系已经形成；新产品——中型双门冰箱逐步形成生产能力，已有一部分投放首都市场……

企业家的任务永远是开拓。郑文昌不满足于企业被轻工部命名为"十佳工厂"的荣誉，不陶醉于年人均利润一万一千元的指标。此刻，郑文昌正与助手们一起，认真学习和努力贯彻党的十二届三中全会决定，修订北京市电冰箱总厂管理现代化的规划，时间：二○○○年；目标：国际同行业的同期水平！我们坚信，"雪花"牌电冰箱一定会像雪花一样，漫天飞舞，名扬四方！

"物价局长"

金秋的北京，天高气爽；秀丽的中南海，碧波荡漾。1987年10月9日上午，参加全国物价监督检查工作经验交流会暨表彰先进大会的六百零五名代表，怀着喜悦的心情，来到中南海紫光阁，等待党和国家领导人的接见。

时针指向八点三十分，中共中央政治局委员、国务院副总理田纪云，姚依林，中华全国总工会主席倪志福，国务委员张劲夫，国务院秘书长陈俊生等领导同志健步走进会见大厅，厅内顿时响起热烈的掌声。

当中央领导同志与代表们合影时，荣获"全国优秀职工物价监督员"称号的北京铁路分局调度员、市职工物价监督总站副站长董森，被工作人员请到了第一排。大型摄影转机发出"哒哒哒"的响声。

一

喧闹的菜市口，一家颇负盛名的餐厅。高大的招牌，漂亮的装潢，显赫的门脸儿，处处透着气派。

一位中等身材、五十开外、黑红脸膛的人跨进餐厅。他那身普普通通的打扮，显然没有引起任何人的注意。"黑红脸膛"瞅瞅黑板上的主副食价码儿，又问问正闷头吃包子的顾客。

他掏出物价检查证，用秤称了一下售货员刚刚卖给顾客的一斤包子。他的脸色严峻起来，"请你们的经理来。"他对售货员说。

经理打量了一下其貌不扬的"物价检查员"："什么事？"问话拖着腔儿。

"你们出售的包子分量不足。"语气十分肯定。

"那，你说应该给多少？"反问中含着挑战。

"黑红脸膛"有板有眼："一斤面粉，掺上半斤水，再加八两馅儿，应该给顾客二斤三两。可你们只给一斤八两八钱，你说够不够？！"

售货员眼里露出惊疑的神色，心说，哟，要给这么多呀！那位经理也一扫方才的傲气，红着脸承认错误，接受了三百元罚款。

他就是董森。一个偶然的机会，使他当上了全市第一名"义务物价检查员"。

那是1983年春节前夕，北京市政府为了有效地稳定物价，在《北京晚报》上公布了市物价局的电话：552320，欢迎群众监督。

大年初一，董森来到西单一家饭馆，抬头望见门前的广告上写着："扒鸡，每斤两元八角。"他心里一动：扒鸡不是两元五角一斤吗，怎么一下长三角钱呢？他拨通了市物价局的电话，反映了这一情况。两天后，他又来到这家饭馆，门前的广告不见了，扒鸡又恢复到两元五角一斤。

"还真管用！"董森欣喜地自言自语。几天时间，他一连打了七八次电话，反映有的粮店卖大号；有的水果摊滥涨价，有的饭馆分量不足……市物价局的同志把他请去了，请他担任了"业余物价检查员"。

摸着蓝色的物价检查证，董森感到肩上沉甸甸的：物价关系到千家万户的生活，直接影响着广大职工对待改革的情绪，涉及到党和政府在人民群众中的威信。一种责任感油然而生：立志成为消费者的知音，市场上维护国家物价政策的哨兵。

当一名物价检查员并不容易，不仅要懂得国家的物价政策，了解商品的分类、进价、成本、毛利率、出成率等物价知识，更重要的，是要敢于坚持原则，不怕歪风邪气。

那年夏天的一个傍晚，一个年轻小贩在宣武门外大街高价出售汽水，引起几位顾客的不满。

听到几个人吵吵嚷嚷，董森走上前去："小伙子，汽水一角五一瓶，你怎么卖两角五啊？"

小贩斜了董森一眼："你管得着吗？！"

董森亮出"物价检查证"说："我是物价检查员，当然有责任管你！""我就这么卖啦，你能怎么着？！"小贩分明不讲理。董森正言道："你不按国家物价政策干，我就有权不让你卖！"说罢，站定摊前。

小贩一下子窜过来，左手揪着董森的背心，右手倒提只空汽水瓶："告诉你，我是刚从公安局放出来的。你再管我就弄死你！"

围观的人中，胆小怕事的，赶紧溜了；也有几个人上来劝阻。董森望着小贩，毫无惧色："我也告诉你，到永定门沙子口抢西瓜的都判了无期徒刑。你敢打人，性质就变了！"

在群众的协助下，董森给市政府和市总工会打了电话。

工商部门严厉批评了那个小贩，责令其向董森赔礼道歉，并且保证今后一定守法经营。

二

在检查物价的实践中，董森感到，仅仅检查、督促是不够的，更重要的是帮助经营者树立崇高的职业道德，不断改进服务措施。

1984年春节，董森发现菜市口蔬菜门市部出售的盘菜是售货员凭手抓的，分量不准，而且蔬菜售价过高，顾客意见较大。他连查连罚数次，但仍是"按下葫芦冒起了瓢"，没有根本解决问题。

一天，董森找到菜场经理："抽时间，我给售货员讲讲物价政策怎么样？"

经理正为个别售货员服务态度不好，顾客意见较多犯愁呢，这送上门的教员自然受到青睐。

一连几个晚上，董森在灯下翻阅资料，撰写讲稿。有一次，竟到东方泛白……

一连几次班后，菜市口蔬菜门市部的职工不再着急回家，而是聚在一起听"董老师"上课:"如何正确执行物价政策""假如您是一位顾客""谁愿意花钱买气受?"深刻的道理,通俗的比喻,诙谐的语言,讲得售货员们一个个点头称是。他们逐渐悟出了一个道理:服务是互相的,价钱公道、准斤足两是自己应该遵守的职业道德。在他们的眼里,面前的董森似乎不是那个爱挑剔、爱批评人的物价检查员,而是一位可亲可敬的长者。

而董森,似乎也跟这家菜场结下了不解之缘,有事没事就奔这儿跑,一年中竟来了二十多趟;帮助菜场领导制订售货员职业道德条例;完善有关规章制度;改进服务措施;引导他们向执行物价政策好的单位学习。

真是"功夫不负有心人",菜市口蔬菜门市部彻底变了样!他们端正了经营作风,坚持按国家物价政策办事,把顾客利益放在首位,因而生意兴隆,成为群众"信得过"的先进单位。

1984年12月26日,菜市口蔬菜门市部的先进事迹上了《人民日报》。

三

俗话说,"拿人家的手短,吃人家的嘴软。"董森在物价检查中,坚持实行"三不政策":不喝被检单位的水,不抽被检单位的烟,不买被检单位的东西,因而执行物价政策一丝不苟,理直气壮。

一次,董森走进一家元宵店,他发现这里的元宵每斤售价比其他店贵三角,并且硬得出奇;随手一捏,纹丝无损;用脚一踩,竟像玻璃球一样蹦到了墙角。

商店经理尴尬地看着刚才的一幕,先是敬烟,继而让茶。当他发觉无效时,便满脸堆笑让人包了一大包元宵放在董森的自行车货架上,实指望让物价检查员的脸上来个"阴转多云",没想到换来"倾盆大雨",董森顿时感到脸上发烧:"你这是污辱物价检查人员!元宵质次价高,加上向工作人员行贿,一定要严厉处罚!"

尴尬的商店经理只好用颤抖的手在"罚款通知单"上签字,他真不明白；"自古官不打送礼的"，今儿个是怎么啦？

然而，熟悉董森的人都知道，他不仅对国营、集体经营的商场、饭店坚持原则，对个体商贩执法如山，就是对本单位也不徇私情。铁路分局下属单位办了个对外餐厅，董森检查物价时，发现餐厅的毛利率大大超过了国家规定，损害了顾客的利益，决定给予罚款处理。

消息传开后，一些同事、朋友纷纷说情："嗨，抬头不见低头见的，批评批评算啦！""都是自家人，何必那么'较真儿'，您别伤了和气！"董森斩钉截铁地回答："政策面前，一律平等。我们不能对别人严，对自己松。那样，叫我怎么工作呢？！"随即填了一张"罚款通知单"，罚款三千四百元。

四

生活在群众中，为群众说话、办事，最赢得群众的信任；与群众的血肉联系，也使董森很容易听到群众呼声；邻居、老伴、同事、顾客，都是他进行物价调查的对象。

根据群众的反映，他曾经检查、批评过崇文菜市场水产出售不按质论价、盘菜分量不准的错误；

根据群众的反映，他揭露过宣武糕点厂生产的月饼缺片短两、质次价高的现象；

根据群众的反映，他检查出崇文豆制品厂弄虚作假，克扣群众，"涨"出黄豆四万斤的不法行径；

根据群众的反映，他及时制止了崇文、朝阳两个区的一些菜市场，由南方调进几十万斤柿子椒卖高价的行为，维护了消费者的利益。

董森十分注意倾听群众意见，反映群众呼声，也很懂得依靠政府部门和群众组织解决问题。一次，他听一家饭馆的职工反映，新进的一批白体鸡做熟后，大多鸡体发红，水分多，且有一股子腥臭味，令人无法下咽。

董森顺藤摸瓜，调查了几家批发单位，终于弄清了原委：原来是河北省玉田县等地的一些不法分子，为了多赚钱，"杀鸡不用刀"，先用木棍敲昏鸡头，然后用开水烫死，再象征性地"补杀"一刀。由于不是活杀，所以鸡血存留体内，再加上一定分量的水分，使消费者吃亏不少。董森立即向市总工会和首都新闻单位反映此事。

在有关部门的干预下，对河北玉田的不法分子做了罚款和吊销营业执照的处分。

四年多来，董森忠实地履行着自己的职责。他利用业余时间，在全市的城近郊区检查物价五百六十多次，查处非法收入、罚款五万五千多元，从而有力地维护了国家的物价政策，保护了消费者的利益，被居民们称为"义务物价局长"。1986年底，市总工会和市物价局授予他"优秀物价检查员"的光荣称号；1987年7月25日，又被市总工会任命为职工物价监督总站副站长。

以前，他单枪匹马，依靠国家的物价政策，同那些缺斤少两、掺杂弄假和欺行霸市的不法行为作斗争；如今，他率领着一支职工物价监督队伍，维护消费者的利益，维护国家物价政策的尊严。

常逛市场的首都居民，都不难看到他那敦实的身影……

笑星李文华

1985年冬，北国长春千里冰封，然而全国十大"笑星"的评选、发奖活动，却在长春市民们的心中掀起了滚滚春潮。

12月1日，长春市体育馆内，笑声、掌声不断。九大"笑星"马季、姜昆、常宝华、侯耀文、郝爱民、赵炎、高英培、石富宽、师胜杰，手捧紫铜色奖章和证书，向热情的观众鞠躬、作揖。只有李文华呆呆地站在台上。前排观众可以看到他的眼眶里闪着晶莹的泪花。1984年，他的左声带长了鳞状肿瘤难以发声，他被迫告别了舞台。但是，广大观众没有忘记这位给生活带来欢乐的相声演员，仍然把他选为十大"笑星"中的一星。

一

李文华祖籍河北省南宫市，1927年生在北京。父亲是一位白铁匠。他孩提时代就十分喜爱那些走街串巷的苦艺人表演的莲花落、快板和太平歌词。他还常到东四隆福寺去听艺名叫"大狗熊"的孙宝才和郭全宝等人表演相声。十三岁那年，他到宣武门内一家饭店当了勤杂工，每天挣上几毛钱，晚上就到当时很红的相声大场——"启明"茶社去看相声艺人"放活儿"。他在这里受到了相声艺术的启蒙教育。

1949年北平解放。主人翁的喜悦，使二十二岁的李文华精神焕发。他参加了工厂文工队，很快以"快板大王"闻名全厂；有时还担当丑角客串京戏。当然，使他最上心的，仍然是学说相声。他表演的相声，常常使整个工厂俱乐部"万众沸腾"，观众一个个笑得前仰后合。

他还自己动手写相声，素材就从身边挖。他创作演出的相声《回头是

晚年的笑星李文华

岸》《住宿舍》等，还被刊登在报纸、杂志上。1956年，他演出的相声《请医生》，被评为全国职工第一次曲艺会演优秀节目。

1957年，李文华当上了国营547厂的俱乐部副主任，负责全厂职工文化娱乐活动。他台下组织排练，台上领头表演，成了名副其实的工会"文体积极分子"。

1958年，李文华主持编写的话剧《挑战》，以其深刻的思想内容、幽默风趣的语言和质朴自然的表演，获得厂内外观众的一致好评。中国青年艺术剧院的艺术家们将它搬上首都舞台，使李文华和国营547厂文工队名声大振。1960年，他参加全国业余文艺工作会议，还作了引人注目的发言。

终于，他被正在为中央广播艺术团说唱团"招兵买马"的马季盯上了。马季跑到厂里求援。不行！哪个领导肯轻易放走骨干？何况有了李文华，工厂才当上"职工业余文娱活动先进单位"呢！

真是难为了马季。他求才心切，1962年7月再次来到国营547厂，表演相声连带游说领导。真是"说绿"了嘴，工厂领导只好"忍痛割爱"。8月1日，三十五岁的李文华跨进中央广播艺术团说唱团，当上了专业相声演员。

二

相声表演有捧有逗，"逗哏"为主，"捧哏"为辅。这种分工是由对口相声的形式决定的。一般地说"逗哏"者主动，"捧哏"者被动；讲究"逗"有来言，"捧"有去语，配合默契，才能"珠联璧合"。

李文华调说唱团以前，一直是"逗哏"的。这是对口相声中的"主角儿"——表演中既主动又露脸儿。但当时，说唱团里缺的是"配角儿"———"捧哏"。李文华毫不犹豫地表示甘当"绿叶"。从此，他几乎"捧"遍了团里所有的"逗哏"演员：侯宝林、郭全宝、刘宝瑞、马季、于世猷、郝爱民、赵炎、姜昆。

甭看"捧哏"是配角，他必须与"逗哏"巧妙结合，融为一体。用行话说，要看火候，"不洒汤不漏水"。为此，李文华虚心请教郭启儒等老演员；别人在台上表演，他就在台边认真观摩，细心琢磨每个"逗哏"演员的表演特色。一次，他给侯宝林"捧哏"，说完预先排练的段子，观众掌声如雷，要求返场。侯宝林大师又来了段《全家福》，这段子李文华并没练过，但他捧得既稳又严、恰如其分。下场后，大师连连称赞："文华，这个段子咱俩没练过，你怎么演得这么地道？"李文华嘿嘿一笑："您跟郭先生'放活儿'的时候，我早在台边儿上瞄着呢！"

"接茬儿"是"捧哏"的硬活儿，既要不粗不俗，把"包袱"垫好，又不可喧宾夺主。为此，李文华在生活中常常下意识地练习接别人的下语。到外地演出，遇到当地领导同志接见时，人家对团长说："大家辛苦啦！"他就在下面小声嘀咕："没什么。"人家说："我们这里条件比较差。"他小声说："这就很好了。"有时候，惹得身边的同志笑出声来。走在大街上，看到一对熟人见面寒暄，他就边走边听边琢磨。他把先问话者视为"逗哏"的，答话者看作"捧哏"的，琢磨怎样回答那些问话。相声界老前辈们说过："逗哏"的说一句话，"捧哏"的得有四句话等着。这也是"捧哏"演员的基本功，所以李文华时刻注意搜集、积累表达同一意思的不同词语。他的语汇相当丰富，比如，同是说"幽默"，他一张嘴就能说出"诙谐""风趣""逗乐""滑稽"等等。这样，既衬托出"逗哏"者，又为整个节目增光添色。所以，谁都乐意与李文华搭档。

李文华十分讲究职业道德。有一个时期，领导安排他给马季"捧哏"。他俩一个说得随便，一个接得自然，很快在曲艺界"戳"了起来。他们合说的《大柳树》《哥俩好》等段子，一时间成为京城百姓茶余饭后的"热门"话题。但这时，领导决定换于世猷与马季搭档，李文华另作安排。相声演员都知道，"捧哏"演员愿意与知名度高的"逗哏"者搭档。这样的调动，可能对李文华有影响，可李文华愉快地服从了。过了一段时间，于世猷被派往天津执行任务，领导又让李文华接着"捧"马季；等于世猷完成任务返团，李文华又主动退出，让于继续为马季"捧哏"。李文华毫无怨言，有一个时期，他还热情地为于世猷"捧哏"呢！

至此，使我不由得想到范曾先生赠给李文华的一幅字画，画面是象征正直正义之士的钟馗，旁边是范先生刚劲隽秀的魏碑题字：

天地之气也，或阳刚或阴柔，禀气造物性情各殊。阳刚之气使人有大义大勇之行，古今之英杰豪雄咸具焉。阴柔之气使宵小为案，习钻污浊之行随之，天下之奸佞枭雄咸具焉。小而言之，凡忠恩朴稚之士亦皆有阳刚为质，而獐头鼠辈则均以阴柔为本。吾善写钟馗，颂其疾恶如仇，扫荡阴柔，势不可当。文华先生雅爱余画，写此以赠，使先生百病辟为牛年大吉。文华先生大善之人冷山也，善有善报，余其深祷焉！

我以为，范曾先生对李文华的赞扬，真是恰如其分。

三

也许真让范曾先生言中了。1978年夏天，年轻的相声演员姜昆来找李文华："李老师，我跟您排一段，行吗？""那怎么不行！"李文华爽快地答应了。从此，这一老一少如红花绿叶，相互映衬，活跃在工矿、农村、部队的舞台上，给人们带来了健康愉悦的笑，带来了高尚文明的艺术享受。

姜昆敬重李文华，从第一次在东北看到李文华的演出，就深深为他的朴实、憨厚和幽默所倾倒；李文华呢，打心眼里喜欢姜昆的聪明、热情和钻劲，甘心情愿做姜昆的"绿叶"。他们互相学习，亲密合作，逐步形成了清新、明快的艺术特色。他们的节目具有强烈的时代色彩、浓厚的生活气息和鲜明的战斗风格。

1978年8月，李文华和姜昆搭伴来到河北宣化的一个部队里，一面随部队宣传队演出，一面修改、排练姜昆创作的《如此照相》。他俩身着战士军装在军营和大街上行走，一些不晓内情的人朝着李文华指指点点："喝！这么大岁数还当兵呢，资格可真够老的！"

李文华和姜昆为创作付出了艰苦的劳动。一段《如此照相》的结尾，就先后修改了五六次。起初，是"捧哏"的李文华睁一只眼闭一只眼让"逗哏"的姜昆照相，感觉没什么意义；后来，由"逗哏"的姜昆唱得让人难受告终，虽然逗乐还是嫌意义不大；接着，以跳"忠字舞"结束，仍不满意；最后，以"逗哏"者做动作，"捧哏"者判断结尾："那你干什么哪？""我瞧对过那包子呢！"又逗乐又有意义，既出乎观众的意料之外又在情理之中。

《如此照相》一鸣惊人。1979年10月，他们在共青团全国第十一次代表大会的联欢会上表演了这段相声，整个会场，笑声不断，掌声经久不息。

《如此照相》的成功，使两人都感到彼此相得益彰。姜昆郑重其事地找

李文华与姜昆表演相声《如此照相》

李文华与姜昆表演相声《诗歌与爱情》

到李文华；"李老师，您以前一直是领导叫干啥就干啥的。这回领导要是再调您，您可别说服从分配啦！您就说，姜昆离不开您，您也离不开姜昆好啦……"

成功让人喜悦，催人奋进。姜昆深入北京东直门外某建筑工地，怀着对建筑队小伙子们的敬佩以及对社会上个别姑娘错误思想的气愤，写出了《爱的挫折》；李文华登上公共汽车，同司售员们交朋友，写出了呼吁社会要尊重司售人员劳动、司售人员要礼貌待客的《我与乘客》。姜昆写出了《北海游》《买伞》；李文华写出了《如此要求》。接着，两人又共同创作出《诗歌与爱情》《霸王别姬》。

有人说，李文华、姜昆的"运气好"，赶上了好时代。是的，只有时代让笑、群众也想笑的时候，相声艺术家的聪明才智和精湛技艺才有发挥的场地。1980年，《如此照相》荣获全国曲艺优秀节目一等奖；《霸王别姬》《诗歌与爱情》获二等奖。

许多人都喜欢李文华、姜昆的相声，称赞其高雅、清新、健康，成功地将思想性、知识性和趣味性、娱乐性巧妙地结合在一起，使人在欢笑中思索回味，受到启发和教育。即使有些作品是揭露、批评党内和社会上的不正之风以及社会生活中的缺点错误的，也绝对不牵强附会、幸灾乐祸，而是"寓教于谐"，满腔热情地给人以启迪。如果说，《谈美》引导人们去追求真正健康、和谐的美，那么，《严重警告》则是告诫人们要注重生态平衡，保护大自然良好环境；《祖爷爷的烦恼》力图宣传和普及科学知识，重视计划生育；《想入非非》《我的改革》则是对那些无自知之明者和不良的社会风气的善意批评，给人们以文明、进步、希望和信心。

有一次，李文华和姜昆演完相声《时间与青春》，一位白发苍苍的老大娘找到李文华："老李，你俩什么时候再说这段儿？我让我两个儿子去听。现在的孩子，不能让他们有了白头发再去想时间哟！"一位青年工人给他们来信："我知道艺术作品中的人都是编造的，可是我总觉得处处都像我。我就是个懒人，是个不珍惜时间的人。这段相声，明天我还去听！"

观众感情上的共鸣是对演员莫大的鼓舞，这鼓舞又化成了激励演员奋力创作的动力。仅仅五六年时间，姜昆、李文华就创作并出版了两本相声集，长短四十六篇，共计三十二万四千余字！他们不仅在舞台上和电视屏幕中拥有千千万万热情的观众，而且还有了喜爱他们文字作品的忠实的读者……

四

真是天有不测风云。1982年，李文华的嗓音有些沙哑，到医院一检查是声带长了"息肉"。医生让他"噤声"，先不要参加演出。李文华想："息肉"算不得什么大病，不就是怕说话过多吗？我生活中尽量少说点儿，把话留到台上说！

然而，疾病却不管李文华的心思。"息肉"越来越大，只好做手术摘除了。医生警告说："老李啊，这次可要好好休息半个月，别像上回那样啦！"李文华笑着点点头，心里却想：团里工作那么忙，又有那么多观众等着听我们的相声，我怎么能老在家待着啊？！第四天，他又出现在舞台上……

1984年，李文华的左声带又发现鳞状肿瘤。医生严肃地对他说："老李啊，看来要做'半喉切除'手术啦……"什么？做"半喉切除"手术？天哪！这不意味着不能上台表演了吗！李文华的脑袋"嗡"地一下。良久，他郑重地对医生说："大夫，还有没有别的法儿啦？我爱相声这门艺术，更爱那些个观众。您看，还能不能让我再多说几年？我求您了！"医生被深深地感动了：这个瘦老头儿，一心只想着相声艺术，一心只想着观众，却一点儿也不想想自己。经过会诊，医生决定给李文华先做"放疗"。

李文华心里明白，嗓子属于艺术的时间不多了。他白天黑夜坚特参加演出：《莫迷信》《夸家乡》《祸起甲鱼》《谚语谈》《尊重人》《说话的艺术》……家里人一次次向他发出"噤声"的"通牒"，他全不放在心上，孩子们生气地叫他为"假老爹"。

1986年4月，李文华的嗓子剧痛起来，他只好住进了北京肿瘤医院。著名的头颈专家、北京肿瘤医院副院长屠规益成功地为他施行了手术；同年9月，北京同仁医院耳鼻喉科主任李春福，又请李文华参加了"无喉者食道发音训练班"，使他不用声带而发出了声音。这年年底，李文华虽还不能上台表演相声，却可以与别人交谈啦！

人民的演员人民爱。李文华患病的消息传开，群众都十分关心。他每天接到许多来信，有的专门问候他的病情；有的给他邮来创作素材。李文华都一一认真处理。

团里的同志也非常惦念李文华。团长姜昆经常来看望他，年节还亲自驾车接他到自己家"团聚"。副团长和马季、唐杰忠、赵连甲、赵炎、刘伟等等经常打来问候的电话。郝受民与李文华是邻居，代领工资和传达团内信息等便都自然由自他"承包"了。

五

1988年3月的一个星期天，我登门拜访这位老笑星、共产党员、劳动模范。

轻轻叩开位于北京劲松小区的李文华的家门，一位年轻女同志笑着向我点点头，随即向屋里喊道："爸爸，有人找您！"话音刚落，李文华走了出来，依然是灰白的头发，浓黑的眉毛，满脸的笑纹，洁白的衬衣外加一件驼色毛衣，罩住他那清瘦的身躯，只是脖颈上挂一小块白纱布，使我心里一沉——那是这位令人尊敬的笑星病态的标志。

"您来啦？快请屋里边儿坐。"他仍操着"李文华式"低哑的嗓音。他把我让在沙发上，又招呼女儿沏茶，端来糖果、瓜子、葡萄干儿。环顾这三居室的房间，墙壁上悬挂着许多名人字画，其中最引人注目者有二。一是书法家刘炳森的隶书：

绵世泽莫如为善好，振家声还是读书高。

一是张口大笑的胖弥勒佛画像，上有作者、徐州国画院院长马奉信的题诗：

劝君何必自烦恼，一笑可得十年少；
动气只需看看我，包您顿时开口笑。

阅毕，令人忍俊不禁。我想，这既是对李文华同志的慰藉，又是对他的褒奖吧。

"李老师，您的身体恢复得怎么样？还常出门吗？"我问。"其他'零件儿'都挺好，就是嗓子说不好话……让人着急。"他说话断断续续，"平时常在外边儿溜达溜达，逛逛农贸市场；有时候，骑车去趟医院复查。"他指指纱布掩盖着的脖颈上的手术切口。

"您做手术之后，还登过台吗？"我知道，这是广大读者的希望所在，也是李文华矢志不渝追求的目标——生活需要欢乐，把幽默与欢乐奉献给人民。李文华说："去年10月中旬，中央广播艺术团说唱团的相声演员冯巩和中央电视台的导演张子扬，邀请我到广州参加电视幽默小品《阿O小事》的拍摄。人家那么热情，又是为我好，我就去试试。经过团里领导同意，我和剧组一起到了广州。这是我手术后第一次出远门儿。冯巩、张导演提议让我老伴儿一道去，好照顾我，被我谢绝了——我给剧组干不了多少活儿，已经够瞧的了，别买一个再饶一个，给大家添麻烦啦！"

笑星仍不失幽默。我问："您在小品中扮演什么角色？""两个不说话的群众。喏，我扮演这个园林工人。"他指了指刊登在《广州日报》上的《阿O小事》剧照。我看到，李文华身穿工作服，全神贯注地操纵手扶剪草机剪草的镜头。

"您今后有什么打算呢？""我想琢磨琢磨电视小品。"李文华一字一板地说，"这还是去年拍《阿O小事》时受到的启发。不过，相声与电视剧是不同种类的艺术，各有特点。相声着重于语言，而且比较夸张；电视剧更重表演。两者有一定的'反差'。但同属于艺术，都来自生活实践。我感到，电视小品的表演将有助于相声的表现力，相声语言又可增强小品的喜剧效果。今后，如有这样的任务，又不给别人添更多的麻烦，我愿意跟同志们合作，争取多来几个，为人民增添快乐！"

人们啊，期待和祝贺李文华的成功吧！

"烟火大师" 于泽

他站在江岸上，面对江苏瓜洲湾长江口的千米江面出神。江水借着风势，一浪高过一浪地拍打着岸堤。他随手扔下去一块石头，"啪"的一声，石头被卷入旋涡；又抛下一块木片，只见它在浪花中颠簸了几下，顷刻间便无影无踪。

"真是难搞！"他自言自语，陷入深深的困惑中。

几个月前，电影《风雨下钟山》在八一电影制片厂开拍。这是一部史诗性的大型彩色故事片，表现人民战争的胜利和蒋家王朝的覆灭，"渡江"一场无疑是重头戏，必须拍出"百万雄师过长江"的实战效果。为此，江苏省政府特地征集了近两百条木船，协助拍摄。摄制组原打算采用传统的方法——在船队中间布置"炸点"，但一实践，不行！"炸点"布少了，气氛不足，不像鏖战场面；布多了，当时正值风季，水流湍急，每秒钟五六米流速的江水会轻而易举地把炸药包移动位置，稍有不慎，就极可能发生船翻人亡的事故……

导演魏林玉不得不给千里之外的北京发电：请特技车间主任、"烟火大师"于泽速下江南！

此刻，于泽来到江边勘查现场。两天了，设想的几个方案，一一被自己推翻。他慢慢地抬起头，绚丽的晚霞映红了江面，远处，一支运输船队拖着长长的木排沿岸行驶，几名船工手使竹篙不时地点拨江岸的石块，使木排避石而行。忽然，于泽眉头一展，计上心来；让烟火员巧扮成渡江战士，将炸药包绑在长竹竿上，竹竿一端固定在船上，使用电控发火，人工操作——如果船队靠近，就不引爆；船队在爆炸危险区外，即引火实爆。对，这是一个理想的方案！

实拍开始了。飞机下的江面，"我军"万船齐发，直指对岸；"敌军"炮火隆隆，江面上不时升腾起一个个巨大的水柱。鏖战扣人心弦，船队却安然无恙。成功了！主持拍摄工作的副厂长王牧，兴奋地奔过来向于泽举手行军礼。

《风雨下钟山》荣获了1982年金鸡奖"最佳烟火奖"。

一

1953年4月，随志愿军第四野战军工兵第十六团从朝鲜回到祖国的于泽，正在海滨城市青岛休整。一天，团政治处主任把他和另一名同志找到办公室：

"小于，军委总政治部要调两名有工兵爆破经验的同志，到军委电影制片厂（八一电影制片厂的前身）去筹建烟火专业。我们选派你俩去，有信心吗？"

"……"惊愕，喜悦，激动，不安，于泽一时竟不知说什么好。"有工兵爆破经验？有信心吗？"他问自己。天晓得"电影烟火"是个什么东西？有着六年军龄的他，只知道用炸药炸碉堡，破坏敌人的交通线。

那是1947年，出生在河北省顺义县一个贫苦农民家庭的十六岁的于泽，报名参加了我河北第十四军分区地方游击队。从此，他经常和战友们一起，深入敌占区，破坏敌人交通线，整天跟炸药打交道，与"爆炸"结下了不解之缘。

一个风雪交加的夜晚，于泽奉命和战友们去执行破坏敌人铁路的任务。他带领两名战士爬到敌人的碉堡下面，埋好炸药，点上火，"轰！轰！"几声巨响，碉堡里的敌人吓懵了。我们的战士，锯电线杆，砸瓷瓶，卷电线；起道钉，拉铁轨，推枕木，倒煤油。一声号令，两公里长的地段燃起了熊熊烈火。敌人又胡乱打起枪来，曳光弹在夜空中留下一道道弧光，伴随着白雪、烈火，好一幅壮观的图画！

蓦地，一个奇怪的念头在于泽脑中萌生：若是把这个场面拍成电影，该有多精彩！

如今，他却真的要去拍电影了。

二

摆在于泽面前的，并非色彩斑斓的世界，而是电影制片厂的几幢平房，大片高粱地，丛生的野草……

单调的生活，单调而又危险的烟火工作——战场上的军工烟火（火药、炸药），是用来对付敌人的，担心的是不能有效地杀伤敌寇；而摄影机前的电影烟火，是用来深化主题，刻画人物性格的，害怕的恰恰是炸伤自己的演员。

1955年5月，于泽担任八一电影制片厂烟火组长，带了两名烟火员，参加拍摄《冲破黎明前的黑暗》。

一天，实拍女游击队员背伤员通过敌人"炮火区"的镜头。"开拍！"导演发出了命令。"女游击队员"背起"伤员"向前跑去。忽然，"轰！""炸点"提前爆炸了。只见"女游击队员"左躲右闪，在一片浓黑的炮火硝烟中真的倒了下去。于泽的心一下子提到了嗓子眼。虽然，他明白演员的位置在"炸点"威力圈外，不至于出大事故，可是"女游击队员"的衣服被炸破，脸被熏黑了；"伤员"成了名副其实的伤员，脸上流着血。

导演顿时大发雷霆，那脸色，足够人瞧半个月的。

晚上，于泽找到美工车间主任老龚："我没有艺术细胞，又没有文化，干不好这份差使，让我回部队去吧！""想当'逃兵'啦？"老龚和蔼地劝导着，"战士什么时候怕过困难？业务不熟悉，可以加劲儿学嘛！"

于泽被说动了。他的眼前，"蒙太奇"般地闪现出当年老团政治处主任那期待的目光和亲切的声音："小鬼，我们可等着看你的杰作哪！"

电影烟火的运用涉及化学、美学、文学、摄影、电工学等知识，但于泽仅仅在部队里读过"速成中学"。

从此，在八一电影制片厂集体宿舍里，常有一盏灯亮到翌日凌晨。于泽像过去迷上炸药一样，如今迷上了书——苏联烟火大师李哈乔夫的《电影烟火》、美国专家撰写的《视觉效果》，他都一页页地潜心阅读，记下心得体会。起初，他与许多电影观众一样，以为表现战争题材的影片才需要烟火。书籍为他展示了一个崭新的天地，原来雾片、神化片、抒情片都要有烟火：在远山与田野之间施放一些烟幕，会烘托出田野的恬静；在房顶烟囱上添几道青烟，会增加村庄的生活气息；飞机模型不动，云烟往后飘，会给人造成飞行的错觉；用白色烟雾掩盖景物，可以产生"神龙藏身只见首"的艺术境界，造成"景越藏、意越深"的特殊艺术效果。于泽惊奇地发现：一把火，一缕烟，上了电影镜头就有了生命——硝烟使英雄更壮烈，蓝烟使景物更深远，红烟增添画面的诗意，白烟描绘出迷人的"仙境"……

三

如果说，画家以色彩在纸上作画，用的是调色板和画笔的话，那么电影烟火工作者则是用烟与火在广阔无垠的天空和大地上描绘着运动的画卷。为了这大自然中的活画，于泽和他的助手不仅流了汗，而且洒了血：

"轰！轰！"几声大炮响过，"敌军"溃逃，"我军"乘胜追击。然而，海上却只稀稀落落飘过几丝青烟，与这"激烈"的战斗场面是那样不协调。"停！停！"导演大声呵斥，"这是什么烟？给佛爷烧香吗？！重来一遍！"于泽举起烟火罐，在齐腰深的海水里奔跑。忽然，身子一歪，一脚滑入刚炸过的深坑中。海水，带着沙子、杂物，顿时灌进皮裤皮衣内，浑身如坠入冰窟。脚被划伤了，淌着血，海水一浸，钻心般疼痛。烟火熄灭了，又要重拍。《南海风云》中"海边歼敌"这场戏，竟一连拍摄了五次！

"轰！轰！"炮弹在山坡上不断爆炸，"我军"发起了"冲锋"，包围圈在缩小。"哒哒哒……"摄影机在紧张拍摄。远处山坡上，一处处浓烟随风飘荡，一个个"炸点"错落有致地炸开。"好！"总导演成荫不住地称赞——这是重拍《南征北战》的"围歼"场面，烟火员还是于泽。这时如果有一架望远镜，就不难发现：在五华里长的山坡上，于泽不时狂奔，不时停下操纵"炸点", 燃放烟幕。一场戏拍下来, 浑身内衣湿透, 睡觉时腿疼得上不去炕……但是, 他顽强地探索着, 实践着。《英雄岛》《回民支队》《碧海丹心》……都有他设计、制作的烟火。他的足迹踏遍了祖国的大江南北。在于泽的脑海里, 至今还保留着这段惊险的记忆:

1959年, 厂里拍摄《黑山阻击战》, 于泽带领一名新手担任烟火员。影片中有这样一组镜头: 我军指挥员用望远镜观察"敌"我双方展开争夺战的"一〇一"高地, 高地上炮火连天, 硝烟弥漫。烟火中, "我军"指战员用枪弹、刺刀、枪托奋力阻击"敌人"的疯狂进攻。

为了拍出实战效果, 于泽在一个排的工兵协助下, 将两吨半炸药埋进了一百多个炸点坑。临实拍前, 一向细心的于泽想再次检查一下炸点的情况。他向那位年轻的新助手交代了几句, 只身向对面山头爬去。谁知刚爬到山腰, 就听"轰"的一声巨响, 崩起的泥土、石块顿时砸在他的头上、身上。接着, 又是一声巨响。于泽心说:"不好!"随即纵身跃进一个刚刚爆炸过的炸点坑, 等周围第二声、第三声爆炸过后, 顺着山坡"就地十八滚", 连滚带爬脱离了危险区。

好一阵惊天动地的爆炸, 足足炸了十几分钟! 本来是"一〇一"高地, 硬是让炸药削去了两米多, 成了"九九"高地。

导演对于泽的杰作非常满意。但是关机后, 导演和摄影组的同志惊呆了——只见于泽脸上流着血, 平素十分整洁的军装挂破了好几处, 右腿一跛一拐地走过来, 不用化装, 活像经历了那场阻击战, 刚刚从前线撤下来的伤员。

原来, 导演不知道于泽又去检查"炸点", 看看准备完毕就命令烟火员和摄影师:"开拍!"那位新烟火员初次登场, 一时慌乱, 竟忘了向导演报告, 一摇控制器, 对面山头就炸开了……

四

1965年, 一场事故像一条爆炸性的新闻, 震撼了整个八一电影制片厂。

盛夏，八一厂在广州菠萝县摄制一部军教片。一名叫童光谋的年轻烟火员配制"黑烟幕"时，因缺乏知识，在炸点坑内同时倒入了氯酸钾和赤磷。他看到赤磷有粉块，就伸出右手去捏，没料到"扑"的一声，赤磷与氯酸钾摩擦起火！无情的火焰灼伤了他的右手。当时，气温高达摄氏三十九度，汽车从县城疾驶到市区医院，但右手已经保不住了。

这场事故像锥子一样深深地刺痛了于泽的心。虽然他当时并不在场，但是他仍感到没有尽到责任。从那时起，他立志写出我国自己的"电影烟火学"，培养出高水平的烟火员。白天，他设计烟火方案，完成厂里的任务；夜晚，他伏案疾书，总结自己从事烟火工作的经验。每当困倦时，他的眼前便闪现出童光谋的断臂和那痛苦的脸庞。于是，瞌睡被驱至九霄云外……

日月流逝，白发与案头的稿纸成正比例地增长，五道皱纹也悄悄地爬上了他的额头。

正当于泽夜以继日地撰写"烟火文章"时，人间烟火却真的来灼烤他了——史无前例的"文革"仿佛把世上的一切都倒了个个儿。无知是"英雄"，知识是"反动"。伴随着"反动烟火权威"的"头衔"，两尺多高的纸帽子扣到了于泽头上，脸上也被"造反派"们涂了臭墨，好像这样便可以"斗倒斗臭"。

然而，一回到家里，于泽将纸帽子一摘（不可毁坏，还要戴的），立即拿起笔，继续研究、撰写他的"烟火药品燃烧反应公式"。

过了一个时期，"造反派"们斗累了，斗腻了，"革命警惕性"也松懈了，于泽便溜出厂去，到军委防化学兵研究所，到北京化工学院向专家请教……

著名音乐大师贝多芬讲过这样一句话："卓越的人一大优点是——在不利与艰难的遭遇里百折不挠。"于泽五年的努力，五年的心血，终于化为我国第一部研究电影烟火的专著——十几万字的《电影烟火》上、中集（初稿）！

在于泽的倡议下，厂里从济南工兵八团挑选了十名优秀的工兵战士组成烟火组。于泽像大学教师一样备课，讲授，示范：

"电影烟火是技术与艺术相结合的产物。它将军事烟火引进到电影中来，运用技术手段达到艺术效果。""观众不允许演员在毫无生气的环境中做戏"

……

十几名烟火员成了八一厂的烟火工作骨干，在拍片中"十仙过海"，各显神通。

一时，北京电影制片厂、峨眉电影制片厂，云南、贵州、天津电视台，甚至朝鲜二八电影制片厂也慕名送烟火员到八一厂，向于泽求教。

全国电影表演艺术的高等学府——北京电影学院制片系、摄影系、特技培训班，也来请于泽前去讲授电影烟火。

求学者走了一批，又来一批。学生带出了学生，成了先生。于泽的名字，在国内外同行中传播。

五

1983年初春。香港新昆仑影业有限公司试映厅内，从内地专程送来的样片《火烧圆明园》已连放两遍，身兼编剧、导演和监制的李翰祥还是在厅内不停地踱步。

他的女婿、《火烧圆明园》执行导演方翔志忑不安地问道："您觉得怎么样？"

李翰祥不无遗憾地回答："演员做戏、拍摄技巧都还可以。可惜最后'火烧'这一场戏烟火太薄，'火烧'的味道不足。"

厅内人面面相觑。沉默片刻，李翰祥毅然决定："另请烟火人员，重新拍摄'火烧'场面！"

"还是请于泽出马吧。"方翔凑上前建议道，"这片子里'血战八里桥'的烟火就是他的杰作。"

随着方翔的话音，李翰祥脑海中立即闪现出那悲壮的场面；"清兵"奋勇杀敌，但大刀、长矛难敌英法联军的洋枪、洋炮；"炮弹"接连在马队、步兵中爆炸，"清兵"不断"中弹"倒下，最后全军覆没，"血染"沃野。

当时拍摄现场设在内蒙古宽阔的锡林浩特草原。一个团的解放军骑兵前来协助。于泽指挥烟火人员在草地上挖好上百个土坑，坑内填入火药、烟幕弹，覆盖的浮土都用细筛精心筛选，"遥控操纵器"由细心的烟火员掌握。一天拍摄了五十多个镜头，尽管"炮火连天"，"清军"人马不时栽倒，但是无一受伤。于泽的烟火技巧，使执行导演方翔暗自称奇。

由于《火烧圆明园》分了两个组拍摄，于泽参加的一组去了内蒙古，所以另一组只能另请烟火人员，"火烧"一场戏就是那个组在北京十三陵地区的德陵拍摄的。此刻，当李翰祥等人在香港看样片时，于泽也刚刚从内蒙古草原回到北京。李翰祥马上决定：采纳方翔的建议，再请于泽出马。

于是，于泽又被请到了德陵。

呈现在他面前的，是壮丽的圆明园大水法场景。那十米高的"西洋楼"，均由三合板、布景板、木方和泡沫塑料建造而成，不消说，个个怕烧。然而，非烧不可，非大烧不可，否则，怎么能成"火烧圆明园"？！

艺高人胆大。于泽同助手们商量，决定采用虚实结合的办法大"烧"一场。他指挥人员在布景上需要放火的地方缠上石棉，铺上铁板；还在"西洋楼"两边和后面搭了四十米长的火架子，以便大火前后呼应。他唯恐火势不旺，又在"西洋楼"那泡沫塑料制作的窗户上架铺铁槽，槽内放入带孔的铁管，管中注入"丁烷气体火"，拍摄时点燃，关机时即切断气源灭火。为了使火焰有深远感，他还在"西洋楼"后面放上红烟幕和闪光药包，并用照明弹映衬、烘托。

好一场大火，前后烧了六七天，拍了一百多个镜头，但历经半年时间建成、耗资六十万元的木质布景却居然完好无损。

如果说，《风雨下钟山》的烟火是于泽的成功之作，那么，《火烧圆明园》中"血战八里桥"是他的精心之作，而"火烧"一场，则是他的惊人之作。

三十多年来，于泽亲手设计、制造过三十多部电影的烟火。无论在湍急的江河、浩瀚的海洋中，还是在辽阔的平原、茂密的森林里，或者是密集的人群、奔驰的马队中，他都能施展高超技艺，制造出各种逼真的烟火效果。在这广阔无垠的艺术天地中，有声，有色，有画，有诗，自然也有欢乐与痛苦。同行们由衷的赞扬声中究竟伴随着多少甘苦，只有于泽自己最清楚。

有志者的任务永远是开拓。近几年来，于泽又致力于电影烟火的革新，力图改变烟火工作笨重、肮脏、危险的状况。他组织八一电影制片厂的技术人员与兄弟单位合作，研制出射流爆破器、乙二醇喷烟器、遥控操纵器等先进的烟火设备。机械代替了手工，遥控取代了人工点火引爆。这些设备迅速推广到了许多电影制片厂。

于泽被推选为中国电影家协会烟火技术研究组组长，又是近三届全国电影烟火会议的主要主持人，还负责全国烟火专业人员培训班的工作。

世界电影从1895年诞生至今已有一百二十多年的历史；中国从1913年有了电影至今也有一百多年历史。但是，中国的电影烟火只是从新中国成立以后才正规组建，与其他电影专业相比，我国的电影烟火专业还很年轻。为了适应我国电影事业迅速发展的形势，于泽在执着地探索着，追求着……

范秉珍的"四连冠"

《工人日报》总编辑李冀，此刻紧紧握住范秉珍的手："祝贺你荣获'四连冠'！"

1988年5月，碧空如洗，天朗气清。《工人日报》第四届特约通讯员代表会议在山东淄博矿务局举行。

山东省委、省总工会、淄博市委、市政府等有关领导同志，与《工人日报》两位总编一起，兴致勃勃地为五十名优秀通讯员颁发表彰证书……

在简朴、整洁的饭厅里，身材魁梧、举止潇洒的《工人日报》副总编、高级记者刘建国，走到范秉珍身边："小范同志，再接再厉，争取明年'五连冠'！"

一

一个偶然的机会，把范秉珍推上了《工人日报》"特约通讯员"的岗位。

早在1974年，小范就认识了全国著名劳动模范张秉贵。她在北京师范学院学习期间，曾来到北京市百货大楼，与糖果组张秉贵一同站柜台。

张师傅的言传身教，顾客对他的衷心爱戴，给小范留下了极其深刻的印象。

1984年国庆，《工人日报》举办征文活动。祖国的巨大变化，劳动模范的不平凡业绩，使小范产生了一种强烈愿望；把张秉贵师傅的坎坷经历和感人事迹整理出来，传播出去！

真是无巧不成书。本想登门拜访，却在全总会议室里相逢。两双手紧紧地握在了一起。张秉贵眼里闪着笑。他仔细询问着小范的学习、工作和生活情况。小范一一回答后，渐渐地把话题引到采访的主题上："张师傅，您对人生道路一定有许多感慨吧？！"

一句普通的问话，竟使张秉贵陷入了沉思。良久，他方慢慢抬起头，讲述了自己从昔日私商伙计到今天国家主人，从胸有"一团火"到温暖顾客心，从暮年献余热到辛苦育新人的一幕幕。小范边听边记，边想边问，内心深处不由得升腾起对张师傅的崇敬之情。

在北京市百货大楼工会的支持下，小范以"喜迎佳节话今昔，誓把余热献中华"为题写了一篇文章，很快刊登在北京市总工会的内部简报上。

一天，《工人日报》北京记者站副站长辜坚，兴冲冲地找到小范："你把张秉贵的事迹写得很生动，很有条理。我已经把这篇文章推荐给总编室了！""从今天起，你就做《工人日报》的通讯员吧！"

8月14日，《工人日报》在"庆祝中华人民共和国成立三十五周年征文"栏目里，以张秉贵"国庆前话今昔"为题，全文刊登了范秉珍代写的长达三千字的文章，还配有插图。看到这篇报道，张秉贵的脸上露出了欣慰的笑容。

成功使人激动，更催人奋进。从此后，小范用讴歌改革带来的新变化；展示职工群众的新风貌；工作的新成绩；鞭挞损害职工利益的卑劣行径。

二

真是一发而不可收。范秉珍的写作思绪像喷泉一样往从冒。

四年来，她先后在新华社、中央人民广播电台、《工人日报》、《北京日报》、《北京晚报》、北京人民广播电台、北京电视台、中国工运等报刊、杂志、电台上发表了七十余篇通讯，消息、来信、专访、特写，计五万多字。

于是，她连续四年被《工人日报》评为"优秀通讯员"。

一篇报道，使范秉珍至今记忆犹新。

那是1986年6月24日——一个平凡的日子。《工人日报》三版头条位置刊登了范秉珍为素不相识的田中洋代笔的文章，题为《病缠十年苦，温暖八方来》。

文章发表后，田中洋在短短的十几天里，就收到了来自全国各地二十七封热情洋溢的信件；接待了附近地区三十多位病人的来访；总场领导和有关部门负责人分别前去看望。他所在的福利院像过节一样……

不久，总场工会为他购置了一辆手摇三轮车。田中洋再也不寂寞了，逢人就夸"范记者"！

原来，这年4月，在北京市总工会工作的范秉珍先后收到两封署名"湖北省国营五三农场职工福利院田中洋"的来信。

这位双下肢完全瘫痪、无妻室儿女、历尽艰辛的老人，曾在1985年5月7日的《工人日报》上看到了小范为一位病人代笔，赞扬北京海淀药店"寄药九年不间断，关心患者胜亲人"的文章。田中洋几经周折，拜托小范为他代笔，以表达十年来对热情帮助、关怀他的领导和同志们的感激之情。

在信中，这位饱经沧桑的老人写道：我从1976年患风湿性坐骨神经痛至今已有十年，先后去过大小六家医院，但都治疗无效，双下肢完全瘫痪。我真想一死了之。1982年，瘫痪蔓延，尿道溃烂，生命垂危，好几家大医院诊断："只能维持生命三个月"。面对现实，我彻底绝望了。然而组织的关怀，众人的相助，竟使我起死回生，奇迹般地活下来……老人书信的字里行间，洋溢着对党和社会主义的感激，凝聚着对小范的信任和期望。

作为《工人日报》的特约通讯员，范秉珍深深地意识到这两封信的分量和肩上的责任！

鸿雁传佳音。当小范复信同意为田中洋代笔时，老人显出少有的激动。他忙不迭地请福利院的工作人员买来香烟、糖果和鞭炮，还把小范的复信象报捷喜报一样，拿出来让院领导和工作人员传看……

千里采访谈何易！为了准确、真实地表达田中洋的思想感情，小范一面反复琢磨来信内容，一面再次复信了解详情。

在掌握较多第一手材料的基础上，她决定用三个晚上写稿，力求以情动人，以情感人。经过提炼，她拟出"死神降临时，巧遇好心人""孤身行千里，一路沐春风""工会是我家，同志胜亲人"三个小标题。

夜深沉，风更大。台基厂市总工会福舍外高大的白杨树叶不时发出"哗哗"的响声。爱人带着女儿早已进入梦乡，范秉珍却毫无睡意，在台灯放出的乳白色光泽里，奋笔疾书在田师傅人生的旅途中，既有痛苦、孤独、悲观、失望，也有舒畅、温暖、和谐、幸福……

著名音乐大师柴可夫斯基曾经满怀深情地指出："不是血肉的联系，而是情感和精神相通，使一个人有权利去援助另一个人。"

"我能为田师傅做些什么呢？"待人热情的小范心中不时荡起友谊的波澜。想到田中洋体弱多病，她寄去质量上乘的茉莉花茶、白糖、水果糖、营养药品，鱼、肉罐头；想到田中洋心中寂寞，她寄去印有"工人日报"字样的笔记本，自己登上天安门城楼时购买的纪念章和一些书刊杂志；想到田中洋每月只有二十几元的零用钱，她毫不犹豫地将自己的稿费邮往湖北……

"友谊永远是美德的辅佐。"田中洋为了"报恩"，不顾小范的好言相劝，将人参蜂王浆、香油等物品千里迢迢地寄到了北京。

三

作为一名工会工作者的特约通讯员，范秉珍感到肩负着一种义不容辞的责任；关心人民群众的安危冷暖，将采访写作的目标盯在职工群众关切的"热点"上。

北京地铁，已成为本市交通客运中一支不可缺少的力量。1986年一天，范秉珍和爱人乘地铁外出，发现地铁车厢内通风不好，大人喊闷，小孩叫热。两人经过反复琢磨，认真分析，终于找到造成这种现象的主要原因是：只有顶吹风扇的密封式车厢未设抽风扇，虽有排风口，可排风量太小，与顶吹风扇的进风量不平衡——入大于出。由于没有构成空气对流的条件，致使车厢内浑浊空气逐渐积多。找出原因后，夫妇两人及时给《北京晚报》写信，如实反映乘客的呼声，建议把车厢内的十一台顶吹风扇改为五台顶吹，五台顶抽，交错排置，单设进出风道口，或在座椅下面改装排风孔，其排风量与十一台顶吹风扇相匹配。《北京晚报》在一版位置刊登了他们撰写的《地铁车厢通风问题亟待解决》的文章，促使这一问题得到缓解。

说起物价问题，老百姓谁个不反对乱涨价？在生活中，小范发现北京矿务局系统和区属个体户的一些店、点，严重损害群众利益，缺斤少两，掺杂使假的问题后，主动进行调查核实，以"北京一些店、点严重损害群众利益"为题，采写一篇文稿，发表在《工人日报》上。

这一批评，引起了市、区有关领导部门的重视，很快采取了措施，制止了那些不法行为，使那里的群众拍手称快。

她什么都想管，都要管。1986年，市总女工部和朝阳区工会的同志向小范反映：北京市企事业托幼园所教师知识面窄、教学内容肤浅、教学方法生硬；园所场地狭小、破旧，甚至建在厂房顶上，空气不好，噪音严重，影响孩子们的身心健康；有些单位随意乱涨收费标准；个别幼儿园像出保"股票"一样，"明码标价"，出卖"托儿权"。

小范想：企事业托幼园所占全市托幼园所的百分之十，如果这种状况发展下去，职工群众的利益势必受到损害，施把这些情况搜集起来，撰写了《教师素质低，园所条件差收费标准高——北京许多企事业托幼工作亟待改进》的文章，发表在《工人日报》一版"呼声与建议"栏目里。

还有一次，市总工会宣传部一位同志向小范谈起；许多高等成人教育院校和高等院校办的进修班、代培班、夜大学等，连年提高学费。1982年与1986年相比——

文科代培费每人每年从三百元涨到一千元；
工科进修费从二百元涨到一千五百元；
夜大学的文科学费从一百元涨到三百元；
电视大学文科每人每学期二十五元涨到二百元；

各工业局办的文科职工大学每人每年从一百五十元涨到七百元！

有的学校除收学费外，还加收"基建费""取暖费""实习费""开办费"……

小范被惊呆了、震怒了。她拨动了《工人日报》总机的号码。

第二天，报社即派群工部的记者专门调查此事。

一周后，《工人日报》在第一版刊出了范秉珍撰写的"读者来信"和记者采写的"调查附记"。

当日清晨，北京人民广播电台在新闻节目里广播。

四

做人难，想做有所贡献的女人更难。

1969年8月，范秉珍初中毕业后，来到了黑龙江生产建设兵团。

她割过麦，收过豆，播过种；脱过坯，盖过房，修过路；她担任过连队的文书，对情况的了解，使她成为连队小有名气的宣传报道员……

1972年4月，她有幸成为北京师范学院中文系的"工农兵学员"。毕业后，她被分配到北京市总工会工作，一干就是十三年！

范秉珍这年三十六岁。与许多人一样，有一个温暖的家。爱人吴宝光在北京市总工会职工大学工作。

小范当《工人日报》特约通讯员，爱人是理解、关心、支持的。每当她加班写稿时，他总是默默地带好孩子，料理家务。有时，她写稿写得很晚，他总是悄悄起床做早饭，收拾房间……

两人有一个聪明、活泼的女儿，上小学三年级。小时候，女儿的体质不好，患"高热惊厥症"，仅发烧时抽风、不省人事就有十几次。

尽管小范很疼爱女儿，在生活上尽力照顾她，但是总感觉欠女儿什么——噢，就是为写稿常常"失信"。多少次，孩子坐在妈妈的腿上，搂着妈妈的脖子撒娇："这个星期天，咱们全家到公园去玩，好吗？"常常因手头有稿子要赶写，小范没有依着她，只许愿"下个星期天再说"。

就这样，一推再推，一拖再拖，反正总是有"天"。

一次，小范在办公室加班写稿子。孩子进来后，悄悄走到妈妈身边，歪着小脑袋："妈妈，您爱写稿子吗？"小范说："爱。"

孩子又问："那您爱我吗？"小范答："爱。"

孩子奇怪了："那您是最爱写稿子，还是最爱我呀？"小范被孩子的童心深深地打动了。她搁下手中的笔，情不自禁地端详孩子椭圆形的脸蛋。随即从椅子上站起来，抱起孩子亲了又亲："妈妈都是'最爱'！"

记者马玲

马玲是我在香港《大公报》工作时的同事，我们相识于1993年，香港大公报社长办公室。那时，她是《大公报》北京办事处的高级记者，也是《大公报》的知名记者。

1993年底的一天，我们办公室副主任、著名京剧表演艺术家张君秋先生的女儿张学来，操着她那高八度的京腔京韵对我说："主任！您看到北办的记者马玲了吗？长得可漂亮啦！她的眼睫毛那么长！"她用纤手比画着。她的话语和动作，顿时让整个办公室人全都笑了起来。

初见马玲，给我的印象是，年轻漂亮，为人热情、谈吐文雅，举手投足之间落落大方。与马玲熟悉后，知道她毕业于北京第二外国语学院日语系，毕业后，她先当翻译，曾经给王震副总理当过日文翻译。上世纪八十年代中后期，她去了外文版的《北京周报》当记者，从此，走上新闻采访写作的道路。她在《北京周报》日文版开辟了一个"这个人"的人物栏目，每周采访一个"风云人物"。一段时间下来，她先后采写了时任辽宁沈阳市长的"政治新星"李长春、末代皇帝溥仪之弟——全国政协常委、爱新觉罗·溥杰、著名排球女将郎平、著名经济学家厉以宁等。

离开《北京周报》之后，马玲去日本京都大学专修了社会学。京都大学与东京大学齐名，东京大学培养出了一批政治家，京都大学培养了一批科学家。据说，京都大学涌现出11位诺贝尔奖获得者。社会学是研究人类群体和社会行为的学科，社会学专业培养具备较全面的社会学理论知识和较熟练的社会调查技能，这个学科和知识，对于马玲后来从事的新闻工作很有裨益。

从1993年3月1日，马玲拿着自己厚重的新闻作品，"毛遂自荐"到香港

马玲参加党的十九大新闻采访

《大公报》北京办事处工作，直至2003年6月离开，她在香港《大公报》工作了整整十年。这是她记者生涯中年富力强的十年，盛出好新闻作品的十年，也是她发挥聪明才智、大放异彩的光辉十年：

在香港《大公报》，她采访、撰写了许多重要的新闻报道，提供了许多精彩的"独家新闻"。在报社领导的支持下，她组织、创办了大公报"华人政要"专版，在报纸"要闻版"主持、开辟了"马玲专栏"，对国内外、海内外的时事、政治、经济、社会、文化、文学、艺术与生活等，进行了全方位的评论，成为香港《大公报》一个引人注目的闪亮专栏。

新闻采写之余，马玲还撰写和出版了一些重要的人物传记和新闻专著，如《红墙内外的独家报道》《亮点》《马玲专栏》《新闻第三只眼》《辣笔评论》和《北京胡同》等书籍。马玲不仅成为中国特色社会主义新时代著名的新闻记者、时事评论员，而且成为记者兼作家。一时间，她甚至成为一些国家驻北京的新闻媒体追逐的对象；成为香港《大公报》的"一匹靓丽的黑马"，也让《大公报》同仁、记者、编辑们引以为豪。

"马刀初试"

马玲走进《大公报》北京办事处的当天，主任派她去参加一个新闻发布会。这个发布会是为某项大型活动安排的例行会议。参加新闻发布会的二十多家媒体记者，统通采用会议新闻处为大家提供的通稿"轻松、省事"地完成了任务。

马玲没有用那篇通稿。她想，自己初进《大公报》，是发向报馆的第一篇报道，不可随便对付，必须特别认真。于是，她赶回家把当年最时兴的四通"2403"电脑处理器搬到《大公报》的北京办，使用竖版繁体中文字打出新闻稿件，传真至香港报馆总部。港馆编辑对此颇为赞赏，因为以前的手写稿件常有看不出的简体字让编辑苦恼。另外打印的繁体字稿，也给报馆编辑提供了审稿、编辑的方便。马玲是《大公报》内地办事处记者中第一个使用打印稿件的记者。

马玲的文字特点在第一篇的稿件中已经显露头角。于是乎，报馆领导和要闻部的同事，要求马玲将眼睛盯住北京和内地的重要新闻，特别是能够采写出引人瞩目的"独家报道"。那时的马玲刚刚三十岁，风华正茂、精神抖擞。她深深地知道，重要新闻，尤其是独家新闻、独家信息，是海外媒体报纸的亮点与生命。北京是祖国的首都，是中国政治、经济、科技、文化的中

马玲与央视著名主持人白岩松同框

心。每周，甚至每天都会发生一些意想不到的重要、重大的新闻事件。但是，北京的新闻单位众多，出类拔萃能干的记者，外国著名通讯社的记者云集。

马玲在与这些新闻同行的不断竞争、拼搏中，更加清醒地认识到，要写出重要新闻、独家新闻，吸人眼球的新闻，不仅要有一些独家信息的渠道，更要有一定深度的分析判断和预见性的推测。当然，"天道酬勤"，眼尖、手勤、腿快，耳听八面，争取更多的新闻线索也是非常重要的。

半年以后，香港很有影响力的《明报》在一篇社评中披露："大公报北京办事处近期出现一位很能干的女记者马玲。"

卫星发射失败引人深思

1995年2月7日，香港《大公报》头版头条，刊登了"本报记者马玲，北京6日专电"：

"据悉，上月26日清晨在西昌卫星发射中心，由'长二捆'火箭发射美国休斯公司生产的亚太二号通信卫星发生爆炸的原因也已基本查清，诸多实据表明：卫星爆炸在先，火箭引爆在后，发射失败的责任系美方生产的卫星所致。另据了解内情的人士透露，此次爆炸于1992年12月发生的休斯公司生产的第一枚卫星——澳星的发射事故颇为相似。有专家对两次事故进行分析后认为，不能排除事故出自有意而为的可能性。"

这是一条引发世界各国高度关注的重大新闻，也是一条"爆炸性"的新闻！它明确告诉人们一个无可辩驳的事实：美国休斯公司生产的"亚太二号通信卫星"爆炸在先，而中国制造的"长二捆"火箭被引爆在后。因此，得出结论，"发射失败的责任系美方生产的卫星所致"。

在这条重要新闻中，记者马玲向人们讲述了一个值得深思的、耐人寻味的问题：即"另据了解内情的人士透露，此次爆炸与1992年12月发生的休斯公司生产的另一枚卫星——澳星的发射事故颇为相似"。因此，"有专家对两次事故进行分析后认为，不能排除事故出自有意而为的可能性"。也就是说，有人故意在卫星上安装了可以人为操控的引爆装置！

在这则新闻的主体第二段，马玲写道："经过专家学者的大量调查、分析和考证，失败原因终于得以明晰，卫星的爆炸引发了火箭的爆炸，完全由美方生产的卫星所造成。其依据主要源于图像、数据、黑匣子这三个方面的真实记录。"

马玲在新闻报道的主体第三段引出证据：从中央电视台拍摄的实况图像和发射中心自拍的图像上分析指出："卫星爆炸在先，火箭自毁在后。"而且明确揭示，"卫星舱里的卫星是休斯公司生产的，而末级火箭的主要部分也是美国人完成的"。

香港《大公报》1995年2月7日，在头版头条以通栏套红的大标题登出记者马玲采写的：《中国发射卫星失败真相大白，美制卫星再次爆炸耐人寻味》的独家重大新闻。当天的报纸一上街，迅即在香港和海内外引起一场"新闻的

马玲参加中外记者招待会

爆炸"。正如中国航天系统新闻发言人对马玲所说："你这篇报道一下子就震动了世界！在此之前，那么多文章指责我们的失败。现在态势一下子就转了过来！"

为了更具说服力，香港《大公报》1995年2月20日，也就是在马玲2月7日发出那一篇"重量级爆炸性"新闻报道之后的十几天，同样以头版头条、大红通栏以《美卫星空中爆炸连环镜头》为题，登出了四幅美国卫星爆炸在先的照片，以及航天专家的研究论说。同时还指出"美制卫星运抵中国西昌发射中心以后，美方特别安排了12名警卫日夜守护，不准中方包括技术人员在内的任何人员靠近"的事实。《大公报》还进一步把中国发射卫星的失败经历，与国外发射失败的经历列表对比公诸报端，任人评说。

与此同时，香港《大公报》收到了署名"中国航天人"的一份传真。传真写道，"当1995年元月26日，中国长征二号捆绑式运载火箭和美制卫星在西昌上空爆炸时，一时间，世人有深感震惊的，有痛感惋惜的，有讥讽嘲笑的，也有幸灾乐祸的……尤其西方的新闻媒体，就此大造舆论……我们航天人一致认为，你们的报道和评论写得好。好就好在文章如炮弹一样在全世界打响……请接受我们航天人向你们致以由衷的谢意！"

这些报道，国内的《参考消息》都进行了及时的转载。

独家报道陈云逝世的消息

1995年4月11日。香港《大公报》以头版整版的篇幅，刊出伟大的无产阶级革命家、政治家，杰出的马克思主义者，党和国家的重要领导人陈云同志逝世的消息，总编辑曾德成同时写了社评一并刊出，立即引发了世界性的震动。香港和海外许多电视台及电台的早间新闻，纷纷转播当日《大公报》的报道：记者马玲未署名的"本报北京十日专电中共元老陈云今天下午在北京医院病逝，享年90岁"。

此新闻简明扼要，只有三段，全文不足360字。马玲在新闻中告诉读者，

"陈云原名廖陈云，1905年生于上海。1925年加入中国共产党，参加过长征，曾出席遵义会议。1949年，共产党政权建立以后，他历任政务院副总理兼财经委员会主任，重工业部部长，国务院副总理兼商业部部长，中央财经领导小组组长。他曾任第四、第五届人大常委会副委员长；中央第六、第七届中央政治局委员兼中央书记处候补书记；第八、第十一届中央委员会副主席，第十二届中央政治局常委，中共第十一届三中全会上当选为中纪委第一书记，1987年当选为中顾委主任。后卸去一切职务，但仍深受瞩目。"

早在1966年以前，北京的政商界和老百姓口中，流传很广很深的中共中央和国家领导人的排名座次："毛、刘、周、朱、陈、林、邓"。那时候，陈云同志名列第五位。1978年，党的第十一届三中全会和中国的改革开放政策实施以后，陈云与邓小平一样，在当时的中国政治生活、经济生活和社会生活中，都是备受关注的中国共产党的重要领导人，伟大的无产阶级革命家。后来，尽管他们不在领导岗位，但是对中国的政治、经济和社会的引领方面仍然起着举足轻重的作用。

马玲报道的这则重大新闻消息，是依靠她超乎许多中外记者的新闻敏感，具有很强的分析判断能力得来的。因为，在当天北京中国大饭店举行的"中国国际经济论坛一九九五年会议"上，原定陈云之子、中国人民银行行长陈元要在当天下午2:15在会上发表题为《当今中国经济改革与发展》的演讲。但是，陈元却意外没有到场，此演讲改为由行长助理陈耀先来替代。这种极为不正常的情况，让机敏的记者马玲立即意识到，可能陈云同志的身体状况发生了严重问题。她立即找人探听，果然如此！

当她得知，陈云同志于当天下午在北京医院病逝的确切消息后，很快写出陈云同志逝世的重要新闻，连同"中国国际经济论坛一九九五年会议"的新闻，一并发往香港《大公报》编辑部。

总编辑曾德成先生是一位自青少年时代就爱国爱港、执掌香港《大公报》多年的"老新闻"。他看到马玲发来"陈云同志逝世"的新闻电文，立即给马玲打电话核实。消息证实后，他第一时间让整个编辑部进入"临战状

与花争艳

态"。在总编辑的组织指挥下，陈云同志参加革命活动的重要资料和他的生平简略图片，纷纷被迅速查找出来。

曾德成亲自执笔撰写回顾和赞颂陈云同志革命一生、丰功伟绩的社评，特别是陈云同志长期以来，领导中国人民进行经济、重工业、商业、财经建设的重大贡献。光辉卓著的业绩，历史的厚重图片，新颖别致的精心设计，使得4月11日《大公报》头版的版面挌外夺目、抢眼！

当时，我正在位于香港轩尼诗道342号国华大厦的大公报社长办公室工作，早上一上班，便明显意识到从编辑部到发行部，从经理室到报社领导，都为本报能够"独家报道"伟大的无产阶级革命家，中国党和国家的重要领导人陈云同志逝世的新闻，以及对陈云同志的崇敬社评感觉到做了自己应该做的事情，尽了自己应该尽的职责而欣喜，欣慰！刊载着陈云同志逝世消息的报纸，当天很快售罄！

香港的电视台、广播电台，都在竞相播送着《大公报》刊载的陈云同志逝世的重大新闻消息。

据马玲后来接受笔者采访时提到，当时参加这个"中国国际经济论坛一九九五年会议"的港台记者和外国记者有许多人。但他们全都忽略了原定的中国人民银行行长陈元，没有能够如期到会发表演讲的重要缘由。而那天，风头强劲、素有"铁娘子"之称的国家外经贸部部长吴仪，正在与美国人在会上的"短兵相接"，而格外引人注目，似乎也为记者们注入了强大的"兴奋剂"。所以，当时也没有人过多地去关注出席会议的人员变化。

马玲平静地告诉我，4月11日第二天一早，她还没有看到《大公报》，美国、日本、意大利驻北京记者，就拿着他们各自香港记者站发来的《大公报》传真件找到她；还有许多电话打到北京办事处。实际上，这篇重大新闻稿件的抬头上，并没有署马玲的名字。但是，人们仍然"想当然"地认为，那一定是马玲写的；甚至香港的一些报刊公开登出来，"这是马玲所写。"

更有甚者，有些外国记者找到马玲，直截了当地提出："有朝一日，邓公辞世的时候。希望您能给我们及时的、适当的透点儿料，免得我们在自己的公司里尴尬。"

新华通讯社在香港《大公报》刊发陈云同志逝世消息见报的当天下午（也就是4月11日下午），向外界正式发出陈云同志逝世的通稿。

由此，我不由地联想到1993年6月，刚到香港《大公报》工作时，时任新华社香港分社人事部部长的孙晓群同志认真地对我说："真正做新闻、写新闻，香港为新闻记者提供了非常好的外部条件，只要认真努力，锲而不舍地拼搏，是能够采访到、撰写出许多很不错的政治、经济和社会新闻来的！新闻记者大有可为。"

记者马玲如此的突出表现，在香港《大公报》编辑部和经理部门，都获得了高度的赞扬。从社长、总编辑，到要闻部主任和编辑们都一致认为，马玲的聪明、能干、机敏、勤奋是《大公报》的"福将"，完全可以堪当重任。

受命创办《华人政要》专版

1994年3月，马玲接受《大公报》社长的指令，在《大公报》创办"华人政要"专版，每周一期，自己采写或者约人采写省部级以上的政治、军事、外交、经济、科技、司法等领域的领军人物。

一、不同的人物，不同的经历，给人们以深刻的启迪。透过《华人政要》专版，读者看到了"儒雅的副总理——李岚清""钢铁长城的维护者——刘华清""刚柔相济、国家利益至上——吴仪""社会活动家——雷洁琼"　"外交艺术家——钱其琛"　"御医出身的副委员长——吴阶平"　"小八路、博士、国务委员——宋健"　"从将军到体育总管——伍绍祖"　"温敦的司法部部长——肖扬"　"做官做出真学问的部长——胡平"　"坐航天第一把交椅的总经理——刘纪原"　"与众不同的父母官——北京平民市长张百发"等等。

通过文章的标题，读者便可以看出他们的经历、工作性质、个人的性格特点。他们都有着不同的丰富的工作经历。比如，后来成为中共中央政治局常委、党和国家领导人的李岚清大学毕业后，步入长春第一汽车制造厂，与汽车打了十多年的交道，成为"老汽车"。中共八大二次会议时，是他驾驶着"东风牌"汽车开进了中南海。后来，他担任国家外贸部外资管理局局长时，成为"老外贸"。在改革开放的大背景下，为中国的早期外资引进工作立下"汗马功劳"。

他在80年代中期出任国家经贸部副部长，主管经贸体制的改革。别看他长着一副典型的文质彬彬、温文尔雅的学者模样，可干起工作来却颇有一番"武将的风格"：大刀阔斧，雷厉风行，强调言必行，行必果。他迎着风险大胆的进行改革，打破外贸垄断，推行承包经营责任制；取消不合理的"出口补贴"，规范外贸经营管理等等，在外贸战线上掀起了一场改革的狂飙。

1986年至1993年，他在国家外经贸部当了近八年的副部长和部长。1993年4月，他在第八届全国人大会议上被选为国务院副总理，继续掌管着他的老本行——外贸，而接替他担任国家经贸部部长的是著名的"女强人"吴仪。

二、不同的职务，不同的故事，给人们以深刻的教育。著名社会活动家、全国人大常委会副委员长雷洁琼，自小就开始阅读古典文学和外国翻译小说，《水浒》中的英雄好汉，苏联小说《夜未央》中的女革命家的勇敢形象，对她都产生了不可估量的影响。青少年时期，小小年龄的她就勇敢地跟着父亲，去江门码头宣读传单，揭露贩卖劳工的罪行，控诉海外劳工的痛苦遭遇，启发码头工人拒绝接受欺骗，受到劳工们由衷的称赞。

1946年6月23日，南京发生了震惊中外的"下关惨案"。雷洁琼与马叙伦等人为争取和平与民主，组织了上海各界人士前往南京请愿，"反对内战，要求和平"。他们遭到了国民党反动派军警、特务的毒打。雷洁琼、马叙伦等人被打伤入院，受到了周恩来、董必武、邓颖超等人的救护、关怀和慰问。

1948年冬，辽沈战役、淮海战役相继结束之后，在燕京大学担任教授的雷洁琼夫妇，受到中共中央的邀请，前往河北西柏坡受到了毛泽东、刘少奇、周恩来、朱德、任弼时等人的亲切接见，并与他们共进晚餐。餐后，毛泽东还热情地把他们请进自己的书房，与他们说古论今、谈笑风生。

新中国成立后，先后担任全国政协副主席，全国人大常委会副委员长，以文教界和知识分子为主体的参政党——中国民主促进会中央主席的雷洁琼，热切关心中国的教育，关心部分教师不能按时领取工资的问题。她向中央政府和社会呼吁，教师本是社会受尊敬的职业，拖欠工资、挪用教师工资的行为，都应该按照法律和财经纪律严肃查处。

三、新颖形式，引人阅读。"华人政要"的版面设计新颖别致："大照片""大标题""大通讯"。人物的标题"大照片"，和三四张工作及生活照片，一般均被放大至两栏或者三栏，十分醒目，反映出人物的各种性格：或沉稳，或儒雅；或威武，或平和。

文章中的"大标题"是对人物性格、作风、阅历、身份的诠释，比如，"与社会进步紧紧相连的雷洁琼""李岚清——爱逆向思维的副总理""外交艺术家——钱其琛""御医出身的副委员长——吴阶平""小八路、博士、国务委员宋健""官腔化民化　放言抒己见——北京的平民市长张百发"等等。

香港《大公报》的编辑们处理长篇"大通讯"很有经验，常常采取"化整为零"的办法，即将几千字的文章，使用各种小标题或者人物的名言、格言、警句分割开来，方便读者阅读。例如，"李岚清——爱逆向思维的副总理"一文中，就使用了"乱弹琴""老外贸""险丢命""管教育""重感情"和"讲认真"等六个小标题。

"大通讯"用来讲故事。比如，"从将军到体育总管——伍绍祖"一文，就是反映与表现毛泽东年代，"我是一块砖，哪里需要那里搬"的典型代表：1957年，伍绍祖考入清华大学就读核物理专业。大学毕业后，又在党组织的推荐下考上了理论核物理的研究生。八年清华大学结束，他并没能从事专业研究，而在党组织的安排下，进入团中央出任全国学联主席。1966年"文化大革命内乱"爆发，他被发落到河南农村的"五七干校"进行劳动改造。

1972年，他迎来一个人生的转折，被举荐为王震将军当秘书，一做就是三年。有一天，聂荣臻元帅有事找王震，得知伍绍祖曾经是清华大学研究生时，便对王说："你怎么会找个研究生当秘书？人才可不能这样浪费呀！"于是，1975年起，伍绍祖正式进入国防科工委科研的领导机构，大学所学专业得以致用。1976年，他还是个普通的参谋，三年后便跳到副局长；又过三年，来了个"六级跳"，跃升为国防科工委副主任兼党委书记。1985年，他出任国防科工委政委兼党委书记。1988年国庆节被授予少将军衔。

然而，他并没能在国防科工委工作下去。而是后来被任命为国家体委主任。"干一行，爱一行，钻一行"是那个时代的又一个显著特点。伍绍祖到任国家体委主任后，1990年秋天，国家体委与北京市政府一起，成功地组织、举办了第十一届亚运会。1992年夏天，他率领中国体育代表团在巴塞罗那奥运会上取得了前所未有的辉煌成绩。一年后，他又与张百发等人一起，为争办2000年的奥运会而运筹，努力。他在国家体委主任这个崭新的位置上，大胆地倡导并推行了一系列重大的改革措施……

"华人政要"专版，为香港《大公报》丰富了报纸的内容，提升了阅读的档次，特别是专版采访走进了中南海，让海内外广大读者在一定程度上，了解了中国党、政、军，与科技领域的高级干部，重要核心岗位掌门人的思想道德、学术素质，以及他们鲜为人知的家庭生活与业余爱好，揭开了他们的神秘面纱——这也是"讲好中国故事，让世界了解中国"的一部分。

马玲参加国庆70周年庆典（凌晨拍摄）

辣笔评论

优秀记者的成长与出类拔萃，也是需要客观的环境与条件的培养。这点，记者马玲多次谈到对《大公报》发自内心深处的感激。1999年底，香港《大公报》总编辑交给马玲一项十分重要的任务：从跨越新世纪的2000年元月1日起，在《大公报》要闻版开辟一个时事评论的专栏，针对国内外、海内外每天发生的重要新闻与社会事件发表评论，专栏的名称就叫"马玲专栏"，并有她的肖像与签名。

以个人的名字命名时事专栏，在香港《大公报》这张创刊于1902年、世界最悠久的华文报纸上还是第一次，可见总编辑的决心和报社同仁们的期待。

香港《大公报》是一张以广大工商界和文化科技界人士为读者对象的一张报纸。早在19世纪三四十年代，《大公报》就以每周一篇述评文章著名。那时候，作者都是政界、新闻界、文化界的社会名流，比如胡适、梁漱溟、黄炎培、费孝通、蒋百里、郭沫若、茅盾、于右任、陈立夫、梁实秋、老舍、沈从文等来发表他们的评论文章、杂文随笔，影响很大。历史上的《大公报》也曾因此而闻名遐迩。

如此重任，马玲感到了莫大的信任、期待、压力和动力。她每天像上足了发条的时钟，眼观五洲风云，耳听八方动静。"马玲专栏"一时期涉及政治、经济、军事、社会、文化，可谓包罗万象。她很辛苦，很累，需要不断地搜集、积累资料，还要天天关注世界时事，中国时政，赶写述评文章。

2000年5月，国内三峡工程出现了一些质量问题，科技界、水利界、新闻界和群众社会团体中，一时间出现了各种各样的议论。针对这一严重、严肃问题，马玲在专栏中尖锐地指出："人祸大于天灾。"这种说法十分尖锐。但是，马玲有所调查，有所依据。社长见到稿样以后，力劝她把文字改得"柔软"一些。但是马玲坚持不改。她认为这就是客观事实，作为新闻记者和评论者，不能够回避事件中的实质性问题；发表比较尖锐的、建设性的意见和批评，正是对国家和人民利益的高度负责任。

在马玲写的一篇标题为"中国暴力维权之因"的文章中，她列举了几处地方发生了不该发生的群体事件以后，马玲写道："纵观闹事的这些老百姓，哪一起事件也不是上来就又砸又烧的，都是上访无着，上告无门，苦求苦等无结果之下，情绪逐渐炽热到'划根火柴就燃烧'的状态。即使到这种危急时刻，官方也并非拿出诚意与之对话，而是调动警力予以威慑，试图高压解决问题。而暴力事件被平息后，当地政府常以'少数别有用心的人挑拨'来掩盖民众共同的愤怒，而且还要抓一些人以证明立论的正确，这无形中又为民众更大的愤怒埋下了怨种。"

　　如此有理有据、真实透彻的语言，冷静、客观到位的尖锐分析，正是马玲进行实事求是的调查之后而爆发出来的述评。这是一名负责任的新闻记者应该具有的眼光和胆识，作为新闻同行着实对她钦佩！

　　西藏问题历来是十分敏感的问题，也是党和国家非常重视的民族团结、领土完整、宗教自由等政治、政策的重大原则问题。但是，地方政府和一些领导在处理这些敏感问题上，确实在思想认识、思维模式和实践行动上存在着不少的差距。马玲在《对西藏问题的反思》一文中，就十分尖锐地写道："当拉萨事件措手不及发生一刻，亦是中国政府面临危机考验之时。我们不得不承认这样一个现实：政府平息事件的效率够水平，但披露事件的手法欠水平。实在不明白，政府为什么不在事件发生的第一时间披露藏独分子的暴力行为，以利用信息优势掌握主动权，而偏偏要在西方媒体扭曲报道藏人和平示威被武力镇压之后，官方才不得不被动出面应对。封锁消息，只能让西方记者想当然的

马玲参加《大公报》成立110周年，与海霞合影

变本加厉凭空揣测，于是，尼泊尔军队的镇压安在中国头上，拉萨街上武警救少年被说成武警抓人，武警战士多年前为拍电影身披袈裟被说成伪装和尚制造血案……"

事后证明，马玲的这些专栏文章引起了党和政府有关方面的高度重视。在后来西藏发生一些问题时，对待和接待外国记者采访报道的安排就有所调整和改进。

作为熟悉的同事和朋友，我曾经认真地问过她："你这样尖锐地直面政府的问题，公开写文章直截了当地提出批评意见，没有受到有关方面的干预吗？"马玲笑道："尽管我有的文章中的意见十分尖锐、犀利，常常开门见山直言不讳。但是，从来没有任何官方人士出面干预和限制我的话语权。当然，涉及到政治体制改革和制度变革的意见和建议时，很难看到回复；但是一些能够改进、改善、改变的问题，很快就有了行动！"

马玲给我讲述了两件事：一是参加全国人代会和政协会议报道时，她发现人民大会堂休息厅为代表和委员们沏茶的瓷杯，只在开水里涮一下便被循环使用，很不卫生。她以建议的方式写了一篇述评，很快见效，全部换成了一次性的纸杯。另有一次，她发现悬挂在中南海外墙边的大红灯笼，刚更换上时崭新、漂亮，充满喜悦气氛。时间一久，风吹雨打日晒，大红灯笼变形、变脏、褪色，却得不到及时更换。她就写了一篇题为《中南海的灯笼该换了》的评论。没过多久，那些灯笼果真都换了，并且以后很少再有脏破的灯笼悬挂其上。

"马玲专栏"更多的内容贴近社会，贴近群众，贴近现实，贴近生活，比如，《美国，你聪明吗？》《日本，你实在让人忧……》《警惕高科技黑的一面》《黄色调侃女不让男》《大款、大腕慨叹》《四十年官司感怀》《北大、清华怎比？》《孔繁森与王宝森》《"北京公厕"闹"革命"》等等。不仅一般的读者喜欢看，一些领导同志和著名学者专家也喜欢：时任中共中央政治局常委、中央纪律检查委员会书记吴官正曾经告诉过马玲，"我喜欢看你写的专栏。"时任国务院新闻办公室主任的赵启正对马玲说："你的专栏写得好！"著名国学大师、学界泰斗季羡林老先生亲笔为"马玲专栏"题词"妙笔生花"。

从记者到作家

新闻记者与作家之间是相通的。马玲当记者的同时，还撰写、出版了一系列新闻和文化类书籍：《红墙内外的独家报道》《亮点》《新闻第三只眼》《马玲专栏》《辣笔评论》《北京胡同》等。

马玲告诉笔者，她没住过北京的胡同，从小生活在部队大院儿里。但是，北京胡同里那些斑驳而又斑斓的色彩让她着迷。她没事儿就喜欢往胡同里钻，看陋巷，看破院，观察老北京胡同里的"七十二家房客"，琢磨普通老百姓生活中的点点滴滴。

马玲的父亲马占民老将军小时候住过北京胡同和大杂院。1942年，日本侵略军在华北地区大"扫荡"之后，10岁的马占民跟随家人从河北深州来北京谋生，曾经住在南城磁器口的一个大杂院里。20世纪90年代，已经是北京军区副司令、北京空军司令员的马占民中将，突然"心血来潮"，带着全家人去寻找儿时住过的大杂院。那个院儿竟然变化不大。最有意思的是，一位八十多岁的老太太竟然一下子认出了马占民老将军，亲切地称呼他"马老四"，回忆起当年的大杂院儿的生活情景。

后来，马玲成为香港《大公报》北京办事处记者。一次，她在北京市宣武区政府一位"老北京"的带领下，骑着自行车遍寻了老北京南城的一些残迹，给香港《大公报》和《北京青年报》写了一整版的"北京怀旧""北京胡同""北京人物""北京故事"。

2008年奥运会之后，北京城区的一些老胡同不停地遭遇拆除的噩运。对此，马玲十分心疼：她以前保留在相机里的许多照片镜头已成了"往日时光的回忆"。于是，她的心中产生了一种强烈的愿望，将北京胡同—胡同历史—胡同知识—胡同文化—胡同韵味，这些散发着北京老百姓淳朴民俗、民风的浓郁表象串联起来，图文并茂、成书成册，留给后人和喜爱北京胡同文化的人们浏览和鉴赏。

2010年5月，马玲拿着这部设计、编辑好的《北京胡同》图文书稿找到我，可惜，这时我已退休一年。我陪她到了一家综合性出版社，找到一位文化艺术编辑部主任。他看了不到30分钟就跟我们说："类似的书，北京西单图书大厦就有好几本。十分抱歉！"没有采纳。后来，马玲把这部书稿送到了外交部主办的世界知识出版社。该社的编辑有水平、有识别、有鉴赏能力。他们精心制作、打造成了一本大16开的图文纪实书：《北京胡同》，很有历史厚重感的封面设计，标了一句精彩的宣传语："一书在手你就成了胡同通。"他们把这本10万字、700幅图片的书稿，做成了精彩的畅销书。这本书不仅成了2012年的畅销书，被北京西单图书大厦摆在一层隆重推荐，而且被评为北京市2012年十大影响力图书之一。

马玲（右二）与《大公报》同事们

终身的事业

马玲出生在军人家庭：他的父亲马占民是解放战争时期参军的老革命，飞行员出身的抗美援朝志愿军空军英雄，曾经三次驾驶战鹰在朝鲜3000里江山的上空，与美国侵略者美国空军进行过鏖战，荣立战功。他曾经担任空军参谋长，兰州军区副司令员兼兰州军区空军司令员；北京军区副司令员兼北京军区空军司令员，是空军中将。马玲的母亲是一位医德高尚、医术精湛的军医。

马玲认为，改革开放后的父母物质生活已经比较丰裕，他们更希望的是精神生活层面的多姿多彩，欢度夕阳红。因此，马玲不辞辛苦陪父亲去寻找当年他所学习与毕业的解放军空军第六飞行航校的旧址，满足父亲对培养他成长的航校的感恩和珍贵的回忆。因为，她知道父亲当年从解放军四野三纵5万名指战员中，挑选出124名预备学习飞行的人员；又从124名指战员中精挑细选、严格考试，最后只保留包括他在内的3名同志学习飞行。出于对飞行的热爱和渴望，他是航校中第一位"放单飞"的学员。"更重要的是，他从不足18岁学习飞行，20岁担任飞行中队长，一直飞行至55周岁，创下连续飞行战斗机38年的历史，在中国空军中至今无人打破此项纪录。这是父亲的荣耀，也是他的自豪！"马玲深深懂得父亲的心思、心情，心之向往。

人们都说，"女儿是妈妈的贴心小棉袄。"马玲更是不惧车马劳顿，陪着年迈体弱志不衰的母亲，行程数百公里，远去山西临汾，探望她七十多年前同一个医疗队的老战友。看到老妈与老战友开心畅叙战争年代的学习、工作与生活情景，他们有欢笑、有愉悦；也有眼泪，也有悲伤。山西之行，马玲让母亲甚感欣慰的同时，自己也感觉心中很甜。

马玲还花费精力为父母精心撰写编辑了传记：《马占民图文传》《解朝蓉图文传》。书中以亲切、生动的语言，朴实流畅的文笔"白描"手法，回顾了父母激情燃烧的几十年岁月。

近几年，马玲又花费了很大的精力，用视频的形式，录制了父母的《口

马玲与英雄的军人父母

述亲历历史》，述说他们自己几十年的军旅生涯。马玲说："这不仅是对两位老人几十年军旅生活的回顾和总结，更是为儿子乃至孙辈后代留下一部有意义、有价值的家族史，爷爷奶奶从军革命的艰苦奋斗史，对儿孙这代人无疑是一笔宝贵的精神财富，让他们赓续红色血脉，不忘初心，牢记使命。"

马玲是一个对待工作充满热情与激情，对待生活富于优雅气息和追求时尚潮流的人；同时，又是一位精力充沛、蓄势待发的新闻媒体人。她告诉笔者，离开香港《大公报》之后，她成为香港《明报月刊》的主笔，同时也在做着其他一些咨询和评论的工作。真够她忙碌的！

聊天中，我问她："新闻记者做了这么久，你感觉累不累？"马玲笑着说："因为喜欢，所以不感觉累，因为乐在其中。记者这一职业，能使你不断地接触新的人和新的事，并让你时常处于一种全新的感觉与躁动中。所以说记者的乐趣是无穷的。""一旦从事了新闻工作，就会是终身的。因为你对社会的关注绝对有不同于一般人的敏感；而当你有了想法，一定要表达。这是新闻从业者的职业使然……"

政协委员庞鸿

初识庞鸿

相识庞鸿，大约是在1979年的春季。当时，我在北京市机械工业局工会担任宣传干事。他在机械局所属北京电器工业公司担任党委委员、副总经理。庞鸿长着典型的"国字脸"。五官端正，身材微丰，说话不疾不徐，待人诚恳平和，态度温文尔雅。

熟悉之后，我方知道他曾是北京第一机床厂党委委员，218军工车间的党支部副书记。北京第一机床厂历史悠久，大致可以追溯到1911年（宣统三年）的"永增铁工厂"。北京第一机床厂曾经得到毛泽东、邓小平和江泽民党的三代领导人的关怀，为国家培养输送了许多专业技术人才和党的领导干部。开国领袖毛泽东主席的长子毛岸英，时任北京第一机床厂党总支书记；后赴抗美援朝前线，牺牲在朝鲜。叶剑英元帅的长子叶选平，从苏联留学回国以后的1962年，一直到"文化大革命"中期被

庞鸿委员近照

"解放"调出，长期在该厂担任副厂长兼总工程师。

庞鸿所在的218车间，是当时我们全机械局190多家企业、16万职工当中著名的优秀集体；也是北京市乃至全国工业系统的一面旗帜。他们管理严格，生产任务完成出色，作风过硬，闻名遐迩。

1993年6月至1997年10月，我受党和国家的委派，从工人日报社分党组成员、编委、秘书长的岗位，调任香港大公报社社委、社长助理兼副总经理，高级记者。那时，正好庞鸿定居在香港，并担任了几家上市公司的执行董事，独立董事。因此，我们有了更多的见面机会。每年9月30日，新华通讯社香港分社举行国庆周年活动时，我与庞鸿都会在庆祝酒会上见面，握手言欢，合影留念。随着时间的延伸，我与庞鸿的朋友情谊也日益加深。

庞鸿告诉我，1970年8月，他刚满16周岁，便从北京第24中学毕业，被集体分配到北京第一机床厂当工人。在218车间生产第一线，与工人师傅一起"摸爬滚打"了八年。从一个懵懵懂懂的中学生，逐步成长为车间的党支部副书记、厂党委委员。由于共同的经历，我深深地知道，在那个激情燃烧的岁月，庞鸿一定是处处、事事，以比同龄人更高的标准要求自己，出类拔萃。

庞鸿出席人民大会堂宴会厅
建国70周年庆典活动

因此，他担任书记的团支部，被团中央命名为"全国新长征突击手先进集体"。庞鸿个人也多次受到厂党委、厂团委，市机械局，北京团市委和团中央等部门的表彰。1982年春天，年仅28岁、朝气蓬勃的庞鸿便成为全机械局系统最年轻的电器工业公司的党委委员、副总经理，俨然成为一颗闪闪发亮的政治明星。

1983年，中央组织部的一纸调令，彻底改变了庞鸿的命运。他从基层企业来到了全国政协机关；不久，又担任了全国政协港澳台侨委员会办公室副主任。从此，有幸在全国政协副秘书长、杨虎城将军之子杨拯民，时任中央对台工作办公室主任杨斯德，和全国政协常委、港澳台侨委员会常务副主任贾亦斌等前辈的教诲和领导下工作。在这几位具有丰富工作经验和生活阅历的领导指导下，庞鸿迅速成长起来。他积极努力地工作，很快掌握了许多对台和祖国统一工作的情况。同时，在工作的实践中也结交了一些港澳台同胞和海外的侨胞。如此这般，有助于他协助领导开展对台和祖国统一的工作。在全国政协和中央对台办公室工作期间，庞鸿也曾作为当事人，亲历了许多重要的对台工作。

听了庞鸿的这些介绍，我深切地感到，除了他自身的政治素质高，道德品质好，工作责任心强以外，还应该有一个很重要的原因，就是他有一位老革命的父亲。庞鸿的父亲1930年就加入了中国共产党。波澜壮阔的抗日战争爆发以后，庞鸿的父亲即离开了家乡。在解放区，他先后当过区长、县财政科长、华北人民政府财经公署专员。新中国成立以后，他一直在国家的重工业部、一机部、三机部和六机部主管纪检和监察工作。庞鸿的父亲，一生细心谨慎，严格要求自己；从不为自己和家人谋私走后门。有这样一位优秀的共产党领导干部的父亲，这对于庞鸿的人生、工作与进步，有着举足轻重的影响，正所谓"根红苗正"，红色基因使然。

接待两岸"密使"

在香港周末的"饮茶"交谈中，庞鸿曾向我详细、生动地讲述了一段他的鲜为人知的经历，即按照领导的要求和安排，参与接待两岸"密使"沈诚：

1985年3月，全国政协会议期间，原国民党起义将领、时任广东省参事室主任的张伯权委员，向主管港澳台侨工作的杨拯民副秘书长报告，他在香港认识了一位叫沈城的黄埔校友，其自称曾任蒋经国先生侍从室少将副官，退役后到香港经商。经常往返台湾，能够见到蒋经国，与蒋纬国和陈立夫也很熟悉；甚至主动暗示，自己是台湾"国安会"在香港的负责人。杨拯民即请张伯权委员转告沈诚，全国政协可以邀请他来北京做客。

1986年3月，沈诚第一次来到北京。贾亦斌当天就去北京饭店看望了他。两个人一起回忆了当年在国民党青年军时的一些人和事。为了佐证，沈诚还特地拿出两张在青年军时，与蒋经国合影的黑白照片。照片上，蒋经国为正面，沈诚是侧面。贾亦斌回忆说："我记得有这么一个小个子的浙江人，姓沈，当时是个少校参谋。"

根据这种情况，几天之后，杨拯民和杨斯德也分别与沈诚见面，分别向他扼要地介绍了大陆的改革开放状况和对台的政策，并希望他将大陆的诚意，转达给台湾当局。

同年8月，张伯权打来电话称，沈诚要到广州参加秋季交易会。希望北京派人过来，有事面告。领导派庞鸿去与他见面。见面后，沈诚告诉庞鸿说："我去了台湾，见了经国先生。希望您安排我再去北京见领导，当面转达蒋经国先生的意思。"同时，沈诚还热情介绍他的儿子与庞鸿认识。沈诚的儿子在国际知名的某会计师行做顾问。沈诚还对庞鸿说："您以后有事，可以通过我的儿子联系。"也不知道出于什么考虑，他告诉庞鸿说："张伯权和贾亦斌二位，都曾经是国军的将领，在香港和台湾有很多的关系。以后，最好不要让他们两位再介入这件事啦！"

在这次广交会上，沈诚的儿子协助美国一家著名的家居公司订购了一货柜铁钉。但是，货到美国以后才发现没有"配额"！沈的儿子火急火燎地跑到北京，找杨拯民副秘书长帮忙。领导又派庞鸿去中国五矿总公司协调。最后，以"对台工作需要"的理由，才破例拿到了额外的"配额"指标。

1986年10月，沈诚第二次来到北京。他先见杨拯民副秘书长，后见杨斯德主任。谈的都是同一个话题，即蒋经国要求听到大陆最高领导人的声音。据此，时任中央军委常务副主席兼中央对台工作领导小组组长的杨尚昆出面会见了沈诚，请他向蒋经国先生转达中共对国民党的友好诚意，并且与沈诚合影为证。

沈诚还提出，蒋经国先生委托他去浙江奉化溪口老家看看。领导即派庞鸿陪同沈诚前往。在浙江省政协举行的宴会上，沈诚悄悄地对出席宴会的沈祖

庞鸿在政协会上发言

伦省长说，他刚在北京拜会了邓小平。庞鸿在回到北京以后，在有关部门的简报上看到，这完全是子虚乌有的说法，沈诚是在自我吹嘘。

此行，庞鸿陪同沈诚还顺路到了上海。时任上海市委副书记的吴邦国会见并宴请了沈诚。而沈诚在他后来所撰写的《两岸密使秘闻录》一书中，竟然把吴邦国的会见，说成是江泽民总书记会见并宴请了他。

这次沈诚到访北京，他的儿子又不失时机地利用其父的关系，帮助美国德克萨斯州石油公司取得了中国技术进出口总公司的投标项目，获得了中原油田深井开采权。沈诚儿子因此被提升为该公司经理。

1987年3月，沈诚第三次来到北京。他带来了一份《国是建言书》，并称此文已得到蒋经国的认可。若大陆方面也同意的话，最好能以书面形式给予确认。经杨尚昆、杨斯德、杨拯民商量并报中央同意，决定以杨尚昆的名义致函蒋经国，请沈诚直接转交。后来，这封信以及部分相关的照片，先后被台湾和香港的报纸公开刊登。有人询问蒋纬国先生。蒋说："沈诚是我的人。我见到了杨尚昆先生写给经国的信的复印件。"

这次来京，沈诚的儿子不仅随行，还带来两家美国大公司的老板。看在沈诚的面子上，时任国家主席的杨尚昆会见了他们。沈诚的儿子公关成功。美国人"论功行赏"，将其提升为该公司的高级经理。

庞鸿告诉笔者，最后一次与沈诚的见面，是在1987年的10月。杨拯民副秘书长专程从北京到深圳，在迎宾馆的竹园接待沈诚。沈诚郑重其事地告诉杨拯民，经国先生正在考虑，委派谁作为国民党同共产党的谈判代表。他透露说："可能会派中常委兼组工会主任宋时选为代表，经济部长赵耀东为副代表。会谈地点在新加坡或者澳门。但是，尚需要经过国民党中常会的讨论，并向老夫人打招呼。"当时，宋美龄已经长住美国。

这次见面，沈诚的儿子也在场。他向杨拯民副秘书长提出，想在中国建立第四家"可口可乐"工厂。当时，"可口可乐"公司已分别在上海、北京、广州设有三家罐装工厂。回到北京以后，时任中央对台办公室副主任的王今翔和庞鸿专门去国家原外经贸部，面见时任部长郑拓彬进行咨询。沈公子也曾到陕西西安考察选址。但此事后未做成。

"沈诚密使的工作结局如何？"我忍不住追问庞鸿。我在香港《大公报》工作与生活，时时强烈地感受到香港是一座高度繁荣的自由港和国际大都市，也是重要的国际金融、贸易、航运中心和国际创新科技中心。香港的各种资讯也是非常发达的。我曾经看到这样一条信息：当年，周恩来总理做了章含之同志的思想工作，委派章含之的养父章士钊老先生作为中共的代表，准备在香港与国民党当局派出的代表商谈两岸统一大业。可惜。张老先生年事已高，偶感风寒不幸病逝于香港。

"天有不测风云。"庞鸿告诉我。"1988年1月13号，蒋经国突然病逝。沈诚即被台湾当局扣押。我受领导的委派，专程到香港面见沈公子，向他了解详细情况并表示慰问。"沈诚的儿子说，他父亲在台湾还有一个小老婆，是政府公务员。两人有一个女儿，在王永庆的公司工作。沈诚的这个小老婆和沈公子在台湾中广公司电台做节目主持人的妹妹，已在四处托人设法解救沈诚。

庞鸿告诉笔者，半年以后，沈诚被台湾当局释放回到香港。他在当时的香港《联合报》上开始发表《两岸密使秘闻录》，连载达半年之久。在《两岸密使秘闻录》中，沈诚称王今翔为杨斯德的助理，称庞鸿为杨拯民的秘书。沈诚还在他的书中讲述，他曾经见过叶剑英、邓颖超、廖承志、胡耀邦等党和国家领导人。据我们查证，均不属实。

后来，随着两岸关系的一度紧张，沈诚去不了台湾，在香港的生活也没有着落。他和原配妻子所生的三儿两女，因发现父亲在台湾、香港和大陆都有女人，所以，都不愿意承担赡养的义务；致使沈诚只好随着一位自称是他秘书的宋小姐住在北京，生活自然是入不敷出。后来，经过杨斯德和贾亦斌出面，找到相关部门特别批准，由全国政协每月拨款人民币5000元作为沈诚的生活费；并为他报销了几十万元的医药费和住院费用。

庞鸿告诉笔者："沈诚在北京病逝以后，我受全国政协港澳台侨联联络局乐美珍局长的委托，耐心调解了宋小姐与沈诚子女之间的矛盾。最后，让沈诚的女儿把其父的骨灰带回台湾安葬。"

2021年4月，香港凤凰卫视中文台记者，就"两岸密使"事件采访庞鸿。庞鸿就自己的这段亲历历史做了实事求是的诉说。他告诉笔者："历史就是历史。它不是任人随意打扮的小姑娘。我将我所接触、接待和处理有关沈诚先生的事情经过，向凤凰卫视记者作了详尽、如实的叙述。沈诚先生的确为两岸和平统一大业做了一些有益的工作。但是，他在自己撰写的《两岸密使秘闻录》一书中，所披露的不少人，不少事并不完全属实。有许多夸大，夸张的成分。他先后出了台湾版、香港版和英文版。台湾和香港的记者、作家也以此事做采访、写文章。香港一家电视台还搞了个专题节目。实际上，沈诚不诚。他三做其书，三次再版；一次比一次加厚，最后一版竟然比第一版增厚了一倍！他声称接触的中共领袖和国家领导人的级别也是越来越高，这不是事实。"庞鸿如是说。

"民间总领事"

"为什么我的眼里常含泪水？因为我对这土地爱得深沉……"庞鸿是一位胸怀祖国、心向祖国的人，不管走到哪里，他的心中都装着伟大的祖国，装着鲜艳的五星红旗。

　　1988年，庞鸿由美国一家公司资助，获得了赴美国北德克萨斯州立大学进修的机会。在美国期间，庞鸿虽然孑然一身，却始终关注着祖国的统一强盛。在达拉斯，庞鸿发现当地的华侨华人多数都是来自台湾和香港，很少人来自中国大陆。他感到，中国领事馆在当地的华侨华人圈中，影响力和感召力都很有限。"因此，我决心要改变这种状况，为扩大我们中国的影响做一些工作。"他这样对笔者说。

　　通过与当地华侨华人的接触，庞鸿感到许多华人华侨非常关注祖国的变化和发展。他们从心里希望中国更加繁荣和强大！在达拉斯的生活与接触中，庞鸿觉得香港房地产商人刘耀伦先生和台湾贸易商人董翰章先生，不仅在当地华侨华人中有一定的影响力。更重要的，他们有爱国的思想情怀。因此，庞鸿格外注意与他们两个人的交往。闲暇之余，经常与他们喝茶聊天，家长里短，海阔天空。

　　功夫不负有心人。通过一段时间的往来，庞鸿对他们有了更深的了解，

庞鸿夫妇与贾庆林同志合影

两人也对中国大陆的改革开放、"一国两制"等方针政策有了进一步的认同。不久，庞鸿带着他们二位专程到休斯敦中国领事馆拜访倪耀礼总领事和刘一斌副总领事。

在当地爱国力量的支持下，由刘耀伦和董翰章先生共同发起，成立了"达拉斯中美友好协会"。由刘、董两位担任会长。此后，每当中国驻休斯敦领事馆有重要的活动时，该会都积极地响应，给予支持。为此。刘一斌副总领事握着庞鸿的手，感激地说，"你帮我们做了一件大好事！"后来，刘耀伦和董瀚章先生都成了达拉斯地区的爱国侨领，被人们称为"爱国刘""统战董"。庞鸿本人也被当地的华侨华人开玩笑地称作为"民间总领事"。

不仅如此，由于庞鸿在当地颇有人缘，口碑极佳。德克萨斯州州长亲自授予庞鸿"荣誉公民"称号。

1989年春夏之交，北京发生了一场政治风波。庞鸿告诉我："当时，以美国为首的西方不少国家，对中国采取敌视政策，进行经济封锁。因此，打破封锁，消除敌视，成为当时中国外交工作的当务之急。"庞鸿先生靠他在美国建立的关系，四处奔走，积极筹划洛杉矶地区喜瑞都市华人市长黄锦波先生到北京访问。

6月下旬，黄锦波抵达北京。国务院副总理吴学谦接见了黄锦波。黄带来了美国白宫办公厅主任和加州参议员的信函。在京期间，庞鸿安排并陪同黄锦波公开访问了清华大学、北京大学的学生和戒严部队，私下也访问了一些人。

黄锦波市长是政治风波后，第一位公开访问中国的美国名人。他把西方国家的真实意图带给了中国，也把当时中国领导人的想法，与中国的实际情况介绍给了世界。尤其是黄锦波先生受到李鹏总理接见后，国际了解了当时中共高层的立场与观念。

为打破美国等西方国家对中国的封锁，中国政府主动出击，组织了以时任上海市市长朱镕基为团长、武汉市市长赵宝江为副团长的中国市长代表团出访美国各地。第一站就是洛杉矶。由于该团是政治风波后第一个访问访美的中国官方代表团，中国驻美大使馆非常重视，希望代表团所到之处，既能组织适当规模的民间集会，又不能出任何意外。为此，庞鸿发动了一批中国留学生，为黄惠珍女士为会长的华人爱国社团提供服务；协助洛杉矶总领馆接待朱镕基所率领的中国市长代表团。

在招待会上，面对记者和各方人士的种种提问，朱镕基侃侃应答，博得了阵阵掌声。此次招待会大获成功，转变了西方一些人的某些情绪，消除了一些误解，增进了共识；为代表团即将继续进行的访美工作奠定了良好基础。会后，朱镕基会见了为成功举行此次招待会付出努力的有关人士，并且高兴地与他们合影留念。庞鸿正在其中！

为刘海粟大师"正名"

1993年9月30日，新华通讯社香港分社在香港君悦酒店，隆重举行庆祝中华人民共和国成立四十四周年大型酒会。新华社香港分社及各部门的领导，中国银行等驻港中资机构负责人，香港社会各界名流、著名企业家，各新闻媒体的负责人士，群贤毕至。我作为香港大公报社长助理、办公室主任，跟随《大公报》社长王国华、总编辑曾德成先生出席酒会。

这时，我看到来宾人群中，缓缓推出一张轮椅，著名国画大师、97岁的刘海粟老先生端坐其上。刘的夫人夏伊乔女士侍候在侧，而推着轮椅、边推边与刘夫人亲近说话的人竟然是庞鸿先生！此刻，许多来宾纷纷向前与刘海粟大师握手，作揖，打招呼。主席台上的新华社香港分社社长周南先生和末代港督彭定康先生，举杯向台下的来宾致敬。作者看到处于第一排的刘海粟大师、夏伊乔女士、庞鸿先生等人，则热烈鼓掌回应。

"你怎么跟刘海粟大师这么熟悉？"事后，我问庞鸿。庞鸿平静地告诉我，他和太太张贞女士与刘海粟大师、夏伊乔师母有一段情真意笃的"忘年交"。

原来，庞鸿夫妇与刘海粟老人相交已久。张贞女士原在全国政协主办的中国文史出版社担任美术编辑，后来，担任全国政协书画室专职秘书，与刘海

庞鸿与原北京市委书记郭金龙

粟、华君武、黄胄、董寿平、黄苗子等文化名人、书画艺术大师都有交往。由于她为人热情、工作出色，使得身为全国政协书画室主任的刘海粟对她十分满意，曾专门为她题写了"劲洁贞心，勤奋聪敏"的八字赠言；还热心推荐张贞去日本东京武藏野美术学院专修美术。

1989年，北京发生政治风波以后，关于刘海粟老人"海外出走"的传言一时沸沸扬扬，使得当时身在香港的张贞女士对海粟老人十分挂念。她嘱咐庞鸿，一定要设法去看望同在美国洛杉矶的刘海粟夫妇。

经过几番周折，庞鸿终于找到了刘海粟先生，也才真正了解了刘老所谓的"海外出走"的真相：事实是，当时刘海粟老人并非所谓的"因政治风波而出走"。1989年6月2日，时任国家总理的李鹏携夫人朱琳，为即将赴德国举办画展的刘海粟夫妇，专门在北京大观园设宴送行。第二天，刘海粟夫妇就飞赴德国举办筹划已久的画展。画展结束后，刘海粟夫妇到美国探望儿子和亲友。之后，在刘海粟侄子的安排和陪同下，刘海粟先生到台湾举办了个人画展，并出席了一系列的文化活动。在台期间。刘海粟始终不忘两岸统一大业。他不顾自己年事已高，以及一路在外举办画展的辛劳，以其特殊的身份积极联络故旧，成为"大陆文化艺术界进入台湾的第一人"，促进了两岸的文化交流。

刘海粟从台湾回到洛杉矶以后不久，恰逢庞鸿登门拜访。一见面，刘老十分激动，不由得回忆起在北京全国政协工作时，与庞鸿张贞夫妇共处的许多往事。老人还兴致勃勃地讲述了去台湾的经过和一些情况。庞鸿听后，深感外界的传闻中有对刘老的许多误会。

庞鸿就把刘海粟老先生的实际情况，向中国驻洛杉矶领事馆的马毓真总领事做了汇报。不久，洛杉矶领事馆举行国庆招待会。马毓真总领事热情邀请刘海粟出席。刘海粟夫妇欣然前往。庞鸿亲自开车把刘老夫妇送进会场。那年，中国驻美国大使朱启桢也到了洛杉矶。招待会的规格很高，场面十分温馨而热烈。庞鸿与在场的张国强副总领事开玩笑："我可把国宝交给您啦！"由于庞鸿卓有成效的联络工作与沟通交流，很快让刘海粟老人与国内恢复了正常联系。

在美国期间，由于刘海粟老人已年逾九旬，生活中多有不便。热情而诚挚待人的庞鸿一有时间，就到刘家照顾两位老人的生活；甚至经常为刘海粟老人洗澡，使得刘海粟夫妇十分感激。为此，海粟老人专为庞鸿书写了一个"诚"字，他的老伴夏伊乔则书写了"岂能尽如人意，但求无愧我心"的条幅一同赠予庞鸿。海粟老人是真心实意感谢庞鸿的无私帮助，而老伴的条幅内容，似乎是对国人、家人和朋友的一种倾诉！每逢家里吃饺子，刘老夫妇总是盛情邀请庞鸿前来家中做客。因为"好吃不过饺子"！这是北京人的一句口头禅。刘海粟夫妇也是想让身居海外求学的北京人庞鸿，体味一下家庭的温馨。

后来，刘海粟从美国洛杉矶回到香港，还专门给庞鸿写了一封长信，表达了这位德高望重的老艺术大师，对庞鸿这位"忘年交"的思念与感谢之情。庞鸿回到香港定居后，很快与刘海粟夫妇取得了联系，仍然是经常去家里照顾两位老人的生活。刘海粟老先生写给他的那封情真意切的信，庞鸿后来捐赠上海刘海粟美术馆。

1994年8月7日，98岁的国画大师刘海粟先生，在上海走完了他蜚声海内外的艺术人生之路。时任中共中央政治局委员、上海市委书记黄菊参加了刘海粟老人的追悼会。刘海粟大师逝世后，时任中共中央总书记、国家主席江泽民，为上海刘海粟美术馆题写了馆名。

由于受到1989年北京政治风波的影响，国内和海外曾经对国画艺术大师刘海粟先生的情况一时有各种各样的揣测，一度甚至闹得报刊上、网络中，人们的茶余饭后"四处发酵"。而后来，所谓刘海粟老先生"海外出走"的传闻得以"正名"，恢复他应有的名誉、荣誉和社会地位，应该说，与庞鸿夫妇的关心努力，四处奔波呼吁，伸张正义，有着紧密的关系。庞鸿功不可没。

不负使命

自2003年1月至2017年1月，庞鸿连续当选为北京市三届政协的港澳委员。从2018年2月开始，他担任北京市政协港澳台工作的顾问。

香港回归祖国以后，我回到北京，在新华社香港分社主办的《中国市场》杂志担任副总编辑；同时，在相当长的一个时期，兼任香港《大公报》和香港《文汇报》北京办事处的副主任、高级记者。如此，就有较多的机会参加北京市的人代会和政协会议采访，多次见到庞鸿，获悉他作为一名北京市政协的港澳委员，尽心竭力，不负使命地参与政协的各项工作。

"布袋委员"的雅号

2006年3月的一天，在北京一家特大超市的门口，庞鸿把一个个印有"拒绝白色污染投身绿色奥运"的环保布袋，递到顾客们的手中。"请您多用环保布袋，不要再用塑料袋。谢谢您！"推广环保布袋的活动，他已经连续做了两年，并计划一直做到2008年奥运会开幕。

作者与庞鸿在香港国庆47周年酒会

庞鸿委员的这个创意始于2005年。那一年国庆期间，庞鸿来北京听了市长王岐山给港澳同胞和海外侨胞做的一场报告。王岐山市长忧心忡忡地说："北京一到冬天，西北风一刮，塑料袋满天飞。树上，地上，草上到处都是，造成严重的环境污染！"

受市长报告的启发，庞鸿决心要为北京的环境保护做点实事。回香港后，他和太太张贞女士通过"香港世界宣明会"募集到100万元义款，制作了10万个环保布袋。2006年的1月，庞鸿带着这份礼物来到北京，同北京市红十字会、北京市志愿者协会、共青团北京市委合作，在北京的各大超市免费向市民发放。就连我们这些庞鸿的朋友，几乎人人都得到了他赠送的环保布袋。

"2008年奥运会将要在北京举办，我们有义务让祖国的首都更加清洁、美丽，好迎接世界各地的运动员和客人！"是年，出席北京市政协第十届五次会议期间，庞鸿又带着环保布袋上会，分发给委员们。庞鸿介绍说："香港已经采取塑胶袋收费的方式来减少'白色污染'。超市收银员在顾客结账的时候，都会加问一句：'您带袋子了吗？我们的塑胶袋是收费的。'这样，就明显减少了塑胶袋的使用量。在北京也应该加强这方面的宣传，从每个人做起，拒绝白色污染！"庞鸿说。

庞鸿的"环保布袋行动"得到了许多人的支持，也吸引了京、港、台三地企业的参与。"最初，我计划把这个活动做到2008年。现在发现，通过这个活动让大家注意到了环保的重要性。这是一件长远的事，相信会得到越来越多人的支持。让北京的环境变得更好。"庞鸿热心推广环保布袋的行动，也引起了社会的关注。为此。媒体还亲切地送了他一个有趣的雅号——"布袋委员"。

为城市管理建言献策

庞鸿出生在北京，生活、学习、成长在北京，对这个辽、金、元、明、清的五代古都，具有3000年悠久历史文化的城市，有着深厚的感情。作为北京市的政协港澳委员，他不图虚名，不辱使命，不负众望。15年来，他递交了30多份提案，绝大多数都是关乎民生的切实问题。

2002年3月，担任北京市政协港澳委员不久，庞鸿便注意到北京的房地产中介市场有混乱的现象。香港有些朋友在北京购置了房产，委托庞鸿帮忙代为出租。在与房地产中介公司打交道的过程中，他吃了不少"苦头"。有一次，他委托一家中介公司出租了房子。但是，却迟迟拿不到租金。去中介公司查询，那里的代理人员互相推诿。庞鸿找了几个地方，都没有找到负责人。最后，整个公司干脆卷款"跑路"了！而另外的几家中介公司的服务态度很差。有一次，庞鸿甚至受到了代理人的无端恐吓，使得儒雅的庞鸿情急、无奈之下打了110，请来了警察处置。

而在香港，遍布港岛、九龙街头的房地产经纪人市场，经过多年的发展，已经走向了规范管理，拥有完整的立法和中介公司资质审查制度。香港政府的相关部门对房地产中介从业人员一律进行考试，通过资格考试的人才能够领到营业执照。但执照的限期只有一年或者两年，然后申请"续牌"。在"续牌"时，相关部门要审核这个经纪人有没有违规的记录，如果有并且问题比较严重的，将不能够"续牌"。

在香港，不允许房屋中介经纪人赚取房屋差价，要求交易公开、公平。一旦发现赚取差价的行为，相关部门将进行追究。如果是个人违规，就撤掉个人的执照；如果是公司违规，那就吊销公司的营业执照。

庞鸿客观、冷静地将北京和香港的房地产中介公司的情况认真做了比较。他认为，北京完全可以借鉴香港对于房地产中介公司加强管理的做法。2002年，庞鸿递交了《关于加快对本市房地产中介机构及经纪人立法管理的建议》的提案。他建议将所有的房地产中介机构一律归入北京市国土局和北京市建委统一管理，对其进行严格的资质审查。同时，建立房地产中介公司档案，制定政府统一、规范的《租赁合约》，所有的房地产交易，均要通过中介公

庞鸿参加建党百年纪念活动

司，不得进行私下交易。同时，建立房地产中介经纪人资质认证制度，由市工商局发放统一牌照。

思维缜密、作风严谨的庞鸿，还在提案后面附上了香港房地产中介机构的一套比较完整的管理资料。

很快，北京市政府一系列针对房地产中介机构规范的政策性法规相继出台。其中，不少内容在很大程度上均借鉴了庞鸿提案中的内容。而庞鸿的这个提案，获得了北京市政协当年的"优秀提案奖"。

呼吁"民宅禁商"取消新车检测

从机械工人到政府官员，从留美学生到香港上市公司的执行董事。庞鸿的大半生经历了一系列的角色转换。但是，在他的内心深处，始终把自己视为北京的普通老百姓。他生活在群众之中，经历着普通老百姓经历的事情；即使他担任北京市政协委员，他也时刻在提醒自己：要站在群众的角度与立场，多动脑筋，为老百姓解决一些实际的困难和问题。

庞鸿在北京购买了住宅。他很快发现有人在楼上开公司，来来往往的人很多，很杂，不仅吵吵闹闹，而且上下班高峰期，挤占电梯给楼房业主居民带来诸多不便。经过观察，他发现这个问题在北京社区、住宅小区很普遍。于是，他走访了一些街道和住户，发现这些商住混杂的楼宇，嘈杂的环境严重影响了住户的生活、孩子学习和大人休息。然而，很多人对这种现象很有意见，却又"敢怒不敢言"，无可奈何。庞鸿决心为这些个人和家庭权益受到损害的老百姓说说话。

其实，"商住两用"这个概念，是指楼房底层作为商业用途，上层作为住宅用途的楼宇。而所谓"既可用于住又可用于办公的楼宇"，这是开发商的一种宣传用语。国家并没有批准建设过这种商住两用楼。

2006年1月，庞鸿向北京市政协提交了《关于严禁在居民社区住宅内经商的建议》提案。这一提案的效果真是"立竿见影"。就在当年的6月19日，北京市工商局下达了"民宅禁商令"。在社会上引起很大反响,有人拍手称快,也有的人提出反对意见。"这个问题涉及到很多人的利益,争议当然不可避免。但作为政协委员,我是在为弱势的老百姓说话!"庞鸿心里十分坦然。

庞鸿说,解决这个问题并不难。香港在二十多年前也曾经出现过"商住楼热"。20世纪80年代,他第一次到香港,发现住宅楼商住两用的现象非常普遍。但是进入90年代,再去香港时,商住两用的现象却见不到了。香港政府是在几起商住楼失火事件以后,取消了商住两用这种物业形式;而且,为了制止商住两用现象的发生,香港政府在统一印制好的《租赁合同》上明确规定,"出租房屋纯作住宅用途"。如果有人在住宅楼内开公司,可能面临相关法律的处罚,包括责令取缔公司和承担赔偿责任。而如果业主委员会通过决议,可以将整座大厦改作商业用途,但是需要补交一定的土地及配套的费用。庞鸿认为,北京也完全可以采取这样的方法,来坚决改变和纠正商住混用楼宇的问题。

2016年两会时,庞鸿又提出了《关于取消新车检验的提案》。他发现,在北京新车上车牌时,还要经过一道"检测程序"。车主需要将新车开到固定的几家车辆检测中心,检查车身、车灯、轮胎、刹车等等。这种检测方式,检测程序,不仅需要花掉车主几百块钱,而且大致要影响半天以上的时间,甚至还滋生了"代理验车的黄牛"现象。车主缴纳几百元检测费之后,还要另外支付200到400元给"代理验车的黄牛"。

后来,在王岐山市长与市政协委员们的座谈会上,庞鸿当面向市长提出:"我认为,鉴于上述理由,群众、车主购买新车还要检测是没有必要的。不仅浪费检测资源,车主还要额外多支付几百元的费用,耽误、占用半天以上的时间,弊端很多!"心直口快的王岐山市长当场拍板:"你提的这条建议,我还真没想到。有一定道理,新车检测应该取消。这样,方便群众买车。你的这条意见,维护了群众的权益,应该值得赞扬!"会场上顿时响起了热烈的掌声。当时,我恰好正在会场采访。立即用相机摄取了这珍贵的一刻。

后来，北京市率先改购置国产新车行驶一年，进口车使用两年后才需验车。现在，国家规定与国际同步了，购买新车从第六年开始，才需要每年验车。

谈起这些年当政协委员的体会，庞鸿说道，"身为政协委员，不能只享受这份荣誉，更要承担起应有的责任。"

中国的烟草大王

"干什么都要讲效益，讲创造价值，争取当本行业最高效益的企业，为国家增加积累，为社会提供更多的财富。"

——褚时健

褚时健老年时代肖像

云南省玉溪卷烟厂是目前中国，也是亚洲最大的现代化卷烟企业，拥有四千余名职工，六亿多元人民币的固定资产，一百多台（套）国际先进水平的卷烟生产设备，品质优良的烟叶原料基地，生产的"玉溪""红塔山""阿诗玛""红梅"等八个牌号的产品，有四个产品进入全国十三种名烟之列。

"红塔山"荣获国优金奖，以色、香、味俱佳，质量优良著称，销量全国第一，价格超过了世界名烟"五五五""万宝路"。

1987年以来，玉溪卷烟厂的主要经济技术指标在全国同行中一直保持首位。

1991年，玉溪卷烟厂在全国烟草行业中率先晋升为国家一级企业；1994年荣获"全国优秀企业"称号和"金马"奖。

1993年，玉溪卷烟厂生产卷烟一百三十一万箱（每箱五万支），实现税利八十三亿多元人民币。

这家闻名遐迩企业的领头人叫褚时健，云南华宁县一个农民的儿子——全国劳动模范、全国"五一劳动奖章"、全国优秀企业家、"金球"奖获得者，中国的烟草大王。

"要生产第一流的产品，必须有第一流的设备和人才！"

云南玉溪卷烟厂始建于1956年，位于以"云烟之乡"著称的云南省玉溪市。由于历史的原因，它一直吃国家统购包销的"大锅饭"，几经周折，徘徊不前。到了1979年，还是一个年产卷烟仅三十万箱，年末库存数万箱，税利不足一亿元，各项经济技术指标处于全国同行业中、下水平的企业。当时，玉溪卷烟厂的主要产品"红梅"香烟，被人戏称："红梅红梅，先红后霉！"

此时，褚时健受命来到玉溪卷烟厂任厂长。走进厂门，满目景象印着三个字"不景气"：卷烟设备是国外早已淘汰的三四十年的产品；生产车间机器噪声大，温度高，烟灰呛，工人们"上班浑身汗，下班一身灰"。上千名职工月均工资30多元。职工宿舍几乎都是五十年代的"干打垒"的土平房，二十来平方米一间，有的竟然还是"三代同堂"。

"要生产第一流的产品，必须有第一流的设备和人才！"1981年，褚时健厂长决定，筹款260万元，从英国莫林公司进口一台卷烟机！当时，厂里的总资产不到1000万元人民币。用260万元人民币，可以买六十台国产的卷烟机。许多人在犹豫，议论："这么干，出了问题怎么办？""干事业，就不怕担风险；出了问题，我负责！"褚时健厂长坚定不移。

褚时健的决策是正确的：进口设备每秒钟吐出八十多支卷烟，超过国

中年时代的褚时健

产机器四台的产量，且卷烟质量上乘，仅仅两个月产品的税利，就还上了购置机器的全部投资。

职工们奔走相告，喜形悦色。但是，两年后，当褚厂长提出贷款2300万元美金，引进具有八十年代国际先进水平的最新卷烟生产线的计划时，不仅厂里不少人听了害怕，上级主管部门的领导都不敢批准。

"我们不能永远让'洋烟'骑在自己脖子上！"褚时健就是褚时健。他有自己独特的学识与胆略。他星夜赶到省城，找主管副省长"理论"。省长是开明的，但要做有关部门负责人的工作。褚时健不甘心，四个月里跑了十几趟昆明，终于感动了"上帝"。

1985年，玉溪卷烟厂拥有了由英国、德国、意大利名牌设备组成的第一流卷烟生产线；到1989年底，厂里先后投资2.5亿元人民币，引进了制丝、卷烟、包装、滤嘴成型等设备89台（套），使卷烟生产从烟叶发酵、制丝、卷烟到包装实现了连续化和自动化，"红塔山"的装卷质量足以与世界名牌媲美！

与此同时，褚时健和助手们高瞻远瞩，不惜重金每年花上千万元的培训费，定期选送上百名职工远赴欧洲学习电子、机械和卷烟技术。

新设备、新技术，通过职工们结合国情、厂情的消化、吸收、革新、改造，形成了生产的高效率，产品的高质量，给企业带来了可观的经济效益。五年时间，实现税利高达78亿元，相当于引进设备投资的31倍！

"红塔山"以优秀的职工队伍，严格的管理模式，先进的生产设备，横扫千军之势奔向神州大地，与涌入国门的"五五五""万宝路"展开鏖战……

褚时健的"第一车间"

1994年9月初，我第一次从香港赴云南昆明采访褚时健厂长。当时，褚厂长的威名、威信、威望、威力如日中天。云南老百姓口中流传这样的一句话："云南的三位老人最难见。"他们是省委书记普朝柱，省长和志强，玉溪卷烟厂厂长褚时健。而且注明，褚厂长尤其难见。

在《大公报》驻云南联络处主任李逢秀大姐和朋友的帮助下，我顺利地完成了采访，并于1994年9月20日，在《大公报》"华人实业家"专栏，以"中国烟草大王——褚时健"为题，以彩色整版篇幅报道了褚时健厂长的精彩、典型、传奇的企业家事迹。

第二次采访褚厂长，是同年的10月下旬，正好褚厂长来昆明省政府办事。于是，我便搭乘厂长的车从昆明去玉溪卷烟厂。车上便开始了采访。褚厂长饶有兴致地谈起他的"第一车间"——烟田的故事。"生产优质卷烟的基础是优质烟叶。为使烟叶生产与卷烟工业上质量、上档次的需求相适应，我们审时度势，响亮地提出玉烟的第一车间是烟田的口号，改变以往单纯买卖关系和只管加工的做法，由烟厂直接介入烤烟种植，建立自己的原料基地，用治本之法解除烟叶供应这个后顾之忧。"褚厂长如是说。

于是，我将第二次采访的主题，确定为"褚时健厂长与烟厂的第一车

褚时健在"第一车间"（烟田）

间。"自1985年开始，褚时健们先后投资六七亿元，把烟厂的"第一车间"办到了广大农村，让平坝高产田种粮食，山地种烤烟，并向烟农传授科技知识，提高科学种烟的整体水平。1993年，玉溪地区烤烟种植实现了百分之百的良种化；百分之四十四的面积使用"包衣种子育苗"新技术，百分之百的单垄栽培。当时，田纪云副总理充分肯定了褚时健这种发展"水浇山地烟"的做法。

高投入获得了高回报。玉溪卷烟厂收购的中上等级的烟叶，由1985年的10.42%上升到1988年的30%；1991年以来，高达76.34%。经检测，烟叶的理化指标达到了国际优质主料烟的先进水平。如此这般，"玉溪""红塔山""阿诗玛""红梅"等名牌烟有了充足的上乘原料。

此时，褚时健踌躇满志，"玉烟"厂拥有的烟叶、设备、技术和经济实力都堪称世界第一流，已经具备了向世界第一流的名烟冲击的条件。于是，全厂开足马力，奋力拼搏。1993年，玉溪卷烟厂生产的卷烟猛增到131万箱（每箱五万支），产品合格率达100%，优质产品占总产量的90%以上。"红塔山"成为全国销量最大的"第一名烟"；全年实现税利达83亿多元人民币，比1992年净增38亿元，相当于每名职工向国家贡献100万元。1994年10月31日，我以"褚时健厂长将烟田作为工厂第一车间——科技种植优质烟叶效益佳"为题，在香港《大公报》"中国企业讯息"专栏，作了图文并茂的长篇突出报道。

褚时健还"眼睛向外"，敢与"洋烟"比高低。他不失时机地向国外输出名"红塔山"的烟丝和加工技术；在新加坡设立"玉烟分厂"，使"红塔山"打入国际市场，仅此一项就创汇3000多万美元。

企业经济效益的大幅增加，使企业的生产环境和职工的物质文化生活水平，也有了突飞猛进的改善与提高。昔日低矮、高温、噪声大、烟尘飞的车间已为高大明亮，具有空调、除尘、消音设备的厂房所代替；职工人均年收入达到1.6万元；职工家庭做饭有了液化气，炒菜有了抽油烟机，洗澡用上了太阳能热水器。新婚的青年工人，更可以分配到一套两室一厅的崭新楼房。如今的厂区，文化宫、俱乐部、图书馆等文化、娱乐场所与设施配套齐全。由褚时健厂长的夫人马静芬老师担任队长的工厂绿化队，更是将生产厂区和职工生活区，规划、种植、改造成"绿荫处处有、鲜花四季开"的优美环境区。跨进玉溪卷烟厂的厂区，映入你眼帘的是一栋栋崭新、高耸的厂房。四周绿树浓荫，青翠欲滴，花圃草地，布满期间。员工生活区，鳞次栉比的楼房前，花团锦簇，梧桐、海棠、丁香、箭兰……令人赏心悦目。风格各异的七座花园，布局典雅，亭台榭阁，精巧玲珑。

"中国现有2100万亩烟田，如果今后改种鲜花、水果、蔬菜和粮食，人们的生活将会更美好。"

"天下有玉烟，天外还有天。"这十个金光闪闪的大字，高悬在玉溪卷烟厂的厂房上，也铭刻在"玉溪"人的心里。这是褚时健厂长为职工们制定的企业精神，也是褚时健和职工们的自豪与追求。

褚时健永不满足。他的心中已经勾画出新的"五年规划"的蓝图：1994年，实现税利达到了126亿元。1994年到1998年，征地1000亩，建设最现代化厂房，引进九十年代国际最新技术装备，年产高级名牌卷烟250万箱，年税利超过250至270亿元；生产、技术、工艺和管理达到国际一流水平。

采访中，我以一名"香港记者"的身份，提出一个也许让他不太高兴的问题："玉烟厂虽然生产的都是畅销的名优烟，但是国家的生产计划有限。放眼全球，世界性的禁烟浪潮风起云涌，越来越多的人开始了解吸烟对身体的危害。在香港售出的香烟，烟盒上必须印制'吸烟有害健康'的警示语；许多公众场合和办公区、生活区域，都挂有'严禁吸烟，违者罚款5000元'的标识。对此，您怎么看？"

这位中国的烟草大王爽朗地一笑："禁止吸烟是个世界性潮流，但还需要有一个过程。因为这是人们的个人嗜好，不能用法律的形式强行禁烟。据我们了解，仅我国的烟民目前每年就需要消费3300万大箱的香烟。"他预计，下个世纪卷烟生产每年将减少10%，先是淘汰低劣产品，全国180多家烟厂减少到一二十家。最后轮到玉溪卷烟厂减产或停产，这是大势所趋。

作者采访褚时健

"中国现有2100万亩烟田，如果今后改种鲜花、水果、蔬菜和粮食，人们的生活将会更美好。我们已经看到了这个问题，因此在投资方向上有所改变，开始向其他行业转向。"

几年前，他和烟厂领导班子就做出集体决策，以每年10亿元的规模，投资电力、建材、造纸、交通及"第三产业"，现已投入23亿元。从1995年开始，每年将以15亿至50亿元的规模投入。到20世纪末，"玉烟"投入其他产业的资产将达200亿元。为了管好这部分资产，1993年底成立了跨地区、跨行业经营的"红塔集团公司"。

褚厂长略带自豪的口吻告诉记者，"我们与省交通厅共同投资兴建昆明到玉溪的高速公路，三年左右即可收回投资；我们还享有30年的收费权。我们参与兴建的大朝山水电站，在澜沧江水电开发公司中占30%的股份。这将为红塔集团带来长久、可观的经济收益。我们还大胆地向金融行业进军，成为华夏银行的第三大股东。"

在对华夏银行的投资成功以后，褚时健又陆续投资了中国光大银行和交通银行等多家银行企业。按照他的设想，要通过这种参股和控股的方式，逐渐打造出一个红塔集团掌控的、颇具实力的金融集团。除此之外，红塔集团的投资还涉及到证券、保险等多个领域；他们入股"国信证券"和"中银国际证券"之后，索性自己以第一股东的身份组建了"红塔证券"有限公司。他们还成为了"华泰保险"和"太平洋保险"公司的股东。雄心勃勃的褚时健，还准备参与上海浦东新区的开发……

"我们在银行存有上百亿的钱。这可能是在银行里存钱最多的国营企业了。我工作中的一个很大的事情，就是给企业的钱找到出路。"为了红塔集团的发展和职工的未来福祉，褚厂长真是心有朝阳，目光长远。在此，记者更看到了一位著名企业家的家国情怀。

褚时健的"另一半"——马静芬

中国的作家张贤亮"发明"了一句话："男人的一半是女人。"一个事业成功者的男性背后，都站着一个伟大的女性。

马静芬就是褚时健的"另一半"，一位坚强，贤惠、勤奋、善良的女性。

1958年冬季，耿直不阿的玉溪行署人事科长褚时健，因质疑反右工作、

褚时健、马静芬夫妇

"顶撞"了行署专员，便在"反右补课"中被扣上"右派"帽子，送到两百公里以外的哀牢山一个农场"劳动改造"。那年月，不少"右派"的妻子屈于社会的压力，都与丈夫分道扬镳。而小学教员马静芬，却义无反顾地领着三岁的女儿跟着丈夫上了山——那是在她听到褚时健患病卧床、鼻血不止的时候。

一家三口住在半山腰一间破烂的碾米房里。褚时健砍柴、种菜、烤酒；马静芬为农场养四十头猪，每天起早贪黑，一干就是三年。

此后，马静芬含辛茹苦跟着丈夫，在山区工作了十七个年头。她的足迹，踏遍了山区农场的造纸厂，酿酒厂，畜牧场……

1979年，马静芬又跟着褚时健来到玉溪卷烟厂，协助丈夫建设"花园式"工厂。这玉溪厂的花草、树木，从此流淌着马静芬的心血与汗水。

1989年，玉溪卷烟厂在"春城"昆明首届插花艺术大奖赛中，荣获团体第一名和个人第一名。消息传来，褚时健欣喜异常。因为这个第一名获得者，正是他的担任云南省插花艺术协会会长的"另一半"。马静芬的获奖作品是"望星空"。这是我第三次赴云南采访褚时健厂长，时间是1995年4月中旬，地点在他的家里。

我曾经在《工人日报》当记者十几年，因为工作关系去过许多工矿企业职工的家：局长、厂长、书记，车间主任、工段长，班组长乃至普通工人的家里采访、做客。

相比之下，褚时健、马静芬的家极其简朴，家具摆设都是二十世纪六七十年代的产品，电视机、木制沙发、木制桌椅、茶几，远没有我想象中的那种奢华，竟然与北京一般中型企业的厂长、经理，甚至车间主任家的摆设惊

马静芬向丈夫褚时健介绍插花艺术作品

人般地相似。

面对这样一位年上缴国家几十亿、上百亿利税的"亚洲第一、世界第三"现代化特大型烟草企业的老总，全国著名劳动模范、金球奖获得者，他的家竟然如此这般的平常。我不由得心中肃然起敬！

喝着马静芬老师端上来的香茶，看着摆在茶几上的水果，我笑着问褚厂长："古人云，妻不贤，事不举。您是事业的成功者。您怎样评价您的另一半马老师？"

被一位女作家称为"太阳般的汉子"的褚时健动情地回答："我在1958年被错误划成右派。当时，有许多右派的妻子都跟丈夫离婚了。那个时候我的妻子也可以找另外的人。但是她没有那样做，而是跟我到农场过了三年很苦的生活。以后，又跟我到山区十七年，养猪，种菜，吃了不少苦。1979年，又跟着我到玉溪卷烟厂，仍然是给了我不少帮助，比如工厂的绿化，她就提出过不少合理建议。我处理问题有时容易急躁，特别是有些人三番五次找我提出无理要求，我便发脾气，多半又是她帮助我收拾残局。工作紧张时，家里成了我松弛自己最好的地方。有时候我被各种问题搞得头昏脑涨，家里则成为一个避风港，让我静下来好好的思考问题。应该说，我有今天事业的成功，的确是她给了我很大的帮助……"

我认为，这是中国烟草大王的心曲，也是他对妻子马静芬的最高褒奖。

1995年4月20日，我在香港《大公报》子报《新晚报》彩色"大陆传真——人物志"专版上，图文并茂发表了这次的采访，标题是"工厂绿化队长，中国烟草大王的夫人——插花艺术家马静芬"。

褚时健谈"打假"

1995年7月初，我第四次赴云南玉溪卷烟厂采访褚时健厂长。我们谈论的话题是"打击假冒伪劣"。

闻名遐迩的云南玉溪卷烟厂连续十几年保持高速发展，在"中国第一、亚洲最大"的基础上，又瞄准"国际一流"的目标，成功地实现了"精彩一跳"：1994年，在卷烟产量、税利总额、单箱税利、职工人均税利以及物质消耗各项主要经济技术指标上均创历史纪录，总体水平保持全国同行业领先地位。

1994年，该厂共生产名优卷烟167.9万箱，比上年增长了28.2%，其中"红塔山""阿诗玛""红梅""玉溪"4种名烟总产量的比重由上年的56%上升为58.5%；占全国13种名烟当年总产量的36.23%。产品质量稳中有升，经国家及有关质量监督检测中心抽检，产品合格率及市场抽检合格率均为100%。卷烟产销两旺，年末无库存。与上年相比，效益增长的幅度比产量增长高出25个百分点。1994年，实现工业税利140亿元大关，比上年增长67.39%，实现商业税利比上年增长6.6倍。

也就是说，1994年，玉溪卷烟厂每位员工为国家贡献税利达到360.94万元。

在国内贸易部、国家经贸委、电子工业部、轻工总会、国家技术监督局、中国消费者协会联合举办的1994全国畅销商品展销月活动总结颁奖大会上，玉溪卷烟厂参加展销活动的"红塔山""阿诗玛""红梅"齐获"金桥奖"。此次全国香烟产品中，共有6个牌号获得"金桥奖"，玉溪卷烟厂囊括了前三名。

"不惧竞争就怕假冒"

当记者对国内卷烟市场连年出现的产大于销、竞争激烈的严峻形势，玉溪卷烟厂瞄准市场、大胆决策，以质取胜表示由衷祝贺时，颇具长者风度的褚时健厂长却眉头一皱："我们不惧竞争，就怕假冒烟。"

"那么，全国的假冒名烟有多少？"记者问。

"这是一个难以回答的问题。"褚厂长道，"但是从另一个侧面去推算，真是一个让人震惊的数字。"

褚厂长告诉记者，冒牌"红塔山"等假烟在市场上形成一定规模是从1991年开始的。当年，各地查扣并销毁的假冒"玉烟"仅为6000件（每件50条），1992年就达3.1万件，1993年上升为6.4万件；1994年，玉溪卷烟厂共办理"打假"案件592起，查扣和销毁假冒"玉烟"22万件，是上年的2.4倍；销售假冒"玉烟"商标标识8116万张，收缴制假烟机575台（套）。为此，玉溪卷烟厂支付"打假"奖金5342万元！

严峻的事实表明：历年各地查扣的假烟，矛头主要指向高档、高税利的牌号，尤以假冒"红塔山"为最。在查扣的假冒"玉烟"中，"红塔山"占85%。尽管国家和生产厂家在"打假"上做了很大的努力，也取得了很大的成绩，但是种种迹象表明，假冒"玉烟"的违法犯罪活动远未得到根本性的遏制，某些地方尚有愈演愈烈之势。"打假"形势可以概括为："年年出成效，年年不见效。"

值得警惕的是，国内的假烟生产"黑窝"从最初的手工作坊扩建成机械化工厂，拥有较先进的卷烟设备。国家定点生产的烟机被秘密装备到地下烟厂，仅从福建省云霄县就查获151台。广东省潮阳陆岗镇每年生产倾销假烟2万件。粤、黔、桂、豫、赣诸省区都有规模不等的地下烟厂在昼夜作业。从各地查获的卷烟设备500多台（套）看，按效作业率30%计，每年可产烟20余万件，国家损失税收何止亿万元！

谈到此，褚厂长痛心疾首，忧国忧民之情溢于言表。更为严峻的是，假冒"红塔山"的地下生产点已漂洋过海，隐匿在异国他乡：

不久前，新加坡中华烟草公司收进600件（每件50条）假"红塔山"。玉溪卷烟厂闻讯即致电希望销毁，并向新加坡中华烟草公司提供奖金180万元。

1991年末，福建省平潭县渔政局在海上没收了巴拿马仿造的假"阿诗玛"卷烟3009件。1993年8月，福建省烟草专卖局和福州市公安局缴获1890件台湾产"红塔山"。更有甚者，国内一些不法之徒潜入缅甸开办黑工厂，生产假冒伪劣的"红塔山"，销往东南亚国家和云南边境地区……

假烟泛滥原因何在？

既然"打假"工作那样下力，为什么就扑不灭这股制假、冒假的"野火"呢？

谈到这种现象，褚厂长认为主要有以下几个因素：

第一，缺乏对"制假售假"强有力的法律制裁机制。现有法律的制约、威慑作用还不够大。制造假烟猖獗，主要原因是高额利润的诱惑。在江、浙一带的市场上，20至30元一条的假"红塔山"，不用交税，利润高达18至28元，比玉溪卷烟厂的利润率高得多。制假者对包庇者给以重金，而我们对举报人只能按政策给500至2000元，如果不在立法问题上做文章，健全法令，加大惩罚力度，防止以罚代刑，使制假者和包庇者人财两空，则任何制假者都不畏《专卖法》。福建抓获台湾走私"红塔山"的案犯12人，其中两名台商被罚款300万元后安然离去。造假十次，如果有五次被抓住，罚了款，也只是伤点皮毛，有人甚至宣称："造假不怕罚，只要有金钱；坐牢一人去，幸福一家人。"

第二，相当一部分农村基层干部政策法律观念淡漠，认识糊涂；认为改革开放，以经济建设为中心，只要能挣钱的事就可以干，个别领导甚至把制造假冒名优烟作为"脱贫致富"的门路。

褚时健（中）向朱镕基总理、和志强省长介绍生产情况

第三，"地方保护主义"成为地下黑烟厂的保护伞。有些基层政府对当地的制假现象睁一只眼闭一只眼，不查也不处理。外地检察机关来查处的时候，不合作，不配合。去年2月，玉溪地区检察机关在广西贺县查出地下黑工厂十四台卷烟生产机。这个县的领导公开说：我们贺县的烤烟卖不出去，就应当生产卷烟，"红塔山"好卖，我们就生产"红塔山"！直至广西壮族自治区领导指示查处，县领导才没有敢阻挠。在广东、福建查抄假烟制造的黑窝点，几百人围攻执法人员，执法人员反而被当地司法机关拘留。

褚厂长还讲述了这样一件"怪事"：1994年9月11日，检察机关到广西壮族自治区的昭平县樟木林乡查处制造假烟的窝点，竟然遭到当地受造假者收买、蛊惑的上千村民的围攻，执法人员和举报人被打，桥梁被毁，强行搬走机器，还威逼检察人员交出问话笔录、照片、扣押的账本和钢印，围攻时间长达三个多小时。

事件发生后，《中国质量万里行》杂志以"一起严重抗拒执法的恶性案件"为题，专门作了报道。国家经贸委主任王忠禹看了这篇报道后作了严厉批示，全国"打假办"常务副主任叶柏林率领最高人民检察院、国务院监察部的有关人员赶赴广西，才解决问题，打击了罪犯。

第四，对卷烟商标的印刷、卷烟机的售卖和卷烟原料的管理不严格，也是造成假冒烟泛滥的重要原因。国家有关部门对卷烟商标的印刷管理不严，特别是对小印刷厂放松管理。市场上的冒牌"红塔山"等假烟，采用的商标都是非法印刷的。近年来，广东汕头、云南昆明、湖南洪江等地相继破获了几起私印卷烟商标的案件，承印者都是集体性质的小印刷厂；少数卷烟机生产厂家无视国家规定，违法销售产品，致使部分机械流入制假黑窝，为制造假烟的违法活动提供了条件。卷烟原料管理上有漏洞，大批烟叶为不法分子所收购。据福建、广东省工商、检察机关反映，当地制造假烟的烟叶，主要来自云、贵两省。

由此不难看出，在中国现时的市场上，只要有高附加值的名优产品销售，就有假冒伪劣产品存在。所以，在社会主义法制不健全、市场经济不规范的情况下，打击假冒伪劣是一项长期而艰苦的工作。而打击假冒伪劣卷烟，保护名优产品，光靠生产单位出资、烟草专卖机关出力是不够的，还必须得到各级政府及社会各方面的大力支持，标本兼治，综合治理。

心向顾客誓保名牌

"玉溪""红塔山""阿诗玛""红梅"等名牌卷烟，是玉溪卷烟厂综合实力的反映，也是该厂与社会的共同财富。在目前这种假冒卷烟浪潮面前，作为首当其冲的玉溪卷烟厂，在打击假冒、保护名牌上有哪些新举措呢？

褚时健厂长在他写给《玉溪烟草》的"新春三愿"中作了阐述：

首先是加强宣传，提高各级领导对"打假"工作的认识，摧毁"地方保护主义"的堡垒。褚厂长说，地方保护主义实际上是一种短期的自私自利的行为，是以损害广大人民群众的长远利益为代价的。我们要通过广播、电视、报纸、刊物大力宣传名牌优质产品对国家政治、经济声誉和人民大众的切身利益的重要意义，唤醒广大消费者的名牌意识，动员大家自觉积极投身护牌、打假的抵制行动中来，从而依法保护自身的长远利益。我们厂明年准备实行"打一奖二"的办法，即凡烧毁价值一千元的假冒品奖给两千元，使参加抵制行动的单位和个人经济上得到好处。

"出资协助政府，组织打假业队伍，保护名牌知识产权。这是我们的又一措施。"褚厂长宣布，鉴于各种假冒伪劣产品危及人民生命财产的安全，已成为社会的一大公害。我们倡议各名牌厂家联合起来，协助政府成立"打假"专业队伍。我们厂准备投入四至五亿元人民币，在全国组织有烟草买卖局、工商局、检察院、法院、公安等部门参加的，主要针对制假重灾区的"打假"队伍，给他们配备先进通信设备、交通工具，提供优厚的活动经费。我们专职搞上一年，将"黑窝点"的制丝、卷接包设备以及印制假商标的地下印刷厂彻底捣毁，将罪犯交由司法部门依法惩处；对假冒产品的销售围追堵截，予以烧毁，保护企业和名牌声誉，保护消费者利益。

褚厂长兴奋地告诉记者，玉溪地区检察院最近做出决定，抽调部分人员专门从事"打假"工作，以保证玉溪企业声誉，促进地区经济发展。

"第三项措施是增设玉烟特约经销点，以真震假。"褚厂长神态严肃地指出，现在消费者对假冒商品的畏惧心理使其对真品也退避三舍，严重影响了名牌声誉和企业效益。许多名牌产品生产厂家被假冒产品击垮打败。为使广大消费者能真正购买到玉烟企业名牌产品，在今年建立"玉烟特约经销点"的基础上，明年准备在全国增设至一万个"玉烟特约经销点"，以实现宣传玉烟产品、掌握市场信息反馈、平抑市场价格、介绍识假辨伪方法、经销玉烟正宗产品、抵制假冒烟等诸多功能。

这位著名的全国劳动模范、优秀企业家、"金球"奖获得者，诚请香港《大公报》转告国内外的广大读者和顾客："今后三年内，玉烟厂将增加3至4亿元人民币的成本投入，在商标标识上加印防伪标志，进一步提高玉烟品质，改善精美包装，为社会，为广大消费者提供更多、更优质的名牌产品！"

从1979年至1996年，褚时健担任云南玉溪卷烟厂的厂长16年，云南红塔集团的董事长1年。17年里，玉溪卷烟厂的年卷烟产量从27.5万箱猛增到225万箱。全厂共实现利税991亿元，平均每年递增44%，最高的年份竟然达到递增了220%。

褚时健说："干什么都要讲效益，讲创造价值，争取当本行业最高效益的企业，为国家增加积累，为社会提供更多的财富。"

这，就是这位"太阳般的汉子"的人生追求与目标。

好人好官张百发

张百发的名字，在中国内地几乎家喻户晓，尤其是他主持筹备1990年9月份举行的第十一届亚运会，申办2004年奥运会，更使他在香港、在澳门、在台湾，在世界各地闻名遐迩。

张百发出身贫寒，少年时代，即跟着父亲做织布的小帮手。当过为八路军站岗放哨、查路条的儿童团长。青年时期，在共产党和老一代领导人的培育下，成长为著名的"张百发钢筋工青年突击队长"。他和他的伙伴们转战京城，屡建奇功。在人民大会堂，在著名的"北京十大建筑"，在首都八大院校，许多高楼大厦都留下了他们踏实的足迹和勤劳的汗水。

张百发讲话

进入中年，他刻苦好学，发愤图强，成为人民代表和全国劳动模范。走上领导岗位以后，他始终人不离工地，心装着工人，与钢筋混凝土，与高楼大厦，与道路桥梁结下了不解之缘。他与共产党、与人民群众心贴心，即使在那个特殊内乱的时代仍不改初衷。长期基层生活的砥砺，使他在几十年的政坛生涯中举手投足，说话办事，从不打"官腔"，从不摆"官架"。作风朴实，语言幽默，平易近人。

作为主管首都城市建设的常务副市长，他深深热爱着北京的一山一水、一草一木、一砖一石；作为首都人民的"父母官"，他时刻惦记着上千万老百姓的安危冷暖、衣食住行。他办事的原则是："老百姓满意不满意、高兴不高

1959年10月，周恩来总理接见出席全国群英会的张百发（左二）等代表

兴"；他信奉的人生哲学是："功名利禄随他去，宽厚坦荡自我行"。

亦师亦友亦领导

1980年9月，我由北京市机械工业局工会调任工人日报北京记者站记者。1981年2月，张百发同志由国家建委副主任调任北京市副市长兼市建委主任。由于他是建筑工人出身，我当记者前也做过十年机械工人，因此，彼此格外多了几分亲近感，亲切感。他待人诚恳、为人随和，没有官架子，很容易沟通。

后来，我告诉他，我是江苏丹阳人，1949年4月23日，解放军百万雄师乘帆船、渡长江，江南全境解放那天我出生。为纪念这个特殊的日子，父亲特地给我起名"张帆"。百发市长笑眯眯地点着头："好，我记住你的名字啦！"

记者站分工我负责联系、采访市机械行业、公安机关、城建系统、市政交通、民航运输和首钢公司等系统、行业。因此，见百发市长的机会较多，很

李瑞环、张百发老哥俩相见甚欢

快熟悉了他和他的秘书程显声、杜宇宏和韩军然。

百发市长对我们中央新闻单位驻北京记者站十分关照，建委系统凡是大的活动都会提前由秘书或者市新闻办告知我们。我每次都积极参加，并提前了解情况、做好"功课"，第一时间写出符合我们工人日报特点的稿件。凡是稿件见报，我就主动把报纸给百发市长送过去。我们记者站设在台基厂北京市总工会院内，距离百发市长的办公室不足500米。

支持我们发行报纸

百发市长是全国著名的劳动模范，而评比、表彰劳动模范和先进工作者是全国总工会的一项重要工作，作为全总机关报的《工人日报》，对宣传劳动模范和先进工作者是非常重视的。这样，就使我在对百发市长及他分管的建委系统的工作更多了一分关切，也使得我和百发市长的关系更加亲密、贴近了许多。

有一次，他对我说："张帆，以后当着外人的面，你叫我市长；咱们私下，你就叫我师傅吧！"我连连点头赞同。那时候，社会上对很多尊敬的人都统称"师傅"；在工厂，"师徒如父子"。我与百发市长更懂得师徒之间深厚的友谊和友情。为了方便工作，他不仅告诉我办公室的电话，而且把家里的电话号码和爱人王淑兰阿姨的名字告诉我，并嘱咐王阿姨："张帆是《工人日报》记者，工人出身。他也是我的小朋友，以后接电话多关照他。"

1988年1月，百发同志担任了北京市常务副市长。那时，我已经当了两年北京记者站的站长。报社对记者站的工作有两条要求：一是及时提供北京市的新闻稿件，重大事件不能漏掉；二是协助报社发行部门增加报纸发行量，扩大报纸的社会影响力，并且给我们记者站下达了年发行3.6万份报纸的指标。

作为站长，我确实感到有一些思想压力。"遇到危险，找警察；碰到困难，找领导！"我就给百发市长通了电话，讲了报社的要求；并告诉他，我们下周在市总工会三楼会议室召开报纸发行会，请了一些大企业的党委书记、宣传部长和工会主席参加。希望借助他的威信、威望、影响力和号召力，届时在会上讲讲话，支持和帮助我们扩大报纸的发行工作。

"行！"百发市长爽快地答应了。我说："到时候，我提前去办公室接您。"他笑了，"还用你接？就几步路，我自个儿溜达着就过去啦！"并问我下午几点开会，我说下午两点。他说："好！你提前一点儿开，我两点准到，说完话我就走。下午两点半，市委常委会，也不用你送了！"

开会那天，来了近百位工矿企业的党委书记、宣传部长、工会主席。见到百发市长来了，大家纷纷起身，热情地打着招呼并热烈鼓掌。百发市长与坐在前面的同志一一握手，紧跟着就站在台前开说："各位领导、各位尊敬的同志，工人日报是我们工矿企业和职工群众自己的报纸。报上登的都是我们企业、工会和工人们关心和爱看的事儿。工人日报为咱们企业和职工说话、办事儿，维护咱们群众的合法权益，是为我们职工服务的报纸。你们说，不订这样的报纸还订什么报纸？！所以，我恳请大家支持工人日报，多订、多看工人日报。拜托大家！"说罢，双手抱拳向大家一作揖，大家都笑了，一起热烈的鼓掌。百发市长笑着说，"好了！我下午两点半还有个会。刚才鼓掌的可都算数

张百发在弘扬青年突击队精神大会上讲话

啊！"大家又一次发出欢愉的笑声。

这一年，我们北京记者站报纸发行达到11万多份，大大超额完成了报社下达的发行指标。因此，连续三年受到报社领导和总经理部的表彰。

写纪念文章

1989年4月15日清晨，中央人民广播电台在6点半的早新闻中，播出令人沉痛、心碎的哀乐，宣告胡耀邦同志因病不幸逝世的消息。6点40分，我们报社的社长兼总编辑李冀同志亲自给我打电话，布置邀请全国著名劳动模范、北京市常务副市长张百发同志，撰写一篇纪念胡耀邦同志的文章。

6点45分，我拨通了百发市长家里的电话。我知道他的作息时间：6点起床，6:30洗漱完毕；6:30到7点早饭，7点出发上班。我问他："您听广播了吗？"他说："听了，知道耀邦同志不幸去世的消息，心里很难过！"我问他："您今天上午的工作安排？"他说："去西郊，勘察、规划空军总医院的建设地点。"

9点钟，我赶到现场，周边也没有房子。我就对市长说："您请张师傅下车，我在您的车里采访。"我拿出录音机，准备向他提三个问题。他说："好，开头儿听到广播里的哀乐，知道耀邦同志去世，心里非常难过，非常悲痛；文章结尾，就写牢记耀邦同志的教导，化悲痛为力量，为党、为老百姓多干工作。开头儿、结尾，你回去编就行啦！"

我向他提的三个问题是：一、第一次见胡耀邦同志的情景。第二、讲一个与胡耀邦同志接触，留下最深刻印象的一件事儿和场景。第三、胡耀邦同志作为当时党的总书记，对北京市的建设和未来的规划、发展有什么具体指示？

我问他："稿子写完后，要不要送给您审看？""哎呀！"他说，"我们是老熟人、老朋友了，情况都熟悉，彼此都了解。你把我讲的这几件事儿表达清楚就行了，不用审稿。"4月22日，《工人日报》在头版显著位置，加框突出处理、发表了张百发的回忆文章：《耀邦同志永远活在我们心中》。

4月23日，《人民日报》转载了张百发同志在《工人日报》发表的这篇文章，题目改为胡耀邦同志的一句话："今天不谈工作"。内容是张百发陪着胡耀邦和一些工作人员去视察北京市石景山区的街道和城市建设，接着来到了燕山石化总公司。当时，是吴仪同志担任燕山石化总公司的党委书记。本来是星期天，值班的同志用传呼机在15分钟之内，把吴仪同志和燕山石化党委一班人召集到会议室。胡耀邦同志十分满意，称赞他们"是一支招之即来，有战斗力的队伍"。观看了燕山石化总公司的厂区后，耀邦同志感慨地说："几年前，我来过你们这里，现在的变化真大！看来，劳动改变一切啊！"

接着，一行人又去了北京市大兴县，视察了大兴的城镇建设和一块块农田后，胡耀邦对张百发等同志说："我们国家农村的土地少，搞村镇建设一定要考虑农村的特点，尽量少占地，更不能占好地。要考虑到我国的人口问题，要注意搞好环境保护工作。"

报社根据这篇文章发表的位置和字数，依据《稿酬标准》发了60元稿费。我把它送给了百发市长的秘书杜宇宏。当天下午，小杜秘书给我来电话说："领导说了，文章是你写的，60元稿费他不能要。你抓紧时间过来拿走吧！"我跟他说："这种情况，你们自己留着买水果吃吧！"小杜严肃地说："那可不行。领导有明确指示，不能这么做！"

后来，社会上有些人就纪念胡耀邦、反对官倒等事情，情绪反应越来越激烈。有人把刊登了百发市长纪念胡耀邦同志那篇文章的《工人日报》放大，贴到了天安门人民英雄纪念碑上，造成了一定的社会影响；同时，也反映到了中央和国家有关部门。

记者的消息是比较灵通的，否则，不是合格的新闻工作者。在这种情况下，我找到百发市长，跟他说："有人借您纪念胡耀邦同志的那篇文章造势，把刊登您文章的报纸放大、贴到了人民英雄纪念碑上，造成了一定的社会影响。据说，中央有关领导也知道了这种情况。如果上边有人追查这件事情，您就说这是《工人日报》的记者受报社领导的指示，来采访我写的。最重要的是，我想过了，如果要追查责任，那么应该由我来承担。我估计最不济，给我一个处分，记者干不成了，到报社印刷厂去当工人。"

百发市长平静而严肃地说："哪能这么说？！文章署的是我张百发的名字，就是我写的。再说，《人民日报》也转载了。我对胡耀邦同志很尊重，很钦佩。如果真要处分，那就处分我好了！实在不行，我还回去当钢筋工。跟你说实话吧，我还真没太拿这个市长当回事儿。当钢筋工也一样为党工作，为群众服务！"

沧海横流，方显英雄本色。百发市长这种敢做敢当，遇事不慌；这种高风亮节，勇于承担政治责任的品质和态度，令我非常感动！同时，也给我留下了极其深刻的印象：这才是真正的共产党员，德才配位、道德高尚的共产党高级领导干部。从此，我从内心深处更加敬重他了。

亚运会向我们走来

1990年9月22日至10月7日，北京主办第十一届亚运会。这是北京也是中国第一次举办国际体育盛会。为成功举办这届体育盛会，北京将新建和改建许多

1989年建设亚运会场馆期间，张百发为节省时间在施工现场吃方便面

体育场馆，为的是一展中国的风采，特别是祖国首都的风采。作为组委会常务副主席的百发市长，肩上的担子是非常重的。

我耳闻在早些时候召开的全国人代会和政协会议上，许多代表和委员出于对亚运会筹办工作的关心，点名要求负责亚运会场馆建设的常务副主席张百发到会接受咨询："亚运会究竟要花多少钱？""现在还存在哪些问题？""如期召开亚运会，到底有没有把握？"问得最多的一个问题是"资金不足，你张百发负责的亚运会工程到底能不能按时完成？"

面对人大代表、政协委员的咨询、担心，百发市长提高嗓门："各位人民代表，政协委员，我干脆这么说吧，只要是由于工程耽误了亚运会的按时开幕，我张百发是亚运工程的总指挥，我就爬到北京最高的建筑——52层、209米高的京广大厦，从上面跳下来以谢罪天下！"

百发市长坚定有力的回答，得到代表和委员们的交口称赞，也受到社会的普遍好评。有人称赞说，"张百发还是当年突击队长的精神不减，好样儿的！""他当亚运工程总指挥，我们一百个放心。"云云。张百发对亚运工程的高调承诺，不惜"跳楼以谢罪天下"，流传甚广，一时间也成了媒体记者们抢手的新闻。

作为百发市长的徒弟和"小朋友"，我可没有什么心思去捕捉这个"跳楼市长"的抢手新闻。有一次，我问他："您当着那么多的代表、委员，立下这种军令状太冒风险了！"

百发市长笑眯眯地说："说这话我心里有底。整个亚运工程党中央、国务院都非常重视支持。从总书记、总理、委员长，到其他的常委差不多都到现场来视察过工作。亚运会遇到什么重大事情，我们都能直接向政治局常委汇报。还没有遇到什么解决不了的大问题。""再说，我几十年都是和钢筋水泥打交道。从1981年我由国家建委副主任调北京当副市长，就管城建口儿。我最了解我们北京市号称48万人的建筑队伍。这是一支能征善战的建筑大军，越是硬仗、恶仗，他们就干得越漂亮！"

话虽然是这么说，张百发可不敢有丝毫懈怠。与两会代表、委员对话回来，他立即召开了亚运工程指挥部紧急会议，将副总指挥，各大公司经理，以及所有带长字的负责人悉数招来参加，要求大家一起立下"军令状"，建设高质量的体育比赛场馆为亚运会服务。

既然如此，我们《工人日报》北京记者站，也应该为亚运会做一份自己的贡献。于是，我分别找到报社社长和北京市总工会主席，建议并得到批准，即在《工人日报》上，由北京市总工会出资冠名，与工人日报社合办一个栏目"亚运会正向我们走来"，每周两期，全面报道亚运会筹备工作的信息和体育场馆的建设进度；报道全国和北京市的工矿企业、人民群众为亚运会所做贡献。

为将专栏办得出彩，我以工人日报北京记者站的名义，给百发常务副主席并亚运会组委会的领导同志写了一个报告："为更好地宣传报道亚运会，宣传报道首都人民、全国职工群众和运动员的精神风貌，我们工人日报社和北京市总工会于今年2月起，共同创办了'亚运会正向我们走来'专栏，每周两期，每期3000字（含新闻照片）。但我们没有记者能够参加组委会重大会议与重要活动。现请求你们批准北京记者站站长张帆同志，能够列席并且采访组委会的重要会议及活动，期望得到您和组委会领导的支持。此致，敬礼！工人日报北京记者站，1990年4月25日。"

4月28日，百发市长即批示，"请嗣铨商重远同志决定。"亚运会组委会秘书长万嗣铨同志同天批示，"请重远同志定。"吴重远是国家体委竞技司领导、亚运会组委会副秘书长。他坚决支持了我们的报告。

那个时候，北京人聊天，都是三句话离不开亚运会，社会氛围很浓。在创办"亚运会正向我们走来"的栏目中，我和记者站的郭萍、吴晓向三位同志全力以赴，仅我自己就写了大量的新闻报道，比如，《人人锻炼迎亚运活动拉开序幕——首都万余名职工参加象征性长跑》，反映首都职工迎亚运的精神风貌；《亚运村市政配套工程告竣》，《打通中轴路，通向亚运村》，报道城建职工奋发努力，亚运工程进展顺利；《北京市总抓班组促全局，迎亚运——窗口行业涌现一批标杆班组》，表现北京服务行业职工的工作作风；《按照国际惯例，结合我国实际——首都认真部署亚运安保工作》，介绍北京市公安局领导同志就亚运会安保工作采取的一系列措施，为亚运会创造一个安全、舒适的竞赛社会环境等等；以及报道"亚奥理事会全体成员表示将赴北京亚运会，39个国家和地区已确认参加"的新闻消息，努力为北京也是中国第一次主办国际体育盛会鼓与呼。

后来，我们请百发常务副市长、亚运会组委会常务副主席，为我们"亚运会正向我们走来"专栏写专文，题目是"当好东道主，热情迎嘉宾"。

百发市长在文章中说："举世瞩目的第十一届亚运会将在北京隆重举行。这是我国第一次举办国际大型综合运动会。届时，将有39个国家和地区上万名运动员、教练员、国际体育界人士和记者参加，同时有10万多名国内外旅游者将前来观光。

"在党中央、国务院的支持下和全国各族人民、海内外同胞、国际友人的支援下，经过亚运会建设者艰苦奋斗，新建、改扩建31个体育场馆，现在已有14个投入使用。公寓、饭店、康乐中心等配套设施齐全的'运动员村工程'，95%以上都完成了结构施工，进入大面积的装修阶段。新闻中心和写字楼两个难度很大的工程，外檐装修已经完成。所有工程（包括绿化），将在5月份可全部完成。

"我们对亚运会比赛场馆周围地区、主要繁华地区和风景游览区，下力量进行了治理整顿。全市治理了100条主要大街、十个重点地区和10处城乡结合部，使交通秩序逐步好转，市场秩序有所改观。商业服务、公共交通、市政工程、医疗卫生、旅游窗口行业建立了服务指挥系统。目前，首都已初步形成了'为国争光、为亚运会做贡献'的社会风气。

"感谢工人日报设立《亚运会正向我们走来》专栏。这个专栏热情宣传了亚运会工程的建设成就和广大建设者们的精神风貌，为增强人们的亚运意识做了贡献。今天，距亚运会召开还有整整200天。我国人民翘首以待的时刻即将到来。让我们团结一致，同心同德，当好东道主，热情迎嘉宾。"

百发市长这篇《当好东道主，热情迎嘉宾》的文章，是对我们工人日报、北京市总工会，当然，也包括我们北京记者站同志们，为亚运会所做的贡献与宣传报道工作所给予的高度评价和褒奖。

市长协助抢拍照片

与百发市长接触的三十多年里，感到他从骨子里把自己看成是一个普通老百姓，没有什么"官架子"，平时对老百姓很和气，对我们这些"找新闻、爬格子"的记者们很理解，很关心，很支持。

至今我还清楚地记得，他用汽车帮我抢拍新闻镜头的情景：那是1990年10月27日的上午，我参加"首届全国青工技术大赛"的采访。中共中央政治局常委李瑞环，全国人大常委会副委员长、中华全国总工会主席倪志福，建设部部长林汉雄，劳动部部长阮崇武，全总副主席、书记处第一书记于洪恩，团中央书记处书记刘延东和北京市常务副市长张百发等同志来到首都北郊安慧北里小区工地，亲切看望参加技术大赛的瓦工、抹灰工决赛的选手。由于队伍过于分散，没有拍摄到理想的新闻照片。

听到领导们议论要去黄胄先生设计、建设的"炎黄艺术馆"奠基典礼现场视察，可我们没有配车，怎么赶到领导们前面去呢？看到我着急的样子，百发市长问："张帆，怎么啦？"我简要说明原因。他一笑，"嗨，简单！快找张师傅，上我的车！"我刚上了他的车，百发市长对张师傅说："老张，你开快点儿！张记者要赶去拍照片儿，你想法儿超过瑞环他们！"

作者与百发老市长合影于香港（1996年）

百发市长的车是奔驰，是亚运会期间，外国朋友赠送的一批汽车中的一辆，速度真快啊！我们到了炎黄艺术馆奠基典礼工地，领导们的车队还没有到。由于百发市长的"保驾护航"，警卫人员没有干涉我的行动。我迅速占据炎黄艺术馆设计模型边上的有利位置，打开报社配备的上海"海鸥牌"双镜头照相机，从容地等待领导们步入镜头。

不一会儿工夫，李瑞环、倪志福等领导们都到了。黄胄先生在炎黄艺术馆设计模型前介绍情况。我抓住有利时机"啪啪啪"拍了四五张照片。等记者们的大部队和我们报社摄影部记者何碧宝老师气喘吁吁地赶到，领导们已经散开了。碧宝老师着急地跟我说："张帆，我没赶上。照片儿没拍成，怎么向报社领导交代呀？！"我跟他说："您别着急，我已经拍了四五张啦！您等一会儿回报社抓紧洗印放大，晚上交夜班编辑部。我会跟值班总编辑说，把您的名字署在我的名字前面。"何碧宝老师紧紧握着我的手，连连称谢。

10月28日，星期天。《工人日报》头版头条登载了我采写的"李瑞环倪志福看望首届全国青年技术大赛选手，勉励青年工人岗位成才、争当能手"的新闻。新闻的上部，刊发了我们拍摄的四栏大照片——黄胄先生开心地向李瑞环、倪志福等领导介绍炎黄艺术馆的设计模型。

指导建天富大厦

1991年3月，我被全国总工会党组任命为工人日报社分党组成员、编委、秘书长。上台伊始，主管两件大事：分配新建的职工住房；建设8600平方米的"（工人）天富大厦"。

合理分配职工住房，做到公开、公平、公正，我是有信心的：在报社分党组领导下，依靠职代会，选出"分房委员会"，制定好分房方案与措施；届时以身作则，秉公办事就成。果然，我们用两个月，顺利、圆满地完成了分配与调整200多位职工住宅的分房任务。但是，指挥、管理建设"天富大厦"，我从来没有做过。万一盖不好，就成了一个巨大的"耻辱柱"——西侧，距报社办公大楼不足50米；东侧，离居民住宅楼仅仅20米左右！到时候，住也住不得，炸又不好炸。怎么办呢？找百发市长讨主意、破难题吧！

百发市长给我指了两条路：第一，找一个好的施工队伍——他推荐了北京市第六建筑工程公司。他们建的住房得过"鲁班奖"。第二，找一个人做"顾问"。百发市长说："你去找建工局的局长杨嗣信吧！他当局长前是总工程师。"

说到杨嗣信，我并不生疏，两年前采访过他。他也是全国劳动模范，毕业于浙江之江大学。曾经有一年"五一国际劳动节"前夕，国务院召开全国劳动模范和先进工作者表彰大会，我参会采访。我跟他们一起参观中南海，还在"静谷"前请教他，为什么南、北方建设的亭子顶部不一样，南方有漂亮、秀气的飞檐，而北方的亭子顶部则往往呈矩形下檐？

杨嗣信总工程师告诉我，主要是与南、北方雨水多少、大小有关。南方的雨水大、雨季长，亭台楼阁建有飞檐，可以减少与缓冲雨水对建筑根基的冲蚀；而北方的雨水少，亭子和房子的建筑屋顶往往建成矩形。

遵照百发市长的指示，我先是找到市建工局杨嗣信局长，诚请他当我们工人日报建设"天富大厦"的顾问，保证工程的安全、质量和进度；同时，又请他与市第六建筑工程公司联系，安排其承接我们报社的施工任务。

我将与百发市长见面，并请杨嗣信局长当建设"天富大厦"工程顾问，以及按照百发市长的指示，由北京第六建筑工程公司承建工程的意见，向李冀社长做了汇报。老李高兴地说："太好了！建我们这个小小的工程，能够有百发同志做后盾，建工局长当顾问，这是咱们报社的福气！"

开工时，我把负责施工的经理请到办公室，告诉他会按照工程进度支付工程款，绝不拖欠！施工中遇到什么问题，可以随时找我商量；并且要求他："第一是安全，绝对不要出现施工人员的伤亡事故，这是前提；第二是确保工程质量，这是硬指标；第三才是工程进度。为了做到这三条，要保证每周让工人们吃一顿红烧肉、一顿鱼，保证吃饱、吃好，施工才有干劲儿！"

这位经理笑道："像您这样的甲方领导，我是第一次遇到，还管工人们吃饭、吃菜？！"我说："我是工人出身，你的工人也是我的兄弟。你给我一个安全帽，我会经常去工地看你们施工。"另外，我告诉他："我请了你们建工局杨局长当工程顾问，他会每个月来检查一次你们的施工质量和进度。"他笑着说："张秘书长，我早听说了，您与百发市长很熟……"我握着他的手，拍了拍他厚实的肩膀："兄弟，你知道就好！"

那时，北京市规划委员会和建设委员会，对于企事业单位自建工程的管理要求不是特别规范和严格，加上自己的无私、无畏，我们的这座"天富大厦"，真正成了"三边工程"，即边规划、边设计、边施工。起初，报社领导首先考虑是建一座编辑人员的"夜班宿舍"。因为，夜班编辑与工人凌晨2点、5点下班，实在太辛苦；赶回家去又影响家人休息、工作和上学。后来，我们又觉得夜班工作人员过少，盖8层楼房剩余的6层楼房空着岂不是浪费？！于是决定建一座招待所标准的房子吧，可以用来接待外省市工会干部来京出差，以及驻外记者会议使用。

在开工建设的过程中，我的思想发生了"升华"与变化——我想起在记者站工作时，百发市长曾经带领我们中央驻京记者参观的北京建国饭店、京伦饭店、长城饭店和西苑饭店的情景。于是，我郑重建议社长：鉴于我们的房子处于北京二环和中轴路"龙脉"边上的优越位置，应该提高楼房的建筑档次，建成以后出租给银行、酒店、公司办公使用，赚钱给职工谋福利、发奖金。

我的"美好建议"得到社长首肯后，立马派出负责对接施工公司工作的报社基建处长，带上工程技术人员，到四星级酒店——北京京伦饭店实地考察，要求他"把我们天富大厦的窗户设计与京伦饭店一样，向外突出成矩形，可以摆放一张圆桌、两把椅子，供客人喝茶、喝咖啡使用"。

1993年6月，我去香港《大公报》工作时，工人日报的"天富大厦"主体工程已经完工，全面进入了装饰、装修阶段。两年后，天富大厦正式对外招商营业，正如我们所期望的，银行、公司、酒店从业人员进驻，每年应该对报社有几百万元的贡献。我从内心深处真诚感谢百发市长在每个关键时刻，对我们工作的大力支持与无私帮助。

请市长写推荐函

1992年5月，与我一起参加中央赴皖讲师团的中央组织部研究室干部闫平同志，向新华社香港分社一位副社长，推荐我去香港《大公报》工作。

去香港《大公报》工作，是我梦寐以求的事情。在人大新闻学院首届新闻班学习《中国报刊史》时，已对《大公报》有了比较深刻的了解。如果能去《大公报》工作，那将是自己莫大的荣幸。同时，还有希望为香港1997年回归祖国、平稳过渡而工作，那是多么难得与幸福的机会！一个人，能够为自己的祖国、为人民做一件十分有意义的事情，那么生活与生命就有了不同寻常的价值，就没有白活。

7月中旬，新华社香港分社人事部孙晓群部长来北京出差时，在其北京办事处——建国门长安大戏院北侧的"贡院1号"找我谈话。他仔细审阅了我的介绍材料后提示我："你的简历不错。鉴于你是《工人日报》社编委、秘书长，是副司局级干部。按照有关规定，必须要有一位副部级领导同志负责

155

推荐。"

我立刻想到百发市长。他是北京市委常委、常务副市长，已是十七年的副部级领导干部。关键在于，我们已经相识、相知11年，彼此了解、相互信任。

7月22日，我来到百发市长办公室，向他汇报情况，请求支持。他没有丝毫犹豫，立即拿出一张"北京市人民政府"的公文纸，向中央组织部一位副部长写了一封《推荐函》，介绍了我的工作与职务，并对我给予"一贯表现不错"的评价。

孙晓群部长看了百发市长写的《推荐函》，微笑着说："这封《推荐函》可以啦！我们很快就会派人过来办理相关事宜。"

1993年6月25日，我来到被誉为"东方之珠"的香港。新华社香港分社和香港《大公报》任命我为《大公报》社委会委员、社长助理，副总经理，社长办公室主任；香港大公实业公司董事、总经理，高级记者等职务。

1993年12月1日，百发市长携同万嗣铨同志来到香港，答谢香港同胞在北京申办2000年奥运会时所给予的大力支持。他亲自给我打了电话，告诉我住在君悦酒店，是郑裕彤先生安排的。他说："房间很大，我就让嗣铨跟我住在一块儿。这样聊天方便，还能给国家省点儿钱。"同时，他又在电话里跟我说："你最好开车过来，千万不要买什么东西。我这里鲜花、水果很多，你走的时候拿走两篮！"

这就是我们所尊敬的百发市长，"平民市长"，毛泽东时代的好人好官，共产党员本色的高级领导干部。

12月2日上午，百发市长率先来到我们报社。《大公报》和《新晚报》联合举办了"欢迎报告会"。新华社香港分社朱育诚副社长和《大公报》副社长、总编辑曾德成先生莅临报告会。作为社长助理、办公室主任的我，全力以赴为百发市长和报告会提供服务。

在北京申办2000年奥运会期间，香港《大公报》每天都刊出有关申办的消息、评论、特写和大量的新闻图片。大公报社和万事推广有限公司联合创办的"支持北京申办奥运有奖征集标语、口号及漫画、海报活动"，获奖的第一名标语口号，就反映了12亿人民的心声："到中国来，当世界冠军！"

12月3日晚上，作为北京2000年奥运会申办委员会常务副主席的百发常务副市长，在香港北角敦煌酒楼设宴，答谢香港同胞在北京申办2000年奥运会时所给予的大力支持。我陪同社长一起，有幸出席了这次盛大的答谢酒会。

在祖国申办奥运的日子里，600万香港同胞，连同世界各地的华人华侨、海外侨胞、炎黄子孙，以赤子之心举行了丰富多彩的活动，表示了极大的热情关注和支持。全国政协副主席、香港中华总商会会长霍英东先生，接受采访，发表讲话，表示全力支持北京申办奥运。他还担任北京申办奥运团顾问，亲赴蒙特卡罗。香港新闻界、实业界、商业界和文艺界的众多著名人士、歌星、影星，争先恐后地为祖国申办奥运出力！

百发市长满怀激情地说："纵使投票结果公布，北京奥申委仍然收到不少香港同胞的来信来电，表示同情和理解。许多激动人心的场景、感人肺腑的语言，使我们深受鼓舞，终生难忘！"

面对香港同胞的热情与诚恳的支持，答谢酒会上，百发市长热血沸腾。我看到他眼里闪着激动的泪花。他说："我相信，终有一天，奥林匹克的圣火，将会在古老的中华大地上点燃！"

事实正如百发市长所期望的那样——2008年8月8日至24日，北京主办了第29届夏季奥林匹克运动会，上海、天津、秦皇岛、青岛作为协办城市。香港承办了马术比赛的项目。204个国家和地区的6万多名运动员、教练员、体育官员参加了这次国际体育盛会。中国以48枚金牌居榜首。

2008年北京奥运会获得了全球体育界和新闻媒体的盛赞。美国媒体称赞"2008年北京奥运会是永恒的经典"。法国媒体说："这是奥林匹克运动历史上的里程碑。"德国、西班牙、奥地利等国家的媒体盛赞，"精彩绝伦的北京奥运会给世界留下了深刻的印象。让中国贴近了世界，也让世界了解了中国"。

在香港《大公报》工作的五年多时间，我没有辜负党和国家的培养，没有辜负百发市长的信任与期望：我策划主编过《投资中国大市场》北京、上海、天津、深圳、江苏、广东等26个省市自治区专辑，努力为内地招商引资；受国务院新闻办公室的委托，主持编写和拍摄了360度环幕电影《神秘的西藏》《多彩的云南》。前者是宣传西藏是中国领土不可分割的一部分，改革开放以后，西藏发生的巨大变化，人民宗教信仰自由，生活幸福稳定。后者是宣传云南丰富多彩的旅游资源：美丽的西双版纳，奇幻的石林风景，古朴的丽江古城，多彩的瑞丽风光。

在孙晓群部长的坚定支持与鼓励下，我带领香港大公实业公司的同事们，与香港九七集团凌锋先生密切合作，创意、设计、制造、宣传、销售纪念香港"回归祖国百年雪耻"的纪念金表和紫荆花纪念银盘，宣传了香港回归祖国，宣传了香港《大公报》，同时，为大公报赢得了1460万元利润，用于支持和资助办报工作。

1997年，新华社香港分社安排我参加了7月1日香港回归祖国主权交接仪式暨香港特别行政区政府成立大会。当我回到北京，向百发市长汇报当时激动人心的场面时，百发市长由衷地露出了欣慰的笑容："雁过留声，人过留名。你能为自己的国家做出贡献，是一辈子的幸运！"

严管身边人

现在的社会，好人不少，好官不多。做好人容易，当好官很难。好人，遵纪守法，尊老爱幼，上对得起国家，中对得起单位，下对得起家庭；邻里和睦，待人友善，有一颗爱心，助人为乐。好官，对法纪与权力有敬畏之心，清正廉洁，严于律己，视人民为父母，助百姓为己任；为国家强盛而鞠躬尽瘁，为中华崛起而奋斗终身。

韩军然同志是跟随张百发同志7年的秘书，朝夕相处，耳濡目染，对百发市长的为人处事、性格作风有着深刻的了解与印象。"百发市长既是好人也是好官。他胸怀坦荡，光明磊落，忠厚仁爱，豁达大度，始终与人民心连心，真心实意为群众办实事、解难题。"

张百发（中）与采访劳模大会的记者们合影

百发市长对自己的子女要求比较严格。他从不利用自己的职权和关系，影响与"关照"子女的工作。女儿张鲁宁高中毕业以后，赶上了最后一批"知识青年上山下乡"，来到北京郊区昌平县插队当农民。后来，招工进了第七机械工业部230工厂当铣工。由于从小喜欢画画儿，改革开放之后，进入北京某建筑事务所当了一名普通的绘图员。儿子张建欣，则从北京汽车制造学校毕业之后，就进北京汽车制造厂当了一名车间工人。

姐弟二人很理解与支持父亲的工作，绝不利用父亲的北京市副市长、常务副市长的身份、权力和威望为自己办私事。他们说："我们是张百发的子女，就要像爸爸那样学习和工作，严格要求自己。因为我们是张百发的孩子。"

百发市长有一个哥哥和一个弟弟。他特别提醒和要求自己的两名秘书，"我的弟弟为人处事表现不好。你们谁也不许搭理他，一不给他办任何事情，二不允许他打着我的旗号，去承揽什么工程赚钱！"

1996年，百发市长哥哥的儿媳妇下岗失业，从河北老家来到北京市政府找到韩军然。韩秘书联系政府机关后勤部门，安排她做了机关食堂的勤杂工。此事被百发市长知道后，严肃批评了韩军然，"你这样安排严重不妥，影响不好；把她给我退回老家去！"韩秘书解释："她只是做食堂的勤杂工，是个临时工而已，又不是正式工。"百发市长绷着脸，"那也不行。这事儿没商量，坚决退回去！"后来，韩秘书遵照百发市长的指示，将他哥哥的儿媳妇退回了河北香河老家。

由于工作关系，我常去百发市长办公室，与秘书们相处很熟。当我听说，百发市长的秘书杜宇宏家中没有煤气罐，经常为生煤球炉做饭发愁，甚至与爱人发生多次争吵时，自告奋勇："小杜，我替你跟百发市长说一下，请他批一个煤气罐给你吧！"小杜紧张得脸色都变了："您可别介！这是严重违反原则和纪律的。我要为这事儿受领导严厉批评，甚至挨处分的！"

后来，我把这件事跟韩军然秘书提起，韩秘书认真地说："当时的煤气罐是紧缺物资，市长控制得很严。他绝对不可能近水楼台先得月批给我们。我们家用的是我自己买的高价煤气罐儿！"

心中装百姓

好人好官的百发市长，心中装着老百姓，敢于负责、敢于担当，敢于直面群众，为群众排忧解难办实事。

建设现代化国际大都市，拆迁、改建房屋是十分正常的。但是，有些时候如果安置工作不及时、不到位，也容易发生社会矛盾甚至对抗。

亚运会结束后的1992年的一天，北京市东城区有90多位拆迁户集体到北京市委、市政府上访。他们从上午到下午，一直坚持到深夜，任凭别人怎么劝说都不走，一定要见市委书记、市长。

这天，张百发副市长上午走访工地，下午主持全市城建系统几千人的大会，回到家中已是很晚。爱人给她泡了茶，还没来得及喝，便接到市长打来的电话，让他到市政府来接待拆迁上访的群众。百发对市长说了声，"没问题，我这就去！"放下电话走出家门，迅速赶到市政府机关，带上秘书韩军然来到了几十名上访群众的中间。

这些已经坐等了一整天的上访群众，一见到张百发副市长，指手画脚说什么的都有；有的人情绪已经十分激动。一看这架势，以防不测的警卫人员也上来了。百发副市长赶紧制止他们，"去去，这里没有你们的事儿，你们去睡觉好了！"

百发市长一看，上访的人中还有老人和孩子。他马上动了感情，"父老兄弟姐妹们，我张百发来晚了，实在对不起大家！你们提的意见都对，错就错在我这里。政府让我分管城市建设、拆迁工作，我没把工作做好，首先向大家做个检讨！"

本来对着张百发指手画脚，你一言他一语的，张百发这几句话，一下子让大家都静下来了。张百发非常理解上访者的困难。"老少爷们儿，我知道你们拆迁户的难处，到处投亲靠友，生活很不方便。我也有妻子儿女。你们拆迁户的要求并不高。我感到我这个市长不称职，我对不起老少爷们儿……"

说到这里，百发市长动了感情，他的眼睛湿润了。他发自肺腑的一席话，也感动了上访的群众。他们顿时感到百发同志是自己的市长。张百发接着说："谁家没有老没有小啊？拆迁一两年，周转一两年，光靠投亲靠友？自己连个窝都没有！""还有，我们有的干部是老太太拉胡琴自顾自，盖好房子自己先搬进去，撇下群众不管。群众能没意见吗？能不上访吗？！再说啦拆迁户有困难，不找人民政府找谁？不找市长找谁？！说来说去，错就错在我这儿。市长分工，我张百发就是管这个的！"说着，他又向大家深深鞠躬道歉。

然后，百发市长接着说："现在，我们已经调出八个工程队在建新房，保证大伙儿明年国庆节搬进新居。到时候，你们如果搬不进去，就来找我张百发，我负责！"

张百发说完这段话后，又问："大家还有什么要求？"有人提出来，"要保证我们这些拆迁户能够有煤气用！"百发说："市长就是为市民服务的，有困难就提出来！一时解决不了的，我记下来，咱想办法尽量解决！"大家报以热烈的掌声。百发接着说："管道煤气一时是用不上的。但是，我保证每户都有一个煤气罐儿！"大伙儿一听都乐了，再次热烈鼓掌。

百发市长补充道："你们先别鼓掌，我张百发可有言在先，那煤气罐儿可是借给你们的。等你们用上管道煤气，这个煤气罐儿还得还回来！"大家七嘴八舌地说："我们相信你，张市长。到时候肯定会还回来的。""你张百发是亚运会的头号功臣，是咱们北京人的骄傲，我们都记在心里呢！""我们喜欢你这样的人当领导，我们拥护你这样的人当市长！"

上访的群众你一言、我一语地说了起来。"张市长再见！"他们要走了。"先等一等再见，"张百发叫住了要走的人说，"我把秘书的电话号码给你们留下。你们要是有什么事儿，咱们好直接电话联系，省得来回跑！"上访的群众说："市长为咱们老百姓想得可真周到！"他们一边记着电话号码一边说。

"本来，上访的群众有一肚子的气。听了百发市长这番推心置腹的劝说，立马化干戈为玉帛，高高兴兴地走了。我真从心底里敬佩百发市长！他的心里装着群众，敢于担当，勇于负责，为群众排忧解难，真拿老百姓当自己的亲人。"韩军然如是说。

想着住房人

韩军然秘书的一番述说，不由得引起我对1988年的一段"春天的回忆"：

那是1988年的四、五月份，张百发副市长兴致勃勃地邀请与组织我们中央新闻单位驻北京记者站的站长们——人民日报颜世贵，光明日报庄健，经济日报李志贤，中央人民广播电台庞际昌、刘园丁，中国新闻社徐泓，法制日报虞能祥，中国青年报马北北，还有工人日报北京记者站的我，同乘一辆面包车，参观了首创北京市综合配套开发建设的方庄小区。我们知道，这是百发市长的精心之作和满意之作。

80年代初期，北京的许多单位、包括中央部委和工矿企业，为改善职工住房条件开始盖高楼。那个时候各自为政，大多是楼房建起来了，但是交通、商场、天然气、自来水、电力等设施不配套；楼房建好以后住不进去，群众意见很大。

百发市长很快发现了这个问题。于是，他率先提出在北京市要搞"综合开发配套建设""盖房人要想着住房人"。并且提出："要向有综合开发建设经验，城市管理先进的新加坡学习。"

1987年，他带领北京市规委、建委的团队，到新加坡学习考察他们城市建设的经验，特别是房地产综合开发的经验。从新加坡回国以后，北京市政府选择、确定了丰台方庄小区作为北京市第一个综合开发建设的试点，很快就组织规划设计。方案出来后，百发市长亲自审核，特别是看这个规划设计是不是综合开发配套建设。

建成后的方庄小区的规模达到280多万平方米，是当时北京市最大的开发小区，而且高层塔楼与低层住宅结合，高层楼和多层板楼互相搭配；道路绿化、天然气、自来水、电力、供暖设施一应俱全、一步到位，成为群众十分羡慕和向往的"样板"住宅小区。

从此以后，北京市各区县都相继成立了开发公司，综合配套开发建设蓬勃发展起来。

百发市长作为北京市民的"父母官"，不仅在房地产综合开发建设上下功夫，在改善老城区居民的住房条件上也是每日牵挂、放在心里。1989年初，他找到当时的北京市建委主任施宗林说："北京的城市开发已经搞起来了，但城里的危房、旧房更需要改造。特别是宣武区、崇文区旧房、危房比较多，不是脏乱差，而是脏乱臭！"百发市长沉痛地说："解放都40年了，还叫老百姓住这样的房子。我们政府有责任啊，对不起老百姓啊！"

1989年5月，北京市政府决定进行危旧房改造。第一个工程就是著名电影《龙须沟》里描写的天桥地区。"龙须沟"新建成了"金鱼池"居民住宅区。

政府还给入住的居民发放钥匙，老百姓兴高采烈，简直像是过年一样。

此后，北京市一大批危旧房改造工程陆续开工建设。北京胡同里普通百姓的居住条件得到很大的改善与提高。

在记者们参观的面包车上，百发市长深情地说："我们盖房人要想着住房人。水、电、气设施齐全，道路、交通、医院、学校，商场、绿化样样都要做好。这样，老百姓生活方便才舒坦，我们建房人心里也高兴！"

亚运村边种小麦

百发市长始终保持劳动模范的本色，甘当人民群众的老黄牛、贴心人，具有崇高的思想和优秀品质。他还有一个很大的特点，说话幽默风趣，处理困难问题时充满智慧。

1988年冬季的北京，北风呼啸，万木凋零，地面荒芜。亚奥理事会成员国的代表们，要来北京考察第十一届亚运会的筹备情况，而刚刚建成的亚运村将是他们视察的重要建设项目之一。

如何在北京的冬季，营造亚运村周边的绿色？这真是个大难题。有人建议，在亚运村周边建立木板围墙，在围墙上"喷绿漆"。"造假的事儿咱们不能干！我看可以在亚运村周边的地上种上麦子！"张百发笑眯眯地说，"小麦种子不贵，冬季也能生长，到时候，麦子窜出土，风一吹，绿油油一片，胜过最好的草坪！"

事实证明，百发市长的意见是完全正确的：突击播种的麦子很快长成麦苗，绿油油的煞是喜人！远远望去，胜过最好的天堂草、果岭草、马尼拉、丹麦草的优质草坪。

防震减灾"宣传日"

1995年春天，北京地震局向市委、市政府报告，北京及周边地区可能将发生五六级地震。

这个消息如果公布出来，将会造成北京及周边地区相当多的群众的恐慌，影响社会稳定和经济发展。因为大家经历过1976年夏季的唐山大地震。那时，北京、天津也受到了波及和影响，造成了一定程度的损失和伤害。北京、天津等地的许多老百姓走出楼房，在操场上、院子里大搭大建"抗震棚"艰苦度日。但是，如果不做公开宣传，万一遇到地震，将会造成人民生命财产的巨大损失。这个政治责任也将是极大的。

怎么办呢？百发市长出了个好点子，并且得到了市委、市政府主要领导同志的支持。他建议，在做好科学地震预报的情况下，利用星期天搞一个全市"防震减灾宣传日"活动，组织发动地震局的干部，市委、市政府及区县局委办的机关干部，以及报纸、广播、电视，宣传部门的干部，划分区域、分片包干走上街头，散发相关预防地震、抗击地震的知识，向老百姓宣传预防地震、减少地震可能带来的灾害，力争把损失减到最小。

如此这般，既向群众做了地震警示、警报；又避免地震一旦发生所对群众造成的恐慌心理及实际损失，达到了良好的预期效果，保证了社会秩序的稳定。

突击队长与第一书记

张百发与胡耀邦，一位是从普通工人、劳动模范成长起来的领导干部；一位是久经考验长期身居要职的党和国家领导人。他们在中国政坛相伴相随三十四年。既是官场上的上下级，也是私交甚笃的朋友。他们的交往可以追溯到20世纪50年代。

1955年，年仅20岁的张百发担任北京市第三建筑工程公司"张百发青年突击队"队长。这年10月，全国第一届建设社会主义青年积极分子大会在北京召开。大会安排张百发在会上发言，文化水平不高的张百发心情十分紧张。当时的团中央第一书记胡耀邦同志看到后，亲切地鼓励他说："拿出青年突击队的精神来，拿出工人阶级的气派来，大胆地讲嘛！讲讲首都建设的成就，讲讲你们青年突击队的战斗风格和工作作风……"

在耀邦同志的鼓励下，张百发第一次站到了万人聆听的讲台上，圆满完成了任务。

从此后，张百发青年突击队一直得到耀邦同志的亲切关怀和教导，得到团中央青工部和北京团市委的重视与培养。耀邦同志当时担任团中央第一书记，经常找他们聊天谈心，关心青年人的成长。由此，他们成了亲密的朋友。耀邦同志心里装着群众，密切联系群众，平易近人，像张百发这样的青年朋友非常多。

1973年，张百发担任北京市第三建筑工程公司副总经理，有时候去耀邦同志家里串门。一般情况下，只要超过上午11点多钟，来客不管是干部还是司机，耀邦同志都一定把他们留下来同桌吃饭。开始，张百发和司机心情都比较紧张，表情也不大自然。耀邦同志就开玩笑说："你们是工人阶级嘛！我要向工人阶级学习吗！同工人阶级一起吃饭，是我胡耀邦的光荣！"一下子气氛就轻松、活跃起来。张百发十分感动："没想到耀邦同志官儿那么大，却一点儿官架子都没有！"

浩然正气

十年内乱期间，胡耀邦同志被迫到河南信阳黄湖农场去"劳动锻炼"。张百发也遭到"批斗"，处境不好。但是，他和他的青年突击队的工友们却十分挂念胡耀邦同志。后来，胡耀邦虽然回到了北京，但很长时间没有被安排工作。一次，张百发去家里看望他。交谈中，张百发对自己在那个特殊的年代里受到的不公正遭遇，流露出一些思想情绪。

胡耀邦同志亲切而又严肃地对张百发说："一个人在任何时候都要正确地估量自己，正确地对待群众，不要有什么委屈情绪，要经得起挫折与曲折的考验。"在当时的形势下，他还说："依我看，还是要认真学习少奇同志的《论共产党员的修养》。这样，无论在顺利的时候还是困难的情况下，都会坚定不移地相信党，相信群众；一名干部，一名共产党员，任何时候都不能存有私心杂念，不能伸手向党要官，要想着为人民多做一点事情。伸手要官，争官，是十分可耻、可悲的。我十几岁参加革命，从来就没想过当什么官……"

又有一次，胡耀邦与张百发交谈时，情绪显得十分激动。他站起来，在屋里来回走动着，不断打着手势，加重说话的语气："一个正直的人，一个正直的共产党员，就应该一身正气。就要有骨气；宁可站着死，决不跪着生！"原来，"四人帮"及其一伙人压制、打击胡耀邦同志，逼他写什么"检讨"。胡耀邦一副钢筋铁骨，硬是顶着不予理睬，表现出一个共产党人的浩然正气。

今天不谈工作

1982年9月，胡耀邦担任党的总书记以后，张百发担心上门会打扰他的工作与休息，就逐渐减少了拜访的次数。

1984年夏季的一个星期天清晨，胡耀邦同志身边的工作人员李汉平给张百发打来电话，要张百发8点钟赶到胡耀邦同志家。原来，胡耀邦要了一辆面包车，自备了饮料，要带张百发和工作人员去北京市的石景山区和房山县视察。

当时，张百发已经是北京市副市长，想通知市公安局带两名保卫人员随同。耀邦同志说："今天不谈工作，只是参观，也不要通知任何单位，不要干扰人家的工作和休息。"于是，车辆悄无声息地向京西驶去，一路观看了石景山区的城市建设和街道周边的自然环境。在房山县城里，当胡耀邦同志看到商业一条街上丰富的商品和购销两旺的景象时，十分高兴。接着，他们驱车来到燕山石化公司。

虽然是星期天，但是值班人员不到15分钟就用呼机把担任公司党委书记的吴仪同志和领导班子成员全部召集到会议室。听了他们的汇报，胡耀邦高兴地说："你们真是一支招之即来、有战斗力的队伍。"在没有被"解放"前，胡耀邦曾经来燕山石化公司参观过。这次看了厂区以后，十分感慨："面貌皆非了！简直像一个大花园。看来，真是劳动改变一切呀！"

随后，张百发陪同胡耀邦同志一行又来到了大兴县，观看了村镇的建设和一块块的农田以后，胡耀邦对张百发说："我们国家农村的土地少，搞村镇建设一定要考虑农村的特点，尽量少占地，更不能占好地。要考虑到我国的人口问题，要注意搞好环境保护工作。"

1984年8月上旬，胡耀邦向张百发提出，要看一看北京三元立交桥的建设情况。张百发请示说，现在许多同志对于北京市要盖50层楼的建筑争议很大。一些同志认为要保护古都风貌，北京不能搞高层建筑。耀邦同志深思片刻，缓缓地说："北京的高层建筑不能多搞，也不能不搞。总之，搞它一两个，最多三个，显示我们工程技术人员有能力，有力量就行。可以考虑到离市区远一点的地方去建设，要注意保护古都风貌。"同年10月24日到26日，在胡耀邦同志的倡议下，参加第十二届三中全会的中共中央委员、中央顾问委员会和中央纪律检查委员会委员，分别参观了北京的市容建设，参观了气势宏伟的三元立交桥。

如今，雄居东三环、俯瞰北京城，高209米、52层的京广中心；雄伟、富丽，具有卓越办公环境、先进科技设施与优越商业氛围的国贸大厦已经矗立在首都的街头。但是，始终关心首都规划的胡耀邦同志和直接指挥建设的张百发老市长却先后离开了我们。每想到此，心中无不感慨万千！

赐封"队长"

"都'下岗'九年了，还采访个啥？"张百发老市长用这样一句幽默的开场白开始了访问。当我向他表明，今年（2004年）8月，是邓小平同志的百年诞辰，这次采访是希望谈谈他与邓公的交往，百发老市长才同意了访问。随后，他快加一句："说得不好可别怪我呀。"

有人称张百发同志是"平民市长"，也有人叫他"铁匠市长"。从一个

"钢筋工"，做到北京市常务副市长，张百发说："我的性格是心里有什么就说什么。"已经退休的老市长，依旧是一副爽朗的身板，黑亮的脸庞透着健康。他说，我现在的目标就是振兴京剧，已经拜了师，还时不时地登台演出呢。

练习书法也是张百发的另一大爱好。"我已经请过两个书法老师啦，不过老师看了我写的字后都说：'您也别管什么体了，就随便写您的'张体'吧！'哈哈哈……"百发老市长风趣地说。他还赠我一幅"张体书法"："天道酬勤——与张帆同志共勉"，张百发题："我们俩认识这么多年啦，我们有一个共同的特点——勤奋。"

时值邓公百年诞辰，这位素以"平民市长"著称的原北京市常务副市长，首次向记者谈起他与邓公近三十年交往中的点滴。

百发老市长回忆，九十年代他曾三次陪伴邓公视察北京的城市建设。老人曾风趣地说："逛北京，不要麻烦市长，就要'队长'（指张百发）陪！"

邓公每次出行的座驾都是一辆可乘坐多人的面包车，出行时，不许警车开道，不会规定路线。张百发感叹道："我知道，小平同志是怕扰民。"

1990年4月29日，老人在张百发的陪同下来到位于北京南城的方庄小区。方庄小区是北京市最早的大型商品住宅小区，堪称八十年代综合性住宅小区的典范。张百发说，当时老人见到这么多座拔地而起的高层建筑很是兴奋，连呼"北京的发展太快，变化太大啦！"当汽车驶上了新建造的立交桥，一片景色如画，老人更是欣喜，问道："现在北京还有平房吗？"百发市长一下笑了出来："当然有啦！还有500多万平方米呢，没让您看到。"百发同志对我们说："陪着领导参观，谁不紧着让领导看好的地儿啊？！"

谈到第一次见到邓公，张百发一阵沉默，显然他陷入了回忆。过了良久，他说："那还是在1958年的时候，我第一次见到小平同志。"1958年的"五四"青年节，作为钢筋工青年突击队队长的张百发，在中南海接受中央领导人的接见。张百发回忆，那天中南海里面摆放了许多年来关于先进单位的展板，而时任中共中央总书记的邓公唯独站在"张百发突击队"的展板前。于是，当时的团中央书记王照华将他介绍给邓公说："这个小伙子叫张百发，他是个多面手。"张百发于是说："我们这个突击队的口号是：'身为钢筋工，各行都精通；学成多面手，干活不窝工'。"

邓公听后，高兴地握着张百发的手鼓励道："好！多面手很好，应该是6亿人民的方向。只要这样，建设社会主义就更快啦！"第一次见面，邓公亲切地称呼张百发"队长"；而数十年后，当张百发已经当上北京市常务副市长，老人还是经常高兴地称呼他"队长"。

首次提出中国申办奥运

张百发第二次陪同邓公视察北京，是在第十一届亚运会的前夕。那是1990年7月3日，邓小平视察国家奥林匹克体育中心。他说："我这次来是看看到底是中国的'月亮'圆，还是外国的'月亮'圆。看来中国的'月亮'也是圆的，比外国的圆。现在有些青年人总以为外国的'月亮'圆，对他们要进行教育。中国办奥运会下决心了没有？为什么不敢于办这件事呢？建设了这样的体育设施，如果不办奥运会，就等于浪费了一半。"

张百发说，那是邓公第一次提出中国要申办奥运，在此后十年间，北京以及全国各地尽最大努力申办奥运，最后的成功终于圆了老人的心愿。

高速公路算不算小康？

当谈到最后一次陪同邓公视察北京，张百发讲得非常详尽，他也不无遗憾地说，老人还曾说过，以后要在北京逛商场，但是最后也没有成行。

那是1993年10月31日，星期天。

邓小平坐在车上，透过车窗注视着掠过的人群、建筑、商店、街道。车子缓缓行进，窗外掠过的每一幢高大建筑物，他都要问问是什么楼，国际饭店、海关大楼……陪同的张百发手指路旁，告诉邓小平："新建的长安大戏院就在那儿建起，再有两年可以投入使用了。到时候请您去看戏。"张百发笑着对邓小平说。出建国门，奔劲松路，上了东三环高架桥。邓小平看着窗外，感慨地说："北京全变了，我都不认识了！"

交谈中，张百发建议邓小平常出来走动走动。邓小平说，年纪大了，不愿多走动。张百发怂恿他，有些老人同您年纪一般大，还打网球呢。邓小平笑着说："他们胆子都比我大，我不行啊。"

谈笑间，车子就来到了机场高速公路。邓小平要下车看看。因外面有风，车上人劝他："到四元桥吧，那里气势恢宏。"邓小平又问："亚运村在哪儿？"张百发将亚运村的方位指给邓小平看。离开四元桥，车子驶上了平展宽阔的机场高速公路。在通过一排民族风格牌楼式的收费站时，邓小平的三女儿邓榕（毛毛）问张百发："收多少钱？"张百发回答说："像咱们这种车，过一次交20元。"毛毛转身将手伸向父亲，调皮地说："拿钱。"邓小平以浓重的四川口音风趣地回答："我哪里有钱？！从1929年起，我身上就分文全无！"一席话，说得坐在身边的卓琳和全车人哈哈大笑起来。

上世纪90年代，张百发曾三次陪同邓小平同志视察北京的城市建设。小平同志风趣地说，看北京就不用麻烦市长了，要"张队长"来陪陪吧！

已是10点多钟，邓公仍兴致不减。在返程途中，他指着脚下的高速公路问张百发："这样的路算不算小康水平？"张百发回答说："已经超过了。"邓公欣慰地点点头，又扯扯自己身上穿的烟灰色水洗绸夹克衫，风趣地问："我这件衫子算不算小康水平？"张百发笑着回答："您这件是名牌，也超过了。"车上又一次响起了愉快的笑声。谈话间，邓公又问到北京申办2000奥运会的事情。张百发简要地向他介绍了蒙特卡罗最后投票的情况，说："国外有人捣鬼。"邓小平沉默了一下："这是意料之中的事情，关键还是要把我们自己的事情搞好。"

回到住处临下车时，邓公说："我总想出来走走，逛逛公园和商店，可是他们不让。"他一边说一边指指身边的警卫和医生。张百发提议："明年春暖花开的时候，请您看看世界公园和建设中的北京西站。"他还介绍说："西客站是京九铁路的起点。1996年这条铁路建成后，您不用坐飞机，坐火车就可以从北京直达香港，实现您1997年去香港看看的愿望！"

张百发回忆，小平同志一直关注着北京市的城市建设，尤其是百姓的生活。

早在1978年10月20日，邓小平来到北京市宣武区前三门居民住宅区视察。他以商量的口吻提出："层高能不能降低一些，把面积搞得大一些？"同时，他还问到，是否可以在居民住宅内安装一些淋浴设施，让老百姓在家就可以解决洗澡的问题。但最让张百发记忆深刻的，是一代伟人深切的父爱。

老人视察完民居，问道："房子算不算商品？如果算商品的话，我还有一点积蓄，可以给朴方买一套。他因我在'文革'中致残，应该关照一下；其他孩子，不要我照顾。"一句淡淡的话，老人的爱子之情坦然流露。

据百发老市长介绍，邓小平特别注重高新科技的作用。北京正负电子对撞机的建造成功和取得的初步物理结果，就是在邓小平的亲自关心和指导下取得的。1981年12月，中科院党组书记李昌、副院长钱三强向邓小平等中央领导报告，请求批准北京正负电子对撞机方案。邓小平仔细研究了专家们的论证意见后果断指示："这项工程进行到这个程度，不宜中断，他们所提方针，比较切实可行；我赞成加以批准，不再犹豫。"

张百发回忆，小平同志相当关心高能物理加速器，还特别为此成立了一个五人小组。张百发专门负责施工建设。期间，邓小平经常一再叮嘱，"科学要走出实验室""实践出真知"以及"实践是检验真理的唯一标准"。一次，邓小平邀请著名华裔科学家李政道吃饭，张百发作陪。席间，提及实践的问题，邓小平风趣地说："天津有个李瑞环是木匠，北京有个张百发是铁匠（钢筋工），他们都是万里（时任中央书记处书记、北京市常务副市长、主管城市建设）的部下。虽然没有高文凭，但是工作都相当出色。"百发老市长回忆到当时的情景，不禁开心地笑了起来。

狂飙为我从天落

2019年7月5日5时35分，狂飙为我从天落。中国共产党的优秀党员、忠诚的共产主义战士、全国著名劳动模范、中共北京市委原常委、市政府原常务副市长张百发同志，因病医治无效在北京逝世，享年84岁。

7月11日上午9时整，沉痛悼念张百发同志告别仪式在八宝山殡仪馆东礼堂举行。这天清晨，来自全国各地和北京市的各界群众，少数民族群众代表3000多人，怀着无比沉痛和感激的心情，早早赶来八宝山殡仪馆，向这位"始终保持劳动模范的本色，时刻将人民的利益放在心上，人民群众心目中的老黄牛、贴心人"作最后的送别。

告别大厅正中央，悬挂着张百发同志的遗像，上方是"沉痛悼念张百发同志"的挽联。为人民群众辛苦操劳、呕心沥血、勤恳工作了几十年的百发老市长，安详地躺在四周摆满鲜花的棺木中，胸前覆盖着鲜红的中国共产党党旗。大厅里反复播放着百发老市长生前最喜欢的电影《上甘岭》主题歌《我的祖国》："一条大河波浪宽，风吹稻花香两岸……"为这位"深爱着北京的一砖一瓦、一草一木"的老领导、老同志、老师傅、老朋友、老哥们儿送行。

厅内外摆满了各界人士送来的花圈：中共中央政治局常委、国务院总理李克强，中共中央政治局常委、全国人大常委会委员长栗战书，中共中央政治局常委、全国政协主席汪洋，国家副主席王岐山等中央领导同志，以及习仲勋夫人齐心大姐所敬献的花圈挽联上写着："沉痛悼念张百发同志。"

中共中央原总书记江泽民、胡锦涛，中共中央原政治局常委李鹏、朱镕基、李瑞环、温家宝、贾庆林、张德江、俞正声、宋平、李岚清、吴官正、李长春、罗干、贺国强、张高丽等同志也敬献花圈，沉痛悼念这位中国工人阶级的杰出代表，为共产主义理想奋斗一生，为国家革命建设事业奋斗一生的党的优秀领导干部。

全国人大常委会、全国政协办公厅、中共中央办公厅、国务院办公厅和中共中央各部委、国务院各部委、最高人民法院、最高人民检察院，以及北京市委、市政府，人大常委会和北京市政协的领导同志，向这位自觉在思想上政治上行动上同以习近平同志为核心的党中央保持高度一致，严守党的政治纪律和政治规矩，全心全意为人民服务的好党员、好同志、好干部敬献花圈，表达崇高的敬意。

张百发同志当建筑工人时，原是北京市第三建筑工程公司"张百发青年突击队"队长。庄严雄伟的人民大会堂等许多重要建筑，都有张百发青年突击队的身影。7月11日清晨，当年青年突击队的代表李寿生、林朋光、韩根学、张墨杰四位同志，给老队长张百发送来花圈。年届八旬的韩根学老人说："当年，我们建设社会主义，需要百发领头的青年突击队作风；眼下，建设社会主义强国，更需要继承和发扬青年突击队的精神！"

在7月11日上午的告别现场，作者遇到在香港H股上市、原北人集团公司的董事长庞连东同志。他告诉我，1992年百发老领导担任北京市委常委、常务副市长时，为我们北人集团公司增加印刷机产量，满足市场需求，坚持实事求是、敢于担当的作风，曾对北人单张纸胶印机厂房"特批"：边办报批、边开工，使胶印机最多增加了1000台、实现3.5亿元人民币的销售收入。我是见证人。望老市长天堂安好！

在参加告别仪式的众多人群中，有五六位早上7点多钟，从20多公里外的北京市朝阳区安慧北里居民楼赶来的赵兰芬、李丽、王玉兰等老大妈。

她们向作者深情地讲述了35年前1984年的一段往事：当年，我们居住的18号楼出了质量问题。我们就联名给张百发副市长写了封信"告状"。没想到，不到一个星期，张百发副市长带领着市建委的一批头头脑脑来了。他先给我们这些居民深深鞠了一躬："各位大爷、大妈，街坊邻居们！我就是负责住房建设的张百发。我

年轻时的张百发在建筑工地上

们建的房子出了问题，让你们受委屈啦！我保证两个月内彻底解决问题，否则，我就自动下台！……"大伙儿一起热烈鼓掌。结果，只用了一个多月，彻底解决了问题！现在，我们还在那里住，生活得很舒坦！前几天，听说百发市长不幸得病走了，我们的心里真的很难过。今天一清早儿，我们几个老姐妹儿赶过来送送他。这样不说空话、大话，一个心眼儿为我们平民百姓办实事、谋福利的领导，永远活在我们的心里头啊……"

从80年代起，就采访过张百发老市长的中央驻北京记者站的老站长、高级记者们——人民日报颜世贵、经济日报李志贤、中国新闻社徐泓、中央人民广播电台刘园丁、工人日报张帆、中国青年报马北北，怀着无比崇敬与悲痛的心情，来送老领导、老朋友、老大哥最后的一程。

百发老市长生前好友、原中国新闻社北京分社社长、北京大学新闻管理学院常务副院长、博士生导师、高级记者徐泓教授对前来采访的记者表示，"张百发市长是从工人岗位成长起来的党的高级领导干部，从来都用草根语言

为人民服务，说真话、办实事，时刻把人民的利益放在心上。因此，受到广大干部群众的敬佩和爱戴，非常值得现在的一些领导干部学习。"

百发老市长以广交各界朋友著称。他十分关心北京市文化、体育事业的发展，几十年如一日关注京剧、评剧、河北梆子等传统戏曲和体育竞技运动，从各个方面给予支持。他积极培养和引进人才，为弘扬国粹艺术和体育运动倾注了自己的拳拳之心，殷殷之情。

在11日上午前来八宝山给百发老市长送别的各界人士中，有许多来自文艺、体育界的知名人士。一所戏曲学校的孩子们打着横幅，写着师生们的共同心愿："百发大爷一路走好！"

百发市长7月5日病逝，7月6、7、8日三天，北京市京剧振兴基金会在长安大戏院二楼会议室设置了吊唁灵堂。许多领导同志、老同事、老朋友、老部下络绎不绝前来吊唁百发市长。

7月7日，习远平同志代表他的母亲齐心大姐，到长安大戏院吊唁百发老市长，并敬献花篮。习远平同志说，张百发同志是毛泽东时代的领导干部的杰出代表，全国著名劳动模范。他们那一代老同志、老领导，牢记为人民服务的初心，平易近人，不讲官话套话空话，实实在在为平民百姓做事，这种精神和作风应该继承发扬光大。

7月8日下午3:45，百发市长的生前挚友、年届90岁的原国家建设部林汉雄部长，身着黑色西装，带领儿子、儿媳刘园丁（中央人民广播电台高级记者）、孙子，来到长安大戏院吊唁百发市长。老部长首先率领全家人对着百发市长的遗像恭敬地三鞠躬，深情地说："百发老弟，我今天带着我的儿子、儿媳，孙子一家人跟你告别来了！愿你一路走好，我们下辈子如果有缘分的话，还继续做好朋友、好兄弟。"

在场吊唁的群众，听到90岁的老部长这番话，人人心里堵得慌。像张百发这一代老共产党人，殚精竭虑把一生最好的年华，奉献给新中国的革命和建设。如今，他们却在一个个地逝去……

由于我是工人出身，做工会工作三十多年，特别是曾经做过《工人日报》的秘书长，几乎每年都要跑很多次八宝山，向那些逝去的老领导、老同志、老同事，老朋友告别。但我鲜明地感觉到，百发市长的告别仪式是超规格、超标准的。这充分说明，他的为人处事、道德品行，深受从中央领导到普通群众的尊敬和认可！

像张百发老市长这样——活着，能够获得中央领导同志的信任和支持，能够得到同事们推心置腹、诚心诚意的协助和扶持，特别是能够得到广大人民群众发自内心的拥护和爱戴；逝去，得到从中央领导同志到普通群众这样崇敬、怀念和悲伤，那么，就充分说明张百发同志就是"不忘初心、牢记使命"的人，一个高尚的人，一个纯粹的人，一个脱离了低级趣味的人，一个全心全意为人民服务的人，一个大写的人！

百发老市长虽然离开了我们，但是，他的音容笑貌，工作作风、行事风格，人格魅力，却长期的、永久地铭刻在人民群众的心中。历史是人民写的。好人好官张百发的精神是永存的。

老骥伏枥

在香港，提起中国法律服务（香港）有限公司原董事长柳谷书先生，法律界的朋友不由得想起"中国第二号律师"的称号，第一号为最高人民法院院长。

大家称赞柳老先生是法学家，开拓者，更由衷地敬佩他老骥伏枥、志在千里的为人与风范。

八十万起家赚出六个亿

工作中的柳谷书先生

1984年，改革开放之初，时任中国贸促会法律部副部长的柳谷书先生已年过60岁，该退休了。这时，香港的企业家多次写信给有关领导，希望内地在香港成立一家从事专利服务的机构，以适应改革和对外开放的需要。信最后送到贸促会领导的办公桌上。派谁去呢？领导的眼光落在柳谷书身上：他曾于80年代初赴欧美考察专利制度，还曾作为观察员代表中国列席世界知识产权组织在日内瓦召开的会议。

于是，这年3月，精力充沛的柳谷书怀揣贸促会拨给的80万元港币，带领三个人，赴香港开拓新天地。"当时我们很节省，不舍得乱花国家的钱。在华润大厦借了两间房，每天上下班连6角钱的车费都舍不得，经常靠走路。"很多年以后，柳老这样告诉登门拜访的笔者。"有一次香港下大雨，我撑着雨伞，担心雨水浇坏了皮鞋，我就把它小心翼翼的夹在胳膊下，卷起裤腿儿，光着脚在马路上走。"

柳谷书遇上了好时候。当时，正值《中国专利法》颁布。他和几位同事在香港举办了20多次讲座，向当地法律界、工商界人士讲解中国专利法。此举颇受当地人士欢迎。中国专利代理（香港）有限公司的名声也随之传开。

1985年10月1日，《中国专利法》正式生效。当天，在香港申请内地专利委托的有800余件，其中600件指定柳谷书主持的中国专利代理（香港）公司代理。一年后，内地共受理此类委托4000件，柳谷书及其公司受理了其中的一半。此后几年，柳老和他的同事先后为香港著名商标"维他奶"申请到内地商标专有权；为"金利来"排除了商标侵权麻烦。柳谷书还接受美国迪尼斯乐园的委托，及时制止了广州某公司筹建"东方迪尼斯"的计划；受美国IBM公司委托，保护了其在中国内地的商标专有权。

1991年，年逾70的柳谷书退休回内地。短短6年，他创办并任董事长的中国专利代理（香港）有限公司资产，从最初的80万元飙升至6亿港元。

二次返港再创业绩

退休后的柳谷书仍然闲不住。在香港工作几年，他深感中国内地的律师制度亟待改革，于是，作为改革开放后最早在司法部注册的律师，他与国家专利局退休的原副局长沈尧曾等人于1992年创办了柳沈知识产权律师事务所。此举备受海外瞩目，有海外媒体称：中国终于出现了一个与国际接轨的合伙制知识产权律师事务所。

就在这时，一件事使柳老本可以高枕无忧安享晚年的命运出现了戏剧性的变化：1992年12月，时任司法部部长的蔡诚找到柳老说："司法部在香港的中国法律服务（香港）有限公司缺个掌舵的人，您又是这个公司的创办人，专利公司当年还投了100万港币，再出来干几年吧！"就这样，71岁的柳老受命主持中国法律服务（香港）有限公司，二次赴港，这是在5年前创办这家公司后，真正用全部时间管理它。他深知二度赴港是开始新的拼搏。

柳谷书先生

柳老到位后，下力抓公司业务的拓展和深入，发展与香港中资银行的业务关系；与香港律师事务所联手办案；与香港委托公证人业务配合。公司还设立业务发展部，成立驻深圳、北京办事处。在中国专利代理（香港）有限公司期间，柳老已在美国、日本、德国等国开办分支机构，建立广泛的业务网络。他认为法律公司服务范围更广，应把服务网站扩大至世界各地，为各国企业和个人提供中国法律服务。柳老积极筹办中国法律服务责任有限公司，在纽约设立服务网站，待时机成熟，将网点扩大至美国中部和西部。同时还与新加坡司法部联系，在新加坡设立分支机构。甚至计划视条件许可时，在中国台湾设立中国法律服务机构。

业务开拓急需公司形象的树立。柳老说："在香港从事服务业，门面是体现实力的，是对客户的尊重。我们自己需要提倡节俭，不铺张，但门面要按香港规矩。"1993年，公司从原本两个单位合用的1千英尺办公室搬到3千英尺办公室，实现一个律师一间办公室。两年租期满，又迁至近1万英尺的办公室，使公司形象大为改观。

为了使世界了解中国法律，了解中国投资环境及法律保护，柳老决定公司出资创办中国第一本中英文对照介绍中国立法、执法和法律服务的法律杂志。这一创意得到司法部和中央领导赞许。中共中央书记处书记、中央政法委书记任建新为杂志题了刊名，萧扬部长撰写了发刊词。自1994年创办以来，读者已遍布东南亚、欧美各大律师所，国外许多大学图书馆、公司均有订阅。全国人大常委会副委员长王汉斌路过香港时接见了柳老，称赞《中国法律》杂志办得好。

中国法制建设的完善是柳老的理想。他竭尽全力为法制建设献上一份力量：中国政法大学反映经费困难，柳老毅然决定创立教育基金会，捐献500万元人民币，作为发展法学教育专款；最高人民法院要创办全国法官培训中心，柳老又决定赞助500万元人民币使培训中心基建工程顺利完工。

严于律己坦荡风范

强烈的责任感驱使柳老每一重要时刻都以共产党员的标准严于律己，从严治理队伍。柳老说："打铁还需自身硬。"

他主持中国法律服务（香港）有限公司不久，就逐步建立完整、严格的财务制度。他常常告诫同事们："在香港执业，一定要遵守法律，税收是一点也不能少，依法纳税，才有利经营；尤其是今后面对特区政府，更不能弄虚作假。"这，充分体现了柳老坦荡无私的风范。

柳老还主持制定了"廉政反腐"的具体措施，规定律师在进行业务活动中不得接受礼品，能退的一律退，不方便退的则交公司处理。一次，客户送给公司领导每人一只金铸老鼠。柳老立即指示：全部交公司。有一家香港律师所因为业务合作好，为表达感谢，送给公司领导金币等贵重物品，柳老再三婉拒，并帮助对方了解国家所提倡的清正廉洁的要求。

平时柳老还常用他多年驻港见到因赌博身败名裂的反面教材，提醒大家不准涉足不良场所。在柳老言传身教下法律公司管理层团结一致，保持廉洁的作风和向上的精神面貌，为社会提供优质的法律服务。

柳谷书先生

1998年，柳老被世界闻名的美国《世界名人录》（*Who is Who*）评为世界名人。

联想有今天柳老有贡献

柳谷书祖籍江苏镇江，早年在上海大夏大学读法律，后改读经济。毕业后曾任职中国银行。

新中国成立后，同其他知识分子一样，随着各种运动而变换工作，"文革"前调到中国贸促会，"文革"中经受过严峻的考验。尽管经历曲折，柳谷书年轻时生就诚实守信，正派做人的风格一直未变。熟悉他的人都知道，柳老一向守时，约定了的事从来不失信于人。在工作中，他也是勤勤恳恳，恪守信用。

柳老的为人给予他的四个儿女很深的影响。长子、联想集团控股有限公司总裁柳传志曾对笔者谈起他的父亲："父亲一直工作忙碌，所以，我们相聚时间不多；但往往在关键时刻，他都能给我重要的教诲。"

1987年，名不见经传的联想公司打算在国内搞电脑制造业，但始终得不到批文。无奈之下，作为联想公司总经理的柳传志在香港找到了一个合作伙伴，各出30万元在香港成立了一家公司，研制和生产计算机。

内地企业投资香港，当时并不容易。更何况小小的联想。为此，联想的上级——中国科学院计算机所所长曾茂朝，找到新华社香港分社科教部部长翁心桥以寻求支持。翁说："就算你们成立了这家公司，香港的银行也不会贷款给你们；才几十万元注册资金，人家哪信得过？"他又出主意："你们去找柳传志的父亲柳谷书，柳老先生在香港办公司，在中国银行有很好的信誉。"于是曾茂朝找到柳谷书，柳老回答："如果是新华社的意见我们一定同意；但在签约时，需要有新华社负责人在场作证。"最后，柳老以他主持的中国专利代理（香港）有限公司的子公司——技术转让公司的名义，入资30万港元，成为香港联想的一个股东。

有了柳老主持的公司的股份，再加上老人家的信誉，银行敞开了大门，香港联想兢兢业业，逐渐打开了局面，并最终成功上市。几年后，属于中国贸易促进会专利公司的技术转让公司将所持有香港联想的股份卖出，最初投资30万元，收回竟达数千万元。此事成为一桩美谈。

对柳传志来说，父亲对他的正直做人、诚实守信的影响，同在关键时刻给予他和联想的支持同等重要。有一年，联想与国家几个部委达成举办汉卡培训班的协议。离开班没几天了，忽然发现从香港买进的一些元器件与样品质量不一样。如果不吱声，把零件用上，当时看不出什么，但时间长了，会出问题。柳传志秉承了父亲的风格：诚实、正直做人。他们如期开了培训班，并为顾客提供了设备。但一拿到从香港新进的一批合格元件，马上一家家为客户替换不合格零件。由此，联想在客户心中奠定了诚实、守信的坚实基础。

柳传志告诉记者，在他们家里，父母在孩子心目中有着美好的形象。

柳谷书夫妇从香港回到北京

"我们从不为物质的东西发生矛盾，却为怎么干好每个人的事业有争论。"当面说不拢，柳传志给父亲写过很长的信。最终，当然是正确的意见被接受，不管这意见来自父亲还是儿子。

2003年9月5日，星期五，凌晨2点22分。兢兢业业、诚恳守信的柳谷书老先生，坚实地走完了人生最后的旅程，享年82岁。

三天后，笔者与从香港、广州，美国、日本、澳洲等地赶来的几百人，一起到八宝山为柳老送行。原中共中央书记处书记、中央政法委书记任建新宣读《悼词》，柳老的长子——柳传志用无比悲痛的声音向大家讲述柳老勤勤恳恳、严守法纪、严以律己、忠实于国家、忠实于法律的一生。

他是平凡的，又是不平凡的。他的为人、风范与精神，将永远教育激励着熟悉与不熟悉的后人。

文坛商海亦英豪

初来香港，新华社记者向我谈起一位被内地和香港文坛、商海称为"创意大师""怪杰""智囊"式的人物——凌锋。

凌锋教授

"凌锋"？！我即刻想到宝岛台湾那个举手投足幽默、驰骋影艺界的光头艺术家。非也。在中国广西电影制片厂编剧、中国著名作家陈敦德来港举办影片《铁血昆仑关》首映礼上，我有幸见到了凌锋先生——一位四十岁上下、中等个头、浓眉秀目、谈吐文雅、颇帅气的中年人。他和他的一九九七香港回归中国纪念金币有限公司赞助了这次首映礼。

首映礼上，凌锋先生话不多。我至今记得，他深沉地望着观众，"诸位今天看到影片，虽然仅仅只有两个小时，但是其中的酸甜苦辣，恐怕只有陈敦德先生体会最深……"

后来，有缘与他接触多了，才知道凌锋有一串名副其实的"头衔"：

——北京国际关系学院国际经济系教授，第十一届河北省政协委员；

——中华海外联谊会理事；

——中国和平统一促进会理事；

——香港上市公司宝沙集团执行董事并董事局主席；

——香港金币总公司和集邮总公司主席；

——中国西非友好促进会会长；

——中国民族书画研究院香港主席；

——荣获香港中联办颁发"回归贡献"奖牌，联合国颁发的和平周贡献奖。

在1996年8月中旬，香港经过百年沧桑就要回归祖国的时刻，凌锋以"97"这个闪亮的数字为名，创立了香港97集团有限公司，亲任董事局主席，将旗下控股的公司统一由集团董事会领导，统一部署。以97概念为契机，雄心壮志，大展宏图。

凌锋的97集团与香港大公报大公实业有限公司共同发行香港回归纪念金表。凌锋是纪念金表的创意者，外观设计专利所有人。纪念金表由瑞士著名钟表厂家精心制造，外观新颖别致，全球限量发行……

一

凌锋原不姓凌，姓费。其父费星老先生，在1935年抗日战争爆发前的上海投身革命。"七七"卢沟桥事变，抗日战争全面爆发后的1938年，费星老先生从上海出发，几经曲折绕道香港，最后到达新四军军部所在地——安徽云岭。由于费老先生在上海学过绘画和木刻，在新四军战地服务团美术组工作。1939年周恩来副主席从延安到新四军军部视察，曾经与新四军战地服务团合影留念。在中国革命博物馆保存的这张照片上，可以看见费老先生当年二十出头的年龄，意气风发的神情……

凌锋的母亲——林亮，原名顾林晾，祖籍江苏南通。顾家是南通数一数二的名门望族，是明代思想家顾炎武的后人。书香门第的顾家捐资兴建的学校至今还在使用，过去有一个规定，顾家后人在此学校读书可以不用付学费。顾家一门多杰。如：中国早期电影艺术家顾而已；文学家原江苏文联主席顾而谭；曾经在电影《雷雨》中扮演繁怡的顾永菲等等，特别是林亮女士参加新四军的领路人，他的亲哥哥顾林昉是被授予中国警察最高职务总警监三位中的一位，多年身居高位。林亮女士是在抗日战争后期，年仅15岁参加了新四军，在纪念抗战中牺牲的将军彭雪枫命名的雪枫文工团做一名抗日战士。

后来凌锋的父母一同来到北京，在八一电影制片厂工作30余年直至离休。不幸的是，凌锋的父亲费星老先生于1996年9月9日以80岁的高龄，在北京301医院病逝。

我用一点笔墨简单介绍凌锋的父母，也许，这样会对凌锋有更深一些的了解。

凌锋耳濡目染，他从小就喜欢看书、绘画、摄影、电影。在凌锋15岁的那年，正是中国"文化大革命"当中，父母先后去了"五七"干校。学校里不是学工就是学农，要不然就是批斗老师。为了找个出路，凌锋参军到沈阳军区64军191师。在部队，凌锋是搞武的不行，如：训练、种地、施工；文的行，如：写个文章，画个黑板报。后来迷恋上摄影。

4年后，凌锋退役回到了北京，已经是"文革"后期。在"四五"天安

凌锋与电影《血战台儿庄》杨光远导演（中），编剧田军利（右）

凌锋与电影《血战台儿庄》导演杨光远

门广场人民群众反对"四人帮"的运动中，凌锋看出这是一个历史的机会，背上两部相机在天安门广场疯狂地照了起来。后来"四五"运动被镇压了。凌锋的所在单位追查照片，凌锋早就把底片藏在不为人知的地方。

1976年10月6日，"四人帮"被捕。"四五"运动平反时，凌锋拍的照片在《人民日报》《人民画报》《中央电视台》《瑞典画报》等中外报刊上大量发表。历史给了他第一次机会，那年他20岁。

凌锋后来在由中国电影界老前辈、老电影局长陈荒煤任院长的中国电影刊授学院进修电影专科。

小荷终露尖尖角。他创作的电视连续剧《囚犯》在中央电视台黄金时间播出。他与王影、严歌苓、李克威等人创作了电影剧本《无冕女王》，美国著名女记者安娜·路易丝·斯特朗的传记片，发表在北京电影制片厂编辑出版的《电影创作》上。

成功，激励着攀登者；而攀登者的目标，往往是另一座高峰！凌锋者，临峰也！

1983年，凌锋与他的战友田军利（时任中国文化部艺术局副局长）从国民政府代总统《李宗仁回忆录》中受到启示，凭着他们对历史的研究，和对中华民族的责任感，开始撰写一部反映国民党军队抗击日本侵略者的电影《血战台儿庄》。

这是一个艰难的抉择：此时，凌、田二人的年龄加起来还不满60岁。他们一面求助于浩瀚的历史资料，一方寻访当年的历史见证人：全国人大副委员长程思远，前国民党军队的高级将领郑洞国、黄维、文强、覃异之……

这也是一个大胆的抉择：因为这是中国第一部描写国民党军队抗战的故事片。当他们十三易其稿，邀请电影界人士讨论剧本、征求意见时，还是有人发表了如此"慷慨激昂"的言论："这样违背我党宣传方针的影片，根本就不能拍……"

这又是一个痛苦的抉择：一遍遍地修改剧本，一次次的"否定之否定"；一遍遍的四处游说，一次次的遭人白眼——经历四个春秋，反复修改十五六遍，长达几百万字。最后，由中国军事题材第一导演杨光远担任导演，由中国电影公司、李宗仁先生故乡的广西壮族自治区人民政府、广西电影制片厂各出资80万元，历尽千辛万苦，于1987年拍竣。

颇具改革开放思想，奉行实事求是、雷厉风行作风的中共中央胡耀邦总书记，兴致勃勃地率领在北京的部分政治局委员、部分中共中央书记处书记前往观看并高度评价了这部大型彩色故事片。

凌锋向香港演艺明星赠送纪念表

领导人欢喜，老百姓也欢喜。《血战台儿庄》的拷贝，顿时卖360多部。一时间，神州大地四处尽放《血战台儿庄》。

于是，他荣获中国电影百花奖最佳故事片奖、最佳编剧奖、最佳烟火奖、最佳化装奖。凌锋和他的同伴田军利同时也获得了中国电影金鸡奖最佳编剧奖。

辛勤的汗水与劳作，终于换来了丰硕的成果。

无论是在中国还是在海外，不管是《人民日报》还是《美洲华侨日报》，对《血战台儿庄》都给予了相当高的评价。李宗仁先生的长子李幼邻先生从报纸上获知这一消息，特地从美国归来探望摄制组。看了影片，止不住热泪如泉。许久，他才哽咽道："感谢你们拍了这样的好电影。你们为同胞团聚和祖国统一做了件好事啊！"

台湾《联合报》以"中共推出《血战台儿庄》，第一次正面表现国民党军队抗日形象"为题进行了长篇幅的报道，称其以真情实感表现了为民族生存而浴血奋战的中华儿女。《血战台儿庄》影片坚持客观公正的历史态度，罕见地正面塑造了国军将领。这也是大陆第一次用影视艺术的方式肯定了国民党军队在正面战场的抗战功绩。蒋经国先生曾经先后两次观看此片，召集国民党大陆工作委员会研究并重新制定对大陆的政策，因此同意开放让国民党老兵回大陆探亲，同时放宽了大陆同胞入台探亲和旅游观光的限制。

《血战台儿庄》影片在中国影坛上占据了无可取代、意义深远的地位，那就是以一部电影推动改善了两岸关系，促进了两岸交流。

1995年，是抗战胜利50周年。海内外再度上映该片，反映仍很强烈。仅在香港放映一周，就净赚几百万元港币。尽管这是10年前上映的史诗级战争巨制，即使年代久远，但这部老电影仍被公认为国产抗战片的开山之作和巅峰之作。

二

冬去春来，十年岁月，弹指一挥间。中年的凌锋思维，日臻敏捷；文笔，更加凝练。最近，他担任策划人和编剧的故事片《情系将军澳》，描写1949年国民党一个师的官兵，由大陆溃逃至香港将军澳的不寻常经历：

1949年秋，国民党兵败如山倒。国民党中将师长沈铸鼎率一师官兵在广东被打的走投无路闯入英国人管制的香港境内，又被英军追杀。无奈，只好解甲归田，放下武器，作为难民留在了香港新界海边的山上——这个地名叫将军澳。

败军如同一群乌合之众，军纪不整。先跑到修女院调戏修女，后沈师长的拜把子兄弟马志鲁团长半夜摸到村子里把村长的女儿强奸。

沈师长太太生小孩，是难产。当过助产士的修女丹青救了沈师长太太和孩子的命，沈师长十分感激丹青。

为了整顿军纪，安抚新界的百姓，沈师长挥泪杀马志鲁。

香港新界的生活十分困苦，又不能返回大陆。沈师长只好跑到台湾见老校长蒋介石，却碰了个钉子。

沈太太不愿意回到将军澳，沈师长心里惦记着全师弟兄，只好与夫人女儿分手，各走天涯。

沈师长一行人受到教会的帮助，丹青与沈师长产生爱慕。

一天，一个和尚来到沈师长面前，原来，马志鲁砍头未死，被和尚救了，在庙中就做起和尚。一年来取得一些积蓄，来给大哥沈师长送些钱。正在大家见到死里逃生的马志鲁高兴之时，沈师长历声高叫：还要杀一遍。

在囚室里，沈与马对坐，又是生死别离。为了整顿军纪，叫当地老百姓服气，只好再杀马志鲁。

马志鲁被押在山上，对着北方的家乡高叫爹！娘！家呀！我想你们啊……

沈正为马又被杀难过，突然老村长带着女儿和女儿与马志鲁生的孩子来到，让沈部收留母子。沈赶快叫刀下留人。

沈部与新界老百姓为马志鲁和村长的女儿举办婚礼。

新界老百姓跳起了客家土风舞。

丹青也加入跳舞的行列中，丹青虽然身穿修女服装，舞姿却十分优美。

深夜，沈来到教堂，把丹青拉到怀里，疯狂地做爱。这一切被教士约翰看到，约翰也暗恋丹青，他疯了一样跑到钟楼奋力敲响钟声，惊起一群不知名的飞鸟。

正在沈部一行人安居乐业时，台湾情报部门派来沈的老朋友陈少石，让沈派人把周恩来乘的飞机克什米尔公主号炸掉。沈不干，并将此事告诉了丹青的伯父，丹青的伯父叶老是共产党的秘密工作者，迅速把情报报给了北京中南海。

毛泽东做出决定，周恩来改乘其他飞机去参加印尼万隆会议。但是，国民党情报部门高价收买了香港启德机场搬运工把中国新华社记者乘坐的克什米尔公主号飞机炸毁。

中国政府因此向英国政府提出强烈抗议，并要求港英当局扫清国民党在香港势力。将军澳的沈部也受到冲击，沈部很多人被抓进香港监狱。

丹青老伯叶老聘用御用大律师洗清了沈部一行的"罪过"。

沈回到将军澳发现女儿被海水冲走。约翰牧师为了救沈的女儿负重伤，临死要以宗教仪式为沈与丹青举行婚礼。

在极为庄严惨痛的婚礼上，沈却未完成婚礼跑出教堂。大家好言相劝，沈说要反共复国返回家乡，这是一个军人神圣职责，军人不知何时战死沙场，不能连累丹青。

陈少石又来找沈，并运来武器，叫他派人上大陆沿海搞破坏。沈与马志鲁一行人带着武器乘船前往中国，在中国海域与中国海军巡逻艇遭遇。一场激烈的海战，马志鲁为掩护沈被解放军击毙，沈乘的木船也被击沉。

沈负重伤回到将军澳，见到将军澳弟兄们的孤儿寡母哭成一团……

沈为死去的弟兄们出殡……

墓碑上刻着弟兄们的籍贯都是大陆河南、河北、山东、云南等地。

墓中葬的是死去弟兄们的衣冠。

风水先生让马志鲁的坟向南边的大海，说南边是马志鲁的财位。沈大叫：

凌锋向香港工商人士赠送纪念表

全向北，全向大陆，弟兄们无时无刻不想回家乡……

送殡的队伍凄凄惨惨……

一艘中国的万吨巨轮，年轻的大副举着望远镜问身边的老船长是不是岸上在出殡，老船长举起望远镜说这南粤地界为何用北方人出殡习俗，并让鸣笛致敬。鸣笛传到岸上，送殡的队伍回首张望……

一艘中国的万吨巨轮：

船尾，一面飘扬的中国五星红旗……

中国五星红旗，香港特别行政区紫荆花区旗冉冉升起，中国国歌奏起。

1997年7月1日，香港特别行政区成立。香港回归了祖国。众人欢呼，年老的沈铸鼎、丹青在欢呼人群中。沈铸鼎面对中国五星红旗落下了老泪，举手敬礼……

这是一部反映祖国统一题材的电影，准备投入拍摄。凌锋笑称："有人擅长表现警匪斗智，有人中意描写言情生活；而我，今后专写历史故事，写历史转变大背景下的故事……

三

一部电影剧本，竟然在偌大的中国荣获多项大奖。按说，通往电影艺术的坦途已经铺好了。可就在人们看好他的艺术前途时，1987年底，凌锋却悄悄地离开生活安定的北京，只身奔赴香港这个繁华、紧张、竞争激烈的地区开创新天地。

这就是凌锋的个性——永不满足，永不停息，追求新生活，寻求新目标。否则，他就不是凌锋了。

乍到香港，许多人都容易产生如此现实的想法：搏命，攒钱，供楼，养仔。

凌锋不是圣人，总要食人间烟火。1988年初，他学习香港人的做法，去银行搞"按揭"，到比较偏远的荃湾海滨花园，交上5万元首期，买下700尺面积的一个单位楼房。不到两个月，再将此单位楼房转手易主，净赚15万元港币。

首战告捷。他取得了不小的成绩——不仅赚了钱，而且增添了用钱很难买到的勇气。

两年后，他正式与人联手在深圳石岩地区投资房地产，建设华侨别墅。也是先找银行贷款，再找施工部门；然后，打完地基础第一层楼时，就在报纸、电视上连篇累牍，不厌其烦地做广告。

也许是运气使然吧，广告刚刚打出不久，内地一个省的大公司一下子包揽了全部24栋别墅，每栋70万元。于是，凌锋和他的合伙人也一下子赚了380多万元。

时间老人匆匆过。1992年，他又与朋友合作，在广州增城地区买下600亩土地，先是打算筹资拍电影；后来，迟迟筹措不足拍摄经费，于是又想到了建设六百栋别墅的庞大计划。正当他们为每栋费用100多万元、全部上亿元资金而绞尽用汁时，幸运之神再次扣开他们的大门——某房地产公司一次性地买下全部600亩土地。凌锋们爆赚1300多万元！

四

也许，是偶然的生活机遇；也许，是历史给他的启迪。来得香港，仅仅想挣钱，凌锋认为好像缺少了点什么。他似乎感到，他的命运，他今生的事业，注定要与中国的历史紧紧相随。

1993年，毛泽东诞辰100周年。凌锋参加有关纪念珍品的相关发行工作。他敏锐地感到纪念章既有观赏价值，又有收藏价值和经济价值。

发行毛泽东纪念金章采用不同寻常的销售手法——为每位客户购买保险，随金章附送毛泽东后人毛岸青、邵华、毛新宇签字的出世纸；还嫌不足，又独出心裁地将"8341"号纪念金章，放到中国发射的人造卫星上，让其遨游天空。

出色的创意，出色的公关，使纪念金章的销售大获成功。

每一个过程，每一个成绩，凌锋都在深深地思考着。可出人意料，凌锋却在香港"失踪"了。谁也不知道这位不知疲倦的年轻人又忙什么去了。

1994年底，一条新闻又使凌锋轰动香江。当时，内地、香港和全球的近七十家华文报纸，均刊载了新华社发出的"1997年香港回归中国纪念金币即将发行"的消息，而这套纪念金币的设计者、专利所有人就是凌锋。

生活常常有许多偶然，但历史却有着它的必然；将生活中的偶然创意，放入历史发展的这个必然，事业的空间将大大拓展。从21岁凌锋在血雨腥风中的"四五"天安门广场上拍摄，到24岁凌锋创作《血战台儿庄》时，他就对历史发生了浓厚的兴趣，并把历史研究与现实事业紧密地结合起来。他认为，每逢重大的历史交汇点，都含有丰富的商业契机。回顾旧中国的屈辱，新中国的强盛，1997将是中国人彻底摆脱殖民统治、扬眉吐气、重振民族精神的光辉时刻！

　　历史，是容易被遗忘的。为此，凌锋总想着做点儿事，出书册，拍电影，搞画展，这些都不足以体现这一重大的历史题材，永远让子孙记住这一天。

　　通过比较，他从《邓小平文选》第三卷有关香港问题的精辟论述中得到启示，作为中国人有责任把这重大时刻用艺术和文化的手法历史地再现，传喻后人永志不忘。于是，用两万两黄金铸金币，让人们在收藏之余回顾历史的想法随之而出。

　　生活中有了好想法、好创意的人并不少，但能将一个简单的好创意一步步付诸现实，并最后成功的人却不多。因为那过程太艰辛了，需要超人的毅力和勇气。

　　凌锋设计的这套两枚用9999足金铸造的金币，由颇具盛名的加拿大皇家铸币厂精制，只向全国限量发行两万套。第一枚，正面为邓小平招手像，背景为香港美丽的维多利亚港，代表着作为中国改革开放的总设计师倡议的"一国两制"继续为香港保持繁荣安定；背面的中国国旗下的香港立法会大楼，标志

凌锋向香港工商人士赠送纪念表

着中国主权下的一国两制得以顺利推行。第二枚正面为虎门销烟浮雕图，表示1840年鸦片战争引致香港被英国强行掠夺的历史，背面为香港、九龙及新界连接广东省的地图，表明祖国将对香港全面恢复行使主权。

也许，是他的创意和历史观打动了人们，机遇和事业的风帆就此打开：中国国家专利局很快批准这项独家专利；中国银行和香港一些金融机构都为他提供了协助。

在香港，他只遇到了小小的麻烦；因为他的公司注册名是"一九九七香港回归中国纪念金币有限公司"。为此，拖了3个月才批准下来。难怪在1995年4月份金币发行时，香港一家报纸这样报道，"这家名为'一九九七香港回归中国纪念金币有限公司'位于中银大厦高层，而其有关产品的新闻稿是由新华社发布，令人对该公司的背景及负责人注意起来。"其实，正是由强大的祖国做后盾，才有香港的回归，才有凌锋1997纪念金币的创意和事业。

金币专家们认为，这套纪念金币准确地把握了历史的脉搏，开创了九七回归为题的纪念品先河，具有很高的收藏价值和升值潜力。

五

这套纪念金币的问世，引起了全世界尤其是广大爱国华侨的格外关注。

广告刊出的第一天，1997香港回归中国纪念金币有限公司本部，接到来自世界各地、操不同语言的收藏家、民众、金融机构、各大公司的数百个电话问询；还有数百人当即寄出支票，或前来购买，希望成为香港回归中国97纪念金币的首批拥有者。

广告刊出的第二天，台湾"《中国时报》"破天荒地首次刊登邓小平像和五星红旗的金币设计图案照片，这无疑在宝岛引起了强烈震撼。

1995年9月10日晚，香港举行"星光灿灿耀保良"慈善捐款晚会。当政务司孙明扬、保良局主席陈玉书代表保良局接过"一九九七香港回归中国纪念金币有限公司"董事总经理凌锋递交的一张28万港元支票时，全场响起了热烈的掌声。

　　原来，陈玉书对该公司发行的九七回归金币颇感兴趣，并用二十八万港元购买了一套金币，更挑选了好意头的八十八号作为纪念。凌锋心想，陈玉书是香港有名的慈善机构之一的负责人。他能买该公司的产品，我为什么不能做些好事呢？于是他当即提出，愿意把那笔款项全数拨捐保良局。"我最开心的不是捐了笔钱，重要的是把九七临近的信息带到晚会上。"凌锋如是说。

　　1996年4月21日，香港有一家集团公司以平均每套26万港元的价格，购买了百套吉祥号码"九七回归纪念金币"。

　　该集团负责人满怀喜悦的表示，"九七"香港回归祖国是众盼所归，对于香港的前途大家充满信心，回归后的香港将会更加繁荣。为了纪念香港回归这一伟大时刻，我们公司购买了纪念金币。这位闻名遐迩的亿万富豪认为，这批金币设计精美、发行量小，因此具有很高的升值潜力。

　　对于香港回归，清末香港土生土长的小说家何海鸣曾感叹道："吾不知吾生尚能重见其复为中国疆土否？"凌锋告诉朋友这句名言时眼中噙着泪花。他说，1997年7月1日，是多么辉煌、多么自豪、多么充满民族精神的庄严时刻！我们可以告慰1840年以来为中国人民解放事业牺牲的先烈们，可以告诉今天活着的中国人，中国的疆土完整，民族日益兴旺，祖国繁荣强盛，

凌锋参加香港中联办举行的国庆65周年招待会

中国的统一大业定能实现。

北京琉璃厂文化管理委员会主任徐小羽先生，欣闻壮举，特地作了篇文言的文章，以资祝贺，现全文抄录如下以飨读者：

香港回归　快哉吾华夏之裔

曩者，英帝首寰我土于道光年间。于是乎列强虎视鹰顾，闻腥蜂拥。欺我清府无能，中国贫弱，遂东霸一隅，西掠一地，南征一城，北并一池。于是乎有鸦片二战，圆明火起，甲午海争，八国侵都。立"三约"以占香港，驱炮船以开"五口"，奋铁蹄以踏租界，张血盆以吞膏肤。呜呼，巍巍五千年之巨体，肢裂矣，血尽矣，泪枯矣，心碎矣——痛哉吾华夏之先。

然肌肤已腐，脊骨尚存。遂有虎门销烟，三元抗英，天国举民，民拳愤刀；又谋强国力，开办洋务；变法图进，公车上书；修订国是，戊戌洒血。呼《警世钟》骤鸣，唤《猛回头》警醒。人杰鬼雄，后继前仆；不过江东，以卫社稷。及至武昌兵起，民国初立。不期然军阀割据，外患未已；民族存亡，辙遇劫难。然终不敌先烈铮铮铁骨以抗，舍生忘死以拼，卒有共和国兴。外强却步，民族独立——壮哉吾华厦之雄。

莽莽宇宙，物竞天择；进者生存，退者消亡；惟有邓公，高瞻远瞩；举国上下，改革开放；顺大潮而动，人民日富，国势日强。进而收回香港，以靖国耻；时在九七，迫在眉睫；一国两制，应其自然；五十年间，以肩携进；共同繁荣，以至永远。盛事当前，瞻前思往；遂作斯文，永志将来；往者可慰，来者可励——幸哉吾华厦之民，香港回归。

注一："三约"即清政府与英签订之《南京条约》、《北京条约》、《展拓香港界址专条》。据此，香港、九龙、新界租让给英国至一九九六年六月三十日止。

注二："五口"，即"五口通商"。第一次鸦片战争后，中英签订《南京条约》强迫中国开放广州、福建、厦门、宁波、上海五个通商口岸。

注三：脊骨。鲁迅语：我们从古以来，就有埋头苦干的人，有拼命硬干的人，有为民请命的人，有舍身求法的人……虽是等于为帝王将相作家谱的所谓"正史"也往往掩不住他们的光耀，这就是中国的脊梁。〔见《且介亭杂文·中国人失掉自信力了吗》〕

注四：《警世钟》《猛回头》，陈天华著。陈天华（一八七五——一九零五），辛亥革命前著名革命家，同盟会创始人之一。所著《警世钟》《猛回头》等书文，主张反对帝国主义侵略、瓜分中国，号召推翻卖国之清政府，影响极大。

注五：（宋）李清照诗。"生当作人杰，死亦为鬼雄，至今思项羽，不肯过江东。"

六

俗话说："书中自有颜如玉，书中自有黄金屋。"搞文学创作需要看书，做生意动脑筋也必须看书。

中国自改革开放以来，在经济领域发生了翻天覆地的变化。一时间，看天下多少英雄豪杰，百万千万亿万富翁层出不穷。"有胆量就能发财"。但是随中国改革开放的深入，经济发展达到一定高度，已经不是"有胆量就能发财"的时候了。看天下多少"英雄豪杰"纷纷"中箭落马"。这是历史发展"大浪淘沙"的必然规律。

"商场如战场，这是一点都不假，你不进就必退。"

"成功靠什么？靠胆量是远远不够的，胆识胆识要有胆有识，识更重要。"

"我从来就不是靠运气做事，要靠自己脚踏实地的努力。"

"我从来没有不经过奋斗而获得成果的时候。"

"运气——是靠不住的。"

"我们要寻找一个充满机会的世界，不顾一切离开缺少机会的世界。"

"机会——在一定范围内对每人都是平等的，要看你的灵气，能不能认识它抓住它。"

"要像一只寻找食物的豹子，一动不动，但保持着扑食的姿态。" "很多时候在这个范围里不是机会，但是如果这个范围加另一个范围就是机会。"

"唯物辩证法是解决一切问题的钥匙，包括商业活动。"

"当你一筹莫展的时候，怎么办？去读书。"

以上这些都是凌锋先生常常讲的。我也经常看到他流连在各个书店里，他办公室中的书架上也摆满了书。我注意到，他很喜欢看人物传记。为此我曾经问过他，他说这是个捷径，"前车之履"，可以接着成功者的脚印走。

凌锋几次说："有三种人。第一种是天才，他们是发明家，他们可以创造生意，或者是在大家都没有认识到的时候，他先去做了。第二种人聪明一些，他看到天才的成功马上紧跟。最后就是愚蠢人，看到普天下都去做，自己才去做，最后无功而退。"凌锋自认为自己不是天才。"那么是什么呢？"笔者问。凌锋笑道，"聪明一点吧！"

纪念香港回归这项世界瞩目的大事上；有多少商家也看准了这个机会，不同的产品琳琅满目，光手表就不下一百个品牌和式样。

凌锋推出的手表是众多产品中的佼佼者，为此，香港《新晚报》记者对他进行了采访：

问：凌锋先生，看了很多对你的报道，知道你是从北京来香港发展的，是北京国际关系学院教授，是九七纪念表的设计和创意人。同时，又是香港九七集团的董事长，你怎么想到要发行九七纪念手表呢？

答：九四年我曾经制作和发行了一九九七香港回归中国纪念金币，同时，着重地研究一些纪念品和收藏品，如：纪念币、邮票、电话卡、纪念手表等等。［纪念品］顾名思义，重要的是纪念。纪念什么？是历史。历史又是由人和事构成。所以选择重要的历史人物和历史事件是纪念品的关键所在。众所周知，九七香港回归是20世纪末最大的历史事件，香港回归一洗百年耻辱，民国初年有一位香港籍的作家叫何海鸣的人，一生呐喊：吾不知吾生尚能重见其复为中国疆土否？香港还有一位大作家，大家都知道的《射雕英雄传》的作者金庸先生，他说他一生中最深刻的一件事是在上小学时，历史老师讲鸦片战争，讲割让香港时突然蒙面大哭……可见，割让香港对中国人创伤是何等深刻！一百多年过去了，沧海变良田。中国强大了，特别是近十多年，中国走出了误区，以经济建设为中心，国泰民安。中国要收回香港。香港回归中国，这件事本身变数是大的，香港如何保持繁荣稳定，如何保持世界金融中心、贸易中心、航运中心等等，总之一句话，香港这只金鸡能否再生金蛋，这是所有关心香港的人最为关注的问题。解决这个问题的钥匙邓小平先生找到了，就是"一国两制"。现在，大家都看到，中国政府为贯彻"一国两制"进行了不懈的努力，而且取得了显著成效。以上讲得那么多，就是我创意设计"九七"纪念表的初衷。

问：我们看到，你创意设计的九七纪念表受到了海内外热烈欢迎，购买十分踊跃。那么，都是什么人收藏和购买呢？

答：香港回归，全世界都关注。我最近听香港电台广播，香港旅游协会做了个调查，七月左右香港所有酒店全部订满了，订酒店的西方人为大多数。但是，香港回归，总归是中国人的事情，我们发行的九七纪念表，就是为香港回归这个伟大的历史时刻献上一个小小礼物，让每一位购买者、拥有者从中体味这个历史的时刻。拥有她，就拥有了永不磨灭的见证。购买"九七"纪念表的中国人、外国人都有。在香港，是"时间廊"作代理，销售很好。在新加坡出现排长龙购买的现象。在澳门甚至出现有些人买不上而鼓噪情况。在中国大陆，每个地区情况不同，据中国总代理广州帝豪公司介绍，销售情况也不错。在海外和国内价格已经调升了，购买"九七"纪念表的大体是三类人。首先是历史性收藏。时任新华社香港分社社长，为香港回归祖国做出卓越贡献，也是香港回归祖国重要见证人的周南社长，特地派秘书到大公报大公实业公司购买两对"九七"纪念金表。他将手表送给自己的儿子周元，女儿周弘，深情地对他们说，"爸爸为香港回归祖国做了一些工作。这是送给你们的最好、最有意义的生日和结婚礼物！"在中国长春，一个年轻的父亲说："我买'九七'纪念表要留给3岁的儿子，让他了解历史。"第二类人是以商人为主。他们讲，做生意的过程也是交朋友的过程，中国人讲究礼尚往来这是最好的馈赠佳品。第三类人，购买量比较多。因为"九七"纪念表限量发行，又大调升价格，他们认为在九七年底会升值一至两倍。

问：你们"九七"纪念表为什么要在瑞士制造？

答：瑞士国家不大，却是钟表大国。他们生产的手表世界闻名。我想我们生产的"九七"纪念表要在众多的手表中脱颖而出，不是最贵，但要最好。我曾经亲赴瑞士国考察瑞士SKYROOTG和ETA两公司，他们认真负责的工作态度给我留下了良好的印象。

问：你们"九七"纪念表的价格贵不贵？

答：我们合作者大公报大公实业有限公司总经理张帆先生，在北京请教了轻工总会钟表行业的专家。他们说这种状态的手表，不算九七回归的概念，定价在六千元左右一只。"九七"概念是多少钱？喜欢的人再贵也不觉得贵。我们不是在"九七"概念上赚钱，商店里零售买五千元人民币左右一只，并不贵。因为是限量发行，所以升值潜力很大。

问：你刚才讲限量发行，如何控制？

答：是这样。"九七"纪念表一共发行了五万对，每对纪念表上都有编号。哪些在海外销售，哪些在中国发售，我们都有统计。在第五万号就是最后一个号码的纪念表生产出来后，生产表的模具在法律公证人和新闻记者、电视台记者见证下封在博物馆当中。一是永不翻造，二是永远保存纪念的双重意义。

问：你们的纪念表是国家专利保护，有没有发现伪造品？

答：由于纪念表的外观设计是国家专利总局授予了专利，所以没出现伪造的现象。我希望大家在代理商处购买，有代理商发票，这样购买者有保障。在中国，大概每个城市只有一家是代理商。

问：前几天看到一个报道你们在中国建了纪念香港回归希望小学，你谈一谈行吗？

答：我们九七集团、香港大公报、大公实业有限公司、广州帝豪有限公司从一开始就谈论过这件事，虽然"九七"纪念表的发行没有太大的利润，但是每个公司还有一些收入的。我们要回报社会，所以我们在江西革命老区建立了第一所纪念香港回归为名的希望小学。后来又在山东建立了第二家希望小学，我的九七集团、大公实业、广州帝豪和瑞士SKYROOTG将在南京大学设立纪念香港回归奖学金，全都以纪念香港回归为名，就是让世世代代不忘中国的百年耻辱，不忘香港回归的历史时刻。

1997年7月1日，中国对香港恢复行使主权。凌锋又一次成功了，历史又给他一次机会。历史对凌锋真是偏爱。

七

香港回归祖国，身居香港的凌锋怎么看呢？

　　凌锋说："香港回归之前有机会，香港回归之时是机会，如果你跟上了，那么香港回归之后你将遇上更大的机会。"

　　的确，香港回到了祖国的怀抱。香港的优势更加体现。香港真正成为有960万平方公里土地、14亿人口世界大国——中国最好的窗口。

　　香港回归后，香港97集团大规模地进入了股票市场……

　　香港回归后，香港97集团与有关部门合作建立集邮总公司，首期推出"中美乒乓外交25周年纪念封"和"97中国风纪念封"。

　　2019年，是中华人民共和国诞生70周年。担任中国香港金币总公司主席的凌峰，又设计和发行了一套中华人民共和国成立70周年纪念币。纪念币的正面是国家主席习近平的浮雕，纪念币的背面是中国共产党提出的两个百年誓言：

　　公元2021年，中国共产党成立100周年的时候，中国全面进入小康社会。

　　公元2049年，在中华人民共和国成立100周年的时候，实现中华民族伟大复兴梦想。

　　凌锋胸有成竹，充满信心。

　　在最近一次香港举行的新闻发布会上，凌锋发言：

　　1997年香港回归祖国；

　　1999年澳门回归祖国；

　　我们相信在不远的将来，台湾也一定能回到祖国怀抱；

　　二十一世纪是中国人的世纪；

　　香港明天会更好！

　　祖国明天会更好！

爱向人间

一

一位年过七旬的老人拄着拐棍，踉踉跄跄地走进北京开关厂工会办公室，他说要找马主席，要告自己儿子的状。话未说完，他早已老泪纵横。

工会主席马丽华立即迎了过来，让他坐下，又递上一杯茶水说："大爷，有话您慢慢说，别生气。"

"唉！"老人长叹一声，嘴唇哆嗦着说："我养了三个儿子，一个是农民，一个患精神病，残废了，一个在您这儿工作。这些年来，为给精神病儿子看病，花了不少钱，俺们老两口也总不能光靠队上照顾啊，我几次来厂里找大儿子要钱，他们夫妻总是把我堵在门外。没办法，我只好找你们领导了。"

马主席了解了老人的实际困难，送走他以后便来到车间找那位工人谈。不料那人没等他把话说完，便火冒三丈说："算了吧，他老头子现在找我来啦？'文化大革命'那阵子，我因为讲了几句错话被轰回老家时，老头子怎么对我来着？我们一家子住没住，吃没吃。现在他没钱花，想起我来啦？没门儿！"说完，"呼"地一下走了。

看着他气呼呼远去的背影，马丽华的眼前仿佛重又闪现出内乱年代的情景。那时候，几句不合"时宜"的话，就可以被送上审判台。在一个阴冷的下午，他被遣送走的情形，历历在目。当时在正直的父亲眼里的地位，是可想而知的。父子俩自此心里有怨是可以理解的，不正常的社会现象使一家人伤了感情。马丽华理解他，同情他，也理解和同情他的老爹。

一连几个晚上，马丽华都到这位工人家劝说，希望他们父子互相谅解。她说："十年内乱，有多少好人挨整？谁算得过来？再说，老人当时有他的难处。世上有几个父亲不心疼儿子？如今，内乱结束了，一切都应该恢复正常。赡养父母，是每个子女应尽的义务，是社会主义道德。咱们是工人，更要带头履行才对啊！"

"阿姨！"这位工人的孩子给马丽华斟上一杯水，老马右手接过茶杯，左手爱抚地摸着孩子的头，继续对青年工人说："你也是有孩子的人啦，可怜天下父母心，从孩子出世到长大成人，父母要操多大心啊！眼下，你父母上了年纪，又守着个疯病人，要作多大的难！老人每月只跟你要一些生活费，并不过分吗！你仔细想想，将来你能允许你的儿子也这样对待你吗？！"

人心都是肉长的。马丽华真诚的话语，点点滴滴渗透工人的心田。工人慢慢站起来说："马师傅，您让我好好想想。"

道德的力量终于驱除了旧日的积怨。第三天，这位工人找到马丽华，他说："马师傅，我跟我们'那口子'商量了，每月寄给老爹一千元钱。"老马欣慰地看了他一眼说："这就对了，父子之情不可忘，你看你爹身上的衣服都破了，你给他买件新的穿，他该多高兴？七十多岁的人啦，进趟城不容易，你再给你爸买张车票，送上车站，就更圆满啦！"

果然，老人行前穿上了崭新的衣裳，来到厂工会办公室，一进来就高兴地说："马主席啊，多亏您啦！有领导教育，这个世道也就变好啦。"

有人说，工会管的无非是吃喝拉撒睡的小事。马丽华可不这样看。她说，世上哪一件"大事"不是和"小事"关联着的？群众的事业办得好坏，很大程度上影响着人民对党和国家的信念。

二

凡是有利于社会、有利于群众的事业，马丽华总是尽一切力量办理。在民事纠纷上，她一贯主持公道，给人留下了难忘的印象。

一个寒冷的早晨，西北风呼呼地刮着。马丽华刚到办公室，桌上的电话铃便急促地响了起来。她拿起话筒，只听到里面传来一位青年妇女微弱的呼救声。老马心里一阵抽搐："这是她！"老马放下电话随即拨了一个电话。20分钟后，她坐上厂里的汽车，往北郊驰去。汽车在颠簸，马丽华的心在颤抖。她万分憎恶"喜新厌旧"这种败坏道德的遗风，不知什么时候竟在一些青年人中间像传染病一样流行开了。她调解了多少这类事情，不管成果怎么样，她心中总有一种迷惘的感觉：跟这种败坏道德的人讲话，真叫她压不住怒火。懊恼常常破坏她的情绪，使她变得严厉可怕。

从东郊到北郊，汽车足足跑了一个多小时。当她走进一所住宅时，突然她被眼前的景象惊呆了：屋门被砸开了，屋里的东西乱七八糟，年轻的妻子蓬头垢面，在零下十几度的屋里打哆嗦。屋里有一股难闻的气味令人感觉反常。原来是狠心的丈夫上班前用尿浇灭了火炉，又将被打得遍体鳞伤的妻子反锁在屋内，妻子挣扎着把门砸开。

"马师傅，您给我做主啊……"年轻妻子的哭喊，撕扯着马丽华的心。老马认识她，也了解她。她姓李，原是一个农村民办教师，嫁给了同乡一个在北京工业学校上学的青年。起初，两人的感情很好。自从男方中专毕业后分配到北京开关厂工作，情况就有了变化。城市生活使他厌恶农村姑娘的"土气"，而和一个比自己小六七岁的女学员"亲热"起来。

一个人有了邪念，歪点子也就想出来了。他先是长时间不回家；接着就在经济上断绝关系。他看女方仍无怨言，进一步找碴打架，直到公开提出离婚。为了达到目的，甚至采取污蔑侵犯人权等非法手段。

正是在这种情况下，马丽华与另一位同志来到村里。经过调查，大队党支部和社员们普遍反映女方是一位受群众爱戴的教师，公婆也夸奖女方是个"好媳妇"，他们说："儿子变了心要离婚，我们不同意。"

离婚不成，男方就在远离工厂的北郊租借了一间房，背着组织和家庭，欺侮年轻的妻子。马丽华看到的情况证明男方已经到了不择手段的程度，无视道德法律令人不可容忍。

马丽华被激怒了。她看着抽泣的女方，真是百感交集，新中国成立这许多年了，怎么能容忍这样歧视妇女？虽然，我们国家还没有制订出一种法律，来惩罚这些道德罪犯，从保护公民权利着想，不能不管，出自法庭陪审员的责任感更要管。

在等待法院宣布判决的日子里，马丽华发现，女方每天很早来厂，晚上八九点钟才离去，她疑惑地问她晚上住在哪儿？

"嗯……我住在北京火车站候车室里……"

一种强烈的责任感和同情心，老马也流下了眼泪。她一把拉过小李说："我没尽到责任啊！真难为了你。"

小李哽噎着说："我的双亲全去世了，俺把心全给了他，给了公公婆婆。没想到他这么没有良心。等法院宣判那天，就是我活在世上的最后一天……"

"万万不能。跟这种人犯不上。别那么想不开，你还年轻，往后的日子长着呢！他会受到谴责的。你勉强跟他过一辈子又有什么意思呢？离婚后，先搬到我家来住，有我吃的，就有你吃的……"马丽华亲切地说。

马丽华家住的是两室一厅的房子，本来五口人就已经挤得满满的，增加一个人，怎么住得开呢？老马只好让儿子搬到单位去，腾出一块地方来安顿小李。

冬去春来，一晃就是3个多月。

换衣服的季节到了，老马从百货大楼给小李买来单衣、单鞋。小李像回到了自己父母的身边。吃饭的时候老马一家互相谦让，把好吃的肉菜往小李碗里夹；每逢星期天，老马就陪小李看电影、逛公园；晚上，老马、小李睡在一起，谈论社会、家庭、工作、人生。小李的心情逐渐恢复了平静，眼睛有了光彩，脸上泛起了淡淡的红晕。

一天晚上，老马劝小李再找个爱人。小李像被什么刺了一下似的连连摇头："不！不。我不再相信真正的爱情，我的心早就冰凉了。守着您老人家就挺好。要是您不嫌弃，我就帮您洗衣服、做饭、料理家务吧。"

"嗨！"老马爽朗地说："守着我这个老太婆有什么意思呀？你才二十几岁，好日子还在后头那！不要一遭被蛇咬，十年怕井绳。社会上总还是好人多。你还是应该成个家，过幸福的生活。"

结婚、成家、生儿育女，小李又何曾没考虑过？可一想起那个负心人，心里就凉了怕了。老马提起来这件事，小李不由得又伤心起来。

马丽华关心着小李的未来，用一颗火热的心去温暖小李的一颗僵冷的心。

后来经马丽华介绍，小李和北京一所大学里的某工人认识了。经过相互了解，俩人发生爱情，终于结为美满姻缘。

受过严寒摧残的人，更加珍惜春天的温暖。小李与丈夫相敬如宾，生活过得甜甜蜜蜜。一年后，小李生了个胖小子，更增加了生活的乐趣。每当小李想到自己的生活曲折，欣喜今天的幸福时，眼前就浮现出马丽华那慈祥的面容，这一切可是都因为有了马主席啊！

三

唐朝孟棨在《本事诗》中有这样一段记载：南朝陈代将灭亡时，有个叫徐德言的人，在战乱中与妻子分离，打破一面铜镜，各执一半，作为日后重见的凭证，并约定正月十五日卖镜于市，借此探听消息。陈灭亡后，两人走散了。徐德言果真靠半边镜子按约定的办法找到了妻子。后人常常用"破镜重圆"比喻夫妇重新团聚。

在北京开关厂，破镜重圆的故事也有几桩。这厂里的门卫老王，两口子脾气都不好，一个倔强，一个暴躁。一家四口就老王一人上班，两人常因经济问题争吵。起初，"君子动口不动手"，吵吵解气；后来，兵来将挡，发展到两口子再也不能在一个屋里吃住了。马丽华和同志们调解过，但两人都听不进，还是离了婚。女方回了娘家，两个孩子判给了男方。

这件事就像马丽华的一块心病，她十分惋惜一个好端端的家庭的破裂。她上班时，跟办公室的同志常提到这事；回到家，也念叨着不忘。

老王本来工资收入不多，每月还要扣给女方点钱，一个男同志带两个孩子，家里弄得又脏又乱，连床上铺的凉席都掉了渣儿……

每当马丽华来到老王的家，看到那可怜的孩子，总是怨自己没有尽到责任。尽管在两口子闹离婚时，马丽华"踢破"了他家的门槛；尽管离婚后，马丽华多次领着几个工会积极分子，来帮老王料理家务；尽管每逢过节，工会都送去一些困难补助费，但这都解决不了根本问题。像这样的家庭拖累，老王哪还有心思工作呢？年轻人动感情不计后果，岂不是自找苦吃？

一年后的一天上午，马丽华得知女方来厂里取钱，便跟着她去了财务科。

"你过得怎么样？想孩子吗？"路上，马丽华问她。

世上有哪个做母亲的不惦念自己的孩子？女方眼圈红了。马丽华一看，便接着说："老王是个老实人，你回心转意吧！两个孩子又聪明又好玩，你真忍心撇下自己的亲骨肉不管吗？没娘的孩子，多可怜啊！"

母亲的心是相通的。马丽华的肺腑之言，说得女方掉下泪来。

马丽华等女方取了钱，就拉她去看看孩子。正巧老王这天上中班在家。女方一进门，两个孩子就一下子扑过来，紧紧抱住妈妈的腿，哭诉起来："妈妈！妈妈！你上哪儿去啦？你回家吧！"女方抱着两个孩子也哭了起来。老王在一旁低头不语。

马丽华催老王沏茶，憨厚的老王在两杯茶里，还放进冒尖一勺白糖。

此情此景，马丽华都看在眼里，她说："你们两口子重新和好吧，不要耍孩子脾气了。"

看女方不语，又问男方，男方说："就看她了。"

马丽华又悄悄问女方："你呢？"

这情形，真叫人难受，一分钟好像一年。为了摆脱僵局，马丽华对两个孩子说："你妈领到钱了，还不让你妈给你们买件衣服？"两个孩子一人拉起妈妈的一只手，欢天喜地跳起来。妈妈也幸福地笑了，她拉着两个孩子就出去了。

这时候，马丽华又一次耐心开导老王。

晚上，听说女方回了姐姐家，马丽华不辞辛苦，又跑了二十多里路，来到女方姐姐家，和女方亲属一起商量这件事。

语言是启迪人们心灵的钥匙，有时，几句话会叫人跳；有时呢，几句话又会让人笑。女方听着只是笑，没表示同意或不同意，但笑不也是一种表示吗？

第二天，马丽华又陪着老王再次来到女方姐姐家向女方赔礼道歉，大家在一起吃了"团圆饭"。

马丽华的心血没有白费，终于复活了这棵濒于枯萎的爱情之花。一家四口又团聚了，一个破裂了的家庭，又重归于好。俗话说："清官难断家务事"。1993年以来，马丽华和她的民事调解成员们，先后调解了夫妻不睦、邻里吵架、婆媳不和、财产继承及房屋宅基等各类纠纷一百八十多起。马丽华的足迹涉及了河北省许多市、县的法院，成了解除民众痛苦的民间法官和宣传员。

厂工会办公室墙壁上，挂着耀眼的"民事调解成绩显著"的锦旗，这是北京市朝阳区人民法院颁发的。

工具科一位复员军人，因家庭财产问题与姐姐发生争执。外甥纠集五六个"长发""牛仔裤"打扮的人，手执匕首起哄，马丽华挺身而出，带领几个调解员，坚决履行公正的判决，压制了邪恶，伸张了正气。

一位工人怀疑自己的妻子不忠实，动手打了妻子，砸了家里的东西。马丽华闻讯赶去，从晚上8点谈到第二天凌晨4点钟，终于使这位工人认识到自己是封建夫权思想作祟，冤枉了年轻的妻子。

还有一次，马丽华平息了一位因第三者插足引起的自杀事件。更表现出有胆有识，对群众是一次有力的道德教育，至今传为佳话。

马丽华的工作，向人们展示：一个共产党员、优秀的工会干部，都应该是播送幸福的人。

艰难的生长

他着实吓了我一跳——灯光下，他的头发、眼眉、胡须，竟掉得稀稀拉拉，连同脸色一片惨白……

1982年春节前夕，一个寒冷的日子。我奉父命来到一位老同志的家。

门开了，然而这位熟识的、颇有风度的大伯，却着实吓了我一跳。

"我也不知道是怎么回事？才十几天工夫，头发、胡子，白的白、掉的掉，弄成这鬼样子。可让我怎么出门儿？！"大伯又气又恼，又无可奈何。

"咦，"我心里疑惑："是不是'鬼剃头'呀？"我忽然想起，报社驻山西记者唐正学曾经说过，山西有一位中医研制了一种药，叫什么"斑秃丸"，能治这种病。我连忙献计。

大伯望了我一眼："唉！有病乱投医，试试看吧！"

半月之后，唐正学托人捎来了几桶山西省偏关县人民医

作者与冯纯礼中医师

213

院冯纯礼大夫研制的"斑秃丸"一号。我看了一眼此药的说明书:"功能——滋补肝肾、益精养血、祛风生发;主治——斑秃、全秃、普秃。"

我喜出望外,立即给大伯送去。

服用"斑秃丸"两个月后,大伯的秃发处长出毛茸茸的新发;3个月后,竟完全恢复了原来的头发、眉毛,胡须,恢复昔日的风采。

平素以节俭著称的大伯,竟硬是拉我上了前门"全聚德烤鸭店……"

我决心结识冯纯礼。

一

他的脸色黑红,满头乌发油光发亮,胖墩墩的矮个子。治疗脱发的灵丹妙药——"斑秃丸",就出自他这位偏僻乡村"郎中"之手。

家乡解放那年,他13岁,在解放区那"明朗的天"里,他有了读书识字的机会,念了六年小学。毕业后,他来到一个乡的卫生所当中医学徒。

从此,他爱上了这职业。

好学,凭借那本翻烂的《新华字典》,把他领进了变幻无穷、色彩斑斓的医学大千世界。

他一本一本翻看着前辈们的医著:《内经·缪刺篇》《内经·巨刺篇》……

1974年6月,他来到北京中医研究院进修学习。我国著名的针灸学家、广安门附属医院针灸科主任李志明大夫,有计划地指导冯纯礼重点研究了《内经学》《经络学》和《针灸学》,系统地学习了中医的有关基础知识。

结业时,李志明大夫语重心长地对冯纯礼说:"祖国的中医学是前人经过千百年的实践总结出来的,是十分宝贵的遗产。但你不要拘于古人,要大胆发挥,勤于实践,善于总结。后人是肯定要超过前人的!"

冯纯礼在老师指出的路上走着。

1976年3月,下乡巡回医疗的冯纯礼,忽然发现自己黑密密的头发几天之间脱落了三四片，且眉毛、胡须变白。他明白，自己患了"斑秃症"。

"斑秃"又称"油风"，俗称"鬼剃头"，是皮肤科常见病。据我国古代医学文献《外科正宗》记载："油风血虚不能随气荣养肌肤，故毛发根空，脱落成片，皮肤光亮，痒如虫行，此皆风热乘虚攻注而然。"《外科正治全书》云："头发干枯，成片脱落，皮红光亮，痒甚。由血燥有风所致，夫发为血之余，肾主发，脾主血，发落宜补脾肾，故妇人产后，脾肾大虚多患之。"斑秃病多因精神受刺激、神衰失眠、外感内虚等原因造成。虽无生命危险，但影响美容，给患者带来精神痛苦。

起初，冯纯礼服用西药"胱氨酸"，效果不大，控制不住变白的头发、胡须、眉毛的脱落。

他毕竟是中医。

于是，他根据中医"滋补肝肾、养血生发"的原理，用当归、丹参、何首乌、五味子等八种中草药，配成了"斑秃丸"方剂。试服了半个多月，秃发处开始长出细黄绒毛。为了下乡服用方便，他又将药方配制成药丸，继续服用了月余后，绒毛渐渐变黑，变粗；服药不到3个月，即完全恢复正常！

头发的"枯后复浓"，不仅使冯纯礼恢复了青春的活力，而且增强了他研制治秃良方的信心。但是，自己的症状是特殊病例还是共性病例呢？他决心让实践来说话。结果，他以同样的配方，给偏关县七个斑秃病人治疗，七战七捷。

为继续进行"斑秃丸"的研制，同时向同行们请教，冯纯礼撰写了一篇论文《斑秃丸七例治验》，发表于1978年第三期《新医药学杂志》上。

这真是"斑秃"患者的福音！全国各地乃至国外来信问诊与要求购药者甚多。为满足患者要求，继续进行疗效验证，经县有关部门同意，冯纯礼和同事们又精心配制加工了部分"斑秃丸"作临床试验。

至1979年初，"斑秃丸"治愈了130名斑秃患者，治愈率达93.8%。患者中，年龄最小的6岁，最大的59岁，21岁至40岁的青壮年占63%。病程两年以上的患者占70%；3年至10年的占20%；11年至20年的占6.5%。

人们以感激、羡慕、怀疑甚至还有……的目光，望着脸色黑红，满头乌发油光发亮，胖墩墩、矮个子的冯纯礼。有谁能料到，治疗脱发的灵丹妙药——"斑秃丸"，出自他这位偏僻乡村的"郎中"之手呢？

二

一个人才能的显露和成果的创造，就自然对另一些人，尤其是同行形成了反衬，形成了比差，而这就是不能被人接受的"侵犯"。于是，遭到侧目、反对和怨怒。

1979年11月24日，新华社向全世界播发了如下的新闻：

中草药治疗斑秃病

山西省一个县医院用中药药丸治疗常见而难治的斑秃病，痊愈率达百分之九十五以上。这种病表现为局部头发突然成片脱落，而且通常影响到头皮。

发现这种疗法的是偏关县医院冯纯礼大夫。1976年他自己得了斑秃病，经过西医治疗，一直无效。他翻阅了古今中外大量医学书籍，结合自己多年临床经验，分析了发病原因。他认为：主要是因为血虚不能营养皮肤，致病外因乘虚而入，造成脱发。

冯纯礼大夫用八味中药为自己配制蜜丸，滋补血液，促进头发生长。他连服八十九以后，脱了发的头皮上，逐渐长出了黄绒毛，后来又逐步恢复了原状。

美联社、路透社、法新社、合众国际社、日本《产经新闻》，以及世界许多报刊、海外华文报相继转载和报道了这一新闻。

一封封五颜六色的信件、电文，如蝶群飞向山西偏关，扑到冯纯礼的怀中——国内的，包括台湾省同胞，邮来了4000多封；海外的，30多个国家和地区，寄来500多封，都要求买药治病：

河北一位年轻姑娘正在热恋，突然一夜之间，头顶脱发一块，不到两三个月工夫，满头秀发全部脱落，经各大医院治疗均无效，姑娘痛不欲生。

新加坡一个小伙子，一日用手抓头，大绺大绺的头发脱落，在3个月内满头黑发、眉毛、睫毛、腋毛全部脱落，父母不惜花重金给其治病但无效，一家人心急如焚。

……

人们用恳求的、焦急的、期待的语言，盼望山西偏关医院多生产这救人急难的"斑秃丸"，企望冯纯礼医生亲自给自己看病，使秀发再生。

更有四十多个海外客商来信来函，要求经销"斑秃丸"。

一批国际知名的学者，真诚向冯纯礼表示祝贺，盛情邀请他去国外讲学；美国佛罗里达州窦宗仪教授，从遥远的太平洋西岸打来电话，殷切期望与冯进行学术交流……

偏关县科委和忻县地区卫生局、地区科委郑重决定：将"斑秃丸"研制列入科研项目。

一个人才能的显露和成果的创造，就自然对另一些人，尤其是同行形成了反衬，形成了比差，而这就是不能被人接受的"侵犯"。于是，遭到侧目、反对和怨怒；

"斑秃脱发是连海外发达国家医药界都没法解决的难题。一个名不见经传的小中医就把它解决了？"

"如果野山羊也能拉车，还养大骡子、大马干什么？！"

"哟，冯纯礼会不会是'江湖骗子'？！"

等等，等等，不一而足。

1980年元月，山西省卫生厅邀请了某医学院、省皮肤科学会某领导带队，组成了有省、地六位同志参加的"斑秃丸"疗效调查组，到偏关县对一些病例进行随访复查。

两天时间，调查组访问了34例患者，认为服用"斑秃丸"有效率为85.3%，其中痊愈的占56%，无效的占14.7%，但无副作用。

17日夜晚，调查结果讨论汇报会。

有人注意到，负责召集会议的县卫生局长，却偏偏没有让研制"斑秃丸"的"主角儿"——冯纯礼参加会议。

调查组负责人喝了一口茶，缓缓说道：冯纯礼医生在治疗斑秃中做了大量工作，"斑秃丸"有一定疗效。但是，斑秃病是神经精神性皮肤病，有自愈可能，一般不属于难治之症，有的用现代医疗法也可以治愈；冯纯礼所用的"斑秃丸"配方，出于《医宗金鉴》中的"神应养真丹"等，别人也整理应用过。因此，"斑秃丸"不属于发明创造；在疗效率上，比冯纯礼医生总结的要低一些。

沉默，沉默，令人窒息的沉默。既然专家、领导表了态，还有啥可说的？

是的，权威的一言一语，曾使多少人止步不前。然而，科学发展的历史，在一定意义上讲就是对权威的否定！想当初，门捷列夫发现化学元素周期表之后，许多人不重视它，以至连导师都嘲笑他是"不务正业"。但是几年后，周期表就在科研中发挥了重要作用，使人们对化学元素的认识，实现了从必然王国向自由王国的飞跃，从而放射出灿烂的光辉。

果然，有人站了出来；"这样下结论未必公道。冯纯礼同志起早贪黑、苦于实践，在发掘祖国医药学遗产方面有成绩。'斑秃丸'是在前人研究基础上的再创造，况且疗效显著，应该算作科研成果……"

争论，争论……

这时，县医院的一位领导同志发言了："关于'斑秃丸'，我们没有报科研成果；冯纯礼搞'斑秃丸'，我们不知道；《新医药学杂志》的报道，我们不知道；基层单位领导让人牵着鼻子走很为难。'斑秃丸'的疗效，我们不知道；是谁把'斑秃丸'列为科研项目的，我们也不知道……"

实际上，在对"斑秃丸"疗效调查的前后，山西省卫生厅就于1980年1月

8日和2月27日，两次严令偏关县：不能批量生产和外寄"斑秃丸"，只许自制自用，临床试验。

但是，斑秃患者一般都不住院治疗，只是门诊取药和写信问诊购药。

如此这般，实际上等于中断了"斑秃丸"的继续研制。

三

和铭"打抱不平"；卫生部胡昭衡副部长率队亲赴偏关，调查和处理"斑秃丸"研制工作……

偏关县"胳膊拧不过大腿"，只好按省卫生厅的通知，停止了来信问诊寄药。

这一状况，引起许多"半途而废"的斑秃患者的强烈不满，纷纷投书《山西日报》及有关部门，强烈要求改变这种压制科研新成果的做法。

1980年3月9日，大同市电厂粮店37岁的女职工王凤兰致书《山西日报》编辑部："我在1979年5月患了斑秃病，一月时间满头黑发全部脱光了。在大医院皮肤科就诊多次，吃药打针两个月不见效果，身体日益消瘦，造成了精神上的莫大痛苦。自从服用了冯纯礼医生研制的'斑秃丸'以后，光秃秃的头上又长出了乌黑的短发，体重增加了16斤，本来我还需要继续服药，得到彻底治愈。但偏关县医院来信说，'斑秃丸'不再外寄了。我不清楚这是为什么？难道非让我耽误工作，多花路费，跑那么远的路程，亲自到偏关县医院门诊取药不成吗？不患斑秃病的人是体会不到它的痛苦的。我虽然基本上治好了斑秃病，但我要为广大斑秃患者呼吁，省卫生厅应协助、支持偏关医院对'斑秃丸'的研究，收回停止研制'斑秃丸'的通知。"

《山西日报》编辑部于3月15日将这封信转到省卫生厅，并要求答复。

经过两个多月，直到6月3日，省卫生厅药政处才复一封信，内容十分"精练"："你报询问'斑秃丸'一事，我厅目前正在有关医院做临床验证。

特告函。"

仲夏，发生了一件轰动偏关县的新闻：日本驻联合国顾问川田佑平先生，委托访日的中国代表团，将一只铸有"24K"字样的小金碗赠给冯纯礼，以勉励其在医药学研究方面，为人类做出的贡献。

川田佑平先生曾患斑秃症，服用冯纯礼大夫的"斑秃丸"后痊愈。他在写给冯纯礼大夫的信中，称冯创造的"对应点针刺疗法"和"斑秃丸"，为两项"意味重大的医学科研项目"，衷心祝愿冯纯礼医生把这两项科研项目尽快搞成功。

7月13日下午，当冯纯礼从县卫生局一位负责同志手里，接过川田佑平先生赠送的小金碗（冯捐献给了国家）的时候，不禁思绪万端：自己的科研成果能引起国际朋友的如此重视，而它在国内，在有些部门，在有些领导同志的眼中，却遭到如此"冷遇"，现实是多么不公啊！

出于对世界上百万斑秃患者的痛苦心情的理解，出于对医学科研事业的热爱，冯纯礼顶烈日，冒酷暑，上太原，赴北京，向新闻单位、向领导机关发出呼吁、申述，请求支持。终于——

国务院有关领导同志和省委书记阮泊生同志，先后对"斑秃丸"问题做了批示；

卫生部专门发出"请山西省卫生厅调查冯纯礼研制'斑秃丸'情况函"的通知；

9月9日，《山西日报》就冯纯礼从事医学科研的遭遇，发表长篇通讯：《实践的考验》。

报纸在"编者按"中指出：为什么我们一些同志，特别是有些领导同志，口头上经常讲要支持科学研究，要重视专业人才，而一遇到某些具体问题，往往又以各种各样的理由，违背自己的诺言呢？这个问题很值得深思，这种考验许多同志都可能遇到。

四化建设需要越来越多的专业人才，更需要具有真才实学、有科研成果的冒尖人才。然而，有些单位现在还存在着一种很不好的风气：谁冒尖谁受孤立；谁搞科研，谁就会受到非难。什么"好高骛远"呀，什么"骄傲自大"呀，"名利思想"呀，"不听话、难领导"呀等等，弄得一些有雄心大志，想搞点事业的同志，束手束脚，顾虑重重，欲干不能，欲罢不忍！难道这种状况不应当尽快改变吗？我们热忱地希望各级有关部门的负责同志，从大局出发，以事业为重，要做真正爱护人才、实心支持科研的领导者；不要充当那种埋没人才、限制科研的"老家长"。

《实践的考验》热情支持了冯纯礼，支持了冯纯礼的支持者。

报纸的"编者按"鲜明有力地也是诚恳地批评了有关同志，因而使得一些人心情很不舒畅。有的同志互相指责；有的同志积极搜集材料，准备打"官司"。

然而，"斑秃丸"的研制和疗效验证，并没有在一些同志相互指责和打"官司"的争辩声中，取得人们所期望的进展……

1980年国庆前后，党和国家最高领导层开始直接过问"斑秃丸"的研制与生产：

中国企业管理协会的和铭同志，就此写信给中共中央书记处书记、中国企业管理协会顾问邓力群，并呈政府领导人——

你们好！现向你们反映一个压制人才和压制新发明的事件。

去年在美国洛杉矶访问期间，一个美国工人拿着外国通讯社的报道来找我，希望我代他在中国购买治疗脱头发的"斑秃丸"。回国后，我查到这种药是山西省偏关县人民医院冯纯礼医生研制的。我给冯医生写信后，冯医生很快寄来了药，并给我寄来关于他受压制的材料。

我托北京市叶林副市长把材料转交给了国务院。国务院批转了这个材料。山西省委书记阮泊生同志也批了意见，随后《山西日报》做了调查，并发表了《实践的考验》一文（随信寄去）。但像这样一种受到国内外广泛重视的创造发明，仍未引起山西省医药总局和偏关县人民医院领导重视，他们正在继续压制冯医生，不批准建制药厂，不对冯医生进行支持。据外国商人估计，这种药若能出口，每年至少能为我国赚取数百万美元甚至上千万美元的外汇。现在冯医生接到了五百多封国外来信，很多国家要求我国出口这种药，日本驻联合国顾问川田佑平先生还赠送给冯医生一个"24K"金的金碗，对冯医生的工作进行鼓励。但冯医生至今（在报纸宣传了他的事迹之后）仍未得到当地医院领导和省卫生机关中某些领导人的支持，甚至还受到种种压制。这种现象真令人感到气愤。现将冯医生的信寄上，请审阅。我希望领导能在百忙之中对这件事加以过问，以便让"斑秃丸"能早日大量生产，并为我国赚取大量外汇，以支持我国的四化建设。

顺便说一句，那位美国工人吃了我寄去的"斑秃丸"后，觉得很有效，并写信来说，他的朋友想在美国经销这种药。

此致

敬礼

中国企业管理协会和铭

1980年9月30日

10月3日，邓力群在和铭的信上提出，要求有关领导人"过问一下此事，批转钱信忠同志和胡昭衡同志，请他们切实解决有关问题"。

当天，此信批送卫生部。

上旬，卫生部副部长胡昭衡带领四位同志，奔赴山西了解"斑秃丸"的研制问题。

他们向省委书记罗贵波、省长王中青说明来意。随即，邀请省文教部、省卫生厅、省医药局、省各医院的皮肤科专家、忻县地区卫生局、偏关县委、县卫生局、县科委、县医院、县药材公司的负责人以及新华社、中央人民广播电台、《健康报》、《山西日报》记者等32人召开了"斑秃丸"问题座谈会。

冯纯礼医生理所当然地参加了会议。

10月12日——经过两天实事求是、平心静气的调查之后，胡昭衡副部长发表了实事求是，然而并非平心静气的讲话："如果对有利于社会主义建设，有利于发挥社会主义优越性，有利于满足人民卫生保健需要的新事物，不是积极支持，热情帮助，而是吹毛求疵，横加阻碍，那就不好了，这是值得警惕的；如果有，是要纠正的；如果没有，也要实事求是，吸取经验教训；包括我们卫生部和总局在内都要注意，认真地从研究新情况，解决新问题中吸取经验教训。

"从冯纯礼同志研究斑秃丸的情况看，我们应当从中吸取点有益的经验教训。一个年轻的医生要发育成长，特别是在科研工作上开花结果，一方面在社会主义制度下取得多方面的支持，另一方面，在我们当前的情况下，也是困难重重的。除了他必须克服自己在业务技术、文化知识和作风方法上的不足之处，他还必须耗费很大的精力，花费很大毅力克服每一步前进中的困难。这些困难有些是和整个国家体制度作风有关系；有些是与当地的具体情况、工作条件、领导经验有关；也有一些是属于干部思想认识与工作作风问题。这些是需要共同努力加以解决的。但是，关键问题在于各级领导都要重视人才发现和培养。人才没有十全十美的，只要解决了各级领导的思想认识问题，人才就能更好地发现。

"冯纯礼同志不是专门从事药物研究工作的，他是一个针灸医生，'斑秃丸'是从自身治疗的需要和满足周围人治病的要求开始的，是在认真学习祖国医药学，在继承古人经验的基础上，通过临床实践总结出来的。这种根据防病治病的需要在继承和发扬祖国医药学遗产，结合临床搞科研，路子是对的。当前'斑秃丸'不仅国内外接触过此药的病患者，包括在座的专家和领导干部，都承认这种药有一定的疗效，或都有显著的疗效。50%以上也好，70%以上也好，80%、90%以上更好。从当前不完全的，但比较广泛的临床材料来看，已经说明这是一项有价值的有希望的科研成果。

"一个科研项目，既允许科研工作者自己通过实践发展和修改，也允许有学术上的争议，但最后医疗实践和临床疗效是检验科研成果的唯一标准。

对此，大家都应抱着科学的态度。问题在于对新事物，实践证明大有希望的成果，采取什么态度，是热情支持，还是品头论足，还是采取官僚主义态度！"

10天之后，钱信忠和胡昭衡向国务院写出了《关于山西省偏关县"斑秃丸"问题的调查和处理的报告》：

一、到会的专家和领导干部都认为"斑秃丸"有一定的疗效，从过去的临床和目前正在临床观察的材料看，已经说明，这是一项值得进一步研究的有希望的科研项目。各级领导，各方面的专家都该共同努力，从多方面帮助它，使它成为山西省治"斑秃病"的好产品。

二、根据几年来的临床实践，现在对"斑秃丸"的配方、剂量、工艺、标准等已经到了需要定型的时候了。建议省卫生厅、科委、医药局要组织点力量，帮助冯纯礼同志，帮助偏关县卫生局、医院做好工作，尽快解决药品鉴定和审批。

三、关于生产问题，由省医药局、偏关县委等有关单位共同研究商定。从一开始要创造文明生产的条件，注意保证质量。有关生产设计、生产设备等技术问题，可与中国药材公司商量办理。

对以上意见，参加会议的各级领导同志和冯纯礼同志都对这次解决问题的方法和措施表示同意和满意，表示要各自吸取经验教训，团结起来向前看，争取"斑秃丸"能早日正式投产。

四

"斑秃丸"的生产、推广继续受阻，甚至连冯纯礼本人的道德品质也遭到否定，他和他的家人生活窘迫。

十年浩劫，真是后患无穷。在当今的社会生活中，人们习惯于办事拖拉，不负责任；如果再持有不同意见，或者怀有其他目的，那便是无止无休的扯皮，推诿，阻挠。

1981年4月3日，卫生部正式批示、催促山西省尽快安排"斑秃丸"的生产——3个月后，山西省卫生厅才迟迟批准生产；

偏关县六次文件请示，并且派人到省城申述理由，要求建立以生产"斑秃丸"为主的制药厂——省卫生厅和省医药局根本不与偏关县商量，将生产任务给了其他厂家；

偏关县医院和冯纯礼同志先后两次提出，在"斑秃丸"说明书上介绍使用方法，注明不同病情用不同疗程，以方便患者，确保疗效——省卫生厅和省医药局既不采纳，也不做任何解释工作："商品化的中成药说明书均无疗程之说，连这个都不懂，还搞什么药品？！"

直至1981年10月，山西中药厂遵照省医药卫生部门的批示，才生产出两万六千九百盒（十二丸装）"斑秃丸"。然而在宣传不力的情况下，省医药卫生部门却以"只争朝夕"的速度写出报告，向有关领导反映；"斑秃丸"销路不畅，造成积压。

事实是，1981年库存"斑秃丸"成品3000盒，但不久即售出；1982年、1983年产量逐年增加也均销出，产销基本平衡。

尽管在山西，在偏关，冯纯礼受到不同程度的压抑。但是，他和他的"斑秃丸"在海外备受人们青睐；

香港启德贸易公司致函冯纯礼，请他赴港讲学，并且愿意包销"斑秃丸"；

日本早福田医疗学园向冯发来邀请书，请他于1981年至1982年3月赴日讲学，一切费用由日方负责；

……

偏关县政府和冯纯礼多次向省卫生厅请示，答复十分明确："'斑秃丸'尚未鉴定，人们对其有不同看法；冯纯礼水平低，不宜出国。"

"斑秃丸"迟迟不予鉴定的责任在谁？能怪冯纯礼吗？事实上，他早就提出过申请鉴定的报告。问题是；省卫生医药主管部门对"斑秃丸"只是一般地去组织验证。当对验证疗效出现意见分歧时，又产生了畏难情绪，滞步不前，未进一步采取有力措施，重新组织验证，从而使鉴定工作搁置起来。

至于对"斑秃丸"的不同评价，乃是一种正常现象。"横看成岭侧成峰，远近高低各不同。"对任何一件新生事物都会存在各种看法，学术讨论尤其可以"百家争鸣"。

但是，冯纯礼毕竟没有获准出国讲学，对"斑秃丸"的鉴定更是遥遥无期。

"找卫生部评理！向党中央、国务院反映情况！"晋西北汉子坚韧不拔的意志和毅力，不仅体现在"斑秃丸"研制的艰难工作上，而且反映在为"斑秃丸"伸张正义的斗争中。

10月，冯纯礼字斟句酌给北京写了"上访书"。

11月19日，"上访书"被层层批转到了"被告"——省卫生厅原负责人的手里。

几个月后，省卫生厅向省政府写出了《关于冯纯礼上访函的调查报告》。同时，呈报卫生部，省委，省文委，省科委抄送忻县地区卫生局。

说是"调查报告"，实际并没有到偏关县调查，也没有找冯纯礼核查情况，甚至连省城太原都没有出，便一蹴而就，然而，结论下得毫不含糊：

关于"斑秃丸"药方，"调查报告"认为，"是古代成方'神应养真丹'加减"；"即便是冯纯礼的自拟方，也只能说与古人的药方暗合，也不能算是发明创造。"从疗效方面看，"'斑秃丸'和其他中西医疗效无大差异；况且脱发自愈的可能性也很大，究竟药物有多大作用尚待进一步研究。'斑秃丸'作为一种治疗脱发的方剂是可以的，大量制造、宣传、推广实无必要"；云云。

关于冯纯礼所著、已经山西人民出版社出版发行的《缪巨针刺发挥》一书，"调查报告"则认为，"与原山医一院已故老中医尚古愚编写的《同经相应法》主要内容基本一致"；"理论依据不足，用词欠当甚至错误，五十例医案中漏洞很多，夸大疗效，欠科学性"；"不是什么个人新发明、新发现或经验总结。应教育帮助编者（他们甚至不认为冯纯礼是作者）对科学要实事求是，否则只能造成很坏的影响"；等等。

"调查报告"还列举了"从冯纯礼同志目前的学术水平和医德上讲，都不宜于出国"的一个重要问题：

"1981年3月，冯与无国籍华人蔡××个别交往中，蔡让冯去日本讲学，答应冯的女儿赴日本国际友学会日语学校学习，并送冯十四英寸彩色电视机一台。冯送蔡一百余元工艺品及五份医学手稿，蔡出境时被上海海关扣留"。

事实是，冯送给蔡的五份医学手稿，都是在医学杂志上公开发表过的文章。其中三篇，是冯本人发表于《新医药学杂志》和《浙江中医杂志》的经验之谈；另外两篇，为抄录《中医杂志》和《中医内儿科杂志》的部分治疗方法——因为蔡的家人患有此病。

如果，冯纯礼知晓一点出入境的有关规定，将那几本杂志送给蔡，则任何事情都不会发生。

实际上，海关查明情况后，立即作了妥善处理。

但是，山西省卫生厅却竭力渲染此事，并以"（81）晋卫人字第269号报告"呈报省政府和卫生部。

多亏了那位华侨蔡先生赠送的彩电，使冯纯礼渡过了生活难关：

冯一家五口人，仅冯本人吃商品粮，其余均为农业户口。爱人陈秀莲体弱多病，所分到的四亩"责任田"，由于冯忙于科研，无暇帮助耕种，当年欠收647斤粮；孩子们吃饭、穿衣、上学，全家依靠冯的54元5角工资，以及大女儿搞副业的30多元收入生活。结果，拖欠医院390元债。

蔡先生邀见北京，冯纯礼踌躇再三。有关部门通知他。这属于私人会见，民间往来，自费接待。冯无力负担，只好向私人借了1300多元，往返路费，吃，住，送礼物，纳税共花掉1300元。回到偏关，因欠款过多，无法归还，经县委研究同意冯纯礼将彩电卖给县人大，才还清了债务。

意味深长的是，过了一段时间，省卫生厅却通知冯纯礼上交彩色电视机……

1982年4月11日,《工人日报》发表了我采写的消息。《妙哉"斑秃丸"》,报道了冯纯礼研制成功"斑秃丸",5年来系统观察、治愈657例"斑秃","全秃"和"普秃"患者的情况,消息末尾注明,"凡欲购'斑秃丸'者,可与山西偏关县医院冯纯礼医生直接联系。"

二百三十万份《工人日报》成为冯纯礼和"斑秃丸"的义务宣传员。它给斑秃患者送去解除痛苦的喜讯,也为偏关县医院带来可观的经济效益。

1983年1月31日,冯纯礼医生写来热情洋溢的致谢信。"自从《工人日报》发表您的报道后,我们收到全国各地来信、来电七万余封,有时一天多达2300余件,购药汇款65万多元。这给我们医院增加了很大一笔收入,由亏转盈。医院和县领导都感谢您,感谢《工人日报》的大力支持!"

然而,兴奋与喜悦很快为忧虑与焦急所替代:医院那小作坊式的制药房,如何承受得住那巨额购药款的压力呢?

省卫生厅却依然是我行我素。

《儒林外史》曾言:"医家有割股之心。"对此,冯纯礼体味颇深。他再次挥动手中笔,将自己对病人的关心,对北京的期望,倾吐在纸上……

五

惊动了中共中央书记处,山西省政府正本清源,"斑秃丸"饮誉世界。

1983年7月23日,中共中央书记处研究室在第八一四期《情况简报》中,刊登了《山西省卫生主管部门压制"斑秃丸"的研制工作》一文,引起党中央和国务院领导同志的极大关注,并批示山西省委处理此事。

山西省委、省政府当即确定由一位副省长负责,组织了由省、地有关部门和专业人员参加的调查组。经过20多天的调查,召开座谈会,广泛听取了各方面的意见,并查阅了有关文件和资料,终于澄清了事实与是非。

经中医研究所两位针灸专家校审,冯纯礼的著作《缪巨针刺发挥》与尚古愚的《同经相应法》的针刺点不同,针法也异,应视为在继承前人经验的基础上，结合自己的临床实践所作——为蒙冤的《缪巨针刺发挥》平反、"正名"。

11月21日，山西省人民政府向国务院写出《关于对山西省卫生主管部门压制"斑秃丸"研制工作的调查和处理的报告》

"这个不难解决的问题拖了两年十个月之久，我们检查督促不够有一定责任。卫生厅是主管部门，对工作中出现的问题，未能积极主动地去帮助解决，应负主要责任。医药局对安排药品生产时出现的问题也是负有责任的。"

省政府决定：

一、尽快安排"斑秃丸"疗效的评议和鉴定以省卫生厅和地区卫生局为主，邀请省内外有关方面的专家，教授，在初步评议认定的基础上进行鉴定。

二、为了支持山区发展经济，同意在偏关县建中药厂。本着改革的精神，药厂归集体所有，实行自负盈亏，隶属县工业部门管理。省医药总公司负责组织药源，并在人力、设备和技术上给予积极支持。

三、省卫生厅和医药总公司要以"斑秃丸"问题为引线，认真回顾和检查一次三中全会以来的工作，以及对群众来信来访的态度，总结经验教训，提高执行党的路线、方针、政策的自觉性，以便发扬成绩，纠正错误，改进工作。并向省人民政府写出书面报告。

四、对冯纯礼同志的一些缺点，责成有关部门进行必要的帮助教育，以加强其思想修养，提高政治水平。加强有关外事和制度规定方面知识的学习，帮助他扩大知识面，开阔眼界。

省卫生厅领导班子实行改组。

真是"高楼喜见一花开，便觉春光四面来"：

1983年12月，冯纯礼撰写的《中医治疗脱发》一书，由河南科技出版社出版发行；后被评为中南五省（区）"优秀科技图书"。

1985年，冯纯礼研制成功的"斑秃丸"通过专家鉴定；同年3月，香港国际中医学院为冯纯礼颁发"一级奖状"。

10月，忻州地区为冯纯礼荣记"特等功"。

最令冯纯礼激动不已的是，以生产"斑秃丸"为主的偏关中药厂建成。著名作家丁玲的一个孙子服用此药治愈了脱发症后，老人欣然命笔，给药厂题写了厂名。

1986年10月，全美中国古董学会会长潘力生先生向冯纯礼赠送一块"道"字金牌；"所制'斑秃丸'确实有效。经医生化验无不良成分。医道高明，特书道字并赠金牌。"

1987年9月，山西省科委就"斑秃丸"向冯纯礼颁发二等科研成果奖和证书；冯荣获省优秀工程技术人员"五一劳动奖章"；

同年，赴日本讲学，被聘为日本东洋医学药理研究所名誉所长、主任教授。

1988年4月，冯纯礼当选为第七届全国人民代表大会代表。我正好是大会的采访记者。他欣喜地告诉我，偏关县中药厂不仅为150名待业青年和职工家属提供了就业机会，而且投产三年来，实现利税199.48万元；"斑秃丸"畅销全国和日本、美国、加拿大、澳大利亚、联邦德国、香港等几十个国家及地区，为20多万患者解除了疾病痛苦……

前不久，他出差来京。我问这位偏关县中药厂的名誉厂长兼工艺技术顾问："您今后的科研课题是什么？"

"'脂溢性脱发'。"他脱口而出，"这是比斑秃更难治疗的脱发难题。"

有人说，"斑秃丸"的研制太艰难了。冯纯礼竟花费了10年时间！他还如同唐僧西天取经，受那么多的讽刺、挖苦、打击，真是不幸啊！

也有人说，不，他是"幸运儿"——不仅有成千上万的患者期待他，还有那么多的领导同志关心他、支持他呢！

"云漫漫兮白日寒，天荆地棘行路难。"

世人谁都愿意有一头浓密的秀发，它是身体健康的标志，是人体美的重要组成部分。

然而——

头发的生长是缓慢的，艰难的；

"斑秃丸"的研制更缓慢，更艰难。

那么，攻克比治疗斑秃更困难的"脂溢性脱发"，对冯纯礼医生来说，又意味着什么呢？

刘尚煜同志二三事

刘尚煜同志肖像

与尚煜同志相识于1980年9月。那时，我在工人日报北京记者站当记者，他在北京市公安局办公室负责对外宣传工作。除了日常繁杂的公务，他还负责具体组织宣传报道工作。用现在时髦的词儿，应该是"新闻发言人"。

我们北京记者站就三位记者。我除了报道市委、市政府与经委、建委口外，出于对公安人员的敬佩，对公安工作的神秘与好奇，我主动要求联系、采访北京市公安局。于是，便接触了后来成为市局办公室主任的刘尚煜同志。

尚煜同志身材魁梧，体格健壮，待人热情、诚恳，工作认真。在他热情、周到的安排下，我结识了张卫华、张策、马卫东、魏凤英、朱全军、马璇等同志；我曾经采访过现任北京市公安局副局长于泓源同志，曾任和现任北京市公安局朝阳分局局长潘永祯、肖兴国同志等人。相处久了，我和尚煜同志慢慢地成了朋友，结识了他的不离不弃、忠贞不二的爱人老何，稳重、踏实、肯干的女儿刘璐，聪明、厚道、能干的儿子刘冬，酷似父亲、靓丽的小女儿刘昕，还有那个淳朴、忠厚、悉心照顾老刘同志的服务员小朱。

敬业精神

1981年10月29日，北京市公安局破获了一个以兑换国外"股票"为名进行诈骗的犯罪集团。

这个犯罪集团的首犯尹华银，时年53岁，被捕前是贵州省正安县石油公司仓库保管员。他勾结其他12名主犯，打着办理"兑换解放前私人存入海外的股票，收回外汇，支援四化建设"的旗号，拼凑所谓"筹办小组"，并以"筹集兑换股票的活动经费"为名，坑害百姓、腐蚀干部。从1981年7月26日到10月29日的短短3个月里，就有11个省市的257名干部、群众受骗。其中，仅从63人手中就骗取了现金7.4万余元。

尚煜同志提出与我合作采写这篇长篇通讯。因我是刚入报社不久的年轻记者，而他是具有丰富的新闻宣传报道经验的老公安，从采访提纲开始，到查找尹华银犯罪集团的每一个细节，尚煜同志都认真仔细，不漏过任何环节。撰写通讯标题时，他一连提了七八个题目与我讨论，最后确定为"'08128股票'骗局的破产"。他认为这个标题既切中主题，又吸引读者阅读的兴趣。撰写通讯时，他带领我查找了诈骗集团6名骨干成员过去的职业、历史案底以及在集团中担任的角色。经过认真研究，尚煜同志确定了"弥天大谎""里勾外连""四处行骗""深刻教训"四个标题、段落，以此展开通讯的情节，将尹华银及其同伙犯罪的行动，欺骗群众的手段按时间和案情的发展展开。

我撰写的文章结尾，经尚煜同志认真修改，成为如此发人深省的结束语：尹华银犯罪集团的成员们，先后住过北京的8个旅馆，甚至住进某内部招待所。尽管他们的证明、手续不全，尽管他们在这些地方密谋集会14次、接待"入股"群众数百人，但因这些单位的某些人得了人家的好处，"不好意思扯破脸皮"向公安机关报告，甚至与犯罪分子同流合污，为其伪造文件，提供活动据点，不一而足。为此，有必要以大大小小的"尹华银"作反面教材，对广大干部、群众进行一次抵制资产阶级思想侵蚀的教育，让人们重新讨论一个道理：靠艰苦劳动改善生活还光荣不光荣？靠"外快"、发"横财"这个腐朽的剥削阶级意识还羞耻不羞耻？由此提高我们干部、职工队伍抵御腐蚀的能力。"亡羊补牢，未为晚也！"

1986年10月，这篇通讯被文汇出版社收入《骗子列传》中第一次印刷发行

工作中的刘尚煜

了6万册，在社会上产生了较大的影响。

尚煜同志担任办公室主任多年，他组织过许多次新闻发布会。在我的印象中，"青年女民警周怡在地铁中舍己救人"的新闻报道组织得最成功。那是1982年10月9日下午，发生在前门地铁站的一件事情。20岁的共产党员、北京市公安局地铁分局前门派出所的女民警周怡同志为救护儿童英勇负伤。被救儿童安然无恙，歹徒当场被捕。

尚煜同志为我们准备了详细的文字材料，以及周怡戴着红领巾微笑地躺在病床上的图片，还提供了周怡同志父母的情况、在部队服役4次受到上级嘉奖的情况，以及复员到市公安局地铁分局后出色的工作。尚煜同志还向我们介绍了北京市政府和市公安局、公共交通总公司、地铁公司有关部门领导同志前往医院亲切慰问的情景。同时，他还透露给我们市公安局地铁分局党委已经做出决定，号召全体民警向周怡同志学习，拟授予她"舍己救人的模范共产党员"荣誉称号。

如此详尽的介绍和资料以及生动的图片，使得新华社、人民日报、经济日报、光明日报等新闻媒体迅速而准确地进行了显著的报道。我在翌日的《工人日报》头版报眼位置上报道了这篇消息，并刊发了尚煜同志提供的"周怡的微笑"的照片。当时，我们报社的副总编叮嘱我："这可是个重要的新闻事件，周怡是一个人物，肯定会受到中央与社会的广泛关注。"果然，10月29日，北京市公安局、公交总公司召开表彰大会，周怡荣获"全国公安战线一级英雄模范""舍己救人的模范共产党员"称号。于是，我在次日的《工人日报》同样是报眼位置上醒目而生动地报道了这一消息。报社收到了上千封来信，许多读者热情赞扬周怡舍己救人的壮举，这都是父母、老师、部队、公安机关和党组织培养教育以及自己刻苦磨炼的结果。

不知周怡后来怎样，今在何方？但尚煜同志为宣传、报道北京市公安战线的英雄、先进人物，组织得及时、准确、生动、高效、突出，总能让广大人民群众在第一时间便迅速了解到公安战士的英雄行为和品德，从而进一步密切了警民关系。

实事求是

1983年4月5日，我与尚煜同志在《工人日报》头版报道了这样一则消息："2月1日，北京市公安局破获了一起国民党潜伏特务案。'台湾情报局'华北地区'特派员'、'北平站站长'李家琪，女特务交通员蔡苹以及为李家琪提供我内部机密文件的原中国农业银行监察司干部仇云妹分别被依法逮捕。"

我们不仅发表了这则消息，而且在二版发表了署名长篇通讯《仇云妹怎样堕落成特务的帮凶？》报纸还发表了编者按。第三天，北京人民广播电台"首都生活"节目，全文广播了这篇长达五六千字的通讯。

这里要提及的，是尚煜同志坚持党的实事求是原则、认真执行党的政策的一件事：他在我出发采访仇云妹的丈夫前，耐心地告诫我："我们党的政策是实事求是，一人犯罪一人当，绝不株连家属。仇云妹的爱人是党员，两人是在东北兵团相识相爱的。听说他们有两个孩子，生活不太富裕，采访时你要尊重他、启发他，决不能歧视人家……"

我在采访时，十分认真地贯彻了尚煜同志的意见，坚持平等待人，实事求是，并向仇云妹爱人单位的领导建议，不要调整其爱人的工作岗位，适当关心与照顾其两个孩子的学习与生活……

我诚恳的话语与行动，深深地打动了仇云妹的爱人。这位身高1.80米的汉子，在采访中竟不止一次地流下了热泪。他为我详细地介绍了仇云妹怎样由一名共产党员、国家干部，逐渐堕落成国民党特务帮凶的过程。

作为一位资深的公安干部，尚煜同志实事求是的作风还体现在他关心劳改释放、解除劳教、强劳和少管人员的"就业难"问题。1982年8月，他曾与我谈起某城区这个社会问题：对这"四种人"，原单位不愿意接收，招工单位不录用，父母所在单位不准这种人顶替，做临时工几年不予转正。社会的歧视，很不利于这些人的进步，惹得一些人产生悲观失望情绪，有人甚至说："如果实在没有出路，我只有再犯法，重进公安局！"

尚煜同志以"魏博民"的笔名与我一起撰写了内参，发表在《工人日报》总编室编撰的《情况参考》第453期上，引起了北京市委市政府领导的高度重视。很快，市政府有关部门找到该区街道办事处和派出所，一一解决了这

刘尚煜在天安门城楼

28名青年（25岁以下11人，26岁以上17人）的就业问题。据悉，三四年后，他们中有的人评上了本单位的"先进职工"，5人入了团，还有两人光荣地加入了中国共产党。

人们都说，天高、海阔。然而，我感到，更高、更广阔的是人的心胸。作为一位年轻记者，我由衷地敬佩尚煜同志那博大的爱心和胸怀。一下子，我似乎明白了，他为什么给自己起"魏博民"的笔名，这不正是为了人民、关爱人民的别称吗？

坚持原则

平素，尚煜同志是一位和蔼可亲的老大哥，又是一位坚持原则、一丝不苟的老公安。

我的一位好朋友，是著名的劳动模范、全国政协委员、北京某集团公司的总经理。她的儿子很聪明，但也很淘气。小伙子从小就向往当一名伸张正义、为民除害的警察。这位劳模知道我和尚煜同志熟识，便想托我帮忙，把她儿子"弄进"警校。1989年一个星期天的下午，我陪着劳模夫妇，走进了时任北京人民警察学院院长的尚煜同志办公室。

尚煜同志亲切地接待了这位既是劳模又是领导的母亲："您儿子立志当警察，好啊！我们欢迎。但是，不管是谁，都不能例外，一律要参加考试，达到标准才能上警校。"语气斩钉截铁，掷地有声。

回到家，这位劳模母亲严肃地告诉儿子，"孩子，爸爸妈妈都支持你的理想，叔叔也在帮你。但是，你必须现在就好好学习，自己凭本事考上警校才是好样的呢！"

劳模的儿子不负众望，果然以优异的成绩考取了警校。在学校里尚煜院长叮嘱有关同志，将其分配给一个作风严谨、要求严格的分队长带领。小伙子进步很快：入团，授衔。后来，他终于成为某分局一名优秀的刑警。

"这就是我对孩子、对家长、对咱们公安队伍的承诺。"事后，尚煜

刘尚煜工作照

同志告诉我："甭管他是'好铁、癞铁'，捶打捶打才能变成好钢"。

1990年9月22日至10月7日，北京承办第十一届亚运会。我担任采访任务。外国运动员入住的亚运村警卫森严，想深入运动员村采访，限制颇多。当我了解到担任保卫工作的是北京警院的学生时，心想，凭我与尚煜同志的熟识与关系，还不"畅通无阻"吗？于是，便兴冲冲地去找尚煜同志"通融"。

不料，尚煜同志仍是和蔼亲切地对我说："张帆，我们越是熟悉，越是朋友，越是要遵守组委会规定的纪律。在纪律与原则问题上，绝对不能'通融'。"

幸福夜晚

与尚煜同志相处交往的20多年中，他几次向我兴奋地谈起他与毛泽东主席的一次偶然会见的情景。

"那是1956年11月17日，一个幸福的夜晚，终生难忘的夜晚。我见到了敬爱的伟大领袖毛泽东同志，和他共同度过了一个愉快的周末。"尚煜同志的眼睛发亮，脸上洋溢着幸福的光泽：

晚间21时14分，在中南海一间大约有300平方米的俱乐部里，靠南边的两扇小门被打开了，一个身穿藏青色中山装的同志首先进来，他靠在门旁边，大约10秒钟过后，毛主席进来了。

这时，坐在沙发上休息的朱德副主席首先站了起来，毛主席大步走过去，同他及周围的几个同志亲切地握手。

他，魁梧的身躯，宽阔的前额，红润的面孔，我们的领袖是这样的健壮！

他脸上总是浮现着微笑，不时地主动跟周围的同志打着招呼，我们的领袖是这样的平易近人！

这天晚上，我穿了一身银灰色毛花呢西装，系着枣红色领带。作为北京市公安局办公室团总支书记，受中南海警卫局和市公安局警卫处之邀，带着10名经过严格挑选的女同志，来中南海春藕斋参加周末舞会。

我坐在离毛主席不远的一张单人沙发上。在跳舞中间休息时，毛主席好像在一片灰、蓝色中山装中发现了一身洋装的我，便回过头来问：

"你叫什么名字？在哪个单位工作啊？"

听到毛主席同我打招呼，我有点不知所措，只是喃喃地说："我……我姓刘，是北京市公安局的……"

音乐声又响起了。一个穿旗袍、外罩短外套的女同志走过来请毛主席，毛主席站起来和她跳舞了。这时，我脑子才转过弯来。我真后悔，后悔没有和他老人家多谈几句话。

我悄悄地和坐在毛主席身后的卫士长打了个招呼，他微笑着点了点头。

音乐声停了下来，毛主席在一个沙发上坐下，我见毛主席身边的一个沙发正空着，就大步走了过去。这时，毛主席刚刚点燃了一支烟。

"主席，您一天吸多少支烟啊？"我问。

"我一天吸十几支。"这时，我看到他吸的是极普通的前门牌香烟。毛主席问我："你会吸烟吗？"

"我不会。"我摇摇头，恭敬地回答。

"噢，年轻人不会吸烟最好。"显然主席对我的问话感兴趣了，他探过身子来问："你叫什么名字来？"

"我叫刘尚煜。"

"哪个yu字？是王字加一点的玉吗？"

"不是，是李煜、李后主的'煜'。"

"那好，尚煜，崇尚光明嘛！你在哪个单位工作？"

"北京市公安局。"

"做什么工作呢？"

"做编辑工作。"

"噢，新闻记者，是知识分子。"

"嗯。"我有点不好意思，"我是两重身份：既是新闻记者，又是公安干部。"

"你们编的是什么报呢？"

"《首都公安报》，是市公安局的内部报纸。"

"是每天出报吗？"

"不是，我们是周刊，一星期出一张四开小报。"

"上面登政治消息吗？"

"登一点政治消息，但不占主要位置。我们是业务报纸，专门对基层干部、民警做业务上的指导。"

"噢！"他又问："你们报纸上发表评论吗？"

"发表，差不多每期都发表一篇社论。"

"你自己也写评论吗？"

"有时候自己写，多数是领导写。"

"当编辑、记者的，应该人人学会写评论。"毛主席说，接着又问："你们领导是谁？是冯基平吗？"

"不是，冯基平同志是我们原来的局长，现在他是北京市副市长了。接替冯基平同志担任我们局长的，是邢相生。"

这时，音乐声又响起来了，我不想妨碍毛主席跳舞，谈话就中断了。

我感觉到，领袖是伟大的，也是平凡的。毛主席的一举一动、一言一行，多像个普通人啊！

音乐一停，毛主席又回到座位上来了。

"主席穿这么薄的衣服，不觉得冷吗？"

"不，不冷。"

"您的身体真健壮。"

"我的身体不太好，也不太坏。"

主席拿起服务员递给他的毛巾，擦着额角上的汗。我知道，他大概是累了。

休息了，扩音器里放送着京戏。主席眯上眼睛静静地听着，后来又用手在自己的大腿上打着节拍。我想，他一定是很喜欢京剧的。

沉默了一会儿。我觉得，我坐在离主席这么近的地方是很难得的。如果不多聊一会儿，太遗憾了！

"主席，您讲话湖南腔还挺重。"我换了个话题。

"可不是，上了年纪的人，总是难于改的。"他笑笑说。接着，毛主席又反过来问我："你老家是哪里人？"

"我是湖北汉川人，"我说，"可是，我讲的是普通话。"

"哦。湖北和湖南，隔洞庭湖相望，咱们还是半个老乡呢！"

"是的。"我说，接着又顽皮地问："您怎么不学普通话呢？"

"我是顽固派！"毛主席打趣地说，而后爽朗地大笑了起来，我也随着笑了。

这时一个女同志过来请他跳舞，我把座位让开了。

主席几乎每个曲子都起来跳，大概他是很喜欢陕北的曲调，乐队差不多每次都演奏陕北民歌。

越来越多的女同志在旁边等着他，他笑着一个一个指着她们排顺序。如果有另外的同志来请他，他绝不打乱这个顺序，而且会和蔼地和这个同志说："请你稍等一会儿，我已经和她们约好了。"

12点整，开始演电影了，我又幸运地坐在主席身边。影片是纪录片《伟大的孙中山》和戏曲片《葛麻》。《葛麻》一开始，他刚听了一句，便回过头来对我说："讲的是湖北话。"显然，他已经记住我是湖北人了。

尚煜同志告诉我，"当时，我还只是一个刚满24岁涉世不深的青年。几十年过去，弹指一挥间。当年毛泽东主席那亲切的话语、谆谆的教诲，谈话中那轻松和谐的气氛，至今历历在目，恍如昨日。50年代中期，我多次向机关的团员、青年讲述过我的这段经历。每讲一次，都使我心潮澎湃，激动不已。和毛泽东主席的这次偶然会见，使我终生难忘。几十年来，我努力学习并实践着领袖对我这样一个普普通通的青年、普普通通的公安民警的教诲。"

1999年4月，尚煜同志不幸患病以后我从香港出差回京，几次去北京博爱医院和家里探望他，带去他爱吃的橙子。每每都见他在认真地看电视或者听广播。干了一辈子办公室、新闻宣传工作，在病中，他还在关心天下与国家大事。这似乎成了他生活的习惯也是他生命中的一部分。

这就是我所敬佩的老公安刘尚煜。这就是我所追忆的良师益友——这个一生忠实于党、忠诚于国家、忠信于人民的二级警监。

2008年4月18日，"狂飙为我从天落"。尚煜同志走完了他光辉人生的最后历程。6天以后，当他静静地躺卧在鲜花、翠柏丛中向人们告别的时候，与之并肩战斗的数百名公安民警，纷纷前来八宝山瞻仰这位老战友宁静、平和的遗容。

在悲伤的乐曲和哭泣的人群中，我看到了我熟悉的同行：原新华社北京分社高级记者黄智敏先生，《北京晚报》常务副总编辑张明非女士……

刘尚煜、何立容夫妇

忆吴象伯伯

2021年5月28日，星期五。天气格外晴朗，空气质量优。庄严肃穆的八宝山东告别大厅外，早早地就聚集了数百名前来送别吴象伯伯的人。他们来自中央和国家机关、国家新闻出版总署、国家农业农村部等部门。

告别大厅大门上端，悬挂着"沉痛悼念吴象同志"的黑色大字；进门两侧的墙壁上，循环播放着吴象伯伯参加革命几十年，特别是他老人家为中国的农业发展、农村建设和关切农民生活的光辉历程彩照，令人肃然起敬！

习近平、李克强、栗战书、汪洋、王岐山，还有王晨、陈希、李瑞环、温家宝、吴官正等领导人送的花圈，挽联上写着"沉痛悼念吴象同志"。全国人大农业与农村委员会主任陈锡文，国家农业农村部部长韩长赋同志敬献了花圈；农业农村部机关干部"倾巢而出"，前来送别这位为中国的"三农"鞠躬尽瘁、呕心沥血做出杰出贡献的老人。

由于我与吴晓向（吴小象）、尚墨玲夫妇是多年的同事和朋友，于是来到贵宾室看望吴伯伯的家人、亲戚们。见到吴晓向的儿子吴扬，多年不见，扬扬已经长成1.78米左右的男子汉，像晓向一样戴着眼镜，文质彬彬。我握住扬扬的手。晓向自豪地告诉我，"扬扬已经42岁，现在是大学教授啦！"我问扬扬："哪所大学？你教什么？"扬扬平静地回答："清华大学，我教化学课。"我一下想起摆放在吴伯伯脚下的鲜花篮，挽联上款写着："爷爷，你是榜样，我们不会让你失望。"果然如此！

告别大厅里循环播放着《在太行山上》的歌曲，雄壮而激越。这首歌曲创作于1938年7月，是为在山西境内浴血奋战、抗击日本侵略者的抗日军民而创作的。描绘了太行山里的游击健儿的战斗生活和英勇顽强、乐观开朗的革命乐观主义精神。它似乎在向参加告别仪式的人们，深情述说着吴象伯伯当年在太行山区不平凡的战斗经历……

在告别大厅一侧的贵宾室，我见到了《工人日报》社编委、工会工作部主任兼北京记者站站长郭强同志。他今天担任专业摄影师。我还见到了原《工人日报》摄影部老记者安晓远；原香港《大公报》老记者李炳华，他的姐姐和曾经担任国家新闻出版总署副署长的妹妹李东东。他们都是人民日报社的子弟……

一个人活着、工作时，能够得到党和国家领导人的信任与支持，获得众多百姓群众的尊敬与怀念，是非常不容易的；一个人走完自己的人生之旅，静静地躺在棺木里，接受党和国家领导人的悼念，众多干部群众发自肺腑的瞻仰与崇敬，何其难也！但是，吴象伯伯做到了！

纵观我们伟大的祖国，还是有许多好人、好干部的，像吴象伯伯这样为中国的"三农"勤勤恳恳、任劳任怨，几十年如一日地奉献的好人、好干部，理应得到亿万人民，特别是广大农民兄弟的崇敬与深深的怀念。吴象伯伯是好人，好人是长寿的。因此，他活了99岁！

第一次见吴象伯伯

我和吴象伯伯的儿子吴晓向成为同事和朋友始于1982年春季。当时，我在《工人日报》北京记者站当记者，后来担任副站长、站长。报社领导为了培养年轻记者，把三位年轻人：吴晓向、郭萍、马兰派来记者站当记者。吴晓向为人正直、正派、厚道，待人以诚，谦虚谨慎。我们朝夕相处，一起讨论北京市的形势，一起采访写作稿件，很快成了同事兼好友。

1984年的夏天，晓向热情邀请我去他位于北京西城区毛家湾的父亲家里做客。我早就从记者部的同志那里了解到，晓向的父亲吴象伯伯是一位"三八式"的老革命。在抗日战争初期就参加了八路军，还在延安抗日军政大学学习过。后来，又担任了新华社晋冀鲁豫总分社和《人民日报》的记者、编辑。曾经多次随部队奔赴前线，采写八路军指战员的英雄事迹，发表通讯文章，鼓舞指战员的斗志。全国解放前夕，吴伯伯就参与筹备《山西日报》，后担任过该报的副总编辑、总编辑。"文化大革命"中，奉调担任了《北京日报》的副总编辑。

时任《工人日报》副总编辑兼记者部主任的李冀同志，和副主任、鼎鼎大名的高级记者刘建国同志，多次向我讲述过吴晓向的父亲吴象伯伯，称他"经历过革命战争血与火的考验，经常深入基层采访，发掘树立典型；特别关注农村问题，撰写过内容深刻、针对性强的调查报告，是咱们国家著名的老新闻工作者。"

记得那是一天的上午，我怀着崇敬、兴奋，又紧张的心情，跟着吴晓向来到他父亲的家里。晓向的妈妈刘玉阿姨非常热情，刚一见面，立马向里屋喊道，"老吴，晓向记者站的领导来了！你赶紧出来！"我不好意思地对她说，"阿姨，我们记者站就仨人儿！"

不到一分钟，一位中等个子、身板硬朗、头发灰白、戴着眼镜的微笑长者出现在我的面前。他首先与我亲切握手，"哎呀！早听说你了！欢迎欢迎，快坐下喝水！"边说着，边把我摁在客厅的沙发上。

吴伯伯微笑地看着我，"随便点儿！就把这儿当成你自己的家！喝点水，吃个苹果。中午就在这里一起吃个饭吧！"看着这位厚道的长者，听着他亲切的话语，我紧张的心情，很快就平静下来。

那时候年轻，有股子冲劲儿，我也真怕时间稍纵即逝，失去向老人家请教的宝贵机会，便迫不及待地对他说，"吴伯伯，早就听说过您是老革命，老报人，写过许多很棒的文章。我们报社的领导也都知道您。请您跟我们讲讲，怎么样才能当一个出色的记者，写出优秀的报道文章呢？"

吴伯伯淡淡地一笑，"你和晓向都比较年轻。要想做一个称职的记者，写出好的新闻报道，首先要记住，真实是新闻的生命。在做新闻报道过程中，一定要时时刻刻遵循实事求是的原则。实事是新闻，事实的本身；求是就是通过你们的采访，去了解这个新闻事件的缘由，事件发展的过程，都经历了些什么？又达到了怎么样的效果？把它如实地记录下来，发表出去。第二，用脚写新闻。'下笨功夫'，注意调查研究；到第一现场去采访，像战场上的侦察兵一样，注意认真观察细节，询问事件的真相。第三，我赞成和主张使用'白描'的手法写新闻报道。我很不喜欢过多地使用形容词、修饰语，把事儿说得天花乱坠，粉饰太平；或者，专讲一些领导爱听的话。你们要记住，你们写的新闻稿件，不管是消息也好，通讯也好，都是给广大的读者看的，不是专门写给领导看的。要对新闻事实负责，对读者负责。再有就是，作为一个新闻工作者，要努力争取所写的新闻报道，能够影响和改进工作，'化腐朽为神奇'，促进社会的进步，改变一些不合理、群众不喜欢的现象。这是对一个记者，或者说对一家报社、电台的一种高标准的要求。"

吃午饭时，吴伯伯、刘阿姨多次给我的饭碗里夹肉、鱼和鸡蛋等美食。我正值年轻体壮，吃饭的"战斗力"是很强的。除了这顿"打牙祭"的美食外，更重要的收获是，让我清晰、系统地了解如何做一名优秀记者，怎样采写出好的新闻稿件。"听君一席话，胜读十年书"！回到家里，我立刻把吴伯伯的谆谆教导记在日记里。在后来的日子里，不管是在《工人日报》、香港《大公报》，还是主编《中国市场》杂志；即使自己做了主任记者、高级记者，也不时拿出来翻看这言简意赅的教导，用以指导自己的新闻实践。

巧遇安徽厅

1986年秋季的一天下午，我应邀参加安徽省委、省政府在人民大会堂安徽厅召开的一个会议，在大厅门口巧遇吴象伯伯。

此时，吴象伯伯在中共中央书记处研究室工作，兼任国务院农村发展研究中心副主任。1986年4月，同时担任万里同志的机要秘书。

吴伯伯非常高兴地拉着我，在大厅进门处的铁画——"黄山迎客松"前合影留念。吴伯伯是安徽休宁人，当然了解安徽铁画的历史——这项艺术创作起源于宋代，盛行于北宋。清代康熙年间，安徽芜湖铁画自成一体，并逐渐享誉四海。至今已有340多年历史，是中国工艺美术百花园中的一朵奇葩。芜湖

作者与吴象同志合影于人民大会堂安徽厅

铁画，以锤为笔，以铁为墨。以砧为纸，锻铁为画，鬼斧神工，气韵天成。芜湖铁画以历史悠久、风格独特、工艺精湛、技艺高超著称于世。

"你最近两年在做什么？有什么新闻佳作啊？"吴伯伯亲切地询问。

"吴伯伯，我响应胡耀邦总书记的号召，1985年8月到今年7月，报名参加了中央直属机关赴皖讲师团，在安徽教育系统工作了一年。去年8月11日，胡耀邦总书记在人大会堂，欢送我们中直和国家机关培训中小学师资讲师团的大会上，发表了《当代年轻知识分子成长道路》的讲话。他满腔热情地鼓励我们到基层去，到群众中去，到四化建设的实践中去接受磨炼，锻炼成长。"

作为中央讲师团的首批成员，我有幸和3250多名同伴一起，亲耳聆听了胡耀邦同志亲切的教导。遵照胡耀邦同志的指示，肩负着党中央的嘱托，我们奔赴祖国22个省和自治区参加了教育改革的实践。经过一年的锻炼，我们的思想水平与工作能力都有了较大的提高，有470多位同志光荣地加入了中国共产党。实践胡耀邦同志的教导，使我们体会到，基层需要我们，我们更需要基层。

我们中央直属机关赴安徽讲师团共有196位同志，大多数是二十五六岁的年轻人。在安徽的13个地、市的61所学校从事了教学和师资培训工作，担任了数、理、化、文、史、哲、经和外语、心理学等20多门课程的教学任务。我们还为当地的教师和学生们，举办了外语、音乐和新闻写作、文学创作、科技知识等讲座，受到了省教育厅和当地教育部门，学校师生的称赞。教学之余，我们讲师团的同志还深入农村和街道搞社会调查，写出了40多篇比较有分量的《调查报告》，有的还被中央和地方的报刊选用。经过一年的锻炼，我们有19位同志在讲师团工作期间加入了党组织；还有三名同志申请留下参加第二批赴皖讲师团的工作。安徽省的领导和报刊发表了《捧着一颗心来，不带半根草去》的评论文章，诚挚地欢送我们。

在此期间，我和中央电视台的三位讲师团成员，用两个月的时间走遍了安徽的13个地市、61所学校，撰写和拍摄了反映中央讲师团在安徽的工作、学习与生活的报告纪录片：《中央讲师团在安徽》，同时在安徽电视台和中央电视台播映。我们还专门播放给胡耀邦总书记观看，总书记非常高兴！

我告诉吴伯伯，今年8月15日，中央机关在人民大会堂召开欢迎八五届、欢送八六届讲师团大会。会前在休息室，我们几位讲师团办公室的同志向胡耀邦总书记汇报说，我们中有一位26岁的研究生不幸因病在新疆牺牲的消息时，他眼里闪着泪光，心情十分沉重地说："教育改革不容易啊，不仅有人为此付出心血，还有人为之献出了生命！"在这次大会上，胡耀邦同志又为我们做了题为《再同年轻知识分子谈成长道路问题》的重要讲话，号召广大年轻知识分子要勇于为祖国为人民的利益而献身。

我还欣喜地告诉吴象伯伯："由于工作关系，我在安徽合肥时，经常与省里领导接触。他们都高度评价您和万里同志在安徽所做的卓有成效的工作。您作为安徽省委副秘书长，积极参加对凤阳县小岗村等地农村大包干做法所做的支持、调研，总结和推广。特别是他们提到，从1982年到1986年，您亲自参与制定五个中央一号文件的准备和起草工作。您为全面推行家庭联产承包责任制，推动农业、农村改革与发展，为改善中国农民的生活做出了突出的贡献！"出生于江苏农村、在农家长大的我，此刻紧紧用双手握住吴伯伯的一双大手，眼里、心中充满了对他的崇敬与感激之情。

吴伯伯平静而认真地对我说："这主要是万里同志和省委、省政府同志做的工作。我只是协助万里同志做了一些基础性的工作。这些与胡耀邦总书记的热切关心和大力支持紧密相关。万里同志曾经多次说过，没有耀邦同志的鼎力支持，他要开展有效的工作是很困难的！"

看望吴伯伯

2004年夏季的一个晚上，我与爱人胡小燕一起去北京北四环干杨树甲16号看望吴象伯伯和刘玉阿姨。考虑到吴伯伯患有糖尿病，因此，小燕建议买一箱糖尿病人可以吃的南非进口红心西柚。

晓向告诉我，吴伯伯1989年11月退出领导岗位之后，仍然十分关注农村改革的情况，经常深入农村调研，积极向中央和国务院建言献策，贡献力量。1995年6月离休后，仍然关心改革开放和中国特色社会主义事业，关心家乡和曾经工作战斗过的革命老区的地方经济发展，特别是围绕农业经济发展、农村乡镇建设和农民生活改善等，笔耕不辍，研究不止，陆续撰写出版了《农村问题漫谈》《从昔阳到凤阳》和《中国农村改革实录》等著作。

"好久不见。这些年，你都做什么去啦？"一见面，吴伯伯便亲切地询问。他的脸上充满笑容，眼睛里闪着慈善的光。"我先在《工人日报》社当了几年编委、秘书长。1993年6月23日，受党和国家的委派，去香港担任《大公报》社委员，社长助理，副总经理，高级记者。""好啊！香港《大公报》是一张历史悠久、爱国爱港，有骨气、讲原则的报纸。你很幸运！"吴伯伯显得十分高兴。

"是的。"我回答吴伯伯。"《大公报》是由英若诚先生的祖父英敛之先生1902年创刊于天津。'七七'事变以后，天津和上海相继被日寇占领。

《大公报》力主抗战，表示一不投降，二不受辱。天津版、上海版分别于1937年8月5号和12月14号停刊。1938年，由胡政之带领金城夫、徐铸成等创办了《大公报》香港版。由于抗战原因，《大公报》辗转迁徙，物质损失惨重。但是，由于管理得当，仍然坚持渝版、港版、桂版同时出版发行，在规模和舆论影响力上，国内其他报纸难望其项背！"

2002年，是我们《大公报》创刊100周年。一个世纪以来，《大公报》以"坚持宣传正义声音"为宗旨。以立论中肯、报道翔实为特色，在国际上建立了良好的声誉。《大公报》是联合国推选的全球最具代表性的三份中文报纸之一。它是唯一获得美国密苏里新闻荣誉奖章的中文报纸。能够在这份具有光荣历史传统的报纸工作，的确是我从事新闻工作24年来的至高荣誉和自豪。

我告诉吴伯伯，在香港《大公报》工作的5年多，我曾经按照报馆领导的指示，在内地组建了14家办事处和联络处，招聘和培训了一批比较优秀的记者和广告人员。并且策划、主编过《投资中国大市场》北京、上海、天津、深圳、河北、江苏、广东、新疆等26个省市自治区专辑。受国务院新闻办公室领导的委托，我还主持编写和拍摄了两部360度环幕电影：《神秘的西藏》和《多彩的云南》，前者宣传西藏是中国领土不可分割的一部分，后者宣传云南美丽多彩的旅游资源。

我告诉吴伯伯："特别让我难忘和激动的是，我参加了香港1997年7月1日回归祖国的交接仪式。当五星红旗随着激越的国歌，在交接大厅的旗杆上升起，我激动地流下了热泪。这是我们中国人民百年雪耻、难忘今宵的历史时刻；也是我一生中最珍贵的时刻。我们《大公报》为此还特别编辑、出版和发行了四份《号外》，分别是：《江泽民抵港》《香港回归了》《特区庆典》和《京港同欢庆》，成为珍贵的、值得收藏的珍品。"

"好啊！你这段经历很宝贵，很有意义。"吴伯伯听了我的一番汇报与述说，慈祥、微笑的脸上放着光彩，连连称赞。"人这一辈子，说长也长，说短也短，最多活个100年吧。"吴伯伯喝了口茶，继续说道："人字很容易写，一撇一捺。但要做一个真正的人，对国家，对老百姓有点奉献，做点事的人是不太容易的，是一辈子都要努力的。至于要做一个大写的人，就更难啦！"

后来我才知道，所谓"大写的人"，是吴伯伯书写胡耀邦同志的一篇长篇通讯《大写的人——记胡耀邦与中国农村改革》的大标题。在文章里，吴伯伯以白描的手法，扼要而生动地描述了胡耀邦总书记重视调动八亿农民的积极性，主持制定和执行了农村改革的一系列方针政策，推动了我国农村经济迅速发展的决策过程。

吴象伯伯逝世后，对他的悼词中有这样一段话："吴象同志在80余年的革命生涯中，始终对党和人民无限忠诚……无论在艰苦的战争年代，还是和平建设时期。他都坚持把党的事业和人民的利益放在第一位，从不计较个人得失。他光明磊落，求真务实，在大是大非面前旗帜鲜明，立场坚定。他坚持实事求是，注重调查研究，一切从实际出发，敢讲真话。他思想深邃，文风朴实，是知名的农村经济学家和三农问题专家。他始终关注和研究农村改革问题。情系农民群众，为农村发展倾注了毕生的感情和心血。"吴象伯伯同胡耀邦同志一样，也是一位"大写的人"。大写的人是永垂不朽的。他们永远活在亿万人民的心中，与日月同辉！

继母

继母林素云

孩提时代，我是非常喜欢过年的。因为可以穿新衣服、吃好东西，放鞭炮。如今，我却害怕过年，每当听到迎春的鞭炮，心里便隐隐作痛——我敬爱的继母林素云是在春节期间去世的。看见书柜中继母的遗照我便止不住地流泪……

1959年2月21日，我随生母从原籍江苏丹阳来到了首都。北京，对我来说，既亲切又陌生。生母指着继母的照片："丁雷（我的小名），这就是你以后的妈妈了。你要听话，好好用功读书。等一会儿见到她，要叫她'妈妈'……"

我看着母亲消瘦的脸庞，苍白的面容和说话哆嗦的嘴唇，心里有说不出的难过：听母亲说，1954年我5岁的时候，父母离婚了——封建包办的婚姻，母亲比父亲大四五岁，又没有文化，这使得父亲与母亲之间根本没有什么爱情，甚至没有同情。法院将我判给了父亲，暂时由母亲抚养。1957年，母亲携我改嫁。父亲恐我有"寄人篱下"之感，征得继母同意后，将我要来北京。

上北京，我是欢喜的，在小学一年级的课本上就见过天安门；但一想到将有一个继母，心里却有些发慌。俗话说，"十个后妈九个狠"，我将遇到一个什么样的继母呢？

中午，继母回来了。映入我的眼帘的，是一位身材不高、体态微丰的中年妇女。她微笑着向我点点头："早听你爸爸说，你要来了。以后和你妹妹一起玩吧……"说着往床上的一个漂亮的、两岁小女孩指了指。她满脸笑容，我却怎么也笑不出来，更甭说叫她"妈妈"了。第二天，继母领母亲和我到中山公园、故宫去玩。尽管那里有我从没见过的珍宝、美景，我却无心观赏。中午休息时，我只听见继母对母亲说："虽说我已经有了两个孩子（儿子建锋放在丹阳县城姥姥家），可我还是很喜欢丁雷的。看得出来，他是个聪明、勤快的好孩子。你放心，我会像待自己的孩子一样爱护他的……"

10天以后，母亲要回原籍去了。继母给她买了一件衣服，又剪了一块裤料，还送给她几十块钱。北京火车站上，母亲通红的眼睛，欲哭又止的神态，更增添了我对父亲的不满和对继母的不信任。回家的路上，继母和蔼地对我说："听说你在农村学习不错，但是到北京要多用功。要不，会跟不上的。从今天起，我每天给你留五道到十道算术题。你可以随便领妹妹玩，但是再晚也要把练习题做完。"我没有说话，心想，母亲刚走，你对我就提这个那个要求，还说"待我像亲儿子一样"呢，哼！

继母却不管我怎么想，每天留练习题给我。我赌气似地做了一个星期。说来真怪，每次总有一两道题做错，可继母总在练习本上批上"不错，很用功""作业写得很整洁。要继续努力"等等。起初，我很不以为然。两三个月后，我才逐渐对她敬重起来。父亲告诉我，继母出生在一个贫苦的城市贫民家庭里，姐弟6个，她是老大。"穷人的孩子早当家。"继母青少年时期，便帮着姥爷、姥姥做家务，扛起生活的责任。抗日战争时期，全家跑到乡下访仙镇避难。她常常挎着小竹篮，里面放上针头线脑、小镜子、梳子、擦脸油等小日用品，走街串巷叫卖，不怕难为情，挣一些辛苦钱，补贴家用。

继母学习非常刻苦。丹阳解放后，她先后在南京栖霞区师教研会和苏南公署研会学习、进修。曾经被丹阳市陵口完全小学校长张四维先生，聘请为这所学校的三年级教师、班主任。妈妈为人热情、诚恳，思想很进步。1949年4月丹阳解放的时候，她勇敢地参加了欢迎解放军的工作。

1950年，妈妈瞒着姥爷、姥姥，报名参加了中国人民志愿军，并且带上了光荣花。后来，有关部门的负责人知道她是位教师之后，硬是把她强留在学校继续任教。1954年，她与父亲结婚后，由江苏丹阳县史巷中心学校教导主任的位置，调来北京市光华木材厂工作，先是担任厂职工业校教师，后调到厂部办公室工作。虽然时间已过半年，江苏省丹阳市人民政府仍然将"模范教师"的奖状，送到家居丹阳老西门的姥爷、姥姥手中。

每天清晨，我还没睡醒她就上班；晚上，我和妹妹已经睡觉了，她才回家。但是，不管多么晚，她都坚持为我批改作业。第二天我一睁眼，便又看到作业本上工整、清晰的批语："要继续努力，争取得满分……"

一

我的脾气是很犟的。母亲只生了我一个，又是男孩子，平时很娇惯我。到北京后，脾气如故。一次，我吵闹着要去游泳，还把十几个小学同学发动起来，人人拿着游泳裤去约我。继母担心我被水淹着，不同意。父亲也在一旁劝我，我却非去不可。父亲急着外出开会，见我这样，顺手打了我脑袋一下。我咬着牙，一跳脚跑离了家门。这一天晚上，我没回家，睡在一位叫赵金星的同学家里。赵的母亲听说我是继母，十分同情我。

第二天上早操的时候，我看见班主任常芝瑛老师在校传达室，一边接电话一边看着我笑，我心里便明白了几分。中午，继母到学校接我来了："昨天，你爸爸打了你，是他不对。我已经批评了他。可你，怎么可以一晚上不回家！万一出了什么事情，叫我怎么办？！"我知道自己错了，不敢看继母的眼睛。她办事一向认真，从不马虎。事后，我才知道，那天晚上，继母和父亲在从家到学校的铁路旁、护城河边，打着手电找了大半夜。尽管如此，邻居中还是有人说了闲话：

"没娘的孩子就是苦啊！""嗨！宁跟讨饭的娘，也不跟做官的爹吗！"……

跟继母关系要好的同事也埋怨她："你也真是自作自受，让他在农村待着多好，何必把他弄到北京来！再说，你也不是没有自己亲生的孩子！"继母流泪了，但还是平静地说："不！他是老张的孩子，也是我的孩子。我跟他母亲讲过，我会把他带好的！"这时，我才隐隐约约地感到有些对不住继母——"后妈"难当啊！也就是从那时起，我才从心里愿意叫她"妈妈"。

1961年春天的一个上午，我领妹妹小丽到厂区木头垛上去玩。由于我照顾不周，妹妹的右眼睛不知让什么扎坏了，红红的，不停地流着眼泪；秀气的脸蛋上也碰破了两处，淌着血。我吓坏了，中午不敢回家吃饭，躲在木头垛里。直到下午两三点钟，妈妈才把我找到。吃午饭时我才知道，妹妹已经送到同仁医院去了，大约要在那里住两个月。扎坏眼睛的是一只旧铁钉，扎伤点距离眼睛瞳孔仅差1毫米！视力由一点五急剧下降到零点二。

妈妈天天哭泣，却很少责备我。我知道，妹妹是爸爸、妈妈的"掌上明珠"，平时十分喜爱她的。我也十分爱妹妹。记得在一篇作文中，我就写了《我的妹妹》："她有两只漂亮的大眼睛，扑闪扑闪的长睫毛，说话很好玩。"有一次，她不穿鞋光脚在地上跑，我批评她，她还不服气，反问我："那小鸡为什么光着脚丫子在地上跑呢？"可现在，她孤零零地一个人躺在医院里。

妹妹出院后，眼睛视力只恢复到1点零。母亲对我说："从今以后无论做什么事，你都要专心，要有责任感。你是大孩子，该懂事了。你想想，如果妹妹的眼睛扎瞎了，不是苦她一辈子么……"打那以后，学习、做事，我认真多了。直到现在，许多同事都说我办事太认真。他们哪里知道，我曾有过这段不寻常的经历呢！

1962年，我们国家处于建国以来的最困难时期。一天，我到粮店买粮，由于买粮的人多，排了一个多小时队。临到我时，一个自私的念头萌发了："买九斤半，剩下半斤粮票自己留着买火烧吃。"我太想吃两边烙得焦黄喷香的火烧了。我刚把粮本和找给我的半斤粮票装好，母亲忽然出现在粮店门口！原来，她见我这么长时间没回家，担心我路上出事，追到粮店来。我的心"扑扑"地跳起来，每分钟足有一百下，真恨不得地下有个窟窿钻进去。当售粮员喊道："林素云，九斤半！"母亲愣住了："怎么是九斤半，不是买十斤吗？"我支支吾吾地说："妈妈，是……我买的九斤半……那半斤……我想……留着……买火烧吃……"到最后，声音低得只有自己才能听到。母亲看看周围的人群，又看我脸红、尴尬的样子，似乎立即明白了什么，二话没说，拎起口袋走出粮店。路上，母亲和颜悦色地对我说："孩子，眼前是难一些，但是暂时的，咬咬牙就过去了。往后办事情，可不能只想着自己，不顾别人啊……"我默默地点着头，惭愧地跟在母亲身边。回到家里，母亲却没有向父亲"告状"。她了解我的自尊心、虚荣心都很强，并且已经认了错。大吵大闹、大肆宣扬反而会伤我，教育的效果并不佳。

为了渡过暂时的吃粮困境，我们从工厂大食堂买回一斤二两面条，全家6口人吃，先给父亲捞出一碗干的，然后放许多大白菜叶煮着吃。当我眼巴巴地看着父亲那碗干面条时，母亲端起父亲那碗面条往我碗里夹了两筷子，低声说："快吃吧！"妹妹也眼睁睁地看着妈妈，妈妈对她说："乖孩子，你小，大哥（指我）要考中学啦！"趁妈妈转身回屋之机，我把自己碗里的面条拨给了妹妹……

有一次，我买粮食回家，忽然发现粮本里夹着十元钱，而找的零钱却装在自己的裤兜里。我想，准是售粮的同志忘记收钱啦，这时候说不定多着急呢。我赶快跑回粮店，交还那十元钱。粮店收款的同志感激地把我送到门外，并表示要写信表扬我。回到家里，我把这件事汇报给妈妈，妈妈高兴得眼睛笑成了一条缝，破例不是在星期天买了几斤我最喜欢吃的猪肉排骨，说是"奖励"我。这一天晚上，母亲不仅喜滋滋地将这件事告诉了父亲，而且以一种自豪的口吻告诉了近邻的叔叔、大爷、大婶们，家里简直像过节一样。我真没想到，我做了一件应该做的事，妈妈竟然会那样高兴……

二

妈妈十分重视对孩子的培养，而且方法得当。为了提高我的写作能力，她每个星期都给我出一篇作文的题目，让我练习写作。写完之后，自己先认真阅读，放上几天，再慢慢地进行修改。在我们家每周的"星期六家庭会议"上，妈妈就让我把作文朗读给全家人听，让大家提意见，然后再度修改。

几乎每隔两周的星期天，妈妈都会带我们去观看一次电影，回家后让我写出"观后感"。她不断地启发我：这部电影的主题思想是什么？它是怎样表现主题思想的？电影里哪些情节和镜头最感人？她还说，我看到你看电影的时候流眼泪了，为什么受感动？把它讲出来！

每过一段时间，她还会在非常忙碌地工作中，带我和妹妹去位于北京东华门的北京儿童艺术剧院观看话剧。像歌颂勤劳勇敢、智慧善良的故事《马兰花》，表现伟大的苏联十月革命的话剧《列宁在十月》；还有反映与表现60年代初期，一批解放军指战员不畏艰难困苦，战天斗地开发"北大荒"，为国家贡献粮食和石油的故事《北大荒人》等话剧。每每看完回到家里，妈妈都要跟我讨论这些剧目中的精彩内容和经典对话，提高我的艺术鉴赏和评论能力。

一年四季，不分春夏秋冬，妈妈都会在每个季度，带上我和弟弟、妹妹去公园儿游玩：北海、景山、天坛、日坛、中山公园、颐和园、圆明园、龙潭湖等等市内的公园，我们都逛遍了！在公园门口，妈妈和颜悦色地要求我，"你注意留心观察今天的天气，公园里的景色和事物。过上15分钟或者半个小时，我们找个地方坐下来，你把看到的、听到的、闻到的、想到的、花草树木、周围的人员等等，绘声绘色地给我们描述一遍！"后来我才懂得，妈妈这是在有意培养和锻炼我的观察分析能力、逻辑思维能力、语言组织和表达能力呀！

说到"星期六家庭会议"，也是根据妈妈的建议组织召开的，由我主持。主要内容是让我们汇报一个星期来的在校学习、劳动和表现情况；朗读自己撰写的作文或者报纸上的诗歌、散文作品。有时候，爸爸跟妈妈还进行绘画比赛，我们四兄妹当"评委"。最重要的一个内容是发扬"家庭民主"，开展建议、批评和自我批评。大人批评、教育孩子，孩子也可以给大人提意见。记得有一次，弟弟在学校淘气、被"请家长"。妈妈一生气，动手打了弟弟。我就在"星期六家庭会议"上，对妈妈提出意见，并且要求妈妈做自我批评。妈妈涨红了脸、半天不说话。后来，爸爸打破僵局："过去是'三娘教子'，现在是'子教三娘'。在我们家里，不管是谁有了错误，都应该自觉检讨。"妈妈表示检讨，并保证今后绝不动手打人，前提是弟弟要做个好学生。在"星期六家庭会议"上，还有一个内容是我汇报家庭财务收支情况。妈妈为了培养和锻炼我的勤俭持家本领，从小学四年级到初中二年级我担任班级团支部书记前，都是由我负责家里的财务管理；后来，由妹妹张丽接手。至今我仍然清楚地记得，那个时候的大米，每斤0.156元；白面，每斤0.184元；玉米面，每斤0.108元。

1968年9月，我参加工作以后，先是在北京人民机器厂当厂报的记者、编辑；后来，考取中国人民大学新闻学院，先后当上《工人日报》北京记者站记者、站长、主任记者；报社记者部党支部书记、副主任；工人日报社分党组成员，编委、秘书长。香港《大公报》社委、社长助理，副总经理和高级记者。中华全国总工会第十五届执行委员，中国工人出版社党委书记、社长兼总编辑。弟弟张建锋成为共产党员，北京某实验中学的一级教师、高级摄影师；大妹妹张丽成为共产党员、高级会计师，小妹妹张平成为高级工程师。应该说，我们的健康成长与成绩的取得，与妈妈的精心培养息息相关，这是后话。

三

"史无前例"的十年内乱开始了。"造反派们"揪斗了当车间主任的父亲，搜查了我的家。他们甚至连悬挂在墙上的毛主席像都摘下来，仔细查看后面有没有藏什么"委任状"。一位女"红色造反者"还饶有兴致地翻看我放在抽屉里的日记本。妈妈大声坚决地说："这是我大儿子写的日记，他很珍惜。你们不能拿走！"

当天下午，妈妈哭泣着到技校来找我，告诉我这不幸的消息。我的头"轰"地一下炸开了，过了很久才对妈妈说："妈妈，您不用担心。如果爸爸真的是国民党特务，我们就跟他分开过。我一定帮您把弟弟、妹妹拉扯大……"十几年来，母亲第一次抓紧我的手："我真怕你不要这个家……""不！"我坚决地表示："我是有良心的人，是共青团员，怎么会忘记这么多年来，您对我的好处，怎么会扔下弟弟、妹妹呢？"当天，我就把被子从学校搬回了家。

　　"群众整党"开始了，妈妈当时是工厂技校的党支部书记、政治指导员，受到了巨大的思想压力。入党十几年了，始终忠心耿耿地为党工作着，怎么会"跟党两条心"呢？记得在"文攻武卫"的年月，人们纷纷加入"造反"组织，妈妈哪一派都不参加。她说："从入党那天起，我就把自己完全交给党了。这是最高的信仰，最高的组织，干吗非要再加入什么'红造''革造'呢？"我被妈妈的浩然正气感动了，震撼了，但却更加为她担心。果然，妈妈被人在背上贴上了"大字报"。她的脾气变得暴躁了！夜里常常惊醒、喊叫。她患了严重的"神经官能症"。

　　1973年春天，父亲被解放军毛泽东思想宣传队"解放"了。工厂"革命委员会"要父亲担任厂里的生产指挥工作。父亲不愿意，他常常有意回避一些领导，会上讲官话，回家讲真话："我忘不了那几十皮带和打断的棍子！我辛辛苦苦为国家干了这么多年，没想到换来的是挨打、扫地、戴高帽子游街。我就扫地扫到死吧！"妈妈劝慰着父亲："许多对国家有功劳的老同志挨了打，挨了斗，现在都重新为党工作了。我们算什么呢？再说，也要想想孩子……"提到孩子，父亲眼圈红了："正是为了孩子。要不，我也会从楼上跳下去！"我知道，他们厂"文化大革命"内乱中，曾经有三四位被错误揪出、残酷批斗的干部，因为不堪忍受人格污辱、肉体摧残，分别从楼上、烟囱上跳下自杀！"我死了倒没什么，孩子们可要背一辈子黑锅啊！"父亲如是说。

　　父亲又振作精神在厂里跑来跑去了。母亲自然高兴，我见到她额角的皱纹似乎展开了……

　　1974年，我的女朋友入党了。我把这喜讯告诉妈妈。妈妈十分高兴，好像看到我心灵深处，又开导我说："现在是社会主义时期，不像战争年代那样容易考验人；要靠平时高标准要求自己。像你这样学生出身的人，没有十年、八年的考验是不行的。"当我1975、1976连续两年被群众评为全厂先进职工、北京市机械工业局"优秀团员"时，妈妈非常高兴。我又从她的脸上看到了当年我拾金不昧时的表情。她故意板着面孔告诫我："要把功劳记在党组织身上，记在大家的帮助上。不要受表扬就扬扬得意，挨批评就灰心丧气。"

妈妈对弟弟建锋、妹妹张丽的要求也是严格的。1976年抗震救灾期间，留校任教的弟弟主动替别的老师假日值班，母亲鼓励他："你年纪轻，又是共青团员啦，多干点事情累不死。老师们有家有孩子，你没什么负担，要多干些工作。"有时候，弟弟因工作忙，回家吃晚饭时已八九点钟，妈妈就让他在学校买饭票，吃完饭接着干。大妹妹张丽初中毕业下乡永乐店插队，是农村大队的广播员。妈妈在星期天去看她，鼓励妹妹在抗震救灾期间不要往家里跑，困难时刻要跟社员们在一起，并且告诉她："广播是党的喉舌，十分重要。要做好宣传，鼓励大家齐心协力抗震救灾。"妹妹被大队党支部和广大社员评选为"抗震救灾先进青年"。

当我看到妈妈和小妹妹与邻居们拥挤在一个大帐篷里，下雨刮风时雨水打湿了衣服，我提出，"我们工厂发塑料布，是不是回去跟厂里申请领一块"时，妈妈坚决劝阻我："不，不用。唐山地震，国家遭到了不少困难。咱们再不能伸手啦！这种事情要往后站，先把东西让给人家。"她又叮嘱我："你平常不是总抱怨自己没出生在战争年代，没有考验机会吗？地震就是对你的一次考验。"抗震结束，我受到了工厂党委的表扬，被同志们推选为抗震救灾的先进职工和优秀团员。

四

1977年大年初一的清晨，我在睡梦中被人喊醒。结婚后，住在岳父岳母家。小妹妹张平带着哭腔告诉我："妈妈中煤气了！正在同仁医院里抢救哪！"我飞速蹬着自行车赶到医院，跌跌撞撞地推开急诊室的大门。已经晚了！妈妈双目紧闭、嘴巴微张，平躺在病床上。父亲、弟弟、妹妹和邻居们围在一旁。医生紧张地做着人工呼吸，我看着脉搏显示器上的白线，只见医生按一下母亲的胸腔，白线便上跳一下；手一停，白线便无力地走着平线……

我不知道怎样走进的太平间。我忽然想起，有经验的老人曾告诉我：煤气中毒的人要迅速通风，解开衣扣，做人工呼吸。我和弟弟学着医生的样子，轮流给妈妈做着人工呼吸。我们盼望着，妈妈能够奇迹般地复活。然而，妈妈双目紧闭，怎么也喊不醒。

我实在不忍心让妈妈一个人睡在这冰冷的水泥地上。就和弟弟向看守太平间的老大爷借了一块铺板，让妈妈躺在上面。劝走了哭泣的弟弟、妹妹，我一个人独自坐在妈妈的身边，往事飞快地掠过眼前：火车站，练习本，粮店，公园，家庭会议……我不相信，精力充沛、好学上进、严于律己的妈妈，平时总是乐呵呵的妈妈怎么会忽然离开了我们？

不知是一种什么样的神奇力量支持着我，每天我和弟弟像上班一样，早晨七八点钟到医院，晚上七八点钟回家，一连一个星期，昏昏沉沉，忘记了饥饿，忘记了寒冷，甚至忘记了妈妈周围六具不同年龄的尸体。我的眼睛里、心目中只有慈爱的妈妈……

听弟弟、妹妹说，大年三十那天清晨，妈妈5点多钟就起床，先为患肝病的父亲熬药、煮饭，然后匆匆赶到厂里值班；下午，她又步行走访了四位同志的家。晚上，吃完晚饭已近9点，妈妈高兴地系上围裙，着手准备年饭。这年春节，妈妈格外高兴：插队的大妹妹从农村分回60元钱；我刚刚结婚；妈妈调任工厂托儿所所长——这是她盼望已久的工作，"文革"前当过好几年老师，教导主任。妈妈常常说，"培养下一代责任重大，一个孩子连着几个大人的心哪！常跟孩子们在一起，自己就会变得年轻……"

凌晨两点多钟了，妈妈劝走了帮忙的大妹妹："你先去睡吧！你大哥刚结婚，明天回来过年。他最爱吃元宵啦，我再包几个元宵……"

没想到，元宵没包完，母亲却因煤气中毒，晕倒在居室外五六米处自己搭建的小厨房里，再也没能跟我们讲一句话……

在给妈妈换衣服时，我又一次受到良心的谴责：只见妈妈从外衣到贴身小背心上，都缝着补丁。一件小小的背心，竟然缝补了三处！再看看自己和弟弟、妹妹，都是新衣、新裤……这就是妈妈——我们的妈妈！

揪心的哀乐在大厅里回荡，大厅中央悬挂着妈妈的遗像，两侧摆放着花圈。工厂的领导，妈妈生前的同事、朋友、学生、家长……闻讯赶来参加追悼会的人一直排到大厅的外边。

　　许多年了，我时时想起我的妈妈——普通的、慈祥的妈妈，普通的、平凡的共产党员。因为我是她的儿子。妈妈的形象，我将永远永远地铭记在心里……

人间百态

　　我们所处的时代，弃旧图新、改革开放。我们所在的国家，日新月异、高速发展。我们生活的社会，复杂纷繁、错综多元。人们的工作、思想、观念，千变万化；人们的生活、情感、追求，千姿百态。有些人阳光，勤奋，拼搏不息；有些人阴暗，颓废，纸醉金迷……

小院无处不飞花

北京宣武区天桥永胜巷2号院虽说不算大，确也够杂的：从年龄上说，年老的68岁，最小的还不满4周岁；论职业，有建筑工人，汽车司机，有电视台的记者，有政法干部，工会干部，还有退休工人，家庭妇女和上学的孩子。既有常白班，也有三班儿倒。七户人家有"老北京"，有山西人，东北人，还有河北保定、衡水的乡亲。院儿里一杂，往往事儿就多，处不好，就容易磕磕碰碰打嘴架。可这个院的左邻右舍，互帮互助，他们相处得像一个大家庭似的。

院里28口人28张嘴，每天光吃菜也得好些。于是，买菜就成了大家的难事，尤其是那三户双职工。住东屋的街道积极分子武开莲大妈就主动给大伙儿张罗。北京人有句口头禅："好吃不过饺子"。遇上卖韭菜、茴香等可做馅的青菜，大妈一买就是几大捆。晚上，人们下班回到院里。大妈一声吆喝："发菜啦，大伙儿快来领菜啊！"各家的小"代表们"抱起武奶奶分好的菜堆，嬉闹着跑回各自的家门。不一会儿，各家就响起剁菜包饺子的声响。谁家来了报纸、信件，谁家登记买煤，大妈都一件件办好。时间一长，各家的钥匙也都挂在大妈家墙上。大伙儿都说大妈家是"传达室"。

一天，南屋的刘淑云大婶对武大妈说："我们家白虹不知道是喝了冷水啦还是咋的，直喊肚子疼，一会儿您给照应着点儿。"说完，急匆匆上班了。大妈放下手里的活计，颤颤颠颠地来到南屋，摸摸孩子的头，哟，手心直发烫。看着孩子难受的样儿，大妈心疼得眼泪在眼眶里直打转："都怪奶奶不好，叫你吃苦啦！"说着，带孩子上了医院。

打那儿以后，大妈下决心看住水管子，不准孩子们喝冷水。可这终归不是好法子，就又把儿子的大凉杯装上凉开水，等孩子们放学回来，就招呼他们来喝。这下，院里孩子们再也没有喝冷水闹病的啦。

人心都是肉长的。武大妈为大伙操心，大伙儿心里着实不落忍。虽说大妈家人少，可也有脏土什么的。每当大妈扭着小脚去倒土时，不知谁早就给倒了。问院里人，大伙儿都抿着嘴笑不说话。

去年10月底的一天，大妈到弟弟家住几天。可巧这天晚上，她外孙一家五口从山西来看她。正当客人们眼睁睁望着门上的"铁将军"犯愁时，刘大婶走过来，一面跟客人们打招呼，一面打开锁把他们让进屋。看床上没枕头，她熟悉地打开武大妈的小柜拿出几个枕头；被子不够，又赶忙从自己家抱来一床新被子。住对面的绣花厂工人张万起大婶闻声也送来一床新被，北屋的魏淑亭大婶张罗着要给客人做饭，街道治保主任岳桂香大妈立即送来了开水，给客人们洗漱、沏茶。屋里住不下，刘大婶亲切地拉起武大妈外孙女儿的手，到自己家过夜。

人心换人心。日久天长，人们的心好像让什么东西给穿起来似的。你心里装着我，我心里装着你，谁也离不开谁。

有天晚上，天下着雨。刘大婶下中班，顶着张硬纸片急急忙忙奔家赶。一时忘了院里自来水改道，一进大门，"扑通"一声掉进了两米深的水井。住门边的岳大妈的大儿子刘文山听声先是一愣，接着传来大婶的喊声："文山哪！快来救救我呗！"不等衣服扣好，文山拉开门就往外跑。一看，刘婶歪躺在井里。他急忙把大婶拽上来，关切地问："大婶，摔伤哪儿没有？"啊呀，不好！他摸到大婶的脚腕子肿得老高，马上意识到可能摔伤了骨头。文山二话没说，背起大婶就奔医院。这下，惊动了全院。人们心急火燎地跟着往医院跑……

长辈是晚辈的榜样。大人和睦相处，孩子们也互相帮助。岳大妈的三女儿玉珍和魏大婶的二姑娘玉清在一个中学读书，是两个形影不离的好友。一次，为一件小事闹翻了。一连两个多月，谁都不理谁。家长们知道了都批评自己的孩子，说服她们去主动地赔个不是。

一天，姐姐给玉珍买回一件漂亮的棉毛衫。她一下子就想到了玉清，便央求姐姐再去买一件送给玉清。玉清一边试穿新衣，一边高兴地对妈妈说："妈，玉珍姐她们家真好！"孩子的话，拨动了母亲的心弦："是啊，岳大妈一家待人真是没得说。要不，咱一家五口还得挤在那个七平方米的小过道里呢！"

说到住房，这个小院儿28口人挤挤插插，够窄巴的。魏大婶家原住在仅七平方米的长条门道屋里，双人床横着搁不下，只好往墙里掏进去一块。街道治保主任岳大妈是个拆迁户，院里的三间北房分给了她。一天上午，岳大妈来看房了。魏大婶把大妈让进自己家，憋红了脸，半天才说："大婶，我们家……我想……"看她这个样子，岳大妈说："淑亭，我是个痛快人，有什么事儿你尽管直说吧！"魏淑亭才不得已讲了自己的困难和想法。岳大妈听罢，心里开了锅：全家9口人，大儿子过几年就要成亲，好容易才盼到三间房，刚想宽敞宽敞，还要给出一间去，一家子怎么挤啊？大妈的表情，瞒不过淑亭的眼睛："大婶，我也知道您家人口多，有难处，要不……""不！你们家的困难比我家大。我回去跟老头子商量商量，半天准给你信儿！"

回家的路上，岳大妈的脑海里不时出现魏淑亭的房子，孩子，她想：现在住房都比较紧，自己是个党员，不能眼看群众有困难不管，要自觉为国家分担一点儿难处……晚上，大妈跟老伴儿刘祥商量。刘大爷在单位是先进职工，听完大妈的话，不由连连点头："咱们自个儿想法挤挤，再搭个小棚子，叫两小子在外头睡，让出一间房给老魏家。"

第二天，岳大妈来到房管所。话没说完，把房管所一位同志吓了一跳："什么？用一间大北房换个小过道儿？！这事真新鲜。别人到我们这儿来都是要大房，你可倒好……"经大妈一再解释，这位同志才眉开眼笑，一面麻利地开好房证，一面不好意思地说："大妈，还是您老觉悟高哇！"

1983年，岳大妈的大儿子要结婚了。看着那个窄长条的门道屋子，大妈心里犯了愁。这天，房门一开，南屋的刘淑云老两口走进来："桂香啊，正为文山结婚的事儿犯愁吧？别着急，我们房不是跟文山连着吗，我们四口住两间，让出半间给文山当新房！""哎哟！这哪行啊？"岳大妈一下子站起来："你们也不宽余……"刘淑云说："这你就甭管啦，就让文山准备跟我们一块儿拆墙吧！"

在房管所的帮助下，门道房的里墙往刘淑云的屋里展宽了一米多。这下子，有了十二三平方米，摆上了双人床、大衣柜、桌子、沙发，小两口高高兴兴地结了婚。

一天晚上人们在院里乘凉，魏大婶叹了口气说："唉！我们家大闺女今年20啦，一个屋里洗洗刷刷真不方便，连个躲闪都没有。"说者无意，听者有心。东屋的武大妈心里一动：是啊，姑娘大了避父，得帮老魏家想想办法。可是，有啥办法可想呢？院子里就这么点地方，并排过两辆自行车都费劲儿。干脆，拆了自己家北边的小棚子，把地方腾出来让魏家盖个小房儿……

果然，不几天，武大妈拆了小棚子，魏家盖起了小房。

三家让房，虽说并不惊天动地，但在这个居住十分拥挤的小杂院里，确是很难得的。这个居民院邻里之间平等和睦、团结互助的关系，正是社会主义制度所形成的人与人之间的新型关系。这也正是社会主义精神文明在这些普普通通的工人、干部和家属身上的体现。

春天到了，人们把各家栽培的鲜花摆在院子中间，放在窗台上。百花争艳，吐露芬芳，给小杂院增添了新的生气，给人们带来了欢乐和愉快。

附：采访札记

现实生活的时代精神

这年3月8日，北京市计划表彰一批五好大院。我从六七个线索中挑选了宣武区天桥永胜巷2号院。这个院有两个特点：一是有说服力。天桥，在旧社会是恶霸横行、百姓遭难的地方。电影《龙须沟》描写的情景给人们留下极深刻的印象。用天桥一小院来反映我们时代风貌的一角，歌颂人们之间新型的社会主义的关系，是很有说服力的。二是有针对性。北京老百姓住房一般都比较紧张，有的院儿邻里不和，就因为盖小房你占我一尺、我占你半米怄气、吵架，几年不说话也是常有的事儿。2号院居然能三家三次互让房，十几年从来不吵架，确实不简单。

采访

初访小院时，为了扎实稳妥，我先找街道党委摸情况。当天下午，又找到住在2号院的居委会治保主任岳大妈了解情况，使我了解了住户的情况以及三让房的大概经过。

因住户中双职工晚上才回来，我们约定第二天晚上接着谈。岳大妈热情张罗，把各户代表请到。从6点半谈到9点钟，谈出了一些细节。我想起一些老记者给自己讲过的经验：要努力挖掘与报道主题有关的细节材料，特别是关键的细节，更要清楚。我决定第二天进行个别访问。

在分析所掌握的材料的基础上，根据时间、事态发生发展的顺序，我拟定好采访提纲，如：街道积极分子武大妈怎样照顾大伙？大伙怎样待她？"三让房"中让房是关键，岳大妈让房前后的思想斗争情况怎样？我一连用了两个半天，访问了全部住户28人中的20人（小孩除外），重点人物像岳大妈、武大妈、刘淑云大婶、魏淑亭大婶等，我先后谈过三四遍，打消什么怕人看不起、怕说自己水平低的思想顾虑，反正不把事情的来龙去脉搞清楚不罢休，不把能体现和反映主题思想的细节材料搞清楚不罢休。

与采访对象交朋友

要想让采访对象毫无顾忌地讲出你所需要的材料，首先要让采访对象了解你、熟悉你，觉得你不是"外人"。

在采访小院时，我注意学习老同志的经验，先从家庭生活开始扯，使对方紧绷着的弦松下来，再慢慢引上正题。在与工人住户聊时，我先介绍以前自己在工厂干活时的情况，谈生产管理、产品、质量以及奖金分配等情况；在同大妈、大婶们座谈时，我先谈自己的父母、爱人、孩子的情况。在他们这些采访对象面前，我感到自己不仅是记者，同时也是他们的徒弟、同事、朋友和晚辈。当我把自己父母曾因盖小房与邻居争吵的事情告诉她们时，大妈、大婶们不仅没有笑话我，反倒觉得我这个人"实在""直爽""像她们院子里的人"，再谈起来，就很随便、亲切、自然。许多情况，比如岳大妈让房的思想斗争，武大妈照顾刘大婶的女儿上医院以及岳、魏两位大妈的女儿闹别扭又重新和好等细节，就是这么聊出来的。这些材料，都从不同的侧面，反映和表现了我们这个时代人与人之间互敬互爱、互相帮助的精神面貌，反映和表现了文章的主题。

要为采访对象着想

在采写小院时，有人向我介绍了岳大妈的丈夫、老工人、党员刘祥大爷教育、挽救院里一个失足姑娘的事情。这个事例很生动，如果写进通讯，肯定会使文章增色。我详尽地加以叙述描写。初稿写成后，岳大妈却不同意。原因是姑娘不久前在本厂搞了对象，登报后搞不好，对象告吹不说，还会影响院里的团结。我虽然觉得不用这个事例实在可惜，但认为大妈讲得在理，最后下决心把它删去了。

我们做宣传工作的，要多为采访对象着想，使我们的新闻报道有利于促进工作，有利于促进团结。切不可只顾自己文章发表，名字见报，不管采访单位、采访对象能否接受，是否有利于工作。我觉得，这也是我们采访作风和思想品质的问题。

《小院无处不飞花》一文在3月23日《工人日报》第一版发表后，受到一些老同志和读者的鼓励。北京人民广播电台"首都生活节目"作了全文广播，北京的一些街道党委还组织所属居委会进行学习。其实，文章发表的作者名字是我，但并不是我一个人。记者部的几位老同志多次给予指导、帮助，甚至逐段地润色、修改；夜班编辑室的同志精心改写的"小院无处不飞花"的标题，给文章增添了很多色彩。

婆婆·媳妇·姑爷

在我珍藏的相册里，放着一张北京市工程机械工业公司卫生科任金茹同志的"全家福"。一家老小四口甜甜地笑着。可是，这一家却有着一段奇特的经历。

一

1976年的7月，蓝光闪过之后……

剧烈的地震，给唐山人民的生命财产造成了巨大的损失。这场灾难也降临到任金茹的头上——丈夫谈加顺不幸在地震中牺牲。噩耗传来，小任呆呆地望着玻璃窗外，泪水顺着两颊簌簌地流下来。逝去了的甜蜜的生活，开始苦痛地缠着她的心。

任金茹和谈加顺自幼住街坊，两家关系很好。后来，又一起上小学。他们在幸福中成长，在甜蜜中结合。两年后，有了一女孩，取名谈海虹。夫妻互敬互爱，婆媳和睦相处。

谁想得到，现在，大祸却自天而降呢！

在同志们的陪伴下，小任回到了自己的家——朝阳区和平二村。

这意想不到的消息，如晴天霹雳，也狠狠地打在婆婆谈妈妈的心上：

"我14岁当童养媳，27岁守寡，一把屎一把尿把这个孩子拉扯大。现在……天哪！我以后可怎么活哟！"

婆婆悲戚的诉说，在小任那已被撕裂的心上又揪了一把。她搀扶着婆婆，满怀真诚地说："妈，您甭太难过。从今后，您就是我的亲妈，我就是您的亲闺女。我一辈子都不离开您！"

　　媳妇的话，给了婆婆莫大的安慰。但是，金茹这样年轻，她能在这个家待下去吗？她走了，我跟谁呀？

　　丈夫不在了，媳妇更把婆婆当成了自己的亲人。北京的金秋是美丽的，每逢星期天，小任就陪着婆婆，领着孩子，逛公园，看电影，想借此抹去老人心上的悲伤。在日常生活中，小任也事事都跟婆婆商量，经老人同意后才去办。

　　日子是和谐的，但家里没个男人，日子又是相当困难的。夏天，自家搭盖的厨房漏雨，要抹一下房，只好小任抹上面，婆婆抹里面；打扫房间卫生，搬动笨重的家具，婆媳俩抬不动，总得让邻居们帮忙。天真活泼的小海虹还常常问："爸爸怎么还不回来啊？爸爸在家就好啦！"是啊，孩子想爸爸，婆婆要儿子，小任也多么需要丈夫啊！

　　一天，一个老街坊登门找婆婆："老姐姐，说几句话不知您爱听不爱听？加顺去世两年了，金茹才二十几岁，您就老让她守寡吗？"婆婆叹气说："唉，可不是嘛。如今是新社会了，时兴新章法。我自个儿二十几岁守寡，不能叫媳妇也二十几岁守寡啊。金茹是个好孩子，不知你可有合适的人没有？"

　　任金茹的人品、思想，厂子里哪个不夸！两年来，领导和同志们都关心她，劝她再找一个中意的丈夫。找爱人是好事，对抚养老人和教育孩子，都添了一个帮手。可如果他怠慢了老人，委屈了孩子，又怎么对得起死去的丈夫呢？

　　小任看上了一个人。他是本厂二金工车间工会的生产委员、工人秦福仪。小任是卫生科的工会主席，由于工作关系，两人常在一起开会。接触多了，彼此有了感情。

　　两人有心，"红娘"也就找上门来了。

　　第一次谈心，小任就开诚布公诉说了她爱人牺牲、婆媳和睦相处的经过。小秦不由得泪流满脸。小任低声说："小秦，我上有老人，下有孩子，结婚后你要住到我家去，愿意吗？就是你同意了，你妈会同意吗？"

第二天，小秦郑重地交给小任一封信："小任，我喜欢你，我妈也同意结婚后搬到你家去。请放心，我一定会像你那样敬重老人、喜爱孩子……回家后，请把信好好念给你妈妈听听。"

1978年6月11日，他们结婚了。婚礼简单而隆重，厂里党政工团领导和医务室、车间来了许多人。一个小伙子握住谈妈妈的手，高兴地嚷道："大妈，您大喜啦，我给您老人家道喜！"

谈妈妈满是笑容的脸上，又有泪水流了下来，她很自然地想到了自己死去的儿子。但是，她用手抹了抹眼泪，连声说道："好，好！谢谢，谢谢！"

这一切，都让站在旁边的新郎看在眼里。小秦理解谈妈妈的心情，找到新娘说："小任，咱们赶紧结束吧，别让妈再难受啦。她老人家流眼泪，我心里也不好受……"

二

小秦真像谈妈妈的亲儿子。

每天下班回到家里，他就忙着打水、扫地，忙家务活；星期天，陪妈妈去看电影、逛公园，讲些国家的、工厂的大事给老人听。谈妈妈是常州人，喜欢吃甜点心，小秦就跑遍王府井、花市等有名的副食商店，变着样儿买回来。

小秦不抽烟，不喝酒，每个月的工资，连同当月的奖金，都交给谈妈妈。家里的一切全由妈妈做主。

有一次，谈妈妈感冒了。小秦一夜起来两次给妈妈喂水、喂药。第二天清晨，小秦早早起了床，烧好热水给妈妈洗脸。他伸出手，先在盆里试了试，又加了一些冷水，小心翼翼地递过去。待老人在床上洗漱完毕，小秦又捧上一碗热气腾腾的鸡蛋挂面汤："您赶紧趁热吃了吧！"

谈妈妈接过碗，用筷子挑了两下，一股浓郁的油香直冲鼻孔。老人的嗓子像被什么东西堵住了，鼻子一酸，不禁流下泪来。

看到这情景，小秦慌了："妈，您怎么啦？是不是头晕得难受啊？"

老人抬起头，张开满是泪花的双眼，望着姑爷："嗨，傻孩子，妈的病早好啦，我这是高兴……"

对待海虹，小秦更是一百一。起初，小姑娘睁着两只水灵灵的大眼睛，带着几分疑问的神气看着小秦。日子久了，逐渐就熟了。每天晚上，她总爱缠着爸爸讲故事。孩子喜欢吃雪糕，小秦下班后不管多累，总是想方设法给她买回去；有时附近没有，就跑七八里路到花市、崇文门去买。小海虹爱放爆竹，每逢节日，小秦总要给她买回好些爆竹来；小秦在洗衣服，海虹就趴在他背上，用小手摸着爸爸的脖子、耳朵。小秦学过针线活，冬天快来时，他还与小任争着给孩子纳鞋底、缭鞋帮呢！

小秦有个在早晨换衣服的习惯。起初他不在意，换下的衣服随手就放在床上。下班后，发现脏衣服早让妈妈洗得干干净净，叠得整整齐齐。小秦说："妈，您这么大岁数了，还给我洗衣服，累坏了怎么办？真是的！"谈妈妈爽朗地一笑："这孩子！妈老了，不中用了，给你们洗两件衣服还行吧！"小秦就准备个书包，把要洗的衣服带到厂里去，晚上再拿回家自己洗……

三

12月初的一天，小任兴冲冲地来到公司计划生育办公室，对办公室的工作人员赵学勤同志说："赵姐，我也想领独生子女证。您看，行吗？"

老赵吃惊地反问她："你跟小秦商量了吗？""没有。"

老赵和蔼地对她说："小任，你响应党和国家的号召，这很好。可先得跟小秦商量商量，要你们俩都愿意才行呢！"

晚上，小任对小秦说起了这事。小秦似乎不相信自己的耳朵："什么？你说什么？"等他弄清了是怎么回事的时候，眼泪一下子涌了出来："只要一个孩子，那为什么？领导上不是给我们生育名额了吗？世上哪一个做丈夫的，不想要一个自己生的孩子！你……"

小任望着丈夫那激动的面孔，知道他这样喜爱孩子，一下子要他同意不生孩子，这个弯子不好转。

小任平静地对丈夫说："计划生育是党的号召，对国家，对自己都有好处。我是党员，要带头响应党的号召才对。再说，海虹对你不是很好吗……"

想到海虹，小秦心里暖乎乎的。她的确是个又聪明又懂事的好孩子啊！

每天中午，只要稍微一过吃饭时间，她都要站在马路边，踮起小脚尖，两只大眼睛出神地望着前面骑自行车的人群，盼望爸爸、妈妈快回来吃饭……

每次，爸爸给她买回冰棍、雪糕，她都要爸爸、奶奶先咬一口后，才肯自己吃……

吃苹果、鸭梨时，她都挑大的、好的递给爸爸、奶奶和妈妈，自己留下最小的，一边分着一边还说："爸爸、妈妈、奶奶应该吃大的，我最小应该吃小的。"

有一次，小秦感冒发烧躺在床上，她把剥好的花生仁一粒粒地放进爸爸的嘴里，还学着妈妈给奶奶捏脑袋的样子，两只小手在爸爸的头上捏来捏去。吃药的时候，她倒了一杯水，放上满满的一勺糖，先用筷子搅了搅，然后用小手绢垫着递过来，皱着小眉头说："爸爸，您喝点水吧！一点儿也不烫，我试过了！"

还有一次……

想到这里，小秦的眼睛又湿润了。第二天清晨，小秦揉揉红肿的眼睛，对小任说："小任，咱们就要海虹这一个孩子吧！"

几天后，小秦和小任一起去领回了鲜红的"独生子女证"。

1980年3月8日，在北京市工程机械工业公司召开的庆祝国际劳动妇女节大会上，公司党委发给了他们一家"三代同堂，和睦光荣"的奖状，并号召全公司广大职工向他们学习。北京市妇联命名他们为"五好家庭"。

1982年春节期间，中央电视台以"和谐美满的家庭"为题，播放了任金茹一家的事迹。人们传颂着，赞扬着。任金茹四姓一家、和睦相处的新道德、新风尚，将在建设社会主义精神文明中得到更为广泛的发扬。

附：采访札记

寻找新闻宣传的典型

《婆婆·媳妇·姑爷》一文发表后，报社陆续收到许多读者来信，表示向任金茹一家高尚的社会主义道德风尚学习，建立和睦的家庭，精力充沛地投入四化建设。

针对实际选择主题

当记者前，我曾经做过六七年基层工会工作。由于"四人帮"的破坏和毒害，在十年内乱中，社会风气、人与人之间的关系都遭到严重破坏。家庭是社会的缩影。我常常看到因家庭不和闹到厂里，要求领导和工会调解的现象，而在家庭纠纷中，以婆媳不和为最。这些都严重地影响人们的工作和生产情绪，败坏着社会风气。

粉碎"四人帮"后，社会风气有了很大改变。很长时间，我一直想采写一个反映家庭和睦美满、婆媳互敬互爱的典型，反映我们社会主义社会人与人之间的新型关系和道德风貌。今年二月初，我们办公室负责女工和计划生育工作的同志，向我介绍说北京市工程机械工业公司有一个年轻的女共产党员任金茹同志，爱人一九七六年在唐山地震中牺牲，她待婆婆像亲生母亲。后来在婆婆同意下，与本厂工人秦福仪结婚，男方到女方家里落户，四姓组成一个和睦美满的新家庭。最近，她们又响应党的计划生育号召，领了"独生子女证"。两人工作积极，都是先进职工，在群众中反应很强烈。

听到这个消息，我喜出望外。我对这个题材进行了认真的分析，首先，它虽不是直接反映大干四化的典型，但是与实现四化有直接关系，符合党的目前宣传中心；其次，这个典型有深厚的群众基础，宣传出去有助于促进和发展安定团结的大好局面，促进新型的社会主义道德风尚进一步形成；第三，这是涉及到千家万户日常生活的实际问题，群众十分关心。因此，我决心采写这个反映社会主义道德风尚的好典型。

认真采访深化主题

在北京市机械局工会领导同志的支持下，我到工程公司采访。我采取"迂回"战术，先找到原公司工会主管女工工作的副主席、现任公司计划生育办公室负责人高丁兰同志。她向我介绍了任金茹在丈夫牺牲后，婆媳相处的情况以及重新结婚后的家庭生活、计划生育的思想斗争和孩子改名引起的风波，使我对任金茹一家的情况有了初步了解。我又找平时与任金茹个人关系比较好的赵学勤同志座谈，了解到任金茹一家生活的许多细节情况。

为了节省时间，掌握采访的主动权，第一天我就向任金茹提了三个问题，即：丈夫牺牲后，你是怎样想的、做的，婆婆怎样反映；新家庭是如何重建的，生活得怎么样；在计划生育问题上夫妻俩及婆婆的反映。我认为这三条集中反映了任金茹一家的思想品德，最能体现主题。第二天，我与任金茹座谈了六个半小时，写下了一万多字的笔记。

通过与任金茹的谈心，了解到秦福仪同志忠厚老实但不太健谈。我继续采取"迂回"战术，先找每天与秦在一起工作的郭庭爱同志了解情况。郭庭爱正准备写一篇《介绍我身边的一位好继父——秦福仪》的文章。他毫无保留地把他所知道的关于任、秦一家的生活情况和事例告诉给我，使我在没与秦座谈以前，就掌握了大量生动的素材。

与秦一接触，他就有些发窘。为了打开僵局，我学习老记者"开锅熟"的本领，以心换心，开诚相见。先介绍自己曾经也是车工，上次到他们厂听过他介绍过经验。他一听很高兴，绷紧的心弦慢慢松弛下来。就这样，打开了话匣子，他谈出了内心的真实思想和情况，详细介绍了他与任金茹恋爱的经过，毫无顾忌地谈了自己只要一个孩子的激烈、复杂的思想斗争以及怎样说服自己母亲的过程。这些，都为说明主题、深化主题、表现主题打下了坚实基础。积累了比较丰富、生动的素材。

实事求是力戒浮夸

通讯报道要实事求是，反映事物的本来面目。在写《婆婆·媳妇·姑爷》一文时，我这样要求自己：从主要的事实，主要的情节，到具体的细节、人物的语言都要真实，不能合理想象，任意"拔高"。

起初，我在采访中听有的同志讲，在谈妈妈生病时，小秦同志曾经给谈妈妈洗过脚。当时，我认为这事十分生动，在初稿中，我把这件事描述得很详细。为了慎重起见，我来到秦福仪同志家核对。任金茹和秦福仪同志立即纠正了这件事。事实是，有一次谈妈妈不慎扭伤了腿，小任为婆婆揉腿，而不是什么姑爷给丈母娘洗脚，就坚决把这事从稿子中删去。后来，我详细地询问谈妈妈，了解到老人生病时，秦福仪为他妈妈做鸡蛋挂面汤的事，我就把这些事实补充了进去。

真实是新闻通讯的生命。一篇报道只要里面出现一个小的差错或与事实不符的地方，就会失去通讯的说服力、战斗力，给党报的威信带来损失。生活本身是生动的，原原本本反映事物的真实面目才会感人。

描写细节精选语言

通讯要有好的情节，要重视对生动细节的描写。好的细节描绘，可以使人物血肉丰满地立在读者的面前，使读者如临其境、如见其人，从而具有较强的感染力。

感情是思想的外在表现。在《婆婆·媳妇·姑爷》一文中，我一共描写了九个细节。在描写细节中，我注意选择那些围绕主题、最有代表性、最能反映人物思想、性格、品质的细节，写感动自己的事情。比如，我选用了谈加顺牺牲之后，给谈妈妈做皮袄和任金茹与秦福仪谈恋爱时的情节，反映任金茹同志对婆婆的高尚的无产阶级情操，表现任金茹这个年轻女共产党员崇高的思想境界。

注意精选语言。任金茹一家每天生活中是要讲许多话的。我注意选用那些最有特色、最能反映人物个性的语言，来揭示和表现人物的内心世界，反映出人物的特点。

反复推敲修改。稿子写成后，我先后认真修改了三遍。拿标题来说，开始，写了个"并非亲生骨肉"，仅仅讲了事实本身，没有反映出思想性。后来改了个"骨肉情"，又感到太俗气，不新鲜生动。最后，有的同志看后提议，社会新闻要以情感人，起个实实在在的名字，干脆朴实点《婆婆·媳妇和姑爷》吧！后来，《工人日报》的编辑同志改为《婆婆·媳妇·姑爷》更好。

文章写好后，我曾经请北京市机械局工会办公室负责女工工作的同志、局政治部的领导同志、工程公司工会的同志及我的父亲、弟弟和同学们提意见，采纳合理意见，修改不合理的部分。最后，工程公司工会的领导同志决定打印下发所属各厂时，打字员同志又对个别字句、形容词、口语等提出了修改意见。发表时，《工人日报》和《北京日报》的编辑同志删改得精练多了。所以说，事情是任金茹一家做的，文章是大家伙儿集体凑的，我自己只不过是当个记录员。

除却巫山不是云

30年了，许慈安第一次参加北京市总工会这样隆重的"三八"国际劳动妇女节茶话会。当主持会议的女工部长请她讲话时，她的声音颤抖了：

"我要欣慰地告诉姐妹们，我生活得很有意义，很幸福。而这一切，全是党给的，也多亏了我的丈夫陈自新……"

青年时期，是最富有理想、幻想的时代。苏联著名园艺家米丘林的传说，织成了他们心底埋藏的斑斓的彩虹。他们在武汉大学园艺系发奋读书。在班里，他俩不仅是学习上的佼佼者，而且都是文体活动的骨干：陈自新是校文工团的提琴手和校男子篮球队队长；许慈安是校文工团音乐部的副部长。课余时间，他们经常在一起听音乐，谈学习、生活……共同的理想、爱好把他们的心紧紧地联结在一起。

1954年，两张毕业分配表格上填写着同一个内容："第一志愿——大西北。"从此，他的汗水洒在新疆伊犁；她终日奔波在老革命根据地陕北武功。一年后，劳累、潮湿、高烧；危险期、并发症期、后遗症期……夺去了这位22岁的姑娘臀部以下的神经。

他没有嫌弃她，千里迢迢赶到北京和她结婚。老医生对他说："许慈安是位好姑娘。不过，你们千万不能要孩子……"

"我们分手吧！我不能拖累你一辈子……"她踌躇不安。

"不！没有孩子，有友谊、爱情。"他坚定不移。

生活，就像他推动她的手摇车，开始了漫长的旅行。大街两侧，跑跑跳跳的"红领巾"和依偎在父母怀里、咿呀学语的"小宝贝"，给人们带来无限的乐趣。当他推着她从人群眼前走过的时候，人们用眼睛发问：英俊的他和残疾的她，生活能有幸福吗？

早在新疆时，他就向党委书记谈了："我们有共同的理想，共同的志趣，我们会幸福的。我要通过结合，使她重新站起来，返回工作岗位……"

他忠贞不渝地实践着自己的诺言。

1962年底，党组织将他调到唐山郊区农林局。

他想念妻子，几乎每周一封信，让她感受沸腾生活的脉搏，增强战胜疾病的力量；他一两个月也不休星期天，为的是积攒些假期，回来照顾妻子。爱人是需要营养的。然而，当许慈安吃着鸡蛋、糖果时，她心里明白，这是丈夫节衣缩食换来的。生活需要钱，治病需要钱。可自己1958年被单位"退职处理"，只发了200元"退职费"。但是，尽管缺钱，可他从不报销探亲的旅差费。

一次，他从唐山回来，看见妻子倚近窗台，脸朝着透过窗棂射进屋内的一缕阳光。

"慈安，你在干什么哪？"

"我？在晒太阳。"

啊，园林果木都喜欢阳光，病残人何尝不更是这样？！性格内向、细心的陈自新，每每注重了看病、吃药、洗衣、做饭，却偏偏忽略了让慈安多晒太阳。

打那时起，每当风和日丽，邻居们总看见陈自新背着慈安到院里晒太阳。当春风吹绿院内的树枝，万物充满着蓬勃生机的时候，陈自新便推慈安进影院、出剧场，享受艺术的感染；蹈商场、逛公园，感受生活的气息。

这天清晨，陈自新和慈安的外甥一起，轮流将她推到颐和园。在长江边长大的慈安，看到碧波粼粼的昆明湖水，感到格外亲切。当慈安的眼睛从阳光、垂柳移向湖面上轻盈划动的小舟时，他问她："想划船吗？"她点点头，又赶快摇摇头。自新跑步买回了船票，将船划到一个浅岸边。小心翼翼地抱起慈安。小船划动了，慈安卷起了袖子，把手伸进水里，任湖水冲洗着手臂。过了一会儿，自新将双桨交给慈安，又轻轻按住她的手，船慢慢向前、向前……

报纸刊登了广东足球队和香港"流浪者"队在北京比赛的消息。自新问慈安："去看看怎么样？""我这个样子怎么去？亏你想得出来！""那有什么关系？！"

当他们赶到北京工人体育场时，场内已是人山人海。他和外甥一起背她上看台。当慈安看见观众们向她投来奇异的目光时，她不好意思地用手拍着丈夫的肩头："快放下！快放下！""别动！别摔着！"一直坚持到最高的台阶上。当慈安兴高采烈地与观众一起为双方加油，甚至忘情地打了一下丈夫的腿时，自新掏出手绢，擦去额头的汗水，笑了……

1974年的夏天，陈自新风尘仆仆地跨进院子，便一下子愣住了——慈安在踩缝纫机做衣服！只见她额头上流着汗，上身着一件衬衫，下身却穿着长裤。她左手推布，右手揪按裤腿，裤腿带动右脚踏动缝纫机的踏板。

陈自新感到酸、甜、苦、辣一起涌上心头："看你……别累着……真是的……""没什么，我这是活动活动，给院子里的孩子做两件衣裳。你不是常跟我说，'生命在于运动'吗！"她又咯咯地笑起来。

于是，他请人在门前安装了一个"厂"型铁管，每当夜幕降临，陈自新便用双手托起慈安的双臂，他向后退，她向前走，一步步，一圈圈，她前进了九万多步，他也后退了九万多步！他鼓励着，她坚持着。天长日久，刷漆的铁管竟磨出了光亮！

1977年底，陈自新调入了北京市园林局。许慈安的学步，便从狭小的庭院挪到了天坛公园的葡萄架下，宽阔平坦的天安门前……

每天傍晚，陈自新回家后的第一件事就是倒便桶。公用的自来水管下不能直接冲洗，他就用脸盆接水，一盆盆端到公共厕所去，将便桶洗刷干净。

有一段时间，陈自新发觉便桶轻了许多，好生奇怪。猛然间，他隐隐约约想起了什么。追问半天，妻子才不情愿地开了口："每天看到你拎着便桶出出进进，心里真不是滋味。所以，就少吃少喝点……""啊？"丈夫震惊了："你……你这叫什么？即使倒一辈子，也是我心甘情愿的！你千万不能再苦自己，也不要再揪我的心了……"妻子流泪了，止也止不住。

一天傍晚，陈自新打开房门，一股饭菜的香味扑面而来。他惊喜地掀开锅盖，微笑着问妻子："你？"慈安肯定地点了点头。啊！妻子的一个重要职责是做饭。而我陈自新吃到妻子亲手做的饭菜，竟是结婚20年后的今天！

细心的丈夫为了减轻妻子的劳累，将一个大"M"字形的铁钩绑装在一节竹竿上，作为手臂的延长，钩处可以勾簸箕、物品，弯处可以晾挂衣服；将炉子、切菜板、碗柜和调料存放在70至85厘米的"最佳"高度上，使妻子坐在藤椅上，随手即可放取它们，以减少哈腰与踮脚的次数；每天上班之前，将方桌、椅子一一放在妻子用手可以扶到的一米五的范围之内……

1982年11月，陈自新担任了园林科研所副所长兼树木研究室主任，并且参加了园林植物生态课题的研究。

一天中午，他从外面开会回家，进门便看见妻子满脸泪痕，手捧一本英语书在发呆。

"你怎么啦？""呜……"他慌了，急忙安慰她。"不！"她哽噎着，"我是人，不能总看着天花板过日子。我要工作……"

丈夫拿来了一摞有关园林树木研究的外文资料，让她试着翻译。他为她作校正，润色。

辛勤的耕耘，必然获得丰硕的成果：《植物耐冻性的生理机制》《室内弱光植物》《屋顶植树》等一篇篇专著被译成汉文，发表在园林科技杂志上。一本四五万字的《树木生态学及其养护》被译出来了，愿它为绿化祖国出力吧。

她感到了从没有过的充实，感到了自己存在的价值——不再是看天花板消磨时光，而是透过天花板，看到了广阔无垠的苍穹，色彩斑斓的世界……

1980年暮春，两位不速之客踏进了陈自新的寒舍：年长的，是许慈安原单位陕西农业科学院的顾问、老红军，姓胡；中年人，是所办公室主任，叫杜顺长。他们带来了一个好消息。

看着这不足十二平方米的房间、简陋的家具摆设：一张油漆剥落的方桌，两把破旧的木椅，一个旧箱子改成的碗柜，一张摆满报刊、杂志、书籍的旧三屉桌，还有那张许慈安终日不离身的破藤椅……老红军紧紧握着陈自新的手："你们吃苦了！本应该是组织上承担的担子，你把它挑起来啦！许慈安同志是

'因公致残'，院党委决定纠正1958年的错误处理，恢复她的干部编制。你们商量一下，有什么要求都可以提出来！"

按理说，即使按"病退"处理，二十多年了，也可以得到一笔相当可观的补发工资。然而，陈自新夫妇有他们的胸怀："再苦、再难都过来了。补发的工资，我们把它捐献给国家。"

老红军又一次显出了少有的激动，再次紧握俩人的手。杜顺长同志感慨地挥笔赠诗：

调查有感——访许慈安同志

志在四方茂风华，

秉公疾残卧于家。

廿三艰辛春长在，

丹心冉冉行事佳。

1983年6月，陈自新年迈的母亲从加拿大来信，恳切地请求儿子出国定居。

读着海外亲人的来信，陈自新夫妇思绪万千。是的，回首往事，他们都曾有过不公平的遭遇：慈安被"退职处理"；自新在十年动乱中被无故停止了党籍……然而，更多的是社会主义人与人之间那种诚挚的友情和无私地帮助。当慈安身患重病的时候，四面八方伸出来一双双热情的手。他们实在舍不得离开这些邻居、亲人、同志。

1970年7月，当许慈安练走路摔断右腿时，是邻居高大哥——北京摩托车厂的一位老工人，驱车将她送往医院急救。如今，那摩托车"蹦蹦蹦"的声音还回响在耳旁。

他们舍不得离开这个地方，这里有亲人的脚印。当陈自新工作在外地，许慈安的五姐、五姐夫相继去世以后，一位姑娘——北京地毯八厂的共青团员高晓萍步入了他们的生活。在父母的支持下，她主动与许慈安住到一起，为她买煤，买菜，提水，做饭，坚持了近四年光景，直到陈自新调回北京。如今，这房里还有姑娘的倩影。

他们舍不得对门的高爷爷。这位103岁的辛亥老人，每当夏日酷暑，总替慈安拉、放门前的苇帘。自1974年到现在，整整十年啦。我们走了，明天他还会来拉动苇帘的……

更有那些既陌生又熟悉的群众，每次慈安外出，都有人过来默默地帮着推车、招车。只有那辆手摇车知道，有多少双手曾经抚摸过它那结实的身躯……

他俩谢绝了亲人的好意，决定留在祖国——留在这养育自己，和事业、理想联系在一起的祖国。

热爱人民的人，人民更爱他。当陈自新随北京市总工会报告团在北京市工人俱乐部巡回演讲时，他赢得了阵阵热烈的掌声。

大会主席收到了一张张纸条，其中一张上写道："我有两个小孩，一男一女，愿送给老陈夫妇一个，为他们服务。希望我们的下一代学习他们的高尚品德，学习他们有志气，学习他们的知识……"

大碗茶的世界

在北京最繁华的商业区之一——前门大街的街头，出现了一个企业新秀，那就是由待业青年创办的、以卖大碗茶起家的前门茶点综合服务社。1984年5月25日，正好是它的诞生两周年。两年前，它只有10元钱资金，现在已拥有固定资产和流动资金70多万元；两年前，它只有13名待业青年，现在已经发展到拥有281名人员；两年前，它还是一个卖冰棍、大碗茶、歌片的小买卖，现在已经成为一个营业项目包括烟酒、小吃、冷饮、服装、鞋帽、百货、杂品、针棉织品、民用电器等共十大类，商品达一千多种，每天收入4万多元、利润4千多元的商业、饮食业联合体。因此，它博得了党中央、国务院领导同志的赞扬，成为人们议论的话题。

应运而生顺乎民心

茶点社创办的时候，北京市有待业青年44万人，崇文区有2.8万人，一个前门街道竟有2300多人。另一方面，偌大的北京却吃饭难、买东西难、做衣服难，走在大街上连找口水喝都难。前门大街两侧的几十条胡同里，在五十年代全是商店小馆，如今大多数关门闭户变成了机关、企业的办事处或是住家。在党的三中全会精神鼓舞下，中共崇文区委、前门街道党委，大胆解放思想，支持和发展社会服务事业，组织没事干的人，去干没人干的事，为待业青年就业找到了一条康庄大道。

万事开头难。刚办起茶点社时，一无资金，二无设备，就是在街头摆个摊摊。夏天，烈日晒暴了青年的皮肤；冬天，严寒冻裂了他们的手脚；没有计划内的货源渠道，他们到处求人；国营大企业看到这块地方有油水，在旁边

前门大碗茶

盖起大商亭和他们竞争。那真是困难得很！可是，在木板房里、在地摊边售货的青年，却受到川流不息的本市职工、外省旅客，还有华侨、外宾的热情鼓励。许多顾客说："像你们这样方便的货摊，在北京是独一份儿。"茶水摊经常是高朋满座，有时被围得里外三层，一天接待七千多人次。一个老工人赞扬说："这是谁出的主意，他准能活一百岁。"群众的赞扬给青年们带来巨大的力量。

办社3个月，这个小小的集体，竟使它的成员们每月都能稳定地得到40多元的收入。此外，再扣除百分之二的管理费和百分之八的福利费，一季净余纯利一万余元。开市大吉的事实告诉这个新兴集体企业的成员：社会服务事业大有可为。

发扬优势站稳脚跟

茶点社有它自己的优势，在经营上别具特色。

第一，它实行各销售点单独核算，分配上采取基本工资加利润提成奖励，把从业人员的经济利益真正和企业的生死兴衰拧到了一起；这里不吃大锅饭，真正实现了按劳分配、多劳多得的社会主义分配原则。因而，充分发挥了营业员办好企业的积极性。馄饨馆从早上迎接上班职工，一直到晚上送归青年情侣；百货组从早六点多营业，一直到晚上八点多钟，是前门大街上开门最早、关门最晚的百货店。

第二，它层次少、环节少。例如五一节前进的一批毛线，从批发部拉回的当天就同顾客见面。而几个国营商店进了货，还要经过入库、定价、分到小组、上货架等几道手续，至少也要三天才能和顾客见面。由于环节少，也使得资金周转快。

第三，它没有条条框框，一切从顾客需要出发。国营商店统一按节令换季，冬季不卖夏货，夏季不售冬令商品；而茶点社考虑到南来北往的外地顾客特殊需要，冬天也卖汗衫、背心，夏天照常出售驼毛、拉毛围巾。

前门茶点社，以它特有的优势吸引着每天从它跟前经过的七八万名客流。去年全年销售额752万多元，顶得上一个有几百名职工的大中型百货商场。今年头4个月销售额382万元，平均月额95万多元，比去年又增加百分之五十左右。它在繁荣的前门大街，站稳了脚跟，成为繁荣前门地区经济的一个新兴力量。

飞速发展鼓舞人心

目前，前门茶点综合服务社281名职工中，有知青199人。谈起两年来的发展变化，最初参加办社的几名青年，就会喜形于色地给你扳着指头数一大堆。

——建社初期是"风来乱、雨来散"的小板凳、摆地摊；现在是钢木结构的商棚结成了"连营寨"。最大的一个"商厅"，面积一百四十平方米，一律明亮的玻璃货架，顶上是电扇、吊灯。

——建社初期是经理带着职工，骑着自行车、蹬着平板三轮去联系货源、提货；现在有两部自用的运货汽车、三部直通电话。

——以前的劳保用品只发一顶草帽，一条毛巾；现在每人一年两身的卡工作服，享受着和国营商业职工相同的一切劳保待遇。

——建社初期月利润超过千元时，职工高兴得跳脚蹦高儿；去年平均月获利润3万多元，全年利润38万元，今年第一季度获利8.6万多元。

"我们给国家缴纳税金21万元，为四化做出了贡献。"青年们经常这样自豪地夸赞自己的服务社。

事业的发展，带来了职工收入的稳定增长，带来了职工社会地位的提高。1979年职工平均工资40元，1980年上升到近50元（不包括福利补贴）。如今一个进社一年多的正式职工，平均每月可收入70元。

茶点社负责人告诉我们当初组织建社时，街道干部挨门挨户动员待业青年参加，青年不愿来，家长不让来，来的也是当过渡跳板。现在不少家长、青年写信申请、托人要求加入茶点社。今年初，一个已找到国营"铁饭碗"的女青年，要求回到了茶点社。"过去被人看不起的'纸饭碗'，现在成了'金饭碗'。"他眼里闪着兴奋的光芒继续说道，"从茶点社发展的事实中，我们看到了社会服务事业大有前途，这支队伍中的职工大有前途！"

昨天今天大不同

前门茶点综合服务社的职工，每当谈起茶点社的发展变化时，就要提到"两次大冲击"的事儿。

"两次大冲击"指的是1979年8月和12月北京市的两次招工。那时，茶点社已经盖起一座木板房，从摆茶摊发展到开馄饨馆、卖冷饮和小百货，月销售额达到几万元，每个知识青年每月可从中分得40多元。正在茶点社继续发展的时候，一百多个国营企业和单位的招工简章，贴到了前门街道办事处，红红绿绿盖满了墙。这一下，把青年们的心给搞乱子。任街道党委干部怎样动员、劝说，得到的回答只是一句话："国营单位是'铁饭碗'，大集体企业是'瓷饭碗'，咱们这街道办的服务社算什么——'纸饭碗'！"

结果，70多名青年除去30名左右不够招工条件的，几乎全部走了。

两年后的今天，情况大不相同了。尽管茶点社实行入社自愿、离社自由，却很少有人要求离开。好多待业青年毛遂自荐要到服务社来，有人甚至托人情。5月中旬，茶点社招收新职工30名，3天时间报名70多人，不得不实行严格考试，择优而取。

对茶点社的看法为什么会发生这么大的转变？原因就是，茶点社越办越好，越办越兴旺，职工收入多，"纸饭碗"成了"金饭碗"。

这里不开"大锅饭"

茶点社办得越来越好的一个重要原因就是不开"大锅饭"，按各尽所能、按劳分配原则办事，干好干坏不一样。

建社以前摆大碗茶摊时期，他们曾实行过每人每天1.5元，阴雨天不能营业时每人每天1.2元的分配方法。这种平均主义的大锅饭，不能鼓励先进、促进后进。1982年5月25日建社以后，明确规定了茶水、百货和馄饨三大组单独核算，多劳多得。各组按实现的利润额二八提成，20%作为奖金分配，80%留作积累。但限制奖金额平均不得超过20元，工资加奖金总额不得超过60元，违反劳动纪律和服务公约，给集体造成损失的，还要扣发一定的工资或奖金。把职工的劳动数量和服务质量同经济利益结合起来，改掉了平均主义。去年以来，茶点社营业范围扩大，收入增加，人员增多，为了加强企业管理，调动职工办好企业的积极性，重新调整提成比例为10%左右，取消了两个不得超过的限制；还订出了各业务组的利润指标和每个人的岗位责任，完成利润指标的小组按条例提成。取得提成资格的小组，组员按岗位责任制的积分，分配奖金，各组之间和小组之内都没有大锅饭可吃了。如今年一、二月份，销售额比较高的百货一组，平均每人得奖金17元，而燕山门市部平均每人才得8元；3月份，茶水组没完成利润指标，取消了评奖资格。再如去年12月，服务态度、服务质量最好、超额利润最多的百货五组，个人最高奖金额是54元，而最低奖金额为37.8元，相差16.2元。

干好干坏不一样，不仅表现在职工的收入不同，而且，社委会对一些经多次教育仍不好好干的职工，有辞退解雇和将正式工改变为临时工的权力，无须经过上级批准。从去年以来，经社委会讨论决定，已经辞退了四名被认为是不称职的正式职工，其中有挪用公款的，有把社里的东西拿回家的，有自由散漫不遵守劳动纪律的，有与顾客打架骂街的。有一个女青年，由于不遵守劳动纪律，服务态度不好，社委会在对她提出批评教育的同时，把她由正式工改为临时工，日基本工资降了2角，奖金也只能享受正式职工的一半。

干好干坏不一样，调动了大家办好企业的积极性。茶水组改变了6点下班、5点半收摊的现象，在天气炎热的夏晚到街头卖茶；馄饨组早6点开门迎候上班职工，晚9点半送走逛街的情侣才下班休息；百货组的售货员走出柜台，根据顾客需要采购商品。各组竞相努力增加销售额，到1980年12月，全社总销货额比年初增加十多倍，达到148万元；一个月获得的利润比年初月销售总额

便民服务的北京大碗茶

还多。今年继续稳步增加。

每人平均收入增加，企业的销售额和利润越来越多，职工的收入也相应高了。

先从收入最低的试工说起。新近招收的一批职工，试工半年再转正。试工期间，日工资8角，每月外加2.5元的副食补贴，两元钱交通补助，一元钱洗理费和文娱费，加上拿正式职工的一半奖金，每月可收入40多元。此外，他们还享受公费医疗。

正式职工，除基本工资外，享受五元钱的副食补贴，两元钱的交通费，3.75元的洗理费和文娱活动费。这些和奖金合起来，每月收入都在七八十元。此外，本人享受公费医疗，家属看病可报半费。有幼小子女的还发给十几元的托儿补助费用。有一个入社不到两年的青年职工，在销售额高、奖金多的月份，拿的钱竟比她参加工作20多年的爸爸还多十几元。

过去，在集体企业工作的同志普遍有两个担心：一个是不像人家在国营大厂工作，能够分到房子；一个是老了退休没有退休金。现在前门茶点服务社，随着企业的发展，按月提取了越来越多的公共福利基金，准备用这笔钱为职工建筑宿舍。前门街道党委和前门地区联社还正在研究为将来职工退休积累一笔足够的退休基金。这就从基本上解除了职工们后顾之忧。青年们一谈这个真是眉飞色舞。

两件法宝

两年前，茶摊初建时，没有座位，没有摆大碗茶的铺板，没有暖壶、茶杯，甚至连开水都供应不足。街道的几位老大妈和青年们一起，从自己家里拿出铺板、凳子和水碗。街道办事处的同志们从开会的房子里拿出了马扎，自己不喝开水，把开水送给他们卖。连附近的兴华园浴池、大北照相馆、一建公司等单位都给他们送来了开水。

群众不仅在物力上支援他们，还亲自帮他们做买卖，找货源，当采购，算成本。茶摊开张的前两天，就是几位老大妈带头"蹚路"的。1979年4月11日，几位老大妈决定在街上摆个茶摊试验一下，看生意好不好？结果，一摆上茶摊，两个小时内就卖出九百多碗。后来增加卖冰棍时，又是大娘们献出布票、棉花票，做隔温被。人们回忆说：现在说起茶点社的发家史，都说是由13名知识青年办起了茶水站，其实，真正揭开茶点社帷幕的是几位街道上的老大妈。

街道机关能来上班的干部中，80%都投入了建社、盖木板房等劳动。

崇文区的区委书记、区长，成了服务社的座上客，有时中午就在这里买一碗青年做的馄饨吃，随时解决青年们碰到的问题。前门附近是北京市主要干线，在这里搭棚办服务社，牵涉到市容、交通、环卫等许多部门，由三个茶摊合并成服务社的青年，闯不开这几道关口。区委担起了全部责任，统一规划解决；还专派一个由街道党委副书记带领的四人工作组，常驻茶点社，帮助整顿企业管理。

1979年7月，茶点社成立两个月的时候，北京西瓜大量上市，给暑热中的北京人送来凉快，谁能料到国营商店的西瓜堆淹没了茶摊，顶了大碗茶的买卖？晚上，忧愁的青年们正在担心本月工资能否照常发出的时候，一位副市长来了。他听罢青年的诉苦后笑着说："大碗茶不成，你们就不能卖点别的？大热天，让群众从你们这儿买条手绢擦擦汗也是好的。""工厂产品计划分配，哪有待业青年的份？"副市长边说"好办"，一边拿过纸笔，当场写信给手帕厂请求支持。于是，茶点社办起了手帕厂新产品展销专柜。再加上增设了烟酒和皮鞋、手电筒等杂货，茶点社营业额由日平均500元增加到1000元，最高达2500元。

这位主管待业青年安置工作的副市长，最多时一周曾来过七次，生病住院期间还偷跑出来到茶点社看望。他一再嘱咐：一要一切从方便群众出发；二不要学国营企业搞"大锅饭""铁饭碗"。他亲手给有关局批条子，解决青年卖馄饨的面粉、油以至虾皮、紫菜等问题。他大声疾呼：向不给集体企业贷款的不合理规定"开一刀"，因而使茶点社两年来得到银行几万元贷款。

一根顶梁柱

待业青年办好事业，得有两个条件；一个是要有能打会算的经营者带；一个是要有技术人员帮助。没有这两条，即使把待业青年组织起来，也不会把事情办好。因此，街道党委下力量为茶点社请来了一些有技术、有业务专长的老师傅。他们当中，有干了一辈子百货专业的购销人员，有当了多年花纱布公司的业务科长，还有的是王府百货商店的经理、北新桥百货商店的经理……他们来到茶点社后，成了顶梁柱，带领青年把个茶点社搞得生意兴隆，财源茂盛，热气腾腾。

拿茶点社的馄饨馆来说，起初，自幼吃饭靠父母的小青年，不是把馄饨包成了面团，就是佐料投放不足。盛夏天气，在外加工的馄饨皮时间一长就发酸。顾客提意见说；"美味"馄饨是"酸味"馄饨。后来，一位做了大半辈子馄饨和小菜的老师傅被聘请来，在老师傅指导下，改用猪棒骨和鸭架汤

北京前门一景——老舍茶馆

煮馄饨，配齐冬菜、紫菜、虾皮、香油等佐料；并采取馄饨皮随用随取的办法，解决了馄饨皮易发酸的问题，使馄饨味美汤鲜，顾客称赞不已。每天的销售量由过去的五六十斤面增加到三四百斤面，营业额也从八九十元猛增到四五百元。

去年，有一批烟斗、烟盒、铁皮锁等小百货，在市百货批发部积压多年，无人问津，成了滞销货。可是，在茶点社负责采购的原王府百货商店经理宋云程，却一下子从批发部购进50万只处理品烟斗，还购进大批烟盒等。这不是邪门吗？宋云程自有他的"生意经"。原来，他事先分析了前门这一带地方的特点是人多，其中外地客人多。前门一带的小旅店多，住在这些旅店的客人又多半是工人、农民、干部，他们并不需要什么高档商品，只要商品价钱便宜又适合大众需要，就容易推销。像这些处理的烟斗和烟盒等，拿到百货大楼、王府井，可能无人问津，拿到前门就有可能是畅销货。果然如此，这些滞销品一经茶点社购进，马上成了畅销货。50万只烟斗和其他小商品，很快销售一空。仅烟斗一项就给茶点社赚来了一辆"130"汽车。

青年们从老师傅们的实践中，懂得了商业服务工作要审时度势、灵活经营，学问很深。最近，青年们广泛开展了拜师活动，决心学好"生意经"，学好为人民服务的本领。

菜篮里的变化

一

1985年3月3日，星期天。清晨，春雨绵绵。我们来到武汉市江汉路的江三集贸市场。百米长街的两侧，摆满了菜、鱼、肉、蛋各类贩摊。那摆上案头的蔬菜，大都是昨晚或当天凌晨刚从地里采摘的。所有的蔬菜，均有一个共同的特点——"净"，而且价钱公道。

记者遇到了刚下夜班、提篮买菜的武昌无线电电表厂青年工人章晓弟，只见他的竹篮里装满了花菜、芹菜、牛肉、母鸡、排骨、猪肉等鲜货。小章告诉我们，他家六口人，父母年龄大了，过去想给老人买点鲜肉细菜补补身体，可困难了，现在就不同了。我们请他谈谈对蔬菜产销放开的看法。小章说道："过去，买满一篮子菜提不动，摘完了还剩不到一半。现在买的菜，叶青杆白根黄，口口是'肉'，真愿这改革长命百岁……"

为了弄清蔬菜市场的变化，我们访问了武汉市蔬菜公司。武汉市过去对商品菜的产销全部执行指令性计划，捆死了产销双方，"早鲜嫩"蔬菜越来越少。蔬菜上市淡季，市场上就只有竹叶菜和冬瓜两种了。去年7月，武汉市政府决定放开蔬菜市场，变统购包销为产销见面；变独家经营为多渠道经营；变分配制为采购制；变计划价格为浮动价格。这一重大改革，顿时给蔬菜市场带来了活力。

改革不久，正值秋淡期。但是，各种蔬菜从郊区、近县，外省源源不断运进城内。全市日上商品菜达220万斤，人均供应鲜菜八两左右。以往经常有价无货的豆角、黄瓜、茄子、菜豆、辣椒等群众喜爱的细菜，改革后的供应量成倍增长，一扫居民菜篮子里的"老大粗"，而装满了"早鲜嫩"。

农民是怎样对待蔬菜市场改革的呢？武汉郊区洪山乡红旗村菜农贾群连，有着丰富的蔬菜种植经验，但在改革前却有劲使不出。队里规定他家四个劳力每月缴菜6000斤。他只好把十二亩地大都种上小白菜，让它"疯长"，结果每亩地收了上万斤，凑数交差。去年3月武汉蔬菜旺季，小白菜"压弯了街"，只得贱价"返销处理"。老贾几万斤白菜，只作价几百元，五个月的劳动果实，统统丢进了鱼塘。大儿子气不过，抱起收购员甩进了鱼塘。结果，又被罚款三十元。

改革后，菜农有了生产和销售的自主权。贾群连施展其种菜技能，还开始学会掌握市场信息，积极发展品种菜和紧俏菜，按照市场需求，分期播种，排开种植，均衡上市。他的菜在市场上挂牌出售，并主动送往各国营菜站。从去年8月到今年2月，老贾一家仅蔬菜一项就收入16000多元，每元投资收益7元多，每个劳力平均收入4100多元。

蔬菜产销放开，给武汉市一百零八家国营菜场带来什么变化呢？记者来到地处研口区的宝善菜场，只见农副产品集贸市场纵横在该场的门口。菜农们经营的品种繁多，质量鲜嫩，交易活跃。说实话，我们边走边替宝善菜场的职工捏一把汗。然而，穿过集贸市场，却是"别有洞天"：菜场内不仅有群众爱吃的白萝卜、芹菜、菠菜等细菜，而且有湖北人引以为豪的莲藕和红菜薹。我们早就耳闻"水乡泽国夸莲藕，塔影钟声话紫菘"（红菜薹）的诗句。售货员们正忙着给顾客称小白菜和红菜薹。菜摊的旁边，摆满了腌豆角、青红椒及雪里蕻、大头菜、白萝卜等各类腌制坛罐，顾客们在竞相挑选。卤制品柜前，菜场自己卤制的面筋、豆棍、牛肉吸引了不少群众。

菜场经理周传伟对我们说：蔬菜产销刚刚放开时，我们一下子被菜农们的"绿"色浪潮打蒙了，出现了从未有过的冷落，7月份亏损四千多元。不久，我们提出以菜为主多种经营，围绕顾客的菜篮子做文章。这样，我们很快搞起了油炸、腌制加工、卤制品生产和豆制品生产。产销放开以后，农商关系也改善了，按质论价，菜农送来的蔬菜也是"鲜嫩细"了。改革前，全场月销售额最高达11万元；改革后，最高时达到13万元。去年8至12月，全菜场共盈利

6000多元。

二

仲春的江城，蒙蒙细雨中颇带有几分凉意。清晨五点多钟，当人们刚从睡梦中醒来时，汉口交通路集贸市场已是人声鼎沸。我们随着摩肩接踵的人群，来到这闻名三镇的水产"王国"，只见两边鱼档上一片银白：江西湖口棱形的编鱼、湖南岳阳扁担形的边鱼、安徽宿松滚圆的鲤鱼……动着尾，张合着嘴，令人目不暇接。

"大嫂，这条鱼不错。你看，两腮鲜红，眼睛发亮，鱼鳞发光，买回去待客，上料菜。"说话的，是一位身着工商管理服的年轻人。这时，我们才注意到：称秤的是一位工商管理人员，算账的也是一位"工商"，旁边这位年轻的"工商"正在维持秩序。交通路集贸市场管理所所长徐海松告诉我们，这个管理所建立以来，本着寓管理于服务之中的方针，组成一支专为鲜鱼批发业务服务的班子。从早到晚，他们帮助贩运户过秤、记账，代垫力资、运费，代存代汇现金，代储代运货物，并备有旅社供贩运户膳宿，使得鲜鱼贩运户处处感到方便。

武汉市工商管理部门不仅扶持经营户，更重要的是他们积极掌握行情，调节市场，平抑物价。今年元月底，新合村集贸工商管理所所长陶凤藻，看到《集贸市场信息》上刊登的河南潢川县鲜狗肉4角一斤的信息，顿时想到，武汉居民冬天爱吃狗肉，眼下市场上狗肉卖到每斤1.8元。他立即召开集贸市场"信息发布会"，组织经营大户在两周之内买回了七八千斤狗肉，不仅满足了群众需要，并且使价格一下子降到每斤一元左右。

武昌区大东门集贸市场人称"皮蛋大王"的戴文祥，生意越做越大，出现了销售不畅的现象。区工商局长黄传安看出蛋滞销是因为价格过高。于是他积极把薄利多销的生意经告诉效文祥，并帮他制定了零售"梯形价格"，按购货批量大小，实行浮动价格。公布"梯形价格"的小黑板一挂出，果然销势大畅，月销售量达五十万枚。今年春节，市场皮蛋成了俏货，工商管理人员就动员戴文祥把大量皮蛋投入市场，价格始终控制在每枚一角八分钱以内，对平抑全市皮蛋价格和保证市场供应起了积极作用。

在大东门集贸市场的尽头，我们见到了戴文祥，他深有感触地说："我能够成为皮蛋经营大户，完全靠工商管理人员提供的市场行情和他们的帮助。"

离开大东门，我们来到以经营肉食为主的新合村集贸市场，这里以现宰现卖而远近闻名。一眼望去，几百平方米的售货大棚内，猪、牛、羊肉分类摆列。市工商管理局的周处长告诉我们："这个工商管理所在做好市场供销调节的同时，注意加强市场管理，防止以次充好，欺骗顾客，维护消费者的利益。"接着，他向我们讲了这样一件事：

去年6月，一位叫张春早的经营户在这里卖肉。从表面上看，就像刚宰的牛一样滴着血水，老工商管理员郭富群一眼就看出这是一头死牛，已经变色，经营户是用刚宰的牛血往上抹，伪装成鲜肉的。老郭根据食品卫生法，给予经济处罚，并教育经营户认识这样做的危害性。有一次，牛肉经营户王罡花了300多元钱买了一条黄牛，屠宰后发现是"牛肉米心肉"，有害人体健康。工商管理人员做了很多工作，最后把这头牛销毁了。去年，仅新合村集贸市场就销毁了各种有毒有害的鱼肉六千斤。这个市场的工商管理所从1980年成立以来，所售食品从没有发生过一起食物中毒事件。

浏览了武汉三镇的集贸市场，我们深深感到：由于工商管理人员及时掌握市场信息，寓管理于服务之中，使武汉集贸市场具有强烈的吸引力。安徽、江西、四川、福建等省的几十个市、县的鲜肉、木耳等，源源不断涌向武汉。去年全市城乡集市成交额达两亿三千八百多万元；集市价格总水平比1983年下降1.41%。它启示我们：工商管理人员自觉地驾驭价值规律，能动地调节商品供求，是繁荣集贸市场和稳定物价的活杠杆。

面对十万人的微笑

三尺柜台寄托理想

1986年隆冬时节，我们来到了长春市人民大街中部一座橘黄色的七层大楼，访问了闻名遐迩的全国商业战线的红旗单位——长春市百货大楼。

踏进营业大厅，琳琅满目的各色商品，文明礼貌的融融气息优如春风扑面而来，顿时拂去了浑身的寒意。一个个衣着整洁、笑容可掬，语言亲切，捆扎商品快捷美观。他们的言谈举止，洋溢着朝气蓬勃的气质和强烈的职业自豪感。

长春百货大楼有一千七百名职工，每天平均接待顾客万多人次。他们以自己的辛勤劳动和热情服务良得了顾客的信任和爱戴。经济效益比开业第一年增长了一倍多。

树高千尺始于毫末，九层之台起于垒土。长春百货大楼的飞速发展始于何处呢？

长百党委书记范世良同志说。1983年长百建立对，有70%是新职工。我们从多数人的现实出发讲理想，引导他们把理想扎根在现实的土壤之中。

讲理想就要讲大道理，大道理是开启人们心灵之锁的钥匙。长百党委先讲"店兴我富"的道理。从大楼的前身——"老五百"（长春第五百货商店）发展史讲起，讲职工的工资、奖金、住房和生活条件的不断改善同商店发展的关系，让职工看到个人追求的实现离不开大楼的发展，自觉地把眼界从家庭扩大到企业。党委又把近几年国家建设和改革的成就与大楼的发展联系起来，讲"国兴店旺"的道理，使职工把眼界从大楼扩大到国家。

人总是要表现自己的，长百的领导懂得人的价值。他们把柜台当舞台，让职工尽其所能表现自己。同时，还努力创造机会，让职工"出线""冒尖"。

有位职工连续8年交了十几份入党申请书都"泥牛入海"。1985年调到长百后，他抱着试试看的心理又写了一份入党申请书。没几天，党支部书记就找他谈话，给予帮助和鼓励。他感慨地说："以前都说长春百货大楼重视人的培养，真是名不虚传。"近两年，长百发展了53名党员，65名团员，有九名职工被评为吉林省的劳动模范。

职工人人要表现自己的才干，就产生了竞争。长百坚持为每个人提供均等的表现机会，同放到一个起跑线上。在长百，我们见到了青年职工王树学。他今年2月从部队复员到长百，一没社会关系"关照"，二不认识长百哪位领导，全凭踏实肯干，工作出色，仅仅三个月，商店就给他记了一等功。他高兴地对我们说："长百不讲关系，不讲'门'，不欺生，不压制人的才能，就看自己干得怎样。"

商品不是无情物。营业员辛勤的汗水，热情的服务，赢得了群众极大的信任和尊重。今年7月，长百职工到郊区去植树。休息时，有几个女营业员到路边一户农民家的水井压水喝。这时，屋里走出一位老大娘，问她们是哪儿的，姑娘们回答，"是长春百货大楼的。"老大娘一听，连声说："百货大楼的不能喝凉水！快进屋，家里有开水。"边说边拉着姑娘们的手往屋里让。到了屋里，把两个暖瓶都泡上茶，给姑娘们一人倒了一杯，边倒边说："喝凉水要闹肚子的。我们到大楼像到了家，你们到这儿也不能见外呀。"大娘一席话，说得大家热泪盈眶，职业的自豪感油然而生。

激动、欣慰的暖流，一次又一次冲击着营业员们的心。他们真正理解了"优质服务"的含义。鞋帽商品部营业员牛玉霞，初到商店时，认为当营业员没有出息，不安心工作。后来经过理想教育，提高了认识，为顾客做了大量好事。今年7月，被评为吉林省劳动模范。她深有体会地说："人活着必须有理想，有追求。我的理想就是立足三尺柜台，为别人的幸福而工作。当我的辛勤汗水为顾客带来欢乐的时候，我感到最大欣慰，最大幸福。三尺柜台寄托着我的理想。"牛玉霞的话，说出了长百大多数职工的共同心声。如今，长春百货大楼已有46%的职工跨进了先进行列，更多的职工在"争先进、创一流"的征途上急起直追。

彩色服务牌的魅力

1984年8月，长春百货大楼根据全面服务质量管理的要求，在对营业员的工作任务和职责进行定性、定量分析后，采取个人自报、群众评议、出题考试、组织考核、逐级批准的办法评出营业员的等级。等级的不同标志着营业员的职业道德、商品知识和服务艺术水平的差别。

全店1100名营业员中，除去中、高、特级营业员外，还有500多名佩带蓝色牌号的初级营业员，68名同志未能进入等级，只能佩带"见习营业员"的白牌。

一纸等级彩牌，激励了营业员的上进心。电讯部营业员李华，到店工作八年了。由于工作不安心，平时对自己要求不够严格，这次评级，同期进店的姐妹都评上了中级营业员，她却没带上彩牌。"这下真动心了，回家一连几天都没睡好觉"。她虚心听取了电讯部领导和班长的意见，仔细查找了自己服务态度差的原因，工作大有起色。3个月后，她被破格晋升为中级营业员，终于戴上了彩色服务牌。

一纸彩色服务牌，使处于先进行列的长春百货大楼的服务水平更上一层楼：主动热情服务的营业员由过去的60%上升到80%。4个月来，营业员为顾客做好事十五万五千二百多件，收到国内外顾客的各种表扬信和表扬意见多达一万三千五百多封（条），比前年同期增加了一倍多。

彩色服务牌的魅力可不仅仅是为脸面增彩，它还给职工以实实在在的政治荣誉和物质利益。在8月11日的挂牌命名仪式上，长春百货大楼宣布，对中级以上营业员在政治上分别授予不同的荣誉称号；在经济上，中、高、特级营业员每月颁发三、五、七元职级津贴，并在分房、涨工资上给予优先照顾。同时还决定，高级营业员和特级营业员分别享受科级和副总经理级政治待遇，可以参加相应职级的会议与文件阅读，参与商品和商品部重大问题的研究决策。

1986年12月6日上午，我们来到了位于长春园东路住宅小区的高级营业员王国义的家。这是一间十五平方米的新楼房，室内阳光充足。陪同我们的长百党委副书记魏平介绍说，"王国义今年31岁，是电讯商品部的营业员。四年来，他主动在业余时间义务为顾客登门调试和修理电视机一千三百多台次，为群众办好事两千七百多件，顾客写来几千封信表扬他。因此，被商店命名为'夜走千家的模范营业员'。今年10月分房时，我们兑现8月份做出的决定，分给王国义一间新楼房。"这时，王国义的爱人喜滋滋地插话："长百还给国义长了两级工资。""对！"魏平补充道，"我们的六名省、市劳模都分到了两室一厅一厨的新楼房；30多名高级营业员原则上每人长了两级工资。"

职工们对此有何评论？我们采访了18岁的初级营业员张晶。这位性格直爽的东北姑娘快人快语："我们赞成这么干！没挂彩牌前，完成完不成销售额一个样；顾客批评和表扬一个样；反正是'干不干三顿饭，月末就开钱'。顾客一挑选，我就嫌麻烦。现在挂牌服务，跟个人利益挂钩，可真不一样了。如今当先进，光荣又实惠！"张晶的话反映了广大营业员的思想。

1986年11月24日，长春市政府批转市财委《关于在商业系统推行全面服务质量管理的意见》，建立商业优质服务奖励基金和服务质量奖罚制度，将中、高、特级营业员的职级津贴由三、五、七元增长到七、十五、二十五元，奖励基金来源也由以前的职工奖金改为从企业利润留成中提取。这，无疑是对长春百货大楼挂牌服务、等级管理的鼓励与支持。

营业员戴上充满希望的彩牌，并不意味着"一劳永逸"。长百对营业员等级彩牌实行有升有降的"动态管理"。定期考核升降级，待遇也随之变动。在实施"动态管理"的4个月中，有3名营业员被降级，11名营业员得到提前晋升。

一纸彩色服务牌，使营业员看清了自己的责任。履行责任为商店赢得了信誉，信誉给企业带来了经济效益。随之为职工增加了物质利益……长春百货大楼就是这样周而复始地进行着这种良性循环。

多说一句话，卖个雅马哈

初到长春百货大楼，给我们最突出的印象就是顾客是最受欢迎的、最受尊重的人。只要你走近柜台，营业马上热情地打招呼：

"同志，您要看看什么？" "这是新产品，质量不错，您看看。"

"不买，看看也没关系，以后需要再来买。"

营业员这些谦词敬语，使顾客感到格外亲切、友好和温暖，大有"进店如到家"之感。

营业员何以这样尊重颜客呢？纺织商品部高级营业贵刘淑梅给我们讲述了这样一件事："去年10月的一天，快下班时，来了两位顾客。一进店，他们就把提兜放到我的柜台上，然后弯腰注视脚下的大理石地面上的金线。我主动同他们唠了起来。交谈中得知他们是黑龙江省鹤岗市检察院的干部，到长春开会，顺便到百货大楼看看，不想买什么。我就提示他们，来一回长春咋也应该带点东西回去作个纪念，并主动介绍柜台上的呢料品种、产地、质量、性能。他们见我这样热情，就说，'咱们给老伴买点呢子做件衣服吧。'说着，两人买了四米七凡尔登呢子。不到20分钟，我卖了239元多钱。若少说一句话，这二十多张'大团结'不从身边溜走了？"

运用刘淑梅的事例，大楼领导告诉营业员们这样一个道理，我们国家商业、服务业职工同顾客的关系，是社会主义商品经济决定的经济关系。营业员在为顾客提供优质服务的同时，商店也从顾客那里取得了相应的经济收入，实现了本企业的经济效益。3年来，长百盖了两栋宿舍楼，买了五辆接班车，还建了托儿所、幼儿园，平均每个职工长了一级半工资，每年发放奖金30多万元，哪来的钱？都是顾客给的。顾客是长百生存发展的基础。所以我们要强调顾客至上、信誉第一。长百总经理张连文对我们说:"微笑服务已经成了我们营业员的习惯。微笑,是活广告,'一笑值千金'。微笑可以告诉顾客,'本营业员可信,愿为您服务'。我可不允许'丧门星'得罪了财神爷。"

在长春百货大楼,我们听到这样一段佳话:"多说一句话,卖个雅马哈。"

1986年8月的一天,省粮食专科学校两位老师来文具商品部买"卡西欧"电子琴。不巧,柜台无货。两位老师很失望,刚要走,正在柜台值班的商品部副经理姜杰文迎了过去,问他们是自家用,还是单位用。他们说:"单位演出用。"姜杰文说:"单位演出最好买'雅马哈'。它功能全,声音大,音色好,适用于教学或演出,目前市场上很畅销。"接着,当场进行了示范演奏。两位老师齐声叫好。第二天,这两位老师又来了,留下了2950元钱,买走了这台"雅马哈"电子琴。

这件事对全店职工震动很大:服务光靠热情不行。崇高的职业道德不仅表现为履行职业责任的愿望,还应掌握完成职业责任所需要的过硬本领。为了尽快提高职工的业务技术水平,百货大楼领导鼓励职工坚持自学,并且分期分批举办各类业务技术培训班,本着"干啥学啥、缺啥补啥"的原则,实行以老带新、互教互学,大力开展岗位练兵活动。如今,大多数年轻营业员能够运用文明用语,懂得进、销、存业务环节,会计算、包扎、结账和检修;了解商品的产地、性能、用途及保管方法。32名高级营业员经过口才演讲学习,还掌握了以手势、眼神、表情、动作接待顾客的"态式语言"技巧。

两年来,长春百货大楼还选送了230多人到业大、电大及中等专业学校学习,每年投资达五万余元。目前,营业员有近百人是大中专毕业生,七百多人是高中毕业生,占营业员总数的50%以上。前年8月,长春市第一商业局举行业务技术比赛,百货大楼职工荣获了团体总分第一名;在全市百工种排头兵业务竞赛中,又一举夺得了电器修理、放量板布和点钞三项冠军。

1983年以来,在长春百货大楼四周,先后建起了近六十家集体和个体商业网点;国营同行业的经营面积也增加了近一万平方米,形成了激烈的竞争态势。长百却始终立于不败之地：客流量平均每天达十万多人次，节假日最高达15万多人次；日销售额平均达三四十万元，比1983年增长了一倍，1985年年前11个月，又实现利润742万元。奥妙何在——视顾客为"财神"，服务讲艺术是一个重要因素。

长百的凝聚力

长春百货大楼的职工都十分热爱本职工作，富于献身精神，有强烈的集体荣誉感。

究竟是什么原因使长百有如此巨大的凝聚力呢？

就这个问题，我们走访了20多名干部、营业员、司机和炊事员。他们说：长百有良好的生活工作环境，我们没有后顾之忧。

行政科副科长崔海炳告诉我们：长百领导十分关心职工的生活，从衣食住行、生老病死到婚姻家庭、业余生活，事事都管。这几年先后办起了职工食堂、托儿所、幼儿园、卫生所、理发室、单身宿舍、职工浴池、妇女卫生间，还盖了两栋宿舍楼，解决了一百六十多户住房问题；买了五辆接班车，解决路远职工上下班"乘车难"问题。还办了服装加工厂、家具部、食品部等集体事业，解决了三百多个职工子女的就业问题。

工会主席路振霞告诉我们：长百领导还十分重视职工家属的思想工作。工会每年都召开一次职工家属代表会议，向他们介绍职工在商店的工作成绩，评选好婆婆、好丈夫、好妻子。两年来，长百先后评出"三好"家属516名，还帮助78名职工解决了家庭矛盾，有21个职工家庭从分裂的边缘重归于好。

长百职工的文化活动也很活跃，业余生活丰富多彩。业余舞蹈、业余演唱、业余读书、业余演讲等兴趣小组定期开展活动，商店还定期举办各种棋类和球类比赛，举办别开生面的百米点钞、持球竞走、珠算接力的店堂运动会，增加了职工的生活乐趣，陶冶了情操。路振霞深有感触地说："让职工以长百为家，'家'就要像个'家'样。只有让职工生活得愉快，他们才能更加热爱工作，热爱长百。"

1984年8月，长春连降大雨，五金商业部营业员李凤云的家遭了水灾。长百领导知道后，当天就组织了三十多人，送去了馒头、酥饼，还带去了大家凑的六十多元钱，感动得李凤云一家人都流下了热泪。

在采访中，我们结识了针织商品部高级营业员庞秀芳。当谈到对长百的感情时，她的眼里立即噙满了热泪。原来，她17岁的大孩子因患脑炎后遗症，整天疯疯癫癫。领导知道后，立即派一辆小汽车，把孩子送到医院，孩子先后住了四次院，每次仅押金就要500元。长百领导从没说过一个"不"字。还常劝老庞说："你不要考虑钱，救孩子要紧。"庞秀芳十分感动，业余时间主动到工厂进货，主动摆摊出售，月销售额两次超万元。1985年7月，长百给她记了一等功；8月，又被评为模范营业员、高级营业员。她说："我总觉得长百给我的太多了，我对长百的贡献太少了，怎么干也不觉得累。"

长春百货大楼风气正，职工干劲足，还有个重要原因，就是领导班子带头讲职业道德，公正廉洁，忠诚积极，处处以身作则，严于律己，不以权谋私。党委书记范世良对我们说："一个企业，领导班子的言行举足轻重，领导走得正，说话就有人听，本身行得不正，就是喊破了嗓子也没人听。"

十多天来的所见所闻，我们亲身感受到长百的领导班子确实是一个过硬的班子。在工作上，他们吃苦在先，每天上班，他们最先到店；下班，他们走在最后，每天工作十一二个小时，星期天和节假日也极少休息。在待遇上，他们享受在后，长工资先考虑群众，搞福利，他们坚持先一线职工，然后是后勤、科室，最后才是领导。

春风化雨，点滴入土。由于世俗观念形成的领导与被领导之间的高墙，就这样在潜移默化中，被平等、友爱、团结、互助的暖流融化了。

"长百领导好，长百的同志亲，长百处处是温暖，我们要把党组织给的温暖带给顾客。"我们接触到的每位职工几乎都这样表达他们的心声。

这种真挚的感情凝聚一种强大的潜能，顾客再多，工作再累，他们的笑脸总像盛开的鲜花，永不凋谢。长春市一位领导深有体会地说："每当我心情不愉快时，总愿意到百货大楼走走，看到营业员们一张张笑脸和不知疲倦的干劲，什么不痛快的事都忘得一干二净了。"

"问渠哪得清如许，为有源头活水来。"长春百货大楼营业员微笑待客、优质服务持久不衰的源头究竟在哪呢？答案已很清楚——就在于长百广大职工对于职业理想的执着追求和长百领导班子关心群众、公而忘私的模范作用。

奖金的风波

1987年，北京市许多大中型国营企业，先后实行了"两保一挂"经营承包责任制的改革。一年过去了，对企业、经营者和生产者进行奖惩的合同兑现了吗？岁末年初，记者走访了率先实施这项改革的北京人民机器总厂，发现这个厂为此发生了一场风波——

"朱厂长要拿一千元奖金啦！"

1988年年底的一天，这条消息像长了翅膀，飞遍了北京人民机器总厂大院，在五千多名职工中掀起了一场不大不小的风波。

争论

"不该拿！"铸造分厂一名维修工心中不平，"我们起早摸黑干一年，年终奖才一百元，厂长拿的相当于工人的十倍哪！这么下去，工人明年还'玩活'不'玩活'？！"……

"应该拿！"大件分厂搬运工王治华持相反意见，"厂长肩上的担子比我们重得多！从引进先进技术到研制新产品，从市场调查到厂里机构改革，哪样不得厂长操心？贡献大的人，当然应该多拿奖金啦！"……

工人们争论不休，中层干部中也有不同反映：三十八岁的大件分厂厂长庞连东说："朱厂长应该理直气壮地领取这一千元年终奖。因为经营者的责任和利益是联系在一起的。没有责任，根本不配谈什么利益；没有利益，责任感也不会持久。"他知道，去年一年，总厂"一班人"终日如坐火山口上，新产品上不去，会在激烈的市场竞争中败北；各项指标完不成，将直接影响职工们的利益。再说，厂里任何重大的生产、伤亡和火灾等责任事故，都有可能把厂长送上法庭。

有些年龄稍大些的中层干部认为，这种看法太"蝎虎"了。十分厂厂长和齿轮分厂厂长认为，奖金主要应该用在工人身上，经营者多干活少拿钱才好做工作。国务院和市政府想让经营者多拿，总厂工会主席邓秉哲同志也认为："要保护经营者的利益，但先要维护劳动者的利益。没有劳动者的积极性，企业就不会有经济效益，经营者的利益不就是'瞎掰'吗？"……

深思

随着争论的深入，职工们也在回顾厂长的工作：

人们不会忘记，当厂里生产的印刷机呈节节上升趋势时，是厂长首先提出把部分产品扩散到乡镇企业。结果，没有添人加设备，产品在国内市场占有率达到了70%。又是厂长大胆引进国外先进技术，组织技术人员设计制造出对开双色胶印机、四色胶印机等十几种新产品，其中三种获国家金银牌，远销十五个国家和地区，从1984年到1986年三年上缴的利税总额等于为国家再建一个人民机器总厂，职工的年收入也比三中全会前翻了一番多，1986年人均达到一千六百八十元。

人们更不会忘记，1987年初，朱厂长同市政府签订"两保一挂"承包协议书时的情景：他戴上花镜，仔细阅读协议条款：在"七五"期间，一保上缴利税逐年按百分之六的幅度增长，二保完成技术改造规划五千万元（相当全总厂资产净值）；在此基础上，实行职工工资总额与实现利税挂钩。企业如期完成任务，超过上缴利税部分，由工厂自主支配，嘉奖厂长；若完不成分年度上缴利税指标，由企业留利补齐，对厂长进行惩处。

人们注意到，朱厂长签字时，神态是严峻的，手微微有些发颤……

经历了三百多个不寻常的日夜，朱谈林和全厂职工们赢得了1987年实现利税、上缴利税和完成技术改造规划，分别比1986年增长15.3%、30.7%和9%的优异成绩。

对话

与奖励厂长有关的"对话"，在不同层次、不同人员和不同场合进行着。

厂务扩大会，先后召开了三次。

有人问："凭什么奖厂长一千元？"一位副厂长答："根据国务院和北京市有关文件规定，'凡全面完成任期内年度责任目标的，经营者的个人收入可以高于职工平均收入的一至三倍。做出突出贡献的还可以再高一些'。"

有人又说："虽然奖励经营者是合理合法，但是群众一下子承受不了，还是稳妥些好。"

人们把眼光集中在朱谈林身上。只见他磕掉烟斗中的烟灰，语气坚决地说："这事儿要靠大家做工作。说实话，开始听说要奖我一千元，我心里也有点打鼓。但是，合理合法的事情怕什么？！干什么事情都有个第一次。经营者兑现分配政策，是改革中的一件大事，这也需要勇气和魄力。因为这是带头打破'大锅饭'，破除平均主义的旧观念。因此，我决心起个示范作用！"

党支部书记会。

有人提出，"上级只强调经营者利益，工人没得到多少实惠，群众有意见，工作不好做。"

总厂党委书记冯立新："这种说法不全面。改革给咱们厂带来巨大的经济效益。'蛋糕'做大了，职工都受益。1987年，我厂一线有生产定额的工人全部实行了岗位工资；全厂职工的工龄补贴提高了；每位职工1987年比1986年收入增加二百多元，相当于长了两级工资。我们要支持经营者兑现分配政策，现在是广大政工干部施展才干的时候，要认真做好职工的思想工作。"

总厂三届三次职代会。

代表们认真严肃地审议并通过了《关于嘉奖经营者》《关于嘉奖产品开

发和质量有功人员》《关于部分职工浮动升级》和《关于职工年终奖金分配》的方案。

支持

1989年元旦过后，在北京人民机器总厂，出现了这样几组镜头：

一位分厂厂长兴冲冲走进朱谈林的办公室："朱厂长，你敢于破除'平均主义'的旧观念，带头兑现承包协议，兑现分配政策，做得对！我们坚决支持！"

中午，在去食堂的路上，朱谈林被几位1958年进厂的老工人截住了："朱师傅，您看最近的《工人日报》了吗？人家两万多元奖金都敢拿，您这一千元钱算什么呢？！""朱师傅，我们想得通。咱们厂对国家的贡献越大，厂子才越足实；厂头多拿奖金，我们才可能增加收入。"……

朱谈林的眼睛湿润了。从工人们的言语行动中，他确确实实感到了平等、信任、坦率，感到了相互理解，感到了蕴藏在广大职工中的改革热情。

一千元奖金的"风波"基本平息了，但职工的思想工作还远没有结束。有的同志说："共产党员、领导干部不是强调见困难就上、见利益就让吗？厂长为什么就不这样做呢？"还有的同志说："从总厂到分厂、科室，凡是当领导的人就算'经营者'，凡是'经营者'就多拿奖金，这不又是'平均主义的大锅饭'吗？"……

这些不能说完全没有道理的道理，还需要人们继续思考。

受聘之后

一

助理工程师郝余平，莫明其妙地走进研究所会议室：他是被人叫到这里的。

时间：1982年3月19日上午。

会议室正面摆着一排桌子，后面坐着正言厉色的所领导，党总支副书记、保卫科长、所党办蔡主任、研究室主任，外加一名记录员。

对面放着一把椅子——那是给助理工程师预备的。

"郝余平，最近有关经济领域里的阶级斗争，你是清楚的。你要老老实实地坦白交代你所犯的罪行！"

"你要老实交代你的不法行为，这是一场政治斗争！"

语气，言辞，气氛，一下子把助理工程师搞得蒙头转向——对"有关经济领域里的阶级斗争"，自然远不及对电器设备的使用与维修熟悉，了解。

他暗自揣度，苦思冥想：噢，是不是跟自己为"海燕社"工作有关呀？

二

"海燕社"，全称"北京海燕电教服务总社"，是一个应运而生的待业青年集体企业。1981年初，"海燕社"向郝余平所在单位——北京电影机械研究所购买了两台设备。合同规定，由研究所派技术人员协助维修设备，提供技术服务。

因此，郝余平被派到了"海燕社"。

1981年七八月份，研究所领导因业务问题与"海燕社"发生了矛盾，所里决定中止合同往来。

郝余平认为，设备还在保修期内，出了问题自己应该负责。因此，只要设备发生故障，他总是随叫随到，常常忙到深夜，而且不取分文。

俗话说："没有不透风的墙。"研究所领导知道后，对郝颇为不满："今后不论是上班时间，还是下班以后，'海燕社'的机器坏了你全不要管！"

9月，"海燕社"又从别处购进了五台机器设备，急需技术指导，就向郝余平及其他两个单位的五名技术人员求援。郝因研究所领导与"海燕社"负责人有矛盾，几次借故推辞。

一连几天晚上，"海燕社"的青年们都找上门请求："郝工程师，帮帮我们吧！如果机器装不上，我们一百多口人就又没活可干啦！"

"郝工程师，您姓'郝'，就行行好吧！"

……

面对青年们的要求，请求，哀求，郝余平还有什么可说的呢？自己掌握的那一点知识、技术，还不是国家和人民给予的吗？

于是，在此后两三个月的星期天或下班后，郝余平与其他技术人员一起，为"海燕社"培养技术人员，并且协助安装、修复了两台进口设备，三台国产机器。

从此，"海燕社"的每台设备如果开动，每小时就可获得八百多元的经济效益。

"海燕社"负责人在感激之余，认为这五位同志不仅创造了这么大的价值，还帮自己培训了人才，就是上课也应给以适当的报酬。于是参照教育部的有关规定，按兼课报酬标准以每小时一元五角计，给五个人付酬：郝余平工作七十八次，计一百八十八小时，应付给二百八十二元。

郝余平一再推辞——虽然家中经济状况并不富裕，两个儿子正值少年长身体时期。

二百八十二元，推来让去，但，盛情难却。再说，如果郝余平不收下这钱，其他四人怎么办呢？

听罢郝余平的述说，"审讯桌"后边那排人根本不想就此罢休：他们早就到"海燕社"、郝余平爱人所在单位以及郝居住地的派出所、街道居委会详细"内查外调"过，你郝余平就那么老实？！

三

3月22日，北京市朝阳区工商行政管理局根据电影机械研究所的要求，未经调查核实，就以北京市打击投机倒把暂行规定第十一条款限时传讯郝余平，并收扣了他的二百八十二元钱。

研究所内外群众议论纷纷。有的同志说："老郝使海燕社，每天只发饭费的青年有了固定收入，怎么反倒成了罪人啦。"郝余平的爱人愤愤不平："我们不是图钱，以前给宏庙小学幻灯片厂、中国图片社干活，从来没要什么报酬嘛；可这次却落得这个罪名！"郝余平又找有关领导申诉，得到的回答仍然是："你要老实交代，坦白认罪！"

郝余平反问："我有什么罪？"

"你的情况我们都掌握，必须老实交代。"

郝余平按捺不住心头的气愤，顶撞说："什么罪行？你就知道整人！"

这位领导暴跳如雷："好！你敢污蔑人，扣你两个月奖金！检查写不好，还要停发你的工资！"还说："告诉你，逮捕证在我手里好几天了……"

有人对郝余平说："老郝，你还是认罪了吧。错了，到时候再给你平反。"

就这样，郝余平被迫停职，一连几次检查，就是通不过，同时还被扣了两个月的奖金。

在郝余平写申诉信后，上级有关部门干预了此事。朝阳区工商行政管理局将扣收的钱退给了研究所。可是，该所某些领导仍不放过郝余平，常在各种会上"敲打敲打"他，还说："如果把钱退给郝余平，就不给他长工资。"

年底，形势急转直下。

12月28日——一个平凡的日子。但对郝余平来说，也许终生难忘：

《光明日报》和《工人日报》同时在一版显著位置，披露了郝余平业余时间受聘遭打击的事件。《工人日报》在"扶持知青有利社会，何罪之有？"的通栏标题下，不仅公布了该报记者汇同国务院劳动人事部科技干部管理局干部的调查报告，而且以"我究竟有什么罪？"的醒目标题，发表了郝余平的来信：

工人日报社编辑同志：

我是搞电气设计的中年技术人员，1966年毕业于北京工业大学，1976年调进电影机械研究所。从1977年开始，每年都在科研工作中做出一定的贡献，曾多次和同志们一起荣获北京市和市仪表局颁发的科技成果奖。

1980年底和1981年初，我单位陆续为"海燕社"提供了四台幻灯片印片机，并派我帮助他们安装、调试。每当他们工作中出现问题时，不论是星期天还是晚上都来家找，我都是有求必应。后来"海燕社"又由外单位转入几台设备，请我和其他单位的四名技术人员，业余时间帮他们安装维修这些机器，并教会他们有关人员操作和维修技术。他们按教育部有关文件精神发给我酬金二百八十二元。

1981年七八月份，"海燕社"负责人因为我所所提供的设备有质量问题，与我所领导发生了矛盾。这时，我们研究室主任对我讲："老郝，今后不论是上班，还是下班后的业余时间，'海燕社'的设备坏了你全不要管。"但我认为业余时间帮助他们顺利地生产没有什么可指责的。于是，我仍然有求必应。当研究室原支部书记蔡某某知道我晚上有时为"海燕社"提供技术服务后，认为我一定得到什么好处，就对我进行内查外调。

今年3月19日，由所党总支副书记、所保卫科长、室支部书记蔡某某和室主任等，在会议室审讯我。我最后才意识到是否为"海燕社"的酬金呢？于是我把经过讲给他们听，并且在当天下午就把现金全数带去准备退款。他们让我写检查，22日上午又再次对我进行审问。我不服气，他们当即宣布让我停职检查。最后于4月2日宣布恢复工作，并扣了我3月和4月两个月的奖金。我忍无可忍，就写信给上级有关部门和报社。后来，有关部门派人调查，认为我无罪，并提出了处理意见，但我们单位置之不理。我真不明白，为四化建设多做贡献，究竟有什么罪？

中央人民广播电台在当日清晨的"新闻和报纸摘要"节目中，播音员以激昂的声音，将这一事件的始末，传播到京城内外、华夏大地的各个角落……

四

第二天，中共北京市委第一书记段君毅同志对此作了批示。

北京市经委随即派出调查小组，到北京电影机械研究所和"海燕社"了解情况；

劳动人事部下发了关于郝余平业余受聘，遭打击问题的处理文件……

然而，事情并不如善良人们想象得那么简单。

上述一切，均遭到北京电影机械研究所某些领导人的抵制。他们利用手中的职权，打印数十份"申诉"材料，派出汽车和人员，到中纪委、中华全国总工会、全国人大常委会等领导机关"告状"……

所党办主任蔡某说："劳动人事部是搞咨询服务的，为什么干涉我们研究所的事？"并且，将拖延解决问题的责任转嫁于人："没有他们干涉，问题早解决了"，云云。

抵制，扯皮，推诿；

推诿，扯皮，抵制。

半个月过去了，事情没有解决；

又是半个月结束了，问题仍然没有结果。

《工人日报》记者、北京科技报记者会同劳动人事部科技干部局有关同志，来到北京市经委政治部，来到北京市仪表工业局——北京电影机械研究所的上级机关……

汇报，讨论，交涉；

交涉，讨论，汇报。

终于，达成协议：1983年2月9日下午三时，在北京电影机械研究所召开解决郝余平受聘问题的大会。

会议之后第三天，《光明日报》《工人日报》和中央人民广播电台分别广播和刊登了如下内容：

在北京市委、市经委的关怀下

郝余平业余受聘遭打击得到纠正

北京电影机械研究所召开大会，肯定他业余时间为知青企业进行技术服务符合党中央方针政策，有利于四化建设。

2月9日下午，北京电影机械研究所召开科技人员大会，肯定助理工程师郝余平在业余时间为知青企业"海燕社"进行技术服务，是符合党中央方针政策的，是有利于知青、有利于社会、有利于四化建设的行动。郝余平业余受聘遭打击一事，《光明日报》和《工人日报》曾在去年12月28日进行了报道。第二天，北京市委第一书记段君毅对这一报道作了批示。市经委迅速派出调查小组，深入进行调查了解，使这一事件得到解决。

电影机械研究所在这次科技人员大会上宣布，"海燕社"付给郝余平的二百八十二元酬金，是他的劳动所得，全部退还本人；审查郝余平期间扣发的两个月奖金，如数发还本人。所党总支对郝余平政治上要求进步、工作中钻研业务和入所几年来取得的成绩给予了客观的评价，并且当众宣布，销毁审查郝的有关材料，到郝余平爱人所在单位消除影响。

北京市经委政治部副主任刘才和市仪表局纪委副书记高广智先后在会上讲话。他们严肃批评了这个研究所个别负责人滥用职权，拒绝正确批评，进行与党的方针政策相违背的非组织活动，要求该所党总支对有关人员进行教育和处理。郝余平在发言中，对自己在受审查期间骂人的行为做了自我批评，并表示要不断增强组织观念，在改革中争当促进派，以实际行动争取早日加入中国共产党。

然而，命运却同郝余平开了一个不大不小的玩笑：

上级领导责成蔡某检查自己的错误，他拒不认识；

研究所领导写出检查报告，要蔡盖章，他拒不执行（蔡某为党办主任，掌管印章）；

甚至，在召开给郝余平"正名"的大会前一天，蔡某还以"北京电影机械研究所"的名义，散发混淆视听、颠倒黑白的打印材料⋯⋯

整人的"蔡某们"仍然是领导，仍然掌管着许多权力；挨整的郝余平仍然是普通科技人员，仍然处于动不动就被人"敲打敲打"的地位⋯⋯呜呼！

桑拿"姻缘"

"如果想让人辛苦一天，就叫他在家里请客；如果想让人辛苦两三个月，就劝他搬家；如果想让人辛苦一辈子，就动员他找个情人或包一个'二奶'。"这是一位好友郑重其事告诉郑老板的一段"处世箴言"。

两年前，郑老板只是笑笑，很不以为然；现在，郑老板对此却是"刻骨铭心"，体味深刻。

邂逅桑拿馆

俗话说，"温饱思淫欲"。这几年，人到中年的郑老板生意也"如日中天"。虽说在港岛繁华闹市的铜锣湾开了公司，在海怡半岛买了新房安了家；太太贤惠，两个"仔女"又活泼可爱。但，郑老板似乎总感觉着生活中还缺少了什么。

假日、周末，许多老朋友去澳门、访东莞、入深圳、踏广州，郑老板也欣然前往。旅游、购物之余，郑老板每次都选一两家桑拿、足浴馆，体会一番"龙的享受"。

这是东莞一家颇有名气的桑拿馆，老板也是香港人。生意人，一回生，两回熟，三回成朋友。桑拿馆老板十分热心地向郑老板"推荐"了一位"手法娴熟、脸盘靓丽"的川妹小玉——桑拿馆的"红牌玉手"。

小玉姑娘姓梁，自称"成都辣妹"，芳龄23岁，身高1米64，亭亭玉立。尤其是那一双水汪汪、会说话的大眼睛，多瞟几眼，玉手轻按数下，郑老板已是浑身热血沸腾，三个魂丢了两个半，心中乱了方寸。当晚，郑老板即在一家四星级酒店将小玉姑娘"搞掂"。

自此后，每逢周末，郑老板都要赴东莞"开会"。当然，郑老板是聪明人。每次"开会"之后返港，总要给太太、子女买点东莞特产之类——免得"心跳"。

一来二往，转眼过了两个月。风情万种的梁玉姑娘终于忍不住张开樱桃小嘴："郑生，我们馆里的女朋友交上香港老板，都带上了钻石手链，住上了别墅靓屋。我呢，戴着个老土白金戒指，还总是偷偷摸摸跟你住酒店，多丢人现眼……"

一个月后，小玉如愿以偿——戴上一条亮晶晶、价值一万两千元港币的钻石手链，住进了三室两厅、带大阳台的靓屋。为了"保险"，郑老板让小玉辞去桑拿馆的工作，每月给她8000元生活费（"给多了不行，给多了容易出事"——朋友忠告。）做他的专职"业余太太"。

5：5分享郑老板

每星期五的傍晚，小玉小姐都会准时守候在太平码头，翘首期盼从香港乘船来东莞的郑老板。

有道是："家花不如野花香。"靓女相伴，十指相扣着小玉小姐的纤纤玉手，年逾不惑之年的郑老板感到自己焕发了青春：那一桌色、香、味俱佳，略带辣的饭菜，那"鸳鸯浴"后"红牌玉手"的按摩，使郑老板胃口大开，心旷神怡；那温柔乡的耳鬓厮磨，男欢女爱，更让郑老板"乐不思蜀"。

慢慢地，郑老板还真有点离不开梁玉小姐的感觉。这倒不完全是"吃惯了燕窝鱼翅，想换换口味品尝一下白菜、萝卜……"

一个星期三的傍晚，郑老板灵机一动，想给小玉一个"惊喜"，玩一次"浪漫"——没通电话，便径直来到了东莞的"香巢"。

眼前一个意想不到的场面，禁不住让郑老板怒气冲天：一位身高1米80，穿着、打扮入时的"帅哥"，大模大样地端坐在以往自己的位置上，托着一只倒满红酒的法制水晶杯，正兴致勃勃地跟自己心爱的小玉姑娘碰杯饮

"皇朝"！

尴尬一刻，三个人都呆住了。忽然，"啪"的一声，郑老板把皮包往地板上一摔，飞快地冲进卧室，低头仔细地检查床铺。当他确信没有人在床上"搏斗"的痕迹后，才略微放心地瘫坐在床上。

这时，小玉姑娘进了卧室，二话没说，双手勾住郑老板的脖子，给他来个"疯狂"亲吻：额头、眼睛、鼻子、嘴巴、脸颊、耳朵，凡是能亲的地方都吻到了——郑老板还是一脸的不高兴。

两人相拥着，来到客厅的双人沙发坐下。当然，那个1米80的"帅哥"早就悄悄地不辞而别了。"他是谁？"郑老板心中酸、甜、苦、辣打翻了"五味瓶"。"是我的一个普通朋友，"小玉自然是小心翼翼地回答。"他来我们家干什么？"郑老板仍不放过。"来陪我聊天。我太闷了！"小玉不无哀怨。

入夜，郑老板辗转反侧，怎么也睡不着。尽管小玉姑娘使出"十八般武艺"，也无济于事。

第二天中午返港前，郑老板终于同意了小玉姑娘的"建议"与恳求——"跟郑太太5比5分享郑老板"，即：每周一、三、五，郑老板在香港陪太太；每逢二、四、六，晚上到东莞来忙"业务"，陪小玉。

否则……

郑老板的"烦恼"

郑老板的"烦恼"远不止此。

数周后，小玉姑娘开始向郑老板"抱怨"："这东莞的东西也太贵啦！以前，我一个人过日子总是瞎凑合。现在，你一个礼拜来三四次，我总得给你补养身体啊。这8000块钱，不到半个月就花光啦！……"

郑老板一想，小玉言之有理。于是，每月的"生活费"由8000元增加到18000元。

一天上午，九点钟刚过，郑老板的手机"滴滴滴"地响起来，那边传来小玉柔和、甜美的声音："老公啊，昨天晚上我老爸来电话，说要盖房子。邻居家都盖起了三层楼。你总得'表示表示'吧！对啦，我哥下个月准备结婚……"郑老板果然出手不凡，一下子给了小玉480万元。

2000年3月中旬，小玉向郑老板提出："跟了你两年多啦，我到这太平码头接你也不少于上百次。你怎么就不让我去香港玩玩？我的不少姐妹都去香港旅游过……"

无奈，郑老板给小玉姑娘买了来香港的旅游票。于是，太平山顶观景，尖沙咀摄影，海洋公园看海豚，时代广场购物，"纽约"影院陪看电影……从早到晚，马不停蹄：家—公司—酒店—逛街，郑老板累得筋疲力尽；小玉姑娘却是逛不够，玩不够，看不够，买不够，兴致勃勃。

由香港返东莞一个月后，小玉姑娘又跟郑老板"商量"："老公啊，我的老乡跟我说，日本有一批农民企业家最近到上海和广东来找老婆。她们都劝我去试试。我真有点动心。你想，我跟你这么下去算什么啊？老婆不老婆，情人不情人的……"

郑老板只好"精神安慰+物质补贴"相结合，总算稳住了这位"又甜，又酸，又辣"的靓丽川妹。

1999年6月的一天，"鸳鸯浴"后，小玉喜滋滋地告诉郑老板："'大姨妈'两个月没来'访问'了。我好像怀了你的孩子。你看，是生下来，还是做人流，要不要跟郑太商量？"

风流倜傥的郑老板嘴巴哆嗦着，愣是半天说不出一句话。

"厂花"

香港的王老板在深圳开了一家工厂。湘女阿芳天生丽质，是厂里几百名女工公认的"厂花"。王老板选中了阿芳。于是，有了下面这段故事。

老板选她做"女友"，羡煞不少姐妹

1995年，湘女阿芳21岁，在家乡的一座小县城的缝纫厂工作了3年的她，在姐妹们纷纷"南下深圳挣大钱"的鼓励下，告别父母、姐弟，只身来到深圳龙岗，在一家港人合开的工厂里做工。

阿芳天生丽质，1.65米的身高，匀称的身材，鹅蛋形的脸盘上长一双天真无邪、清纯透彻的明目。她还具有高中毕业的文化程度。很快，成了这家工厂的"厂花"，是三位股东之一的王老板追逐的目标。

王老板时年45岁，正处于人们常说的男人"三十如狼、四十如虎、五十赛过金钱豹"的年龄段。经过认真阅看员工的履历表，外加几次"偶然"的"巧遇"之后，阿芳很快就成了王老板的"陪客""座上宾"；工作也从做工的车间，调为厂部的接待。至于薪水嘛，似乎比一般的姐妹高出两三倍。

1996年春节探家的时候，同室的姐妹们四处托人高价买"黑票"挤火车，而阿芳却"大姑娘上轿"头一回乘飞机。机票，当然是王老板"代买"的，再加从香港"代买"的时装，精美食品，外带10000元人民币。"送给你的父母5000元，那5000元买返深圳的机票。""钱是王八蛋，不是好东西，不花白不花，生不带来，死不带去。"王老板一番表白。

湘女多情。想到老板的关照、大方、细心、体贴，尤其是听他声泪俱下诉说着香港家里的"黄脸婆"如何如何凶神恶煞，情感无着落后，阿芳决定搬到王老板有沙发、带空调、大彩电的居室去，做王老板的"女朋友"，献出她的"第一次"——还真羡倒同厂不少姐妹。

她为他怀孕两次，又到医院做了人工流产

1997年3月，王老板春风得意，在深圳"关内"罗湖区创办盛雅国际贸易公司，阿芳身兼三职文员、出纳、"女朋友"。忙完公司的业务，又忙家里的家务，真是"出得厅堂，入得厨房"。

此时，王老板花了九百多万元在深圳福田区买下不是花园，却偏偏叫"罗马花园"的一个漂亮的单位居家。

这是一套三室两厅的公寓，位于大厦的中层，两间主卧室均朝南，宽宽大大的阳台，宽宽敞敞的客厅，餐厅，厨房，主客洗手间。冰箱、彩电、洗衣机、空调、沙发、家具、电器一应俱全。

这是阿芳过去连做梦都未曾想到过的。如今，却实实在在地摆在自己的面前，任凭自己使用。

最令她感动的，只要王老板返香港超过一个星期（尽管每天都跟她通电话——如同他在深圳跟他的香港"黄脸婆"通电话一样），就会给她买一件小礼物：摆饰、衣服、"露华浓"香水、"CD"口红、"皮尔卡丹"银包等。"跟上这样体贴的男人，还有什么好说的，总比嫁给生产队长强百倍呦！"阿芳常常这般自豪，自傲，自信，自慰。

她前后为他怀过两次孕，但又都到医院做了人工流产手术。这倒不是王老板不懂得避孕，而是王老板喜欢"打真军"——"你只同我一个人做这件事，带什么'杜蕾斯'（安全套）！"

"随他吧！只要他满意。"温柔、体贴的阿芳常常这样做出让步。当然，有一些事情不得不让她做出如此让步：

1998年6月，阿芳的弟弟——说是高中毕业、实际充其量不过初中文化的农村小伙子，来到深圳王老板的公司打工，每月工资6500元。这，当然是她阿

325

芳的"面子"。

1997年4月，阿芳的哥哥——一个结婚、有子的农村青年，也想摆脱"面朝黄土背朝天"的生活困境，买辆汽车当"的哥"。阿芳圆了阿哥的梦。这，当然是王老板的"帮忙"。

阿芳不是没有犹豫过。每当看到那些年龄相仿、相貌匹配的年轻情侣成双配对、搂肩搭背漫步深圳街头的时候，她许多次憧憬自己甜蜜的家庭生活。但是，一想到自己的哥哥、弟弟，那颗向往幸福、美满生活的心，又"忽"地一下沉了下去……

父亲恼红了脸："跟我回家去！"

都是春节惹的祸。1998年1月中旬，阿芳征得王老板的同意，让自己的父母来到深圳欢度春节。

见到女儿"男朋友"那稀疏的头发、臃肿的泡眼、矮胖的身材，倔强的湖南汉子感到浑身不舒服。当知道王老板年届49岁，几乎与自己同龄、香港有妻室儿女时，做父亲的简直恼红了脸："跟我回家去！"他朝阿芳怒吼一声，根本不看王老板那一张尴尬的胖脸，还有那一桌鸡鸭鱼肉的丰盛酒菜。倔汉子一甩手，拉着老婆连夜回了湖南。

阿芳一连哭了几天。她既认为王老板待自己不薄，又惧怕父亲的威胁以及"再不回来结婚，今后没人要！"的警告。

经验丰富的王老板当然知道该怎么留住阿芳的人，又占领阿芳善良的心："你真要走，我就把房子卖掉，钱都给你！"阿芳左右为难起来：卖了房子，弟弟住哪儿去？还能在公司打这份工吗？这样，又过了数月。

无奈，父亲的叫骂，母亲的哭诉，时不时从电话中传过来。阿芳扪心自问：跟着王老板，这么下去怎么算啊？没有名分连生个孩子的权利都没有……

阿芳终于鼓起勇气将自己返回湖南家乡的决定告诉了王老板。王老板也终于没有卖房子。当然，也不可能给阿芳那笔对她来说，属于天文数字的巨款。

"走合"现象追踪记

一个时期来，"走合"现象像瘟疫一样在全国各地流行，既扰乱了社会主义商品经济秩序，也腐蚀了干部和群众的思想，严重败坏了社会风气。

"走合"，是北京群众对那些商品流通领域里的"掮客""倒爷"的别称；江南一些城市居民将此称为"穿墙"；东北有的地方则戏称为"对缝"。不管如何称呼，其实质都是指那些利用手中的权力和关系网，钻某些紧俏商品两种价格的空子，倒买倒卖，牟取暴利的"中间人"。

1988年6月29日，记者耳闻目睹了一起"走合"现象：

上午刚过八点钟，北京某工程建设指挥部的邓某，来到国家机关某部委级一家开发服务公司办公室："经理，有一批二十一英寸日本'夏普''松下'彩电，直角平面带遥控，你要不要？""什么价儿？""底价二千七百八十元（支票），现款一百五十元。"经理抄起桌上电话，分别打给甲、乙、丙、丁四个单位："我手里有六十台日本进口彩电，原装，'二十一吋遥'。每台底价二千七百八十元，现款一百八十元！"

一小时之后，信息反馈；中央某部一家开发公司业务员韦某和北京市一家集体企业的代表杨某，分别坐日本面包车和红色"波罗乃兹"卧车赶到。一番交涉后，每家三十台。于是，两位代表各自掏出五千四百元现款作为"定金"（也称"信息费""中间款"），交与邓某，邓马上点出一千八百元，给了那位打电话联系买主的开发服务公司经理———一切当着众人进行，毫不回避。如果买卖不成，则退还"定金"，这是"走合"的"规矩"。

九点四十分，两辆汽车载着"中间人"和买主驶向西直门内南小街。途中，邓某问众人："谁有'路子'搞到高压聚乙烯、聚丙烯（化工原料）？几吨就可以当上'万元户'啊……"

车到南小街，两位买主被礼貌地"让"在离另一位"中间人"——某基金会经理部副经理李某家数百米处等候。

一等就是一个多小时，众人心烦。我与买主——中央某部开发公司业务员韦某聊天："你们都经营什么？"韦说："冰箱，彩电、汽车、冷轧板、化工原料……什么来钱'经营'什么。""有货源吗？""靠跑，找关系批。不容易呀！有时候批一个条儿，得甩出去上千块！""这批彩电，你不觉得太贵了吗？""还行。再加点儿码也能出手。""你跟单位承包了？""没有。我们头儿不敢跟我包。现在，每年让我交他十八万元；要是承包，我敢包三十万！""你的奖金不少吧？""不多，按完成数额的百分之一提成。"我又问："这么干，不怕上边查你们？"韦说："谁查谁啊？我一年上交他们十几万！再说啦，现在从上到下都这样，'全民皆商'嘛！逮着机会不捞点儿，真是'傻帽'儿！"说罢，他一看腕上的金表："据我的经验，十有八九，今儿个的事情要'黄'。"

果然，中午十二点二十分，邓某出来告知：管库人去天津港口"接货"了。下午，另择新路。刚才，李经理给咱们介绍了一位在市五金交电公司工作的，家在东单××胡同某号，有一批进口"飞利浦"，是"二十一吋遥"。这，无疑仍具有吸引力。

吃过中午饭后，一行人来到东单××胡同。那位在五金交电公司工作的"中间人"不在家，其母——一位退休干部拿出"万宝路"烟招待众人。接着又从柜中取出一张支票说，这是连云港市设在北京供销物资公司戴经理委托她儿子进彩电的。戴经理那儿有现货——一百台二十一英寸"飞利浦"，底价二千七百五十元，"中间款"每台100元。如果要，她可以带路。

下午三点半，一行人在朝阳区东大桥附近见到了戴经理。打开仓库一看，果然有"飞利浦"彩电一百台。戴经理指着两名东北口音、干部模样的人说：这是长春×××厂的副厂长和经营科长，货是他们的。每台底价二千八百五十元，"中间款"一百五十元，如果要，可以开票提货。他们着急回去，你们最好用"汇票"结账……

从东单到东大桥，仅仅二十分钟的路程，每台彩电又涨了五张"大团结"。计算起来，一百台彩电，"走合"者转眼之间捞了一点五万元，简直令人目瞪口呆。

附:《工人日报》为本文刊发的评论文章

坚决制止以权经商

《"走合"现象追踪记》揭露了一些利用平价与议价之间的差价进行投机倒把的"小倒爷"。人们自然不能不提出这样的问题:这些人何以能"倒"? 答案很明显:他们的身后就是有职有权的部门——能够批"条子"，搞来紧俏物资的"大倒爷""官倒爷"。

可以看出，这些"大倒爷""官倒爷"的特点是官商结合，以权经商。他们中有的是领导干部离、退休之后，又兼任本单位或下属单位的董事长、总经理、顾问之职，行使"余权"，发挥"余威";也有的正在台上，手握实权，明里暗里为"倒爷"们做后台。这些"官倒爷"以权经商，牟取暴利，既损国家，又害群众，一夜之间，富可车载。人们确切地称他们为"官商"。"官商"已成为当今我国社会生活腐败现象的一种主要表现，也是种种腐败现象得以滋生和蔓延的一条重要根源。坚决制止以权经商已是当务之急。

值得注意的是，当前社会上还出现了一些为"官商"，即以权经商辩护的"理论"，甚至有一种说法:这是"搞活经济，有利于发展社会生产力"。明摆着事实是，这种"走合"、倒腾，丝毫不创造任何物质财富。相反，只能延长流通环节和周期，搞乱市场，破坏有待建立和完善的社会主义商品经济新秩序，阻碍和影响发展生产力。不是吗? 一台彩电，提货单旅行，几易其主，"过手三两油""雁过拔毛"，自身的使用价值并未丝毫增加。化肥、汽车的倒腾，莫不如此。相反，正常的销售渠道受阻。只是坑了消费者，肥了当官的，谈何搞活经济? 谈何发展生产力?

中央已三令五申，不允许党政机关和党政干部经商、办企业，制止以权经商。但是，有些部门、有些同志见利忘义，置党纪国法于不顾，热衷于当"官商""倒爷"，它已经并再继续腐蚀、毒害着我们的干部队伍和社会风气，损害党和政府的形象，挫伤人民群众投身改革和建设四化的积极性。因此，一方面要加快和深化改革，尽快取消价格"双轨制"，理顺价格体系，铲除"走合者""官倒爷"赖以生存和发迹的土壤。另一方面，要下决心"动真格的"，依法惩治各种"走合者""倒爷"，特别是"官倒爷"，从根本上制止以权经商。这是建立社会主义商品经济新秩序的一件大事，也是保持为政清廉的一件大事。

神秘股东

1981年10月29日，北京市公安局破获一个以兑换国外"股票"为名进行诈骗的犯罪集团。

这个集团的首犯尹华银，现年五十三岁，被捕前是贵州正安县石油公司仓库保管员。他勾结其他十二名主犯，打着办理"兑换解放前私人存入海外的股票，收回外汇，支援四化建设"的旗号，拼凑所谓"筹办小组"，并以"筹集兑换股票的活动经费"为名，坑害百姓、腐蚀干部。从1981年7月26日到10月29日的短短三个月里，就有十一个省市的二百五十七名干部、群众受骗。其中，仅从六十三人手上就骗取了现金七万四千多元。

那么，这个诈骗集团是怎样得逞于一时的呢？

弥天大谎

1979年5月11日，中美两国政府就财产解冻问题达成协议。9月9日我国政府发布命令，授权中国银行负责收回美国政府将予解冻的中国资产。

尹华银听到这个消息，不禁心头一动："马不吃夜草不肥，人不得外财不富。"我要能弄到一张"股票"，那可就"发"啦！这个曾因贪污一千二百多元受过处分的家伙，恶习不改，遂于1981年2月窜到万盛区搞起股票诈骗活动来。结果，被公安机关审查二十天后将其释放，并给他开了一张"教育释放证明"。

法纪的惩治，政府的教育，都未能遏制尹华银贪赃骗财的罪恶心理，他决心铤而走险。用他自己的话说：要发财就要敢撒谎，要撒谎就要撒个弥天大谎！

果真，1981年6月，他在北京北郊旅馆露了面。此刻，旅馆里聚集着从四川、云南、贵州、广西等地来京进行所谓"兑换股票"的团团伙伙。尹华银神气活现，撒起弥天大谎来。他谎称：自己曾是一位中央领导的老"警卫员"，而且故意提高嗓门说："我这次进京，就是遵照××同志的指示、得到国务院'三办'的支持，专程来兑换股票的。"他见人们伸长了脖子听着，又绘声绘色地胡编下去："我找到一张面值三亿美元的'股票'，编号是'08128'，货主叫姜伯玉，是个七十九岁老头，他本人不愿出面，委托我代换。事成后，按'四、三、三'分成：货主捞四成，国家和承办人各得三成。可是，这张'股票'让万盛区公安局给扣了。看，这是他们开的收据。"他边说边掏出那张"教育释放证明"，晃了两晃。

这帮财迷心窍的小丑们，已经全神倾注在巨额的股票，三成的"外快"上，谁还顾他晃的什么。于是，一阵狂叫。

"老尹，公安局凭啥没收股票？找老首长告他们去。""对！我已在首长面前狠狠告了一状！按首长指示，那张股票已调来北京。目前，国务院正同美国政府磋商……"

几天后，尹华银煞有其事地宣布："股票传真到美国，经过核对，美国政府已承认。他们派了经济代表团来我国谈判。昨天晚上，国务院特邀我参加了会谈……"说着，他掏出一张印有中央领导接见美国某经济代表团的报纸，指着照片上一人的背影："看，这就是我。我不愿出头露面，一转身拍个后背。哈哈哈……"人们听罢，又是敬烟恭维，又是鼓掌祝贺。

里勾外连

霎时，尹华银成了一棵"摇钱树"。十几个人围拢在"树"下垂涎欲滴。本来，持有外国股票的人，自己可以到中国银行兑换。但是，尹华银竟编造什么：他这"三亿美元股票"需要成立"承办小组"，谁入了承办活动经费的股，待外国股票兑成后，"入一得二"。经尹华银这么一鼓吹，1981年7月

26日在北郊旅馆正式成立了所谓"08128股票兑换筹办小组"。尹华银自然当总头，四川巴县青木头玻璃店售货员、主犯张健森（四十八岁）当"会计兼内勤"，贵州遵义市委组织部待分配干部罗家忠任"出纳"。重庆九龙坡黄桷坪运输合作社工人、五十四岁的王邦琼，曾是伪军官的小老婆，解放后因诈骗被戴上坏分子的帽子管制三年，不久前又因倒卖黄金、伪钞被公安机关通缉逃来北京。他们看她神通广大，又自称是中央某某领导的"侄女"，推举她当"联络员"。

眼下这帮家伙眼馋的不是什么"职位"，而是尹华银的"慷慨"许愿："一旦股票兑换成功，论功行赏；一等不超过一百万人民币，二等六十至八十万，三等三十至五十万，等外名额，鼓励情绪嘛，也奖十万。这些都写在咱们的章程上啦！"

十万、几十万、上百万！这巨金不仅使几个社会渣滓狂蛋喜欲得，也诱惑着少数"财迷"，自称"北京市公安局治安处张副处长"的就是一个。

"张副处长"何许人也？此人叫张宝刚，原是北京天堂河劳教农场职工。从1980年9月起，他也倒卖起"股票"来，并冒充是公安局治安处"副处长"。由此，尹华银集团的女联络员王邦琼把他"联"上了。

主犯张宝刚是很想争头功的。他懂得：在我们国家里搞"股票"诈骗活动，没有"上边"的文件不行。为了搞到一份"文件"，张犯绞尽脑汁。1981年三、四月间，他通过北京生产服务合作总社职工、诈骗集团成员李劲的关系，结识了中国人民银行北京分行国营农业信贷处职工、诈骗集团成员宋祥凯。他们伙同其他人伪造了一份文件，由宋偷盖了银行信贷处的公章后交给张宝刚。张又指使李劲设法让中国人民银行总行铅印室一女工和朝阳区工会一打字员，用偷出印有"中国人民银行总行"字头的公文纸，先后两次打印了五份伪造的"文件"，再由宋祥凯偷盖上银行农业信贷处的公章。这样，就使他们的诈骗活动披上了"合法"的外衣。张宝刚果然因此被尹华银列为"一等功"。

犯罪分子也懂得：干这号冒险的勾当，没个"门面"不行。于是他们打通军医赵××的关系，住进了北京中心地段某内部招待所。这个招待所的所长和物资股长也是个财迷，对这帮"财神爷"关怀备至，不仅提供什么"办公室""接待室""后勤室"，而且盗用本单位的名义集体"入股"。他们本人多次同犯罪分子勾勾搭搭，甚至穿着军装，以部队"首长"的身份"接见"外地来京入股的受骗群众。当公安机关追查犯罪分子时，他们竟替犯罪分子隐瞒真情。

犯罪分子们还懂得：要行骗不可不抓舆论工具。1981年9月，王邦琼等犯罪分子找到一家报社的某编辑"反映情况"，诬蔑公安机关是他们"为国家四化建设做出贡献"的"阻力"，要求吁请中央领导支持。这个编辑根据犯罪分子编造的谎言写了"内参"，向领导机关谎报军情。他还无视保密纪律，私自将"内参"送给犯罪分子，为他们后来窜到云南、贵州、四川等地欺骗群众，起了推波助澜的作用。

四处行骗

尹华银的"奖励等级"真灵，"激励"着犯罪分子个个登程，搜罗"筹办经费"的股份，把诈骗的黑手伸向了全国各地。出发前，尹又订了一条"纪律"："一人出事，决不出卖朋友！"

在我们的现实生活中，确有那么一些人，不安于劳动致富，只想靠"外快"发财。诈骗犯正是抓住这种贪求心理向他们施以骗术。

1981年7月底，诈骗集团骨干、贵阳市乌当区新运社工人谢宝贵，来到遵义县南白区龙坑公社社员王氏兄弟家里"动员"说："入股吧，入三千得六千。将来国家领导人接见，发给城市户口证、'工作证'、财产保护证、旅游证，工作、住房随便挑，免费旅游到处选！"王氏兄弟开始半信半疑："真是国家号召的？"谢掏出一张印有"中国人民银行总行"字头的公文纸说："那还会假？看这'文件'。再不信，跟我上北京看看去！"哥俩听罢，暗下思量；入三千得六千，比种地来钱快呀！再说，改成城市户口，住高楼……于是，各自借了两百元，卖掉一口猪，凑了八百元。弟弟跟着谢宝贵来到北京某内部招待所，被这里的景象"镇"住了；人来人往，有"首长"、有"工作人员"，真像个办公"衙门"的派头，半信半疑变成了坚信无疑，赶紧打电报让哥哥凑足两千元火速到京，把钱一并交给了谢宝贵。谢让他们交了照片、填了表，打发他们说："回去吧，等着分钱和中央首长接见的好消息！"

牡丹江市一位女职工，平时总抱怨"每月几十元工资何年何月发起来"，听说搞股票可以"入一得二"，不仅自己受骗，还拉着亲戚朋友"入股"，被骗去六千元。

四川省酉阳县万木公社一社员，借债五千元投资"入股"，债主催逼，无法偿还。当他们知道受骗时，顿足捶胸、坐地号啕大哭。

然而，尹华银等十几名罪犯，分文未入股，他们拿骗来的他人血汗，大吃大喝，购衣买物，外出旅游，挥霍享受。仅首犯尹华银一人就侵吞了一万八千多元；王邦琼私吞、挥霍竟达两万五千八百多元。在他们的窝子里，公安人员除了查出假股票胶片、录音带、登记表、雷管、导火线、匕首等作案工具外，还有照相机、大量的人民币、外汇券、全国通用粮票、大批衣物等。

深刻教训

如今，尹华银诈骗集团终于在广大群众的支持下被我公安战士破获了。1982年2月25日下午，经北京市人民检察院批准，诈骗集团首犯尹华银、主犯王邦琼等六人已被依法逮捕。

但是，尹华银诈骗、流窜地域之广，受骗人数之多，造成影响之坏，实属罕见！它给我们的教训也十分深刻。

我们队伍里的某些人，包括少数干部，他们的灵魂正被铜臭浸染着。为了钱，特别是想发财、发外财、发横财，什么共产党员的光荣称号，什么国家干部的廉洁操守，什么社会主义公民的国格人格，什么敌我界限，统统可以不顾；而对一切坏人都可以巴结，一切丑事都跟着去干。尹华银诈骗集团的十三名骨干分子中就有十人是干部、职工，有人还挂着共产党员、共青团员的牌子。这个事实难道不足以引起深思吗?

尹华银犯罪集团的成员们,先后住过北京的八个旅馆,甚至住进某内部招待所。尽管他们的证明、手续不全,尽管他们在这些地方密谋集会十四次、接待"入股"群众数百人,但因这些单位的某些人得了人家的好处,"不好意思扯破脸皮"向公安机关报告,甚至与犯罪分子同流合污,为其伪造文件,提供活动据点,不一而足。为此,有必要以大大小小的"尹华银"作反面教员,对广大干部、群众进行一次抵制腐朽思想侵蚀的教育,让人们重新讨论一个道理:靠艰苦劳动改善生活还光荣不光荣?靠"外快"发"横财"这个腐朽的剥削阶级意识还羞耻不羞耻?由此提高我们干部、职工队伍抵御腐蚀的能力。"亡羊补牢,未为晚也!"

仇云妹堕落之路

"仇云妹被公安局逮捕了！"

当这个炸雷似的消息在中国农业银行办公楼传开时，在场的人无不震愕：她？一个党员干部，怎么成了国民党特务的帮凶？

一

1981年6月的一天，听说养母要跟一个刑满释放的国民党伪军官李家琪结婚，仇云妹心里有点发怵：我一个党员干部，将来怎样跟这种人来往？

她正以怀疑的眼光审视那个满脸堆笑的老头时，李家琪抢先开口了：

"我是1975年被政府特赦的，现在算'爱国民主人士'。我跟你妈接触一个多月，感情合得来。房子也买好啦，两千二百块。今后你妈的生活用不着你操心，我香港有个妹妹，每月邮钱来……"

养母孤身一人，生活无着；仇云妹经济拮据，无力供养。受过特别训练的老牌特务，当然知道怎样利用母女情长和金钱利诱来突破这位年轻妇女的"警戒线"。

于是，在丰盛的酒宴上，他"慷慨"地送仇一百元作"见面礼"。李给仇留下这样的印象：此人倒也亲切、大方、随和，与想象中国民党军官的那副凶恶相完全不同。

一周后，仇云妹来给李收拾房子时，又带着几分好奇地问起他新中国成立前的身世，李家琪狡黠地眨眨眼睛：

"唉，那时我一心想抗日，在国民党军队里检查军风纪，跟你们农业银行搞监察差不多。"

几句轻松的搪塞，掩盖了他罪恶的历史：李家琪上中学时，就参加了国民党军统特务组织，十七岁便充当军统豫东组上尉组员，两年后升为军统北平站少校组员，曾以"共产党嫌疑"逮捕二十多名工人，致使其中一人惨死狱中。他却爬上了国民党国防部保密局"沂蒙特别组"上校副组长的高位。

历史的惩罚，人民政府的感召，都未能遏制李家琪死心塌地的反革命罪恶心理。

1975年刑满释放后第四年，便与香港的国民党特务机关挂上钩，以治腿病为名，潜伏到北京。

白天，他驾着拐出没在大街小巷和我党、政、军机关门前，搜寻一切可以利用的情报；晚上，在严严实实的窗帘后面向特务机关密报情报。

当他把目标盯在仇云妹身上时，她却做着"天下太平"的幻梦："解放三十多年啦，现在，中美建交，地富反坏摘帽，他也改造成了爱国民主人士。"

因此，她竟没有把这个重要社会关系向党组织汇报。相反，却庆幸养母找了一个既是"民主人士"，又有外汇来源的"好靠山"。

二

多少年来，仇云妹这个孤女也渴望得到父母的慈爱。李家琪看准了她的心理，投其所好，施展出各种伎俩。

仇患严重胃病，李就关照养母给仇做可口的饭菜，给仇讲胃病患者怎么调养，花了一百多元请老中医给仇治病，并且声称："不管花多少钱，也要把病彻底治好。"

仇想报考电视大学，李就帮她复习功课；

仇喜欢唱歌，李就给她边唱边讲一些世界名曲；

仇喜欢运动，李几次张罗给她买游泳衣和冰鞋。

最令仇云妹感动的是：一天，她来看望养母，见李家琪躺在床上流泪，并且假惺惺地说："今天是我女儿（李根本没有女儿）的生日，要是活着，比你小两岁，看到你，就想起她。现在我无儿无女，你无父无母，我把你当作亲女儿吧！"

李家琪在演戏，仇却感受到从未有过的"父爱"。从此，称呼李由"你"变成"您"，由"大叔"变成了"爸爸"。

起初，仇云妹不好意思张口向李家琪要东西，但李家琪却主动给她买这买那。仇云妹渐渐地感到"不要白不要"，便由半推半就发展到主动索要。

李家琪盼的正是这个！他用台湾驻香港特务机关邮来的经费，先后给仇置买了缝纫机、洗衣机、煤气罐以及各种衣服、皮鞋、衣料等价值一千二百余元的东西。

仇云妹欣赏养父买的金项链，烫着波浪花的发型，穿着"港式"衣裙和皮鞋，跟随养父出入烤鸭店、公园，俨然以港人眷属自矜，沉溺在"父爱"之中。

此刻，她所追求的"人情味"和物质欲，李家琪都使她得到了满足。从此，她对李从厌恶变成挚爱，从怀疑变成信赖，什么共产党员、国家干部、机要工作人员，统统忘得一干二净！

三

仇云妹完全解除了思想武装，李家琪终于开始下手了！1982年初，报纸上发表了廖承志同志关于侨务工作的报告。

一天，李问仇有没有这方面的内部文件。并说："我很关心祖国统一，你在学习，爸爸也不能落后啊！看完就还你嘛！"

仇云妹心想：凡人都要讲良心，"人敬我一尺，我敬人一丈"，让爸爸看看中央文件，没啥关系。

就这样，有了第一次又送第二次、第三次……短短一年里，仇云妹先后将李"感兴趣"的十几份中央机密、绝密文件以及其他内部材料供李家琪

"学习"。

李先后把这些文件的内容密报给台湾特务机关驻香港的特务组织。有时仇晚上送来文件，李第二天就用密信发出。具有讽刺意义的是，这些密信有些又是借助仇云妹及其养母之手寄给香港"李家宝妹妹收"的。

1982年5月21日上午，仇云妹手持介绍信，来到中央某部门领取了由八十三份文件汇编的绝密文件三册。

经查：仇云妹当天发给有关领导两册。另一册登记簿上注明由仇"保存"，实际上去向不明。文件到哪里去了呢？就在那个老牌军统特务手里。

当银行领导查问这份绝密文件时，仇云妹急忙找李索要，李矢口抵赖，谎称仇"拿走了"。

于是，仇云妹按照李家琪的旨意，一口咬定发给了领导。李对此大为赞赏："好！你要坚持说放在局长那里。要不，丢失文件，你吃罪不起。"

几天后，李家琪连续几次向特务机关密报，催促特务机关迅速派人来取这册绝密文件。

一直到仇云妹被调离原机要工作岗位后，她还继续四处借文件提供给李家琪"学习"。

审讯室里，仇云妹痛哭流涕、懊悔莫及："我一向认为自己是最保险的人，做梦也没想到会走到这一步。千错万错，就错在自己政治上太幼稚、太糊涂了。我对不起党和人民，我犯了罪，葬送了自己，应该受到惩罚……"

200亿元世纪掏空案

北京公审胡洪九案

2005年6月7日下午，北京市第一中级人民法院公开审理台湾太平洋电线电缆股份有限公司（简称"太电"），要求北京太丰惠中大厦有限公司确认太电为合资公司股东，并办理相关工商登记备案和变更一案。

此案与轰动台湾的涉案金额高达200亿元新台币的"世纪掏空案"有关。"太电"前财务长胡洪九被台北地方检察署以违反会计法、违反证券交易法、伪造文件、"洗钱"、掏空上市公司资产等罪名提起公诉，北京太丰惠中大厦有限公司55%的股份也在被胡洪九掏空的资产之内。至今，胡洪九之妻仍是合资公司的董事。

1994年底，台湾"太电"在香港的全资子公司——太丰行集团与原北京市惠中饭店组成合资公司并签订协议。中方以原有旧楼作价出资拥有45%的股份，外方以现金投资1639万美元占55%股份。当时，胡洪九作为"太电"海外投资的负责人，主管香港太丰行集团。胡洪九为逃避法律和纳税，在英属处女岛注册彼林投资有限公司作为股东，同时又注册百浩工程有限公司作为该项目的设备和材料供应商，通过投资与购买设备和材料进行洗钱活动。

胡洪九委派的香港人叶稚雄既是彼林投资公司的董事，又是百浩工程公司的法人代表，既代表投资方并且控制着发包人，又是具体的承包商人。他还通过关系在北京成立了同样名为"百浩工程"的一家临时公司，通过这一工程向香港方面洗出了近千万美元。胡洪九案发后，彼林公司的某些董事急于借胡洪九被羁押之机，将现存于合资公司的2000万元人民币股东贷款调出境外。

台湾"太电"是20世纪60年代上市的公司，其资产涉及30多万台湾同胞的利益，作为彼林公司的母公司"太电"即向大陆合资方提出，依法接收原合资公司彼林公司名义下的55%的股权和2000万人民币的股东贷款。但由于合资双方的人员更迭，并面临更换董事和股东所引起的法律纠纷以及经济责任，未能达成共识。为此，台湾"太电"向北京市第一中级人民法院提出诉讼，要求将此案诉诸法律解决。

胡洪九案涉及两岸三地，同时关系到打击两岸经济犯罪保障台商在大陆投资权益，因而引起两岸三地司法界及媒体的广泛关注。

2005年6月7日下午，一场被形容为"父亲出事了，爷爷要来认孙子"的股权争夺案，在北京市第一中级人民法院第七法庭公开审理。由于此案涉及台湾、香港、北京三地企业，并与前一段时间轰动台湾的涉案200亿元新台币的"太电世纪掏空案"有关，因此引发各界极大关注。

与此同时，"太电"正式向香港高等法院针对其在香港的三个物业、资产及上市公司提出索偿诉讼。

人称为"九命怪猫"的台湾太平洋电线电缆股份有限公财务长胡洪九，以"纸上银行""幽灵公司"等各种掏空手法，掏空太电资产200亿元，成为台湾有史以来最大的掏空案。检方从中国台湾到美国，从中国香港到大陆，历时一年半跨海大追踪，把迷宫里的"大法师"揪了出来。胡洪九被判刑20年，罚款新台币10亿元；然而，陪葬的却是30万台湾同胞小股东倾家荡产！

一封举报信

2003年6月5日，一封没有具体署名的检举信寄到台湾"法务部"。这封信函再普通不过，横式排版、电脑打印，只有两三百字，内容很不具体，概述太电公司资产遭到掏空。

太电公司在过去的10年，享有传统产业龙头之盛名，与台塑、中钢等稳定的绩优传统企业齐名，营业利润一直都维持在4至7亿元之间。业界认为，电线电缆这个行业，是把裸线裹上不同的材料出售，利率、市场相当稳定，一二十年本业很难出大乱子，就是在1986年股市曾一度下跌时，太电20多元的股价不动如山，被誉为"压不扁的玫瑰"，许多人将退休老本都投入他们所依赖的"太电股"。

接到举报4天后的6月9日，这封信转到了台北地方检察署；同一天完成分案，案子落入专责侦办重大经济犯罪案件的检察官朱应翔手上。

朱应翔1966年出生于台北，毕业于东吴大学法律系、辅仁大学法研所、司法官训练所第34期，时任台湾"法务部"检察司调查部办事检察官。曾经办理过"吴灿坤违反证交法案""景文掏空校产案""中兴银行掏空案"等案件。由于经常接触商业讯息，看完信后，脑子里闪现过一堆太电亏损的报道：1991年10月间美国伊利诺保险公司来台湾申请扣押太电资产，1992年太电第一季度财报，揭露并认列83亿元损失。种种讯息串在一起，他即开始全面追查太电所有的海外投资。

两个月的时间，与太电相关在央行汇出汇入的记录、投审会核准投资的记录全部被调出来，10年内2000笔重大讯息无一遗漏。从中找出了破绽：太电汇出资金与投资额不成比例！

太电财报中说明：83亿元的亏损发生于1987年间，地点是在香港的MoonView公司，"这是一家什么样的公司，会造成如此重大的亏损？"顺着这股疑惑，朱应翔发现了几个疑点：投资金额明显不符比例、货款进出疑有做假，除了在国外举债之外，似乎有太电子公司利用太电背景，在海外大笔举债的痕迹。而太电海外子公司由胡洪九全权负责，这件事胡洪九应该脱不了干系。

500多个日子

朱应翔掌握了央行投审会以及会计师工作底稿等文件，但贸然搜查会导致"太电"下市，而让检方背上黑锅，因此他等待时机。这一等，就是8个月。

2004年4月28日，太电终于下市。朱应翔在第一时间出动两辆卡车搜查太电总部，并从太电位于台北县三重市的仓库里，载回120箱的资料账簿及货款文件。证物放在台湾"高检署"查缉经济犯罪督导小组的办公室内，塞满约几十平方米的贮藏室。朱应翔及他的四名检察事务官一张一张翻阅，花了近三个月的时间，从报表中发现一个一直重复出现的怪异密码——"1502**"。显现了这是一个长期有计划的洗钱谋略。

这组密码是海外定存会计科目代号，很固定地出现在太电每年3、6、9、12月底的季底财务报表里，金额每年不同，从1.5亿到3亿美元不等。为了查出这是哪里流出去的钱，朱应翔下令把太电从1991年到2003年的海外定存单全部找出来。

这些从太电出去的定存单汇到国外的银行，包括TridentBank、NMBank、CentralpacificBank，InterBank，这是检察官闻所未闻的。通过大量查阅、细心归纳，找出共通的讯息排列，朱应翔发现从1995年到2000年，这四家银行一直在出现；再去仔细核对每家银行的地址，居然是同一个地址，不同名称！原来这四家银行都是在万那杜所登记成立的纸上作业银行，不但四家银行的地址都一样，更离谱的是，这地址只是一个邮政信箱，都是"box212"。

台湾一家上市公司，竟会用太平洋小岛国的"纸上银行"做交易！朱应翔感到不可思议。是谁下的指示？掉过头来追查每笔定存单的经办流程，发现最后都是由财务长胡洪九签名确认。而且，这些定存单回到太电总公司之后，也都是胡洪九经手。此时案件犹如阳光射进蔽不见天的幽暗密室。

200亿元掏空

查阅三大箱胡洪九的签名文件，朱应翔传问了近100人次的证人。这些证人中，来自香港、大陆及美国，包括会计师、财务、律师，几乎把太电所有的财务人员都找来问话。前太电董事长仝清筠（太电前后三任董事长为仝玉洁、仝清筠父子，孙道存现任）在首度被传唤中，无意中提到了一个陌生的名字

"中俊公司"，让检方抓住了破案的关键。

1994年3月，胡洪九在香港设立太电集团金融投资控股的MoonView等公司，为了方便调度资金，这年的3月8日，胡洪九瞒着全玉洁、孙道存以全、孙及他个人三人的名义，共同设立由太电公司百分之百持股的"中俊企业公司"，以及BlincoEnterpiseLtd（BVI）、Patagonia（BVI）等公司。但中俊这些公司却从来没有在太电的历年财报上披露过，全玉洁、孙道存等核心人物也浑然不知。

原来"中俊"是"幽灵公司"，是胡洪九对太电资产施展"乾坤大转移"的灵休。然而这些"幽灵公司"还不止一家，根据检方起诉，这些同太电没有关联、由胡洪九独立掌控的公司，高达146家！其中，绝大部分都登记在英属维京群岛。

这表明，孙道存、全玉洁在太电集团内部建设投资事业体，胡洪九背着太电集团在太电集团总部或期货不明的地方创立自己的洗钱事业体。胡洪九的幽灵事业体向太电大口吸血的方式甚多，其最主要的是建在香港的"中俊""太丰行""泰鼎"这三家公司。

在"中俊"，他以太电集团"子公司"MoonView或"孙公司"Blinco香港、Gallatin等多家公司对外举债，由太电担保。举债获取两亿多美元再贷款给"中俊"。此外，胡洪九还在太电集团内签署文件，明目张胆批示把太电资金以各种理由、名目汇入"中俊"，或是胡洪九实际控制的BlincoBVI等公司。

根据朱应翔一路追查，胡洪九取得太电担保的举债金额有2亿多美元，由太电汇入的钱则至少有1.6亿美元，胡洪九利用5年时间把其中的2.95亿美元转汇到香港以外国家进行洗钱。

在"太丰行"（资金也是全部来自太电集团），胡洪九在1993年到1995年间，把太电集团汇入及太电向银行团借贷的双重资金，透过他精心设计的"BVI体系"，以极为复杂的交叉持股方式，用太电12亿港币购买香港海怡广场东西翼不动产；得逞后切断与太电的关系，再把购得的不动产隐藏登记在他所控制的"BVI公司"名下。

在"泰鼎"1997年1月31日，胡洪九以1.3亿美金卖掉太电集团所持有的香港港丽酒店，他把这笔款项拆成两笔，其中一半（6150万美元）汇往台湾，另一半则转到了胡洪九掌控的"泰鼎公司"。

胡洪九从太电涉嫌掏走了171.8亿元，在完成"世纪大掏空"后，最后摇身一变，透过他的海外公司购买香港上市的"荣荣"国际集团（后改名为"弘茂科技控股公司"），也是茂矽、茂德公司的海外控股公司。至此，太电的财务长成为富甲一方的巨商。

胡洪九布下重重迷宫，不得不令人惊异他的极具巧思。过去的经济犯罪，银行是实体，但在胡洪九的手中，则成了"纸上银行"；过去的掏空案也有"幽灵公司"，但不像胡洪九多达146家；过去类似利用子公司、孙公司层层洗钱的手法，了不起划成三个层次，而胡洪九竟然高达五六层。胡洪九不断更换公司名称形成"防火墙"，终究没有挡住检调侦办的力量。

"九命怪猫"胡洪九

相貌堂堂、走"气质派"路线的胡洪九今年66岁，任何人提起他的第一印象不外温文儒雅、沉稳异常，在业界以擅长财务操作闻名，人称"九命怪猫"。他毕业于台湾成功大学物理系，两次赴美留学，念的都是资讯科系，并非财务科班出身。早在1967年，胡洪九任职于台湾"行政院"经济合作及开发委员会长达6年之久，在二度赴美求学后，自1973年到1978年间，服务于台湾科学委员会，从事公职十一年。1978年，胡洪九结识了太电当时的董事长孙民法，投身太电成为董事长秘书。

由于胡洪九学养俱佳，英文、涉外能力又好轻取高官信任，渐渐被指派代表太电接触外商银行、处理海外投资等事宜。祖籍安徽绩溪，外传为胡适堂弟的胡洪九，就这么闯进太电"河北帮"五大家族的地盘，凭借高层的赏识扶摇直上，历任集团财务长、执行董事、常务董事，成为唯一不是家族第二代的决策核心人物。

1995年，胡洪九被台湾商业总会颁为"金商奖优良商人"，根据检察官的调查资料，那一年，正是胡洪九精心谋划掏空太电资产的开始。

至今人们不知他掏空动机是什么。他的生活"朴素"，一辆老式奔驰280S车开了十几年，到了2000年才换了奔驰S320。曾亲近胡洪九的人暗喻，大盗的心态很微妙，让人摸不透，大胆的财务操作与斯文的外表大相径庭，包括他曾高额质押茂矽股票，及外持续性增资计划，都被股市投资人诟病过。

几个糊涂老板

太电公司在不到5年时间遭掏空171亿元，还不包括流向不明的现金，凭空蒸发近200亿元，董事长孙道存一直被蒙在鼓里。检察官朱应翔多次传唤孙道存，孙一直替胡洪九辩护，直到检察官把一项一项证据摊开时，孙才傻了眼，当场放声大哭："他怎么可以这样对我？！"

当年的太电，是叱咤风云的大企业，由孙道存的父亲孙法民和焦延标、李玉田、李鸿文、郑乙丑、仝牙东、苑景尧等家族企业共同成立。1986年孙法民为让孙道存担任总经理，让出董事长给仝家第二代仝玉洁，孙道存任总经理长达14年后，于2000年太电董事改选，才担任董事长。孙法民提携自己儿子的用心不止于此。孙道存在父亲的安排下，认了李登辉的孙女李坤仪做干女儿，早年经常出入李登辉府邸。

在孙道存的事业上，亲家廖伟志小有参与，对胡洪九的评价"出身不错，口风很紧，话不多"。事实上，胡洪九是孙法民时代的老人。过去外省家族喜欢用"蒋家"用过的人在公司当"镇家之宝"，胡洪九的父亲曾任政工干校校长，算是当时的红人，胡洪九为人沉稳，因此孙道存接棒后就沿用至今。

业界观察指出，胡洪九到太电期间，巧遇太电这家老公司企图从制造业出走转型，找到新出路。因此香港港丽酒店、美国西南银行等海外投资项目，都完全倚重胡洪九，给了他升迁表现的机会，却也给了他"可乘之机"。"太电家族气味浓，胡洪九能干到这位置，实不简单"。业界认为。只是太电高层万万没有想到，如此全权的信任，却为公司埋下了一颗不知道何时才会引爆的深水炸弹！

2012年12月1日，台湾省台北地方法院认定胡洪九"利用海外假投资、交叉持股、不实财报和假定单等精密洗钱手法，侵吞太电资产，依业务侵占"等罪名，将他判刑14年，判罚140亿元新台币。

北京的桥

上

朋友，您留意过咱们北京的桥吗？那横跨护城河的平桥，静卧小溪流的孔桥、亭桥，屹立于繁华闹市的过街桥，更有那连接市内交通枢纽的立交桥。它们中，有的小巧玲珑，有的气势雄浑；有的坦荡笔直，有的上下交错。它们中，有的还记载着神奇、美妙的故事呢！

每年农历的七月初七，牛郎织女在由喜鹊搭成的桥上相会。这个古老的传说，在我国几乎家喻户晓，在咱北京，就有过按牛郎织女故事建造的桥。听老人们说"牛郎桥"建在今天的南池子大街的南口，菖蒲河沿胡同西口的马路上。可惜，在修北京饭店的时候，把它拆了，后来修成了一个表面上像桥，而实际上是暗沟出口样的东西。现在，从这个半圆形的窟窿里，还有潺潺流水呢！而"织女桥"在今天南长街南口，新建的南长街八十一号大楼东侧的马路上。这座桥现在已经踪迹皆无，只剩下一个"织女桥东河沿"的名字了。

在"牛郎桥"和"织女桥"之间，是天安门、紫禁城等一组过去皇家的主要建筑。这些建筑就像一条"天河"，把两桥隔开，就如天河隔开了牛郎和织女。

说到北京的桥，"老北京们"引以为荣的要算是天安门的金水桥了。它设计精巧、工艺高超、造型秀丽。不光咱们北京人，就是外地、外国的贵宾，也都对它赞叹不已！但是，您知道吗？金水桥的设计蓝本，出自元代皇城的周桥，而周桥的设计师和主持建造的人，是一位普普通通的石匠——河北曲阳的杨琼。曲阳那个地方盛产玉石，石雕技艺自唐宋以来就闻名于世。杨琼出身于石工世家。人称他的石雕"每自出新意，天巧层出，人莫能及"。元世祖忽必烈得知后，立即召他来都，任命他管领燕南各路的石匠来建造周桥。据《故宫遗录》记载：周桥上到处雕琢着龙凤祥云，其质地明莹如玉。桥下刻有四条白色飞龙。龙戏水，水载龙，甚为壮观。于是，明代皇城的建造者们，把它照样搬来，营造了今天的金水桥。

北京的桥，趣闻轶事很多。比如，从名称上说，有丰台区右安门外的"草桥"、西城区白纸坊的"半步桥"。其实，草桥既不是由草筑成，半步桥也绝非迈半步就可以过去的。从形态上看，有位于地安门与什刹海之间的"银锭桥"，它极像古时候的银元宝。每当夕阳西下，在晚霞的映衬下，行人、车马如同行进在银光闪闪的大元宝上，难怪它被称为"燕京八景"之一呢！

我们国家的桥梁建筑是世界上历史最悠久的国家之一，作为五朝古都的北京，不仅桥梁的种类繁多，而且工艺精湛。就是在古典园林建筑中，也有许多形态各异的桥。颐和园的十七孔桥便是其中的佼佼者。这座巨大的石桥，不仅沟通了从东堤到南湖岛的水上交通，而且分割了昆明湖水面，丰富了景物，

历史悠久的卢沟桥

造型美观、气势恢宏的颐和园十七孔桥

燕京八景之一的北海银锭桥

不致给人以一览无余的空旷之感。

在颐和园昆明湖上三十多座不同形式的桥中，以通体洁白、造型流畅、柔和的玉带桥最负盛名。玉带桥高出水面十米有余，这倒不仅仅是为了好看，而有着更为实际的功能。在清代，皇宫的龙舟从万寿山到玉泉山，来去都要从玉带桥下通过。当时有一艘"昆明喜龙船"，体长四十多米，上建亭楼。这么高的船要从昆明湖西堤去玉泉山，只能从玉带桥这样的高拱桥下穿过。那时候，这座皇家园林没有围墙。附近的农民可以自由在西堤行走。当时农民多用毛驴运输，当农民赶驴过玉带桥时，担心毛驴失重滑倒，往往让驴横着身子过桥。所以留下了"桥高路陡，毛驴横走"的笑话。

在北京最短命的桥要数"安济桥"了。它可以说是如今京昌公路上南沙河大桥的"祖先"了。这座桥原是座七孔石拱桥，与北沙河上的"朝宗桥"同时建于明朝正统十三年，也就是公元1448年。"朝宗桥"至今犹存，"安济桥"却由于地理上的原因和洪水的不断冲击，在清朝末期民国初年就破烂不堪了。

北京的桥，还有一种反映中华民族气节、具有抗击外来入侵历史的桥。"八里桥"便是杰出的代表。"八里桥"正名永通桥，距离通州八里。1446年修建，横跨在通惠河上，它是从东部进入北京的通街要道。1860年，英法联军从天津向北京进犯，在八里桥遭到了清朝官兵的英勇阻击。据史书记载，这些爱国官兵"奋不顾身，进如山倒"，迫使那些侵略军"披靡却退，争相溃逃"。

说到据桥抗击敌寇，大家自然会想到著名的卢沟桥。早在十三世纪时，意大利马可·波罗就在他的游记中说，在永定河上，"有一座很好看的石桥，在世界上也许是独一无二的"。

1937年7月7日，日本帝国主义就在这卢沟桥畔发动了对华侵略战争，我驻军奋起回击。

从此，闻名世界的卢沟桥成为我国人民不畏强暴、反击外来侵略、英勇抗争的历史见证。经过半个世纪、几代人奋战，神州大地早已换了人间，特别是最近九年间，改革的春风又为祖国大地增添了新的色彩，象征着这新的飞跃的卢沟桥新桥已经应运而生啦……

下

最近这几年，在咱们北京，让外来游客注目的，除了名胜古迹和高楼大厦之外，大概要数那一座座宏伟壮观的公路立体交叉桥了。

1964年，北京在滨河与阜成路、紫竹院路相交地段，建造了我国第一座公路立体交叉桥。1972年后，其他立交桥也陆续兴建。这些桥，设计新颖，造型美观，有效地改善了市区的交通，也给北京街头增添了新景。立交桥下，虽说没有奔腾湍急的流水，但桥床上却有着车水马龙、行人匆匆，似江河的浪花漫卷的另一番景致。有人作过这样一首打油诗："远望长虹卧烟波，近看车辆如穿梭；天桥横架无江水，人流车流汇成河。"这形容倒也恰如其分。

当您乘车从复兴门宽阔的大街向东沿二环路绕城一周，您会看到上下双层的复兴门立交桥，两层中间夹进一层自行车专用转盘道的建国门立交桥；驱车北行，还有朝阳门、体育馆路、东直门、安定门、德胜门五座长圆环形道路立体交叉桥；当汽车驶过二环路的西北角，一座新颖的长圆环形三层道路的立交桥——西直门立交桥就会映入您的眼睑，那纤巧的造型、明快的线条、匀称的比例的综合美令您难忘。几分钟后，您已看到了阜成门立交桥俏丽的剪影。它们就像一颗颗明珠，镶嵌在二环路这条京城的"绿色项链"上。

位于三环路与京顺路、机场路交汇处，是目前全国规模最大的三元立交桥。它包括三座立交桥、五座引桥、六条匝道、八座地下人行通道以及七点五公顷绿地和纵横交错的地下管网，全桥占地二十六公顷。在市政府领导和中央有关部门的支持下，三元立交桥的建设者们率先改革，仅用了九个半月，就建成了这座互通长条苜蓿叶或与部分苜蓿叶立交有机的组合式立交桥。

当您俯瞰三元立交桥时，您不仅会对现代化的交通设施有了感性认识，而且那开阔的视野、和谐的色调，简直是一种艺术美的享受：只见从各个方向

北京三元桥远眺

壮观的北京西直门立交桥

飞崎而来的桥面在空中交叉回环三四道，衍散出对称的弧，优美的环，还有在绿地兜绕的浑圆。道路变幻无穷，又像飞越天堑的巨桥那样气势磅礴。1978年12月18日党的十一届三中全会以来，全市共兴建了十七座这样外形秀雅、功能各异的立交桥呢！

在永定门火车站东侧，有这样一座立交桥，桥上火车奔驰，桥下汽车畅行。它就是"马家堡铁路桥"。桥上，是东西走向的京山、京沪和京广等九条铁路线；桥下，是南北走向的"三块板式"快、慢车道。

过去，离这座铁路桥、公路桥东边一百米处是一个平交道口。每天，有二百多车次的火车打这儿通过，平均每七分钟，路口的栏杆就要放下一次。用不了几分钟，您就瞧吧，南来北往的汽车，自行车和行人就能排成"长龙"。

在中央领导同志和北京市政府的关怀下，"马家堡铁路桥"列入了《北京城市建设总体规划方案》中的重点建设项目。工程技术人员和工人们通力协作，攻克了种种技术难关，终于提前一年于1984年11月建成了这座全市最大的铁路公桥。

每天上下班时间，是市内交通分外拥挤的时刻。然而在马家堡铁路桥旁，您既看不到红黄绿信号灯，也没有民警指挥交通。桥上火车呼啸而过，桥下各种车辆行进有序。当夜幕降临、华灯初放的时候，横行列车车厢的照明灯与直行汽车的近光灯构成奇妙的十字光环。

有的朋友可能不知道，在北京，还有一座过路收费的桥，它就是横跨永定河的京良公路"永立大桥"。这座桥上建有七座小票房，来来往往过桥的机动车辆，一律要交过桥费。起初，人们不习惯，不少司机还骂收费员是《水浒》故事中描写的，那个让过路人留下买路钱的"李鬼"。但实际上司机们、农民专业户们，还是一趟趟从永立大桥上跑来跑去。一探缘由，司机们爽快地说："这条道儿修得地道！一给油儿，车能跑七八十迈，咱们打心眼儿里觉得痛快！"也有少数人到市政府公路管理部门去"较真儿"，公路管理部门的领导解释说，建造永立大桥花的一千二百五十万元钱，都是贷款。借钱为大家修桥，大家过桥再还点账，不是理所应当的么？咱们北京要建的桥、修的路很多，需要投资几十个亿，都靠国家、市政府出是出不起的。所以，集资、贷款，取之于民，用之于民。应该说，"永立大桥"是一条新道道……

在北京，还有一座刚刚建成的、全市最长的桥，这是跨越永定河、小清河、小哑巴河和大兴灌渠的"京石公路特大桥"。它全长一千一百二十米，桥墩结构呈英文字母V字形，可以通过五百吨的载重汽车。这座桥外观精巧美观、雄伟，加之采用低灯照明，为永定河上古老的卢沟桥畔又添一景。

纵观北京的桥，是古老的桥，美丽的桥，文明的桥，希望的桥。当我们站在这凝结劳动人民智慧与汗水结晶的一座座桥上，回首可见风云的历史，放眼可望光辉的未来。北京的桥，给我们多少思索，多少憧憬；北京的桥，给我们多少鼓舞，多少力量！我们深信，随着改革的深化，经济的腾飞，北京的桥会越来越多，那是我们通往金色未来的光明的桥，幸福的桥。

话说北京鼓楼西大街

上

北京鼓楼西大街位于北京什刹海北岸，是一条颇具北京特色的古老街道。据说，它建于元朝时期，与鼓楼同庚；东起北京中轴线的鼓楼，西至德胜门南侧，总长大约一公里，街面宽不足三十米。古时的它与现时的它一样：街道两侧商贾林立，车马喧嚣，人群摩肩接踵，是元朝大都最热闹的地方之一。

时代变迁。而今的它因其浓郁的老北京特色在京城闻名遐迩。首先，鼓楼西大街沿街的胡同名儿雅致，透着文化：鸦儿胡同，铸钟胡同，甘露胡同，棠花胡同，新开胡同等等，反映着老北京人丰富的想象力与深厚的文化底蕴。其中，甘露胡同北起鼓楼西大街，南至北海后海北沿，其中段东西走向，呈"厂"字形，与鸦儿胡同相通。中段原称簪儿胡同。清乾隆后，被截为两段。载沣的醇亲王府在后海的北岸，也就是今天卫生部机关所在地。载沣每天上朝均经甘露胡同、鼓楼西大街，地安门大街，过景山至紫禁城。宣统三年，也就是1911年，汪精卫谋划在甘露胡同用炸药暗杀载沣，可惜未获成功。现如今，甘露胡同南北两口均设有醒目的介绍牌，记载这段历史。

在这不足一公里的街道中，就拥有两所知名学校、两家著名出版社：北京第十三中学，是北京市西城区屈指可数的几所重点中学之一；它曾是著名的辅仁大学的附属中学。东口25号的鸦儿胡同小学，更是门口悬挂着十几个牌牌的名校："实验学校""示范学校""绿色学校""先进单位""平安校园"等等。

学校知名，两家出版社更是出类拔萃，位于91号的是当今出版界"稀缺品种"——北京线装书局、华龄出版社，社名是著名人物、共和国前任副总

鼓楼

理、原中央顾问委员会副主任薄一波题写的；至于大名鼎鼎的中国社会科学出版社，则是由同样大名鼎鼎的中国佛教协会主席赵朴初老先生所题写的。中国社会科学出版社是由中国社会科学院创办并主管的，出版人文社会科学学术著作为主的国家级出版社，创办于1978年6月。它是全国585家出版社中，经中共中央宣传部和国家新闻出版总署1993年批准的第一批优秀出版社，出版界的精英，每年编辑、出版1000种（本）图书；目前，已经编辑、出版和发行两万余册优质图书。

距华龄出版社五十米处，便有一家"永泰和"店铺，门脸儿不大，但古朴大方，文化味、书卷气十足，是专营名人字画、古典家具收藏的。所谓"真人不露相"，"永泰和"牌匾为中国书法大师、中国书法家协会原主席、现顾问的沈鹏先生所撰：潇洒，大气；俊秀，飘逸。

这条街的第二大特点是"吃"，各省各市，各色各派，东南西北，一应俱全；各具民族地方特色的同时，都代表与表现出深厚的文化：鼓楼西侧有一家"芳源味奶酪店"，招牌上书"源之宫廷，味在芳源"，透着皇家气派；与之毗邻的一家"东方禅茶室"更神，自诩为"世界上最古老的红茶——一半咖啡一半茶"，门口的飞檐、雕梁，七彩画柱，让人真不敢小觑。

甭看这条街道不长，却有着大大小小二十多家各具特色的餐馆、酒楼，北京风味小吃店。高大、别致的"徽商情"来自徽商故里，是一家专营淮扬菜的饭店，典型的徽派建筑特点：飞檐，灰顶，白墙，黑柱。徽商，历史悠久，源于东晋，盛于明清，纵横商界三百年，徽商行迹之处，必有徽菜：以口味浓重（俗称"盐重腐败"）、选材讲究著名；比如"臭鳜鱼"就是典型的徽菜之一，味道浓臭但吃起来肉味很香，需事先腌制，别有一番特色。这家"徽商情"饭店很重文化，大门口两边高悬行云流水般草书对联，上联"几百年人家无非即善"，下联"第一等好事只是读书"；另有一副繁体字内联："读书好营商好效好便好""创业难守成难知难不难"。上联讲的是读书与营商的相辅作用，下联讲的是创业与守业的辩证关系。这家饭店让宾客吃美味、享口福之际，还享受视觉文化的盛宴。难怪每天中午和晚间，顾客盈门。

另一家颇具青年文化特色的饭店，是"印象创意私家菜"。小店布置新颖、新潮，很得年轻人的青睐。其清蒸鱼肉质鲜美，富于弹性；宫保虾球入口滑润，甜中带酸。连店中餐具的造型都很别致，富于时代感。尤其令人津津乐道的是该店的"酱油炒饭"，堪称一绝：咸中带甜，小葱串香。我的东南西北的朋友，远至美国华盛顿的同学，加拿大温哥华的亲戚；近到香港《大公报》《香港文汇报》北京分社的同事，吃了之后统统称好！难怪北京电视台闻讯赶来拍摄宣传呢！

然而，在这条千米之街上，我认为最具北京文化特色，或者说最具北京韵味的当属61号"嘻哈包袱铺"：一群"80后"的小青年儿在此"广茗阁"内表演节目；每天从上午九点开始每小时一场"天桥绝活、绝技"，每位观众收费220元！您甭担心观众少，还"供不应求"哪。每天清晨，旅行社的五六辆大客车都会送来几百位外地观光游客。诸位"绷着脸儿进去"（大约嫌票贵），"咧开嘴出来"（听开心啦）。到了晚上，则是"80后""大逗相声"，每位听众收取30元到100元不等的门票。他们不同于侯宝林、郭启儒大师的传统相声，也有别于姜昆、唐杰忠的现代相声；这些青年演员表演的创新相声，说学逗唱，讲故事、抖"包袱"，现代味儿、生活味儿十足。"北京孩子，北京味儿；北京城里，独一份儿"，成为他们响亮的招牌。君不见，2016年5月16日，中央电视台的"大腕儿"主持鞠萍姐姐，与"80后"相声明星高晓攀联袂主持一台在解放军歌剧舞剧院表演的"北京80后时尚相声"，喝彩声、鼓掌声潮起潮落。

这年5月1日，他们为了欢度世界劳动人民的节日，歌颂劳动，赞美劳动者和劳动模范、先进人物，专门编排、演出了《论拳》《养生》《致敬医者》和《再续童年》等相声节目，让人们在自己的节日中，充分享受人生与劳动之余的欢乐。

这"嘻哈包袱铺"院内的"广茗阁"里，每天充满着嘹亮的歌声，开怀的笑声和热烈的掌声。北京"80后"的中青年相声演员送给人们的不仅是愉悦，还有老北京的文化，有"广茗阁"的诗作为证："僧真生我静，水淡有茶香；坐久东楼望，钟声振夕阳。"

下

上篇文章谈的是北京鼓楼西大街的文化，这篇文章说说这条街上的便民服务、特色、传说及其他。

这条千米长街带给老百姓最大的实惠就是便利与服务。衣食住行，一应俱全；各项服务，应有尽有：有两家名片标牌制作店，三家文具用品和艺术摄影馆，四家修车、洗车、配件销售处，五家美容美发店，如遇"三急"，不足两百米就有统一装修、设备齐全，并有厕纸供应的六家名副其实的"公共卫生间"。

在这条街上，您花十元钱就可以吃饱肚子；如想换换口味，也有专售江苏大闸蟹和阳澄湖大闸蟹的特供店。花十元钱，有洗淋浴的"社区浴池"；当然，也有可让您消费成千上万元的金银首饰加工精品店。您想表爱心吗？这里有专售波斯猫、泰迪狗、金钱龟的宠物店；您想碰碰发财的运气吗？此处有"福彩体彩刮刮奖"；您想求拜佛缘吗？此处还有特营据说"在泰国开过光的佛像"暹罗缘庄。自然，也有不用花钱就可以享受到的服务——鼓楼西大街尽头的社区医疗卫生服务站，医生热情、仔细地为每一位走进的人们免费检测血压、视力。

当然，最多的还是家常菜馆，"民以食为天"嘛！国营的北京老字号"庆丰包子铺"，其特点是卫生、价廉，服务好；"山西大同削面村"，花十几元就可吃到一碗地道、筋道的山西刀削面。鼓楼西大街林林总总的饭馆、菜馆、小吃店有二十多家，可满足不同人的口味。退休以后，我在位于这条街上的集团公司"发挥余热"，发现许多同事就偏爱"王胖子驴肉火烧"；有几次，我搭乘集团宣传处长马志刚的"顺风车"，刚奔东开出两三分钟，他一打把将车开上马路牙子，"我去买几个火烧，我和儿子都好这一口！"我也常在早晨八点钟前，看到三三两两的北京老少爷们儿，外地到访的游客，从那家清真伊峰饭馆出来；这家店的当家特色为"老北京爆肚"和"炭锅涮羊肉"，仅

鼓楼西大街

北京鼓楼西大街街景

早餐就有十几个品种。花上四块五，就可吃到一碗小米粥，一个糖油饼，一只茶叶蛋，"一顿美妙的早餐"。而距伊峰饭馆十步之遥的"家常饺子馆"，也是顾客盈门；五元一笼十只猪肉小汤包和二元五角一碗的猪肉荠菜小馄饨倍儿受欢迎。两家兄弟饭馆和睦相处，服务各自的宾客。

一天中午，我与集团办公厅副主任李钢、行政处长汤海洋、司机冀光明等人在市郊培训中心办事，因担心赶不上下午两点的会议，且又过了机关食堂开饭的时间，便应了李钢的建议，上"铸钟褡裢火烧"品尝其"老鼓楼炸酱面"。堂内窗明几净，清爽宜人。一声吆喝颇感亲切："来啦您呐，四位，里边儿请！"这里有老北京最中意的全麦面粉制作的炸酱面，有豆汁儿，炸焦圈儿，炒红果，烧羊肉。尤以烙饼卷带鱼、卷肘子堪称一绝，具有"鲜而不腥，酥而不柴"之特色，咬一口满嘴飘香，吃饱以后，连打嗝儿都透着鱼香、肉香。

说到"铸钟"，不由使我联想到一段凄婉、悲壮的传说：原钟楼上挂的是口大铁钟，因铁钟声音发闷、不响亮，明朝永乐十八年（1420年），朝廷决定重新铸造一口大铜钟。永乐皇帝下严旨限定时间铸铜钟，换铁钟。但这口铜钟太大，实不好铸造，接连几次都失败了，带领铸钟的好几位工匠头领因此丢了脑袋。

据说，只有年轻女子与铜液合成才能铸成大铜钟。此番限期一天天逼近，这位工匠首领年轻貌美的独生女儿为救父亲性命，跃身跳进铜液滚滚的熔炉之中。一位工匠情急中伸手去拉，只扯下工匠头领女儿的一只鞋。这只巨大的铜钟最终铸成了，声音既浑厚又绵长，但细听后音，老北京人会告诉您："好像有个寻'鞋'的尾音哪！"

尽管钟楼在鼓楼的后面，规模远不及鼓楼宏伟壮观，但是人们为表示崇敬与怀念那位铸钟工匠首领及其孝女，习惯上均称之为"钟鼓楼"；不少新闻媒体比如《工人日报》《北京日报》《京华时报》和《中国城建报》等报纸，都以"钟鼓楼"为名开辟评论与杂文专栏呢！

鼓楼西大街大小宾馆、旅店有十几家：金龙源宾馆、都庄宾馆、华利佳合快捷酒店、和家宾馆、德聚乐宾馆，像这里的餐馆一样，宾馆、酒店也丰俭由人：有的双人间、标准间每晚只收180元、200元；而集团总部机关斜对面的珠穆朗玛宾馆是这条街上宾馆中的"佼佼者"。负责接待与安排集团下属公司领导和省市宾客的张微处长告诉笔者，该宾馆的标间每晚468元，商务套房每晚得要760元。"这还是因为咱们集团跟人家有协议，否则，还住不上呢！"

我们集团总部机关坐落在鼓楼西大街150号，"北京灰"色五层楼房，在整条街"鹤立鸡群"；可我们许多同事仍然管它叫"小楼"，称另一处办公地城建大厦为"大厦"，以示区分。做买卖讲究门脸儿，办公楼亦然。每天清晨，勤快的清洁员王友燕就将大门和玻璃擦得倍儿亮；保安员"小新疆"阿力一遍遍地用油墩布推擦着大门口的六级台阶，直至黝黑发亮，为集团总部机关带来清新、整洁，为大家创造良好的办公环境。

一次，我们奉命接待到访的香港地铁公司的高层管理人员。午餐后，卫金木书记安排他们参观与鼓楼西大街一箭之地的"宋庆龄故居"（原清朝醇亲王府西侧花园）。我们一行人从集团总部机关小楼往西徒步前往。行进间，港铁公司的高级财务经理——在国内外、海内外拥有108套房产的陈显沪先生，由衷地赞叹说，"你们的老板真是太有眼光啦！把集团总部机关建在这么有北京韵味、古都特色的鼓楼西大街，想不发财都难啊！"要是知道中国光大集团的创始人——全国人大常委会王光英副委员长曾在小楼办公四年，这位亿万富豪的陈显沪先生，不知还会用怎样的溢美之词夸赞着小楼的风水呢！

意大利传教士利玛窦，1603年来到北京，8年后辞世。他想觐见中国皇帝的愿望没能实现，但是却成为用罗马字母表为汉字注音的"第一人"。因为利玛窦，"北京"有了自己的拉丁文名字"Pequim"；后来，英文叫作"Peking"。

由此，"北京"，不再仅仅只是北京人的"北京"、中国人的"北京"；同样，古朴、便利和充满生机活力的鼓楼西大街，也为许多异国人士所书写、怀想、畅想与遐想。

温馨的春天，鼓楼西大街两旁的北京"市树"——国槐竞相绽出嫩芽，将这条古老的街道装扮得春意盎然；酷暑的夏季，马路两侧的树枝相连，茂密、肥硕的树叶织成天然的篷帐，为车马行人遮挡暴烈的骄阳。气爽的秋天，苍劲的朔风吹过，鼓楼西"满街尽带黄金甲"；严寒的冬季，皑皑白雪静悄悄地洒满鼓楼西大街错落有致的建筑顶端、形状各异的树干枝头，"好一派北国风光"。

今天，我们幸运地工作与生活在最具老北京特色之一的鼓楼西大街，观察它，欣赏它，赞美它；五年，十年，二十年，五十年，也许，中央或北京市政府的领导哪天"微服私访"（时下不少领导干部的"时髦调研法"）至此，下决心、投巨资"以旧整旧""以新整旧"，把我们这条可爱的千米之街，打造成"新老北京特色步行街""高档文化休闲街"；到那时，我们集团总部机关的"小楼"，或许成了北京市乃至国务院的"二级文物单位"。

这可不是忽悠。

沉思感悟

　　我们的时代与人生，与共和国同行，与共和国同呼吸、共命运。我们这一代普通的劳动者，从心底热爱共产党，热爱伟大的祖国，热爱自己的工作岗位，为之心甘情愿地付出青春、热血、汗水、知识，以至终身。更有那些劳动模范、先进工作者，他们是共和国的脊梁，社会的中坚，人民的楷模，时代的领跑者。身居斗室，却心系祖国；收入微薄，但胸怀天下。我们的心中共有一个梦，一个美好的理想，就是愿自己亲爱的祖国日益强大、繁荣昌盛，巍然屹立于世界民族之林！

观念在"优化"中撞击与更新

一

有人说，优化劳动组合像是在火山口搞改革，玄之又玄。理由是：这一改革砸的是"铁饭碗"，撤的是"铁交椅"，破的是"铁工资"，涉及千千万万职工的利益，而且猛烈地冲击着人们的旧观念。

事实并不像人们想象的那么"可怕"。截至1988年10月北京市已有四百五十家企业实行优化劳动组合，参加职工达二十七万。优化组合促使这些企业的劳动生产率明显提高，但也出现了一支为数不少的富余人员。据对二十九个区、县、局一百八十五家企业统计，未被组上岗者达六千六百四十七人。其中，国家干部五百八十九人，党团员一千零十七人，大中专以上文化程度的五百二十九人，三十五岁以下的青年职工四千零五十八人。尽管人数不少，但截至目前，北京市劳动局却没接到一封反映优化劳动组合问题的申诉信，也没有见到一个被"组"下来的告状者。真没想到，这样砸掉饭碗的大事，竟然如此平静。什么原因？

人们的回答是：优化劳动组合好处多，它虽然冲击了"铁饭碗、铁交椅、铁工资"，但人们几十年形成的"求稳"意识开始被打破，"风险"观念逐渐形成，这对深化改革、发展生产大有好处。北京面粉九厂工人张金波在优化中成了"编余"。他不埋怨，不气馁，在工厂的支持下，挑选了另外两名"编余"人员，成立了"金波发廊"。如今，发廊搞得红红火火，除每月向工厂缴一定的管理费外，个人收入由过去的每月一百三十元提高到二百元左右。还有一位青年工人在优化组合中自动辞职离厂开店，别人问他为什么舍得丢掉"铁饭碗"？他笑着回答："国营大厂条件虽好，待遇也不薄，但我只是一名普通工人。我想到社会上闯一闯，尝尝当'老板'的滋味，寻求自我的社会价值。"语气中透着自信。

人们还认为，优化劳动组合破除了人事制度的神秘化和随意意识，树立了公开化、科学观念。过去用人、提拔干部，往往是某些领导人说了算，办事随意性很强，而组织部门提拔干部往往搞得很神秘。

优化劳动组合要求组合的条件必须科学，组合的过程必须公开，具有很高的透明度。只有这样，组合才能合理，"编余"者才会服气。北京第二汽车制造厂将全厂定岗、中层以上干部及一般干部、辅助工人、服务员的精简数字，下岗人员怎样安置等等，都向职工交底，听取职工意见，使每个职工都有了压力，更有了上进的动力。

二

优化劳动组合在广大职工中也产生了一些争议，争议的问题，尚有待进一步探讨解决。主要有：

（一）关于"哥们儿"组合

在有些基层单位挑选班组长、工段长，组合班组成员时，出现了所谓"哥们儿"组合的现象。

一种意见认为，这是"行会"组合、"帮会"组合，它腐蚀职工队伍，不利于职工思想素质的提高，而且可能出现确有本事，但原则性强的人被编余；不干实事，讨好拉扯之辈被奉若上宾的局面，因此不宜提倡。

另一种意见认为，"人心齐，泰山移"，这是"感情"组合，值得称赞。改革前，百分之七十甚至百分之八十的工厂、商店的书记、厂长、经理面和心不和，严重影响了生产与工作；而少数党政领导"哥俩好"的单位工作都较出色，这说明只有思想一致，才能行动一致。衡量优化与否的标准，应该看对发展生产力是否有利。

（二）"编余"人员的收入一定要比"上岗"人员低吗？

一种意见认为，"编余"人员的收入当然要比"上岗"人员低，顶多只能两者持平。否则，"优化"有什么优越性？"编余"有什么压力？

一种意见认为，首先要对"编余"人员进行分析：编余人员中，确有一部分不好好干的，但大多数人中，有的是由于从事的工种与本人的愿望及特长不相适应；有的是不愿受工厂、企业紧张的快节奏工作和严格的纪律束缚；有的是因为身体状况及技术不熟练等原因不能适应工作……"编余"之后，换一个适合自己的工作（比如干"第三产业"、教书、当理发师等），多劳多得，为什么不能高于上岗人员的收入水平呢？

有人担心，会不会影响上岗人员的情绪，都要求"编余"？其实，大可不必担忧：一则，干"三产"有它一套固有的规律，并非人人都懂、个个会做；二则，爱人、家庭、社会上的舆论压力，绝不是每个人都承受得了的。人们应懂得在可能的条件下，可以通过竞争来实现自己的价值。

关于女工问题。在全市二十九个区、县、局的一百八十五个企业中，编余的六千六百四十七人中，女职工为三千零十七人，占百分之四十五点三九。这种情况正常吗？

一种意见认为，女同志由于生理、身体诸因素，在优化、竞争中败北是必然的。

另一种意见认为，妇女解放的程度是一个社会文明进步的标志，应支持广大妇女参与竞争。问题是，在优化组合中要采取某些必要的政策，以维护妇女的正当权益。当然，女职工也要树立起自信自强、敢人先的竞争争意识。

三

纵观全市的优化劳动组合工作，我们感到有些亟待解决的问题：

第一，优化企业，更要优化管理企业的上级机关。

有的大中型企业为了能评上国家二级企业，不敢大刀阔斧地实行优化组合。原因是上级机关对企业的部门设置及干部配备规定很死，达不到"指标"者，不许企业"上等级"，因为"划圈""打分"的权力在"婆婆"手里，作为"儿媳妇"的企业厂长、经理怎敢"轻举妄动"？但是，也有不怕"死"的。有的企业就出现一个部门挂两块"牌子"的情况，以应付上面。北京市汽车工业总公司机关干部实行优化组合，就赢得了上下一致好评。据悉，北京市正在酝酿一批"无上级主管单应"的企业。

第二，呼吁国家政策的支持。

不少企业的领导反映：1986年，企业兴办"第三产业"，解决职工子女就业等问题，可以享受减免所得税的优惠待遇。但是，去年国家财政部门又下令一律征收，使有些企业的"第三产业"难以维持，安置"编余"人员就成了问题。诚然，"编余"人员的最终出路，应该是社会待业，但在目前这方面改革不配套约情况下，安置"编余"人员仍然是企业一大重任。

到1988年年底，北京市将有一百三十九点八万名职工参与优化组合的竞争，近十万人处于"编余"或待业状态，不少企业的领导反映，目前国家有困难，我们应当为国分忧，但长期下去，企业养不起众多的"编余"人员。因此，希望政府有关部门对企业安置富余人员的"第三产业"，给予资金、场地和减免有关税收的待遇和政策。

第三，有待社会的配套改革。

首先，全市的劳务市场尚不健全。偌大个京城，二百多万名职工，只有劳动部门开办的十四家劳务市场；并且，来劳务市场寻求新职业的职工，许多人没有勇气或者不善于"推销"自己。1988年8月，全市六百二十一家企业计划在劳务市场招工一点七万人，登记应招者五千九百人，而成交者仅仅七百三十六人。其次，社会待业（失业）救济金的使用方法有待改善。目前，北京市每年按职工标准工资总额的百分之一提取的社会待业救济金高达一千万元，而领取救济金者仅二百多人。因此，北京第一机床厂等单位提出，能否从上缴待业救济金中拨返一部分于企业，以缓解厂内待业职工生活及开展多种经营活动的费用。

阳春三月的民主之风

民主，对十亿中国人民来说，是个既熟悉又陌生的字眼。最近召开的七届人大一次会议和政协七届一次会议，使人们沐浴到一股清新的民主之风。作为参加两会报道的记者，更是"如沐春风"，在这方面有更深刻的体验。因此，会议虽然结束了，我们仍然抑制不住内心的冲动，不由得又拿起笔来，写下我们的感受和思考。

风起于青萍之末

当我们和代表、委员们一起，走进神圣的人民大会堂，都深切地感到那活跃、沸腾的民主气氛，打破了昔日的平静；那不寻常的"第一次"，不断冲击着人们的心扉：

第一次实行人大代表和人大常委会委员的"差额选举"；

第一次出现人大代表面对国家领导人和数千名代表，慷慨陈词、发表不同政见；

第一次出现外国和港澳记者旁听两会的小组讨论和采访代表、委员的情况；

第一次出现人民群众通过新闻媒介，公开批评人大代表，人大代表之间展开自我批评以及大会主席团接受批评的现象；

第一次，第一次，细心的人们还可能总结出更多的第一次。这众多的第一次，孤立起来看，也许微不足道。但是，见微知著。这一个一个的"第一次"，确实令人鼓舞。它表现出我们共和国日渐增进的民主、求实和开放度，表现出代表们素质的提高和参政议政能力的增强。北京代表陈伦芬是第五、

全国人大、政协会议在人民大会堂召开

六、七届全国人大代表。她的体会颇有代表性：过去当代表是荣誉感大于责任感，是一种"政治待遇"，爱讲官话、打官腔。"国家大事，我知道得太少；厂子里的事儿又不知道领导愿不愿听，让我说什么呢？"本来要代表人民参政议政，审议《政府工作报告》，却成了"热烈拥护""认真学习"之类的表态。然而，仅仅是几年时间，代表、委员们就表现出日渐增强的民主意识。往年发言中那种一个省、市、一个地区的冗长的"小政府工作报告"已近绝迹，取而代之的是对群众关心的物价、住房、工资、安全、教育、不正之风等多方面的实际问题，直抒己见。许多来自基层的人民代表毫不怯场，当着国家领导同志的面，对政府工作提出尖锐的批评意见。发言者接二连三，滔滔不绝，使得会议主持人不得不限制每人讲话的时间。

如果说人大代表是发扬民主、参政议政的塔尖，那么广大人民群众就是坚实的塔座，其凝结塔尖、塔身和塔座的联结物则是党和国家改革开放的政策。我们曾在北京市的几家工厂举行"民意测验"，结果表明百分之八十六的职工群众关注和期望两会。代表们的紧迫感、责任感正是来自群众民主意识的复苏；群众民主意识的复苏，又来自整个社会对民主的重视与倡导。

这股民主的春风不是偶然形成的。马克思指出，商品是天生的平等派。发展社会主义商品经济，发展生产力，必然要求政治上的平等、民主和自由，要求提高党务和政务活动的开放程度。两会期间，改革开放走在前列，经济比较发达的广东、福建等省市、地区的代表，比其他代表表现出更强烈的民主意识，就是证明。可见，两会上体现出的民主意识，不是偶然的现象，正是1978年12月党的十一届三中全会以来推行改革开放政策，特别是发展商品经济在人们观念上产生的结果。

政治生活的"定位"

谁是"主人"？谁是"公仆"？这一依据巴黎公社原则而制定的标准，在长期的政治生活和社会实践中却一直"错位"。"主人"的权利似乎仅仅是挂在嘴上，响在广播里，印在报纸上，而"公仆"的权力却是实实在在的。即使以往的全国人民代表大会也不例外："公仆"做报告，"主人""认真学习""热烈拥护"；"主人"审议、表决的权利变成了实质上是"公仆"应有的那种绝对服从、"一致通过"。这种主仆的颠倒，政治生活的"错位"，无疑是民主的扭曲，它延缓了社会主义民主政治的步伐。

七届人大一次会议和政协七届一次会议，按本来面目对"主人"与"公仆"实行"定位"，开创了一代新风：

杨尚昆、李鹏、万里等一些领导同志，分别到一些省、市代表团驻地听取代表们的意见和建议。

依照代表和委员们的意见，国务院郑重撤销了原拟合并铁道部、交通部和民航总局为运输部的决定。

依照代表和委员们的提议，大会在选举时特设"秘密写票点"，以便充分体现代表和委员的民主意志。

在"主人"与"公仆"的"定位"中，绝大多数代表都意识到他们每个人的身后站着三十万公民。人大代表、国家女排运动员杨锡兰和人大代表、在1987年大兴安岭扑火救灾中荣立一等功的黑龙江边防连某部政委王爱武，在回答记者的提问时，都给人以强烈的印象："当英模问心无愧，当代表压力很大"，因此，更多的代表、委员进京开会前，都深入访问选民，搜集意见，拟写提案等等。"举手代表""橡皮图章"作为一个时代的标志正在消逝。

山东代表团的一位历史学教授对此做了精辟概括："民主，意味着领导和群众站在平等协商的地位，更多的思想交流，更多的相互理解。"

新闻媒介的催化剂作用

读者可能还记得，1988年3月初两会前夕，本报就对如何报道两会询问北京人民机器总厂职工，答案是："要求迅速及时，实事求是""有成绩讲成绩，有问题说问题，要提高会议的透明度"。

两会新闻发布会现场

有关部门宣布，两会上的个人发言，各报可以根据自己的特点与读者对象选编刊登，自己定稿，使群众及时听到从会场发出的声音。

领导强调民主、开放，群众要求民主、开放的呼声，促使新闻媒介积极发挥沟通代表与群众、上层与基层、干部与群众的桥梁作用：

首都许多报刊特辟了"专线电话""会外寄语""直言录""两会手记""话说两会"等栏目，将群众对两会的期望，代表、委员议政参政的各种发言，毫不隐讳地见诸报端。人大代表、四川省文联主席马识途这样评价会议期间的宣传工作："新闻媒介就像是'催化剂'，推动了两会的民主进程，其作用不可低估。它沟通了两会内外、群众与代表、代表与代表之间的联系，增加了政治透明度。"

1988年3月29日和31日，《工人日报》报在"会外寄语"栏内，两次刊登了首都居民的来信和记者采写的报道，尖锐批评了代表车队通过街道时"断绝交通"的现象。这一报道引起了广大代表、群众和大会的密切关注。4月1日，在大会主席团举行的第三次会议上，人大代表、中国作协副主席陆文夫提出："会议用车量过大，对北京交通造成压力。建议代表尽量一起坐大车，减少车辆。"常务主席彭冲回答:"大会应考虑这个问题,交大会秘书处商量解决。"对此,《农民日报》发表评论道:"群众在报纸上公开批评全国人民代表会议,实为数十年所罕见。为此,家谈巷议竞相传说。"显然,人民对自己选出的代表,已经不再只是给他们戴上令人羡慕的光荣之花;而是要让他们代表人民履行职责,这不正是国家主人翁意识的一种表现吗?

作为"架桥者"的我们,尽其所能地投入这一竞技场;同国内同行竞争,同外国和港澳记者竞争。

在七届人大一次会议所举行的数次新闻发布会上,"架桥者"们一反往日的缄默,与外国记者争夺提问权。外国记者递条请求"通融",会议主持人也往往采取"行政"措施,以保持"中"与"外"的平衡。我们遇到过几位香港记者,询问他们采访两会的感受,他们抱怨道:"我们越来越难搞到'独家新闻'了。"

留给人们的思考

刚刚结束的两会,人大代表、政协委员、新闻媒介、全国大众,向全世界展示了民主的群像。共同社这样评述两会:"中国向民主化又迈进一步";埃菲社赞誉:"人大报道透明度空前!"

然而,人们没有满足,没有沾沾自喜。许多代表、委员,新闻界的同仁,广大人民群众都在议论和思索:怎样加速中国民主政治的进程?如何巩固和发展两会民主、开放和求实的成果?

代表、委员们在思考:怎样知政、议政、参政?全国政协委员、安徽省的黄新德委员说得好:"让我们议政、参政,就应该让我们知政,看必要的文件,了解必要的信息。安徽省处级干部可以看到的东西,我们二十名全国政协委员看不到。国家的'荣'不知,'辱'也不晓,怎样'与共'呢?又怎样议政、参政呢?"

知政是议政的基础,但不是全部。许多职工和读者问我们:为什么从报纸上和电视中只看到黄顺兴、古宣辉、吴东侪这样的华侨或港澳台的代表，敢于在人大会堂即席发表不同意见？有人这样评论：内地的代表和委员并不笨，就像我们内地的记者并不比外国和港澳记者迟钝一样。他们呼吁；代表和委员们拿出勇气，敢于直言、大胆议政。

知政、议政，还不能说是参政。也不能认为就已经是真正的民主。全国政协委员、著名经济学家童大林认为："民主政治的含义是，重大情况必须让人民知道，重大问题的决策必须由人民做出选择。决策民主才是真正的民主。"人们不禁自我询问：目前的民主与这个目标有多大的差距呢？

无疑，我国的政治生活将越来越民主，于是，也对广大选民提出这样的问题：究竟选择什么样的人当人民代表？代表就是代表，要能够代表人民。这是人民代表最重要的素质，也是最重要的条件。由此引申到代表选举方法的改革：在民主协商的原则上，由基层单位推荐，各级人大常委会平衡，由代表候选人口头或书面向选民表达其思想和从政能力，以"差额选举"的办法，选举那些能反映人民意志，能履行参政职责又具有从政能力的人当人民代表。

两会期间的新闻报道，也有美中不足之处。正如一位人大代表、老新闻

全国政协召开新闻发布会

工作者所言："为什么这次投票表决票数不公开呢？将新闻记者与外交官一起请出会场，人家作何感想？为什么在政治透明度这样高的今天，我们的一些领导同志却还是甘心将这样的消息'出口转内销'呢？"

人们思考得最多、最重要的是建立怎样的机制保证"说了不白说"。担心开会时热热闹闹，民主得很，闭幕后依然照旧；会不会来年开会，物价、工资、教育经费、知识分子待遇、不正之风，再次成为议论的中心？

民主是一个渐进的过程。它受着生产力发展水平的影响，受着人们思想、文化、道德诸因素的制约，伴随着改革开放政策的深化而发展、完善。民主，我们党和人民曾为之浴血奋斗、孜孜不倦地追求了半个多世纪，并将其写入共和国的根本大法；如今，"民主"二字已从先辈们的斗争旗帜上实实在在地走向社会生活，走向亿万群众。尽管我们许多人还没有熟练地掌握和运用好这一武器。但是，两会将大大促进我国民主化的进程，推进神州大地的改革与开放，则是肯定无疑的。对此，我们满怀希望，充满信心。

节俭

首都钢铁公司张欣民同志给《工人日报》来信：

"1988年3月25日下午一时五十分左右，我在北京图书馆前遇到了七届一次人代会代表们的车队。只见开道车后面是二十几部大轿车，再后面是一溜银灰色的小轿车，足有两三百部。十五分钟过去了，还不见车尾，浩浩荡荡的车队引起许多行人驻足观看，议论纷纷。

"我想，同是人大代表，为什么不可以同乘大轿车呢？何况前面的大轿车空空荡荡，有的车几十个座位却只坐了几个人。让年老体弱或有特殊任务的代表乘坐小车，是可以理解的，但大可不必用这么多小车。当前，全国上下都在开展'双增双节'运动，人民代表大会是国家的最高权力机关，更应做出表率，不能只要求下面增产节约，自己却可以大手大脚不讲勤俭。"

北京第一机床厂的几位职工对记者说："两会在北京召开，这是咱们首都人民的光荣。可是，会议庞大的车队让人望而生畏。"

1988年3月26日上午，这几位职工乘坐公共汽车到有关单位办事，当公共汽车行驶到西单时，被交通警拦住了。等了十几分钟，才见一支由大大小小几十辆汽车组成的会议车队，浩浩荡荡开过来；又过了十来分钟，我们的公共汽车才被放行，整整被耽误了二十几分钟，急得车上有的乘客直跺脚……

另一位职工说，他家住在东城区中国美术馆附近。前几天，有位亲戚从重庆出差来京，26日要坐第九次九点零三分的火车返回。他想，家离车站不远，乘公共汽车只有五六站路，用不了多少时间，他和亲戚就在七点五十分从家出来，没想到，在王府井南口遇上了大会的车队，一等就是二十多分钟。等他们赶到北京火车站，硬是误了点，只好又折回家去。

职工群众建议，两会车队驶过重要街道时，不必过早地把公共汽车、自行车和行人拦截起来。应该相信群众的觉悟，会自觉遵守公共交通秩序，保证代表、委员们按时到达会场的。断绝交通的办法实在不得人心。

记者为此事专门访问了几位人大代表，当提及代表们的车队影响群众行走时，天津代表张亚雄、童宣明十分不安。他们说："每当我们的车队通过一个个街口，看到沿途许多群众被拦在马路边上时，我们心里就很不踏实。我们是人民代表啊，这样做群众能满意吗？要是我们骑着自行车，被挡在马路边上会怎么想？其实，我们坐的大客车上空得很。为嘛不能适当组织一下，让年老体弱的代表坐小卧车，领导干部也跟其他代表一样乘大客车呢？！这样，既节省了人力，车辆、汽油，也缩小了车队的阵容。"他们建议交通管理部门应当一视同仁，允许社会车辆、行人同我们代表们的车辆并行，而不要把代表同老百姓分开，搞特殊化。

山西代表张光鉴对天津二位代表的意见表示赞同，他说："这既是件小事又是件大事，关系到我们的会风。我们国家还不富裕，用不着讲什么排场。作为人民代表，更要带头发扬艰苦朴素、勤俭节约的优良传统。"

勇气·责任·文章

一

1988年3月29日和31日，《工人日报》在一版"会外寄语"栏目中，两次刊登了首都居民的来信和记者采写的报道，尖锐批评了七届全国人大一次会议和七届政协一次会议的代表、委员庞大车队通过街道时"断绝交通"的现象，呼吁"节俭应从最高权力机关做起"。

这一报道引起了广大代表、委员、群众和大会有关人员的密切关注。4月1日，在大会主席团举行的第三次会议上，人大代表、中国作协副主席陆文夫提出："会议用车量过大，对北京交通造成压力。建议代表尽量一起坐大车，减少车辆。"（人代会用车一千七百四十五辆，政协会用车两千一百八十四辆）大会常务主席彭冲回答："大会应考虑这个问题，交大会秘书处商量解决。"

公安部副部长俞雷同志和北京市副市长、公安局局长苏仲祥同志对此意见十分重视，表示接受群众的监督和报纸的批评，力争做到既要保证代表、委员们安全、准时到达会场，又要为群众提供方便。

在以后的日子里，人大代表、政协委员们竞相争着乘坐大客车，减少了两会车队的"阵容"。

北京市公安交通管理部门克服各种困难，用科学方法计算出从十八个驻地到达人大会堂的时间，把各驻地出车时间错开；同时，加强了大会行车路线和重点地区交通秩序的维护和疏导工作，既保证代表们安全、准时到会，又减少群众等候时间……

对此，兄弟报刊发表评论道："群众在报纸上公开批评全国人民代表会议，实为数十年所罕见。为此，家谈巷议竞相传说。"

4月2日，《参考消息》发表了日本共同社特派记者伊藤信3月31日撰写的消息，题为"在人代会报道中，充满活力的中国报纸"："围绕着在北京召开的全国人大的报道，中国的新闻界充满了活力。……在版面上刊登了中国报纸历来从未有过的内容。《工人日报》刊登了群众这样的批评意见——为了接送人代会代表而中断交通，这不是人民'公仆'应采取的态度。"

首都新闻界的许多朋友称赞："这是发挥舆论监督作用，敢于代表群众讲话的一个范例"；"这是《工人日报》近几年来一次成功的批评报道，无疑起了带头作用"，等等。

二

撰写这一批评报道的想法由来已久。作为《工人日报》的驻京记者，我有幸参加了不少在京召开的重要会议的报道：邓小平同志和党中央国务院领导同志接见部分全国劳动模范，中国工会第十次全国代表大会；党的第十二次全国代表大会；六届全国人大和六届政协三、四、五次会议；党的第十三次全国代表大会以及这次的七届人大一次会议和政协七届一次会议"两会"等等。

在采访中，我听到过许多代表、委员和群众对会议本身的批评；会期过长；会议伙食、住宿开支过大；会议基本上使用进口汽车，国产车被排斥在外；会议车队庞大，给首都交通造成极大困难和压力等等。给我印象最深的是在我参加六届全国人大五次会议期间，有一天中午，我到京西宾馆采访了一位大学教授，他是全国人大代表、会议主席团的成员。在谈话时，他把我拉到窗口指着停放在宾馆院内的一排排进口卧车说："有什么必要都坐进口车？有什么必要组成这么庞大的代表车队在马路上浩浩荡荡，让老百姓诚惶诚恐？我们国家不是很穷吗？干什么穷摆谱儿？"

我从心里敬佩他这样敢讲话、敢讲心里话、敢讲实话的品德。这几年，随着改革的不断深化，我们的各级政府在克服官僚主义、瞎指挥，提高办事效率等方面，做出了不少的努力，取得了很大的成效。但是，也不能不看到，在我们一些公职人员里面，仍然存在着一些奢侈浮华、以权谋私等现象。这些都严重地削弱了党的威信，损害了人民政府在人们心目中的形象。

认识归认识，但在当时我没有勇气将这位教授的批评写出来，也知道即便是写了稿子也不易见诸报端。

党的第十三次全国代表大会使人们沐浴到一股清新的民主空气，同时，也给新闻改革指明了方向，即"重大情况让人民知道，重大问题经人民讨论"。因此，在七届全国人大和七届政协一次会议前夕，我深入到北京人民机器总厂和北京开关厂，询问职工群众对如何报道两会的意见，答案是："希望国内的新闻单位'改革、开放、搞活'，要实事求是，迅速及时"；"不要搞神秘化。有成绩讲成绩，有问题讲问题，不要吹牛，不要回避矛盾和'敏感'问题，不要打官腔，要提高会议的透明度。"

有关部门宣布，"两会"上的个人发言，各报可以根据自己的特点与读者对象选编刊登，自己定稿，使群众及时听到从会场发出的声音。

群众要求民主、开放的呼声，领导强调民主、开放的指示，促使新闻媒介积极发挥沟通代表与群众、上层与基层、干部与群众的桥梁作用。《人民日报》开辟了"两会手记"，《经济日报》设立了"专线电话"，《工人日报》开辟了"会外寄语""话说两会"，《光明日报》特设了"直言录"等栏目，将群众对两会的期望，代表、委员议政参政的各种发言，毫不隐讳地见诸报端。

由于我"加塞"住进了代表驻地，有机会每天看到"大参考"及首都各报对两会的报道；有机会随时与代表们交谈。民主、开放的气氛，给我以极大的鼓舞。因此，当我乘坐代表的大客车——车上三四十人的座位，却只坐十几位代表，而人民的"公仆"们，那些省、市、地各级政府的领导同志（有不少人年龄并不老、身体也不弱），却十分坦然地坐进一两人一辆的进口高级卧车；透过车窗，我看到一个个街口上，有许多群众和公共汽车被拦在马路边上，心里很不是滋味。事后，我到天津代表团驻地采访，就此询问张亚雄和童宣明两位代表，对此事有何感想？他们说："我们心里也很不踏实。我们是人民代表啊，这样做群众能满意吗？要是我们骑着自行车，被拦在马路边上会怎么想？其实，我们坐的大客车上空得很。为嘛不能适当组织一下，让年老体弱的代表坐小卧车，领导干部也跟其他代表一样乘大客车呢？！这样，既节省了人力、车辆、汽油，也缩小了车队的阵容。""交通管理部门应当一视同仁，允许公共汽车、行人跟我们代表的车辆并行，不要把我们跟老百姓分开，搞特殊化。"前来串门的山西代表张光鉴对天津两位代表的意见表示赞同。他说："这既是件小事又是件大事，关系到我们的会风正不正。我们国家还不富裕，用不着讲什么排场。作为人民代表，更要带头发扬艰苦朴素、勤俭节约的优良传统。"我问他们："如果我把你们的意见，写在我的报道里，你们同意公布你们的名字吗？"三人欣然允许。

傍晚回家，我坐在公共汽车上，听到不少乘客对"两会"车队的不满议论；回到家里，爱人又向我述说工厂职工因遇"两会"车队经过，断绝交通而迟到受罚的情景。这些，都促使我采写批评"两会"车队的稿件。于是，我赶到北京第一机床厂，迅速采访了几位路遇"两会"车队，或迟到，或耽误外出，或误了火车的职工，连夜写出批评稿件。翌日凌晨，将稿件送到报社。

一路顺风。报社负责指挥"两会"报道的同志和值班总编辑给予了坚决的支持：上一版；加花边在"会外寄语"专栏中刊出；并且与一封群众来信同时见报。

1988年3月29日的《工人日报》受到了代表和广大群众的格外关注。我的心情十分兴奋。但是，与此同时，我也听到一位采访"两会"的朋友的劝告：某位领导同志"指示"一家报纸，此次"两会"报道，许多中央报刊"起哄"，希望你们不要步其后尘，要慎重云云。

我的心里"咯噔"一下，感到了春风中的一股寒意。我真担心：在以后总结"两会"报道时，会不会在充分肯定成绩的同时，在"但是"的后面，点名批评《工人日报》的这一报道。

我的想法错了。3月29日晚上，我得到了报社领导的坚定支持和同行们的称赞。我感动万分。在领导同志的支持和指挥下，3月30日，我们发了一组职工对"两会"车队的批评来信；"两会应带头改变会风"（本报3月31日一版），在"会外寄语"专栏中刊出。

三

这件事情的意义，重点不在批评的内容，而在于批评本身。首都一家新闻单位对此发表评论道："人民对自己选出的代表，已经不再只是高高举在头上，给他们戴上令人羡慕的光荣之花；而是仍然让他们站在地上，看作和自己一般高的公民。这不正是国家主人翁意识的一种表现吗？"或说："人民批评代表，代表批评政府，政府又批评人民中不愿守法纪的人，以此构成了批评循环。"

是的，在社会主义国家中，谁也没有绝对的自由，也不应该享有绝对自由。总要相互监督，互相制约。批评就是一种制约。人民群众，人民代表，人民政府，不仅互相依存，而且互相制约。而报纸就要在这种相互依存又相互制约的关系中，敢于触及矛盾，忠实地反映社会深层的声音，忠实地反映广大群众的声音。只有这样，才能发扬民主，使领导机关及时了解下情，按实际情况和广大人民群众的意愿办事情。

最近，李鹏总理在国务院召开的首次会议上，再次强调"为政要清廉"。他要求从国务院开始，从各部委的领导开始，严格要求自己，从群众最有意见、反映最强烈的事情上改起。

一个廉洁的政府，是赢得改革成功、经济繁荣的关键所在。而我们新闻工作者，报纸、广播、电视新闻机构，努力发挥舆论监督作用，对政府机关、公务人员工作中的缺点、错误，对一切违法乱纪行为和各种腐败现象公开进行揭露和批评，则是实行民主政治、实现社会主义现代化的催化剂。

新闻采访中的技巧

9月的北京分外美丽。1982年的金秋更是举世瞩目——中国共产党第十二次全国代表大会在北京隆重举行。

采访这具有历史意义的盛会，自然成为首都新闻记者们梦寐以求的目标。但是，严肃的纪律和森严的保安措施，又令人望而生畏。

打开报纸，千报一面，是新华社的"一统天下"——只有他们持有大会特许的采访记者证。

一位血气方刚的青年记者，翻墙进入代表团驻地的宾馆。结果，被保卫人员擒住。无奈，写了检讨，方被报社领导领回。

然而，《工人日报》却"异军突起"，一连发表了几篇本报记者采写的代表专访，大会主席团成员专访，关于新当选的中央委员的特写。

不仅有文章，而且有代表在驻地的照片。

新闻界同仁羡慕地问《工人日报》总编辑李冀："你们怎么派记者打进会议采访的？"答曰："钻，挤，靠记者的主观能动性……"

大会前夕，总编辑把我叫到办公室："能不能在不违犯纪律的情况下，去采写大会的几位代表？"我回答："试试看。"心想，只要不被保卫人员抓住……

当我背着挎包，兴冲冲乘公共汽车来到一家宾馆——事先知道这里住代表。也许是我的衣着过于"土气"吧，更何况没有大会采访证，很快被粗暴地"顶"了出来。

知难而退是无能的表现。我换上崭新的西装，特地跟报社要了一辆"皇冠"牌轿车——因为有的人"吃"这个。我请司机师傅开到部队某招待所大门口，才大摇大摆地下车。门口插着红旗，里面张贴着"欢迎代表"字样的标语: 肯定住着代表团。

交涉是艰难的，但不能畏缩。我掏出记者证。对方一位高个子的王参谋，斜我一眼，瞥一下记者证："你这个记者证，在我们这里'作废'，没用！"

"您怎么这么说话！凭什么说记者证'没用'？……"我故意提高嗓音，"醉翁之意不在酒"。

果然，不一会儿，王参谋的上级——保卫处一位赵副处长走出来。我立即上前："副处长同志，你们这位参谋同志愣说我的记者证'作废''没用'。其实，你们保卫大会，我们宣传大会，目标一致嘛！"

老百姓是好奇的。不一刻，大门口便围上了许多"观众"。"影响不好"，赵副处长将我带进大门——正中我的下怀。

走了数百米，迎面碰上在这里指挥车辆的几位民警。我一眼认出其中一位叫李儒生，他是西单交通中队的，是我的熟人。我立即要他向赵副处长证明我的身份。他笑嘻嘻地说："这还有错？《工人日报》的'大'记者嘛！"

赵副处长的脸顿时"多云转晴"，招呼我到保卫处办公室坐下。喝着茶，我不失时机地跟他们"侃侃""报社的地址、电话，总编姓名，编报、出版过程"——进一步证实我的身份。

时针指向6点。我毫不客气："赵副处长，肚子打'招呼'啦！军民一家，您不能饿着我吧？"赵命令一位小战士："领张记者去买饭票、吃饭！"

我打了一下"埋伏"——买了五六天的饭票，明知吃不完，退饭票时，我还可以顺便采访一两位代表呢！

我终于获准来到住在该所的陕西代表团秘书组。工作人员很高兴有记者采访本团："您有什么要求？"时间紧迫，我顾不上客套："请提供你们团劳模代表的名单。"他一下子提供了三四位。我想：绝不会允许我在此过夜，若让我再"启发"代表讲话，势必完不成采访，便说："要年轻、文化高点儿，又比较敢讲话的。"那位同志立即推荐一位："于素梅，西安市大众浴池女修脚工，全国劳动模范。"

五分钟后，小于来到我的面前：一位淳朴的女青年，身穿普通的白底黑格涤卡上衣，圆圆的脸庞，泛出激动的红晕，一双明亮的大眼睛，闪着坚毅、幸福的光彩。我说："小于同志，我是《工人日报》记者。请把我作为您的客人领进您的房间，并牺牲今晚看美国电影的机会，支持我完成采访任务，行吗？"她欣然点头。

小于真细心，随身带来本人事迹材料——一本《纯美的心灵》的小册子，使我很快了解了她的身世、工作和主要事迹，仅用两个小时——与小于同屋的代表看毕电影，我也结束了采访。

夜空，满天星斗。回到家里，已是深夜十点钟。我打开电视，收看十二大专题报道。

嘿，巧啦：从屏幕中得知，于素梅被选为主席团成员，并且看到有摄影记者为主席团成员一一拍摄的场面。

我立即跑到公用电话处，要通了《人民日报》摄影部一位老朋友的电话。没料到，对方正为没有发给大会堂主席台的红区记者证生气呢！

我又给新华总社摄影记者李基禄同志打电话——我在北京人民机器总厂工作时，曾接待过老李采访。老李没有参加会议报道，但通过他找到了能登上主席台摄影的记者。

第三天，以"修脚女工登上主席台"为题，《工人日报》发表了我写的专访于素梅的文章，并配发了于素梅在主席台的照片。《中国青年报》转载了此文。

当天上午，我挑选了十几份报纸，再次来到该招待所。从赵副处长笑眯眯的眼光中，我看到了信任，热情，似乎还有自信……

我决定立即扩大"战果"——从处长办公桌玻璃板下面压着的纸条中，我默默地记住西藏代表团团长、自治区党委第一书记阴法唐同志的电话号码。

"您是阴书记吗？我是《工人日报》记者。"中午十二点半钟，我在招待所传达室要通了阴的电话——从心理学的观点讲，中午饭后、午睡前，是老人们愿意接待客人的最佳时刻。"前几天，我们报登了你们西藏的专版，上面有您和阿沛·阿旺晋美副委员长的文章。"我这样说，是为了加深阴对《工人日报》的印象，为进一步采访铺平道路。

果然，从电话中传来阴书记亲切、热情的声音："对对！我们十分感谢《工人日报》对西藏工作的关心和支持。"我赶紧接话茬："您不必客气！现在，请您支持我——我想采访你们团的热地代表，可是我没有大会发的记者证，请您打电话给热地同志，让他出来接我进去……"

十分钟后，我已坐在新当选的十二届中央委员、西藏自治区党委书记热地同志的房间里。

感谢报社资料室的同志，为我提供了热地同志在平叛剿匪中的战斗经历，使我有了交谈的话题——被采访者最熟悉、喜欢交谈的内容。采访进行得十分顺利：热地同志痛苦与幸福交织在一起的经历，家乡那曲的近况，党中央、国务院对西藏的关怀，胡耀邦、万里等领导同志的西藏之行，以及他到中央政法干校和中央党校的两度学习……

采访即将结束时，我提出为热地拍张照片："这是报社领导的要求。"我想，"本报记者"拍摄的照片，尽管拍摄水平不高，但意义不同。

他在沙发上调整一下位置，拉拉衣角，摆好被摄的姿势。"对不起！热地同志，请您送我一下，到外面利用自然光拍摄效果更好！"我请求道——当时，我使用的是报社发的上海产海鸥方箱式黑白胶片120相机，没配闪光灯，担心室内拍摄效果不佳。

正当热地同志犹豫时，我一步上前拉起了他的胳膊，并随手帮他整理了一下衣服。室外阳光充足，我是有把握的。

尽管如此，我仍不敢大意。因为，这种拍摄机会极可能只这一次。于是，"啪啪啪"，我一连拍了六七张。接着，马不停蹄回到我的"老家"——北京人民机器总厂，自己亲手冲洗、放大——"热地同志在代表驻地"的照片，取得了令人满意的效果。

当我将放大的照片和刊有《从牧民儿子到中央委员——访十二届中央委员西藏自治区党委书记热地》的报纸，送到驻地时，热地十分亲切地握住我的手："谢谢！谢谢！将来有机会到拉萨采访，一定找我！"1984年召开中国工会"十大"时，热地同志听说我与西藏、青海等代表团同住国谊宾馆，特地派人请我到西藏团作客并合影留念——这是后话。

党的十二大的采访，时间虽然是短暂的，然而是难忘的，尤其对我来说，是重要的——不仅在首都新闻界留下了佳话，而且在报社领导头脑中"挂上了号"。从此，报社领导选派我参加了一系列重大会议的报道。

世人对成功的奥秘的解释颇多。我认为，领导的培养、恰当的机遇固然重要。但是，还需有"锲而不舍"的拼搏精神与勇气。

附：采访案例

从牧民儿子到中央委员

在招待所的传达室，我放下电话不到五分钟，一个身材魁伟、脸膛黝黑的藏族同志兴冲冲地走来："我就是热地。欢迎你！"说着，热情地伸出厚实的手掌。

热地同志近影

我们的话题，从他怎样由一个贫苦牧民的儿子，成长为一位新的中央委员说起。

"这完全是党培养、教育，老同志热情帮助的结果。没有共产党，就没有社会主义的新西藏，更没有我热地！"说着，他的眼睛里闪烁着刚毅、激动的光芒："在旧社会，我是一个到处流浪、被牧主骂作'波哲'（男鬼）的穷孩子。"说着，热地卷起右裤腿，露出脚腕、小腿、大腿上的累累伤痕，"这是讨饭时被牧主的狗咬的。"

这位四十四岁的藏族领导干部，出生在藏北草原比如县夏曲卡的一个贫苦牧民家庭。新中国成立前，他的哥哥做了奴隶，弟弟被饿死。他跟着阿妈讨饭度日。十岁的时候,他被当地的瓦东寺庙拉去做了小喇嘛,实际上是给寺庙领主当用人。他忍受不了反动寺庙的残酷压迫和折磨,逃了出来。但在黑暗的封建农奴制度下,哪里有他的活路呢?他逃出狼窝又入了虎口,大牧主达珠木和部落头人拉加旺玖又轮流将他霸去做用人,把他当作"玩具"(被当马骑的人)。热地被折磨得骨瘦如柴,挣扎在死亡线上……

"是共产党、解放军救我出虎口,又是党组织把我送到北京中央政法干校学习。"热地点燃一支烟,回忆当时的情景:"老师们待我真好。我们学习文化,学习唯物论,批判封建迷信,提高了政治觉悟。1960年,我加入共青团。第二年11月,光荣地参加了中国共产党。"

1972年,热地担任了那曲地委书记。

他经常深入基层和农牧民家里,进行调查研究,抓好基层的政权建设和生产建设。后来参加了自治区党委举办的工农干部学习班,进一步提高了理论水平和工作能力。

"成绩的取得,全靠党中央实行正确的路线、方针、政策。至于我自己,只不过是按照党的指示,做了一些应该做的工作。"热地当选为十一届中

作者采访热地副委员长

全国人大常委会副委员长热地接见藏胞

央候补委员，并担任自治区党委书记。"十一届五中全会结束后，中央让西藏的同志留下，详细听取我们的汇报，认真研究了西藏的情况和工作。当我们汇报到西藏党的组织建设和干部建设的情况时，胡耀邦同志指出，要采取各种措施，大力抓好培养民族干部的工作，这是建设西藏的关键环节。万里、宋任穷等同志也强调，民族团结是建设西藏的重要保证。""1980年5月，胡耀邦、万里等中央领导同志亲自来西藏，进一步深入实地调查研究，征求各族干部、群众的意见。同时，对于西藏的工作作了一系列重要的指示。两年多来的实践证明，中央关于西藏工作的指示和政策是完全正确的，受到百万藏民的衷心拥护。由于自治区党委坚决贯彻党中央的指示，纠正'左'的思想，放宽政策，建立各种形式的生产责任制，努力减轻群众负担，极大地调动了广大藏胞的社会主义积极性，农牧业生产有了较大的发展，群众生活有了明显的改善。广大群众赞扬党中央的政策是'富裕政策''给我们带来富民的道路'！"

"1980年在中央党校学习结业时，"他激动地说道："胡耀邦同志给我们全体学员做了报告。散会后，他关切地问起我的学习、工作和生活情况，并且与我交换对于西藏工作的看法。我感到，中央对西藏的情况非常熟悉，对西藏各族人民十分关怀，对西藏的建设相当重视。现在，党的十二大提出全面开创社会主义现代化建设新局面，我们充满信心。"

说到这里，他激动不已："一个旧社会的奴隶，今天真正成了国家的主人，使自己感到无比自豪。"热地似乎想起了什么："现在，国外有人说我们

全国人大常委会副委员长热地看望十一世班禅

这里民族干部是摆设、陪衬，这是毫无根据的。就拿西藏来说，目前全自治区60%以上的干部是藏族；自治区党委、人大常委、自治区政府和政协的50%以上的干部都是藏族同志；五个地、市委的一把手和专员以及全自治区七十多个县的县委书记绝大部分是藏族同志；公社和区一级完全是藏族干部。他们坚持四项基本原则，坚持民族团结，深入实际调查研究，以身作则，密切联系群众，在生产建设中发挥着模范和骨干作用。最近几年，自治区党委通过送中央党校、送内地和自己办的党校等方法，培训了七千多名民族干部。十二大结束后，我们将继续抓紧培训工作，提高广大干部的思想政治水平、文化水平和科学管理的能力。我准备今年年底或明年初再次来京学习，要建设团结、富裕、文明的社会主义新西藏，不学习不行啊！"

当记者祝贺他当选为中央委员时，热地同志谦虚地一摆手："这是党和人民对自己提出了更高的要求。我是中央委员，但首先是一名共产党员，要按照十二大通过的新党章严格要求自己，肩负起党赋予的重任。"

修脚女工登上主席台

在中国共产党第十二次全国代表大会主席台第二排，坐着一位年轻的女同志。她就是陕西省代表、西安市大众浴池的女修脚工于素梅。

"真没想到"，1982年9月2日，于素梅见到记者时激动地说："我一个普普通通的修脚工，能当上'十二大'代表，能选进大会主席团，上主席台！"这时，她沉浸在幸福的回忆中。"昨天，我一登上主席台，看看周围的同志，全是中央领导、老英雄、老模范，再想想自己，只不过是做了一些应该做的工作，党就给了这么高的荣誉，心里真惭愧！""当奏起《国际歌》和向毛泽东、刘少奇、周恩来、朱德等已逝世的老一辈无产阶级革命家和革命先烈默哀时，我流下了眼泪。没有他们艰苦奋斗、流血牺牲，哪会有我们今天的社会主义国家？哪会有人民群众的幸福生活呢？"

于素梅1963年高中毕业，在农村插队劳动八年，1972年开始在浴池当修脚工。八年来，她先后为五万五千多个脚病患者解除了痛苦。最近六年，她为七百多个病、残和退休老工人等"困难户"上门服务三千多次。1979年，她被评为全国劳动模范和"三八"红旗手。1981年7月，经过从浴池党支部到省党代表会议层层充分讨论，她被选为党的"十二大"代表。

"29日中午，"于素梅说，"工作人员刚刚发了大会主席团成员名单（草案），由于我沾了姓氏笔画简单的光，同屋的代表、西北医学院内科副教授孟毅就喊起来，'小于，名单上有你的名字！你看，于一、于光远、于素梅（女）……'我简直不敢相信自己的眼睛……孟教授特地找出出席大会的一千六百人代表名单，仔仔细细从头到尾看了两遍，连连说，'没错！没错！名单上只有一个于素梅，就是你呀！'"

"我的眼睛模糊了，心口怦怦直跳，我想了许多许多……"于素梅陷入沉思："我想起临行时，店党支部欢送会上，同志们语重心长的嘱托；想起1937年参加八路军、即将离休的老父亲的殷切希望；想起平常一贯支持自己工作、在陕西师范大学当教师的丈夫和邻居们诚挚的祝贺；想起了我的师傅在旧社会的悲惨遭遇……"于素梅的眼里泪花闪动。停顿片刻，又说："我和师傅同是修脚工，我不仅能当上受人尊敬的劳动模范，还被选为出席党的最高会议的代表，又被选进主席团，今天和旧社会比，真是两种制度，两个天地啊！"

于素梅还兴奋地告诉记者，8月28日和31日，王任重同志和习仲勋同志分别到代表驻地看望了大家。当陕西省代表团团长、省委第一书记马文瑞同志向王任重同志介绍说，这是于素梅，是西安市大众浴池的修脚工时，王任重同志连连点头："知道！知道！我们认识……"

原来，1979年夏天，于素梅在西安人民大厦给一位老同志修脚时，巧遇当时在陕西省委工作的王任重同志。当时，王任重同志关切地向她询问了西安市修脚行业的情况后，说：你们这一行，社会不可少，群众很需要。应该办一个学校，把这项技术传下去。党和国家要努力提高修脚等服务行业的地位。这些话，于素梅一直铭记在心里，成为全心全意为群众服务的动力。

在记者的要求下，于素梅打开一个白布包，解开皮夹子，展示出一把把锋利的五寸修脚刀。她说："每次外出学习、开会，我都带着它，随时给患者服务。这次来北京，我想出席会议的老同志多，患脚病的人一定不少，自己正好为大家尽力。可有的老同志不好意思找我。其实，这有什么关系呀？消除患者的痛苦，是我的本分。他们不来，我就找他们去。总不能眼看他们带着脚病去出席会议呀！"

谈到大会，于素梅认真地说："我能出席这样具有伟大历史意义的盛会，并且登上主席台，同中央领导同志一起讨论党和国家的大计，本身就说明党和国家对服务行业是非常重视的。如今，三百六十行，行行有出息，行行出人才。只要一心一意为群众服务，无论做什么，同样有前途，同样受到群众尊敬，同样可以发挥主人翁的作用。我一定集中精力开好会，会议结束后，热情宣传大会精神，带头执行大会决议，扎扎实实干好本行，为完成'十二大'提出的各项任务尽心尽力。"

坚持正确批评讲究批评艺术

批评和自我批评是我们党的三大作风之一，有无认真的自我批评，是我们党区别于其他政党的显著标志之一。"流水不腐，户枢不蠹。"正常的批评与自我批评或思想斗争，如同水的正常流动一样，正是社会主义社会的安定团结、生动活泼、思想解放、文化繁荣所必需的健康状态。

报纸是党的喉舌，也是大众传播的重要载体，具有反映和引导社会舆论的功能。充分利用报纸这个舆论工具反映人民的呼声和要求，公开批评我们各条战线工作中的缺点和错误，以推动各项工作，这是建设高度文明、高度民主的社会主义现代化国家的需要。一张洋溢着战斗性的党报，就不能没有批评。作为以宣传共产主义思想为目的的思想斗争武器，党报应对一切反动的、黑暗的、愚昧的、落后的思潮进行无情的批判，直面社会丑恶现象，激浊扬清，针砭时弊。同时，报纸对于自己队伍中的错误和弱点，也应该以实事求是的态度加以批评，帮助克服和改正。这种公开的批评，不仅是发扬正气压倒邪气的极为重要的手段，而且也是揭露矛盾，解决矛盾，发展科学、艺术，做好政治、经济等各项工作的好方法。

基于这种认识，《工人日报》自1978年10月复刊以来，到1985年底，坚持无产阶级党性原则，抓住一些地方和部门存在的违反党的路线、方针、政策的人和事的典型，先后发表了各类形式的批评稿件达六千五百多篇，有力地批判了形形色色的官僚主义和种种不正之风，维护了广大职工群众的合法权益，调动了群众参与国家大事和企事业管理的积极性。同时，引导群众进行自我教育，从而有力地促进社会主义物质文明和精神文明的建设。

批评是一门艺术，不仅要注意方法，还要讲究策略，即正确开展批评，一是内容的准确性，二是方法的适当性。而批评后的效果，则是检验这二者的标准。我们今天研究的报纸批评学，是在社会主义条件下的报纸批评学。我们所批评的内容，绝大部分是人民内部矛盾问题。我们所代表的批评者，同犯有这样那样错误的被批评者在根本利益上都是一致的。

纵观《工人日报》的批评报道，探讨社会主义报纸批评和自我批评的学问，可以归结为四点，即客观、真实、全面、公正；讲究策略，选择典型注意方法，连续报道；掌握分寸，留有余地，动机效果，强调统一。

客观真实全面公正

这个新闻报道的基本方针，是刘少奇同志在《对华北记者团的讲话》和1956年对新华社的谈话中提出的。少奇同志指出："你们的报道一定要真实，不要加油加醋，不要戴有色眼镜。群众对我们是反对就是反对，是欢迎就是欢迎，是误解就是误解，不要害怕真实地反映这些东西。"后来，他又明确地规定："新华社的新闻就必须是客观的、真实的、公正的、全面的，同时必须是有立场的"，并且多次指出要反对新闻报道的主观主义和片面性。

客观、真实、公正、全面是无产阶级认识世界的基本方法。只有尊重客观，才能反映客观；我们强调办报要有立场，但立场只能是对客观事物的反映，而不是客观事物本身。绝对不能把立场与事实混为一谈，用利害关系的因素去随心所欲改造新闻事实，或哗众取宠，或添油加醋，或断章取义，各采所需，甚至凭空捏造，其后果必然是"假大空"，使党报的作用和威信受到严重损害。那么，怎样才能做到"客观、真实、公正、全面"呢？我理解，"客观"，是指事物、事实的本来面目；"公正"，说的是要尊重客观事实；"全面"则要求事实的完整，反对片面性、绝对化；"真实"是这八个字的中心，即新闻报道如实地反映事实真相。真实是新闻的生命，对于批评稿来说尤其重要。事实准确是从团结愿望出发进行批评的第一步，使被批评者有可能经过思想斗争而乐于接受批评。任何细小的枝节出入和不当的用词，都可能使被批评者怀疑批评的目的而产生反感情绪，扩大同批评一方的距离。正因为如此，

《工人日报》在坚持态度鲜明地维护国家和工人群众利益的同时，努力做到批评事实的准确。编委会用制度形式规定：批评稿一定事先同被批评者或被批评单位见面，倾听他们的意见，并且送有关主管单位审稿，将可能发生的差错，消灭在稿件见报之前。这实在是一条成功的经验。

讲究策略选择典型

这是批评报道之诀窍。从某种意义上说，报纸是靠典型发挥其指导作用的，批评报道亦然。根据《工人日报》七年多来批评报道的实践，类似"渤二"翻沉事件、东北松树镇煤矿瓦斯爆炸重罪轻判等重大批评稿件，均说明选择典型批评事例有两条标准：一是要选择那些能牵动党心、民心的事例作为典型，使提出的问题带有倾向性，能够引起社会各界尤其是广大职工群众的共鸣和思考；二是必须具有较高的新闻价值反映出强烈的时代要求。这种报道通常是对于推动党的中心工作或者批评某种错误倾向具有典型意义的，尽管批评面甚小，教育面却很大。就批评的效果来说，起着以一当百的作用。1982年3月29日《工人日报》在二版头条发表了《工人张杰锋的遭遇说明了什么？》的调查报告，批评了江西南昌手表厂领导打击劳动模范张杰锋的错误。张杰锋发明了具有世界先进水平的手表擒纵叉生产新工艺。他的革新精神不仅得不到厂领导的支持，还使张杰锋受到种种压制和打击，使他无法在本单位工作。这个事实说明，由于十年内乱的影响和现实生活中种种复杂情况，确实存在着嫉妒、讽刺、孤立先进人物，抵制、破坏学赶先进活动的不正常现象。在现实生活中，不重视工人群众的首创精神，不重视科技人才，不敢扶正祛邪，并不是个别现象，而是相当普遍、相当严重地存在着，这是一种不正之风。如果任其发展下去，必然会妨碍我国的社会主义现代化建设，有损于国家和人民的利益。

张杰锋的这组批评报道从1982年3月开始，一直延续到1983年。编辑部收到全国各地的工人、干部、科技人员和解放军指战员的几千封来信，真是"一稿牵动万人心"。它充分反映了我们社会主义国家人与人的关系，表现出四化建设对人才需要的紧迫感，谁打击先进、压制人才，必然会引起社会的公愤，群众的不平。这组批评报道不仅读者反映强烈，同时引起党中央领导同志的关注。中央一位领导同志亲自写信给江西省委书记，要求认真查处此事，并且强调："要通过这一事件，对广大干部进行一次教育。"以上事实，使我们得到了一个极其重要的启示：只有真正抓出具有典型意义、敢于伸张正义、富有战斗力的报道，才能引起人们的共鸣，取得强烈的社会效果。

注意方法连续报道

报纸批评涉及面广，社会影响大，运用得好，可以纠正错误，促进工作；运用得不好，将会起到始料不及的作用。因此，要十分注意方式、方法。批评报道最基本的方法是摆事实，讲道理，以理服人。批评的实事求是，不仅表现在态度上要与人为善，而且对事实要努力做到准确无误，批评用词上也要妥当，要力求达到"忠言不逆耳"。

报纸点名批评要慎重。要考虑对被批评者的影响和社会效果。点名与否要根据本人对批评的态度和一贯表现。《工人日报》在开展批评报道时，除重大典型批评外，一般采取半点名或不点名的方法。如批评文艺界的三个人，就采取了不同的方法，一个点名（剽窃别人劳动成果、电影《都市里的村庄》的秦编剧）；一个半点名（四处捞钱、经常扮演领袖人物的儿艺演员×××）；一个不点名（为金钱所引诱、不顾人格的某著名电影演员），做到了既批评又帮助。

凡属公开发表的重大典型事例，报纸除发表消息，配发必要的言论外，还要进行连续报道，一抓到底不断线，造成声势，有头有尾，有始有终，抓出结果来。不促进事物的真正转化、问题的彻底解决，决不罢休。报纸要不惜付出版面，摆上一版的显著位置，甚至上头条。标题力求醒目。

《工人日报》在披露湖南湘潭锰矿领导，压制重大科技成果应用于生产这一事件，便是一次连续报道的实践。工程师张乃宗全心全意为四化，提出一套提高经济效益的先进的工艺方案。他的方案不仅不被该矿采纳，反而受到该矿党委书记、省冶金厅负责人等的排斥打击，无理停止了他的工艺试验。对于这一事件的报道，报纸用了很大的篇幅，坚持连续批评，造成强大的舆论攻势：

1982年12月22日，《工人日报》在一版头条地位发表了题为："湘潭锰矿少数负责人无视上级领导和群众意见，一项重大科技成果拖了四年至今不能应用"的专篇报道。同时，配发了评论：《评一项重大科技成果的遭遇》。

12月23日，报纸发表了记者走访省科委成果处的消息，证实张乃宗的科研成果，早在1980年就获湖南省重大科技奖。

同一天，还报道了由冶金部钢铁研究院等有关专家第一次组织调查组时，经过十二天调查所得出的结论："张乃宗的建议在技术上是可行的，经济上是有利的。"

12月24日，报道了湖南省科委主任的谈话；发表了长沙九位专家的座谈。他们一致指出：对于张乃宗的科研成果的态度，集中反映了湘潭锰矿少数领导"左"的思想流毒，高度赞扬报纸为科技人员伸张正义。

12月26日，报纸又发表了湘潭锰矿工人们的反映。

就这样，在两个月的时间里，《工人日报》抓住这一典型先后发表消息、调查、文章等批评稿二十四篇近六万字。最后，受到湖南省委领导同志的重视和关心，使问题得到了解决。强大的舆论声势有理有据、令人折服的批评内容，促使被批评者较快地、认真地纠正了错误。

掌握分寸留有余地

我们开展批评的目的是为了"惩前毖后，治病救人"，是为了改进我们的工作，而不是为了整人。因此，开展批评一定要遵循团结—批评—团结的方针，十分注意掌握批评的分寸和留有余地，绝不应夸大和渲染被批评者的错误，更不能允许给被批评者无限上纲，乱作政治结论和乱扣政治帽子。要坚决反对"一棍子打死"的错误态度。要通过报纸批评的实践，恢复和发扬被"四人帮"破坏了的我们党的优良传统，使党员、干部和群众逐渐认识到，在报纸上开展批评和自我批评，是人民内部民主生活的一种正常现象，从而消除一些人害怕批评的错误心理。

掌握分寸，即报纸批评必须照顾全局，权衡利弊，斟酌得失，考虑影响，注意时机。批评稿件要常有，但在数量上要有所控制，不要给人一种印象，以为我们的工作是漆黑一团。中国之大、情况之复杂，如果用简单罗列现象的办法，随意从社会生活当中抽取实例，那么随便什么观点都能够找到事实的根据。十四万件坏人坏事在十四亿人口中不过万分之一，但是集中在一起，我们的报纸每天四个版也登不完。伟大的革命导师列宁有一段深刻的论述："在社会现象方面，没有比胡乱抽出一些个别事来和玩弄实例更普遍更站不住脚的方法了……如果不是从全部总和、不是从联系中去掌握事实，而是片段地和随便挑出来的，那么事实就只能是一种儿戏，或者甚至连儿戏也不如。"这就是说，面对复杂纷繁的社会现象，我们一定要通过分析，从事实的总和与联系上把握本质。胡耀邦同志在《关于党的新闻工作》中明确指出："报纸上，大体应当是八分讲成绩、讲光明、搞表扬，二分讲缺点、讲阴暗面、搞批评。这样，既有利于促进整党，又合乎今天我们社会的实际。"

习近平总书记2016年2月19日，在党的新闻舆论工作座谈会上，发表的《提高党的新闻舆论传播力引导力影响力公信力》重要讲话中指出："团结稳定鼓劲、正面宣传为主，是党的新闻舆论工作必须遵循的基本方针。做好正面宣传，要增强吸引力和感染力。真实性是新闻的生命……舆论监督和正面宣传是统一的。新闻媒体要直面工作中存在的问题，直面社会丑恶现象，激浊扬清、针砭时弊，同时发表批评性报道要事实准确、分析客观。"

留有余地，并不是不讲原则，姑息迁就错误，也不是调和折中，而是以尊重事实为前提，促使被批评者认识错误，进行自我批评。报纸批评留有回旋的余地，自己容易主动，被批评者容易接受。《工人日报》在处理批评稿件时，经常注意处理好如下问题：第一，反映问题，尽量以典型事例说明观点，少用或不用面上的综合材料；第二，不作单纯揭露，不图一时痛快，将着眼点放在有利于促进问题的解决上，强调批评的社会效果；第三，争取被批评者的上级党委或实际权力机关的支持，共同做好被批评对象的教育工作和处理好问题，最后将解决结果告知广大读者。

让中国劳模成为时代明星

2004年4月26日，星期一，一个平凡而又不平凡的日子。在全总职工之家新楼会议室，大庆石油杯"中国劳模——时代领跑者"摄影展颁奖暨画册首发式隆重举行。全总副主席、书记处书记黄彦蓉，中国摄影家协会副主席贾明祖、邓维，中国石油天然气集团公司政治思想工作部主任关晓红，全国劳模代表、中国照相馆副总经理、特级摄影师解黔云，摄影家代表、全总国际部蒋新华，分别发表了充满激情的讲话。

当全总宣传教育部谷常生部长宣布获奖者名单，来自全国各地的获奖者在欢快的乐曲声中兴高采烈地登上领奖台时，为时一年的大庆石油杯"中国劳模——时代领跑者"摄影展真正落下帷幕。

我们不由得回忆起这不寻常、深刻难忘的三百多个日日夜夜……

一

"时代领跑者"这一概念，是2002年年初由《工人日报》社记者李丽提出的。当时是想在《工人日报》上办好一个专栏，然后由中国工人出版社出版一本画册。时任中国工人出版社社长、总编辑的王晓龙抓住这一创意，和李丽等一起策划，拓展为集专题报道、图片展览、画册出版、媒体宣传为一体的系列化宣传活动，并将其命名为"'中国劳模——时代领跑者'形象工程活动"。

"中国劳模——时代领跑者"摄影展是以上活动的一个重要组成部分。其主旨是以摄影的形式展示劳模的风采。

该次摄影展是由中华全国总工会和中国摄影家协会主办，全总宣教部和经济部统筹，中国工人出版社承办，大庆石油管理局和大庆油田有限责任公司

2003年9月，在"中国劳模——时代领跑者"摄影展开幕式上，王兆国等全总领导同志与中国工人出版社干部职工在一起

协办，河南漯河双汇集团、安徽古井集团、昆明卷烟厂和中国国际航空公司给予了热情无私的援助。组委会成员为：中共中央政治局委员、全国人大常委会副委员长、中华全国总工会主席王兆国任名誉主任，全国总工会副主席李奇生任主任，全国总工会副主席、书记处书记周玉清，中国摄影家协会主席邵华，全国总工会书记处书记纪明波，全总办公厅主任何士坤，谷常生，全总经济技术部部长常毅民、王晓龙任副主任，张帆任秘书长，陈幼民任副秘书长。各省、市、区工会主管副主席和宣教部、经济部领导任组委会成员。参与筹备工作的主要人员是工人出版社王晓龙、张帆、陈幼民、李秋生、庞洋、步铁力、李建平、王锋朝、刘延庆、董民、吕厚艳、张爱民、杨丽和《工人日报》的李丽等。

整个影展从2003年2月下旬开始筹备，5月下旬征集图片，8月份入选作品评选和放大、制作，9月初送审，9月24日布展，26日下午举行剪彩仪式。

展馆选在位于天安门广场东侧的中国国家博物馆，展期为2003年9月26日至29日。

陆续收到来自全国各条战线、部门、公司、厂矿、商店、学校、武警、机关摄影稿件一千六百余幅，组委会直接组织北京的摄影家拍摄五幅，收集历史图片二十余幅，实际参展作品一百六十一幅。

影展期间，于9月27日下午，由全总办公厅、宣教部、经济部、中国摄影家协会、中国工人出版社领导和专家组成评委会，评选出一等奖5名，二等奖10名，三等奖20名，佳作奖100名。

筹备和展览期间，新华社、中央电视台、中央人民广播电台、《人民日报》《光明日报》《经济日报》《解放军报》《科技日报》《工人日报》《中国青年报》《北京青年报》《劳动午报》以及香港《文汇报》等新闻媒体，作了广泛的报道，对扩大本次活动的社会影响，引起广大群众对劳模的关注，起到了积极的作用。

二

在筹备和展览过程中，全社许多职工抱着对劳动模范的崇敬之情，认真负责，精益求精，倾注了全部心血和汗水。

当时，正值全国"非典"肆虐。在全总办公厅的支持下，张帆和社办公室主任王锋朝不怕困难，三赴北京市公安局和北京市公安局治安大队，耐心宣讲举办"中国劳模——时代领跑者"形象工程的重大社会意义，赢得北京市公安局领导的支持和协助，成功立项，并在很短的时间内刻制了组织这次全国性活动的公章，首先使活动具备了公开性和合法性。

负责收集图片的陈幼民副总编和美术摄影部主任步铁力，顶着将近摄氏四十度的高温酷暑先后奔赴河北、河南、安徽及北京远郊区县，亲自拍摄劳模。社里动员组织了十多位编辑利用星期六、日休息时间，分别撰写出一百六十余张图片说明，大家仔细查阅《中国劳模大辞典》《奔向21世纪——全国劳动模范和先进工作者大会》《中国工会年鉴》等工具书，确保准确无误。

工会图书编辑部主任李建平和总编室编辑张爱民承担了影展解说词和《历次劳模表彰大会概况》、新闻稿件、汇报材料等几万字的文字编写加工任务。他们经常通宵达旦地工作。困了，就在办公室休息一会儿，醒了，接着再干。为保证资料的准确性与权威性，他俩几次到全总档案处、劳模处查找、核对原始资料。

为保证剪彩仪式顺利进行，社长王晓龙带队观摩中国海关和文化部举办的摄影展剪彩仪式，实地学习别人的成功经验。

2003年刚刚招聘到出版社的大学生杨丽，接受收集各地来搞的任务后，踏踏实实，埋头苦干全身心投入，不但保证了所有图片无一遗失缺损，而且，凭着细心观察和刻苦钻研，把来稿中涉及的人物的姓名、背景、获奖时间、主要事迹弄得一清二楚。连中国国家博物馆的讲解员们都特地邀请她做现场指导；全总书记处领导审查验收时，由她做内容介绍。她还圆满地回答了中共中央政治局常委、国家副主席曾庆红现场提出的问题；生动流畅地为王兆国主席做了全场解说。在场的全总经济部领导赞不绝口："讲得好，讲得好！"

用艺术摄影的形式展示劳模的风采，无疑是很好的创意，但能否达到预期的效果，大家心中没有底。为了确保图片的艺术质量，美术摄影部与摄影家协会密切配合，关键性图片直接请专业摄影工作者拍摄；历史图片，到新华社查阅档案，精心挑选，认真裁剪。所有图片寄来后，组织专业人员进行认真的初选和复选，用政治和艺术双重标准反复对比、衡量、挑选，以保证把最优秀的作品选到展会上。

选择展馆，至为关键。李建平、张爱民不惧酷暑，先后走访了中华世纪坛、北京展览馆、军事博物馆、劳动人民文化宫等多家展览场所，感到都不如中国国家博物馆合适。但国家博物馆展事繁忙，有的展期是一年前预定的，几乎没有我们插入的余地。在这种情况下，社领导班子坚决表示，必须竭尽全力做通他们的工作。副社长张帆提出："劳模展，非国家博物馆不可。"在这样的决心之下，社长、副社长亲自公关，向馆方及先于我们展出的中国美术家协会反复说明情况，宣传劳模展的重大意义，终于征得了他们的理解和支持。"中国美协"为此提前一天撤展，为我们赢得最好的场地——中国国家博物馆中央大厅和宝贵的时间（在中国工会第十四次全国代表大会期间）展出创造了条件。

实践证明，只有在中国国家博物馆，才能真正体现劳模应有的社会政治地位，才能保证这次摄影展如此成功。

三

组织全国性的图片展览，困难是可想而知的。第一是突如其来的"非典"给筹备工作带来极大的困难。第二是资金非常紧张。第三是图片来源广，质量和时间难以保证。第四是人员紧，全部工作人员均为兼职，尤其到临近开幕的时候，主要人员又投入到中国工会十四大的照片拍摄工作，筹备影展的人员越发紧张。第五是缺乏组织这样规格高、规模大、政治性强的影展的实际经验，只能是"摸着石头过河"。解决问题靠苦干，更靠创意、智慧和行之有效的得力措施。

"非典"耽误的时间，且造成巨大的负面影响，原先准备组织十位著名摄影家亲赴各地拍摄一百位劳模的设想已经不可能实现。怎么办？在组委会上，副总编辑陈幼民提出一个灵活变通的办法：由过去自上而下自己拍摄，改为自下而上征集图片，即发动与依靠各级工会和中国摄影家协会组织专家摄影和广大摄影爱好者提供图片。这种方式的改变，有效地扩大了稿件来源，减少了工作时间，降低了成本，最重要的是调动了两个系统的优势资源形成了全国性的"访劳模"和"拍劳模"的热潮，使整个活动的形式、规模、社会影响以及实际效果发生了质的变化。

2003年9月上旬，展品制作和四处送审同时进行。全总书记处领导要求我们拿出样品相册送审。当时，全部参展图品已经送到车间制作，我们手中没有备份，几乎不可能拿出彩色样品。针对这种情况，负责征集图片的步铁力提出:"到制作现场用数码相机翻拍、电脑洗相、手工粘贴的办法制作相册。这样,既可以保证作品原形,又可以有效地节省时间。"为此,全社在资金紧张的情况下,投资近三万元购买了数码相机,用两天一夜时间,赶制了样品相册,及时呈送中央办公厅秘书局、全总书记处和王兆国同志审阅。

为保证摄影展的最佳效果,全总书记处决定在9月22日中国工会第十四次全国代表大会开幕之际,拍摄一张胡锦涛总书记率八名中央政治局常委接见出席会议的部分全国劳模的彩照。美术摄影部编辑、出版社工会主席董民为此做了许多工作。9月23日,全总书记处审看并通过了这张彩照的送审样片。

24日上午,原本答应放大、制作、安装这张长五米、高一点五米巨幅彩照的北京某公司突然提出无法在两天之内(实际只剩一天半时间)完成任务。而9月26日下午3点开幕,晚19点30分党和国家领导同志参观展览是不可更改的。且9月25日上午11点和下午18时,中央办公厅和全总书记处领导要集体审看影展。关键时刻,张帆把这一艰巨任务交给了社办公室主任王锋朝。此刻,已经是9月24日上午10点。他立即行动,不辞辛苦,先后到了四五家公司,但都知难而退。半天时间,王锋朝同志急哑了嗓子。直到傍晚,才终于联系到一家原是第二炮兵转业干部创办的公司。公司负责人赶到中国国家博物馆,已经是晚上8点。他了解到这一任务的重要性以后,给予了热情配合,终于在翌日(25日)下午3点,高效、优质地制作完成了中共中央九个常委与劳模在一起的巨幅彩照。

四

本次摄影展取得了良好的社会效果。

党和国家领导人对影展给予了极大关注和充分肯定。曾庆红、王兆国、刘云山、王刚、何勇等党和国家领导同志冒雨赶来观看影展。中共中央政治局常委、国家副主席曾庆红在参观摄影展时发表了热情洋溢的讲话:"这个展览形象地展示了劳模们的时代风采,看后令人振奋。伟大的事业需要伟大的精神。我们要在全社会进一步营造学习劳模、尊重劳模、崇尚劳模、争当劳模的社会氛围，弘扬劳动和创造光荣的时代新风，使尊重劳动、尊重知识、尊重人才、尊重创造真正成为全社会的共识和人们的自觉行动。"王兆国看完解说员原计划安排观看的九十余幅图片后，又兴致勃勃地把其余图片全部看完，然后，热情地向工作人员表示谢意并合影留念。

劳模们和工会负责人表示满意。除了参加中国工会十四大和特邀的在京劳模代表外，辽宁、山西、江西等省都有当地或企业工会负责人和劳模本人专程赶来观看影展，并给予很高的评价。北京新华印刷厂工会主席高兴地对工作人员说："早就应该搞这样的展览。你们办了一件好事儿！我们回去得好好宣传宣传。"

一些党政干部对这次展览也表现出浓厚的兴趣。中共中央组织部副部长兼秘书长孙晓群同志专程赶来参观。他称赞说："在我们日常的工作中，不断涌现出来的劳动模范和先进工作者，是我们这个时代的先锋，社会的栋梁，群众学习的楷模。他们代表了我们这个社会和群众的先进的思想，工作的态度和前进的方向。你们对劳动模范和先进工作者举办这样系统的、高规格的展览，既有图像，又有文字的宣传，很有意义！"与国家博物馆临近的毛主席纪念堂的一位党务工作者表示，展览在国庆节前举办，正是进行爱国主义教育的一次好机会。他们将作为一次党课教育，组织全体党员前来参观。

五

全总领导的关心与支持是办好展览的重要前提。

本次活动是在全总领导及有关部门的关注、支持和指导下进行的。王兆国同志百忙中为中国劳模摄影展撰写前言，指出："在劳模身上体现出来的主人翁责任感和艰苦创业精神、忘我的劳动精神和无私奉献精神，强烈的开拓创业意识和创新求实精神，良好的职业道德和爱岗敬业精神，是推动时代前进的强大动力，是伟大民族精神的重要体现。"全总书记处把这一活动列为中国工会十四大宣传工作的组成部分。全总副主席、书记处第一书记张俊九同志三次召开专题会议听取中国工人出版社同志的汇报，并对影展筹备工作进行具体的指导，还向中共中央书记处做了详细汇报；全总副主席、书记处书记孙宝树同志率领书记处全体同志集体到出版社现场办公，提出要求，发现问题当场解决；李奇生副主席专程到出版社观看图片，与工作人员一起逐字逐句修改主持词。

尤其在出版社经济比较困难的时候，全总书记处决定给予资金上的支持，无疑是雪中送炭。办公厅、宣教部和经济部的同志对筹备工作给予了最便利的条件。宣教部部长谷常生同志在活动的策划阶段即发现了劳模展的重大社会价值，对各个阶段的工作都提出了中肯意见，并帮助解决了许多具体困难。经济部劳模处的同志星期天加班审核我们提供的劳模资料与解说词。这一切，成为我们办好展览的重要前提。

用劳模精神办劳模展是办好展览的重要基础。

王晓龙同志提出"用劳模精神办好劳模展"的口号后，他和张帆、李秋生、陈幼民、李建平、步铁力等也是这样身体力行的。步铁力在给劳模拍片时因天气太热而中暑；吕厚艳也因为过度劳累而病倒。为抢时间布展，张帆从9月24日晚8点，一直盯到25日凌晨4点，确保了25日上午11点的审展。

大家学习劳模忘我劳动和无私奉献，从2003年"五一"直到9月底，几乎天天加班加点，没有休息过一个完整的节假日。即使在"非典"肆虐的那段时间，工作也没有停止。正是凭着这样一种精神，大家才能克服重重困难，使影展得以成功举行。

增强政治责任感、使命感是办好展览的根本保证。

作为承办单位的中国工人出版社，是工会和工人阶级的喉舌，大力讴歌工人阶级，积极弘扬劳模精神，是我们义不容辞的责任。正是基于这样的思想认识，大家才能把办好劳模摄影展作为一项光荣的政治任务来完成，决心不仅办好一次影展，更要在今后的工作中全心全意为工人阶级服务，为宣传劳模多做实事。

服务职工的文化品牌

2009年4月的北京，风和日丽，草绿花红，万象更新。4月21日，星期二。位于北京南郊的北京吉利达物流公司院内彩旗飘扬。忠厚、敦实的孙彦林经理和他的员工们像过节一样，喜气洋洋地迎接着来自中华全国总工会的客人。

上午10点钟，一声令下，2009年度职工书屋图书配送启动仪式开始。中华全国总工会副主席、书记处书记倪健民，发表了热情洋溢的讲话。

全总宣教部部长李守镇，财务部部长朱思泽，经审办主任屈增国，资产监管部副部长张泽鹏，保障工作部、全总采购办的同志，中国工人出版社的同志们个个精神振奋，现场一片欢腾。

"职工书屋"的由来

2006年3月，我们社从全国劳动模范、全总执委、河南省安阳市内黄县总工会主席邵敬春处了解到，河南省委徐光春书记提出了"经济强省、科技强省、文化强省"的发展战略。内黄县是河南省的农业大县、工业小县、财政穷县，工会文化阵地建设薄弱。在县网通公司的阅览室内，假书、伪书和内容不健康的书刊公开借阅；县金星啤酒公司职工捐献的图书，十分破旧还在相互借阅。职工中"三多一少"的现象十分普遍：即喝酒的多，读书的少；打牌的多，学习的少；追求物质享受的多，崇尚精神文明的少。

此时，国家筹办的"农家书屋"已开始筹建。

社党委、社委会认真听取各方建议，认为邵敬春是全国著名劳动模范，对工作有创新意识并充满激情，是我们最佳的合作伙伴。因此，果断决定在内黄县总工会建设"职工书屋"，并将此项目列为我们社的重点工作。

411

2006年1月，时任全总副主席孙春兰与中国工人出版社负责同志亲切交谈

我们多次召开社委会，从冠名、规模到合作方式、图书配送等逐一进行研究，并做出出版社赞助四万册图书、让利销售一部分图书的决策。我们为书屋设计、品种分类、图书码放提供服务。内黄县总工会提供场地、设施、管理人员，共同建设工会"职工书屋"。

2006年11月3日，首家工会"职工书屋"正式落成。时任全国总工会主管副主席的黄彦蓉同志、宣教部部长谷常生同志，以及河南省总工会副主席马露霞等领导同志，亲临内黄县为工会"职工书屋"揭牌。

我和姚久强副社长、陈幼民副总编辑，以及发行部的几位同志参加了这次揭牌仪式。邵敬春主席精心组织了五六百人的职工队伍，十几家新闻单位的记者采访。现场彩旗飞舞，气球标语高悬，场面甚为壮观。

新建的"职工书屋"窗明几净，藏书种类涉及社科、文艺、经管、励志、时尚、休闲、少儿、美术等，图书质量提高，使工会文化阵地形象明显改观。

此举经新闻媒体宣传，引起较大的社会反响。短短三个月，在全国劳模

2006年11月，时任全总副主席、书记处书记黄彦蓉（中）参加河南省内黄县工会
"职工书屋"揭牌仪式

邵敬春主席火一般的工作热情与中国工人出版社的支持下，内黄县三十多家企事业单位先后建立了工会"职工书屋"。内黄县总工会对全县"职工书屋"按照"三大机制、五个统一、十个标准"进行管理，制作了一万张十元"爱心借阅卡"，实现了"一卡通全县、一卡管全家、一卡管一年"，让小书屋变成了大书库，"爱心借阅卡"销售顺利，职工借阅踊跃。

2007年4月中旬，在谷常生部长的热情支持下，全总宣教部与中国工人出版社组成调研小组，赴内黄县总结经验。4月19日，提出在全国建设工会"职工书屋"的具体方案、实施方法，建立图书配送中心的基本设想和主要措施。

全总副主席、书记处第一书记、党组书记孙春兰和全总主管副主席、书记处书记、党组副书记乔传秀同志都对这项工作给予充分肯定。4月25日，孙春兰同志对此做了重要批示："此项活动意义重大，影响深远。要深入细致研究，精心策划安排；要办就办好，办成品牌，不作权宜之计。"

5月9日，孙春兰同志主持全总书记处会议，对在全国工矿基层企业、建筑工地和基层工会建设"职工书屋"给予高度重视和评价："这是我们全国工会学习贯彻十七大精神的一项具体行动，是为职工学习知识、获取信息、提高素质、丰富文化生活提供方便条件。这是我们工会积极推动社会主义文化建设的重要举措，也是工会发挥组织职工、引导职工、服务职工和维护职工合法权益的重要体现。"

此项工作涉及面广，工作量大，投入资金多，时间跨度长。作为全总副主席、书记处第一书记，孙春兰审慎地征求与倾听书记处同志们的意见；并委托主管宣教工作的副主席、书记处书记乔传秀同志赴河南等地调研。同时，要求宣教部召开有关会议，对在全国范围内创建"职工书屋"进行研讨。

5月24日，宣教部召集北京、天津、上海、山西、江苏、福建、河南、广东等八个省、市总工会的宣教部长和中国工人出版社主要负责人召开专题研讨会，就"职工书屋"建设工作方案广泛征求意见。八个省市总工会的宣教部长们对全总实施"职工书屋"建设给予高度赞同，并对做好这项工作表示坚决支持、充满信心。

6月12日，遵照孙春兰同志的指示和全总书记处的会议精神，乔传秀副主席率领全总宣教部部长谷常生、副部长陈杰平，保障工作部副部长邹震，以及时任中国工人出版社社长、总编辑的我，冒着酷暑赴内黄县进行专题调研。河南省人大副主任、省总工会主席李志斌同志陪同，先后走访了内黄县工人文化宫和网通公司、电业局等单位，就"职工书屋"的建设与管理情况，与管理人员和读者进行现场交谈。

乔传秀副主席与李志斌主席一同召开了县领导、企业经理、工会干部和职工代表专题座谈会，乔传秀提出"坚持实事求是、因地制宜，有计划、有步骤地开展职工书屋建设"的基本思路。

在全总书记处的关怀下

2007年11月9日，上午9点。全总机关大楼第一会议室。孙春兰同志主持召开全总书记处会议，再次专题讨论在全国实施职工书屋工程。

作为中国工人出版社的社长、总编辑，我被通知列席会议。与会的全总书记处书记们，极其仔细地听取谷常生代表宣传教育部、保障工作部、财务部、经费审查委员会办公室和资产监督管理部联合提交的《"职工书屋"建设实施意见》《关于"职工书屋"筹建工作的汇报》和《"职工书屋"示范点建设资金使用与监管办法》的汇报。每一位书记都做了认真的发言，审视着、修改着、完善着这三个报告。

孙春兰神色凝重。她戴着眼镜，一边细细地审阅着这三份报告，一边不时在本子上记录着书记们的意见。我深深地知道，这一年来她对在全国开展"职工书屋"建设倾注了极大的关心与心血。

专题会议进行了三个小时。最后，孙春兰代表全总书记处郑重做出如下决定：

从2008年开始，力争用五年左右的时间，在全国目前尚缺乏读书条件的基层事业单位、社区等建设五万个"职工书屋"，逐步形成阅读条件比较完备、广泛覆盖职工群众的工会读书设施网络。

2008年1月3日上午，时任全总副主席、书记处第一书记、党组书记
孙春兰在全总第三会议室，为"职工书屋"揭牌

415

"职工书屋"由全国总工会统一命名。从2008年至2010年的三年间，全国总工会连续三年每年投入专项资金二千万元，重点援建三千个"职工书屋"示范点。各省、市（地区）、县（区）三级工会按照与全总出资规模一比一的比例筹措资金，共同用于支持基层单位建设"职工书屋"示范点。同时，还要积极争取政府支持、企业赞助和社会捐助。

全总成立"职工书屋"建设领导小组，由分管副主席担任组长，成员包括宣教部、保障部、财务部、经审会、事业发展部、机关党委、工人日报、工人出版社等单位负责同志。全总宣教部负责指导全国"职工书屋"建设工作。

建立规范有序、公开透明的图书征集配送机制。全总将以工人出版社为龙头建立"职工书屋图书配送中心"，协调相关出版社、新华书店等图书供应商，集中征集采购图书，为基层"职工书屋"示范点建设提供送书、配书、购书和售后服务的一条龙服务机制。地方工会在自建"职工书屋"时，也应以公开透明方式采购图书、音像制品和必配设备。

为此，中国工人出版社成立了由社长兼总编辑挂帅的"职工书屋"工作领导小组，成立了由副社长、副总编辑姚久强同志牵头，发行部主任马东旭具体组织、落实的"职工书屋"图书配送中心。

12月10日，下午2点。全总机关大楼第五会议室。乔传秀副主席主持召开全国工会"职工书屋"建设工作协调会议。全总办公厅、宣传教育部、保障工作部、财务部、经费审查委员会办公室、资产监督管理部、机关党委、机关政府集中采购办公室、工人出版社等单位负责人出席会议。

会议讨论了如何贯彻落实全总书记处11月9日会议决定和筹备"职工书屋"建设的相关情况；决定适时召开全国工会系统电视电话会议，部署开展"职工书屋"工程建设工作。

会议内容务实，时间紧凑。大家既兴奋又紧张，颇似一场战役拉开帷幕。

2008年1月3日，一个令我们激动和纪念的日子。

上午10时，全国工会"职工书屋"建设工作电视电话会议，在全总机关大楼第三会议室隆重举行。各省、自治区和直辖市设立分会场。内容：动员、部署全国工会"职工书屋"建设工作。

中共中央政治局委员、全国人大常委会副委员长、中华全国总工会主席王兆国同志对这项工作高度关注与重视，指示全总书记处一定要办好"职工书屋"，并亲自为"职工书屋"题写牌匾。

全总副主席、书记处第一书记、党组书记孙春兰，中央宣传部新闻出版局副局长郭义强，国家新闻出版总署副署长、国家版权局副局长阎晓宏到会祝贺。

时任全总纪检组组长、书记处书记，现任全总副主席的陈荣书同志主持会议。

新任全总主管副主席、书记处书记倪健民同志代表全总书记处发表重要讲话：充分认识做好"职工书屋"建设工作的重要意义；明确目标、精心策划，推动"职工书屋"建设的顺利起步；加强组织领导，不断总结经验，把"职工书屋"精心打造成内聚人气、外树形象的职工文化品牌。

在热烈的掌声中，孙春兰、阎晓宏同志分别为大会揭示"职工书屋"的标识与王兆国同志题写的牌匾。

福建省总工会副主席江孝善，辽宁省大连市总工会副主席曲朝阳，河南省安阳市内黄县总工会主席邵敬春，就各自建设"职工书屋""职工读书站"的经验做了精彩发言。

孙春兰、阎晓宏、陈荣书、郭义强同志分别向北京市总工会、福建省总工会、大连市总工会和河南安阳市内黄县总工会，颁发了由王兆国同志题写、以中华全国总工会名义命名的"职工书屋"牌匾。

大会是一个号召，大会是一个动员，大会吹响了祖国大江南北创建"职工书屋"工程的号角！

1月18日和23日，全总办公厅向全国各省、市、区总工会颁发了《中华全国总工会关于开展全国工会"职工书屋"建设的实施意见》《全国工会"职工书屋"建设目标及配书款分配方案》以及《中华全国总工会办公厅关于申报全国"职工书屋"示范点的通知》。全国各级工会组织积极响应，踊跃申报。

3月6日，经过我们社委会和发行部"职工书屋图书配送中心"马东旭等同志的发奋努力，联络了人民文学出版社、作家出版社和解放军出版社等46家出版社，提供了几千种（本）图书。

经过全总宣教部组织的专家组认真、严格的审视、挑选，选定了第一批一千家"职工书屋"示范点的图书目录，并即时向全国各地工会发出公告。

3月10日，全国工会"职工书屋"建设领导小组召开第一次会议。全国总工会副主席、书记处书记、全国"职工书屋"建设领导小组组长倪健民同志，宣布全国工会"职工书屋"建设领导小组正式成立，并就进一步加强全国工会"职工书屋"建设工作发表讲话：

全国工会"职工书屋"建设工作自1月初正式启动以来，全总书记处对此高度重视，多次对"职工书屋"建设工作做出重要指示。全总副主席、书记处第一书记孙春兰在听取全总各直属单位工作汇报时，对"职工书屋"建设工作再次强调："要树立品牌意识，有长远眼光，切实提高送书的质量。"倪健民强调，要按照孙春兰同志的要求，切实做好四个方面的工作：一是要送好书，坚持高标准、严要求，切实提高送书的质量。二是要用好钱，加强资金使用的管理。把"职工书屋"建设的专项资金管好、用好，使之逐步规范化、制度化、程序化。三是要选好点，把书屋示范点建设好。关键要选好一千个示范点，并通过这些示范点带动各地工会抓好九千个自建书屋的落实。四是要抓好落实明确目标责任制。要加强"职工书屋"建设的领导，明确工作责任，专人负责管理。

4月2日，孙春兰同志接受《人民日报》记者的专题采访。记者问："如何才能把这件好事办实、实事办好，全国总工会有哪些基本思路？"孙春兰同志回答："职工书屋建设的总体思路，就是要针对目前基层职工特别是农民工'无书可读、无处读书'现状，以职工书屋为基本平台，为广大职工创造和提供更加方便的学习条件，通过引导职工'爱读书，读好书'，进一步普及科技知识，传播先进文化，保障职工的基本文化权益，活跃和丰富职工的精神文化生活。"

"我们的基本思路是，一方面要在目前尚无职工读书场所的地方和基层单位，利用工会现有的基础设施，通过配置基本图书、报刊、电子音像制品、电脑和制作书架、借阅卡等必备物品，新建一批职工书屋。另一方面要把现有基层企事业单位（社区）工会图书室（阅览室），通过投入适当资金，改善基础条件，更新图书和增加藏书数量，更好地发挥图书馆的功能，从而全面改善一线职工特别是农民工读书难的问题，切实把这件好事办实、实事办好。"

2008年4月14日，全国工会第一批一千家"职工书屋"示范点图书配送仪式，在北京南郊的北京吉利达物流公司隆重举行。全总副主席、书记处书记倪健民率领全总"职工书屋"建设领导小组全体成员到现场指导工作。

从4月14日至8月17日，我们在北京吉利达物流公司员工们的辛勤努力下，特别是战胜"5·12"四川汶川特大地震灾害造成诸多困难，将一百多万册、总价三千二百余万元码洋的图书，送到全国各省、市、区、大江南北一千零一家"职工书屋"。

遵照全总书记处的指示，我们社党委、社委会还精心组织、指挥，发行部同志奋发努力，在不足半个月的时间，协助全总宣教部帮助四川汶川灾区筹集一百二十六万码洋的图书，建立起一百三十一个工会文化活动室。

作为社长、总编辑、党委书记，我对这些优秀的职工心怀深深的敬意。

河南省委书记的感言

2008年4月26日至29日，我与副社长、副总编辑庞洋同志在赴郑州参加第十八届全国图书交易博览会期间，经河南省委常委、秘书长曹维新同志精心安排，于28日下午拜访了河南省委书记、省人大主任徐光春同志，并进行了三十五分钟的亲切交谈。参加会见的还有河南省总工会副主席马露霞，河南省新闻出版局局长詹玉荣。

我们首先向徐光春书记汇报了河南省总工会重视、支持安阳市内黄县总工会开展"职工书屋"建设的典型事例，报告了全总开展全国工会"职工书屋"示范点建设，以及五年总体建设的规划和现状，并赠送了我们社最新出版的图书。

长期从事新闻宣传领导工作、大力提倡"科技强省、经济强省、文化强省"建设的徐光春书记，对我们的造访感到很高兴。他推迟了会见外宾的时间安排，就开展"职工书屋"建设发表了重要讲话：他说，十分感谢王兆国同志、孙春兰同志对河南工作的关心与支持。长时间以来，河南的工会工作与群众工作，得到全总的大力指导，帮助我们解决了很多工作中的困难，指明了方向。特别是王兆国同志对我们省的小额贷款工作给予很大支持。这次全总把工会"职工书屋"建设的典型放在我们河南省，尤其是得到王兆国同志的高度重视，亲自题写牌匾；孙春兰同志站在关心职工思想建设、文化建设、素质建设的高度，站在建设和谐社会的高度，拨专款在全国工会和企业建设"职工书屋"工程，是一项具有十分重要和深远社会意义的重大举措。我们省委、省政府坚决支持这一伟大工程建设。

怎样更好地发挥工人阶级在新时期的"主人翁"作用，关心与加强工人阶级队伍建设，切实维护职工的合法权益，重要的是要提高工人群众的素质，而提高职工素质的一个重要渠道就是组织职工群众读书。书本是知识的载体，力量的源泉，通过广泛的、有意义的读书活动使工人群众掌握知识，增添力量，否则"主人翁"是担当不起的。没有一定的素质，主人翁作用也是发挥不了的，"主人翁"就只是一句空话。

现在读书少、买书贵的现象，在工矿企业存在，农村存在。广大农村农民群众读书少、买书贵的问题还很突出。农村已经成为新兴工人阶级的发源地，大批农民进城务工，成为企业的主体，成为工人阶级队伍的主体。怎样提高工人素质，特别是怎样提高新兴工人阶级中农民工的素质，具有重大的战略意义。

徐光春书记深情地说，"农家书屋"解决了部分农民群众读书难、买书贵的问题，缓解了一些状况。但涉农方面的读本多，科学种田的多，较少考虑农民工进城务工必备的知识读本。在进一步建好乡村图书馆的同时，在全国开展"职工书屋"建设很有必要。这是对"农家书屋"的补充和拓展。河南省委、省政府坚决支持"职工书屋"这项工作，在示范点的基础上，要向全省所有工矿企业推广（马露霞同志简要汇报了河南省总工会，准备在全省创建一千家"职工书屋"的计划与措施）。

怎样搞好"职工书屋"这项工程？这位老新闻工作者出身的领导如数家珍："一要编好图书。要有编辑规划，涵盖哪些方面内容；同时，还要普及、实用。鉴于农民群众实际的文化程度，要掌握哪几项技能，出版部门要调查研究。二要建好书屋。在示范点的基础上，逐步推广到工矿企业、农村。经费、资金方面要有政策，政府支持一些，出版社让利一点，社会赞助一点，职工自己掏一点。三要用好书屋。这很重要。如果仅仅把书往书架上一放不行，要培养大家的阅读兴趣，交流读书体会，培养读书习惯，营造读书氛围；还要开展读书活动、评奖活动，调动和刺激大家的读书积极性。四要管好书屋。各级党委、政府，各级工会组织，要把这项工作当作一项重要的工作去做，要有专人负责。党委、政府要加强指导和扶持。要充分发挥'职工书屋'传播知识、提高素质，推动发展这方面的作用。"

徐光春书记最后对詹玉荣局长和马露霞副主席说："我们省里要把这项工作做起来，就要按照这几个方面的要求，既要编好书，又要建好、管好，真正让'职工书屋'这件事，成为关心广大职工、农民群众的民心工程、建设工程，成为经济社会的发展工程。"他还高兴地与我们合影留念。

5月6日，我们将拜访徐光春书记的情况报告给倪健民副主席并孙春兰同志。很快，春兰同志在报告上批示："感谢光春书记对工会的重视与支持。全总同志要扎扎实实推进'职工书屋'建设。"

这，无疑是对我们中国工人出版社和从事职工书屋建设的同志们莫大的鼓舞与鞭策。

来自《工人日报》的报道

2009年2月3日，星期二。《工人日报》头版头条发表了记者郑莉采写的消息。引题是"建设提升广大职工群众素质的学习站、活动站"，主题是"全国工会'职工书屋'已逾万家"，副题是"各级工会投入资金一点八六亿元，藏书累计达一千三百三十万五千八百册"。

这是来自全总宣教部全国职工书屋建设领导小组的权威报道。

郑莉记者充满激情地写道，在江苏，"捐一本好书，献一份爱心"图书捐赠活动，已累计为工会"职工书屋"充实图书四十多万册；而在福建泉州，越来越多的农民工在"职工书屋"里养成了"每天读书一小时，每月读一本书，每年参加一次学习培训"的自学习惯……全国许许多多的工会"职工书屋"为提高职工素质正在发挥重要作用。

2009年1月，著名作家海岩为中国工人出版社的读者签名留念

日前从中华全国总工会宣教部获悉，截至2008年底，由各地工会自建的"职工书屋"达到九千八百六十八家，藏书总量累计一千三百三十万五千八百册。此外，由全总扶持建设的一千家全国工会"职工书屋"示范点也已全部投入使用。

仅一年时间，各地工会已将"职工书屋"建设作为提高职工综合素质的重要载体，多措并举，积极推进——四川、河北、山西、吉林、安徽等地工会成立了专门领导小组；天津、浙江、湖北、重庆、西藏、陕西、甘肃等地工会第一时间印发有关实施意见，明确基本思路和工作目标；云南、贵州等地工会专门组织检查验收和实地调研，保证"职工书屋"建设质量；江苏省苏州市总工会统一制作了十四本台账，用于规范"职工书屋"建设；福建省福州市总工会提出了建立健全资金筹集机制、图书征集配送机制、书屋管理机制的工作思路……工会"职工书屋"建设正在逐步走上规范有序的良性发展轨道。

如今，"职工书屋"建设呈蓬勃发展态势，"内容"越来越充实；据不完全统计，除一千三百三十万五千八百册藏书外，各地工会自建的"职工书屋"已有报刊二万七千五百份，音像制品十六万七千八百张，电脑五千二百二十一台；各级工会还为一千家全国示范点配备了三千五百八十余名专、兼职工作人员。截至目前，除全总下拨的二千万元专项经费外，各级工会已投入及计划投入"职工书屋"建设资金达一亿六千六百万元。

"2009年全国工会职工书屋示范点建设将向经济发展相对落后的西部地区倾斜。"据全总宣教部部长李守镇表示，各级工会组织将在全国广泛开展内容丰富、形式多样的群众性读书活动，切实把"职工书屋"建成提升广大职工群众素质的学习站、活动站。

与此同时，《人民日报》《光明日报》《中华读书报》《中国新闻出版报》《中国图书商报》《北京青年报》等报纸与《出版人》杂志，以及新华网、人民网、中国人民政府网、搜狐网、新浪网等网络媒体，都对工会"职工书屋"建设倾注了极大的关心与热情报道。

将近40年的工作与实践证明，在中国，凡成就大事者，必须得到党组织和上级领导的信任、关注、关心与支持。

我们不失时机地将"职工书屋"建设情况写成专题报告，受到中共中央宣传部和国家新闻出版总署领导的关注与重视。2008年8月，国家新闻出版总署党组成员、副署长邬书林和图书司司长吴尚之在约见我时，对工会"职工书屋"建设工作给予高度评价："职工书屋工程有利于培养全民读书，形成良好的社会风气，是建设和谐社会、利国利民的一项重大举措。"

2009年1月12日，中共中央宣传部副部长在全国新闻出版（版权）局长会议的报告中指出："我们既要通过发展出版产业，壮大出版实力，为群众提供更多更好的出版产品和出版服务，也要加大建设出版公共服务体系，促进出版事业的繁荣发展，更好地保障人民群众基本文化权益。要认真实施好农家书屋、社区书屋和职工书屋工程，努力提高公共出版产品的供给能力。各出版发行集团也要积极反哺社会，使更多的人分享出版改革发展的成果。出版业在参与社会公益活动的同时，实际也是在为自己拓展出版市场做铺垫。"

提高职工素质的平台

建设职工书屋，旨在以职工书屋为平台，以改善一线职工特别是农民工的学习条件为目的，满足广大职工日益增长的精神文化需求，保障职工的基本文化权益，在广大职工中传播先进文化，普及科技知识，引导职工养成"爱读书，读好书"的良好习惯，推进社会主义核心价值体系建设，让广大职工在共建中共享改革发展成果。

在全国总工会书记处的高度重视和直接领导下，经过10年的发展，职工书屋已经成为提升职工思想道德建设水平和技术技能水平，深化"创建学习型组织、争做知识型职工"活动，实施职工素质建设工程的重要举措；成为新时期工会组织职工、引导职工、服务职工和维护职工合法权益，加强工会组织建设的重要手段；成为促进基层企业文化、职工文化发展、加强职工队伍建设和维护社会稳定的重要载体；成为工会组织参与公共文化服务设施体系建设的基础工程。

各地、各级工会立足基层现有条件，依据实际情况，因地制宜、灵活多样、创造性地建设职工书屋，使职工书屋呈现出"百花齐放"的局面。

在各级工会组织的共同努力下，经过近10年的积极探索与发展，职工书屋建设经历了从无到有、从少到多、从弱到强的发展历程，取得了阶段性成果，成为提高职工素质的平台。目前，神州大地上已建成全国工会职工书屋示范点9200余家，各地建设职工书屋逾10万家。职工书屋吸引了上千万的一线职工、农民工前来学习、阅读，年借阅量逾4亿人次，有效缓解了一线职工、农民工阅读学习条件不足、读书难、读书贵等问题。

职工书屋是工会发挥"大学校"作用的有效形式，为广大职工、农民工获取知识信息、提高职业素质及思想文化修养创造了有利条件。各地工会纷纷积极创新各种办法和模式，充分发挥图书效用，普遍依托职工书屋深入开展了"创建学习型组织，争做知识型职工"等各种活动，通过职工书屋引导职工走进工会"大学校"、走进社会大课堂。很多地方一线职工都说，现在项目现场、工厂车间都有了职工书屋，就像又进了学校学习一样，感到欢欣鼓舞。

中建二局工会和中国水产舟山海洋渔业公司工会等企业工会针对建筑工地和渔场等作业一线流动性的特点，建立流动书屋。工地和民工在哪里，渔场和渔业职工在哪里，职工书屋就搬到哪里，使一线职工、农民工和渔场职工无论工作岗位移动到哪里，都能读到精品图书。

北京市总工会将职工书屋建设与首都职工素质建设工程有机结合，充分利用职工书屋的场地、图书资源，开展职工技能培训和技术比武活动。中石化天津石油分公司发挥职工书屋的启智聚力功能，按照全国总工会和天津市总工会的要求，坚持把职工书屋建设提升到贯彻落实科学发展观、创建和谐企业的高度，纳入职工素质建设工程，作为加强特色企业文化建设、建设学习型组织的重要平台，努力把职工书屋建设成"群众满意工程"，逐步形成了职工书屋"硬件建设规范化、规章制度标准化、服务管理科学化、读书活动经常化"的良好格局。

　　山东兖矿集团各级工会组织认真贯彻全国总工会《关于开展全国工会职工书屋建设的实施意见》，成立了职工书屋建设领导小组，始终坚持以职工欢迎、群众受益作为标准，把职工书屋的服务对象放在一线职工，把工作重点放在一线班组，把资金投入向一线倾斜。集团公司90%以上的矿处单位、50%的基层区队建立了职工书屋，共计拥有藏书300余万册，光盘8万多张，报纸杂志近1000种。集团公司工会在继承和发扬好的传统的基础上，积极适应新的形势，不断创新方法，通过开展"读书提素质"评选、"学习型家庭"评选、"优秀读书笔记"评选，成立职工知识大讲堂、职工文学社等，不断延伸职工素质提升的新载体。他们还大力推进以全员学习、岗位练兵、技术比武和"学先进典型，练内功绝活，树名优品牌"等活动为主要载体的职工素质提升工程，每三年举办一次全员岗位技术比武，建立四个"大师工作室"，评选100名"首席工人技师"，促进了职工队伍综合素质的提升。

　　西藏自治区总工会将职工书屋建设与"创建学习型组织，争做知识型职工"活动紧密结合，为职工提升职业素质、学习致富技术提供了便利条件。他们以建立职工书屋为抓手，为基层企业和部分事业单位建立了提供职工学习的平台，帮助职工增长知识、开阔眼界，有力地促进了基层员工整体素质的提高。

　　西藏自治区汽工贸公司职工书屋自2010年筹建以来，公司、西藏自治区总工会和西藏自治区国资委共投入10万余元。目前，公司拥有藏书2800多册，包括专业技术、法律、历史、政治等10多个种类。职工书屋为职工搭建了学习平台，先后组织了职工读书、知识竞赛、演讲比赛等活动，职工学习的自觉性大大提高，通过自学取得大专、本科学历的就有27个人。

　　青岛港（集团）有限公司大港分公司是一家集客货运为一体的综合性装卸公司，在岗职工有5000余人，其中农民工近一半。为了全面提升职工思想道德素养，培养职工"爱读书，读好书"的良好习惯，大港分公司工会按照全国总工会、山东省总工会、青岛市总工会和青岛港集团工会关于加强职工书屋建设的统一规划部署，以公司工会"图书室"为依托，以"文化惠泽职工"为宗旨，以"和谐大港、书香家园"为主题，组织多种形式的群众性读书活动，营造浓郁的读书氛围，使广大职工在活动中丰富了知识，陶冶了情操，提升了素质。

青岛港（集团）有限公司大港分公司还深入调研，为农民工"送技能、送法律、送文化、送健康"。好书传递真情，阅读改变人生。经过近10年的熏陶，广大农民工兄弟已经把不断学习当成一种敬业精神，把获取知识当作一种精神享受，做知识型员工、建学习型团队已经成为一种自觉的行动。农民工队伍建设也发生了深刻的变化，逐步实现了"从技能匮乏向又红又专转变，从挣钱吃饭向实现价值转变，从短期务工向当家做主转变，从打工者向新时期产业工人转变"的"四个根本性转变"。公司先后选拔出15名优秀农民工担任装卸队的副队长，其中一名被集团提拔到西联公司担任党委书记职务，成了正处级领导干部；八名农民工担任了值班队长；280名农民工先后荣获了十佳（优秀）农民工、员工品牌、模范青年等荣誉称号；142名农民工突破性地获得装卸工艺师、装卸工艺员职称职务；328名农民工成为公司技术工人队伍中的骨干力量等，真正实现了农民工管理使用上的质的变化与提升。

提升工会组织作用的阵地

在日常工作中，职工书屋建设成为工会开展活动，服务职工，发挥作用的重要阵地。

工会具有组织职工开展读书活动的优良传统。在新的历史条件下，各级工会既继承和发扬好的传统，又适应新的形势不断创新活动方式，坚持以人为本，不断丰富内涵。基层工会普遍意识到，"书屋虽小，但它起点高、意义大、涉及广"。职工书屋建设作为依法维护广大职工，特别是农民工群体的生存权、学习权和发展权的重要载体，赢得了职工、企业的共同欢迎，因而成为在基层企业特别是非公企业组建工会的一个重要抓手，也成为新时期工会融入职工、深入企业，开展各项工作的重要阵地。工会过去的文化宫、电影院、职工夜校等工作阵地，随着市场化的加速，很多都推向了社会，基层企业的相关设施又非常薄弱，职工书屋建设便成为继"职工之家"之后有力填补这一空白的新场所。

职工书屋作为工会积极推动社会主义先进文化建设的重大举措，在组织职工、引导职工、服务职工、维护职工合法权益方面效果明显，进一步提升了工会的地位和作用，成为新时期党的群众工作的重要载体。它在有效促进广大农民工职业化、提升工人阶级意识、稳定职工队伍方面起到了重要作用，成为工会贯彻落实、全面协调可持续的科学发展观的重要体现，初步具有了广泛的社会影响力，成为工会的一项品牌工作。

在日常工作中，职工书屋建设也成为推动工会开展工作的重要抓手。小企业、小商户建工会、发展会员一直是一个难题，以建设职工书屋等为媒介和平台，支持企业文化与职工文化发展，成为说服和吸引小企业建设工会的重要手段。在全国工会职工书屋建设领导小组办公室等部门的支持下，中国机冶建材工会与北京市总工会协作，于2013年12月在位于北京市丰台区的集美家居市场集团总部挂牌成立了职工书屋、职工之家和工会服务站，入驻市场的1100余家商户的近1万名职工，在自愿的基础上成为工会会员。他们领到了"京卡·互助服务卡"，得到北京市工会会员"独享"的普惠制服务。

据悉，这是我国建材行业首个依托市场物业主体，通过构建工会、职工之家、职工书屋和工会服务站"四位一体"模式而产生的大卖场工会组织，填补了入驻大卖场商户建立工会的空白，被称为"集美模式"。

大卖场经营业态在批发、家居、家电等行业广泛存在，其入驻代理商户数量庞大、规模较小、所在地分散、经营模式各异，由商户派驻市场的销售员人数多、流动性大、利益诉求复杂，但由于这些商户没有建立工会组织，广大销售员长期游离在工会组织之外。集美市场"四位一体"模式的出现，让人们看到大卖场建会盲点的突破。

北京市总工会负责人表示，职工书屋、职工之家和工会服务站是属于职工的"家"和"站"，不仅要关心职工的生产生活和素质、文化教育，更要让职工感到工会是职工利益的代表者和维护者，是真正的"娘家人"。

据了解，北京市将在全市仓储物流、家居建材、家电服装等数千家大卖场推行建会、建家、建屋、建站"四位一体"的规范化建设，广泛组建市场工会、入驻企业工会和销售人员联合工会等，最大限度地吸纳未建会的入驻企业职工加入工会组织。

中国机冶建材工会负责人表示，将把"集美模式"向全国推广，通过规范市场工会、职工之家、职工书屋和工会服务站建设，为销售人员、促销人员提供多元化服务，扩大工会组织的影响力和凝聚力，进而"倒逼"未建会的中小型家具建材生产厂家建立工会组织，为实现行业工资集体协商奠定基础。

与此同时，职工书屋建设增强了工会组织的凝聚力。河北省总工会对全省职工书屋建设高度重视，一直把职工书屋放在心上，抓在手上，不断提升职工书屋品牌在社会上的影响力和全省职工中的凝聚力。一是将职工书屋建设作为工会服务全省跨越发展的重点工程，作为"抓大事、抓善事、抓要事、抓有影响的事"的重点项目和服务企业创新发展、改善学习条件、引导职工岗位成才的重大项目来实施。二是把职工书屋建设作为企业职工文化建设的重要载体，作为培养高素质职工队伍的一项重要内容，作为在岗职工的继续教育培训重要载体和手段。针对全省产业转型升级的实际需求，不断围绕职工学习、成才、发展的需求，为更多职工岗位创学、岗位创新、岗位创业、岗位创优创造良好环境和条件。三是把职工书屋作为工会维护职工精神文化权益、丰富职工文化生活、扩大社会影响的重要品牌来打造，不断把品牌提升擦亮。河北省总工会还广泛开展"职工经典诵读"活动。按照全国总工会的要求及有关工作安排，广泛开展荐书、读书、诵读、演讲、沙龙等活动，引导职工"爱读书、多读书、读好书"。这既丰富了职工的精神文化生活，营造了积极向上、健康温馨的工作氛围，又促进了企业经营发展、推动了企业文化建设、增强了企业凝聚力，受到企业和职工的普遍欢迎，也有效增强了职工对企业的归属感和责任感。

河北省总工会还不断开拓工作思路，积极为职工书屋建设单位提供各种文化服务。省职工文体协会积极把职工书屋示范单位吸收为协会会员，将其优先选树为全省职工文化精品、职工文化优秀示范阵地、职工文化优秀团队和职工文化优秀骨干。通过让职工书屋建设单位享受更多的文化服务，职工精神文化生活得以丰富，职工队伍整体素质得以提高，从而大大增强工会组织的凝聚力。

融合企业文化与职工文化的桥梁

职工书屋建设成为企业建设的重要手段和内容，有力促进了职工和企业的共同发展。现在，80%以上的职工书屋都建在基层企业。很多企业日益认识到工会牵头开展职工书屋建设，对于促进企业的经营发展，推动企业文化建设，提高职工素质和企业凝聚力具有重要的价值和明显的作用。企业以此为载体，借助读书活动和"创争"活动等工作抓手，通过开展书评征文、读书讲座、读书沙龙、星级书屋评比等活动，引导职工"爱读书、多读书、读好书"，努力丰富职工的精神文化生活。通过开展知识竞赛、读书演讲、心得交流等活动，营造了积极向上、健康温馨的工作氛围，有效地增强了职工对企业的归属感和责任感，促进了职工间的交流和友情。

全国总工会调研小组在大连、苏州、福州、深圳等地了解情况时发现，很多企业家都意识到职工书屋对加强企业文化建设、促进企业发展的重要价值，也走进职工书屋和职工们在一起读书，甚至把自己的书也捐献出来放到职工书屋进行交流，并更加理解和支持工会开展的相关工作。

广东省每年开展"十大书香企业"评选表彰，通过优秀企业的示范带动，全省各类企事业单位大力推进职工书屋建设和职工读书活动，积极为职工创造良好的学习平台，帮助职工学习新知识、掌握新技能、增长新本领，拓展广大职工的成才空间。他们组织动员全省职工积极参加各类读书学习活动，让读书成为自己的一种生活方式，把个人梦与中国梦紧密联系在一起，通过践行社会主义核心价值观和读书学习来实现自己的梦想。全省各级、各类企业通过深化实施职工素质建设工程，不断提高职工素质，深入加强企业管理，形成崭新的企业文化，凝聚全省职工的智慧与力量，为实现中华民族伟大复兴的中国梦和广东省"三个定位、两个率先"目标贡献力量。

四川省、湖北省、山西省、贵州省、江西省和天津滨海新区的许多企业以职工书屋为载体，开展"倡导全民阅读，共建书香企业"的主题阅读活动，不断丰富读书活动的形式，既增强了职工阅读效果，又有助于企业的文化建设。天津开发区总工会把职工书屋做成"读书空间"，让职工享受阅读，并辅之推动区级"阅·奉达"读书俱乐部和企业级职工读书社团建设，邀请大咖来做读书分享，职工们在这里品茗读书，交流心得，收获成长。

江苏省南京市总工会将职工书屋建设与企业文化、职工文化建设紧密结合。他们十分重视职工书屋的建设，开展一系列丰富多彩的职工阅读活动，努力把职工书屋创建和活动中呈现的精神品质和价值追求，升华与内化为企业文化和职工文化的一部分，使读书学习成为广大职工的内在需求，真正地营造出一种浓厚的读书学习的氛围。全市各单位积极组建以阅读为主题并经常性开展活动的组织，包括各类职工读书俱乐部、书友会、读书兴趣小组、书香班组等，实现职工阅读组织"八有"的目标：有团队、有名称、有会长、有场地、有经费、有计划、有活动、有宣传。全市涌现出"读吧""思渡书社""地平线读书社""蠹鱼书社""星火书社""天宇流芳书友会"等一批优秀职工阅读组织，各具特色，有辐射力和影响力。

南京市总工会还借助QQ、微信等即时通信工具，创建"南京职工书香"QQ群和"书香企业"微信群，及时发布阅读信息，做好网上阅读指导。江苏润和、长安马自达、中建安装等一批单位建立各级各类职工阅读群达上千个，广泛宣传阅读，发布阅读活动信息，开展读书学习交流。阅读，已成为南京广大职工的一种时尚、一种习惯、一种新的生活方式。

辽宁省沈阳市总工会从实际出发，坚持将企业文化与职工文化相结合，围绕深入实施文化凝聚提升工程，把推动职工书屋建设作为加强企业文化建设、密切联系职工群众的有效载体、社会主义核心价值观实践活动的平台阵地和提高职工队伍整体素质的重要抓手，使职工书屋建常新，功能作用进一步发挥。沈阳市总工会农民工工作部联合各区县（市）政府主管部门在农民工聚集地开辟文化活动室，开展流动图书馆进工地活动，受到建筑企业和农民工普遍点赞；于洪区总工会出版的《书海扬帆》，收录了56名职工爱读书、读好书的真情实感和心路历程；沈阳机床集团双管齐下，不仅在企业自办的报刊上开辟"读书沙龙"专版，而且在公司内网上设立"好书推荐"专栏，营造了读书、交流、共享的企业文化氛围。

有助社会文化建设的举措

实践证明，全国工会职工书屋作为社会主义文化教育阵地建设的重要组成部分，其文化内涵和载体功能在实践中还将进一步拓展延伸，组织职工、凝聚职工、服务职工的阵地作用必将日益显现，特别是在开展群众性读书活动，全面提升职工队伍整体素质，以及推动职工队伍和社会稳定等方面，将发挥更加积极有效的促进作用，成为为经济社会又好又快发展提供智力保障的一项重大举措。

四川、江苏、湖南、黑龙江、山西、安徽、福建、新疆、甘肃等地纷纷将职工书屋建设作为当地社会文化建设的重要内容，职工书屋日益成为开展全民阅读、公共文化建设的重要组成部分。在2009年11月中共中央宣传部、国家新闻出版总署共同主办的全民阅读活动经验交流会上，全国工会职工书屋建设工程荣获优秀项目奖。时任国家新闻出版总署副署长邬书林对其给予高度评价："职工书屋工程有利于培养全民读书，形成良好的社会风气，是建设和谐社会、利国利民的一项重大举措。"

为了发挥职工书屋的最大社会效应，推动社会主义文化建设，上海市总工会充分利用拥有32年历史积淀，被誉为"上海工人阶级首创"的上海市振兴中华读书活动和上海读书节，在职工书屋这块阵地上广泛开展读书征文、读书心得交流、演讲、朗诵、专家讲座、知识竞赛、读书乐摄影比赛等形式多样、灵活便捷的群众性读书活动，以增加职工书屋的吸引力，营造职工书屋浓郁的

2007年6月12日，时任全总副主席、书记处书记乔传秀（中）赴河南省内黄县工会"职工书屋"调研

文化氛围，为企业发掘和培育更多的有用人才。同时，上海各级工会还利用每年的上海读书节，开展为农民工"送文化、送法律、送健康"系列活动。

在建好本地工会职工书屋的同时，上海工会千里援建，树立文化惠民、服务全国的大局意识，积极为对口支援单位——四川都江堰市、新疆喀什四县援建职工书屋示范点。2008年5月，上海市总工会在第十届上海读书节隆重举行之际，发动全市职工捐书100多万册，精心挑选出97.2万余册，集中运往四川省都江堰市，并投入资金220万元用于购置电视机、电脑、椅桌、投影仪等文化设施，为都江堰市援建了22个职工书屋示范点。2009年7月，上海市总工会派出由工会宣传干部、工人艺术家、读书明星、职工书屋先进单位代表组成的文化访问团，前往都江堰市，与已建成的14家职工书屋示范点开展"同享知识，共建和谐"主题活动。2009年至今，上海市总工会又每年投入60多万元，通过全国工会职工书屋图书配送中心调配包括维文图书在内的各类图书，为新疆喀什四县援建职工书屋示范点40家，总投入已达320万元。

努力将职工书屋引向社会，发挥其社会文化建设的作用，是吉林省总工会和各市（州）工会积极推行的一项重要举措。近10年来，当地工会充分发挥全国职工书屋示范点单位的引领带动作用，以点带面将职工书屋建设推向社会。各地针对外资企业职工工作节奏快、压力大、业余文化生活匮乏的特点，选择在典型的外企筹建职工书屋；针对街道社区居民中下岗职工多、缺乏再就业技能的实际，选择在社区筹建职工书屋；针对交通不便，职工接受现代信息机会困难的情况，选择在县区总工会筹建职工书屋。通过在不同区域、不同层面和不同行业先行先试，使职工书屋建设成为当地的一项标志性文化工程。

在职工书屋的建设中，安徽省合肥市总工会创新思路，积极探索多元化的建设模式，高质量建设职工书屋，将固定书屋与流动书屋、流动书箱或流动图书车等形式结合起来建设，将传统书屋与电子书屋结合起来，将工作区书屋与职工公寓区、生活区书屋结合起来，把开展读书学习活动与解决企业生产技术重点、难点问题结合起来，实现职工书屋由"建"向"用"的转变。同时，努力将职工书屋建设纳入社会文化建设的范畴。为了扩大职工书屋的社会影响力，合肥市总工会利用全市各大媒体以及《合肥晚报》职工之家专版、《合肥工运》杂志、《合肥工会工作》杂志、合肥市总工会网站等工会自身宣传载体，广泛宣传建设职工书屋的目的和意义，充分介绍职工书屋的功能和作用，在社会上引起强烈反响。

浙江省是我国民营经济十分发达的省份。为提高众多民营企业经营管理者和广大农民工的思想道德素质和科学技术文化水平，推动全省社会文化建设，浙江省总工会首创"农民工文化家园"。为实现职工书屋建设初衷，方便工作生活在城乡接合部、工业园区、开发区和工业发达乡镇村的一线职工特别是农民工分享读书的快乐，同时又能享受文化娱乐和技能知识培训，省总工会在试点基础上，借鉴杭州、温州等地开展的集职工书屋、职工学校、工人文化宫"三位一体"的职工文化家园的建设经验，于2011年起启动了全省"农民工文化家园"建设项目。2013年，省总工会又联合省政府七部门制定出台了《关于认真贯彻党的十八大精神，进一步推进新时期全省企业职工文化建设的实施意见》，完善"农民工文化家园"建设标准，依托乡、镇、村农村大礼堂，实现共建共享。其中，浙江省省级"农民工文化家园"建设标准是：拥有500平方米以上的多功能室内活动场所，配有一定数量的图书、期刊和电脑；拥有1000平方米以上的室外文化休闲广场，设有球类等基础体育设施及简易演出舞台、露天舞池等文化娱乐设施；有专门管理人员和经费保障；积极开展适合农民工特点的各类健康有益的职工业余文体活动。

成为公共文化服务平台

党的十八大以来，以习近平同志为核心的党中央高度重视国家和社会的文化建设。2013年4月28日，中共中央总书记、国家主席、中央军委主席习近平带着党和国家对工会组织及全国职工的关怀与期望，来到位于北京复兴门外大街的中华全国总工会机关大楼，对全国总工会书记处的领导同志发出指示和叮嘱：要高度重视广大职工的多样化需求，不断拓展职工成长成才空间，着力培养造就一大批知识型、技术型、创新型的高素质职工。

高素质的职工从哪里来？从学习中来，从实践中来。而阅读是学习最直接的方式。推动职工阅读是引导职工自主学习、自我教育、自学成才的重要手段。职工书屋正是为职工阅读创造了基本的软硬件条件，是提高职工素质的重要平台，是推动职工阅读的必要措施。各省、直辖市、自治区和地市工会积极总结职工书屋建设的成绩，肯定了职工书屋建设在促进职工阅读学习方面发挥的重要作用。以职工书屋为载体，通过丰富多彩的读书活动、演讲比赛、文化沙龙、知识讲座等，为工会开展读书活动营造了良好的氛围，使提高职工素质变得可行、便捷。

2015年11月10日，《全国总工会改革试点方案》将职工书屋同送温暖工程、五一劳动奖、工人先锋号、大国工匠、职工之家一起列为有全国性影响的工会品牌工程。

全国总工会2015年出台的《全国职工素质建设工程五年规划（2015—2019年）》对职工书屋下一步发展做出明确部署。

2016年12月25日，《中华人民共和国公共文化服务保障法》由中华人民共和国第十二届全国人民代表大会常务委员会第二十五次会议通过，其中明确表示将工人文化宫、职工书屋等纳入公共文化设施服务场所范围，从2017年3月1日起在全国正式颁布实施。

《国家公共文化服务保障法》要求各级人民政府应当充分利用公共文化设施，促进优秀公共文化产品的提供和传播，支持开展全民阅读、全民普法、全民健身、全民科普和艺术普及、优秀传统文化传承活动。

这意味着创建职工书屋将不仅仅是工会组织和各级企业关心的事，而将成为由政府主导、社会力量参与的公共文化服务的一部分。这无疑是对工会建设职工书屋的莫大支持，体现了党和国家对职工书屋事业，对产业工人队伍建设，对工人阶级作为国家主人翁和主力军的重视与关怀。

书屋筑就中国梦

为进一步贯彻党中央的群团工作会议精神，贯彻落实李建国同志关于做大做强职工书屋品牌工程的重要指示精神，深入开展"中国梦·劳动美——喜迎党的十九大"主题宣传教育活动，在全国工会职工书屋建设进入第10个年头、迎接"4·23世界读书日"之际，全国总工会下发《关于开展"阅读经典好书争当工匠人才"全国工会职工书屋主题阅读交流系列活动的通知》（以下简称《通知》），在全国广大职工中开展职工书屋主题阅读交流系列活动，为造就一支有理想守信念、懂技术会创新、敢担当讲奉献的宏大产业工人队伍贡献力量。开展的系列活动包括：通过全国工会职工书屋建设领导小组办公室推荐和各地工会、职工参与推荐相结合的方式，面向全国职工宣传推荐阅读；从职工书屋建设模式、功能环境设计、阅读活动策划创意，以及读书成才职工个人、优秀职工书屋管理者、富有活力的职工阅读组织团体等方面选树若干典型；邀请有关知名人士、劳动模范、大国工匠、读书成才职工个人或团体组合为职工书屋及职工阅读活动作公益品牌代言，扩大职工书屋的品牌内涵和影响力。《通知》要求各级工会组织配套开展丰富多彩的职工阅读活动，并组织相关媒体、新媒体建立长效联动机制，共同开展职工书屋建设和职工阅读相关成果、活动宣传工作。

2017年4月21日，"阅读经典好书争当工匠人才"2017年全国工会职工书屋主题阅读交流活动启动仪式在北京举行。活动发布了全国工会职工书屋主题读书活动推荐读物，选树了一批职工书屋建设和职工阅读典型成果，并开展了职工书屋和职工阅读公益品牌代言活动。中华全国总工会党组书记、副主席、书记处第一书记李玉赋出席启动仪式并讲话，中华全国总工会党组副书记邓凯，中华全国总工会党组成员、经费审查委员会主任、全国工会职工书屋建设领导小组组长李守镇，以及中央宣传部、国家新闻出版广电总局有关领导出席了启动仪式。李玉赋指出：

举行"阅读经典好书争当工匠人才"全国工会职工书屋主题阅读交流活动，对于推动在广大职工中形成多读书、读好书、善读书的良好风尚，培养造就更多的"大国工匠"，具有重要的意义。各级工会要把职工书屋作为加强

2017年职工书屋主题阅读交流活动现场

职工思想政治工作、培育和践行社会主义核心价值观的重要平台，通过广泛深入开展这次主题活动，推动党的理论创新成果进企业、进车间、进班组、进头脑，把广大职工更加紧密地团结在以习近平同志为核心的党中央周围。聚焦提升技能素质，推动提升产业工人技术技能水平，积极引导广大职工刻苦学习、精研技艺，争当工匠人才。做大做强职工书屋品牌，推动职工读书学习活动不断深入开展，让越来越多的普通职工自觉成为劳模精神、劳动精神、工匠精神的传承者、践行者、诠释者。

李守镇指出：10年来，职工书屋从无到有、从小到大、由少及多，今天，全国职工书屋星罗棋布，遍布神州，已达10万余家。从制造车间到野外矿山；从高铁、大桥的施工现场到航天、电子的科研院所，一个个书屋，传递着知识的力量，一本本书籍，闪烁着知识的光辉，职工书屋已经吸引6000多万名职工前来学习和阅读，成为广大职工名副其实的精神家园。

活动还特邀全国总工会文工团国家一级演员、全国五一劳动奖章获得者萨日娜担任全国职工书屋公益品牌代言人。萨日娜与全国劳模代表郑贵有、王海军、赵艳芳以及企业一线职工代表分别朗诵了"中国梦·劳动美"职工作品《赞美你，新时代的劳动者》《劳动者时光》《书屋筑就中国梦》等，展现了当代劳模、职工的时代风采。大国工匠代表高凤林还宣读了《阅读学习倡议书》，向全国职工发出阅读学习倡议，号召广大职工积极行动起来，充分利用职工书屋，以书为友，与书相伴，在阅读中砥砺思想，淬炼人生品格，涵养工匠精神，为实现中华民族伟大复兴的中国梦贡献自己的力量！

展望未来，新的起点，新的征程，职工书屋任重道远。

第一，职工书屋必须是一个让职工读者喜爱的"书屋"。

任何对职工书屋的改造和延伸都不能脱离它作为阅读场所的基本性质和功能。在此基础上，为满足职工群众不断增长的精神文化需求，职工书屋应变得更加亲和、更加丰富、更加多元化、更加温馨。它就像一个随时候命的文化教师，使读者的困惑、疑问、迷思都能在书屋里得到回应和解决。因此，未来的职工书屋既是图书阅览室，又是心灵咖啡厅，既可以让读者安静地独处，又能让大家聚在一起互相交流，成为一个集社会热点书籍学习阅读、研讨交流科技知识、心理辅导、思想道德教育、休闲身心于一体的综合文化平台。

第二，坚持给职工书屋提供优秀的精品图书。

职工书屋是传播社会主义核心价值观的载体，要充分发挥其精神文化产品育人、化人的重要作用。党和国家高度重视社会主义核心价值观建设工作。习近平总书记指出："要把培育和弘扬社会主义核心价值观作为凝魂聚气、强基固本的基础工程。"中共中央办公厅印发的《关于培育和践行社会主义核心价值观的意见》精辟明确了其主要内容，即富强、民主、文明、和谐、自由、平等、公正、法治、爱国、敬业、诚信、友善。职工书屋作为倡导和促进全民阅读的公共文化工程之一，对培育和践行社会主义核心价值观有着重要的承载和推动作用。

10多年来，职工书屋建设坚持以传播社会主义核心价值观为己任，在选配图书方面既注重知识性、可读性，又注重实用性、教育性，不断为广大职工增添精神力量。未来，职工书屋将进一步在图书创新上做文章，继续弘扬主旋律、传播正能量，挑选职工喜闻乐见的精品图书。全国工会职工书屋图书配送中心与几十家优秀出版单位建立的阅读资源采集合作机制，保证了在图书精选的基础上形成上万种优秀适用的读物，并且不断更新品种，传播社会主义核心价值观。

第三，进一步支持一线产业工人、农民工聚集的地区、产业系统单位，向革命老区、少数民族地区、边疆和经济欠发达地区倾斜。

10多年来，职工书屋建设在全国总工会的组织领导下，始终坚持正确的政治导向，坚持为企业、为职工群众服务的宗旨，努力扩大在学习条件不足地区职工书屋建设的覆盖面。全国总工会扶持建设的9200多家全国职工书屋示范点，以及带动各地自主建设的10万家职工书屋，星罗棋布在全国各地工会基层组织、工矿企业和机关。

目前，一线产业工人、农民工聚集的地区、革命老区、少数民族地区、边疆和经济欠发达地区的一线职工的读书条件仍然相对匮乏。未来对这些地区职工书屋的建设与发展，在政策、资金、组织、图书选择与配送，以及职工书屋管理人员的培训等方面都会给予特殊的照顾和优惠，让这些地区的职工尤其是农民工兄弟姐妹们共享改革开放和文化发展的成果，共享读书学习必备的文化资源。

第四，加强电子书屋建设，实现职工"指尖阅读"。

经过多年来的努力，全国工会电子职工书屋的内容与功能都有了进一步的拓展升级，不断向职工提供适合文化生活和科学技术等普遍需求的阅读资源。除了丰富多彩的大众文化生活、职工素质技能等方面，以及涉及图书、期刊、有声书等多种类型的阅读资源外，还将进一步形成全国工会职工原创作品共建共享体系，形成在线阅读互动社区，与实体职工书屋建设和活动开展形成有机配合。

按照全国总工会的统一部署，未来的电子职工书屋建设将不断进行功能与内容的完善及推广使用工作，逐步扩展到各级工会和基层企事业单位，逐年

作者（左）向时任全总副主席、书记处书记倪健民（右）汇报职工书屋配书情况

递增推广使用电子职工书屋。力争从2016年起，用五年左右时间，覆盖基层单位超过10万家，发展职工用户超过5000万人，并逐步实现全国工会组织、基层企业单位和广大职工、农民工的普遍覆盖，努力实现时任全国人大常委会副委员长、中华全国总工会主席李建国同志提出的"共同把职工书屋品牌工程做大做强"的要求，真正让全国工会电子职工书屋变成一个可随身携带的"数字图书馆"。

第五，职工书屋活动形式多样，内容丰富多彩，更加吸引人。

未来的职工书屋，将会定期举办各种丰富多彩、新颖活泼的读书会、培训会、演讲比赛、文化沙龙、文学创作、书画展览以及各式文艺活动，将会更加吸引人、感染人，激发职工群众参与的热情与激情。

未来的职工书屋，还将更加注重与"职工帮扶服务中心""职工之家"有机地结合起来，广泛调动职工践行社会主义核心价值观，推动社会主义核心价值观不断转化为社会群体意识和人们的自觉行动。

伟大的时代创造恢宏的业绩，创造伟大的工程。

2017年是职工书屋这项职工文化普惠工程、民生工程和民心工程启动建设的十周年。十年磨一剑，全国工会职工书屋已从初始河南省安阳市内黄县的"星星之火"，燃遍了共和国960万平方公里的炙热土地，给全国几亿职工带来了知识阅读、文化阅读、历史阅读、文学阅读、法律阅读、管理阅读，使职工提升了素质、开阔了眼界、增加了幸福指数。

万象始更新。在新的一年、三年、五年、十年……职工书屋将进一步扩大覆盖面，为全国广大职工提供更多优秀的精神文化读物。职工书屋也将在不断创新中发展、丰富自己，以适应广大职工读者，特别是年轻职工、农民工不断提升的精神文化需求。

在全国总工会的领导下，广大工会干部和职工书屋工作者一定会乘国家推进现代公共文化服务体系的东风，充分发挥主观能动性、积极性和创造性，将职工书屋精心打造成诚挚服务与联系职工，更具时代鲜明特色和社会影响力的越来越大的工会工作品牌，日益成为职工群众的美好精神家园，成为实现中华民族伟大复兴的中国梦的文化平台。

结束语

在长期的工作实践中，中国工会作为党领导下的群众组织，作为党和政府联系群众的纽带与桥梁，维护职工群众的利益，代表职工群众说话，主动维权，依法维权，科学维权，已成为工会的基本职责。

在长期的工作实践中，全总为全国两亿多会员和职工倾心服务，创造了元旦、春节"送温暖"，9月"金秋助学"和"困难职工帮扶行动"三大服务品牌；如今，有了第四大服务品牌——"职工书屋"工程。

职工书屋工程是服务工程，文化工程，民心工程。对于我们中国工人出版社和新闻出版工作者来说，举足轻重。在此，让我们重温与谨记时任全总副主席、书记处第一书记、党组书记孙春兰同志2007年4月25日所做的重要批示："此项活动意义重大，影响深远。要深入细致研究，精心策划安排；要办就办好，办成品牌，不作权宜之计。"

职工书屋工程，任重道远。

我们的大学

　　从1975年，我在北京人民机器厂工会担任宣传干事和工厂五七工人大学辅导老师起，就担任《北京日报》和北京人民广播电台的通讯员；1978年10月，《工人日报》复刊后，我又成为《工人日报》的通讯员，每年在报纸发表和被广播电台采用的新闻消息、通讯，来信，特写和评论都有几十篇。为了提高自己的新闻采写能力，我一方面虚心向报社和电台的记者、编辑们请教业务知识；另一方面经常到北京大学中文系、人民大学哲学系和北京经济学院，旁听著名教授和讲师们的授课。

　　1980年9月，我被《工人日报》社从北京市机械工业局工会调至《工人日报》北京记者站当记者，领到了天蓝色封面的《工人日报记者证》。这是我人生工作中的一个重要的转折点，也是自己梦寐以求的理想。因为喜欢，所以钻研；因为热爱，所以奉献。从此，没有了星期天，夜晚在灯下加班整理采访笔记，奋笔疾书、撰写稿件成为常态。

一

　　遗憾的就是，由于年龄和那个特殊的年代的原因，我没有机会参加高考到大学读书。1980年9月下旬，我从《北京日报》记者那里听到一个振奋人心的消息：受中央宣传部的委托，中国人民大学新闻系准备筹办一个新闻班，专门招收在首都各家新闻报刊工作的年轻记者、编辑。北京日报、北京晚报社已有60多名记者、编辑报名。

　　这真是天赐良机啊！我立即把这个消息告诉报社办公室的吴汉龙同志，让他向社领导报告一下，并且组织社里的"老三届"、没有机会上过大学的年轻人报名。那时候，大家的求学求知欲望很高，一下子报名者达到20多个人。我们自动组织了有关教材、功课的复习，经过考试，只录取了11个人：吴汉龙、张帆、吴新民、董玉琴、沈家和、马兰、周吉虹、王路、张力佳、宓乃兹、刘晓刚，录取率为46%。而《空军报》10个报名名额，录取了7人，录取率比我们高很多。而且，后来听人大新闻系负责老师说，我们新闻班考试的"状元"出在《空军报》，他叫张聿温，山东人，个子不高，既聪明又刻苦；后来，成为我的右手同桌，好朋友。

全班同学来自《人民日报》《光明日报》《经济日报》《工人日报》《中国青年报》《法制日报》《中国少年报》《北京日报》《北京晚报》《空军报》《人民铁道报》《中国体育报》《机械周报》《矿工报》，以及中国新闻社北京分社，北京人民广播电台等将近20家新闻单位。还有北京市个别单位宣传部门的干部，不多不少，整整100人。

班主任兼辅导员是人民大学新闻系韦凤媛老师。管理员是北京日报社的吴桂林老师。由于我们这个新闻班属于半脱产，不同于在校生，因此，编制上隶属于中国人民大学新闻学院北京分院。

由于学生中大部分人是来自北京日报和北京晚报的记者、编辑，因此，"东道主"就是他们了。我们上学的课堂，设在北京日报办公大楼顶层的大会议室里。

授课时间，每星期两个半天，两个晚上。每次授课，均由北京日报负责派车从人民大学接送授课的教授。各科老师都会布置作业。期末有很严格的考试。考试前夕，各报社法定的给予复习准备时间。

人大新闻系举办的这个新闻班的学生学历，是国家教育部承认的，分为本科和大专两种——修满三年课程，并且考试合格，发给新闻学大专文凭。然后，学生参加外语考试（英、俄、日、德、法五门任选其一）。通过以后，方得进入本科学习。再修完两年课程，并且考试合格，发给新闻学本科文凭。之所以用五年时间才让我们本科毕业，是因为平时授课时间少于在校本科生的四年，因此延长一年。由此可见，人民大学新闻系教学要求十分严格，这个人大首届新闻班（时称人大新闻系首都"黄浦一期"）的学历也是货真价实。

5年之后，我们班的100名同学中，只有80人获得了中国人民大学新闻学本科文凭。而我们工人日报社的11人中，只有6人取得了中国人民大学新闻学本科《毕业证书》。

二

1980年12月16日下午，人大新闻系首届新闻班正式开学了！

《北京日报》提供的礼堂兼课堂很大，100名学生按单位鱼贯进入座列，秩序井然。大家都有一些新闻采访、写作与编辑的经历与经验，就是缺少系统的新闻理论知识。说句实在话，恨不得瞪大眼睛、张大嘴巴，把老师讲授的知识和教科书里的内容，全都吞进肚子里，以指导自己的新闻实践。

人民大学新闻系给我们新闻班设置的课程是：《哲学》《形式逻辑》《政治经济学》《中国古代史》《中国近代史》《现代汉语》《古代汉语》《中国新闻事业史》《新闻理论》《报纸编辑》《新闻采访写作》《中国文学作品选》《文学概论》《中共党史》《科学社会主义》《世界近代史》《外国新闻事业史》《新闻评论》《外国文学作品选》和《新闻专题》，一共20门课程。

人民大学新闻系对首届北京新闻班给予了高度的重视。他们选派和组建了出类拔萃的教授教师队伍，来给我们这些北京各大报社的年轻记者、编辑上课，使我们获益匪浅：新闻界众所周知的新闻学泰斗甘惜分老师，为我们讲授《新闻理论基础》。他年届花甲，但精神矍铄。他是新中国新闻理论的奠基人，从事新闻理论的教育和研究40年，《新闻理论基础》正是他的杰作。因此，他讲授新闻理论基础课，简直是条分缕析，娓娓道来。他还是1938年2月奔赴延安，参加抗日军政大学和马列学院学习的老革命。他始终怀着一颗对党和对人民高度负责的赤子之心，孜孜不倦地对新闻规律进行探索。他将自己研究的成果传授给我们，真是让我们这些充满激情的年轻新闻工作者茅塞顿开。

闻名遐迩的报刊史权威方汉奇教授，给我们讲授《中国古代的报纸》和

《中国近代报刊史》。一堂课下来，他根本不用看讲稿，所有内容纯熟于心，滔滔不绝。他的一些精彩绝伦的讲述，常常引起我们的笑声不断。特别是他讲述梁启超先生的《少年中国说》，就像是聊家长话里短一样倒背如流；说到得意处，竟然摇头晃脑，口若悬河，使我们有听袁阔成、田连元精彩评书的感觉。

方汉奇老师在讲述《中国近代报刊史》中，多次谈到1902年，英若诚的祖父英敛之先生在天津创办的《大公报》。特别指出《大公报》的"骨气"，即没有在日寇进攻占领的地方办过一天报纸，六迁社址，先是撤到上海，继而搬到重庆，后又去了桂林，最后撤至香港，宣传抗战，鼓舞士气。1945年8月15日，日本天皇发布《停战诏书》，宣布无条件投降。《大公报》总编辑王芸生与铸字师傅事先就制作了超大号字"日本投降矣"，是日刊登于报端。当日，《大公报》洛阳纸贵。《大公报》的著名记者朱启平先生，作为第二次世界大战太平洋战区唯一的中国随军记者，1945年9月2日亲临停泊在东京湾的美国"密苏里号"军舰甲板，目睹了中、英、法代表接受日本政府的投降仪式。日本新任外相重光葵和参谋总长梅津美治郎代表日本政府在投降书上签字。朱启平先生的现场长篇通讯报道《落日》在《大公报》上发表，轰动一时。《大公报》的第二任总编辑王芸生，有幸在1945年9月20日应邀去拜访从延安到西安与蒋介石谈判的毛泽东。毛泽东两次诚约王芸生总编辑长谈，并欣然命笔为《大公报》题字："为人民服务"。方汉奇教授讲述的这段精彩报刊史实，给我们留下了极其深刻的印象！

1993年6月23日，我受党和国家的派遣，赴香港《大公报》担任社长助理、办公室主任、高级记者，参与香港"回归祖国、平稳过渡"的工作；特别是亲历1997年7月1日，香港政权交接仪式。我曾多次激动地回忆起方汉奇教授当年给我们在课堂上讲述《大公报》历史的情景，犹如昨日一般！

张隆栋教授讲授《大众传播理论》，他也是这部书的著作者。张老师毕业于燕京大学，担任过该校新闻系主任。新中国成立后几十年，先后在燕京大学、北京大学和中国人民大学教书，是业内公认的大师级人物。

张教授是最早将西方传媒学理论，引进我国新闻学研究的学者之一。早在20世纪50年代，他在创办人大新闻系系刊《国际新闻界》时，就开始追踪国际上方兴未艾的传播学研究。60年代，他翻译了传播学奠基人施拉姆的《报刊的四种理论》，并油印出来供新闻系老师参考。70年代，他发表了编译文章《公共通讯的过程、制度和效果》，这是中国学者首次较为系统地介绍西方传播学理论。80年代，他与别人合著了首部全面介绍世界各国新闻业概况的教科书《外国新闻事业史简编》，先后获得各种奖项。到了90年代，他主编出版了《大众传播学总论》一书，这是一本具有独到见解和理论深度的专著。

尽管张隆栋教授是我国新闻教育领域的元老级人物，他在带硕士生和博士生的同时，也为本科生授课。但从来不草率用事，凭经验应付。每次给我们上课，都会见到他带上各种挂图和一大摞报刊资料，"言出必有出处"，话语幽默生动。他还总结出课堂上的"讲授、讨论与辅导"的"三结合教学法"。同学们都说："听张教授的课，堪称是一种享受！"

薄澣培教授讲授《新闻采访与写作》课程，同时，他也是这部著作的著作者。他是记者出身，着力培养我们的实际采访与写作能力。课堂上，他的讲述非常注重理论与实践的结合。他对新闻导语的写作格外重视，认为"一条精彩的导语是新闻消息成功的一半"。以新闻中的消息导语的写作方法，他就生动、扼要地讲述了10种：概括式、提问式、描写式、设问式、评论式、谈话式、引语式、感叹式、对比式和对话式，讲述了好几个课时，使得我们在后来的采访写作导语时，就十分注意运用这些知识，从而使发表在报纸上的新闻报道的导语提高和精采了不少。

薄老师预留的课外作业，也往往是一大堆杂乱无章的文字资料，让我们从中分析、提炼、撰写出精炼的新闻消息或者通讯，特别强调要写出生动形象、引人注目的新闻导语。然后，在下一次的课堂上分析、点评，启发与引导我们共同探讨与提高。

讲授《新闻理论》的成美教授，其容貌举止如同她的名字一样端庄靓丽，优雅大方。她不仅把新闻理论讲深、讲透，还穿插讲述了很多报人的奇闻轶事、妙趣横生。我们都知道成美老师的爱人是著名的《北京晚报》总编辑顾行老师。两年前的1978年，我在北京市机械工业局工会工作时，就组织过下属的196家企业单位的通讯员，敬请与聆听顾行老师的新闻采写辅导讲座。他凭一页16开复印机纸的提纲，为我们精彩、生动讲述了三四个小时的《谈谈记者的基本功》：学习求知的能力，调查研究的能力，新闻采访的能力，稿件写作的能力。顾行老总采写的《北京门头沟斋堂教育现状》的长篇通讯，成为影响当时我们国家教育改革的一个重要的"启示录"。他作为总编辑的《北京晚报》，连载邓拓、吴晗、廖沫沙的《三家村札记》，成为与上海《新民晚报》、广州《羊城晚报》齐名的"城市都市报"，深受广大读者的青睐。我们想，成美老师的许多有意思的奇闻轶事、故事典故，大概是与顾行总编辑的密切交流所获得的吧？

王国璋教授讲授的《现代汉语》，语言之准确、规范，凝练、到位，令人叹为观止。这位身材高高的、清瘦的老先生，不苟言笑，神情肃然。课堂上无一句多余之言。我们从他所讲的句子成分和结构，词组和词性，单句和复句，以及文法的掌握与使用等内容中，汲取了许多养分，从而为我们在之后的新闻采写中，极大地提高了文字表达与描述的能力。

讲授《形式逻辑》课程的是张兆梅教授。她是一位黑黑瘦瘦的老太太，一头褐色的齐耳短发，为人温和而慈祥。虽然课间休息时，她老人家的烟瘾大得可以，但是只要一登讲台便精神抖擞。形式逻辑是研究人的认识知性阶段思维规律的学说，狭义指演绎逻辑，广义还包括归纳逻辑。形式逻辑的思维规律也是思维形式和思维内容的统一。形式逻辑的对象是事物的质。形式逻辑靠概念、判断、推理（主要包括归纳推理和演绎推理）反映事物的质。

这么枯燥乏味的名词、概念，从张老师深邃、有趣儿的讲述中，我们懂得了形式逻辑的概念、内含、外延、周延，不周延，直言判断、联言判断、模态判断；同一律、不矛盾律、排中律、假言推理、选言推理、二难推理等等。实际的用途，是让我们运用这些形式逻辑的知识，分析与研究文章的思想、观点、推理、结论的合理性与否；同时，指引、指导我们在撰写评论、杂谈以及调查报告等文章时，遵循自然与事物规律、因果关系和形式逻辑。

身高1.8米、十分帅气的郑兴东教授给我们讲授《报纸编辑学》。郑教授早年毕业于上海复旦大学，是博士生导师、教育部高校新闻学科教学指导委员会的委员。他的著作有《报纸编辑学》《报纸编辑学教程》《受众心理与传媒引导》《好新闻后面》《新闻冲击波》《不要这样写》等。其代表作：《报纸编辑学》获国家教委高校优秀教材一等奖，"吴玉章奖"一等奖。郑老师是北京市优秀新闻工作者，也荣获"韬奋园丁"一等奖。2017年9月，他获得了第三届新闻传播学会"终身成就奖"。

博学多才、学养深厚的马馨教授"演义式"地讲授《中国古代史》，真是上下五千年、纵横十万里，故事性极强。我至今记得他讲述的秦始皇修长城和西周末年，周幽王为博褒姒一笑，"烽火戏诸侯"的故事情节。

《古典文学》课是张世聪教授讲授的。他精心挑选的古代散文名篇堪称经典。从作者的出身、时代背景，创作成就和写作风格，以至于该篇的内容、思想、意境、创作特色和技巧等，全方位、多侧面、多层次地进行深入细致的讲解。老师自己陶醉其中，我们当学生的也如临其境，感受非凡。

此外，陈业劭老师讲授的《中国新闻事业史》（新民主主义革命时期），谭令仰老师讲授的《文学概论》，傅显明老师讲授的《外国报刊史》（无产阶级），胡文龙老师讲授的《新闻评论写作》，黄汉生老师讲授的《汉语修辞》，都给我们留下了深刻的印象。

讲台上的老师，是人大新闻系的名师教授；讲台下的学生，是中央及北京各大报纸年轻的业务骨干。理论知识与实践能力的结合，在北京首届新闻班得到了优势体现。

三

根据人大新闻系的要求，我们新闻班的同学，自报英语班和俄语班，还有极个别的同学选修日语或者法语的。于是，我们每周又增加半天的时间学习外语。我在初中时，曾经被动学习过3年俄语。本来，依个人的喜好，我很想学习英语，因为它是世界通用语言。那时候，学校强行决定哪个班级学习英语或者俄语，我们班被分配学习俄语。而且，规定俄语也是主科之一，想当"三好学生"，拿北京市教育局颁发的"优良奖状"，我必须学好俄语，而且大、小考试的成绩要求在90分以上才能算"优秀"。应该说，我在初中三年的俄语学习成绩还是不错的。

这次新闻班报名选修俄语的一共12名同学，分别来自《人民日报》《工人日报》《北京日报》《北京晚报》和《空军报》。

给我们讲授俄语的副教授叫张娠，50多岁。她来自人民大学外语学院。张老师中等身材，灰色的头发，戴一副珐琅眼镜，表情慈祥可亲，说话温婉动人，气质十分优雅。第一次上课，她文静地先作了自我介绍；然后让我们一一自报"家门"。紧接着，每人发几张A4白纸，要求我们写下自己还记得的俄语单词和词组，"摸底调查"。初、高中毕业这么多年，我们忙于工作、根本不使用俄语，许多俄语知识都已经"还给老师了"！张娠老师收好我们的默写单词、词组，柔声细语："请大家放心，不管你们目前是什么样的水平，我都有信心将你们教好。"说完之后，用微笑的目光面对着大家。我们只有使劲儿地用力鼓掌表示感谢！

根据摸底调查的成绩，《北京日报》工商部的记者郭栖栗被任命为我们俄语班的班长。她也像张娠老师一样，笑眯眯地给每位学友发了三大厚本人大外语学院编印的《俄语教材》。

从此以后，我开始了艰苦的外语学习：每天起早贪黑，背诵俄语单词、词组，练习俄语发音中频繁使用的语音打"嘟噜"；外出采访，我都会在公交车上打开自制的俄语单词和词组小本，认真看着、默读者、记忆着；每天晚上睡觉前的半个小时，我都要默默记忆10个左右的单词或者词组；复习动词（谓语）后面的名词（宾语）变格、变位的规律与变化；就连家中厨房、餐厅和厕所里的墙壁上，都贴着我抄写的词组、词汇和重要的、精彩的俄语短句。张娠老师预留的作业，我都认真完成、反复检查，争取不出差错，哪怕是一个重音符都不容标错。我还不惜花了460多元的"巨款"，买了一台双卡录音机，每次采访结束、交完稿件赶紧回家，第一件事就是打开录音机播放俄语单词、词组和俄语文章，给自己营造一个学习俄语的环境与氛围。

尽管如此用功和努力，但是，毕竟参加工作10余年来不曾使用俄语，因此我的俄语知识水平依然不高。为了不让我们"掉队"，张娴老师决定给我和空军报的两位编辑张聿温、吴廷柱三个人"吃小灶"——课外再补课。

每星期六的下午2点至6点，张老师都在位于中关村大街59号人民大学，她的不足20平方米、但十分洁净的宿舍里给我们三位补习俄语知识。张老师非常认真，在小房间门后悬挂了一块小黑板，一丝不苟地板书和悉心讲解。我们三个学生坐在小椅子、小板凳上仔细记录，随时回答老师的提问。这个"小灶"，我们三位吃了三个多月。

起早贪黑，加班加点，阅读背诵单词、词组，语法、词汇；朗读俄语课文。汗水，常常湿透衣背；泪水，有时也会流过我们的脸颊。经过用心、刻苦的学习，有时甚至是拼搏，我们班12名同学全部通过了俄语考试。辛苦耕耘，终于获得了丰硕的成果！在宣布与祝贺我们考试成绩的最后一堂课上，张娴老师娓娓动听地用俄语讲述了《安泰的故事》：安泰是古希腊神话中的巨人，海神波塞冬和地神盖雅的儿子。他与敌人格斗时，只要身体不离开大地，就能从大地母亲身上不断吸取力量，所向无敌。后来，他的敌人赫拉克勒斯知道他的这一特性，就把他举在空中扼杀了……

故事讲完了，张娴教授以母亲般慈祥的目光，看着我们这些年轻的记者、编辑："我真诚地希望你们，在今后的工作与生活中，不要脱离大地母亲，不要脱离群众，不要脱离生活和社会实际，握紧手中的笔，永远为人民服务！"她又一次用深邃的目光，看着我们这些年轻的学生，深情地嘱咐我们。

我们心里都明白，即将退休的张娴老师为了不让我们一个同学掉队，付出了大量辛劳的心血。怎么表达我们对老师的感激之情呢？有的同学提出，请老师吃顿饭；有的同学说，大家凑钱给老师买件有纪念意义的礼物吧，但都觉得有点儿俗气。最后，北京晚报的宫昇娟提出，送一幅著名书法家萧劳先生的字吧，张老师很文气，应该喜欢。萧劳先生是当时大名鼎鼎的书法家，他的字是很难求的，拿到今天价格绝对不菲！《北京晚报》的同学果然神通广大，让我们如愿以偿。

在北京日报社附近的一家饭馆里，我们12名学生一起请张娟老师吃饭。宫异娟代表大家把装帧好的萧劳先生的一幅字郑重地送给张老师。张老师非常激动，连声称谢。1984年2月4日大年初三，我们俄语班全体12名同学，齐集北京西城区三不老胡同张娟老师寓所，给老师拜年，送上感恩与祝福。

之后的很多年，我都会经常想起张娟老师，想起她给我们讲述的《安泰的故事》。因为，我们是大地母亲的儿子，是党和人民的记者，应该从人民的利益，从社会的责任，从时代的走向，来取舍自己的路。把握手中的笔。

身为记者，既有着许许多多外人难以体会的艰辛，也有个人才能领略的愉快。当自己为人民伸张正气的文字引起社会关注，当经过艰难跋涉，发掘出勇于开拓、锐意改革的时代新星，当灯光下的奋笔疾书，咸涩的汗水和纯蓝色的墨迹变成文章登上报刊，再由中央人民广播电台传播到千家万户——那种幸福、温馨与快乐，犹如初恋的甜蜜！

既然是党和人民群众的记者，就应该为群众伸张正义，鞭挞侵害人民群众利益的丑行。之后的十多年里，我曾经为扶持知青、有利社会、反遭领导打击的北京某机械研究所助理工程师郝余平奔走呼号，最后在北京市委、市经委领导的支持下，终于为郝余平平反、恢复名誉。

我也曾经调查，在报纸上批评过拥有7000多名职工的北京某大厂党委书记，无视职工民主权利，无理推翻职工代表大会分房决议的错误行为，同样在北京市有关管理局党组领导的支持下，给予这位党委书记严厉的通报批评，把权力还给职工代表大会。

我也曾为主持正义、批评不正之风，遭到个别企业领导滥用职权、挟私抱负的优秀工会干部伸张正义，但这位领导却把记者告上北京市有关区的法院。后来，我依据厂工会和职工代表提供的证据，并且在该厂上级局党委和工会的支持下，打赢了官司，使这位厂领导受到党内警告处分并通报全局；同时，也为那位优秀的工会主席伸张了正义。

我也曾经在报纸上揭露和批评过个别企业的领导人，趁为职工办丧事之机，滥用困难补助款项喝酒、吃烤鸭的丑恶行径。在北京市总工会的支持下，该厂党委给予有关人员纪律处分，并在全市工会组织中进行通报，等等。

批评报道，揭露问题的报道，维护职工合法权益的报道，特别是对有关企业和部门领导的批评报道，调查的艰辛和困难，受到的纠缠和刁难，甚至恐吓、谩骂、威胁，令人烦恼，郁闷、气愤。然而，当错误得到纠正，冤案得到平反，正义受到伸张，丑行遭到鞭挞，又令人欣慰，振奋。那时，我似乎体会到脚踏大地母亲的"安泰的力量"，感受到工人师傅与女教授那期待、信任的目光。那时，我不禁想起著名的法国作家罗曼·罗兰的名言："要散布阳光到别人心里，先得自己心里有阳光。"

当然，更多的是对改革中涌现出来的新情况、新事物、新问题的探索，对新人物、新思想、新经验的报道，对劳动模范、先进人物、先进事迹的褒奖。这是我们党的阳光，社会的主流，人民群众的希望所在。

1985年仲夏之际，我们迎来了撰写毕业论文的关键时刻。人大新闻系给新闻班的每位学生指定了论文指导老师。我的指导老师是秦珪先生。

秦珪老师原在北京大学任教。1958年6月，北大中文系新闻专业（前身为1924年成立的燕京大学新闻系），合并到人民大学新闻系以后，秦珪老师调来人民大学担任新闻系副主任。我选择的论文题目是《坚持正确批评　讲究批评艺术——试论工人日报的批评报道》。秦珪老师给予了不少指导性意见。

为写好论文，我到工人日报资料室查找了1978年复刊后，七年多时间里几十篇重要批评报道的特点与结果，尤其是总结十几篇成功的批评报道的内在规律性；并且诚恳地向报社一些老记者虚心请教。

经过努力，我的毕业论文顺利完成并被评为优秀。然而，"天外有天，人外有人"。更有三位"全优生"同学的论文，被选进人大新闻系《优秀论文集》。他们是：张聿温《从〈今日谈〉看新闻短论中杂文笔法的运用》，刘霆昭《论人物通讯中文学手法的运用》，蔡赴朝《试论经济新闻的接近性》。

1986年1月28日上午，在中国人民大学校本部礼堂举行了盼望已久的85届本科生毕业典礼。除了新闻专业外，还有工业经济管理、商业经济、中国文学等专业的学生，总计1000多人。随即，我们新闻班的80位同学，领到了由袁宝华校长签章的酱紫色《中国人民大学毕业证书》。

袁宝华校长是学者型的党的高级领导干部。他1936年加入中国共产党，曾是北京大学学生会主席，参加过著名的"一二·九"运动。他先期担任国家经委主任，1985年5月开始担任中国人民大学校长。能够拿到有这样光辉革命经历的老前辈签章的《毕业证书》，是我们这些从事新闻工作的年轻记者、编辑的荣幸和骄傲！

四

中央宣传部新闻局对委托中国人民大学新闻系举办的首届新闻班的教学质量给予充分肯定。中央和北京市新闻单位的领导，也为自己年轻的记者、编辑，有机会得到人大新闻系名师名导5年的教育、培养，新闻业务能力提升而十分满意。承担教学任务的人民大学新闻系自然是备受鼓舞，进而继续筹办第二届、第三届首都新闻班。

其一，实践是检验真理的唯一标准。经过人大新闻系新闻班的学习，极大地提高了我们年轻记者、编辑的新闻采访写作的业务水平和工作能力：

工人日报的体育记者马兰，经过5年的学习后，被评为主任记者，多次顺利承担出国采访重大的国际体育赛事，每天发回吸引读者关注的精采、生动活泼的报道。

人大首届新闻班学员、北京晚报的记者苏文洋，在总编辑顾行同志的精心策划与大力支持下，1984年提出倡议，积极组织与多次报道北京晚报的读者"爱我中华修我长城"的重要文物保护活动，引起国内国际的巨大反响。邓小平同志特别为此题词："爱我中华修我长城"。苏文洋同学后来担任北京晚报评论部主任，成为著名的评论家；北京现代商报总编辑，高级编辑。

人大首届新闻班学员、年仅25岁的中国青年报记者马北北，勇敢地采访报道了北京市丰泽园青年厨师陈爱武，冲破世俗观念，大胆反对与揭露国家商务部王磊部长，在丰泽园高级饭庄吃"霸王餐"事件，写出长篇通讯——《敢于向特权挑战的人》。中国青年报特别配发社论《改革者，鼓起你的勇气》。社论说，"不管职务多高的干部，他们都是人民的公仆，而绝不是人民的老爷。他们都必须接受人民的监督。"对此事件，人民日报也刊出中国青年报副总编辑钟沛璋的署名评论员文章：《开一代民主新风——评厨师批评部长》。文中写道："利用报纸来监督公仆……是建立正常民主生活不可缺少的渠道。"马北北后来成为中国青年报北京记者站站长，高级记者。

马北北的同事——中国青年报另一位参加人大首届新闻班学习的学生施晓慧，1995年从中国青年报调任人民日报国际副刊组组长、美洲组组长；2003年远赴伦敦，任报社驻英国首席记者；后成为人民日报国际部部务委员，高级记者。

打开人民网"施晓慧国际专栏"，我们可以看到她发表的四百条国际新闻："胡锦涛同梅德韦杰夫会谈""俄罗斯纪念加加林，重温大国航天梦""人民网记者走进伊朗""谈判是达成协议的最好办法——专访伊朗外交部发言人""中国医生万岁——厄立特里亚纪行""中国是非洲的真诚朋友""人民网记者组与驻苏丹中资企业代表座谈""伦敦宣布最绿奥运目标""伦敦7·21爆炸案开庭""英首相府首次谴责对萨达姆行刑方式""创建中国国际人才型大学""英国更新核武器计划""英国警方确认连环杀手""布莱尔为英国贩卖黑奴道歉""BBC披露美军在伊拉克大屠杀录像""伊战以来英军逃兵逾千""中国向英国大学赠送汉语书籍""200万英国家庭交不起燃气费""英国富豪榜上第一位华商"等等，为中国广大读者带来各种各样内容丰富多彩、形式生动活泼的国际新闻，以及英国经济、政治、军事、社会与文化新闻。

回顾人大首届新闻班，培养出了一批优秀新闻工作者：北京日报的高级记者刘霆昭就是突出的一位。他历任北京日报记者、编辑部主任，北京晚报副总编辑。他在担任京报集团上海记者站站长的6年中，勤奋工作、用心学习，又获得了复旦大学新闻研究生学历。后担任北京现代商报社社长、同心出版社社长兼总编辑、北京市新闻研究所所长等职；先后兼任首都青年记协副主席、中国经济报刊协会副会长、北京记协常务理事。他曾兼任中国传媒大学博士生导师、南京大学客座教授。现任中宣部和北京市委宣传部新闻阅评员。

刘霆昭连续四年被评为北京市优秀新闻工作者，曾获全国好新闻评选一等奖和国家图书奖特别奖。他在中国美术馆举办"刘霆昭海上万里行"影展并被收入《中国新闻年鉴》和《中国摄影家大辞典》。他还发起并主持了"北京八十年代十大建筑"评选、"北京见义勇为十青年"评选、"首届京沪新闻学术研讨会"等大型社会活动。主持完成了《北京奥运新闻传播与提升北京国际影响力》《首都报业如何应对新媒体挑战》《党报的公信力与亲和力研究》等课题的研究任务，并获北京市哲学与社会科学研究课题优秀成果奖。他在《中国记者》《新闻战线》《新闻记者》《新闻与写作》等学术刊物上发表论文近百篇，主编出版了《新闻作品试析》《传媒·思考·新世纪》《北京奥运新闻传播之研究》《北京名片之圆明园》等专著。

其二，学以致用，学以提高，学以奉献。我们人大首届新闻班的学生中，涌现出一批为社会奉献智慧、力量、精神文化产品的优秀人才。

人大首届新闻班学生、工人日报副总编辑吴新民，2008年8月，被公安部聘为任期5年的第三届特邀警风警纪监督员，代表人民群众对公安机关、公安民警依法履行职责，模范遵纪守法，促进公安队伍建设做出了积极贡献。

人大首届新闻班学生、工人日报记者沈家和，曾经当过北京天桥信托商店售货员，北京宣武区百货公司通讯干事，调入工人日报参加人大新闻班学习后，以笔名"蒋寒中"，从1986年开始发表作品，著有反映与表现1948年解放前夕的天桥最底层百姓生活往事、京味儿百态：《天桥演义》《大栅栏演义》《勾栏末日》《鬼亲》《活祭》《老铺》《药王》《鼓妞》《典身》《戏神》《坤伶》《烟柳寒》《花溅泪》等17部、600多万字的经典作品，有的还改编成话剧、评剧、评书等艺术形式。他广泛查询、访问旧北京天桥一带的老艺人、老中医、老店员、老居民，搜索汇集他们的奇闻轶事、典故趣闻、生活俗语。因此成为著名的"天桥通"。他的作品民俗浓郁、京味儿十足，情节跌宕起伏，受到著名作家端木蕻良、刘绍棠等名家的好评。刘绍棠鼓励沈家和："有些人总是鼓吹向外国看齐，认为咱们中国的东西太土气。依我看，越洋越土，越土越洋。你就顺着北京的土道儿走下去，为咱们中国的作家争口气！"

空军报社编辑（记者）张聿温同志，在人大首届新闻班5年的学习中从不缺课。各科成绩全部优等，被人大新闻系评为"全优生"。他不仅学习成绩优秀，而且工作中表现突出，采写、撰写、编发了大量有影响的新闻、通讯和言论，其中由他担纲采写的多个重大典型，被中央军委、空军党委授予荣誉称号。新闻班毕业后，他历任编辑处副处长、处长、副师职研究员、《中国空军》主编等职，大校军衔。业余时间，他还从事杂文、散文、报告文学、纪实文学创作，出版了《"中山舰"事件》《真相："九一三"事件考证》《你所不知道的那些事儿：林立果"小舰队"兴亡始末》《中国机长》《中国空姐》《"两航"起义》等二十余部著作，其中有些获奖，有些被评为畅销书。

张聿温曾被借调到中国民航局帮助工作达10年之久，担任中国民航局特聘专家，为中国民航文化建设做出了突出贡献。他作为总撰稿，摄制了《随共和国腾飞》《中国机长》《中国空姐》等5部电视专题片在中央电视台播放。他作词的10首"民航好声音"民航主题歌，从机长、机务、空乘、空港、空警，一直写到安全，生动、深刻、优美，艺术地反映与表现了中国民航工作人员重要、辛苦而浪漫的工作状况与奉献情怀。

这些旋律优美、激情澎湃的歌曲，均由我们国家著名歌唱家演唱，如《我心飞翔——机长之歌》由廖昌永演唱；《放飞——机务之歌》由刘和刚演唱；《登上高高的塔台——空管之歌》由殷秀梅演唱；《天空有我——空警之歌》由阎维文演唱；《追求到永远——安全之歌》由韩磊演唱。

"我迎着阳光飞翔，高高地飞翔；亲吻着蓝天白云，航程灿烂辉煌。我迎着月光飞翔，平安地飞翔；身披着银色光芒，航程浪漫吉祥……我心飞翔，生命在绽放，肩负着祖国重托，肩负着亲人期望，我在万里云天，高高地平安地飞翔。"

张聿温作词创作的10首"民航好声音",唱响了中国民航腾飞之歌,平安之歌,吉祥之歌,鼓舞和振奋了广大民航工作人员的责任心,责任感,荣誉感,为中国民航职工的精神文明建设做出了积极有益的贡献。

1983年8月11日,正在我们人大首届新闻班学习的北京日报记者陈先,写了一篇来信调查:《中国科学院917大楼生活区问题需关心》,反映北京城北郊一个叫917大楼的生活区的问题。这里驻有中国科学院地理研究所与遗传研究所等9个科研单位;10栋居民楼里住着2000多名科技人员和家属。但是,这里的生活条件一直很差,长期不通公共汽车,附近没有医院,没有正规学校,没有副食品商店。科技人员和家属居民生活十分窘迫,称这里是中国科学院的"西伯利亚"。

陈先同学的报道见报后,这里的生活状况很快得到改善:市公共交通总公司总经理在报道见报当天下午,就带领业务人员赴现场查看,规划行车、停车路线;市自来水公司和市公用工程公司的人员检查通水管道的安装;朝阳区政府和市水产公司、菜蔬公司开着大卡车,送来各种副食菜蔬应急。并同时筹划开店。小关基层供销社调来苹果、海棠、哈密瓜等水果。917大楼的生活区像过年一样,有居民甚至放起了鞭炮庆贺……

917大楼的科研人员、居民们就此专门召开了庆功大会。陈先同学因忙于其他的采访任务,没能参加。科研人员满怀感激之情,给报社写来《感谢党和政府对我们的关怀》来信,并向报社赠送了一幅工艺镶嵌画;同时赠送给记者陈先写有"人民记者人民爱"的一个塑皮笔记本,落款为"中国科学院九一七大楼全体同志,一九八三年国庆"。陈先的这封记者《来信调查》,被评为1983年全国好新闻。

陈先同学2003年担任北京日报社会新闻中心主任,同时被评为高级记者;2009年至2019年当了两届、10年北京市新闻学会秘书长。

其三,人大首届新闻班学生中,许多人在后来的新闻实践中成为本报和首都新闻界的工作骨干、新闻精英、报纸管理者,乃至新闻出版、宣传教育领域的领导者。

《光明日报》社参加人大首届新闻班学习的10位同学中，徐华西、王立、喻国英、夏桂廉、宋晓梦5位同学被评为高级编辑、高级记者（正高职称）；汪哲、吴小京、张雨福3位同学被评为主任编辑（副高职称）。两位同学调离报社工作。

徐华西、王立两位同学，分别担任了《光明日报》社秘书长和光明日报报业集团副秘书长。喻国英、夏桂廉、吴小京同学分别担任报社军事部、记者部、网络信息部的主任、副主任。张雨福同学担任国内部《民主与团结》专刊的主编。实践证明，他们在之后的新闻实际工作中，学知、学识、学术、学养水平都得到了很大的提升。

1985年12月，毕业于人大首届新闻班的经济日报编辑赵兹，1989年1月担任了经济日报"台港澳"版专刊首任主编。此后，他一直从事两岸新闻报道及两岸新闻交流工作。1999年12月起，已经是高级编辑的赵兹，先是担任香港经济导报第一副总编辑兼总经理，后任总编辑。赵兹曾于1992年和1998年两次参加内地新闻代表团赴台湾访问，为两岸新闻界的交流与合作做出了有益的贡献。

创刊于1947年的香港《经济导报》是香港历史上最悠久的经济刊物，其间从未中断过。随着祖国内地改革开放，它已成为连接香港与内地、内地与世界的一座桥梁。香港《经济导报》在内地11个省市设有办事处，并在美国、日本、欧洲建有特约记者网。

赵兹出任总编辑后，对香港《经济导报》的编辑方针大局刷新。改版后的经济导报主题更鲜明，资讯更丰富。海内海外好评如潮。赵兹介绍，《经济导报》的改版宗旨是：立足香港，"本土化"；面向世界，"国际化"。符合周刊特点，强调新闻性；符合刊物性质，强调专业性。赵兹特别强调，香港《经济导报》十分重视两岸经贸交往的报道，特别重视对台湾经济和两岸经济及两岸、港澳间经济关系的研究。作为总编辑，他的这些见解。常常反映在《经济导报》上。

赵兹说，回顾大陆记者团两次赴台采访的那些日子，总结这些年来两岸新闻交流的种种经历，展望今后两岸新闻交流的发展前景，我充满信心。因为这符合两岸人民根本福祉的各种交流，包括两岸新闻交流是历史的潮流，是任何人都无法阻挡的。

中国青年报人事处的王宏猷，在人大首届新闻班学习时，是人事处一般干部，后来刻苦学习、勤奋工作，逐步由干事成长为副处长、处长。2004年成为中国青年报党组书记、社长，带领中国青年报全体职工，认真贯彻党中央和团中央的指示，坚持以"推动社会进步，服务青年成长"为己任。

2004年，在他的领导下，中国青年报社与北大青鸟集团共同出资组建中青报业传媒发展有限公司，负责中国青年报的发行、广告、品牌经营及其他延伸性经营活动，着力将中国青年报打造成中国最具影响力的、有鲜明青年特色的主流大报。在王宏猷的领导下，中国青年报以独特的视角，着力报道国内外要闻和经济、社会、教育、科技、文化、体育，以及青年普遍关心的时事新闻，推动改革开放和社会进步，及时反映人们普遍关注的社会问题，积极倡导同社会主义市场经济相适应的新思想、新观念，使《中国青年报》成为具有重大影响力的全国性综合日报。在中国主要报纸公信力的调查中，该报连续10年位居前三名。

蔡赴朝是人大首届新闻班学生中出类拔萃的佼佼者。刚入学时，他是北京日报工商部的记者。查阅官网公布的蔡的简历，会发现一个偶然的数字：4年。蔡赴朝1971年7月参加工作时，是北京市宣武联运包装厂的一名工人。由于他的勤奋努力，好学上进，经过4年，即1975年底，他由一名工人成为北京市宣武区交通局宣传科干事（干部）；又经过4年努力工作，1979年12月调入北京市委机关报——北京日报工商部成为记者，其中，1980年12月考入人大新闻系首届新闻班学习。又过4年，即1984年，成为报社财贸部主任；又过4年，1989年7月至1992年7月，他实现了关键的跨越，成为报社编委、副总编辑（副司局级）进入报社领导班子。

1998年6月，经过北京日报18年的新闻实践工作的历练，蔡赴朝凭着忠诚、努力、热情、认真、负责的特质，被任命为北京市委宣传部副部长，兼对外宣传办公室（市政府新闻办公室）主任。又经过4年，即2002年5月，他被中央任命为北京市委常委、宣传部部长；2008年1月，又担任兼管文教工作的副市长，成为一名冉冉升起的新闻明星、副部级领导干部，实现了一名干部人生旅途中十分关键的职级晋升。

在此期间，即1997年9月至2000年7月，蔡赴朝一边优秀完成本职——市委宣传部副部长和市委副秘书长、办公厅常务副主任的繁忙、繁重工作的同时，坚持新闻理论的学习与研究，成为中国人民大学新闻学院新闻学专业硕士研究生。

2001年7月，我在香港文汇报北京办事处担任副主任、高级记者，请时任北京市委副秘书长兼办公厅常务副主任的蔡赴朝老同学，亲自协调安排了香港文汇报张国良社长、潘一黎总经理一行6人，对时任市委书记的贾庆林、市长刘淇、市委副书记龙新民的访问与采访。

事先，我向老同学提出三点"高规格"接待请求：一、市委书记、市长、市委副书记同时接受采访；二、在市委会客室采访完毕，移步北京饭店18层贵宾室合影留念；三、请市委书记、市长、市委副书记出面，宴请张国良社长、潘一黎总经理一行。蔡赴朝副秘书长真是给足了香港文汇报领导和我这位老同学"面子"及礼仪，三条请求全部圆满办到。主人、客人都十分满意。很长一段时间，我都对蔡同学心存感激之情。

2011年2月至2013年3月，中共中央任命蔡赴朝为中央宣传部副部长，广播电影电视总局局长、党组书记。2013年3月至2016年9月，中共中央任命蔡赴朝为中央宣传部副部长，国家新闻出版广电总局局长，党组书记，国家版权局局长。

自2000年9月至2010年12月，不管工作多么繁忙与劳累，蔡赴朝学习与研究新闻理论毫不放松、情有独钟。10年间，他完成了中国人民大学新闻学专业博士研究生的全部功课与论文，成为人大新闻系首届新闻班100名同学中唯一的一名新闻学博士，真乃百里挑一！

蔡赴朝同学是第十二届全国政协委员，中共第十八届中央委员。

2021年7月7日晚，由北京市委宣传部、北京市文旅局牵头主办，北京京剧院创排、北京交响乐团协助演出的新编现代京剧《李大钊》，在国家大剧院隆重上演。这是该剧入选中共中央宣传部、文化和旅游部、中国文学艺术界联合会共同举办的"庆祝中国共产党成立一百周年优秀舞台艺术作品展演"后的正式亮相。

作为一部"致敬百年路，礼赞新时代"的主旋律佳作，新编现代京剧《李大钊》自2020年8月在北京首演以后，先后远行赴上海，走进中央党校，又行至天津、唐山、衡水、保定，回到李大钊先生曾经战斗、工作过的北京大学。剧组一路追寻英雄先辈足迹，在近一年的时间内，以党的奋斗历程和伟大成就来鼓舞斗志，明确前行方向，以党的光荣传统和优良作风坚定信念。

这部新编现代京剧《李大钊》的编剧正是原中共中央宣传部副部长、国家新闻出版广电总局局长、党组书记蔡赴朝。

赴泰远航

　　海员的生活浪漫：博览世界各国城市，欣赏旖旎的异国风景，品尝他国的美酒佳肴。海员的工作艰辛：远离祖国，远离家乡，远离亲友。白天，高温、日晒、紧张、劳累；夜晚，漆黑、危险、孤寂、烦恼。我要告诉读者的，不仅仅是海员生活的浪漫，工作的枯燥，还有海员们的责任，亲情，友情，自律和胸怀。

初试风浪

我在担任《工人日报》记者期间，曾经跟随首钢集团船务公司"新基"号远洋货轮出海采访。该次航行从天津新港出发，途经渤海、黄海、东海、台湾海峡、南海、泰国湾，至泰国首都曼谷，往返一个月、航程5780海里。俗话说："怕什么，还偏偏赶上什么。"我的初次航行，便遇上了大风浪。

1991年1月29日14时，汽笛一声长鸣，164米长、24米宽，装载着1.2万吨钢材、焦炭和磷酸的首钢船务公司"新基"号远洋货轮，顺利通过卫生、商检、边防、海关的"联合检查"，驶出了天津大沽口锚地，直奔泰国首都曼谷，开始了长达2890海里的航行。夜间21时，我登上10米高的驾驶台，采访夜航情况。举目远眺，黛褐色的天空中月暗星稀。距"新基"轮两三海里处，停泊着七八条商船，船上闪烁着明亮的航灯，活像一座座海上楼阁。

大海真是无情物。刚才还"风平浪静"，顷刻间却"汹涌澎湃"起来。泛着白沫的海浪在海风的助虐下，起初"哗哗哗"有节奏地拍打着舷帮，继而冲上船头，打上甲板。有着几十年航海经验、62岁的王墨江船长告诉我："船快驶出渤海湾了，风浪大些，夜里可能还会大呢！不过不要紧。我们船是重载，货物装船时又考虑到'稳心'。即使晃得再厉害，你也尽管放心睡觉！"

"叮！咚！轰隆隆！啪啪啪……"30日凌晨1时许，我在似睡非睡中被巨大的声响惊醒。船体剧烈地颠簸、晃动着，乳白色的复塑板"墙体"发出"咯吱吱"的扭曲声，仿佛要断裂似的。我摸索着打开台灯，只见放在茶几上的茶杯、碗具左右滑动着。"不妙！"我挣扎着坐起来，谁想船一晃，"咚"地一下头已碰在墙板上；忙不迭地穿上拖鞋，直奔茶几，又一摇晃，身体不由自主地撞在衣柜上。蓦地，我明白了为什么船上的一切——床、桌、柜、茶几、沙发统统都是固定死的；也似乎弄懂了临别时，首钢船务公司领导为什么一再嘱咐我，"航海中夜间睡觉不允许插门"的原因。此刻，我头昏脑涨、胸口堵塞难忍，一张嘴"哇"地一下便呕吐起来。一连吐了三四次，好像五脏六腑都随着鼻涕眼泪倒了出来。真怪，这当口儿竟想起了家和亲人，想起报社总编辑"你要有所思想准备，海上有时候会很难受"的关照。

此刻，船员们却在紧张地与风浪造成的困难斗争，坚守各自的岗位。

驾驶台上，船体晃动仪显示：单摆晃动已达27度！具有30多年海龄的二副张正富和舵手刘金春都抑制不住地呕吐起来，浓浓的刺鼻的酸臭味弥漫着整个驾驶舱。但是，主人翁的责任感和顽强的意志，使他们"钉"在岗位，警惕地用望远镜瞭望，用雷达扫描，保证"新基"轮按预定的航向行驶。距甲板十五六米深的机舱里，主机、辅机发出的轰鸣声，虽然使年轻的机匠郝学宏听不见海浪的肆虐声，但他从舱底不寻常的晃动中预感到对自己的考验。神圣的职责使这位年轻的共产党员，不惧被海风造成倒灌的呛人油烟，严密监视着油柜与发电机配电盘的工作状态。由于船体的晃动，需同时起用两台发电机，小郝竭力克服脚下不稳；同时，又特别小心翼翼地调整激磁电流，保证发电机的正常运行。

货轮剧烈的晃动和声响，惊醒了"管事"房明和"二厨"周亮。两人不约而同，一个奔贮藏库，一个冲进厨房。房明重新码放好自天津购进的百十箱啤酒及饮料；周亮则收拾好酒瓶、油桶、蒸锅、碗具。由于"抢救"及时，只"损失"了3瓶啤酒。

凌晨6时，大海恢复了平静。一轮红日跃出海面，将水平线处的海水映成橘红色。经受了考验的新基轮，朝太阳升起的地方驶去。

船员的餐桌

上船前，我担心船上吃不好，尤其我有一个习惯，每晚看书、看电视至深夜，时时"委屈"肚子；或许是遵循出国人员的"惯例"吧，便买了几十袋方便面、干吃面、龙须面、快餐粥，还有快餐鱼、广东肠、饼干，装了整整两大纸箱。

上得船来在船上吃饭，方知大可不必带那么多的吃食。"新基"轮每日四餐：早餐有大米粥、花卷、芝麻火烧、茶鸡蛋、榨菜；午餐和晚餐均有两三种炒菜，荤素搭配，一个紫菜汤。深夜23时，"夜岗饭"是领队、政委张永荣负责制作的西红柿挂面汤。我的胃口甚佳，中、晚餐各装得下一碗半大米饭。

"吃得好，不想家。"这是首钢远洋货轮上的领队、政委们的指导思想。"新基"轮大部分海员是30岁以下的小伙子，最小的才22岁。远离祖国，远离亲人，工作艰苦，在这种情况下，搞好伙食尤为重要。然而，让大家吃得满意，全凭"管事"的精心算计安排和大厨、二厨的烹饪技艺。泰国的鱼、鸡大腿、豆油；海南岛的黄瓜、西红柿、油菜，相对价格比较便宜，悉心采购，细心贮存。"不仅要有肉，而且要见'青'。"医生出身的管事房明，深谙营养之道，每天这样要求厨房。

正常航行中，每逢周末即会餐一次。有的年轻船员中午吃打卤面时，便有意"留出肚子"。上船不久，我便赶上两次。会餐时，自愿组合，4人一份：4瓶啤酒，一盒"洋烟"，3冷3热6个菜。船员们说说笑笑，吃得热热闹闹。雅号"阿里"的机匠长郑光明，还"就桌取材"给大伙儿出了两道"智力测验"题——3个手指抓啤酒瓶和巧排啤酒瓶中的香烟雾。

船上的伙食实行民主管理。由船长、管事、领队、大厨及甲板部、轮机部、管事部民主选举的代表7人组成伙委会，对伙食费的支出、使用以及采购行使决定权。船务公司海运部《船员手册》还明确规定："无论在国内还是国外采购食品，都必须由管事、领队、大厨3人一同采购。"采购后，层层严格把关，质量不好、数量不符不验收入库。

"民主管理"可不是一句空话。船员们对饭菜质量随时可提出批评和建议。一次冲洗船舱，甲板部的水手们反映："这几天劳动量大，副食略嫌不足。"管事、大厨立即加大炒菜量，按盘分配后，又用大盆盛出一些，供船员自取，并因此形成一条不成文的制度。管事房明同志告诉笔者，因伙食费是按人头支出的，节余部分归船员所有。这样处理，既保证大家吃饱吃好，又避免了不必要的浪费。

1月31日晚，笔者旁听了"新基"轮伙委会的例会。委员们认真审核了本船的采购、支出、客饭、节余"明细表"后，纷纷建议船长和领队对管事部的工作给予表彰。

翌日上午，经伙委会7人签字的账目和下周食谱表，工工整整地贴在餐厅，接受全体船员的监督与检查。

这不就是首钢实行"承包经营责任制"，工作者、劳动者人人当家做主的一个缩影吗！

"阿里"身上的油污

　　"新基"轮机匠长郑光明的工作服总是油污点点。即使穿上黑色的大背带裤也无济于事，那点点油污常常在他身上闪闪发光。偏偏他的皮肤又生得白皙，因此，油污与白脸的"反差"就愈加明显。

　　郑光明可不管它什么油污不油污，整天乐呵呵的，加之喜欢哼唱那支"阿里，阿里巴巴，阿里巴巴是个快乐的青年"的歌儿，船员们便送给他一个雅号："阿里"。

　　从天津新港到泰国湾，10天的航程，却经历了一年四季。进入南海时，气温逐渐上升。由于船上的空调供风不足，船员起居室内的温度达到摄氏30度，机舱里更是闷热难耐。"阿里"决定要对空调进行彻底检修。他发现蒸发器被油污、纸屑、杂物堵塞，立即进行清污。空调间面积狭小，清理工作十分困难，但"阿里"一心想为船员们创造一个良好的工作与休息条件，顾不得刚刚洗得干干净净的工作服，双手连抠带擦，竟清出整整一桶油污、杂物。接着，又一鼓作气解决了蒸发器的泄漏问题，忙活了整整一天。船员们回到房间一呆，嘿！真"滋润"！"阿里"也乐了，露出被满脸油污反衬出的满口白牙！

　　船舶航行一般要求两台发动机工作，一台备用。2月2日凌晨两点多钟，机匠冯圣才报告：二号

发动机排气温度上升过高，排烟管漏气。"阿里"机匠长立即带领一名机匠下到机舱。热带的高温，使舱内温度高达38℃，而停机后的发电机机身竟高达300多度！"阿里"一马当先，冒着灼人的热浪认真观察，发现海水管漏水是造成发电机排气温度过高的原因。他立即拆下海水管进行焊补，油雾弥漫中使人喘不过气来。伙伴们不断地问他："'阿里'，怎么样？换换吧？""没事儿，我能行！"硬是坚持了两个多小时，直至二号发电机处于正常工作状态，"阿里"才洗去浑身的油污。

清洁"扫气箱"是机舱里最脏、最累、最苦的活儿，一般人都望而生畏。由于长时间的航行，箱内积炭多，黑乎乎的油污多。清扫时人需要钻进去，但"扫气箱"外口直径仅仅0.5米，道内空间狭窄，体胖的人根本进不去，消瘦者也只能蹲在里面干。轮机部的小伙子都争着要钻这"扫气箱"。"阿里"却不容置疑地说："我是机匠长，还是我来钻！"2月9日，他趁部分机匠上岸到"是拉差"市区游玩的机会，用洗洁剂和棉丝把"扫气箱"搞得干干净净，而自己浑身上下成了"黑油人"。若用肥皂恐怕一个星期也洗不干净，"阿里"请伙伴儿们帮忙，选用对汗渍、油渍有特殊洗涤效能的加酶超浓缩"熊猫"牌高级洗衣粉一连洗了两个多小时，才露出"阿里"的"庐山真面目"。

按照规定，机匠长的职责是安排机匠们的日常工作，统计船舶进出港时的车钟转数及时间，协助轮机员加油、购进物料及管理工具。但是，"阿里"在船上似乎是"不管部长"，修理救生艇，绑扎甲板上的氧气瓶，协助木匠铺地板砖，为伙房清理堵塞的下水道……瞧瞧这些活计吧，哪一件干净得了？所以，"阿里"机匠长的工作服总是油污点点。

自学高考的船员

带着几分腼腆，"新基"轮的机匠高永生轻轻叩开了我的房门，胳膊下夹着两本书："老张，您是记者，能给我辅导一下新闻写作知识吗？"眼光中透着恳切。

我看了一下那两本教科书，一本是中国人民大学新闻系教授薄赣培等老师著的《新闻通讯写作》，另一本是兰鸿文老师撰写的《新闻采访》。

高永生告诉我，他正在参加北京市高等教育新闻专业的自学考试，已经通过了《哲学》《政治经济学》《形式逻辑》《写作》《新闻事业史》《新闻理论》《报纸编辑》等8门课程的考试，还有《新闻评论》《新闻通讯写作》《中国现代文学作品选》等4门课程。全部12门课程通过后，即取得大专毕业文凭。

"参加自学高考，困难吗？"我问这位身高1.76米、健壮结实的年轻海员。

"困难的确不小。"他点点头，"有时候，自己准备得很充分，可每年的考试只安排在4月和10月进行。赶不巧，船正在海上，就不能参加预期的考试；另外，高等教育自学考试卡得很严，及格率往往只限制在30%以内。一门《古代汉语》课程，就让我一连考了3年。"他感慨道。

1987、1988年两度考试，高

永生均以57分和56分败北。1989年元旦，他带着两大本《古代汉语》教科书和一本《新华字典》，登上首钢公司的"钢城"轮，自天津新港出发，先后驶往泰国、新加坡、也门、贝宁、尼日利亚、科特迪瓦、喀麦隆、菲律宾、巴西等国，历时8个半月。

6月中旬，"钢城"轮从巴西横跨南大西洋去菲律宾，经过好望角的途中，海上刮起八九级大风，浪头像小山似地劈头盖脸般朝船头打来。风浪中，船身起浮有时达到三四米，人和机器都受到了严峻的考验。"钢城"轮上没有空调装置，机舱温度高达摄氏40多度，普通船员的七八平方米的休息室内也达到30多度。呕吐、头晕、气闷、浑身无力。想到考试日期一天天临近，高永生光着上身，用湿毛巾搭在身上降温，孜孜不倦，坚持苦读。他把两本教科书中的30多篇古代文言文，一篇篇、一段段译成白话文，还工工整整写下了一万多字的学习笔记。从而，为10月份顺利通过考试奠定了基础。

"每一个成功的男人身后，都站着一个伟大的女人。"也在参加自学高考的妻子不断来信鼓励高永生："我已顺利通过了《哲学》《政治经济学》和《语言学概论》的考试，正在努力学习英语。让我们携手并肩，在学习知识的过程中来一场夫妻竞赛。""家里一切平安无事，请你放心。好好工作、学习、生活，思想上要积极进取；请你相信，无论你到世界的哪个角落，都有一颗心永远惦念你，和你在一起……"

妻子的信，对他是莫大的安慰与鼓舞。高永生感到了深深的理解和幸福。这，又化成了刻苦学习的巨大动力。每到一地，他都用勤奋的笔写下见闻和感受。当海员仅两年多时间，他就写下长达七八万字的"见闻日记"。不久前，《首钢报》持续发表了他撰写的"狮城购物""泰国风情一瞥""到我们的使馆做客""热情的凯塔"等特写、通讯和散文。航行开阔了他的眼界，新闻写作的实践，促进了他对新闻理论的学习与理解。

我为眼前这锲而不舍、勤奋学习的年轻首钢海员深深感动了。我告诉他："薄赣培教授是我在人民大学新闻学院学习时的《新闻采访与写作》课的老师。"我跟小高商定，每周用半天时间为其辅导，并欢迎他共同参与采访……

泰国"联检"见闻

经过10天的航行，"新基"轮于2月7日上午8点半到达泰国曼谷"科西昌"锚地，挂上接受泰方"联检"的杏黄旗。

40分钟后，两艘快艇便送来了八名海关官员、一名卫生检疫员和两名边防军人，真乃神速！

海关人员身着"官衣"：藏蓝色服装上佩戴肩章、胸章，威武的大檐帽，手执公文包和"大哥大"对讲机，样子挺神气。

王墨江船长和管事房明立即让"大台"服务员钮永友，端上山东"崂山淡味矿泉水"和美国外烟"万宝路"热情招待。然而，这些海关官员的行为却与他们的"官衣"大相径庭。一看没有"贡品"，便提出到海员们的起居室"检查"。承蒙首钢船务公司领导的关照，我住进船东代表的403房间，一位精瘦的海关官员检查了我的两架照相机、一个微型录音机外，又翻了大衣柜下的两只大抽屉，里面是文具和凉席。他干脆问我："有没有啤酒？"我平素不喝啤酒，房间里自然不会存它。

这时，他用眼睛"扫瞄"了我的房间，忽然发现屋角有一敞开的青岛啤酒大纸箱，没等我做何反应，他便像"哥伦布发现新大陆"一样，三步并作两步跑了过去，一翻大失所望——那是我在船舶颠簸时，存放碗筷、茶具的。他显得有些尴尬，连向我道："对不起！"我冲他笑笑："没关系！"

他们又提出到一层普通海员的起居室"检查"。他们明白，四层住的是船长、船东和领队官员。看来，"招待不周，难过此关"。

电报员张鹤弟——一位老船员告诉我，在我们国家里，跟别人伸手是很难为情的事情，在他们的国度里却习以为常。还是管事房明有办法——事先把"青岛"牌啤酒放入贮物舱的深处，将"金象岛"牌啤酒放在明处。在海关

作者与机匠长郑光明（"阿里"）在泰国街头

官员"检查"仓库时，一番讨价还价的"明侃"之后，他们搬走了8箱啤酒，8条"肯特"香烟。否则，他们就会强行"抄关"——用扳子、改锥乱起乱翻，"检查"走私物品。

正当众位海关官员在甲板上用绳子往他们的小艇上"倒腾"成箱啤酒时，一位身着戎装、右腰际插手枪、左腰间挂手铐的泰国边防军人向我走过来。他指了指甲板上"忙碌"的海关人员，嘟嘟囔囔说些什么。我摆摆手表示听不懂，他慢慢走开了。

我想，到底是军人，懂纪律、守规矩。一会儿，事实便彻底扭转了我的看法，甚至让我"大跌眼镜"——待我们32名船员在边防军人的"审核出入境单"上签字后，他们微笑着向船长表示，对中国的茶叶"很有好感"。尽管20分钟前，他们已经对管事送给的两条"肯特"过滤嘴香烟有过"好感"。

管事房明只好吩咐"大台"服务员，立即取来几筒中国广东英德红茶（两块美元一筒）送给他们，两位边防军人才面带微笑地合上公文包。

泰国码头工人点滴

　　"新基"轮刚刚降下接受"联检"的杏黄旗，两艘载着三十几名泰国码头工人的大型驳轮从左右舷靠上来啦！

　　这些工人肤色黝黑，衣着破旧，外表呆板、朴实。仅用十几分钟，他们从驳轮往我们"新基"轮的二层甲板上，搬来煤气罐、锅、碗、桶、粮食和蔬菜，立即支锅做饭，像在自己家里一样。有意思的是，泰国的黄瓜只有手指头一般长，四五十毫米粗，茄子像鸡蛋那样大；圆白菜、豇豆跟我国的"模样"差不多。唯一让人看上眼的，是他们的"丝苗香米"——又白又细又长，晶莹剔透。据说年产两千万吨左右，出口到中国、美国、日本等地。

　　正式开工前，泰国工人们聚在船头焚香拜佛，燃放鞭炮，驱邪气、讨吉利。佛教是泰国代代相传的传统宗教，也是泰国人的生活重心。在4700万人口中，佛教徒占了95%。据说全国有3万多所寺庙；而"天使之城"的首都曼谷便有"佛庙之都"之称。由于泰国历代国王都护持佛教，所以佛教成为泰国的"国教"。因此，这些码头工人们拜佛时样子都十分虔诚。

　　随着包工头的一声令下，泰国工人们各司其职，指挥的，开吊车的，记账的，搬运的，井然有序。此刻的曼谷港，气温高达三十二三度。土生土长的码头工人们对此已习以为常。随着指挥的手势，一包包黑色的焦炭和一筒筒磷酸，从"新基"轮舱位中吊起卸到驳轮上。我看到泰国码头工人中，竟有十几岁的孩子，矮矮的，瘦瘦的，穿着破旧的衣服、短裤，赤脚拖着一双塑料拖鞋，踩着焦炭，伸出黑黑的、瘦弱的双臂拼力拉着吊缆装卸着。稍有懈怠，工头便吼叫起来。

　　他们的劳动保护如此之差——头上没有"安全帽"，身上没有工作服，脚上没有工作鞋；手上戴的破手套，还是上船后捡我们船员扔掉的"破烂儿"。泰国劳工阶层的社会地位，由此可见一斑。

我们把二层的一间大房间腾出来让理货人员休息。中午，这些工人有的专心致志阅读报纸，有的躺在长椅上睡觉，有的却在甲板上用扑克和骰子赌博。我见到那大、二包工头都热衷此道，一次20至100铢（相当于人民币5元至25元）赌得昏天黑地。

入夜，一部分码头工人在电灯照明下坚持作业，一部分人在我们船过道上，铺张报纸或塑料编织袋，不遮不盖，倒头便睡；有的直至次日上午8点钟，工头来喊方醒。我看到有的工人手上戴着金、银质的戒指或手链，与之肮脏的衣着、漆黑的手臂，显得那么不谐调。

我通过会英语的首钢船员、"一级水手"赵中奇问包工头："码头工人一天挣多少钱？"那个头发油光，身材矮胖的包工头回答："我们以小时计算工钱，根据每人的身体状况，工种和技术水平分别为每小时20、30、50铢，每班6小时，愿意干8、10、12小时也可以，每天下午即发工资。最多的一天可以挣到15美元左右。"事后我了解到，泰国的劳工组织有明确规定，雇主发给工人的工资，每天最低不得少于125铢（5美元）。

随着这些码头工人上船的，还有几个卖烟、酒和冷饮的妇女，同样黝黑的肤色。她们有时让码头工人搂抱着，亲吻着，在船上随便找个遮避处胡闹，赚些色相钱……

海上钓鱼

　　"新基"轮因吨位重、吃水深，不能直接驶入泰国湄南河水道，而暂时停泊在一个叫"科西昌"的锚地，待卸下两千吨货物后，再进入曼谷港。

　　这里停泊着中国、俄罗斯、日本、德国、朝鲜、越南等国的二十几条货船。此时的海面，呈现一派静谧的气氛。每逢夜晚，灯光灿烂，颇为壮观。

　　2月8日晚饭后，除了上班坚守岗位的同志外，八九名海员兴致勃勃地趴在船舷上钓鱿鱼。鱼钩是特制的——用9只普通鱼钩固定在一根直径约5毫米左右的发亮金属棍上，鱼钩的尖均朝外，形状像船锚。鱼线是一种类似尼龙线的弹力线。

　　钓法奇特，不挂鱼饵，只在距水面0.5米处挂一盏舱灯。鱿鱼见到光亮便来觅食。垂钓者不断轻轻地往上拽动鱼钩，金属棍在灯光映照下于水中闪闪发亮，诱鱿鱼上钩。鱿鱼傻得可爱，见亮就误以为美食，遂用前须紧抱鱼钩，钓者相机将其拽上船来。说来有趣，鱿鱼脱离水面时，还喷出一股黑汁来。这是鱿鱼保护自己，逃离劲敌的一种手段。有经验的海员告诉我，鱿鱼虽傻，"脾气"可大：钓它上来，它还会喷"墨汁"，溅到身上极难洗掉。

　　果然，不到20分钟，"大厨"赵玉海便旗开得胜，钓上一条50克左右的鱿鱼来。我把它小心翼翼放入水桶，顷刻间一桶水便成黑色。机匠郝学宏紧跟着也钓上来一条。一级水手、舵工刘金春不仅舵操得好，钓鱼也是把好手，十几分钟，便拽上来两条。据说，他那漂亮的鱼钩是花300圆（相当于人民币1.8元）在南朝鲜（韩国）的釜山港买的。

"嘿，真棒！"我欢快地喊起来，似乎回到了金色的童年时代。"有意思吧？"不知什么时候，王墨江船长走过来，"海上钓鲨鱼才有趣呢！"热情健谈的老船长绘声绘色地讲起来："一次，我们的船停泊在新爱尔兰岛附近水域。中午时分，'大厨'将剩饭菜倒进海里。嘿！一批大大小小的鲨鱼游过来啦！起初，'大厨'用钢丝做成钩子挂上点肉丢进水里，没料到鲨鱼凶猛力大，硬把钢钩拽直了！我们干脆用厨房挂肉的大钩子绑上一块肉再次丢进海里去。那鲨鱼以极快的速度冲过来，先以肚皮'唰'地蹭一下诱饵，'试探'一番；接着，猛一回头张开大嘴巴连肉带钩子一起吞进肚里。我们赶快放麻绳，过一阵儿拽一下再放麻绳，弄得鲨鱼筋疲力尽时，两三个人合力把它拉上船来。一过秤，最大的那条竟55公斤！那天，我们一共钓上来7条鲨鱼呢！"

船长讲述的时候，船员们不断有新"斩获"：老电工宫戈宁买的一只漂亮鱼钩，竟被一条大鱼将线拽断而遗入鱼腹，气得他直跺脚："可惜我那钩……这条鱼，简直该吃！"几位性格急躁的年轻船员，看到鱼群在灯光下游来游去，几只螃蟹也来"凑热闹"，一时兴起，系下一只圆形小网"捕捞"起来。

服务员钮永友把"大厨"赵玉海钓到的八九条鱿鱼洗净切成细条，用开水冲了两遍，佐以酱油、醋、味精、香油，兴冲冲地请我"尝鲜儿"。我用筷子夹起放入口中，嘿！细腻、滑润，口感"筋道"、鲜美。我敢说，完全可以与北京大饭店的水发炒鱿鱼卷媲美！

船员的工作是艰辛劳累的，海上的航行是枯燥乏味的；然而，偶尔停泊在某个港口的海上垂钓，苦中寻乐，竟然是这么惬意、如此有趣啊！

清舱纪实

2月25日，对首钢"新基"轮的水手们来说，是个值得庆贺的日子。五个大舱的卫生清洁检查，一次验收合格。颇为挑剔的泰国检验人员满意地在验收单上签字时，还连连赞叹："OK！OK！"

首钢船务公司的领导，给"新基"轮发来祝捷的贺电。

扫舱，冲舱，是甲板水手们一项又脏又苦又累的工作。一艘万吨级的巨轮上装满五个舱位的货物，同样可以填满五列、150节货厢的火车。因此，清扫、冲洗这五个船舱，需要耗费水手们大量的体力。

"新基"轮的水手长叫王金龙，年方28岁，1.80米的个子，身材魁梧结实，已经有3年的航海经历。2月17日大年初三的"班前会"上，王金龙给水手们介绍了情况：此次航运，我们装的是水泥、焦炭、钢材、磷酸；返回货呢，

作者与海员一起为甲板披"绿袍"（刷绿漆）

要装8800吨木薯干。大家知道，木薯干属于粮食作物，运回国造酒。泰国货主对舱位卫生要求很严格。我们的"受载期"是2月20日至24日。因此，我们要争取时间，卸完一个舱，我们就清扫、冲洗一个舱，争取打主动仗！

众水手点头称是。大家心里明白：耽误一天船期，我们就要多付给泰方3500美元的外汇。

翌日，东方的缕缕晨曦点缀着海天一线，辽阔的泰国湾烟波浩渺，湛蓝碧透，绚丽斑斓。上午8点45分，泰国工人刚刚卸完了第一舱，王金龙便率领八名水手下入船舱。他们头戴安全帽，身着工作服、口戴防尘罩，用大扫帚奋力清扫装卸时残留的焦炭、水泥和杂物。

二月的曼谷，气温高达34摄氏度。四面不透气的船舱，犹如一个巨大的方形钢铁闷罐。清扫不到一刻钟，水手们便大汗淋漓。纷纷扬扬的水泥、焦炭粉尘，似灰色的雾，黑色的云，使七八米开外就看不清人。王金龙索性甩去工作服，赤膊上阵。他一面干，一面不时地提醒周围的伙伴："大家注意安全，千万别思想麻痹！"

经过两个多小时的奋战，9名水手清扫了上千平方米的舱位及四壁，清理出400多公斤的焦炭渣儿、水泥等杂物。几个小伙子张嘴一笑，除了牙齿是白的，脸都是"花"的，浑身上下全是褐色粉尘。

小憩片刻，王金龙又率领他的伙伴们用高压水龙头冲洗舱位。随着一片片黑色灰尘被海水冲去，舱壁露出了漂亮的油漆本色。而我们的水手们从头到脚浑身湿透，衣裤紧紧贴在身上，成了名副其实的"水手"。

如果说，清扫船舱是又苦又累的工作，那么掏污水井则是又脏又臭的活计。污水井在船舱的最底部，口径只有0.8米，深0.6至两米之间。每个舱位两口，用于存放货舱积存和航行中的钢材、木材、杂物"出汗"产生的污水。在船舱摄氏34度的高温下，污水井"货真价实"，恶臭无比。

面对臭气、酸气熏人的污水井，王金龙丝毫没有犹豫，第一个跳下去，用小桶刮、墩布擦，一连气干了40多分钟。新分配上船的大学生王锡贵、邓润才，把掏污水井看成是锻炼自己的好机会，学着水手长的样子，跳入污水井……

2月25日下午，老船长王墨江怀着欣喜的心情，动手撰写电文发往祖国的首都北京，为"新基"轮的水手们请功。

高频对话

2月25日22点，正在泰国湾"科西昌"锚地装货的首钢"新基"轮得到泰方船舶代理的消息，公司的兄弟船"飞腾"轮已行驶到曼谷港引水站。两船通过高频电话取得了联系。尽管相距一二十海里，但电话将两船60名船员的心紧紧连在一起。

笔者闻讯后，立即迅速跑上驾驶台，用微型录音机记录下"新基"轮领队、政委张永荣，与"飞腾"轮领队、政委孙春先的对话。

张永荣："我们都到曼谷会合来啦！你们什么时间从国内出发的，装的什么货呀？"

孙春先："我们装了一万多吨钢材，大年初二（2月16日）从大连出发，行驶了8天半，今天早晨到达泰国湾等候领港。明晨4点半起锚去曼谷港卸货。"

张永荣："你是什么时候离开北京的？家里情况都好吧？"

孙春先："我是去年11月22日离开北京的，走得十分仓促。当天下午15点半，我还在公司船员科等消息，科里通知我乘17点20分的火车从北京赶赴天津。当时，我没想到走得那么急，连行李都没整理好，还没有火车票。16点20分，我赶到家里，抓上几件衣服往书包里一塞就往外跑。儿子正好放学，追上来送了我一段儿（声音有些哽咽）……"

张永荣："小孙，《工人日报》为了报道咱们船员的思想、工作和生活，特地派了一位记者随我们船采访。听说你们来了，想跟你聊聊！"

孙春先（声音激动地）："是吗？！那就谢谢《工人日报》啦！这真是咱们工人自己的报纸。咱们首钢每个班组都订有《工人日报》，在家时我们常看。在一些人的心目中，海员是个浪漫的职业。其实，远离祖国，远离亲人，工作艰苦，生活环境又单调……"

记者："孙政委，那就请谈谈您爱人的情况吧。"

孙春先："我爱人今年35岁，在北京149中学担任一个高中毕业班的班主任。我离家时急急忙忙给她打了个电话。她正忙着上课，不能赶来为我送行。我们这一别，恐怕要半年至9个月才能见面啦！怎么说呢，我的心情？（沉默十几秒钟）……"

记者："你们船上这种情况多吗？"

孙春先："常有。这次我们更换船员，正赶上大年三十。2月13日（年二十九）下午两点，水手长、机匠长、木匠、大厨4位同志接到船员科通知，当天晚上9点必须乘火车赶往大连接班。他们毫无怨言，马上收拾行装，大年三十赶到大连已是晚上九十点钟；下火车立即乘交通艇到锚地上船，跟大家在海上过春节。"

记者："我们'新基'轮的春节是在曼谷港过的，年三十包饺子、开联欢会；大年初一拜年、会餐。'每逢佳节倍思亲'，大家纷纷给爱人、孩子和女朋友写信，送去对亲人的祝愿！"

作者体验驾驶

孙春先："是啊，公司领导也很了解我们船员的心情。春节前，特地召开了'家属恳谈会'，还就此拍了一部录像片——'亲人相会'，让家属与船员在电视录像中见面。一接到这部片子，大伙儿迫不及待地聚在休息室里看起来。虽说咱们船员都接受过大海的洗礼，性格比较坚强；但看到父母，爱人、孩子在电视里跟自己说话的情景，不少同志都流下了热泪。虽然这'亲人相会'只有20多分钟，但我们反复看了好多遍！"

紧接着，孙春先同志提高了音量："记者同志，希望《工人日报》多报道我们海员的思想、工作、生活和家庭。我们也有自己的'喜怒哀乐'呢，让社会和众多的读者，更加深刻地了解和理解我们海员！"

船员的爱

  "新基"轮上的船员，几乎每人都带着与妻子、儿女合影的相册。木匠李长春、大厨赵玉海、电工庞庆明、大台钮永友，还将妻子的彩照贴在床头、枕边的墙壁板上，天天看，长相思。

  大海的波涛汹涌锤炼了船员们坚毅、粗犷的性格，但是船员的爱是细腻而丰富的。机匠长顾东明的妻子曾经流产过。即将返回祖国时，他听说再度怀孕的妻子要来船探望的喜讯，欣喜地在自己房间四壁张贴起国外孕妇身着睡袍以及丈夫拥抱、亲吻怀孕妻子的画报、照片，准备让妻子与自己共享快乐。

  船员的爱又是炽烈而深沉的。机匠陈永持在归国途中的海上，就一天天计算着爱人的预产期，货船一靠上祖国的码头，他马上向领导请假，即刻乘飞机赶回北京；闻讯爱人已住进妇产医院，又乘出租汽车前往。几小时后，爱人顺利分娩。陈永持欣喜若狂："我当爸爸啦！我当爸爸啦！"

  也有一些船员的妻子分娩时，船员正在茫茫无际的大海上执行航运任

务。李振东就是其中的一位。在请伙伴们喝喜酒时，他哽咽着说："请大家先为我老婆干一怀！"他的妻子是农民，家住郊区。对她来说，生活的担子太沉重了。即使这样，妻子却在信中嘱咐丈夫："你别惦记着我们，好好干工作。"

船员的爱是忠诚与忠贞的。泰国的色情场所比比皆是，色情服务五花八门。翻开曼谷出版的报纸，什么中式、西式、古式按摩房，什么"美娃"大浴室、里维拉大浴室，色情广告充斥版面，广告词更是猥亵诱人："热门温柔乡——室内春光令您陶醉；宾客任选，大享艳福"云云；上街购物、观光，夜总会、情人旅馆鳞次栉比；如若驻足观望，顷刻便有"靓女"向你媚笑、招手；更有外国船员雇用的泰国临时"三陪老婆"，每天用摩托飞艇"突突突"地接来送去，无不考验着我们的船员的忠实与忠诚。

我们的船员胸怀祖国的尊严，心有对妻子的忠贞，对那些来自腐朽堕落场所的引诱，一概嗤之以鼻。一天，十几个妓女登上正在卸货的"新基"轮招揽"生意"。我们的船员指着船尾迎风飘扬的五星红旗、威严地告诉她们："我们是中国的船员！"她们只得摇头、噘嘴、败兴而去……

船员的爱，还表现在对妻子的理解与宽厚。水手长王金龙的妻子小隋，一天晚上同朋友跳舞，忘了与丈夫打招呼。已是夜里10点多了，金龙放心不下，先与妻子单位联系，回答早已下班；再骑车到岳母家去寻，仍不见踪影。正在着急，妻子笑吟吟地回来了，向他连连道歉。水手长只是轻轻地说了句："你应该跟我言语一声就好了。"

去年10月，王金龙从新加坡给妻子买了7.6克和6.5克的两枚金戒指。小隋为丈夫洗菜、做饭时，随手将其摘下，不慎与杂物一并倒入楼房的垃圾道内。翌日清晨，小隋发现戒指丢失，急得流出了眼泪。水手长反而平心静气地劝慰妻子："既然已经丢失，就不要再着急啦！小心急坏身体。我们还可以攒钱再买嘛！"

政委的魅力

大学毕业刚刚参加工作的年轻海员小王，迟疑地叩开了"新基"轮政委、领队张永荣的房门，话未出口，眼泪却已从那白皙的脸颊上流下来："老张，我想回家……"

此刻，货船正在泰国的曼谷港卸货，远离祖国数千里之遥，怎样"回家"？

稳重、淳厚的政委让小王坐下，随即送上热茶，微笑着请他说明原委。原来，小王去年7月份毕业，主动要求来首钢船务公司当海员。10月份结婚，爱人在河北沧州某纺织厂工作。没想到，前两天爱人来信称："我怀孕了！反应强烈。呕吐不止，浑身乏力。春节期间，眼看着朋友们一个个都回家团聚；唯有我，孤零零一人空守四壁，感到非常寂寞，失落感每天占据我的心，盼望你速速回家……"

张永荣政委静静地听小王倾诉出一切，亲切地劝慰道："你的心情，我完全理解。我们都是有家的人嘛！每次出海，想家，想亲人，是很正常的。你先写一封信，好好劝一劝你的爱人。我是有孩子的人啦。女同志怀孕，有时会感到很委屈的，更何况你又不在她身边。我看，等我们的船一靠上祖国的码头，就请你爱人来船上探亲，怎么样？"

体贴、温暖的话语，和蔼的态度，妥善的办法，使小王转忧为喜。

2月底的一天上午，二级水手李德成在甲板上作业时，不慎被吊杆拉索的一根尼龙绳划伤了脖子。老张闻讯，立即让管事兼船医的房明给小李上药消炎，并请船长将此事报告给外轮代理，迅速联系交通艇，送李德成到泰国医院检查、治疗。

几小时后，医生诊断有了结果："骨头未损，软组织挫伤。"从此，政委每天数次光顾小李的房间，陪其聊天、宽慰，还亲自做好病号饭，端到小李的床头。小李向政委吐露心迹："会不会落下疤痕，爱人见了心疼？"老张劝道："你先不要告诉爱人，以免亲人着急、牵挂。"并幽默地告诉小李，"伤好后，在甲板干活时多晒晒太阳，尽可能使伤痕与其他皮肤的颜色相近些。"小李从心底感激这位老大哥似的政委的关怀与体贴。

就这样，一天，两天，三天；一个，两个，三个。张永荣政委逐一熟悉了他的31名船员，船员们也了解了他们的政委。谁遇到想不通的事情，都愿意找老张聊聊。一位船员的女朋友，没能在离岸前与其见上面；一位头次出海的船员因船遇风浪颠簸产生恐惧心理，夜不能眠；有的船员在船上时间久了，脚下轻飘，性情急躁……一个个都成了政委房间的常客，似乎老张身上有一种吸引人的强力"磁场"。

然而，船政委的魅力还在于处处以身作则。张永荣当海员前，曾担任过首钢预制品厂的车间主任，会电焊。这次从天津到曼谷的航行中，雷达天线底座开裂，他不惧海上八九级的大风，率先爬上十八九米高的驾驶台顶部，用两个多小时圆满完成了焊接任务；返航时，甲板部人手紧张，老张穿上工作服，投入给甲板除锈、刷漆的行列……

魅力——很能吸引人的力量。作为一名思想政治工作者，张永荣政委的魅力，在于他的以身作则，在于他的关心人，尊重人，体贴人。因而，"新基"轮成为一个团结奋斗的集体，圆满完成祖国赋予的一次次神圣使命。

游帕堤雅

　　到泰国而不去帕堤雅，犹如来中国不游长城。"新基"轮停泊在"科西昌"锚地装货期间，我便和二副、三副及水手、机匠等6名同志，结伴到被人誉为"东方夏威夷"的帕堤雅海滨游览。

　　从春武里府的首府是拉差市，花10泰铢（相当人民币2.5元），我们乘上了开往帕堤雅市的公共汽车。沿途芭蕉蔽日，椰林夹道，繁花似锦，一派南国风光。公路两侧，到处在兴建厂房、商场、饭店；岔路口，不时闪过用英、泰、中文书写的合资企业的彩色广告，反映出"亚洲第五小龙"的生机与活力。

　　"你们去帕堤雅？让我做你们的向导吧？！"车上，我们巧遇曼谷珍宝旅行社的符载利先生。一句亲切、标准的中国普通话，顿时使我们的心贴在了一起。符先生祖籍广东汕头，祖父母均为华人。他经常组团到广州、汕头和香港旅游。

符先生告诉我们，帕堤雅市是1968年成立的，位于泰国湾海滨，与首都曼谷相距约200公里。60年代初期，它还是一个小渔村，后被驻泰美军飞行员发现，成为美军第七舰队官兵的度假地。商人乘机在此兴建饭店、旅馆和娱乐设施。随着泰国经济的发展和对旅游业的开发，这个仅208平方公里的自治市日趋繁荣，发展成一个近10万人的旅游观光城，每年接待上百万游客，收入高达8亿美元，占全国旅游业收入的1/5。

符先生热情地将我们领到位于帕堤雅市中心的"半岛餐厅"。餐厅主管叫张集，是个二十六七岁的英俊的年轻人。两年前，随父母从河南到泰国定

居，与六七位香港朋友合资建了这家餐厅。迈进餐厅，与外面高温气候成鲜明对照，空调机的冷风，使室内凉爽无比。女服务员笑吟吟地送上一杯杯冰水，喝一口，沁人心脾，使我们顿感劳累皆消。墙上悬挂一幅幅中国山水画，室内一张张竹桌、竹椅，餐厅与洗手间隔开的屏风也是地道的中国产品，加之音响播放的中国歌曲，嘿！若不是大街上来来往往的都是"老外"，真让人以为到了北京日坛的"豆花饭庄"。

小憩片刻，我们便在符先生陪同下上街。繁华的街市中，几百家现代化的摩天饭店与泰国式的传统酒店辉映成趣，充满着浓郁的南洋气息。街面上，一个个大小排档上出售着几十种风味小吃：烤香蕉、烤木薯、烤鱿鱼、烤香肠、烤大虾……色、香、味、形，令人垂涎。商场的柜台和摊位上，摆满了颇具

旅游纪念特色的服装、鞋袜、橡胶制品、相机、胶卷、油画以及精美的手工艺品。与我们挂在墙上、喊在嘴里的"优质服务"的口号相比，泰国人更注意付诸行动，真正是"百问不烦，百挑不厌"，且价格并不比曼谷贵。摊主们还时不时主动打着往下压的手势，表示可以"砍价儿"——我完全没有因自己是"老外"而害怕"挨宰"的恐惧。尽管囊中羞涩，还是花了130铢（"砍"下20铢）为女儿买了一套色彩鲜艳的夏装，用180铢为朋友买下一幅泰国风光的圆油木雕刻。

不过，还有一点让我感到不舒服的是，人高马大、金发碧眼的欧洲人，不论驾摩托车，还是步行串街，都带着一个当地的少女或少妇，这就是人们所说的那种"包导游、包吃饭、包睡觉"的"三包"特殊服务员。

当我们一行人来到海滩，万里晴空中飘着几朵白云，那翠绿的椰林下，洁白的沙滩上，有一排色彩斑斓的遮阳伞，伞下摆着一张张躺椅。我们花几十铢租了两把遮阳伞、三张躺椅，便飞快地脱去外衣，跃入碧蓝的大海中，尽情地游泳、嬉戏、摄影。此刻，北京正是寒风刺骨、雪花飞舞的严冬，而这里却是骄阳似火的夏季。世界真大呀！

在符先生的倡议下，我们乘车登上海滨南侧的大佛山，居高临下，回眸远眺，只见蓝天碧海连成一片，空中飘浮的白云，水上争游的百舸，似乎都凝固在一张巨大的蓝色玻璃板上。一弯银白色沙滩的那边，椰林成行，公路上的汽车、摩托车像小甲虫似的爬行，那白色的建筑群却分外耀眼夺目。我赶紧掏出相机。嘿！明丽的阳光，湛蓝的大海，洁白的沙滩，妩媚的椰林，雄伟的建筑群，尽收镜头之中，好一幅令人陶醉的图画。以此为背景，我为海员朋友们留下难忘的时刻。环顾大佛山，有身高数十米的金色大佛，有深宫大院的尼姑庵，还有刘、关、张桃园三结义、八仙过海、唐僧取经、南海观音等一座座、一群群泥塑，香火格外旺盛。而相距不到30米处，竟是一座现代化建筑的卫星接收站，标志着当代科学技术水平的设备与代表着古代宗教信仰和民族文化色彩的院落就这样"和睦相处"着。

返回"半岛餐厅"的路上，一位泰国青年男子和四五位少女拦住我们的去路。我们一打愣的工夫，他们便把一张张粉红色纸条塞到我们手上。低头一看，上面用泰、英、中文写着："专为男人们提供女人特殊的功能表演。"那男子指着200铢泰币的标价，用手往下压了压，意思是还可以"压价"，又指了指旁边窗帘遮挡的二楼，有几个女人不安分地向我们挤眉弄眼，吓得我们把纸条塞还给他们，逃跑似的躲开了。身后立即传来一阵女人们的怪笑……

张集和他的伙伴们已为我们准备了丰盛的晚餐，香米饭、可乐、啤酒、炒鸡蛋、鱿鱼卷、炒时菜、瘦肉豆腐、虾仁火锅、清蒸鱼，还特地为我们做了菠萝洋葱炒肉片等几种泰国菜，又甜又香又辣。我们都放开肚皮，撑个半死。

张集坚持按成本价收费，并诚恳地说："我们都是中国人嘛！以后有机会欢迎各位再光临我们的半岛餐厅！"我拿出一块纱巾，机匠长郑兴明拎出随身带来的几瓶青岛啤酒，略表心意。"看似一幅画，听像一首歌，请你的朋友一块来，小城来做客……"音响中传来邓丽君唱的《小城故事》的歌曲，荡漾在空中，也荡漾在我们的心上……

美丽迷人的海湾，繁华洁净的街道，热情好客的主人，文明礼貌的服务……夹杂着丑恶肮脏的"皮肉生意"，这就是我对帕堤雅这个旅游胜地的总印象。

船沿宝岛行

为避开春季台湾海峡的大雾，满载8800吨泰国木薯干返航的首钢"新基"轮，从泰国"科西昌"锚地启航后，船长决定经南海，穿越太平洋的巴士海峡，沿祖国的宝岛台湾省的东海岸行驶，返回江苏的张家港。

有着8年海龄的水手长王金龙告诉我，这是极少走的一条航线，不用望远镜，也可以看到台湾的高山。

3月11日早饭后，我们的"新基"轮沿祖国的宝岛由南向北行驶。水手们，机匠们，三三两两拥到驾驶台的左舷，一边向祖国的宝岛眺望，一边兴奋地议论着。正在操舵的一级水手赵中奇笑着告诉我："现在，我们离台湾岛只有10海里，一个'左满舵'，用不了一个小时，就可以到达'台东'啦！"领队、政委张永荣接过话茬儿："凌晨两点半钟，我们就已经沿着祖国的宝岛行驶啦！岛上一片灯火辉煌。总有一天，我们也会像到海南八所（注：海南省一个港口）一样，自由出入台湾岛的！"

说起台湾岛，船员们很自然地谈到在国外和公海上多次相遇的台湾船和热情、淳朴的台湾船员。机匠长郑兴明是首钢船务公司的第一批船员，曾经到过27个国家和地区，几次在国外遇到过台湾船，与台湾船员有过数次交往。一次，在菲律宾达沃港，郑兴明遇到台

湾一艘2.2万吨级的散装货轮"嘉华"号。船上的水手长——一位40多岁的船员，热情地邀请小郑等人到"嘉华"号做客。登上台湾船，只见整个生活区清洁、宁静，室内布置典雅、大方，处处透着东方民族的乡土气息。

那位水手长告诉郑兴明，他的祖籍山东青岛，1988年，他几经努力方获准回老家探亲。在台湾时，他听说大陆很穷，就带了3000多元美金，准备为亲戚们买冰箱、彩电、洗衣机。可到家一看，亲戚家的家用电器一应俱全，使他十分感慨。家乡的亲人们还特地请假，陪他到北京参观、游览了天安门、故宫、颐和园、长城等名胜古迹。

分别时，那位水手长紧紧握着郑兴明等人的手，表示有机会一定再回故乡寻根！

听说在聊台湾的"嘉华"，一级水手、雅号"秀才"的刘金春告诉记者，"嘉华"号货船上有一位60多岁的一级水手，曾热情地请他和首钢的另几名水手在港口饭店喝过啤酒。那位老水手介绍说，"嘉华"的船员祖籍大都在大陆，有河北的、山东的、福建的，还有北京的。年龄多为40至50多岁。他们中有些人曾在国民党军队服役，被称为"老兵"。现在，台湾年轻人怕苦不愿意干航海。复员兵文化低，在台湾做海员能积攒些钱，以备有机会回大陆老家看看。船上30人的定员，实际才20多人，活儿虽然累，但可以多挣钱。一个普通船员，每月可以挣到1000多美元。

老水手看到我们脸上的惊讶表情，叹口气说："别看我们收入高，但每月家庭生活开销就要1000多美元。台湾的物价很高，连美国大鼻子到那里都不敢大手大脚地乱花钱。"

老水手属于临时雇用，就没什么"医疗保险"，更谈不上什么"劳保"。他告诉首钢的同行们，自己含辛茹苦攒了十几万美元，准备携带妻子回老家河北定居。他认真地询问："这些钱够不够买一套住房啊？"首钢的船员们告诉他："只需几万美元就可以买一套相当漂亮的楼房啦！""政府欢迎台胞回大陆投资和定居。"这位饱经沧桑的老人长吁一口气："大陆的物价便宜啊！在台湾，买一套住房要40多万美元哪！叶落归根。我总算有个盼头啦！"……

这时，"新基"轮已行驶至台湾的"花莲"附近水域。我举起望远镜，一次又一次深情地瞭望祖国的宝岛，只见一座座高山如同巨幅的美丽山水画，向我们船尾流动着，流动着……

此刻，我的耳边再次响起张永荣政委的那番话。是的，海峡两岸的船员盼统一，海峡两岸的亲人盼团聚。这是历史的必然规律，也是当今世界发展的潮流。

香港纪事

篇篇香港掠影，引您生动了解香港普罗大众多姿多彩的工作场景、情感生活、风俗习惯、社会风貌。亲身经历的香港回归，让您重温难忘的1997年7月1日，香港主权回归祖国的那份激动，感慨，喜悦与自豪！

香港过马路

香港，轩尼诗道街口。我站在马路人行斑马线一端。此刻，红灯亮着。因急于赴约，我神情紧张地往左右张望一下，便抬腿想"抢红灯"过马路。这时，我感到左胳膊被人拽住，扭脸一看，是一位六十多岁的老伯伯。老人轻轻拍拍我的肩膀，用手一指马路对面："红灯，绝对不能抢行！你看，那边有警察，逮住要罚钱的！"

我的脸"唰"地一下红了，从心里感激这位素不相识的老人家，乖乖地等着绿灯亮起时才逃跑似的过马路。

这是1989年1月中旬，我的一段亲身经历。那时，我跟几位朋友第一次来到这具有"东方之珠""购物天堂"称誉的香港旅游。由于长期生活在内地某一大城市，尽管也公布了交通法规，但从领导人到老百姓，认真遵守者了了。久而久之，便养成了"中国式过马路"：只要交通警察大人一离开，什么摩托车、自行车，皆变成"自由车"；行人也成了"自由人"，统通无视什么"红灯停，绿灯行"。习惯成自然，我也逐渐养成了这种不良习惯——过马路、"抢红灯"。

1993年6月，我来到香港工作，遂发现，香港街头"抢红灯"的现象，也如同内地一样多起来了。您不相信？请您站在马路口观察一下，不用十分钟，您就会捕捉到这样的镜头：

红灯亮着。一位年轻小伙子、帅哥，潇洒地一甩头发，疾跑过马路，全然不顾拼命鸣叫着喇叭、疾驰而过的汽车群；更糟糕的，红灯亮着，只要有一两个人敢"冒天下之大不韪"抢红灯抢行，那么，立即就有几个、十几个，甚至几十个人"大胆地往前走"！

这种情况真令人担忧。过马路是小事也是大事；培养一种良好习惯和滋生一些恶劣风气，就更不是小事情。我讲两件真实的故事：

一是，我们大公报财务部薛瑞珍大姐告诉我，一次，她在一条小马路十字路口等红灯，看到前面有三男两女大胆的、毫无顾忌地"抢红灯"过马路。她也就尾随其后。没有料到，在拐角处突现一位身着黑色警服、挎着手枪和手铐的阿Sir警官，向他们优雅地敬礼后，一一记录下身份证号码。3天后，薛大姐收到法院发来的传票，让她第二天上午10点钟到法院接受"训斥"。薛大姐为此请了半天假，在法院被法官训诫半个小时，并问："你服气不服气？"回答"服气"后，缴纳750元港币的罚款。离开前，又被告知，"如果下次再违犯此法律，除接受训斥外，缴纳1500元港币的罚款！"如此这般，您还敢违法"抢红灯"过马路吗？！

二是，新华社香港分社张浚生副社长，一次在马路口"抢红灯"过马路，被香港记者逮个正着。于是，香港报纸随即刊登如此报道："张浚生副社长抢红灯过马路，以身试法。"从此以后，张副社长也好，新华社香港分社的其他官员也好，再也无人"抢红灯"违法过马路。

半夜狗叫

子夜，喧闹的港岛相对平静下来。忽然，我被一阵"汪！汪！汪！"的狗叫声惊醒。打开灯，一看表，才三点半。闭灯，良久，却再也睡不着。

觉没有睡足，惹得上班时候哈欠连天，老板直朝我翻白眼。我真担忧，如此这般，总有一天，再面慈目善的老板，也会很客气地请我"别处高就"。

我问同事，居住在香港湾仔一带的人都有同感。不仅如此，在洛克道、活道、轩尼诗道等处人行便道上行走，要时不时提防踏上"地雷"——狗屎。如若你不相信，请到这几处看看，便不难发现有人误踩"黄地雷"的痕迹。

我想，无论是哪位，大清早踩上狗屎，保证一天都不开心。当然，"踩狗屎运、中六合彩大奖"另当别论！

上个星期天下午四点多钟，我拎着水果去朋友家做客，行至市政总署附近的游泳池旁，逢一对青年男女恋人，带一条很壮的黄狗在人行便道上游荡。那狗颈圈上没有系带子，它竟直奔我而来，我本能地快跑几步，它也紧追几步，直到那对小恋人连声呵斥，狗才舍我而去。到朋友家一个小时后，我还心有余悸……

而我这朋友，擅长养狗，家里就养有一只叫"大猫"的黑狗。他告诉我，香港人养的狗一般情况绝不咬人，不必担心。养狗绝非易事。香港地区的天气湿热期长，不少狗易患有皮肤病，尤以长毛的西施犬、沙皮狗、约瑟犬、松鼠狗、松狮犬等为甚。狗患皮肤病忍不住痕痒，往往用口去咬和舔，极易咬破皮，流血发炎。"所以，要格外细心照料，狗很忠实、灵气，它通人性；既然养它，就要善待它。"

是的。有时星期天，我去香港公园散步，或者经过街心花园，便会不经意地看到一些穿着时尚、长相靓丽的少女或者少妇，抱着小狗，一边抚摸它，一边叨叨细话述说着什么；有的少妇还流着眼泪，再细看那狗，竟然一副悲伤状，似乎也在流泪……

其实，我倒不是反对饲养这"上帝的宠物"，只是应该加强对养狗的管理。香港社会是个自由的社会，不要让养宠物的自由，影响不养宠物的人正常休息的自由。

香港请客

在香港，请客吃饭是很礼貌、很容易、很常见的事，有许多时候，是为了工作而应酬。1989年初，我第一次踏入被誉为"东方之珠"的香港，与几位老少朋友电话联络后，他们都异口同声地邀请我吃饭。

1993年6月，我来港工作才发现，在距我们报馆不足一千米的方圆内，竟有七八家宾馆、饭店。较高档次的有南洋酒店、利景酒店，中档的有叙福酒楼，南丰阁酒楼，至于快餐店、小吃店、大排档，比比皆是。

于是，我的一些内地同事、朋友来港，我便也请他们"食饭"。开始，朋友们喜欢在酒楼、饭店吃海鲜。他们大约听了人劝，"去香港不吃海鲜，犹如来北京没有逛王府井大街、没有吃烤鸭一样遗憾。"

为此，我陪他们去过元朗、流浮山的"海鲜一条街"。别看那里的小饭店门脸不甚显赫，海鲜做得色香味形，颇具特色。而逛街购物时，朋友们又喜欢去"大快活""大家乐"之类的快餐店。据称，来去匆匆，时间宝贵，又有许多委托采购之任务：妻子的，儿女的，朋友的，同事的，吃饭便成了填饱肚皮的形式。但香港的快餐店也具特色：花上三十多元钱，便可吃到一份套餐，有香喷喷的泰国丝苗米饭，有南国风味的肉饼，有广东卤肉、茶叶蛋拼盘，有鲜嫩晶亮的生菜，味鲜可口的靓汤，还有热茶咖啡、奶油红豆冰之类。

前几天，我的两位在北京著名的四星级宾馆——京伦饭店做高级公关经理和餐饮部副总监的朋友，从新加坡、泰国考察宾馆餐饮服务之后途经香港，两人在"崇光"百货购物之余，点名要吃"快餐"。于是，我领他们去了铜锣湾地铁站旁的"美心"快餐店，吃得甚是开心。

一个现代化的大城市，必须具备许许多多的条件，诸如繁荣的市场，发达的交通，快捷的通信等等之外，解决好请客吃饭问题，以适应人们的工作，生活的快节奏，实在是很重要的一环。

两地 "吃风"

笔者1993年6月从内地来港，在一家报馆办公室工作。因此，三天两头陪社长赴宴，有时是"吃请"，有时是"请吃"。我发现，香港与内地的"吃风"有诸多不同：

其一是守时。无论"吃请"还是"请吃"，都准点到达。据悉，在香港宴客或者赴邀均有"规矩"，一般来说不允许迟到15分钟，否则，"饭局"自动取消。内地则不然，往往"请吃"者毕恭毕敬等候多时，"吃请"者才姗姗来迟，全然不顾礼貌之类。

其二是不敬烟，不劝酒。可能，与"吸烟有害健康"的宣传有关，香港餐桌上的不敬烟，给我印象颇深刻。不劝酒，更显得文明、斯文。相比之下，内地"烟民"们在餐桌上全不顾别人皱眉掩鼻，吞云吐雾之际尚振振有词："我们是纳烟税，支援国家经济建设！"至于劝酒，更有一番说道："感情浅，舔一舔"；"感情深，一口闷（一口喝下一杯高浓度白酒）"；还有曰："宁可伤身体，绝不伤感情！"于是乎，"一碰杯，有来有往喝两杯；过过电（用酒杯相互在餐桌上磕一磕），醉了见！"不喝倒几个席不散。一次，我去内地某市公干，席间的劝酒辞很有特色："激动的心，颤抖的手，我给领导敬杯酒，领导不喝看不起我！"

三是节俭与浪费。香港的宴请很实惠，既好吃又适量；"吃不了，兜着走（打包）"。我曾亲眼所见，上百亿身家、乘坐劳斯莱斯汽车的香港大老板宴客，席散时认真打包。酒楼伙计为他们使用的饭盒包，打好之后像是一盒蛋糕，既有"面子"又不浪费。

内地有些地区宴客，主人为了"撑面子"，却是中盘压大盘，小盘摞中盘，似乎不如此，便是对客人的"不尊重"，不热情。实际上，许多时候是吃一半扔下一半。

敬业精神

从内地来得香港工作，接触公司的同事或外界的朋友，我有一种强烈的感觉: 香港人的"敬业"精神实在可嘉。

在日常工作和生活中，这种"敬业"的事例比比皆是……

由于香港的地理位置所致，常有台风、季风"惠顾"，悬挂"风球"是常有的事。我刚来香港不足半年，就赶上两次悬挂"8号风球"。按照香港政府有关规定，"8号风球"一挂，同胞们便可赶紧去超市采购，然后在家看电视休息。然而，此时此刻的电视台记者、报馆记者编辑却在"顶风上"，奔赴海港码头，交通要道，郊区农田现场采访报道。

几天前，我的两位朋友从日本东京来电话，要来港公干，让我替他们预订宾馆、酒店的两个房间。我拨通了铜锣湾南洋酒店的电话，营业经理湛向明小姐十分热情地请我去选定房间，并且告诉我客人可免费用早餐；离港时酒店派专车送行。我的朋友们住下后，另一位副营业经理苏兆龙先生还登门造访，送一枝鲜花、一盘时令水果，谦和地征求意见，真可谓"无微不至"。

我们报社社长是一年前从山东济南市来港工作的，操一口浓重的山东腔儿。司机林阿根是位年轻、能干的小伙子。他为了能够与社长交流，更好地提供服务，硬是在不到一年的时间内，学习掌握了社长那带浓厚山东腔的普通话。在几百次的出车服务中，从来是准时准点，平稳安全。

许多夜晚，我都见到不少金店、钟表店和大商场的伙计，一丝不苟地擦洗店铺的招牌、"门脸儿"。尽管它们已是很清洁，透亮。伙计们的动作依然那么认真、仔细……类似的例子还可以举出许多，许多。

究其原因，有人说，"是怕被老板炒鱿鱼。"我认为并非如此。依我看，一是香港具有潜在的人才市场，人才流动很容易，竞争机制比较健全。二是激励机制运用、发挥得当。员工表现突出，便会受到嘉奖、晋升，这里不用无休止地"研究""讨论"，更不用担心有人害"红眼病"。三是香港大部分中小公司企业，一般来说都实行股份制，不少员工也是中小企业的投资者。企业发展得如何，与自己的利益有着直接的关系。

上述种种状况，会促进人才脱颖而出，更有利于培养人的"敬业精神"。

戒烟

记得孩提时期，父亲嗜烟如命，每天吸两包"大前门"，弄得他老人家浑身烟味。每每给他洗衣裳，我都另眼相待——老人家的衣服口袋内均有烟丝。家人都怕污染衣服。

我多次劝父亲戒烟，老人很不以为然："儿啊，戒饭可以，戒烟太难！"我只好请母亲出面。在母亲的絮叨不休下，父亲先以饮茶代替，无效；后改为饮咖啡，仍然无效。母亲买来糖果——还是"瞎子点灯白费蜡"。父亲说笑："原本吸烟破费，这又搭上糖钱！"依然故我。直至父亲患上肝病，医生笑着问他："老张，您还想活多长时间？"父亲笑道："我刚50多岁，怎么也得活个七八十岁啊！"医生严肃起来："那您就必须坚决戒烟！"说来也奇怪，从那天起，父亲再也不抽烟了，就是别人送来优质名牌香烟，他也坚决谢绝。（父亲活了93岁。这是后话。）

如此这般，家人一直颇受"烟害"。好不容易，熬到参加工作，终于脱离家族"烟海"。20个世纪90年代初期，我进入一家报社办公室工作。老天无眼，遇到的一众"老板"，从社长、总编辑到副总编辑，各个都是比老爸烟瘾还大的"烟官"。开起会来，吸烟不断，30多平方米的小会议室里乌烟瘴气。一次，我斗胆拙书一纸置于会议桌上："使用空调，请勿吸烟。"老社长不悦："这是谁的主意？"众人面面相觑。我硬头皮承担："为您健康，亦为室内空气清新。"社长笑称："你等不花钱吸烟，还提什么意见？"众人大笑。老总随其愿，吞云吐雾，悠然自得。另几位"烟民副老总"见此状，立马大开"烟戒"，直搞得我与其他几位不吸烟的"良民"痛苦不堪。

这次来得香港工作，到处所见"吸烟有害健康"之宣传。许多地方尤其公共场所，如公园内，地铁车厢、汽车内，电梯内……均有警告——"在此吸烟，可被罚款五千元！"这一法律甚是犀利。我想，赚钱再多，恐怕也未必会去认罚五千元！再则，在办公室里，会议桌上，餐厅里，同事、朋友、宾客之间都不敬烟、让烟；香港街头，几乎见不到边走边吸烟的人。这种氛围，有利戒烟；这般环境，令人愉悦。

无锡肉骨头

周末，应邀前往同是北京来香港工作的一位领导兼朋友家中赴宴。真没想到，朋友的夫人竟摆上了我最喜爱吃的一道美味佳肴——"无锡肉骨头"，内地人称"无锡排骨"。

问其缘由，她神秘地一笑："这是我五分钟的拿手好菜！"原来，这是她从超市买来的"无锡酱排骨"。将其从包装精美的密封锡纸袋中取出，或整袋放于沸水中；或将"无锡酱排骨"直接置于白瓷碟上，放进微波炉内，只需五分钟，便可端上餐桌。看上去，色泽酱红；吃起来，肉松骨酥，骨香浓郁，色香味全，咸甜适口，令人拍案称绝！

"无锡肉骨头"，学名为"无锡酱排骨"，是我国风景秀丽的江苏省无锡市三大风味特产之一，创始于清代光绪年间。其采用传统秘方，精选十多种名贵佐料，配以陈年老汁炮制而成，成为清朝著名"满汉全席"酒宴上的一道佐酒佳肴。百年历史，名扬海内外。

孩提时期，我就十分喜爱吃这"无锡肉骨头"。家乡丹阳距无锡甚近，父母精于此道；去得商店，选那新鲜猪肋排，回家切剁成寸长块段，洗净入锅，加入鲜姜数片，微火慢炖，呈七八成熟时捞出；再放少许花生油和肉汤的热锅中翻炒，加红糖、酱油、香醋。待猪排呈朱红色时，再置入绿色、白色之半寸长的鲜葱段便成。

每每我行善助人，或学业进展，父母均以这自制"无锡肉骨头"嘉奖。慢慢地，我大学毕业，求职工作，结婚生女，都没有改变这对"无锡肉骨头"的嗜好。

此番远离父母来香港工作，依然尝到这久违了的美食，感慨有二：一是赞叹高科技的发展，"无锡肉骨头"经高温杀菌，以先进技术真空包装，确保卫生，原汁原味，且保鲜期特长；二是感慨香港商业发达，香港人遍食五洲好口福！

刘宇一画《良宵》

香港著名油画家、原广西艺术学院副院长刘宇一教授创作的2×1米大型油画《良宵》，不久前在香港以836万港元成交，拍卖给金利来集团董事长曾宪梓先生，创造了当时中国油画拍卖的纪录。

后来，应北京毛主席纪念堂之邀，刘宇一教授在香港绘制了12.26米长×3.5米高、重达9000斤的巨幅油画《良宵》，无偿捐赠给国家，由毛主席纪念堂永久珍藏，供世人瞻仰。全国人大常委会副委员长布赫、程思远、雷洁琼，全国人大常委曾宪梓等人士出席揭幕及捐赠仪式。

《良宵》是刘宇一教授根据1950年中秋之夜在北京中南海举行的联欢晚会上，毛泽东与柳亚子和诗的史实，费时8年精心创作的。画面气势宏大，构图饱满，人物细腻逼真，色彩华丽典雅，被中国美术界人士称为具有历史意义的"扛鼎"之作。

为了搜寻有关资料，刘宇一三进中南海，访问了许多健在的历史名人。他甚至亲自为叶圣陶、巴金、周培源、华罗庚、周扬、赵朴初、冰心、艾青、丁玲等人物写生画像。在《良宵》中，一代政治人物如毛泽东、周恩来、刘少奇、朱德、邓小平、聂荣臻、贺龙、叶剑英等都被勾画出来，形象生动。这近百位中国当代名人和各民族代表，在皓月明媚、宫灯高悬的庭院中吟诗作画、品茗弈棋、畅叙倾谈的升平景象，何等温馨，多么美好！

《良宵》创作于1977年，中国人民经过艰难困苦的卓绝斗争，粉碎"四人帮"，憧憬着繁荣安定，团结祥和的生活。"整个画面渗透和的韵律"。刘宇一教授这样概括着《良宵》的主题。"我想借助这群星灿烂般的一代名流，越过画面所散发出的祥和、平和、温和的气氛，产生一种美感，使人们领略共和国历史上光辉的一页。"我想，这也是炎黄子孙的共同心愿。

作者与刘宇一教授（右）在香港《良宵》大型油画创作现场

刘宇一教授擅长重大历史题材的油画。巨幅油画《良宵》《开国盛典》《伟业千秋》《人民万岁》《共铸乾坤》《初春》《京华胜景》《八一颂》等十余幅。（其中部分与女儿刘浩眉合作）珍藏在人民大会堂、天安门城楼、毛主席纪念堂、全国政协礼堂、中央统战部大楼、中央军委八一大楼和钓鱼台国宾馆等国家殿堂，并在重要的位置陈列。

刘宇一教授的史诗性油画作品系列，讴歌中华民族的历史与辉煌，诠释伟大的时代精神，描绘伟大而美好的中国梦。他巧妙地运用时代的经线和民族的纬线，编织中华民族复兴的画卷。因此，他被誉为"共和国首席画师""热爱和尊重人民的艺术家"。

当代著名作家丁玲先生称他的肖像系列油画，"为我国肖像画史上实属罕见的创举""具有可以传世的文献价值"。赵朴初老先生称赞他："下笔如有神，惟妙复惟肖；岂是面目真，直是肝胆照。"国画大师刘海粟先生以"一管擎天笔，千秋动地歌"盛赞他的艺术创作。华罗庚先生称赞他"写真出真、求实得实"。

观《龙谣》

1994年11月12日，朋友相约去香港九龙尖沙咀艺术表演馆观看、欣赏音乐舞台巨献——《龙谣》。

这是一出"古为今用，洋为中用，推陈出新"的高水准音乐舞蹈，是充分体现尖端科技融合舞台艺术的崭新制作。

这个评价首先反映在音乐上。生于澳洲而居住香港25年的陆昆仑先生，据悉作曲、编曲及制作过数以千计的歌曲、电视主题曲及广告歌曲，并且曾经为二十多部电影配乐。在《龙谣》中，陆昆仑先生再显造诣之作，融合先进的电子音乐科技，演绎中国传统经典民谣。坐在设计新颖、造型别致的剧场，欣赏中国观众十分熟悉的《高上青》《蒙古牧歌》《京剧序幕》《阳关三叠》，让人心旷神怡。

在人物编排上，由于浓缩了两千多年中国文化的民间故事，传说、轶闻，因此跨度极大，贯穿着不同的时空。从《崇山幽思》《草原风情》，到《海坞风光》《帝苑情缘》，仅仅四幕，演出不足两个钟头，却反映出数千年的历史人物，传说中的英雄豪杰，令剧场中的观众耳目一新。

在《龙谣》的人物服装，道具运用上，在灯光设计与舞台技术处理上，创作者们打破框框、大胆创新。比如第一幕中的"金鼓揭风云""洞箫漫山间"，擂响的金鼓，悠扬的箫声，加之现代化的灯光、氮气，仿佛使观众进入仙境中；木兰脚下的圆木台座，在"花木兰"高速旋转中竟流出如丝的细水，更叫观众拍案称奇啦！

此外，还有一点给我留下深刻印象的是剧场的秩序管理。少数观众（似乎包括两三位高级创作者）迟到了，一律在幕间换场时才允许入场。我感到，这样做一是对演员的尊重，二是对绝大多数观众的礼貌。

内地众多的演剧管理也应该这样。

望子成龙

望子成龙、盼女成凤，这大概是中国许多父母、爷爷奶奶的深度企望。他们肩负重担、含辛茹苦所期望的，是儿孙子女能够出人头地、家庭幸福、事业有成。记得我年迈的母亲早年在江苏乡村时，成日成月成年吃素饭、烧香供佛，乞求苍天保佑的，是她的宝贝儿子能够兴旺发达。

1977年，我娶妻成家。次年，有了一个女儿。我们心情大概也同父母亲一样，似乎女儿的啼哭，也是世上最动听美妙的音乐。

女儿上了幼稚园，我希望她比别的小朋友聪明。女儿被选在公司职员会上表演小节目，我甚至动员父母亲大人请假来观看。那时，我感到演出舞台上的十几位小朋友，都比不上自己的女儿嗓音大、动作活泼。

女儿5岁，我便迫不及待送其上了"学前班"。学习唱歌、跳舞，学习了二十以内的加减法。尽管女儿有时更愿意在家里玩，画的画十分稚嫩、可爱，我却认为与"神笔马良"相差不远。

1989年1月，我初来香港游览八日。无论自己如何节俭，却为刚上小学的女儿买了一架2000多元的日本"雅马哈"电子琴。返回家中，便四处探听何方有教电子琴的培训班。星期天，平时的夜晚，均领着女儿去学习弹琴。为了女儿在小学校的一场电子琴表演，我不惜被扣工资、影响拿奖金，请假为女儿拎着琴、伺候左右。

除了完成老师交留的作业，我还送女儿上了业余美术学习班、英语学习班、奥林匹克数学班。此外，女儿必须每周比同班同学多练习写作一篇我交留的作文。

从小学到初中，都是如此，尽管女儿许多时不愿意，啼哭，但慑于我的威力也无奈何。

近期，女儿来信告诉我：经常头疼头晕，已经带上眼镜。她问我，香港有无医治良药？

突然，我如梦方醒：一切应顺其自然，"望子成龙""望女成凤"，违反客观条件，如同"拔苗助长"，效果真是难说啊！

游海洋公园

香港的海洋公园闻名遐迩。凡是内地来港的朋友，都会要求我陪他们到海洋公园一游。

进门之前，公园的管理者安排的男女小丑表演的杂耍，便让游客们开怀大笑，耳目一新。

门票成人一百三十元港币，孩童减半，抵得上内地普通员工月收入的四分之一；然而，在月平均收入六七千元港币的香港同胞来说，这真是广东话"洒洒水啦"（小意思），算不得什么钱。而且，买了这张门票之后再也无须买什么"小门票"了。记得游北京的颐和园，买了门票之后，想去看看西太后看戏的"大戏台"，需再花五元钱购"小门票"；攀登、参观"佛香阁"，需再掏拾元钱；游"苏州街"，要再花十五元。比较起来，海洋公园的一次性门票，省却了许多麻烦，也没有让人不断掏钱的感觉。游客进得来，可以乘缆车、听海涛、观鲨鱼、看海豚表演、坐"摩天轮""八爪椅"……

乘上悬空的缆车，可鸟瞰黛色的远山、米色的楼群，将锦缎面碧波荡漾的维多利亚海湾尽收眼底。

进入海洋馆和鲨鱼馆，我们立刻被千姿百态的鲨鱼和企鹅、海狮所吸引。尤其是走廊两侧安装的众多海生动物知识测验窗，使人游览之余还学到了不少东西。我想，假若我的女儿假期来港，第一件事就是领她来逛海洋公园。

海豚表演是海洋公园的"看家"节目。这些颇通人性的可爱生灵，在饲养员哨声的指挥下，做着跳"迪斯科"、钻圈、顶球、戏水和唱歌等水上精彩表演。一阵高过一阵的掌声、笑声欢呼声，把人们引入欢乐的高潮。

青山令人悦目，绿水让人留恋；海洋馆、鲨鱼馆给引以为豪的人以知识；海豚表演使人开心。游客所到之处，满目清爽之景。这，就是海洋公园留给我们的深刻印象。

　　据悉，海洋公园是香港赛马会拨款投资建设的。每次赛马活动，观众投注少则几亿元港币，多则十几亿元港币哪！赛马会将这些赚到的钱，用于建设医院、马路、博物馆、艺术剧院和海洋公园，也是"取之于民，用之于民"吧！难怪它具有惊人的魅力，成为香港同胞引以为豪的原因吧！

港人与申办奥运

1993年12月3日晚，北京市常务副市长、北京2000年奥运会申办委员会常务副主席张百发，在香港北角敦煌酒楼设宴，答谢香港同胞在北京申办2000年奥运会时所给予的大力支持。

张百发满怀激情地说："纵使投票结果公布，北京奥申委仍收到不少香港同胞的来信，电话，表示同情和理解。许多激动人心的场景，感人肺腑的语言，使我们深受鼓舞，终生难忘。"

笔者有幸出席了这次盛大的答谢酒会。依我看，绝大多数香港同胞对北京奥申委的感谢受之无愧。在祖国申办奥运的日子里，600万香港同胞，联同世界各地的炎黄子孙，以赤子之心举行丰富多彩的活动，表示极大的热情，关注与支持：全国政协副主席、香港中华总商会会长霍英东先生，接受采访、发表讲话，表示全力支持北京申办奥运。他还担任北京申办团顾问，亲赴蒙特卡洛。

香港文艺影视界的众多著名歌星、影星，争先恐后登台献艺，为祖国申办奥运出力。"四大天王"中的刘德华、黎明，还热情举办了"打电话，办奥运"活动；而当这项活动开展的第一天，就有了一千多名香港同胞打来电话，表示他们对北京申办奥运的衷心祝愿与盼望。

香港新闻传媒界对北京申办奥运始终给予极大关注与支持。翻开那一时期的报纸，每天都可以阅读到支持祖国申办2000年奥运会的消息、评论、特写和大量的新闻图片。《大公报》和万事推广有限公司联合创办的"支持北京申办奥运有奖征集标语口号及漫画、海报活动"，获奖的第一名标语口号，就反映了十二亿人民的心声——"到中国来，当世界冠军！"

面对香港同胞的热情、诚恳，答谢酒会上的张百发热血沸腾："终有一天，奥林匹克的圣火将会在古老的中华大地上点燃！"

事实正如张百发期望的——2008年8月8日至24日，北京主办了第29届夏季奥运会，上海、天津、秦皇岛、青岛作为协办城市，香港承办了马术比赛项目。204个国家和地区的6万多名运动员、教练员、体育官员参加了这次体育盛会。中国以48枚金牌名列榜首。

2008年北京奥运会获得全球体育界和新闻媒体"永恒的经典""奥林匹克运动史上的里程碑"等盛赞。

顾客，"上帝"乎？

在香港生活，无论是住店、吃饭，或者是乘"的士"、进商场买东西，处处都能体现这样一个口号："顾客是上帝"。

在香港工作的紧张，更显得时间的宝贵。吃午饭，我往往去报馆附近的"三姐靓汤"店买快餐。不管是服务员小姐还是先生，盛饭盛菜动作都很快，还在漂亮的塑胶袋中放进汤匙，"卫生筷"，临走时，一定说一句……"多谢！"其实，顾客才掏20元钱，受此礼遇，哪个能不高兴呢？

前些天，我的几位朋友从北京来香港办理公司股票上市事宜。工作之余上大街买东西。我陪他们去铜锣湾"崇光"百货附近的一家服装店。伙计们十分热情地介绍衣服的款式、质地和做工。我的一位在北京公司做副总经理的朋友想买一套西装。店里的两位服务员先生立即拿出三套颜色、款式不同的西装请他试穿。我的朋友仍不中意。服务员不厌其烦，又拎出几套来。朋友看中了其中的一套，一试穿，上衣"好好"，但西裤腿长了一些。服务员用布尺量了一下，微笑着说："先生，我们马上为您改一下，一小时以后请您来取啦！"享受这般优质服务，同行来的另两位本是"看看"的朋友，每位都买了一套西装。既花了钱，还感觉好开心！

这不由得使我想起，几年前我去上海采访，晚上在两位上海同行陪同下，去南京路一家服装店挑选一件夹克衫。我接连试穿了两件，都不合身。我说："请你再帮我拿那一件试试。"那位年轻的女售货员听我说的不是上海话，大概认为我是"乡下人"吧？随即很不耐烦地把一件米色的夹克衫往玻璃柜台上一扔："你买不买？我看你就不是穿夹克衫的人！"我觉得这是蔑视人的话，心里很不高兴。随行的两位上海记者马上用上海话大声抗议："你怎么说话呢？！把你们的经理喊来！"很快，一位40多岁的服装部男经理来了，听了我们的述说，他连连道歉，表示由他亲自为我服务，让我挑选满意的夹克衫。而我，顿时没有了购物的兴趣。

有一次，我在香港报馆附近的一家彩色照片冲洗店扩印照片。我告诉服务生："这个胶卷中的照片，是在不同地点、使用不同光圈和速度拍摄的，扩印时请多关照。"服务生微笑着，很有把握地对我说："先生放心啦，没问题！"一小时后，我来取照片，一眼就看出，他们根本就没有"关照"。因为显然是用同一个光圈和速度扩印的。我很不高兴地同他争论起来。这时，一位年长的服务员走过来，一看照片反差对比度，立刻同意将其中的一些重新扩印，并且连连道歉。

又过了一个小时，我得到了高质量的彩照。事后，我平静地问那位小伙子："先生，刚才顾客同你吵了架，为什么还能得到优质的服务？"他歉意地认真答道："对不起！先生。先次是我不对。老板说，顾客是上帝，永远是对的。"

贵在自觉

内地朋友来香港旅游一周。离别时，我去送行，问他："观感怎样？"他脱口而出："香港的管理值得称赞！商场，市场，交通，金融，环境，卫生，井井有条。"

是的，香港的法律、法规、制度比较健全，许多事情都有详细的条文规定。比如，公众场合禁止吸烟，电梯里，"的士"上，电影院，都写着："吸烟违例最高可被罚款五千元港币！"

因此，我认为，仅有各种规定是不够的，关键是遵纪守法要"自觉"。我们报馆一位曾经在法国巴黎工作过五六年的副总编辑告诉我，法国地铁的

设备是第一流的，但乘地铁的人中有不少人"逃票"——从检票栏上"跳"过去，很不自觉，很不雅观。

说到这里，我也想起在登安徽黄山时的情景：黄山久有"天下第一名山"之誉，巍峨险峻是其天然本色，奇松、怪石、云海、温泉堪称"四绝"。当代文豪郭沫若先生曾经赞叹："森罗万象难比拟，纵有比拟徒费辞。"但实际上还有"一绝"——垃圾成堆成"山"。这些废纸、木棍、易拉罐空壳、啤酒罐、塑胶袋，满山尽是。管理处的员工告诉笔者，每年要捡回上吨的各种垃圾！尽管有"请勿乱丢果皮垃圾"的告示，但总有不少不自觉的游客随意乱扔。这里有个教育问题，文化教养问题，人们的综合素质和法制观念问题。

如果就是有些人不自觉，充任"害群之马"怎么办？一方面，依据法律法规制度约束；另一方面，大家团结起来，教育他，帮助他，同他的坏毛病、坏习惯做斗争就是了。一次，我乘电梯回家，恰遇一个二十多岁的先生，左手拎着游泳裤，右手手指夹着香烟。他不顾规定，不顾旁人地吸起来，同乘电梯的五六位邻居同声谴责。小伙子顿时满脸通红，立即掐熄了烟头。

"三姥爷"

从北京来香港不久，我就接到继母的三叔（我称其为"三姥爷"）打来的电话，要我去他位于九龙的家里做客。

我与这位"三姥爷"从未谋面，只是听过世的继母讲起："三姥爷"早年赴港，在一家公司工作。"三姥爷"有五个子女，一个在上海，两个在香港，两个在加拿大工作与生活，都很有出息。

半年前，我来香港报馆工作时，年迈的父亲叮嘱再三，要我一定去拜见"三姥爷"，并且很仔细地给了一张"三姥爷"退休前的名片。我接过一看，这位"三姥爷"也是位认真的人，名片上详细地写着他家庭的地址、门牌号码。

由于刚刚到港不久，工作实在繁忙，尽管接到"三姥爷"的四五次电话，拖了3个多月，我也没能够从香港到九龙去拜访"三姥爷"。一日，忽然接到父亲由北京打来的长途电话，责怪我没去拜访"三姥爷"，并告知我，"三姥爷"有些生气啦。

一个星期天的下午，我请水果店的伙计，精选了一大篮时鲜水果，乘的士去造访"三姥爷"。热心的司机师傅按我提供的地址，一直将我送到"三姥爷"住家的楼下。我怀着忐忑不安的心情按响对话器："三姥爷，我是……""啊！丁雷吗？快上来，等你半天啦！""三姥爷"快乐地叫着我乳名。打开房门，首先映入我的眼睑的是一张饱经风霜，慈祥微笑的脸，头上已是银发飘霜。他那双大大的手，握得我心里暖烘烘的。"三姥爷"一面让座，端茶，一面开心地责怪我不应该买一大篮水果。接着，微笑地问我："你感觉香港怎么样？生活可习惯？工作累不累？太太、小孩几时来香港啊？……"

我一面回答，一面环顾这布置典雅的客厅：乳白色的壁纸，名人字画，彩色照片，黑色全皮沙发。突然，我在黑红色硬木家具上，看到摆放的一个个相片镜框中，有一个我、父亲同"三姥爷"儿子在上海的合影，那是10年前拍的。

吃晚饭时，"三姥爷"一家人争先夹菜给我。啊！香港人的热情、好客，由此可见一斑。

人情味

我们报馆主管人事工作的副老总出差前，匆匆忙忙给我留下一纸条，要我代他找一位申请辞职的中年李先生谈话，沟通。

副老总的留言情真意切，为挽留李先生，特授我两权：一是可以在整个报馆内部调整李先生的工作岗位，以随其愿；二是可答应为其增加薪水，数额控制在3000元港币之内。

我凝视着这张纸条，心情却怎么也平静不下来。我给这位李先生去电话，问他："您几时得闲？"他很干脆，说："几时都可以。"见面后，他很感慨："想不到，老总还让你找我……"

原来，李先生9年前毕业于内地某名牌大学经济系，3年前来香港在本报馆工作。由于与顶头主管关系相处不够融洽，尽管工作努力，但月薪才不足7000元。租房，养小孩，添置衣服，生活不宽裕；最要紧的，工作不顺心，常受到主管的训斥与讥讽。看来，他去意已决。

我诚恳地提出那两条优惠条件，请他细细考虑。他以感动的眼光看着我说："多谢你给足了我面子！"我问他："您是否已找到新工作啦？"他点点头："跑内地业务，薪水比这里高许多。"我表示充分理解，同时劝他："在哪里工作，都不容易，都有与人相处关系的问题。如果您感到不开心，我们随时都欢迎您回来……"没想到，眼前这位一米八零身高的李先生竟落下泪来。

半个月后的一天，我们办公室每个人的桌上，都摆着一个红红的大苹果，一问才知是李先生送的，意即"平安离去"。办公室同事还告诉我，李先生一直工作到最后一天。他所在的那个部门搬家，李先生还默默地参加，坚持到最后一刻。当天晚上，李先生又认真地举行"告别宴会"，给要好的同事——留下新公司的电话号码……

　　听罢同事的叙述，我感慨万分：来香港工作前，常听人说，"香港人情薄如纸，最缺乏人情味。"人情味，人，情，味，眼前的一切，不是绝好的真实写照吗？！

镭射火花

应朋友之邀，1995年3月11日晚，我来到被人誉为"劳斯莱斯"式球场——香港大球场，参加其"镭射火花音乐会"开幕式观礼。

香港大球场名不虚传，其设计新颖别致，看台上空的遮掩物，犹如腾空飞翔的大鹏双翼。整个球场，面积宽敞，设备完善，飞利浦的泛光照明系统，将大球场的一切都照耀得令观众赏心悦目。据说，香港大球场的设计与建设花费了3年时间、耗资十亿多港元——我想，它也许会像中环广场周围的高大、壮丽的建筑物一样，成为香港的一个新的代表、新的标志呢！

事先，朋友告诉我，票价300元，想必演出一定十分精彩。然而，实际上

却是水准平平：远程从巴西请来的热舞嘉年华，除了巴西女郎披挂的彩色羽毛装令人耳目一新，她们的单调踢腿、甩手舞实在不敢恭维。在丝雨蒙蒙、气温下降的气氛中，女郎们身着"三点式"彩装，倒让人担心她们会不会感冒？

也许是兴趣、期望值太高的缘故吧，花费市政局巨款的开幕"重头"节目——法国电子乐家尚文西的镭射火花音乐会，令不少观众失望。整个音乐会很沉闷，音乐太西化。只是香港中乐团与尚文西们合奏的著名《渔舟唱晚》曲奏响时，舞台上的六张大型幕墙映射出不少代表中国的元素、图案，如中国脸谱、书法、帆船等等，才引起众多观众的兴趣与掌声。即使是这样，镭射激光的视觉效果也欠佳。用有的观众的话来说："只是像放幻灯片一样，在台幕上放简单图形；根本不是像外国那样，满天激光到处飞射！"整个镭射火花音乐会共多达23首乐曲，历时一个多小时，不少观众看到来来去去也就是"放幻灯"，演至半场，索性离场返家；有的团坐草地上聊天、吃东西，或拍照留念……

高水准的大球场，低水平的小演出，花纳税人1600万元办这样的开幕节目，真是浪费！

突发奇想

报馆里的一位部门主管很认真地告诉我一件事：香港有一位仁兄，在喧闹、嘈杂的都市住腻了。一天，他突发奇想地想当一次"陶渊明"。他征得地方政府的恩准，在新界近郊购得一片土地。他请来建筑师，盖起几所房子。在住房外，他不辞辛苦，开了几分地的"小片荒"，种上西红柿、黄瓜、小葱、青菜一类。每日浇水、施肥、除虫、间苗。于是乎，幽静的环境，蓝天、白云、绿菜、溪水，让他心旷神怡。

有一天，这位仁兄又突发奇想地在报纸上登则广告：喜迎平日在都市中忙得要死的志士同仁，假日得闲，到他的"领地"里种点什么花果蔬菜之类的，得以休息，得以收获；最重要的是，呼吸呼吸没有污染的新鲜空气。据说应征者甚多。不管赚钱与否，这位仁兄倒是做了善事一件呢！

不知道是否受了这位仁兄"突发奇想"之影响，我们报馆"员工联谊会"的首领们，在假日租来几辆大巴，拉上报馆社长、总编辑、部门主任和家属们，老老少少200多人，到香港邻郊"粉岭"去烧烤。这烧烤也同开荒、种菜差不多，只是见效快一些。我们一干人等分成若干小组，每组十人左右。首先在砌好的烤灶中置入"引炭"，以纸燃着，然后一一放入木炭，从灶底扇火。平日，在报馆里忙碌工作，极少自己做饭，一般参与应酬；或光顾"大快活""三姐靓汤"之类的快餐店，省时省力。现在，自己动手生火，点炭，弄得烟熏火燎，但一个个都干得很专注，很投入。

好不容易才燃着了木炭，情急的年轻人，串起大块的猪肉、牛肉，靠近炭火直接烧烤，结果，往往烤煳不少；年长的同仁，串起小块的鸡腿、鸡翅，放在距离炭火一寸处慢慢旋转着，烤得又黄又嫩，香气扑鼻，再抹上蜂蜜。咬一口，嘿！顺嘴流油，比报馆隔壁烧烤店铺卖的鸡腿好吃许多倍！四处一望，同事们都烤得很开心，吃得好得意。我从心里感激报馆"员工联谊会"首领们的"突发奇想"。

噪音

从北京来香港工作，最不适应的，恐怕就是一天24小时外界不断的噪音了。有位诗人朋友形象地比喻："似乎香港的空气中，都弥漫、饱含着声音！"

此言并非耸人听闻。我们《大公报》所在地是铜锣湾轩尼诗道342号，坐在办公室里，窗外有轨电车声，无轨汽车声，救护车、消防车、警车的尖叫声，简直不绝于耳；空调机的嗡鸣声，再加上马路维修工人电钻"突突突"地开凿水泥路的声音，汇成了现代都市高分贝的"噪音交响乐"。

笔者家居湾仔道利昌大厦十层楼宇中，由于位于繁华闹市区，好似睡在马路边上一样。刚到的一个星期，我根本无法入睡。恰恰楼下是个坡道十字路口，红绿灯控制车辆行驶。绿灯亮起，大马力的公交车发动机起动声音，震得家居玻璃"扑扑扑"地乱响。辗转难眠中，窗外又不时传来"上帝宠物"——狗的狂吠，真让人哭笑不得，只好坐起来看书看电视，苦熬到天明！但是，办公室的情景又不比家里好多少！

然而，人的适应力是很强的。工作的压力，生活的紧张，使人十分疲惫；再加上采取"自救"措施——用棉花或耳塞堵住耳孔，夜间睡眠就不成问题了；时间一长，似乎习惯了这嘈杂的"噪音交响乐"。

但是，新的问题又来了。原因是，社长、总编辑带领笔者和报馆几位记者同事前往南京、上海、杭州等地出差，下榻于四、五星级的南京金陵饭店、上海锦江饭店和杭州黄龙饭店。没有任何噪音，虽然三地招待的淮扬菜系香甜可口，但是睡眠却不很"香甜"，工作效率也不甚高。等到刚刚习惯于安静入眠时，20天过去返回香港，却又在床上"翻起烙饼"——怎么也睡不安稳，气得要命！没有办法，为了保证休息与保持工作精力，我只好写报告给社领导，请求报馆行政部同事将简陋的窗户改换成塑钢门窗。

香港是现代化程度颇高的国际化大都市，与纽约、伦敦并称为"纽伦港"，是全球第三大金融中心，国际金融、贸易、航运中心和国际创新科技中心，享有"东方之珠"、美食天堂和购物天堂等美誉。然而，踏遍香港、九龙，寻遍街头小巷，却找不到一个"噪音检测器"！也不见有什么治理城市噪音的措施出台？

当我写这篇小文的时候，我已经逐渐习惯了香港的"噪音交响乐"。习惯势力是如此可怕。我真的不知道，香港几百万居民，是被这高分贝的城市噪音环境麻木了，还是习惯成自然了？

陆羽茶室

在香港报馆工作，每年的春节过后，老董事长、老社长李侠文先生，都会盛情邀请我们几位来自北京的同仁到陆羽茶室去品茗。侠老70多岁，是位德高望重的老报人，曾经专赴北京采访过邓小平先生。

从报馆所在的铜锣湾轩尼诗道驱车往西，行不足十五分钟，便来到中环史丹利街口的陆羽茶室。

陆羽，字鸿渐，唐朝复州竟陵（今湖北天门人），一生嗜茶，精于茶道，以著世界第一部茶叶专著——《茶经》闻名于世。他对中国茶业和世界茶业发展做出了卓越贡献，被誉为"茶仙"，尊为"茶圣"，祀为"茶神"。

轻轻推开"陆羽茶室"那两扇硬木门，穿着开襟白布衫的伙计把我们一行人引入里间小客厅入座。环顾四周，墙上悬挂着一幅幅山水花鸟国画，其中一幅镶入镜框中的已明显发黄。因为家父是国家一级美术师，擅长绘画山水花鸟。自幼耳濡目染，我略晓一点国画知识。我恭敬询问老董事长："这些画可是真迹？"侠老点头说："茶室里的挂画全部是真品！包括外间屋壁上齐白石、张大千老先生的国画，无一是仿制。"

再看茶室中的桌椅，古色古香，清一色是枣红硬木，椅背上雕刻着牡丹花朵，个个形象逼真，需用力方可移动——此乃货真价实的硬木家具也！

茶室的茶也同墙上画、地上桌一样名不虚传，喝上一口，清香四溢，余味良久。那位50多岁的伙计，颇带自豪感地告诉我们，店里的茶叶是"定向采购"的，均是春季"雨前茶"，采时鲜嫩，炒时讲究，泡时清香，品后沁人心脾。

陆羽茶室的茶好，菜也属上品。第一道汤是热气腾腾的"杏仁露猪肺"。店伙计介绍，杏仁露是清晨磨制的，猪肺用清水洗过三四个小时呢！难怪如此香甜、细腻、弹性、入口。接下来是秘制云腿、生菜鸽松、糖醋鲩鱼，制作精细，用料考究。最具特色的是一道"纸砂鸡"——据说是将鸡掏除内脏，洗净，沥干水；将盐炒熟，再使佐料浸过的生鸡用细砂纸包好，置入炒熟炒烫的盐锅中，埋上几个钟头。真是"功到自然成"，这种"纸砂鸡"，外脆里嫩，味道极其鲜美。

大家吃得兴高采烈，老董事长谈得津津有味：介绍陆羽茶室的来历，谈论张大千先生的国画、人品，谈论古往今来的文人墨客的代表作以及对后辈的影响，在中华民族文学绘画艺术史上的贡献……上陆羽茶室品名茶，尝名菜，听老人讲述名人、名画、名诗，真是人生一大享受！

南丫岛纪行

1996年3月20日，星期天。真是难得的好天气！十几天来，香港的天空灰蒙蒙、雾蒙蒙的，空气中的水汽有时竟达到百分之九十七，让人觉得浑身都不舒服。星期天却天高气爽、风和日丽！

我们一行30多人乘船去游南丫岛。从湾仔码头登上一艘客船，行驶在蓝天碧水之间。十几分钟，到了中环附近的水域；20分钟后，美丽、壮观的港岛已远离船尾而去。一个多小时，我们便登上南丫岛，来到闻名遐迩的索罟湾第一街。穿街而过，我们先去爬山。说它是山，也只上千米高，且有前人修好的水泥台阶。但对这些平素坐写字楼、办公室的人们来说，却也不那么容易。爬了不足三四百米，队伍便拉开了距离。公司里的两位老总，因平时缺乏锻炼，加之营养过剩，身体发福，竟累得气喘吁吁，满脸通红，汗水淋漓。李老总不时停下来，左手支撑着胖腰，右手用面巾纸擦汗："看来，平时不锻炼不行啊，这么个小山坡，爬起来还真冒汗！"

好不容易上得山顶，真是"欲穷千里目，更上一层楼"！远山，近海，渔船；石块，绿草，野花，一览无余。春风拂面，带来海水的潮气，野花野草的幽香。这里，没有都市的嘈杂，工作的压抑。难怪人们发出呼吁："回归大自然！"

下得山去，众人直奔索罟湾第一街。说它是街，其实是依山南北排开的20多家海鲜酒家。我粗粗看了一下，有"天虹海鲜酒家""焯记渔村""尹记酒家""森记酒家""海轩酒家"。"天虹海鲜酒家"客人最多，十几张桌坐得满满的。而我们欲坐在"丽晶海鲜酒家"，追寻其故，领队的老总耳语："这是船老大介绍的！"原来如此！看来，做什么事都有诀窍啊！

南丫岛的山不高，但是有爬头；南丫岛的酒家不多，但是海鲜烹调技法第一流。鱼、虾、蟹、蚌新鲜无比，清炒、清蒸火候恰到好处；酒家伙计端上桌来，色泽红亮、香气浓郁、味道鲜美、形状各异。我们这些平日忙于工作、经常光顾快餐店的人，真是大饱眼福和大美口福。

其实，即使没有山，不品尝海鲜，能到南丫岛上逛一圈，蓝天、白云、清新空气，也是获益匪浅。当然，如有海鲜大餐就锦上添花啦！

香港看京剧

以原国家文化部常务副部长高占祥为团长、陈廷骅为副团长的中国少年京剧团访港演出，1995年3月23日在香港北角新光戏院开锣，受到近千名观众的热烈欢迎。

在香港看京剧，这在我这个来港工作一年多的人来说属第一次。我从小喜欢看京剧，是受小学同学的影响。他是我的好朋友，一家人从爷爷奶奶，爸爸妈妈到孙子都是"京戏迷"。每逢周末或者假日，他家就成了"小戏院"，演员是他全家人轮流担当。我呢，就权当观众，有时候，也帮他家跑个"龙套"，唱上几句。起初没感觉怎样；渐渐地，竟上了瘾。以至1975年在北京人民机器厂工作时，"脱产"一年多时间，参演了革命现代京剧《智取威虎山》。

京剧，又称平剧，京戏等，是中国影响最大的戏曲剧种，分布地以北京为中心，遍及全国各地。清代中叶由徽汉等剧种进入北京后演变而成，表演上唱、念、做、打并重。唱腔以西皮、二黄为主。由于京剧是一种有丰富表演艺术积累的戏剧形式，因此各种表演规范和技巧，必须依靠真传实授，才得以流传，得以发展。而这种传承，必须从童龄训练开始，打下扎实幼功，再经过多次舞台实践，才能达到得心应手、运用自如的程度。

这次在香港登台演出的演员，是来自北京、天津、上海三座城市戏曲学校的学生。他们中，年龄最大的17岁，最小的才有10岁。虽稚嫩，演出却有精彩之处。新光戏院全院满座，不时从观众中爆发出如雷掌声和喝彩声。

23日晚，小演员们先是便装表演唱功与武功，形象活泼趣致可爱。然后，正式演出六场折子戏："武松打店""探阴山""钓金龟""西施"等。小演员们演出认真，配合默契、紧凑，显示出他们的艺术功力与功底。给我印象最深刻的，是天津艺校92级京剧班学生王玺龙。他小小10岁年龄，饰演"盗御马"中的窦尔敦，不仅功架稳健大方，而且嗓音高亢、洪亮，韵味浓厚、醇正，颇露锋芒。

京剧是中华民族之艺术瑰宝，应该引起全民族的重视和支持，使之不断发展。近些年来，出现了"演员与观众"的问题，引起了国家的重视。此次，中国少年京剧团来港演出成功，实在可喜、可贺！

当晚，在新光戏院为戏校演员喝彩的人群中，有我们香港《大公报》社的副总编辑叶中敏女士。她是香港典型的京剧"票友"，常与一些香港"票友"聚集清唱折子戏。有时候，她会在星期六下午"打飞的"，来北京长安大戏院欣赏著名京剧；演出结束后再搭乘当晚航班，飞回香港报馆值夜班，撰写评论，编辑报纸专版，竟然毫不耽误第二天的正常出报，堪称京剧"戏迷"，高级"票友"。

"十万火急"

在香港岛的湾仔、在九龙的尖沙咀一带的皮货店、服装店铺的门口，常常会见到这样的标语："十万火急""最后一日""出血大甩卖""搬迁贱卖"等等，以招揽顾客。

还真见效果。记得1993年我刚来香港工作时，便被这标语、口号所吸引，到这些店铺去寻找"物美价廉"。实际上，进店购物，有两句老话称："好货不便宜，便宜无好货""货真价实"。着实有一番道理。

起初，我到"十万火急"店里去"抢购"，这家店铺的皮具——各种款式的皮包、坤包、拎包，可谓"琳琅满目"。售货员先生、小姐热情十分，向顾客殷勤介绍商品，真是想方设法去让人掏钱包。在"十万火急"的攻势下，有一次，我一下买了五个皮包。单个计算不算贵，但合起来花去了1500多元。内地朋友来香港，送给他们，他们都很高兴。

1993年10月，我的《北京日报》一位老编辑老师的女儿，从美国返京途径香港。她在美国经营意大利皮货和化妆品生意。一次，我陪她逛街，灵机一动，请她到"十万火急"和"最后一日"皮具店里辨别真伪。不到10分钟，她便逃跑似的从店中出来，告诉我："今后再不要到这种店里去购物，什么意大利皮具，纯属骗人！售货员的热情，简直与店里的商品质量成反比！"

几天后，她很认真地告诉我："铜锣湾的'崇光'，中环一带的大商场的皮货店经销的皮具，货真价实。虽然价格高一些，但的确是'真东西'，使用几年都不会后悔。"她还说："我购物的原则是——宁吃鲜桃一口，不吃烂桃一筐！"

平素，我极少购物，也极少研究什么购物的"原则"。但从那以后，再也没兴趣惠顾"十万火急""最后一日"店。但有时路过一瞥，总有许多人从那些店进进出出。是啊，刚来香港的人不知底细；加之途经路过、旅游观光的旅客多多，每天不下几万、十几万人，有需求必然有供给。"十万火急""最后一日"店总会"雨后春笋"般地存在。

香港住房难

早在北京时就听朋友讲，"香港寸土寸金，普通老百姓住房很困难"。

到香港一看，果真如此：我们报社一位年轻记者编辑和经理部一位女文员，1996年5月买房筹备结婚，普通地段的一个36平方米的普通单元，售价竟然高达386万元！那位男记者是报社一位工作很能干的"主力队员"，月薪一万多。他忧心忡忡地告诉我："要努力干20年，才能还完银行按揭（贷款）！"

相比之下，内地的青年就不必背着这样沉重的包袱：起初，只要参加工作，所在的单位或工厂或机关，就会逐步解决住房问题。开始，可能住得较差；过上10年8年，就会分配到一个单位比较宽敞的住房。房租每平方米，只需两三角钱；就是"房租改革"，居民也承受得起。因为，"改革"后的房租，顶多每平方米一元多一点，只占个人月薪的1/15。后来内地实行的售房制度，考虑到员工的工龄等优惠，两房一厅的一个单位，售价几万元人民币。当然，这是国家和政府对职工的"优惠房""福利房"。随着时间的推移与改革开放，北京、上海、广州、深圳等"一线城市"的房价，也有了突飞猛进的增长。但与香港相比，还是香港的房价"高企吓人"！

近年来，香港的楼价、房租急剧上升，堪称"世界之最"。1997年初，我的两位日本友人公干来港，看看、听听香港的楼价和房租后，不禁为之咋舌："日本的房租、楼价就够高了，到了香港，真是小巫见大巫！"

我曾经留意调查过本报员工在居住方面的开支情况：报社63%的同事都买不起房子，只能租房居住；他们的房租支出占整个家庭收入的比重达到60%以上，简直已经达到难以承受的程度！香港政府虽然曾经摆出一副要打击炒楼风的"姿态"。但是高地价、高楼价、高租金、高差饷的情况却变本加厉，广大市民只能望楼兴叹。

　　实际上，香港政府如果像其自我标榜的那样，"维护港人的利益"。那么，就应该下大力度，一方面像内地那样，加大开发建设大批"经济适用房""廉价适用房"，供大多数生活底层的人员居住；另一方面，制定适合中下阶层普罗大众的楼宇售价上限；发展商开发后，售楼时不得突破原定的售价上限。这不失为解决香港"住房难"的一个办法。

香港楼价

目前，香港楼价问题成为人们议论的热点之一。因为它关乎香港普罗大众的切身利益。

现在，香港楼价已经达到普通市民很难负担的程度，而一个负责任的政府应该采取一些有效的措施，处理这个问题。1997年以前，香港政府管治香港，压抑楼价的整体责任当然在港府身上。

楼价上升的因素很多。土地的供应，人口的逐渐增加，香港经济发展。许多外资投入香港，以及香港实行的负利率、低利息、高通胀等经济因素，造成人们想买楼保值，而房地产商乘机追求高额利润等等，都是造成炒楼升级、楼价居高不下，甚至愈演愈烈的主要原因。

根据《中英联合声明》的有关规定，港府每年只能批出十公顷的土地。但是据有关资料表明，香港土地委员会成立九年来，中方从未在批出商业用地和居住用地方面卡住港府提出的任何批地计划，每年批出的用地平均超过一百公顷。问题在于怎样合理地增加公屋的兴建，否则，不仅解决不了现时，楼价依然我行我素不正常的上升，而且将会影响未来香港经济的发展。

有人跑出来不负责任地说："中资在港炒楼严重，对香港楼价上升造成比较大的影响。"实际资料表明，中资参与地产的数字不超过6%。有关人士指出："这不会影响整个地产市场运作，导致楼宇价格上升至脱离现实需要的地步，人们的矛头不应指向中资。""我们不支持中资参与炒卖，但这并不是香港楼价上升的原因。"

1995年4月3日，署里规划环境地政司麦振芳阁下，在维多利亚公园"城市论坛"上称，"居民如非急需，应静候港府压抑楼价新措施出笼，3个月之内最好不要买楼！"麦司是港府主管土地楼宇事务的最高长官，如此公开"拍胸作保"，真值得人们静观默察其良策如何。

朋友之间

我记得有一首歌曲是这样唱的："友情，人人都需要友情，不能孤独登上人生的旅程。"在现实生活中，我们每个人都需要结交朋友，都需要有真正的友情。

朋友之间要真诚，尤其要共苦同甘。有的人，与朋友一起吃苦奋斗时还可以保持亲近。但到了享受奋斗红利的时候，往往表现出极端的"利己主义""个人主义"。在香港，我曾经结识一位郑姓朋友。他原来是一家公司的部门主管。在改革开放的1984年，他辞去职务"下海"，与七八位立志干一番事业的年轻人，共同创办了一家电器电缆销售服务公司。开始，他和大家"风雨同舟"。三四年时间，公司发展到50多人，年销售利润达到八九百万元人民币。银包"鼓胀"以后，这位仁兄为自己买了楼房，又添置了两部房车。后来，热衷于吃饭进酒楼，晚上"泡歌厅"，外出公干讲究住星级宾馆，越来越少过问公司的业务。再后来，他与妻子离婚，同比他小十几岁的本公司一位会计小姐结婚。对待当初与自己共同创业几位朋友，讲话颐指气使、粗声恶气：稍不满意，竟然张口骂人。结果，仅仅两年多时间，朋友们先后离他而去，公司的业务从此一蹶不振。

朋友之间的另一个准则是要把握住自己。俗话说："朋友妻，莫相欺。"我们中华民族是个崇尚道德观念、含蓄内敛的民族。"性开放"是西方世界、西方国家、西方民族的事儿。"夺人所爱"是交朋友的大忌。香港有两位这样的同学兼朋友，一个是公司的文员，一个是工厂的工人。两人各有一个很好的家庭。两家关系起初也很密切、和睦，互帮互助，经常来往。后来，不幸为一句谚语俗话所困，"老婆，是别人的美；孩子，是自己的好。"当文员的那位认为工人朋友的妻子比自己的老婆靓丽、温柔。于是，"下功夫、花本钱追求"，一来二去，两人勾搭成奸。要想人不知，除非己莫为。那位工人发觉后，用刀刺伤了文员，被判入狱；那位文员亦落下终身残疾。好朋友变成了"死对头"。

也谈"席扬案"

1993年10月7日《明报》记者"席扬案",即时成为香港许多人士关注与议论的中心问题之一。

其实,"席扬案"之所以成为"热点",成为人们关注的中心,完全是人为制造出来的。

先是返回英国老家"述职"的港督彭定康,三天的时间就"席扬案"发表了两次谈话,声称要向英驻华大使了解更多有关资料;接着,代理港督陈方安生便公开"要求"中国政府做出"澄清"。她说:"已向麦若彬了解了席扬案的资料。"彭定康的私人秘书、港英资讯统筹处处长韩新竟然宣称,"席扬是在港居住及为香港机构服务,故他被捕,并不算是中国的事务"云云。主子发号令,奴才即响应。李柱铭、司徒华等"港同盟"一伙人,便聚集到跑马地新华社香港分社办公楼前兴风作浪,要求"立即释放席扬"。

纵观当今世界,有哪一个国家会允许、会容忍本国的金融、经济机密被窃取、被泄露呢?!席扬利用《明报》记者的身份,所窃取的中国金融秘密,包括当时尚未公布的中国人民银行存贷款利率变动方案、中国人民银行参加国际黄金交易的决策机密和其他重大金融秘密,已经造成严重后果。中国司法当局依据有关法律对席扬进行审判,堂堂正正,无可指责,更不允许任何人施加影响、横加干涉。韩新竟然说什么"席扬案并不算是中国的事务",这完全是无视中国的主权,无视中国的法律,反映他的思维,仍然停留在19世纪英国殖民主义者横行于世、用坚船利炮和鸦片欺负中国人的时代!

有人将"席扬案"与香港的"新闻自由"扯在一起。实际上,席扬这次违犯中国的法律,是他个人的行为,是他背离了新闻工作者的道德原则,与香港新闻自由以至香港记者到内地采访没有关系。中国改革开放以来,每年有成千上万名的境外记者赴内地采访就是证例。

值得人们警惕的是，"九七"越临近，彭定康们越会制造出更多的"席扬案""韩东方案"来！

香港摄影

许多内地朋友来香港，不管是考察还是旅游，都会向我提出一个共同的要求——陪他们摄影留念。

慢慢地，我有了相对"固定"的摄影景点——海洋公园，摄海豚表演，摄登山缆车；香港公园，摄小瀑布，摄红白相间的木房；浅水湾，摄观音塑像，摄独特的"穿越式"楼宇；太平山顶，拍摄香港众多写字楼、高耸入云的大厦，美丽的维多利亚港湾。以这些为背景拍摄出相片来，"港味"十足，深受朋友们喜爱。

最理想的拍摄背景，还是从湾仔码头乘海轮渡过美丽的维多利亚海湾，登上尖沙咀，拍摄港岛的雄伟建筑群，蓝天、白云、楼群、大海，还有新建成的香港会议展览中心如大鹏展翅的飞翼，将拍摄对象置于其间，拍出的彩照迷人、浪漫。一次，我的大学老师的女儿从美国洛杉矶回国途经香港，唯一的要求就是到尖沙咀摄影。她了解到，尖沙咀的钟楼是旧九龙车站所在地，竟一连在那里拍摄了七八张。

也有遇上不巧的时候。香港地区受大海气候影响，雾天特别多。一次，我陪报馆驻内地办事处的同仁在尖沙咀拍摄，遇上大雾天气。我们耐心地等候了两个多钟头，大雾还没散去，港岛灰蒙蒙、雾蒙蒙一片，雄伟壮丽的大厦轮廓都不见。我问他们："还等不等？"他们异口同声："等！再等两个钟头也等！我们就为摄影来的，拍不到好照片不走！"也许是众人的诚意感动了苍天吧，一个小时后，一阵大风刮起，犹如一只巨手，轻轻地，缓缓地，撩开蒙罩在港岛姑娘脸上的薄纱，露出她美丽、多彩、多姿的本色。大家不禁欢呼起来！我不失时机地举起相机，为他们每个人拍摄了五六张靓照。

一个钟头以后，我们便看到了扩印的彩色照片：啊，同事们在钟楼前微笑，在中环广场、中银大厦之间的楼群背景前开心地笑着。看到他们开心的样子，我也从心底开心地笑了。

尖沙咀，真是摄影的好地方，香港，不愧是"东方之珠"！

香港回归亲历记

　　1997年7月1日。这是一个崇高而庄严的时刻。中华人民共和国恢复对香港行使主权。7月1日零时零分零秒，雄壮、激昂的中华人民共和国国歌在香港会议展览中心交接仪式上庄严奏响。从那一刻起，香港结束了长达156年的英国殖民统治的历史，回到了伟大祖国的怀抱。从这天起，香港进入了"一国两制""港人治港"，高度自治的历史新时期。

　　1993年6月25日，接受党和国家的派遣，我从《工人日报》社分党组成员、报社编委、秘书长的岗位，调任香港《大公报》社委会委员、社长助理、副总经理兼社长办公室主任。经过1000多个不平凡的日日夜夜的辛勤工作，终于盼来了这令人激动人心的时刻！

　　人在高度兴奋的状态下，是不需要过多睡眠的。进入1997年6月份以来，

作者在香港政权交接仪式上

我几乎每天只睡三四个小时觉，根本不困。社领导让我负责报馆的全面安保工作：保障社领导的安全、编辑部正常编辑工作，以及保证位于办公楼地下室印务公司的"两报"（香港《大公报》和《新晚报》）正常印刷出版。我不敢有丝毫的懈怠，建议并得到社长的批准，聘请专业安保人员，对报馆的要害部位实施24小时的安全防范。我下令他们："不管任何人，只认证件不认人！"我住在湾仔利昌大厦，距位于轩尼诗道342号的报馆所在地——国华大厦，只有8分钟的路程。我几乎每天凌晨三四点钟，人最容易犯困的时候，去报馆突击检查安保工作。我严厉地警告报馆印务公司朱敏光（爱国爱港人士）经理："我们千万不可掉以轻心！如果印务公司被人扔了炸弹，影响正常出报；就是你和我去坐牢也没有用！"

此刻，是1997年6月30日晚8点半，距香港政权交接仪式还有3个半小时。我兴奋地坐在会场西侧第14排F5座位上。这是筹委会办公室6月16日前就确定的，而且反复核对过数次；入门安检比登飞机还认真、严格。我的周围都是新华社香港分社各部的部长、副部长；香港《大公报》《香港文汇报》《香港商报》的社长、副社长、总编辑们。他们同我一样，西装革履，系着喜庆的红领带，人人脸上洋溢着浓浓的喜气。

半个月以来，整个香港沉浸在欢乐、沸腾的海洋里。美丽的维多利亚港湾两岸的数百幢高低不同、绵延起伏的大厦楼房，披上了节日的灯饰盛装；每抵夜晚，姹紫嫣红的霓虹灯便闪烁不停。不分昼夜，街头巷尾到处是欢声笑语的欢乐人群。从6月15日到30日，由各个不同团体筹备举办的400多场丰富多彩的"庆回归"活动，排满了港岛、九龙和新界所有的大会堂、公园和剧场。肤色发色不同、装束各异的上百万中外人士，与香港同胞一起欢庆这世纪的盛典，激动人心的欢呼声惊天动地，震荡着整个香江！

中国收回香港主权的历史时刻终于来到了！崭新的香港会议展览中心灯火通明。6月30日午夜将至，既画着十字又打着叉叉的英国米字旗徐徐降落。在解放军陆海空三军仪仗队士兵的熟练操作下，7月1日零时，鲜艳的五星红旗和红白相间的香港特别行政区紫荆花区旗，在庄严的中华人民共和国国歌声中

周南社长莅临《大公报》成立95周年活动

升向旗杆顶端，特制的旗杆顶端科技装置使两面旗帜在大厅中自左至右地飘扬着，香港重新回到伟大祖国的怀抱。

中华人民共和国国家主席江泽民在香港政权交接仪式上发表重要讲话："今天，中英两国政府举行了香港交接仪式，庄严宣告中国政府恢复对香港行使主权。中华人民共和国香港特别行政区正式成立。这是对香港、对全国以至对世界都具有重要意义和深远影响的重大事件。今天是香港同胞的盛大节日，也是全体中国人民和中华民族的盛大节日。""香港回归祖国，是彪炳中华民族史册的千秋功业。香港同胞从此成为香港的真正主人，香港历史从此揭开了崭新的篇章。"

英国王储查尔斯在香港政权移交仪式上代表英国政府，发表了《此刻凝聚香港历史改变，港人拼劲建立成功社会》的致辞。

中英双方代表在交接仪式结束后合照。江泽民主席、李鹏总理分别与英国王储查尔斯、首相布莱尔握手告别。

红旗，升起来；眼泪，飘下来。逐浪高的心潮，不断上涌，上涌……终于在眼眶处觅到了缺口，倾泻而出。金黄色的五角星，在泪花中闪着光晕，仿佛果真在闪动；区旗上的紫荆花，在泪花中影影绰绰，迎风翻舞。眼泪，应该让它尽情地淌，好洗掉百年的耻辱。1997年7月1日，是继1949年10月1日之后，另一个让全球炎黄子孙心潮难抑、热泪难止的伟大日子。香港回归祖国，是彪炳中华民族史册的千秋功业，香港同胞从此成为香港的真正主人，香港的历史从此揭开了崭新的篇章！

7月1日凌晨1:30。国务院副总理、香港特别行政区筹备委员会主任委员钱其琛宣布："中华人民共和国香港特别行政区成立暨特区政府宣誓就职仪式开始！"

中国人民解放军军乐队奏响了庄严的中华人民共和国国歌。

国家主席江泽民郑重宣布："中华人民共和国香港特别行政区政府成立！"

香港特别行政区首任行政长官董建华宣誓，国务院总理李鹏监誓。香港特别行政区政府主要官员宣誓，国务院总理李鹏监誓。

香港特别行政区行政会议成员、临时立法会议员，以及终审法院常设法官和高等法院法官宣誓，行政长官董建华分别监誓。

在香港特别行政区成立暨特别行政区政府宣誓就职仪式上，国务院总理李鹏发表重要讲话："从今天起，《中华人民共和国香港特别行政区基本法》开始实施。香港特别行政区第一任行政长官、特别行政区政府的主要官员、行政会议成员、临时立法会议员、终审法院和高等法院法官，已经宣誓就职。历史赋予你们重任。希望你们本着爱国爱岗的精神，认真贯彻执行基本法，恪尽职守，不负众望。中央人民政府将全力支持行政长官董建华先生和特别行政区政府的工作。我相信，在祖国大家庭中，香港同胞一定会以自己的勤劳和智慧，为保持香港长期繁荣稳定做出贡献。"

香港特别行政区首任行政长官董建华发表就职典礼演讲："本人受国家和人民重托。出任中华人民共和国香港特别行政区首任行政长官。在这个历史时

香港政权交接仪式上作者与周南社长合影

香港政权交接仪式上作者与刘镇武司令员合影

刻，我感到无上光荣，更感到责任重大。我亲身体会过创业成功的艰辛和欢愉；我清楚地知道香港人的需要和期望。同时，我更深信同心协力的重要。我将以忠诚的心志，坚决执行法律赋予香港高度自治的神圣责任，带领650万富于创业精神的香港市民，坚定地按照一个国家、两种制度的路向前进。我坚信，香港回归祖国，实行一国两制，前途必定更加辉煌。"

国务院副总理、香港特别行政区筹备委员会主任委员钱其琛宣布仪式结束。

仪式刚刚结束，我们都迫不及待冲上主席台，摄影留念，铭刻下这难忘的珍贵瞬间。我幸运地选择与新华社香港分社社长周南和解放军刘镇武将军合影留念。周南社长是原外交部副部长，中英关于香港问题谈判中国政府代表团团长，是香港回归祖国全过程的亲历者和见证者。而刘镇武将军则是中国人民解放军首任驻港部队的少将司令员。

7月1日凌晨4点多，我们从会展中心赶回报馆，正赶上《大公报》第三期《号外》"香港回归了"印好。于是，我和编辑部、发行部的同事一起兴高采烈地手捧《号外》，走上轩尼诗大街，向同样兴高采烈的香港普罗大众、访港游客发放，真的是普天同庆！

此次迎接香港回归祖国，大公报特地编辑、印发了四期《号外》："京港同欢庆""江泽民抵港""香港回归了"和"特区庆典"。

10年之后。2007年6月上旬的一天，我荣幸地收到已经离休的周南老社长签章、快递的《香港回归十周

香港大公报号外："香港回归了"

香港回归十周年请柬

年》纪念卡："张帆同志，1997年7月1日香港历经百年沧桑，回到了伟大祖国的怀抱。在全国欢腾、普天同庆的时刻中，你与诸战友一起，以高度的爱国爱港之情，参加筹备香港回归政权交接仪式和香港特别行政区成立的各项准备工作。在工作中，以高度的政治责任感和使命感，在中央的直接领导下，在香港工委统一部署、精心筹划、周密安排下，夜以继日，卓有成效地完成了香港回归祖国的各项准备工作，受到了党中央，国务院领导同志给予的充分肯定和高度评价。

"香港回归祖国。洗雪了中华民族的百年耻辱，实现了炎黄子孙一百多年的夙愿。在一国两制、港人治港、高度自治的方针指导下，香港一直保持了繁荣与稳定。当此香港回归十周年之际，抚今追昔，倍感亲切，赋得一绝，以志怀念之忱。"

周南社长不仅是一位卓越的外交家，也是一位著名的诗人。"诗人外交家"是人们对他常用的一个称呼。香港回归十周年，在周南老社长的倡导下，原新华社香港分社副社长乌兰木伦、朱育诚、乔宗淮，社长助理、纪委书记孙晓群等领导同志，与新华社香港分社和曾经在香港工作过的200多位老同志，6月26日汇聚北京市政协礼堂，欢庆香港回归祖国10周年。

周南老社长即席赋诗一首："南海珠还恰十年，神州豪气更无前；当时共预补天事，此日长歌老骥篇！——与旧时诸战友重聚。"

作为一名老记者，我随即用相机捕捉了当时的精彩画面，并以"当时共预补天事，此日长歌老骥篇"为新闻标题，在2007年6月27日的《香港文汇报》上，报道了当日的庆祝盛况。

时光荏苒。2021年7月1日，是香港回归祖国24周年。香港取得如此之辉煌成就，历来是与祖国内地坚定支持密不可分的，也是香港市民发扬"狮子山精神"拼搏奋斗得来的。回归祖国20多年来，在中央政府的支持关怀下，香港两次与金融风暴正面相遇，曾经历来势汹汹的"非典""禽流感"，也曾有过失业率上升、收入增幅下降的困境。然而，背靠内地、拥抱祖国，勤劳智慧的香港同胞依靠"一国两制"、奋力打拼，每次均能化险为夷。

今天，从粤港澳大湾区打开的广阔天地，到"一带一路"搭建的跨国领

作者与解放军驻港部队政委合影

域，也是香港繁荣发展的机遇舞台。香港拥有中央政府的坚强支持，有"一国两制、港人治港、高度自治"的制度优势；有特区政府廉政廉洁的优秀公务员队伍，具有世界性金融、贸易、航运、资讯中心的国际地位，有香港勤劳智慧的700万市民的追求卓越的精神和不懈努力，香港这颗东方明珠必定会瞩目于世，更加绚丽，更加璀璨！

后　记

　　我从1968年中技毕业进国营工厂做工，到2009年从中国工人出版社党委书记、社长、总编辑岗位上退休，前后工作了41年，其中，做新闻出版工作30年。特别是，在我的人生中，非常幸运地经历了"实践是检验真理的唯一标准"大讨论，党的十一届三中全会，改革开放，实事求是、解放思想，那火热的年代、激情燃烧的岁月。

　　在《工人日报》当记者、记者部副主任，北京记者站站长的13年中，我有幸多次采访过党代会，全国人大和政协会议，全国劳模表彰大会等重要会议，采访过一些党和国家领导人，省部级官员，更多的是站在改革开放潮头的企业家，各行各业的劳动模范、先进人物。他们中，有为首都的建设和第十一届亚运会场馆建设作出突出贡献的著名全国劳动模范、北京市常务副市长张百发；有直面国家和北京市领导，代表人民群众，勇于参政议政，自1978年至2002年，连续四届当选全国人大代表的国营七九八厂工程师陈伦芬；有被誉为"当代保尔"、《把一切献给党》一书的作者，兵器工业战线的英雄人物吴运铎；有担任周总理、邓小平等党和国家领导人专机机长、中国国际航空公司首任总裁徐柏龄；有中国航天、首都机械厂高级工程师，全国著名"铸铁冷焊专家"陈钟盛；有舍己救人、荣获公安部"一级英模"称号、北京地铁公安分局年轻的公安干警周怡；还有为人民群众带来无限欢乐的"全国十大笑星"、北京市劳动模范、著名相声演员李文华；中国著名"电影烟火大师"、八一电影制片厂副厂长于泽；等等，更多的是厂长、经理、科技人员、工程师，普通的工人、班组长。他们是共和国的脊梁，时代领跑者，社会的楷模。苦苦追寻、深度发掘，采写锐意改革的时代新星，是我的新闻工作职责。当灯光下的奋笔疾书、咸涩的汗水和纯蓝色的墨迹变成文章、登上报端，经中央人民广播电台传播到千家万户的时候，那种幸福、温馨与快乐，至今仍难以忘怀。

既然是党和人民的记者，有社会责任感的记者，就应该维护国家和群众的利益，敢于采写批评报道，揭露官僚主义、贪污腐败以及社会上的阴暗面和丑陋行径。为此，我曾经系统研究过《工人日报》从1978年10月复刊到1985年底，先后发表的6500多篇各种形式的批评报道，撰写了《坚持正确批评 讲究批评艺术》的论文，即：客观、真实，全面、公正；讲究策略、选择典型；注意方法、连续报道；掌握分寸、留有余地；动机效果、强调统一。

基于此，我曾经为扶持知青、利于社会，反遭领导打击的科技人员奔走呼号；为研制"斑秃丸"、解除数十万患者病苦，反遭领导压制的中医药师伸张正义；为坚持原则、维护职工合法权益，揭露领导以权谋私，反遭迫害的工会主席平反昭雪；揭露与批评国营（国有）特大企业主要领导人，无视和粗暴干涉职代会决议的严重错误；等等。在调查采写过程中，受到过纠缠和刁难，恐吓、谩骂与威胁，甚至将诬告信写给全国总工会和报社的主要领导；更有甚者，将我告上法庭。然而，最终冤案得以平反，丑行遭到鞭挞，正义受到表彰，又让人欣慰与振奋。

至今我还清楚地记得，在报社领导支持下，1988年3月，全国人大、政协会议期间，我采写的"两会使用车辆过多、断绝交通影响群众出行"；呼吁"节俭应从最高权力机关做起"的批评报道，引起大会主席团和公安部、北京市公安局领导的高度重视，迅速减少两会车队"阵容"，允许社会车辆与会议车辆并行，为群众提供交通方便。对此，兄弟报刊发表评论："群众在报纸上公开批评全国人民代表会议，实为数十年所罕见。为此，街谈巷议竞相传说。"首都新闻界的许多朋友称赞，"这是发挥舆论宣传监督作用，敢于代表群众讲话的一个范例！"

1993年6月至2002年12月，受党和国家的委派，我从《工人日报》分党组成员、编委、秘书长的岗位，来到香港工作，先后担任香港《大公报》社委、社长助理、副总经理，香港大公实业公司董事总经理，新华社香港分社《中国市场》杂志副总编辑，《香港文汇报》深圳办事处行政总监，北京办事处副主任、高级记者等职。

在香港工作期间，在新华社香港分社人事部和宣传部领导的坚强支持下，我带领有关同事，曾经坚决顶住与反击香港所谓著名的"反对派"骨干李柱铭、司徒华之流对香港《大公报》的诬蔑行径。受国务院新闻办公室的委托，我主持编写、摄制360度环幕电影《神秘的西藏》和《多彩的云南》。《神秘的西藏》反映了西藏是中国领土不可分割的一部分，改革开放以来，藏族同胞满怀激情建设社会主义新西藏，形成民主自由、幸福富裕的新生活、新面貌；《多彩的云南》表现了云南高原秀丽的石林、美丽的西双版纳、令人流连的苍山、洱海，在那里25个兄弟民族团结一家亲的动人情景。

我还带领香港大公出版公司的同事，创新、编纂和出版了北京、上海、天津、重庆、江苏、浙江、广东、福建、安徽、新疆等26个省、自治区、直辖市《投资中国大市场》系列丛书、大型画册，讲好"中国故事"，宣传内地省市各具特色的投资政策，吸引香港和海外投资。同时，与香港九七集团密切合作，设计、制造、推介，销售了五万对、十万只"九七纪念金表"，"香港回归、百年盛事"纪念银盘。我们的推介、销售活动，不仅仅在祖国的内地、台湾和港澳地区，而且扩大到美国、日本、东南亚国家，宣传香港回归祖国，进一步扩大了香港《大公报》的社会影响力。

1997年，新华社香港分社安排我参加7月1日香港回归祖国主权交接的仪式暨香港特别行政区政府成立大会。当我回到北京，向张百发老市长汇报这些工作业绩，特别是政权交接仪式上激动人心、热血沸腾的场景时，百发市长由衷地露出了欣慰的笑容："雁过留声，人过留名。你能为自己的国家作出贡献，是一辈子的幸运！"

2002年底，我被全国总工会党组任命为中国工人出版社副社长、副总编辑；2005年5月，担任中国工人出版社党委书记、社长兼总编辑，直至2009年退休。在全总党组、书记处的领导与支持下，2003年，我们战胜和克服非典疫情的肆虐，团结带领全社职工，克服诸多困难，从新中国成立后的1950年至

2002年的两万多名全国劳动模范与先进工作者中，精心挑选出146名各条战线的代表人物，在天安门广场东侧的国家博物馆中央大厅，举办了新中国成立以来的第一届大庆石油杯"中国劳模——时代领跑者"摄影展，图文并茂，形象生动感人。

中共中央政治局常委曾庆红，率领中央书记处全体领导同志，提前审看展览并给予高度评价。全总书记处组织在京参加中国工会第十四次全国代表大会的代表们参观展览。首都企业职工群众和天津、辽宁、河北、山西、内蒙古等省市自治区的企业代表，纷纷前来参观。新华社、人民日报、中央电视台等几十家新闻媒体对摄影展进行了报道。

担任社长、总编辑以来，我十分注重以身作则，加强领导班子成员的团结，调动和发挥大家的积极性、主动性与创造性，在为"三工"（职工群众、工会组织和工矿企业）服务上下功夫、创品牌，受到广大工会基层组织和职工群众发自内心的欢迎。我们精心策划编辑出版的《农民工有困难找工会》系列丛书和《时代领跑者——中国劳模》大型画册，荣获了首届中国出版政府奖图书奖提名奖，全总主要领导同志专程发来热情洋溢的贺信，这对我们全社同志都是莫大的鼓励。

2006年8月，全国著名劳动模范、河南省内黄县总工会主席邵敬春，找到全总领导和中国工人出版社，要求支援图书，协助他们创办职工图书阅览室，提高当地职工的文化水平和思想素质。出版社社委会几次讨论研究，决定从冠名、规模到合作方式、图书选配等环节，与内黄县总工会展开全面合作，创办"工会职工书屋"。

全总党组、书记处领导孙春兰、乔传秀、徐德明、黄彦蓉、倪健民等同志，敏锐认识到这是提高职工群众文化、技术和思想素质的民心工程、民生工程和爱心工程。经过组织人员深入内黄县现场调研，召开8省市总工会宣传部长和全总书记处会议统一思想，发布通知，调集资金，用了大致一年时间，在全国工会组织创建了1000家"职工书屋示范点"。同时，影响与带动全国省市地方工会，建设两万家职工书屋。到2015年底，全国工会电子职工书屋建成使用，可以"指尖阅读"，更方便了职工群众。2016年12月，第十二届全国人民代表大会常务委员会第二十五次会议通过《中华人民共和国公共文化服务保障法》，将职工书屋和工人文化宫一并纳入国家公共文化设施服务场所范围。10多年来，全国工会职工书屋已从初始河南省安阳市内黄县的"星星之火"，燃遍了共和国960万平方公里的炙热土地。全国工会组织陆续建成的十几万家职工书屋，给全国几亿职工带来了知识阅读、文化阅读、历史阅读、文学阅读、法律阅读、技术阅读、管理阅读，使职工极大地提升了思想、文化和技术素质，开阔了眼界，增加了幸福指数。每每想到这些，欣慰之情油然而生。

在本书编辑出版过程中，我要感谢原《工人日报》社长、总编辑，高级编辑瞿祖赓先生。在从事新闻工作的30年生涯中，他既是领导，也是师长和好友。他对我及女儿的亲人般的关照，至今让我难以忘怀。瞿兄虽已年过八旬，仍然宝刀不老，他不负重托，精心地为《岁月与人生》撰写序言，回眸我们共同经历的记者生涯。他的生动形象、充满生气活力的描述，经典精彩的评论，会让读者了解与感悟到，我们一起在《工人日报》13年所经历的平常不寻常，辛苦又愉快的新闻岁月与人生。我还要诚挚地感谢原中国工人出版社副社长、副总编辑、编审庞洋女士。她在撰写《张帆印象》时，正在远方照顾儿孙，又遇先生摔伤腿脚，在繁忙之中依然写下精彩的文字，回顾我们在出版社共同度过的艰辛的7年历程，共同筹办"中国劳模——时代领跑者"摄影展，策划出版长篇历史小说《贞观长歌》《农民工有困难找工会》等系列丛书；共同谋划、建设"职工书屋"……作为出版社主管编辑业务的副社长、副总编辑、她的辛勤付出与不遗余力的支持，是让我难忘与感动的。由此，我认为，办好一家出版社、做好一个企业，仅有业务知识和管理能力是远远不够的，一、二把手的"三观"一致，团结协作，才是重要的保障。

感谢中国工人出版社社长王娇萍女士，副社长、总编辑董宽，感谢团结出版社社长梁光玉、总编辑赵广宁，社办公室主任兼总编辑室副主任夏明亮，他们充满热情的支持和鼓励，亲切无私的信任与帮助，才能让《岁月与人生》

顺利编辑出版与发行。感谢《香港文汇报》原副总编辑张建华，香港《紫荆》杂志社社长助理、北京办事处魏东升主任提供香港纪实照片。

感谢我的采访对象的支持与帮助：我曾经的合作伙伴、香港九七集团董事长、北京国际关系学院凌锋教授；我的香港《大公报》同事、高级记者，至今活跃在香港与内地新闻媒体第一线，卓有成就的马玲女士；我的好朋友、好兄弟，辛苦奔走在两岸三地、为祖国和平统一大业作出杰出贡献的北京市港台工作顾问庞鸿先生；还有我敬爱的张百发老市长的原秘书、香港某集团公司董事局主席韩军然先生；张百发老市长的女儿张鲁宁女士；等等。

在此，我还要诚挚地感谢每一位认真阅读本书的读者。这是一部写给年轻读者的书，试图告诉他们20世纪八九十年代，我们国家发展的艰辛历程和人间百态。这也是一部写给年轻新闻工作者的书，试图告诉他们怎样深入社会、深入实际，深入生活、深入现场，抓住鲜活的独家新闻。这也是一部写给工会工作者的书，试图讲述怎样深入工矿企业第一线，贴近工作、生活和当今社会的实际，为职工群众说话、办事，维护职工群众的合法权益，与职工群众肩并肩、心贴心。

2022年4月23日于北京东四环